極秘

制作資料公開

君たちに最新情報を公開しよう！

「覇界王～ガオガイガー対ベターマン～」単行本刊行にあたって、オリジナルスタッフの手による新規デザインが、多数描かれることになった。このページでは、それらのデザイン画を、著者・竹田裕一郎の解説付きでお届けする。

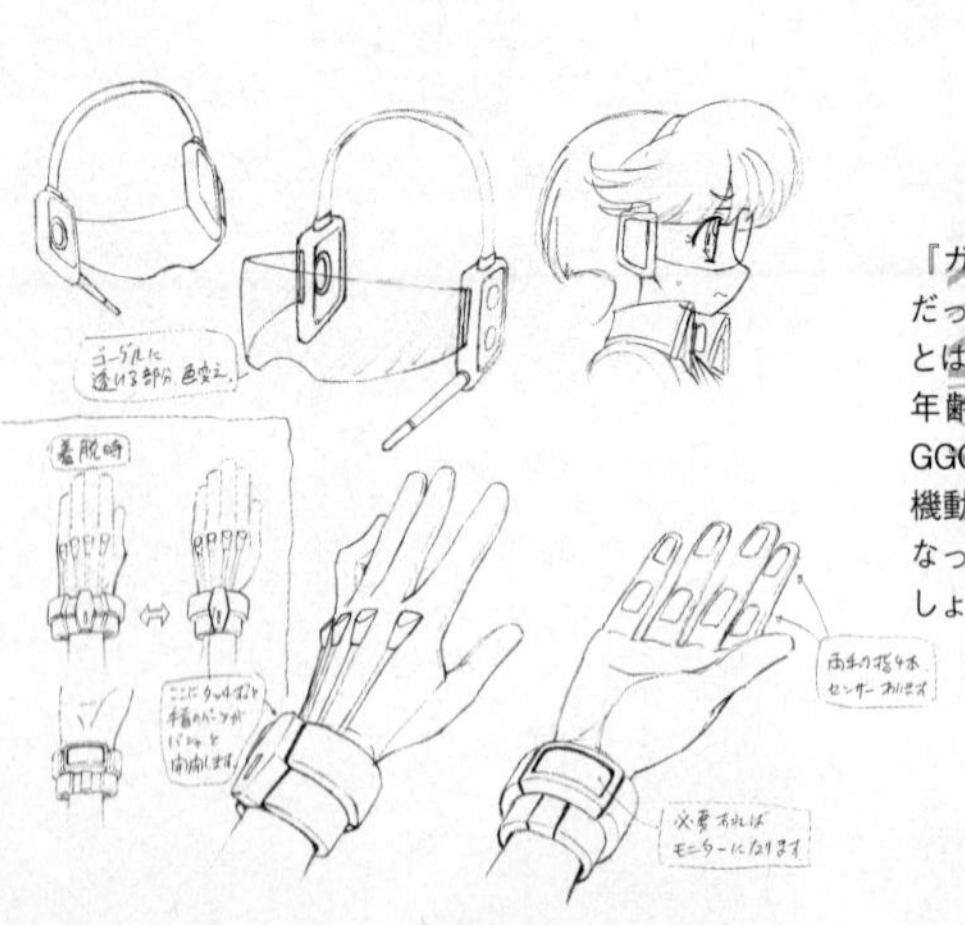

初野華（20歳）

（デザイン：木村貴宏）

『ガオガイガー』テレビシリーズでは9歳だった華ちゃんも、ついに成人となりました。とはいえ、木村さんにオーダーしたのは「実年齢より若く18歳くらい」に見える姿。GGG隊員服は先輩である卯都木命と同じく機動部隊のものですが、プリーツスカートになっているのは、華ちゃん自身のアレンジでしょうか。

ワンピースのネック部分の上にリボンを巻いてます。
シースルーです。

アルエット・ポミエ（15歳）

（デザイン：木村貴宏）

外伝コミック『エヴォリュダーGUY』に5歳で登場したアルエット、『覇界王』では15歳になっています。フランス娘ということもあって、実年齢よりちょっと大人びて、華ちゃんと同世代に見える姿でお願いしました。隊員服は大きくカスタマイズされていますが、ジャケットは華ちゃんとおそろいの機動部隊仕様です。

左そでに
GGGマーク
(ブルー)
ベストの下
(スカーフ、腰のリボン、省略)

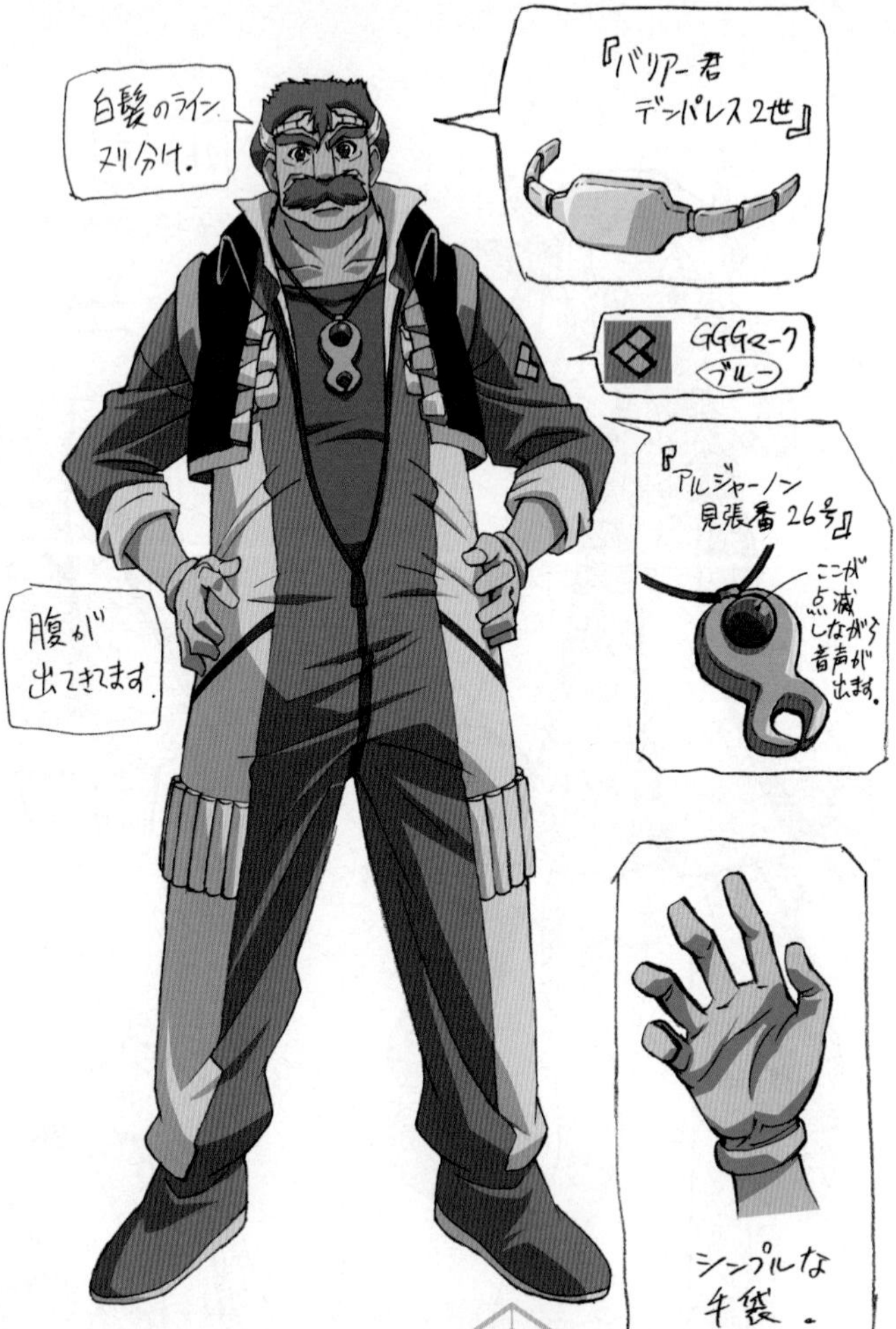

阿嘉松滋（55歳）

（デザイン：木村貴宏）

『ベターマン』テレビシリーズから 10 年後、GGG 長官となった阿嘉松の姿です。昔よりだいぶ恰幅がよくなりましたが、トレードマークの（有）アカマツ工業ツナギは相変わらず。その上から GGG 長官用ジャケットを着ています。米たに監督のオーダーにより、髪の色は少し薄くなりました。実父の雷牙は派手な色に染めていますが、叔父の麗雄は総白髪であったことを考えると、阿嘉松も近い将来そうなるのかもしれません。

ツナギの
デザインは
TV版と同じです。
10年前より
気持ち、シワが
目立つ感じです。

夢装ガオガイガー

（デザイン：中谷誠一）

6体のソムニウム変身体（フォルテ、オウグ、トゥルバ、ルーメ、ポンドゥス、アーリマン）が、羅漢のペクトフォレースによって、増加装甲のようにガオガイガーに装着された姿です。ある意味、ガオガイガーとベターマンのグレート合体とも呼べる形態かもしれません。

ファイナル・ガオガイガー
ゴルディオンアーマー・コネクトモード
（デザイン：中谷誠一／デザイン協力：宮内利尚）

たに監督のラフデザインに基づいて、ふたりのデザイナーさんのお
で完成したのが、このファイナル・ガオガイガーです。Gブロック
モチーフとなったのは、よく波打ち際に設置されている消波装置。
の形状が、米たに監督のお気に入りとのことでした。

【機体解説】

形式番号：GBR-∞。三重連太陽系で開発されたジェネシック・メカノイドを改修した、GGGの最終勇者王。

トリプルゼロによる浸食でジェネシック・ギャレオンとジェネシックマシンの制御中枢が損傷し、自己修復には時間を要すると推定されたことから、GGG隊員たちがフュージョンして補うことになった。ジェネシック・ギャレオンには獅子王凱と天海護がダブルフュージョン、ガジェットガオーには戒道幾巳、ブロウクンガオーにはルネ・カーディフ・獅子王、プロテクトガオーには卯都木命、ストレイトガオーには蒼斧蛍汰、スパイラルガオーには彩火乃紀がそれぞれフュージョンする。

月面決戦時に使用されたゴルディオンアーマーは、いずれの勇者王でも使用可能なGブロック6基と、マーグアームから構成される対覇界王決戦ツールである。Gブロックに組み込まれたウルテクエンジンパーツは、ステルスガオーⅡのそれが緑石光に輝いていたのに対して、ハイパーモードの黄金光を放っている。これにより稼働時間は制限されるものの、GSライドのエネルギー圧を拡張することに成功した。6基のGブロックは、機体背部にプラズマウイングを構成し、ウルテクエンジンの重力慣性制御機能と併用することで、亜光速の飛行を可能とする。

また、右腕にコネクトするマーグアームは、ジェネシック・ガオガイガーのゴルディオンネイルから着想を得た獅子王雷牙が開発した、5連装グラビティショックウェーブ・ジェネレーティングツールである。プラズマウイングとマーグアームの併用によって放たれるゴルディオンフィンガーは、亜光速で接近して捉えた相手を巨大な5本指で“握りつぶし”つつ光子変換する、究極の最終必殺技である。

米力のあ

新GGGマークの貼付位置はこちらです

GGGギャザリングマーク
（デザイン協力：藤沢真行）

覇界王キングジェイダー
シルバリオンクラッシャー

(デザイン協力: 藤沢真行)

ジェネシックに続く覇界王として登場したキングジェイダー、そしてシルバリオンクラッシャーは『覇界王』コミック版の著者である藤沢真行さんにデザインしていただきました。ゴルディオンクラッシャー時のＡＩブロック（ゴルディーヘッド）が欠落した部分を、キングジェイダーの頭部が埋めるというアイデアは藤沢さんによるもの。キングジェイダーの頭部が実際に巨大化しているわけではなく、頭部を中心に噴出したオーラがこの形状になっているという設定です。

ゴルディーダブルマーグ

(デザイン協力: 宮内利尚)

実はテレビシリーズの頃から、構想にあったゴルディオンダブルハンマーが､ついに『覇界王』で登場です。ゴルディオンハンマーとゴルディオンモーターの機能を併せ持ったツールで、けん玉がデザインモチーフになっています。

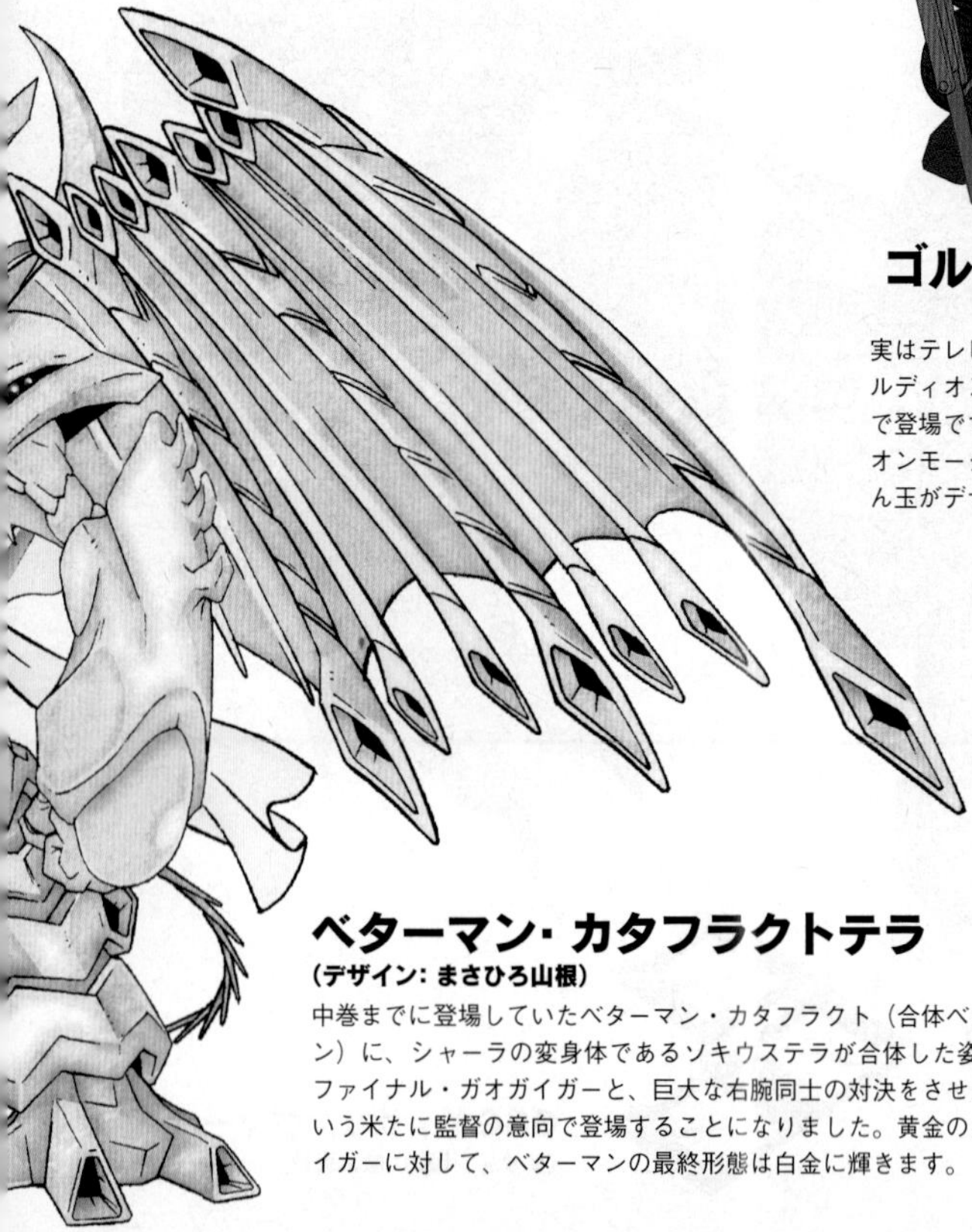

ベターマン・カタフラクトテラ

(デザイン: まさひろ山根)

中巻までに登場していたベターマン・カタフラクト（合体ベターマン）に、シャーラの変身体であるソキウステラが合体した姿です。ファイナル・ガオガイガーと、巨大な右腕同士の対決をさせたいという米たに監督の意向で登場することになりました。黄金のガオガイガーに対して、ベターマンの最終形態は白金に輝きます。

覇王

ガオガイガー対ベターマン 下巻

著：竹田裕一郎　監修：米たにヨシトモ
原作：矢立 肇

CONTENTS

STORY DIGEST

西暦二〇一七年、地球に帰還した獅子王凱をＧＧＧ《ガッツィ・ギャラクシー・ガード》長官代理に任命し、ＧＧＧ《スリージー》ブルーとＧＧＧグリーンとして新体制を整えた人類は次なる戦いに備える。覇界の眷族として人類の敵となった旧ＧＧＧ長官・大河幸太郎の指揮のもと、覇界マイク・サウンダース十三世が、覇界ゴルディーマーグが、覇界天竜神が、覇界ボルフォッグが、かつて共に地球を護り続けてきた勇者たちが世界各地に出現し、波状攻撃を仕掛けてくる。謎の支援を繰り返すベターマン軍団、Ｇダブルツールの投入、トリニティドッキングによる翔星龍神の誕生、覚醒人Ｖ２を得た蒼斧蛍汰の参戦により辛くも勝利を収めるＧＧＧであったが、全て陽動にすぎなかった。覇界王キングジェイダーと覇界幻竜神、覇界強龍神の出現によって状況は一転――トリプルゼロが世界中に拡散し、地球全土は無数のゼロロボに支配されてしまうのだった。人類はこのまま宇宙の摂理に従い、滅びてしまうのだろうか……。

本文イラスト：木村貴宏
中谷誠一

CHARACTERS

戒道幾巳（カイドウイクミ）
20 歳、GGG ブルーの機動部隊副隊長。

天海護（アマミマモル）
20 歳、GGG ブルーの機動部隊隊長。

獅子王凱（シシオウガイ）
GGG グリーンの機動部隊隊長、兼・長官代理。

アルエット・ポミエ
15 歳、GGG ブルーの機動部隊次席オペレーター。

初野華（ハツノハナ）
20 歳、GGG ブルーの機動部隊オペレーターで、護の“妻”。

阿嘉松滋（アカマツシゲル）
55 歳、GGG ブルー長官。獅子王雷牙博士の息子、獅子王凱の従兄。

彩火乃紀（サイヒノキ）
27 歳、GGG ブルー研究部オペレーターで蛍汰の恋人。

蒼斧蛍汰（アオノケータ）
27 歳、家電量販店から GGG ブルーへ転職。

ベターマン

ソムニウム（ヒトより環境に適応した種属）という霊長類の一個体。ラミアは凱を“元凶なりし者”と呼び敵視している。

ガジュマル

ライ

羅漢（ラカン）

ヒイラギ

ユーヤ

シャーラ

ラミア

number.?? 謎－NAZO－　西暦二〇〇五年

1

――異形の出現、その第一報は民間からの警察通報によるものだった。東京都江東区の湾岸埋め立て地に巨大な怪物が現れた、という悲鳴のような通報が殺到したのである。

そして、ほぼ同時刻、軌道上の監視衛星が光学探知にて未確認巨大物体を捕捉。防衛省市ヶ谷庁舎A棟地下の航空自衛隊中央指揮所は、スクランブル発進を指令した。だが、百里基地から発進した第7航空団の邀撃《ようげき》機よりも先に、現着を果たした機体がある。

日本国政府直下の秘密防衛組織ガッツィ《G》・ジオイド《G》・ガード《G》諜報部に所属する、ヘリ型のガンマシン〈ガングルー〉である。巨大物体の出現した地が、GGG本部ベイタワー基地より指呼《しこ》の距離にあったため、火麻激《ひゅうまげき》参謀が乗り込み、独自の判断で先行したのだ。

『いま東京湾上空だ！　そっちに映像送るから観て驚け！』

という参謀の怒鳴り声とともに、ガングルーの機首カメラで撮影された映像が、ベイタワー基地の司令室〈メインオーダールーム〉へ転送された。大河幸太郎《たいがこうたろう》長官以下、GGG《スリージー》首脳部はこうして、自分たちの〝敵〟の姿を初めて見ることになる。

――時に西暦二〇〇五年四月十一日。地球人類にとっての長い苦難の日々、その中でも特に記憶すべき、重大な出来事が起こる日であった。

　地球人類と地球外知性体の交戦が、いつから始まったのか。その定義には諸説が存在する。もっとも極端な説を唱える場合、それは六五〇〇万年前ということになる。ZX－06が発生させたESウインドウから、この時代のユカタン半島に小惑星が落下、地球に氷河期をもたらしたのだ。もっとも、この事件によって恐竜の時代が終わったことが、人類の繁栄の一因となったのは確かだ。その意味でいえば、地球外知性体の干渉が歴史に影響を与え、地球人類という新種を発生させたとも言えるだろう。

　また、木星探査船〈ジュピロス・ワン〉が帰還した、一九九四年を挙げる説も根強い。ジュピロス・ワンは木星からジュピターXと呼ばれる超エネルギー物質を持ち帰り、それらを巡って人類同士の抗争が行われたからだ。このジュピターXは二〇〇五年に確認されたザ・パワーと同質のものであり、宇宙開闢《かいびゃく》のエネルギー――すなわちオウス・オーバー・オメガ、略称トリプルゼロの欠片であると、後年には推測されている。

　そして、最大の支持を集めている説が、二〇〇三年に起きたスピリッツ号の事故を嚆矢《こうし》とするものだ。若干十八歳の天才宇宙飛行士・獅子《しし》王凱《おうがい》を襲った悲劇として知られている、スペースシャトルの事故。一般にはスペースデブリとの衝突と発表されていたが、それは真実ではない。噴出する星間物質の影響で、彗星と誤認されていた次元ゲート〈ギャレオリア彗星〉から出現した、地球外知性体《EI－01》認定ナンバー一号によって引き起こされたものだったのだ。EI－01は衛星軌道上でスピリッツ号と接触した後、同じギャレオリア彗星から飛来した宇宙メカライオン〈ギャレオン〉と交戦、地表に落下する。だが、明らかに意図的な制動によって速度を減じ、横浜周辺の市街地に多大な被害をもたらしながら激突。その後、地下へと潜伏したのである。

一方、ギャレオンは重傷を負った獅子王凱《ししおうがい》を保護したまま、地上へ降下。日本政府の管理下に置かれることになる。

ギャレオンの内部には、ブラックボックスと呼称されるデータボックスが存在した。ＥＩ－01との交戦で破損したため、そこから取り出せる情報は限定的なものとならざるを得なかったが、得られた情報や技術は、地球人類に未知なる敵への対抗準備を促進させた。

日本が入手した情報や技術をめぐってこの時期、世界各国と熾烈な諜報戦が行われた。だが、日本政府はそれらを公開することで地球防衛会議の設立を提唱。全人類規模での地球外知性体への防衛体制が整えられていくことになる。ＥＩ－01の行方もさだかではない以上、次なる侵略の手に備えることは急務だった。


その中核を担ったのが、秘密防衛組織ＧＧＧ《スリージー》である。日本警察や自衛隊に集められた情報のうち、地球外知性体に関連すると思われるものはすべてＧＧＧに送られる。ＥＩ－01との接触から二年、彼らはこの日に備えて組織を整備してきたのだ。

巨大な怪物——

ガングルーから送られてきた映像を見て、ＧＧＧスーパーバイザーである獅子王麗雄《れお》博士は推測した。

「おそらく二年前に現れたヤツの同類……」

さらに、おのが敵の出現に呼応したのか、二年間沈黙していたギャレオンが活動を開始。現地へ向かって、飛翔した。

だが、ガングルーよりも自衛隊機よりもギャレオンよりも、もっとも早くその場に駆けつけた者がいた。

2

「あれが地球外知性体《EI》か……」

５００系新幹線を模したライナーガオーの操縦席で、窓外に見える巨大物体を見て、獅子王凱はつぶやいた。そして、胸を焦がす想いとともに、拳を強く握りしめる。

事情を知る者ならば、誰もが無理もないと、口をそろえるだろう。つぶやいた口も、熱く焦がれるハートも、握りしめた拳も、ほぼすべて人工物なのだから。凱にとって生来の身体はほとんど失われ、今はサイボーグ手術によって生命維持されているのだ。

最年少の宇宙飛行士として華々しくデビューした初飛行で、自分を襲った悲劇。それは地球外知性体との接触事故によるものであると、手術の後、実父である獅子王麗雄博士の口から説明を受けた。だが、事故の瞬間、相手の姿をしっかり見ることはかなわず、以後の地上への落下時も含めて、ほとんど映像記録は残されていない。さらに地球外知性体は凱の肉体だけでなく、恋人の家族をも奪った仇敵であり、決して赦せる存在ではなかった。

そのため、二年の時を経て、東京湾に巨大物体が出現したと聞いた瞬間、凱はライナーガオーでベイタワー基地を飛び出したのだった。

やがて飛来したヘリ形態のガングルーが、上空から巨大物体を撮影。搭乗していた火麻《ひゅうま》は民間人の保護誘導にあたった。だが、巨大物体右腕部の強化集積電子レンジで瞬時に加速放出する荷電粒子砲に自衛隊邀撃《ようげき》機が、左腕部の改造集積冷蔵庫から発せられる瞬結冷凍光線にギャレオンが、撃退されてしまう。

ライナーガオーの機外へ出た凱《がい》は、東京湾連絡橋の上から巨大物体の全身を見た。埋め立て地に投棄された大量のゴミによって構成された巨体――その背部に、遊覧船が半ば埋まっている。手当たり次第にゴミを取り込んだ際、巻きこまれてしまったのだろう。

「！　まだ中に子供がいるのか……！」

凱の強化された視覚は、赤外線反応を捉えた。人間の体温に等しい小さな熱源体が、遊覧船の内部で活発に動き回っている。反応は五人分。同時に現場とベイタワー基地の間で交わされる通信が、凱の聴覚には耳元で怒鳴られているかのように聞こえた。

『おい、子供がいたんじゃ自衛隊も攻撃できないんじゃねえのか！』

『たとえ攻撃しても、自衛隊の火力じゃヤツのバリアシステムは破れん』

ガングルーからの火麻、そして麗雄《れお》博士の言葉に、ついに大河《たいが》長官が決意する。

『バリアシステムをすり抜けて、子供を救出できる者といえば……卯都木《うつぎ》くん、凱を呼べ！』

『はい！』

ここまでの交信を経て、ようやく凱の専用に割り当てられた周波数帯で呼びかけが来る。

『待機中の機動部隊、応答願います――』

巨大な怪物を見下ろしたまま、凱は思わず……といった口調で応えた。

「全部聞こえてるよ。いくらなんでも待たせすぎだぞ、命《みこと》」

機動部隊オペレーターである卯都木命は、凱の高校時代の同級生であり、かけがえのない存在だ。非常事態のさなかにあっても、呼吸はぴたりとあっている。短い会話でエネルギー残量やなすべきことを確認すると、凱はボイスコマンドを叫んだ。

「ドリルガオーッ！」

ライナーガオーとともに発進し、地中で待機していた双発ドリル戦車が、海底を割って巨大な怪物の足下から現れた。二連ドリルで巨大物体の胸部に突貫するドリルガオー。あっさり弾き飛ばされるが、注意がそらせられれば充分だ。連絡橋の上から跳躍した凱は、空中で戦闘モードにイークイップすると、巨大物体背部に取り込まれたままの遊覧船に進入した。

「助けに来たぞ！」

そう声をかけた凱に、五人の子供たちの中でも元気な男の子が反応する。

「うわっはー！　おじさんカッコいい！」

「おいおい、おじさんはないだろ。俺はこれでもまだ二十歳なんだぜ」

思わず苦笑がこぼれた。目の前にいる子供はまだ十歳にも満たないのだろう。凱との年齢差は十歳ちょっとだろうか。子供の感覚では、無理もない言葉なのかもしれないが、最年少パイロットとして、周囲から若い若いと言われてきた凱にとって、意表を突いたおじさん呼びに、つい反論してしまった。

この時、凱は気づいていなかった。おじさん呼ばわりしてきた少年が、自分とどれほど深い縁で結ばれることになる存在かを……。

だから、次の瞬間に凱《がい》が遊覧船から叩き出されたのは、運命的な出会いに気をとられたからではない。あまりにも日常的な会話に気が緩んだ……というのが実情だ。

巨大な怪物は、体内から凱を排除しようとしたわけではない。次なる行動へ移行するため、一体となった遊覧船の一部をメタモルフォーゼさせただけである。そのパーツが運悪く、凱のサイボーグ・ボディを船外へと勢いよく押し出したのだ。

「うわあああ！」

自分の身に何が起きたのか判断する間もなく、凱は海中へと没した。この攻撃を行ったメタモルフォーゼ——融合した機械類を変貌させる能力こそ、巨大な怪物を構成維持する原理である。その能力を活用し、怪物は鉄道と同サイズの細長い形態に、全身をメタモルフォーゼさせた。そして湾岸鉄道の軌条に進入、都心を目指していく。

「二年前の時と同じだ……」

麗雄《れお》博士が戦慄を覚える。あの時、ＥＩ－01はメタモルフォーゼによって、地下へ突入する形態へと変貌、行方をくらませたのだ。

「現時刻よりヤツを、ＥＩ－02と認定呼称する！」

大河《たいが》が宣言する。それはこの日を予期していた日本政府によって、ＧＧＧ《スリージー》長官に予め与えられていた権限によるものだった。

3

ＥＩ－02は湾岸地帯から地下鉄を経由して、新宿新都心に出現。さらに形態をメタモルフォーゼさせて、馬面の戦闘ロボットとなった。右腕の荷電粒子砲と左腕の冷凍光線砲が都庁舎に向けられた時、その背後に現れる者がいた。

宇宙メカライオン〈ギャレオン〉、そしてその頭上に立つサイボーグ凱である。ＥＩ－02の冷凍光線を浴びて海底に没したギャレオンは、体内発熱によって自己解凍。再起動後、ライナーガオーでＥＩ－02を追っていた凱と合流したのだ。

「フュージョンッ！」

ＥＩ－02が後背を向いた瞬間、凱は宙に舞っていた。そのサイボーグ・ボディを呑み込んだギャレオンが、メカノイドへと変形する。

「ガイガーッ！」

人のような四肢を持つメカノイドの口から発せられたのは、まさに凱の声だった。ギャレオンと凱はひとつに融合《フュージョン》することで、ガイガーとなったのだ。

ＥＩ－02の両腕から荷電粒子砲と冷凍光線が放たれる。その時、ガイガーは高々と跳躍していた。

ＥＩ－02は未知なるエネルギーで強化した集積ペットボトルロケットの質量弾で追尾する。

「ステルスガオーッ！」

質量弾の直撃を受けるかに見えた瞬間、ガイガーは漆黒の全翼機とドッキング、高機動で回避に成功していた。

（父さん……シミュレーション以上だ。俺は充分に、地球外知性体と戦えてる！）

　ＥＩ－01の存在を知った日本政府が、秘密防衛組織ＧＧＧ《スリージー》を設立したのは、それが尖兵であると知っていたからだ。ギャレオンのブラックボックスから得た情報では、さらなる脅威の存在も示唆されていた。

　ギャレオンからもたらされた無限情報サーキット〈Ｇストーン〉によって、サイボーグとして生まれ変わった獅子《しし》王凱《おうがい》は、ＧＧＧ機動部隊の隊長となった。それはＧストーンの導きによって、ガイガーの姿へと強化合体できるが故だ。実際のフュージョンはこれが初めてだったが、今日まで凱は幾度となく、シミュレーションを繰り返してきた。地球外知性体に立ち向かうために――

　だが、これで充分ではない。獅子王麗雄《れお》博士はギャレオンを解析、その真の機能について仮説を立てていた。ギャレオンの各部には情報・出力双方のドッキングポートが存在する。つまり、このガイガーとは巨大なシステムのコアマシンであって、単体で完成するマシンではないということだ。

　麗雄博士とＧＧＧは、『ガオガイガー・プロジェクト』を推進させてきた。宇宙の彼方に置き去りにされたであろう、ガイガーの支援マシンを地球人類の手で再開発しようという計画だ。宇宙製と同じ物を生み出すのは不可能だったが、地球製のマシンと、宇宙製のギャレオン、そして地球と宇宙を繋ぐ核となるＧストーンのサイボーグによって、新たなスーパーメカノイドを再現しようとしていたのだ。

　ステルスガオーもまた、先に凱を支援したライナーガオー、ドリルガオーと同じく、その支援マシン群――〈ガオーマシン〉のひとつである。ガイガーは分離したステルスガオーを囮として、ＥＩ－02に背後から接近。取り込まれていた遊覧船を切り離して、確保することに成功した。

「ありがとう、おじさーん！」

凱のフュージョンを見ていた少年が、またもそう呼びかける。二十メートルを超える鋼の巨人が、苦笑したような声を返した。

「おじさんはやめろ。俺はこれでもまだ二十歳――」

だが、言い終えることはできなかった。ＥＩ－02がガイガーを捕縛して、電磁攻撃をしかけてきたのだ。地球外文明の所産であっても、高出力の電磁攻撃にはダメージを受ける。しかも、いまの凱にとって、ガイガーの機体はおのが身体に他ならない。

（くっ、この状況を乗り越えるには……）

激しい苦痛のなか、凱はファイナルフュージョンを要請するシグナルを送った。ＧＧＧベイタワー基地のメインオーダールームにも、緊張が走る。なにしろ、シミュレーションにおいて安定した成功率を見せていたフュージョンとは異なり、ファイナルフュージョンのそれは限りなくゼロに近かったのだ。だが、ＧＧＧの最高指揮官――長官である大河幸太郎《たいがこうたろう》は迷わなかった。

「成功率なんてのは単なる目安だ。後は勇気で補えばいい……ファイナルフュージョン承認！」

長官の承認を受けて、機動部隊オペレーターである卯都木命《うつぎみこと》は、ドライブキーに拳を振り下ろす。

「了解……ファイナルフュージョン、プログラムドライブッ！」

叩き割られた保護プラスティックの下で、ドライブキーが押し込まれる。物理と音声、二重の手順でロックを解除され、ファイナルフュージョン《FF》・プログラムが、送信されていった。

「よっしゃあっ！」

おのが体とガオーマシン群がＦＦモードに移行したことを確認して、ガイガーはＥＩ－02の捕縛から逃れた。同時に空中で、ＥＭトルネードを展開する。これは高圧・高密度の電磁竜巻であり、ＦＦ中の接触を許さないよう、防御するフィールドだ。

「ファイナルフュージョンッ‼」

緑色の電磁竜巻の内部に、ガイガーの叫び声が轟く。同じ空間に包まれていた三機のガオーマシンは、シミュレーションでも予測しきれない複雑な過程を経て、合体を開始した。なにしろ、異文明からもたらされた謎のマシンと、地球人類が急遽開発したマシンとで、ひとつのシステムを完成させようという前人未到の試みである。あらゆる意味で、各所に無理が生じる。

またギャレオンのブラックボックスからもたらされた情報によれば、このシステムには様々な特殊能力が搭載されていたらしい。だが、そのすべてを内蔵することは、現在の地球文明では不可能だった。実兄・獅子王雷牙《ししおうらいが》博士にも相談した麗雄《れお》博士は、それらの能力を外部ツールとしてオプション化することで、応用再現することにした。後に開発が追いつく予定である、ディバイディングドライバーや、ディメンジョンプライヤーなどのツールである。

地球文明の叡知を集約して、異文明の結晶を再現した機体。それが『ガオガイガー・プロジェクト』の成果である。ファイナルフュージョンを終え、ＥＭトルネードが消失した時、そこには全高三十メートルを超えるくろがねの巨神が屹立《きつりつ》していた。ガイガーよりもさらに巨大な体を得た凱《がい》が叫ぶ。

「ガオッガイイッガーッ！」

4

勇者王ガオガイガー――それがこの日誕生した、人類の守護神の名だ。

ＥＩ－02が何の目的で新都心へ侵攻してきたのか、さだかではない。だがこの時、ガオガイガーの排除こそが最優先であると判断したらしい。右腕の荷電粒子砲と左腕の冷凍光線、その同時攻撃を浴びせかけてきた。

「プロテクトシェード！」

ガオガイガーが、左掌を前方に突きだす。左腕には防御を司るエネルギーが備わっているのだ。ＥＩ－02の攻撃はガオガイガーに触れることもできず、空中でその進路を屈曲させられた。幾重にも折り返された攻撃がすべて、ＥＩ－02のもとへ送り返される。

直撃！　だがバリアシステムを突破することはかなわない。

「まだまだぁっ！　ブロウクンマグナム！」

ガオガイガーは右前腕部を高速回転させて、撃ち放つ。右腕に備わっている攻撃を司るエネルギーを集約した拳。その打撃がＥＩ－02のバリアシステムに叩きつけられる。打ち砕こうとするパワーと、弾き返そうとするパワー。その勝負は数秒の拮抗のうちに決した。ブロウクンマグナムはバリアシステムを突破、その奥にあったＥＩ－02の頭部を粉砕したのである。

だが、それで勝利が決したわけではない。これまで幾度となく形態変化を見せてきたＥＩ－02のメタモルフォーゼ能力が、破壊された頭部を瞬時に再生したのである。

「ようし、それなら……ヘル・アンド・ヘブンッ‼」

勇者王の右掌から攻撃のエネルギーが、左掌から防御のエネルギーが放たれた。

「ゲム・ギル・ガン・ゴー・グフォ……」

そして凱《がい》は、ギャレオンのブラックボックスから発見されたボイスコマンドを入力する。それがいかなる世界の言葉であるのか、知る術もない。だが、その意味するところは推測されている。

〝ふたつの力を、ひとつに――！〟

ガオガイガーが前方で両の拳を握り合わせる。同時にふたつのエネルギーはひとつに縒《よ》り合わされた。だが、損傷したブラックボックスから、続くボイスコマンドは見つけることができなかった。縒り合わされたエネルギーをどう使うのか――ここからは、凱の編み出した必殺技ということになる。

「はあああああっ！」

合体時の防御フィールドであったＥＭトルネードが前方に放射され、ＥＩ－02を拘束する。そしてガオガイガーの背部スラスターが展開、全力噴射で漆黒の巨体を前進させた。縒り合わされたエネルギーをどう活用するのか、その本来の術はわからない。だが、攻防一体となった状態でそのまま敵に突っ込んでしまえば――

それが、繰り返されるシミュレーションのなかで凱が編み出した必殺技〝ヘル・アンド・ヘブン〟であった！

暴風とも言うべきエネルギーの圧、それらは凱のサイボーグ・ボディに苛烈な負担を強いた。だが、凱が怯むことはない。何故なら彼は、勇気ある者だからだ。

攻撃と防御のエネルギーを集約させた両拳が、ＥＩ－02の胴体部にめり込む！　次の瞬間、その指先はＥＩ－02の内部にあって独立した部位に触れていた。

（これがこいつの中枢部か――！）

その直感に従い、ガオガイガーは握りしめた部位を、ＥＩ－02の内部からえぐり出した。中枢コアを失ったためか、もはや再生することもかなわず、ＥＩ－02は爆発、四散していく。

ガオガイガーは掌中にあるコアを見つめ、それを握りつぶそうとした。もしも敵のメタモルフォーゼ能力がこの部位に制御されているならば、またここから再生するかもしれない。とどめを刺すという意味では至極当たり前の行動である。

「やめて――！」

絶叫とともに、全身を緑色に発光させた少年が飛来した。

「それを壊しちゃダメー！」

ＥＩ－02のコアを見つめているうち、心の底から沸き上がってきた衝動。それに突き動かされ、何かが殻を破って生まれ出るかのような感覚を覚えた少年――天海《あまみ》護《まもる》。全身を神々しい緑の光に輝かせ、天使のような羽根を生やした護は、コアに向かって呪文を唱えつつ、左手をかざした。その呪文による効果だろうか――声もなく見入るガオガイガーの掌の上で、コアは次第に人間の姿へと変わっていった。

「――‼」

凱が驚愕した、その時であった――

ガオガイガーの前方に、異変が生じた。何もない空間に〝裂け目〟が生じたのである。

虚空に生じた裂け目から這い出るように、巨体が出現する。それは三十メートルを超える、くろがねの巨神であった。それが何者なのか、いかなる現象によってこの場に出現しようとしているのか、凱《がい》にも護《まもる》にもわからない。だが――

「ガオガイガーに、似ている……」

凱はそうつぶやいた。ようやく全身を現したその姿……特に頭部は、ガオガイガーのそれと寸分違わぬように見えた。いや、真新しいガオガイガーとは異なり、それの頭部には歴戦で刻まれたのだろうか、無数の傷が刻まれている。

そして、その他にも様々な違いがあった。背部の両翼端には巨大なエンジンポッドが装備されている。肩のライナーガオー部は新幹線型ではなく、蒼色に輝く見慣れない形状だ。胸部にギャレオンの顔はなく、無数のスリットが存在する金色のパーツになっている。

さらに、大きな違いが存在した。そのもう一体の勇者王は、全身からオレンジ色のオーラを放っている！

「何者なんだ、お前は……」

畏怖を感じて、凱の声は震える。いらえはない。この時の凱には知るよしもなかった。目の前の存在が、いかなる世界から、どのような手段でやってきたのか。そして、なんと呼ばれる者であるのか。

覇界《はかい》ガオガイゴー

——それは、二〇〇五年の凱と護が知り得ぬ名であった。

number.07　煉-RENGOKU-　西暦二〇一七年

1

諜報鏡面遊撃艦《ちょうほうきょうめんゆうげきかん》〈ヤマツミ〉が減速を終え、GGG《スリージー》オービットベースにドッキングする。内部はともに常圧に保たれており、エアロックによる気圧調整の必要もなく、連絡通路が開放された。ヤマツミから移乗した四人の人物は、事前に聞かされていた一室へとよどみなく歩んでいく。彼らにとってオービットベースは、古巣に他ならない。

旧知の会議室で彼らを待っていたのは、獅子王凱《ししおうがい》とスタリオン・ホワイトだった。

「退院おめでとう、みんな！」

凱の祝福の言葉に、嬉しそうな表情を浮かべる者はいない。それもそのはずだった。彼ら——浄解された火麻激《ひゅうまげき》、猿頭寺耕助《えんとうじこうすけ》、牛山一男《うしやまかずお》、仲居亜紀子《なかいあきこ》はみな、覇界《はかい》の眷族であった頃に自分が何をしていたか、すべて記憶に残っているのだ。

トリプルゼロの影響下にあったとはいえ、おのが意志で人類を滅ぼそうとした事実は変わらない。

少しの間の後、絞り出すように火麻が口を開く。

「……こうして無事に再会できたのはいいことだけどよ。ちっとも喜ぶ気にはなれねえよ、凱」

沈痛な面持ちの火麻に向かって、スタリオンがあえて明るい声を出す。

「ＯＨ……参謀。いまの凱はＧＧＧグリーン長官代理よ。我々の上官にそんな口の利き方、よくないね」

「おっと、そうだった。わりいな、長官代理」

　苦虫を噛みつぶしたような火麻が、苦笑を浮かべた。苦々しいものであったとしても、それでも笑いには違いない。空気が軽くなった。凱も薄く笑みを返す。

「いいんですよ、参謀。今までどおりの呼び方で……って俺、誰かが帰ってくるたびにこう言わなけりゃならないのかな」

　少し困っている凱の様子を見て、スタリオンが助け舟のつもりで補足する。

「そういうコト。長官代理であることは間違いないからネ。ハリアップ、急いで大河《たいが》長官を取り戻さないと、ずっとそう呼ばれるね」

　さすがに猿頭寺も牛山も仲居も気づいていた。自分たちの心理的負担を取り除こうと、凱とスタリオンが気をつかってくれていることに。

　ゼロ核《コア》として回収された四人が、Ｇアイランドシティで凱と護に浄解されたのは、一月ほど前のことになる。身体機能の消耗が著しかったため、そのまま入院することになったのだが、体力の回復に従って、様々な情報も与えられてきた。当然、ＧＧＧの現在の状況も知っている。申し訳なさそうに頭を掻きながら、猿頭寺が切り出す。

「……現在のところ、この室内にいる我々六人が、ガッツィ・ギャラクシー・ガード……ＧＧＧグリーンの全隊員というわけですな」

「弟たちがＧＧＧブルーで活躍してるとか……そう考えると、なんだか不思議な気分だな」

一男《かずお》が感慨深げな言葉を口にすると、無口な仲居亜紀子《なかいあきこ》もうなずいた。彼女はGGG《スリージー》整備部の先輩である一男と、原種大戦が終わった頃からの良き仲である。

かつて旧GGGには数百人の隊員が所属していたのだが、オービットベースに残った者たちの多くはガッツィ・グローバル・ガード——GGGブルーに転属となった。三重連太陽系に向かい生き延びた者たちの多くは、いまだ覇界《はかい》の眷族として暗躍中であり、この六人だけが現在、GGGグリーンを構成することになる。

「ちっくしょー、んじゃさっそく、GGGグリーンとしての行動開始だ！　これから帰ってくる奴らを出迎える準備をしねえとな！」

　わずかな時間の間に気分を切り替えることができたのか、火麻《ひゅうま》がいつものような豪放な声をあげた。そう、たとえどれほど巨大な罪悪感に苛まれていようと、打ちひしがれ落ち込んでいるわけにはいかない。いままさに人類は、存亡の窮地に立たされているのだから。彼らGGG隊員は決してあきらめることなく、その危難に立ち向かっていかねばならないのだ。

　その時、会議室の扉が開いた。四人の到着を知らされて、彼らに会おうと望む者たちが駆けつけてきたのだ。先頭に立っていたふたりが、同じ叫び声をあげて、飛びついてくる。

「一男兄《あん》ちゃん！」

「次男《つぐお》！　末男《すえお》！」

　ふたりの弟に抱きつかれて、一男は細い目を見開いた。彼にとって兄弟との別れから流れた時間は、ほんの数か月でしかない。だが、弟たちには十年以上の日々が経過していたのだ。高校生だった次男は二十代後半になっても、それほど変化はない。だが、小学生だった末男が、兄たちのような巨漢になっている姿には驚きを隠せなかった。もちろん地上で入院している間に、映像通信での再会はすませている。それでも十年分成長した姿を目の当たりにすると、感動という名の波が押し寄せた。

「ふたりとも……立派になったな……」

「一男兄ちゃん……俺と末男の隊員服、かっこいいだろ」

「俺も一男兄ちゃんや次男兄ちゃんと同じ整備部なんだ。ほら、十年前よりも繊維が改良されて丈夫になったんだぜ！」

　次男と末男は、ＧＧＧ隊員服姿を兄に見せつけた。子供の頃からの彼らの夢は、長兄である一男に追いつき、並び立つことだった。歳の差がある以上、追いつくのは難しいはずだが、ワームホールの時間差[※1]によって、現在の次男は一男よりも年長となり、すでに妻子を持つ身になっている。亜紀子とはまだまだ浅い仲の一男にとっては、もはや追い抜かれたような気持ちでもあった。

「三男《みつお》はどうしてるんだろうな……」

　一男の言葉に、次男と末男は困ったように顔を見合わせる。Ｇアイランドシティで遭遇した蒼斧《あおの》蛍汰《けいた》の証言によって、この場にいない四兄弟のひとり――牛山《うしやま》三男が、覚醒人《かくせいじん》Ｖ２《ブイツー》強奪犯と行動をともにしていることが確定的になった。実行犯というよりは巻きこまれただけのようだったが、自分の意志で付き従っていることは間違いない。元々、兄弟の中でも繊細な知識に長け、物静かな研究家タイプである三男のワイルドな行動は、理解に苦しむものだった……。

　一方、猿頭寺《えんとうじ》と火麻のもとにも、旧知の人物がやってきていた。

「……苦労させてしまったな、犬吠崎《いぬぼうさき》」

「ふ……昔の俺ほどじゃないよ、猿頭寺《えんとうじ》」

そう言って、猿頭寺と犬吠崎は互いにニヤリとした笑いを浮かべる。彼らは同期のライバルとして競争相手ではあったが、親友と呼べるほどの関係ではない。だが、互いに救い、救われた今、ようやく対等な友情を獲得しえたのかもしれない。少なくとも犬吠崎の方には、心の負債を返し終えたかのような晴れ晴れとした表情が浮かんでいた。

「オウ、激《げき》！　やっと会えたネ！　厄年なんてやっぱり迷信だったよ。最高の年だよ、今年は！」

「こ、こら、アーチン！　抱きつくな！　暑苦しい！　そもそもお前、厄年の計算がおかしいって、前から言ってるだろうが！　だいたい十歳も年上になりやがったのに、まだそんなに筋肉あんのか？」

火麻《ひゅうま》が他人の筋肉に文句を言うのも珍しい光景である。アーチン・プリックルは米軍時代の火麻の同僚であり、当時から彼らは決して倒れない〝双子筋肉ダルマ〟の異名をもっていた。組み合って訓練した当時を思い出しているような、筋肉男同士の再会である。

そして……駆けつけた隊員たちの中に、天海《あまみ》護《まもる》と、怪我から復帰した戒道《かいどう》幾巳《いくみ》の姿もあった。ふたりともこの一か月、過酷な戦いを強いられてきた。だが、帰還した四人に逢いたいとの想いから、なんとか時間を作って、やってきたのだ。

護と戒道は牛山《うしやま》末男《すえお》の同級生であり、やはり成長したことによる変化が著しい。またふたりは旧ＧＧＧ《スリージー》の全隊員にとって、息子であり、弟のような存在だった。彼らがＧＧＧ隊員服を身にまとった姿には、四人とも目頭が熱くなった。

「護くん……戒道くん……」

真っ先に亜紀子《あきこ》が耐えきれずに大粒の涙をこぼす。彼女も、護がGGGに初めて訪れた時からの顔見知りであり、戒道とともにESミサイルに乗せて送り出したひとりでもある。母性にも似た温かい気持ちが込み上げたのだ。

護は火麻に向かって、語りかけた。

「火麻参謀……僕、忘れなかったよ。地球に帰って『ただいま』って言うのを」

それは十年前、火麻から護に与えられた任務の達成報告だった。これにはついに、火麻の涙腺も堤防決壊した。眼鏡の奥で、滝のような涙があふれ出す。

実のところ、彼ら四人の心のうちには、迷いがあった。自分はオービ《こ》ットベ《こ》ースへ帰ってきてよかったのだろうか――

心ならずも人類を裏切ってしまったことに、責任を果たすべきなのではないだろうか――そんな迷いも怖れも、ついに流れ去った。自分たちは帰るべきところへ帰ってきたのだ。そんな想いで満たされた。

四人の姿を見守るスタリオンは、安堵の笑みを浮かべる。さっきまで火麻たちが抱えていた不安を、もっともよく理解しているのは彼だ。一足先に帰還して、同じように罪を犯したと自分を責め、一足先に立ち直ったのがスタリオンである。

自分より遅れて戻ってきた者たちの心を救わなければ……その気持ちで、凱《がい》とともに仲間たちを出迎えたのだ。

（マイシスター……キミが戻ってくる時も、僕が必ず支えてみせる……）

いまだ覇界《はかい》の眷族のなかにいるであろう妹、スワン・ホワイトのことを思って、スタリオンはそう決意していた。

実のところ、彼らは誰かに許しを請う必要などなかった。人類のほとんどが、彼らの帰還を我が事のように喜んでいたからだ。

——ほぼ一月前のあの日、覇界王キングジェイダーの出現に思わず、凱《がい》はワダツミから飛び出した。その結果、Ｇアイランドシティの一般市民が目撃したのだ——帰還した勇者王ガオファイガーの姿を。

他の勇者ロボならばいざ知らず、ガオファイガーが稼働している以上、エヴォリュダー凱がそこにいるという事実は明白だ。国連評議会とＧＧＧ《スリージー》ブルー上層部もこれ以上、情報を秘匿することは不可能だと判断するしかなかった。

そこで国連は、発表したのである。凱とスタリオンから聞かされた真実を——

反逆者の汚名を着せられ、地球から旅立った旧ＧＧＧは、三重連太陽系でソール11遊星主と互いの宇宙の存亡をかけて戦った。そしてその戦いに勝利した後、ジェネシック・ガオガイガーが持つツール〈ギャレオリア・ロード〉の力によって、滅び行く宇宙から脱出した。だが、彼らが到達したのは滅び行く宇宙と、生まれくる宇宙の狭間——オレンジサイトだった。そこには宇宙を誕生させ、潮が引くように滅ぼしてしまうエネルギー〈トリプルゼロ〉が満ちていた。そしてその時まさに、ソール11遊星主がこじ開けた次元ゲートから、トリプルゼロが太陽系に噴出しようとしている瞬間だった。

旧GGGの勇者たちは、トリプルゼロの噴出による滅びから太陽系を救い、その結果、覇界の眷族となってしまった……。

彩火乃紀《さいひのき》の研究結果によると、トリプルゼロは喩えるなら電気信号を帯びたケミカル物質。覚醒剤で人が狂わされるように、メカをも変形させるほどの危険物なのである。悲運な事故によって中毒症状に陥り、性質や性格が変化してしまっても、それは病と同じで、浄解という治療によって元の状態に回復可能だ。彼らがたとえ覇界の眷族として地球に仇なすことになろうと、それは彼らの罪ではない。全世界の人々が窮地にあって、それを理解した。十年前、彼らに汚名を着せてしまった過ちを、二度と繰り返してはならない。それが人々の気持ちだった。

そんな声が世界中から寄せられるまでの間、凱のうちには秘めた想いがあった。

（もしGGGのみんなを責める人がいたら、俺が矢面に立って、その声を受けなくちゃならない……）

自分がすべての恨みや憎しみを引き受けてでも、仲間たちを守らなくてはならない。それが凱の決意だった。だが、それは杞憂に過ぎなかった。

人は窮地に陥ったとき、本性が現れる……とする説がある。それは、全人類というスケールに拡大しても、成立する説なのだろうか。

少なくともこの時、人類という種は存亡の危機にあって、憎しみや愚かさよりも、思いやりと優しさ——と、そして勇気を掲げたのだ。

そう、今まさに全人類の内なる勇気が試される時だった。

この一月ほどの間、人類が追い込まれた状況はまさに苛烈なものだった。新たなる覇界王《はかいおう》が全世界に向けて放出した濃密なトリプルゼロは、各地にゼロロボの群れを出現させた。世界各国の軍はこれに対抗したが、通常戦力では有効な反撃を行うことすらできず、一方的な敗退が相次いだ。なすすべもなく、人々はゼロロボに制圧された地域からの避難を余儀なくされた。Ｇアイランドシティで応急処置を終えたＧＧＧ《スリージー》ブルーとＧＧＧグリーンの勇者たちも各地に駆けつけたが、疲労やダメージも大きい。彼らの奮戦にもかかわらず、最大の戦果は、他の地域よりは迅速に人々が避難できた……という程度だった。

そうして現在、地球全土の二十パーセント近くがゼロロボに占拠されてしまっていた。その過程でもちろん、両ＧＧＧは抵抗を試みた。だが、覇界王キングジェイダーや覇界幻竜神《げんりゅうじん》、覇界強龍神《ごうりゅうじん》が現れると、抗うことは不可能だった。いまだ勇者ロボが一体も失われていないのは、勝利することよりも人々の避難を優先してきたからだろう。無理に抗えば、確実に撃破されていたはずである。

ゼロロボに制圧された区域からの避難を最優先にしたとはいえ、犠牲が出なかったわけでは、もちろんない。少なからぬ生命が、その過程で失われた。火麻《ひゅうま》たちが心を痛めているのは、それらの犠牲を悼むと同時に、いまだ覇界の眷族となっている仲間たちの心情を思いやったからだ。一日もはやく彼らを取り戻さねば、犠牲者は増える一方であり、それだけ背負わなければならない十字架の重みも増していくだろう。

もっとも、それは仲間を取り戻すことができれば、の話である。現状、ゼロロボによる支配地域は拡大していく一方であり、このままではあと四か月ほどで地球全土が制圧されてしまうという予測すらあった。

そうなった時、人類はどうなるのか？　地球外に脱出するのか——それとも——

だが、人類は宇宙の摂理たる滅びのさだめを、手をこまねいて受け入れるような無力な存在ではなかった。

2

少し前——

ソムニウムであるラミアは、透明な殻の中から目覚め這い出ていた。

『待たせた…やはり、暁の霊気は世界に広がったようだな……』

珍しい花が点々と咲いている薄暗い場所。所々に岩場があり、水の流れもある。そこは、地球上のどこかではあるが、他の生物が認識できない不可知領域なる〈セプルクルム〉のひとつ。ラミアの目の前には、六体のソムニウムがそれぞれに座り込んでいた。

『ンー…、回復が遅いな、いにしえなる者よ』

ともに覇界王キングジェイダーに立ち向かい、瞬時に弾き返された羅漢《らかん》であったが、再活動に至るまでの眠りの時間は、ラミアよりも短かったようだ。

『フン、俺が拾ってやらなかったら、羅漢もラミアも塵になっていただろうがな』

血気に満ちた子供のように、かたわらのガジュマルが横槍を入れる。

『ルーメの光がトゥルバごと包み込んだから救われた……そのことも忘れるな』

クラゲのようなドレスをまとって立つユーヤも、意思を飛ばしてきた。

『はっはっはっ、拙者がアーリマンで囮の擬態を用意したからこそ、みなさん逃げおおせた……と感謝してくれてもいいんですよ』

おどけた様子でトラベラーズハットのつばを上げて会話に加わったのは、ライである。

『う…う…ボク……』

声は発しないが、巨漢のヒイラギが言いたいことも、リミピッドチャンネルで全員に伝わった。翻訳するならば……ボクはポンドゥスの超重力で覇界王《はかいおう》たちを足止めしたが、すべて最初からラミアが予測していた布陣だ、と主張しているようだ。

『そう、ラミアにはわかっていた。あの覇界王は以前のモノよりも強大かもしれない……』

頭巾を深く被り休んでいる少女シャーラも、淡々と意思を飛ばす。

『だから私は、みんなまとめて、この地へ送った。ソキウスの路《みち》を開いて……』

もちろん、羅漢《らかん》にもわかっていた。

『ンー…、そうだな、ラミアよ。目覚めるのを待っていたぞ。時は迫る。次なる行動を……すぐに示してみろ』

ベターマンの異名を持つこの種族は、敵対する相手にもっともふさわしいベターな能力で挑む戦術を得意とする。だがその行動に至る前に、覇界王キングジェイダーの圧倒的な力によって、何もできずに負けたことが、羅漢の意思から悔しさとして感じられた。

『ラミア……』

他のソムニウムたちの意識もラミアに集中する。顔を上げ、赤い眼の中の白い瞳で、ラミアは一同を見渡した。

『……デウスを』

ラミアのその意思に、小さな影が揺らめいた。羅漢がペットのように連れている、薄く揺らめく陽炎のような存在。その額にあたる部分で、十字の光が瞬いた。

『……デ……ウ……ス…』

GGG《スリージー》の勤務に火麻《ひゅうま》たち四人が復帰した二日後、彼らはオービットベースのセカンドオーダールームで配置についていた。たった二日で……というより、この日、この場にいあわせるべく、目的意識を持って退院してきたのだ。

あと一時間ほど後、人類は覇界の眷族への一大反攻作戦〈オペレーション・デイブレイク〉を発動する。

作戦の中心になるのはもちろん、アメリカGGG、中国GGGの支援を受けたGGGブルーとGGGグリーンである。その作戦司令室となるのは、メインオーダールームだ。この日は阿嘉松《あかまつ》長官とプリックル参謀、楊《ヤン》スーパーバイザーの首脳部をはじめ、オペレーターとして、山《やま》じい、タマラ、牛山次男《うしやまつぐお》、華《はな》、アルエットが配置についている。

通常、セカンドオーダールームにはメインオーダールームのサポートを行うスタッフが配置される。野崎《のざき》、犬吠崎《いぬぼうさき》、平田《ひらた》、スタリオンといった顔ぶれは、原種大戦時のそれを思わせる光景だ。そしてそこに、十年間のブランクを埋めるべく、火麻《ひゅうま》たち四人も詰めている。

作戦が行われるのは、サンクトペテルブルク郊外。北欧からロシア北西連邦管区にかけて、ゼロロボに制圧された区域を至近に臨む地だ。

ここに配備された戦力は、現時点で地球人類の最精鋭と言ってよい。凱《がい》のガオファイガー、護《まもる》と戒道《かいどう》のガオガイゴー、蛍汰《けいた》と火乃紀《ひのき》の覚醒人《かくせいじん》Ｖ２《ブイツー》、そしてＧＧＧ《スリージー》ブルーの勇者ロボ軍団。それに加えて、アメリカＧＧＧやロシアＧＧＧの諜報ロボ、その他各国で開発されたＧＳライド搭載機[※2]。それらが一同に介している。

だが、彼らは作戦の中核ではない。本命は別にいる。

「イエーイ！　マイフレンズ、アーユーレディ？」

飛来したＵＦＯのような飛行ステージ〈スタジオ７《セブン》〉の上で、マイク・サウンダース十三世がブームロボ形態でシャウトする。オーストラリアで覇界《はかい》の眷族として、ＧＧＧと対決したマイク。彼がついに、アメリカＧＧＧで機体を再生され、ＧＧＧグリーンに復帰したのだ。

そのマイクの手のうちには、銀色のディスクが輝いていた——すなわち、ディスクＸ。

メインオーダールームで、阿嘉松《あかまつ》長官が楊《ヤン》博士に問いかける。

「おしっ！　楊の旦那、ディスクＸの仕上がりはバッチリだな」

「さあ、保証はできんな」

「おいおい、今この時点でそんな自信なさげな発言しちまうのかよぉ？」

「断言できるのは、私にできる最善は尽くした……それだけだ」

　往年の楊を知る者ならば、ずいぶん殊勝になったものだ、と驚くことだろう。たしかに、以前の楊とは態度も言動も変わっている。

　本人にそう告げれば、「変わらざるを得んさ」と応えるだろう。なにしろ、GGGのスーパーバイザーという職について以来、彼は獅子《しし》王麗雄《おうれお》、雷牙《らいが》、両博士の偉大さを痛感し続けているのだから。

　これまでにも様々な場面でそうだったのだが、今回はディスクXの製造過程で思い知らされた。雷牙博士がその詳細な製造法をアメリカGGGに残していったにもかかわらず、あまりの難易度に唸らされたからだ。

　マイク・サウンダースシリーズによるエネルギーソリトン攻撃を制御する媒介――それがディスクXだ。本来、濃密なエネルギーの孤立波、つまりソリタリーウェーブの照射は、あらゆる物質を破壊することができる。地球上ではそんな無差別攻撃を行うことはできないが、宇宙空間では可能であり、原種大戦時にはESウインドウから原種が出現した瞬間を狙って、これが行われた。

　このソリタリーウェーブ攻撃を地上でも行えるようにするための画期的な発明が、ディスクXだ。これには、破壊対象の固有振動数以外のソリタリーウェーブを遮断して、対象物以外へのダメージを消滅させる機能が存在する。このディスクXなしに地上でソリタリーウェーブ攻撃を行った場合、地表そのものが消失してしまうだろう。雷牙博士でも製造が困難なほど、高度な技術で産み出されたものなのだ。

この一か月、ゼロロボ群は制圧した地域の大地を、異質なものに作り替えていることが確認されている。一切の光を反射しない、漆黒。それがゼロロボが支配する地表の色だ。

ＧＧＧ《スリージー》は人々の避難を支援するとともに、漆黒の地面を採取してきた。そうしてついに、ゼロロボとこの漆黒の地面のみを攻撃対象とする、専用のディスクＸを製造することに成功したのだった。

「頼んだよ！　今日はマイクが要《かなめ》なんだからね！」

ガオガイゴーのウームヘッドから、護《まもる》が呼びかけた。

「オッケイ！　今日は伝説として語り継がれる最高のステージを披露するっぜ！」

マイクが親指をたててサムズアップした。マイク自身も、自らが護たちと戦った記憶に深く傷ついている。だが、今日までの間に人間たちとの対話によって、それを乗り越えたのだ。

超ＡＩが被造物である以上、選択的に悪い記憶を消去することは可能だ。だが、それでは〝勇者の心〟が育たない。トラウマを負ってもそれを消去するのではなく、乗り越えるべき……それが変わらぬＧＧＧの方針だった。

「うっひょ～、火乃紀《ひのき》ぃ、ＧＧＧの勇者ロボが勢揃いしてっぞぉ！　なんか俺たち、場違いじゃね？」

「なに言ってんのよ、ケーちゃんだってＧＧＧ隊員になったんでしょ」

「そりゃそうなんだけどさぁ……俺の場合、繰り上げ当選みたいな感じだからよぉ、なんか実感わかねっつーか」

アクティブモードの覚醒人《かくせいじん》Ｖ２《ブイツー》、そのセリブヘッドで蛍汰《けいた》は苦笑した。Ｇアイランドシティでゼロロボの襲撃に巻きこまれた彼は、新規家電通販店を経営する気でいたが、阿嘉松《あかまつ》長官の求めに応じて、ＧＧＧブルーに転職したのである。

（火乃紀の居場所を作るためにガムシャラに働くのもいいけど……そんなの平和になってからいくらでもできる。今は一秒でも多く、火乃紀と一緒にいる時間を大事にしたいからなぁ）

　そうして蛍汰はＶ２のヘッドダイバーとして、ＧＧＧ機動部隊に所属することになったのである。その特殊能力を活かして、ひとりでＶ２にダイブすることもあれば、火乃紀とともにふたりで乗り込むこともある。ニューロノイドには基本的にふたりのヘッドダイバーがいないと、稼働することができない。世界中で人々の救援や避難支援に出動しなければならない今のＧＧＧブルーにとって、ひとりでもそれができる蛍汰は貴重な人材なのだ。

　この一月の連戦で疲労も溜まりつつあったが、火乃紀の前ではへばっていられない……その一心で蛍汰は平気そうな顔でいることを心掛けていた。

「みんな……疲れてるだろうが、ここが正念場だ」

　ＧＧＧグリーン長官代理である凱《がい》が、仲間たちに呼びかける。

「ディスクＸが有効だと確かめられれば、覇界《はかい》の眷族との戦いももっと楽になる。頑張ってくれ！」

　年若い勇者たちにとって、やはり凱の存在は、何者にも代えがたい精神的支柱だった。

「……来た、ゼロロボだ」

　ガオガイゴーのセリブヘッドで、戒道《かいどう》がつぶやく。レーダーに捉えたのではなく、視認できる距離に無数のゼロロボが迫っていた。もはや認定ナンバーを定めていくのが困難なくらい、多種多様なゼロロボが世界中に出現し続けている。この一か月、ＧＧＧは無尽蔵の敵を相手に、果てのない撤退戦を続けていると言っても、過言ではなかった。

　だが、それも今日が転機となるかもしれない。この反攻作戦が……デイブレイクが成功すれば。

「よし、作戦開始だ！」

「ギラギラーンＶＶ《ダブルブイ》ッ！」

凱《がい》の言葉とともに、マイクがツインギター状のツールをかまえる。そして、胸のトレイを開いて、ディスクＸを挿入した。

「カモン・ロックンロール！　ディスクＸ、セットオンッ‼」

勇者ロボたちの、オーダールームのスタッフたちの、そして中継を見守る世界中の人々の、数多くの視線がマイクに集まる。

「ソリタリーウェーブ、ファイアッ！」

初期開発コードネーム〝デスウェポン〟として厳重な体制のもとで誕生したマイクが、今この時、人類すべての期待を担って、その真の力を発動した。

放たれたソリタリーウェーブは扇形に、前方の大地を抉り取っていった。いや、正確に語るならば、地面を覆い尽くした漆黒の異形のみをエネルギーソリトンで消失させている。

「くっ、シビれるメロディだっぜ！」

再生されたばかりの機体であっても、ソリタリーウェーブの高出力放射は、負荷が大きい。マイクはギラギラーンＶＶをかき鳴らしながら、全身を震わせる。

そんなマイクに左右から迫る大群がいる。各地から、このサンクトペテルブルク郊外へ殺到してきたゼロロボの群れだ。そのおびただしい群れによって視界は塞がれ、地平線すら見えない。

だが、マイクはなんら不安を感じることなく、シャウトを続けた。

「マイフレンズ、頼んだっぜ！」

「まかせて、マイク！」

「ああ……ファントムリング・プラスッ！」

信頼のこもったマイクの声に護《まもる》が応え、戒道《かいどう》がガオガイゴーの右腕に光を発しながら回転するリングをまとわせた。

「ブロウクンファントムッ！」

撃ち出された拳が、マイクの右前方から襲いかかろうとしていたゼロロボ群を、一気に駆逐していく。だが、反対側からもさらなる一群が接近してきた。

「こっちはまかせろ！　プラズマホールドッ‼」

集団の先頭にいたゼロロボを、ガオファイガーが電磁の網で捕縛する。

「はあああっ！」

捕獲したゼロロボを、そのままハンマー投げのように振り回す。強大な膂力《りょりょく》で叩きつけられ、ゼロロボは砕け散りながら、周りの同族を巻き添えにしていった。

二体の勇者王だけではない。翔星龍神《しょうせいりゅうじん》ビッグポルコートが、覚醒人Ｖ２《かくせいじんブイツー》が、そして世界各国から駆けつけたロボたちが、マイクを護って奮戦し続けた。

（これでハートに火がつかなきゃ、ロッカー失格だっぜ！）

ＧＳライドの出力を極限まで振り絞りながら、マイクはシャウトを――ソリタリーウェーブの放射を続けた。すでに前方の漆黒の大地は、視界の先までも消失している。

「効果確認サテライトサーチでソリタリーウェーブ有効範囲確認されました想定値二三〇パーセン

トの効果確認～～」

ＧＧＧ《スリージー》オービットベースのメインオーダールームでは、出撃中の火乃紀《ひのき》に代わって研究部オペレーターシートについているタマラが、息継ぎもせずに報告した。

「よっしゃあ、さすがはあんちくしょうの遺産だぜ！」

「自分の父親を、勝手に故人扱いするものではない」

歓声をあげた阿嘉松《あかまつ》に、楊《ヤン》が冷静なツッコミを入れる。もっとも、沈着な楊ですら高揚していることは、口の端が緩んでいることからも確かだ。当然だろう。これは久しぶりに人類が味わった、勝利の美酒だったのだから。

だが、まだ勝利が確定したわけではない。

「高密度のＺ０《ゼットゼロ》シミラー反応、作戦地域に接近っす！　数は二！」

緊迫した声で山《やま》じいが報告する。二体で現れる覇界《はかい》の眷族——その正体は明らかだ。

「来ます、幻竜神《げんりゅうじん》と強龍神《ごうりゅうじん》！」

覚醒人《かくせいじん》Ｖ２《ブイツー》のウームヘッドで火乃紀が、僚機たちに警告する。蛍汰《けいた》がゼロロボとの戦闘に集中している間にも、サブヘッドダイバーである火乃紀は周辺警戒を怠らずにいるのだ。

「うおっとっと！　そんじゃさっそくズラかる準備をしねえと！　凱《がい》さん！」

「ああ！　みんな……聞いての通りだ。足止めは俺とガオガイゴーが引き受ける。作戦中止、緊急撤退開始だ！」

蛍汰の呼びかけに応えて、指令を出す凱。口々に了解の叫びを返し、勇者ロボたちが離脱していく。だが、それに従わない者がいた。

「ノーノー！　マイクはまだまだ歌えるっぜ！」

その言葉が強がりに過ぎないことは明らかだ。熱唱を続けた拡声システムは限界を超え、激しいピッキングでギラギラーンVV《ダブルブイ》はスパークを放ち、ディスクXにも亀裂が走っている。それでもマイクはシャウトを止めようとはしない。

果たしてそれは、一度は覇界の眷族となった贖罪か。それとも人類を救いたいという勇気か。そのどちらでもあり、それらを超えるロックンロール魂だ。

「マイク……無理しないで！　戦いはこのあとも続くんだ！」

ガオガイゴーから呼びかける護《まもる》の声に、マイクはついに演奏の手を止めた。

「オウ……アイムソーリー…護の言うとおり……後はネクストステージのお楽しみにとっておくっぜ」

「いいや……次の舞台はない」

「ああ、ここが最後になるからな」

マイクの言葉に続くように、二体の眷族から言葉が降ってきた。そして、直後に言葉の主が猛スピードで突撃してきた。

「ぐっ、幻竜神――！」

青と黄の機体が、オレンジ色のオーラをまとって、ガオファイガーの前に着地する。

「強龍神！」

戒道《かいどう》に名を呼ばれた緑と赤の機体も、ガオガイゴーの眼前に出現。二体とも暴風のようなオーラをまき散らし、スタジオ7《セブン》で空中にいたマイクは、バランスを崩して地面に叩きつけられた。

「マイク……残念だ。また宇宙の摂理に反して、人類の味方に成り下がるとは」

「我々が終わらせてあげよう。静かなる宇宙の終焉のために！」

覇界幻竜神《はかいげんりゅうじん》がフリージングライフルと雷撃《レイドゥーン》を、覇界強龍神《ごうりゅうじん》が風道弾《フォンダオダン》とメルティングライフルを同時に放った。トリプルゼロによって強化された四筋の攻撃が、立ち上がろうともがくマイクに襲いかかる。

「プロテクトウォールッ！」

だが、その攻撃は二体の勇者王が同時に展開した防御バリアに防がれた。ガオファイガーとガオガイゴーがともにウォールリングを装備した、鉄壁の壁の二枚重ね。さしもの覇界の両将も、これを突破することはできなかった。

「さすがだな、ガオガイゴーか。だが、これを受けきることはできまい」

「それにガオファイガー……」

覇界幻竜神と覇界強龍神が、並んで身構えた。

（くるのか……あの技が！）

凱《がい》は戦慄を覚えた。氷竜《ひょうりゅう》と炎竜《えんりゅう》が目覚めた時から、彼は長い間ずっと、ともに戦い続けてきた。

そんな日々のなかでも、数度しか見たことがない最強の技が存在する。ザ・パワーの力でイレギュラーな合体を果たした四竜が、同時に放つ幻の攻撃。

「吹けよ氷雪！　轟け雷光！」

「唸れ疾風！　燃えろ灼熱！」

ガオファイガーが一歩前に出て、ガオガイゴーとマイクを背中にかばう。

「幾巳《いくみ》、マイクを連れて脱出を――！」

凱もまた、この数十日の連戦のうちに、赤の星生まれの青年をそう呼ぶようになっていた。呼びかけられたのが護《まもる》であったら、一瞬の躊躇が生まれたかもしれない。だが、戒道《かいどう》は迷わなかった。一瞬のうちにガオガイゴーのプラズマホールドでスタジオ7《セブン》ごと、マイクの機体を抱え上げる。

「マキシマムトウロンッ‼」

響き渡る覇界の両将たちの声。四つの輝ける龍の姿となったエネルギーが宙を駆ける。十二年前、木星圏で使われた技がいま初めて、地球上で解き放たれた！

ガオファイガーがふたたびプロテクトウォールを展開しようとしたその時――

足下の大地に傷口が現れた。そこから現れた六つの人影が、一斉に果実を口に運ぶ。いや、ヒトのように見えても、彼らはヒトではない。

「ベターマン⁉」

凱が呼んだのは、人類がつけた通称でしかない。彼らは自らをソムニウムと呼ぶ。ヒトを超えた霊長類――ソムニウムは、アニムスの実を喰らうことで、超常の存在へと変身するのだ。

ネブラ、オウグ、トゥルバ、ルーメ、アーリマン、ポンドゥス。いずれも生体の限界を超えた能力を有している。

『行くぞ――』

先頭のネブラがリミピッドチャンネルで号令をかける。トゥルバ、ルーメ、アーリマンがそれに続き、四龍の直撃を受け止めた。

「止めた⁉　ベターマンがマキシマムトウロンを！」

かばわれた形になった凱《がい》が叫んだのも、無理はない。ベターマン変身体はいずれも、全高十メートル前後。ガオファイガーの三分の一程度でしかない。にもかかわらず、彼らは四龍の体当たりに耐えた。

いや、耐えているのではない。トゥルバが放った圧縮酸素が透明な壁となって、彼らの前に分厚い鎧のような層として立ちはだかっている。

『ボダイジュから受け継いだオレの能力。簡単に貫けると思うなよ！』

トゥルバの中のガジュマルにも力がこもる。四色の龍のエネルギー体はじりじりとその壁を貫通しようとしてくるが、無数の材木のような全身を蜘蛛の巣状に張り巡らせたアーリマンがそれを拒む。

『やわな姿の拙者ですが、アーリマンは他のソムニウムの能力を増強させる形にも可変できるのですよ』

アーリマンの中のライがおどけるように語る。ネブラが口から放つ音波によって、アーリマンの蜘蛛の巣は四龍のエネルギーを相殺する振動を広範囲に保ち続け、さらにルーメの電気粒子がその威力を倍化させ、マキシマムトウロンの突破を許さない。

『ルーメはさざ波のように、覇界《はかい》の力を和らげる。そして、荒波のごとくネブラの力を押し上げる』

水クラゲのようなルーメの中で、ユーヤの意思がこだまする。ベターマンたちによって、マキシマムトウロンは完全に行く手を阻まれた。

だが、それも数秒。獰猛な龍たちのまとうオレンジの光は勢いを増し、頑強なる壁を貫通し、一気にベターマン変身体――トゥルバを、アーリマンを、ルーメを、そしてネブラを打ち砕いた。木端微塵に破壊される噴煙の中から、ラミアたちが脱出する。しかし、この数秒を守り抜くことこそが、彼らの狙いだった。オブジェのような姿のポンドゥスを掲げたオウグが、目にもとまらぬ素早さで後方から迫る。

『ンー…、ヒイラギ、出番だぞ』

　俊敏なオウグの中で、羅漢《らかん》がリミピッドチャンネルを発する。

『ボクには、こんなこともできるんだ――』

　すでに承知した声でポンドゥスの中のヒイラギが応えた。その直後、数秒の間に発生させていたマイクロブラックホールを、四龍の中心に向けてポンドゥスが撃ち出す。

　超重力で一点に引き寄せられる、四つの龍。それぞれが高密度のエネルギー集積体である龍たちは炎と氷、風と雷がぶつかりあうことで、対消滅していった。激しい爆発をまき散らしながら――

『二度は使えぬ――勝機を見逃すな、光なるモノよ』

　ラミアの意思が、リミピッドチャンネルで護《まもる》の脳裏に響いた。一瞬で護は理解する。数秒を耐え抜いたベターマン変身体の壁がなければ、マイクロブラックホールを発生させる暇《いとま》もない。

「凱兄ちゃん、今しかない！」

「――ああ！」

　最後まで残っていたガオファイガーが飛翔する。後方ではマイクを抱えたガオガイゴーがすでに戦場から離脱しつつあった。しかし、覇界幻竜神《げんりゅうじん》と覇界強龍神《ごうりゅうじん》は無尽蔵に近いトリプルゼロを蓄積している。爆風と閃光が吹き荒れる中、瞬時に第二撃を放った。

「マキシマムトウロンッ‼」

その攻撃は、ソムニウムたちを狙ったものであった。直撃を受けたポンドゥスとオウグが無残に噛み砕かれていく。いや、それはすでに抜け殻でしかない。変身体を解除したヒイラギを引き連れた俊敏な羅漢《らかん》は、ラミアたちとともに足下のSTバイパスに飛び込んでいった。

「周到な連中――」

「逃げられたか――！」

覇界幻竜神《はかいげんりゅうじん》と覇界強龍神《ごうりゅうじん》の目の前で、みるみるうちに傷口のようなバイパスの出入り口が塞がっていく。覇界の両将の追撃を受けることなく、ソムニウムたちは逃亡に成功していた。もちろん、勇者たちの姿もない。

放たれたマキシマムトウロンは、STバイパスが消えた後の大地を、虚しく穿った。対消滅の爆煙も晴れ、そこにはソリタリーウェーブやその後の攻防で地表を抉り取られた荒野のみが、ただ残されていた……。

3

作戦の終盤、覇界王キングジェイダー、もしくは覇界幻竜神と覇界強龍神が出現することは予想されていた。その場合、即座に撤退する作戦要綱になっていたのだが、マイクが頑張りすぎたため、想定外の危機に陥ることになった。もっとも、こちらも予定外であるベターマンの加勢があったため、結果として作戦は成功したと言えよう。


だが——

セカンドオーダールームの一角で、独自に分析していたGGG《スリージー》グリーンの火麻《ひゅうま》たちは、愕然としていた。

「んだとぉっ、作戦は成功したんじゃねえのか！」

「無論、成功しました。ですが、結果は無力だとしか……」

ゴジラモヒカンを揺らしつつの叫びに仲居亜紀子《なかいあきこ》は身をすくませ、牛山一男《うしやまかずお》がそれを支えたが、猿頭寺《えんとうじ》は動じることもなく説明を続けた。

延々と数字の続く説明に、業を煮やした火麻が唸る。

「途中経過はいいから、結果を言え結果を！」

「……要するに、焼け石に水ということです」

マイクのディスクXは、たしかに漆黒の大地を消滅させた。だが、それは日々拡大する面積の三日分程度に過ぎない。だが現状、ディスクXの生産には十日を必要とするのだ。

「じゃあ、すべて無駄だったってことかよ……」

「無駄とは言えません。地球全土が黒化《こっか》するまで百二十日だった猶予を、百三十日程度までは延ばせる計算かと……」

「だぁぁっ、それだけかぁっ！」

絶望の叫びとともに、火麻が頭を抱える。

「なんだなんだ、デケェ声でうるせえなぁ……」

あきれたような声が、天井から降ってくる。いや、声の主が降下してきたのだ。GGG《スリージー》オービットベースの移動司令室であるブランチオーダールームは、エレベーターシャフト内を移動することができる。この時はメインの位置から、セカンドの位置まで降りてきたのだ。

GGGブルーのメインスタッフが、GGGグリーンの四人の前に現れた。同じくセカンドオーダールームでデータ解析にあたっていた三博士やスタリオンとともに、デブリーフィングを行うためである。

「デケェ声はお互い様だろ！」

「がっはっは、違いねぇ！」

照れ隠し混じりの火麻《ひゅうま》の抗議を、阿嘉松《あかまつ》が笑い飛ばす。

「不毛な競い合いはともかく……猿頭寺《えんとうじ》くんの分析は的確だな」

楊《ヤン》の賞賛に、猿頭寺は複雑な表情を浮かべた。人類の命運をかけた一大反攻作戦——その成果を焼け石に水と評するしかなかった分析だ。褒められたところで、とても喜ぶ気にはなれない。

「的確だからこそ、GGGグリーンの諸君は、作戦の結果に徒労感を感じているのかもしれない。だが、あえて言おう——作戦は大成功だ」

「おお、そうだ。〈オペレーション・デイブレイク〉の目的は、ソリタリーウェーブがあの黒地面にも効くかどうか、たしかめることだったんだからなっ、がっはっは！」

「たしかに、それが確認できたのは喜ばしい事ですが……十日に一枚の生産体制では……」

そこまでを言いかけて、猿頭寺は気づいた。

「まさか……生産効率を上げる方法があるのですか⁉」

「今の時点では、ない」

現状、GGG整備部も二十四時間体制でフル活動している。物資や人手、設備が足りているわけでもない。一同の重々しい空気に、飄々とした声が割り込んでくる。

「ドクターヤン、十年経っても人が悪いデスね。ストレートに言ってあげましょう」

GGGグリーンのスタッフではあるが、四人よりも先に作戦立案に参加していたスタリオンが説明する。

「たしかに、現時点では、生産効率を上げる方法はアリマセン。ですが、いまの地球にはそれを可能に導けるであろう人が、帰ってきているのデス」

「まさか……」

火麻と猿頭寺、一男《かずお》と亜紀子《あきこ》が一斉に息を呑む。スタリオンの操作で、メインスクリーンにひとりの人物の写真が映し出された。

「そうデス、次の作戦目標はドクター・ライガの救出となりマス！」

獅子王雷牙《ししおうらいが》——阿嘉松GGGブルー長官の実父であり、世界十大頭脳のひとりに数えられる、天才科学者だ。GGGの装備のほとんど半分は、彼の発明だと言っても過言ではない（残りの大半も、亡き弟である獅子王麗雄《れお》博士の手によるものだ※3）。

「もともとディスクXは雷牙博士の発明品である。私よりも効率よく大量生産する方法も知っているはずだ」

楊《ヤン》は獅子王《ししおう》兄弟に抱いていた嫉妬など、すでに超克した表情で淡々と告げた。

「そうか……」

牛山一男《うしやまかずお》の表情に、理解の色が浮かぶ。

「雷牙《らいが》博士は我々のようにゼロ核《コア》にされているはず。それを取り戻して浄解すれば……！」

さっきまでは絶望を感じるしかなかった彼の心に、ようやく希望の光が差し込んできたようだ。

「しかし、ゼロ核の回収は、とても困難だと予想されマス……」

スタリオンは、メインスクリーンに先の戦闘の様子を表示させた。そこに映し出されているのは、マキシマムトウロンを放っている覇界幻竜神《はかいげんりゅうじん》と覇界強龍神《ごうりゅうじん》の姿である。

「おそらく、雷牙博士のゼロ核を内部に保持しているのは、幻竜神か強龍神、そのどちらかなのデスから……」

ガオファイガーやガオガイゴーでも、遭遇したなら撤退するしかない、最強の覇界の眷族たち。その内部から、ゼロ核を回収する——その困難レベルを予想して、この場にいる全員の表情が引き締まった。

だが、絶望している者はいない。たとえどんな困難であろうと、それしか選択肢がないのなら、彼らは選び取る。情報を分析し、装備を整え、作戦を立案し、勇気とともに実行する途を——

青と緑のエムブレム、どちらを背負っていようと、彼らはGGG《スリージー》隊員なのだから。

4

新たな作戦目標のもと、ＧＧＧブルーとＧＧＧグリーンのスタッフは準備を進めていった。無論、準備だけに専念する余裕はない。世界各地でゼロロボと漆黒の大地による支配域拡大は続いており、それらへの対抗や避難支援を続けなければならないからだ。

〈オペレーション・デイブレイク〉の二日後、勇者ロボたちが各地で奮闘する中、凱《がい》と護《まもる》、戒道《かいどう》だけはオービットベースで待機を余儀なくされていた。サンクトペテルブルク郊外で、最後まで残り続けたガオファイガーとガオガイゴー、マイクは、マキシマムトウロンの対消滅に至近距離で直面した。そのため、強い電磁波や爆風を浴び、整備と修復を余儀なくされていたのだ。

連戦が続くなか、凱は自室のベッドの上で横になっていた。休息は義務でもあるはずだったが、なかなか寝付けない。

凱の脳裏によぎっていたのは、この数か月、片時も忘れたことないが事柄。覇界の眷族となった仲間たちのことだ。

大河幸太郎《たいがこうたろう》がたてたであろう計画では、覇界の眷族と化した勇者の内部には、必ずゼロ核があった。これは世界各地にゼロロボが出現するようになってからも、変わっていない。三重連太陽系に旅立ったディビジョン艦隊には、数百人の隊員が乗り組んでいた。彼らのゼロ核が、無数のゼロロボの中に混ざっているのだ。広域破壊兵器でゼロロボを一掃させないようにするための作戦に間違いない。

この状況に至っても、大河《たいが》は狡猾ながらも極めて優秀な指揮官であると言わざるを得ない。今日までにそうしてゼロ核《コア》として確保、浄解できた隊員は半数ほど。まだ多くの仲間が、覇界《はかい》の眷族として活動し続けているのだ。

（多分、キングジェイダーの中にいるのは、ソルダートＪとルネだろう……）

Ｇアイランドシティで、一瞬にして叩きのめされた覇界王キングジェイダーの一撃。あそこには、ソルダートＪの頑強な意志が感じられたように思える。そのかたわらにいるであろう、ルネの意志も。

（だとしたら、幻竜神《げんりゅうじん》と強龍神《ごうりゅうじん》の方は多分――雷牙《らいが》おじさん、大河長官、スワンさん、そして……）

凱《がい》は室内にしつらえたデスクの上を見た。そこには彼にとって、もっとも大切な、かけがえのない人の写真が飾られている。写真でも映像でもない、その愛しい笑顔を最後に見たのはいつのことだっただろう。レプリジン地球でパレッス粒子に冒され、ピクニックの用意をしていた際のうつろな笑いか。それとも、Ｇクリスタルの内部で護《まもる》とともに浄解してくれた時の涙に濡れた微笑みか。あの時の凱はケミカルボルトによって意識が混濁し、記憶が混乱していた。

（まだ、大切な話もできていないままなのにな……）

ジェネシック・ガイガーにフュージョンした後、Ｇクリスタルの破片の上にいる命《みこと》に、凱は告げたのだ。

（あとでゆっくり話がしたい……）

激闘と連戦のなかで、いまだにゆっくり話をする機会など作れていない。

いや、顔を見ることも、ただ話をすることもかなわずにいるのだ。オービットベースの凱の自室のベッド。かつて、幾度も命が隣にいてくれた空間である。だが、もう残り香を感じることはできない。あれは十年前のことなのだから。

凱の主観時間においては、数か月の別れなのだが、もう正確にどのくらいなのか、把握するのは難しい。あまりにも長い長い時間と、遠い遠い空間を、超えてきてしまった。

かつて、命のことを思うとき、いつも見つめていた写真入りのロケット。あれもいつしか、失われてしまった。三重連太陽系に旅立つ時は身につけていたはずなのに、いつの間にか——

（命、逢いたい……）

もう何十度目か、何百度目かわからない言葉を、胸のうちでつぶやいた。人類存亡の危機のなかで、ましてや若き後輩たちの前で、気弱な部分を見せることはできない。だが、見せないことと、存在しないことは、イコールではない。

たったひとりだけ、凱が自分の弱い部分を見せることができた相手は、いまは目の前にいない。残り香の消えたベッドに突っ伏したまま、獅子《しし》王《おう》凱は疲労の沼のなかへ沈み込んでいった……。

同じ夜——

眠れずにいた天海《あまみ》護は、控えめなノックの音に気づいた。それは滅多に聞く機会のないものだ。宇宙基地であるオービットベースの私室の扉は、緊急時には気密扉ともなる頑強なものだ。来訪者は扉に設けられたコミュニケーションモニターから、コール音を鳴らすことで来意を告げる。

だが、伝わらないかもしれないかすかなノックの音で、護はその主の正体に思い至った。モニターで確認することもなく、扉を開ける。

予想したとおり、そこには初野華《はつのはな》が立っていた。勤務時間外のはずだが、ＧＧＧ《スリージー》隊員服を着た、おどおどとした姿。コール音を鳴らすことで、寝入っている護《まもる》を起こしてしまうことを怖れたのだろう。ノック音に気づかなければ、そのまま立ち去ってしまったはずだ。

だから「どうしたの？」とは聞かない。要件があるに違いないから。

「……入って」

護が半身を開いて、室内に招き入れる。華は俯いたまま無言でうなずき、入室する。

「うわっは～」

わざと明るい声を出しながら、護は飲み物のボトルをとろうとかがみこんだ。

「なんだか眠れなくってさぁ、パズルとか解いてたんだ。機動部隊失格だよね、休めるときに休んでおかなきゃいけないのに――」

深夜の来訪を、気にする必要はない。そう告げるための心遣いだった言葉は、半ばで途切れた。

華が背中から抱きついてきたからだ。

「華ちゃん……」

返事はない。護の背中に華の怯えるような震えが伝わる。しかし、それはかつての、怖がり屋さんだった華の怯えとは異なる様子だった。

――いつもと違う……

そう感じた護の視界に、二十六時を示す時計が映った。

コチコチコチ――

アナログ時計が時を刻む音がする。もちろん、本物ではない。天海《あまみ》護の私室内に置かれた二十四時間表示のデジタル時計から、合成音が鳴るように設定してあるだけだ。針の音を聞いていると、落ち着くような気がするから。この夜も、六十回ほど聞いたところで、ドキドキがおさまったようだ。

「華ちゃん……」

もう一度名前を呼んで、護は華の方を振り返った。すると、大きな目いっぱいに涙をためこんでいる顔が、視界に入ってきた。

（綺麗だ……）

恋人がなにかしら、悩みを抱えているにもかかわらず、護はそう感じた。一分ほどの時間は護と同じように、華の心にも安定を与えてくれたらしい。こぼれそうだった涙を右の袖口で拭き取り、いまだに幼さの残る少女のような容姿のオペレーターは、ぽつぽつと語りはじめた。

「あのね、護くんの意見を聞きたいと思って……アルエットちゃんのことなの」

「もしかして……幾巳《いくみ》とのこと？」

予想外の話題を切り出され、戸惑いながらも護は聞き返した。華はうなずいて、数時間前に目撃した光景を語りはじめた。新装開店した〈おーびっと亭〉※4の一角で、一緒に食事している様子の戒《かい》道《どう》幾巳とアルエット・ポミエを見かけ、声をかけようとした。だが、ふたりの会話が聞こえてきて、つい足が止まり、その機会を逃してしまったらしい。

「申し訳ないけど、ふたりで食事するのは、もうやめにしたい」

「……ウイ。戒道《かいどう》さんがそう言うなら異存はないけど、理由を聞いてもいいかしら」

「君は頭のいい人だ。説明なんかしなくても、わかってるんじゃないか？」

「無理よ、そんなの。思考のすべてをシミュレートできるほど、あなたを知っているとは言えないもの」

　華《はな》の見たところ、そう答えた時のアルエットの表情は普段とまったく変わりなかった。だが、その声はかすかに震えているように聞こえた。この食堂に限らず、ふたりだけで一緒に食事をしている姿は初めて見る。もうやめたいと言わしめるほどに何度も食事してきたのか、華にはどうにも想像がつかなかった。距離をおいて立ち尽くす華に気付かないふたりは、そのまま会話を続けた。

「そうだな……すまない。自分を知ってもらえるほど話をしてきたとは、とても言えない」

　アルエットの声音に含まれた心の動きを察したのだろうか。戒道の口調は、常よりはずっと優しかった。もともと、彼は自分の気持ちや考えを人に伝えるのが、苦手な少年だった。むしろ、それで良いと思っていた。だが、友人や仲間が増えるに連れ、そんな自分を変えたいという想いが芽生えてきた。しかし、いまだに達成されたとは言いがたい。そんな自分を自覚しているからこそ、うちから沸いてくる感情を素直に告げた。

「僕には大切にしたい女性がいる。その人のことを考えると、そうしたくなる……それが理由だ」

「正直ね、戒道さん。大切にしてる……じゃなくて、大切にしたいってとこ」

　アルエットはどこか寂しそうに、笑顔を浮かべた。そして席から立ち上がる。

「よかった……好きになっちゃった人が、戒道さんで」

　自分の食事トレイを返却口に運んでいくアルエットの後ろ姿を、戒道は何も言わずに見送っていた。慌てて身を隠した観葉植物の影で、一部始終を見ていた華もまた――

話を聞き終えて、護《まもる》はため息をついた。

「うわ…はぁ……それは……つらいね」

「……うん」

ベッドの上で、深くため息をついた護と並んで座りながら、華はうなずいた。

「戒道くんは悪くない……でも、アルエットちゃんが可哀想……」

その言葉を聞いて、護は数か月前の出来事を思い出した。オーストラリアの病院に戒道が負傷入院した時のことである。戒道の恋人と思われるユカを、わざわざ病院まで連れてきたのは、アルエットだった。その時、護は「優しいんだね……」と声をかけようとして、なぜだかためらわれた。もちろん、彼女が優しくないという意味ではない。

（あれはきっと、幾巳《いくみ》のためにとか、ユカちゃんのためにやったわけじゃない。あの子はただ、自分がそうしたいからそうした……それだけなんだ――）

あの時感じたものを、ようやく理解できたような気がした。同時に華も、悩み事を話すことができて、すこし胸のつかえがとれたらしい。

護も華も、戒道やアルエット、そしてユカのことを大切な友人であり、仲間だと思っている。だが、どんなに心配であっても、それ以上なにもできないこともあるのだと、悟らざるを得なかった。彼らにできるのは、友人たちを見守っていこうと思う、ただそれだけだった。それを確認する会話の後、華がベッドから立ち上がった。

「ごめんね、護《まもる》くん。寝るの邪魔しちゃって……おやすみなさい」

「大丈夫だよ、華《はな》ちゃんも……おやすみ」

若いふたりにとっては、あっという間の二十六分二十六秒間の出来事だった。踵を返して、華は護の部屋から出て行く。その物腰には、なんの違和感も見られない。

だから護は気づかなかった。華はたしかに友人たちのことで悩んでいたが、同時に自分自身においても深刻で、重大な悩みを抱えていたことを――

5

混沌とする世界情勢のさなか。ニューヨークの国際連合本部ビル、その事務総長執務室では部屋の主が膨大な書類の決裁に追われていた。といっても実質は、秘書官の指示する通りに処理を続けているという方が実情に近い。

「はあ、チェリー……これで全部かなぁ?」

「主要委員会のものはそれで全部です。ですが、まだ大切なものが残っています」

「オウ、そうだったそうだった。忘れていたわけじゃないよ！　チェリー」

うなずいたハート・クローバー事務総長の前に差し出されたのは、GGG《スリージー》ブルーから提出された緊急予算請求を承認するための稟議書だった。チェリーという愛称で呼ばれている秘書官の磯貝《いそがい》桜《さくら》が、付帯する資料を手際よく壁面モニターに映し出していく。クローバーは資料にうなずきつつ、言われるがままに次々と書類を決裁していった。傍目には秘書官が、事務総長の職権を壟断《ろうだん》しているように見えるだろう。だが、これはクローバー自身が選んだやり方だった。可能な限り最短で、ＧＧＧブルーが要求するだけの予算を配分するために。

現在、全世界が覇界《はかい》の眷族の脅威にさらされていた。毎日のように無数の難民が生まれ、危機的状況にあっても国家間の足並みがそろわぬ案件が発生する。それらを調整するのも重要だが、ＧＧＧブルーに可能な限りの行動の自由を与えることこそが、人類存亡にとって最優先なのだ。クローバーはそのことを知っていた。美人秘書の操り人形と陰口を叩く者もいるらしいが、体面にこだわるつもりなどなかった。

ＧＧＧブルーが全人類のための防衛組織である以上、その活動には多額の予算を必要とする。その流れを円滑にすることもまた、戦いの一環なのだ。

「ふう、もうこんな時間か……腹がすいたな」

クローバーはモニターの隅の時刻表示を見て、つぶやいた。

「チェリー、君は休憩を兼ねて食事でもしてきたまえ。ああ、ついでにテイクアウトでハンバーガーでも買ってきてくれると助かるな。公私混同で悪いが人手不足なんで……」

「事務総長、ハンバーガーでなくて申し訳ありませんが」

桜がそう言って差し出したのは、日本式のお弁当箱だった。箱の中には、桜が勤務の合間に握った、おにぎりが入っている。

「こ、これを私のために……！」

クローバーは感激の涙を浮かべつつ、おにぎりを手に取った。右手で仕事を続けつつ、左手でおにぎりにかじりつく。

「美味い、美味いよチェリー！」

涙を流さんばかりの勢いの上司を見て、桜《さくら》は微笑んだ。かつて、個人的好意を抱いていた日本人の上司にすら、このようなことをした記憶はない。だが職務を通じての、クローバーの全人類への献身を見ていたら、つい握ってしまっていたのだ。

「事務総長、ここに麦茶もありますから、飲んでください」

桜は微笑みを浮かべたまま、麦茶の入った水筒と携帯用マグカップを差し出した。おにぎりと仕事を器用に両立しつつ、クローバーは麦茶に手を伸ばした。

（可愛い……）

苦しそうに喉を詰まらせている上司が必死に麦茶を飲む様子を見て、桜はそう思った。


国連首脳部が苦しい状況下で捻出した予算は、膨大なものだった。かつてゴルディオンクラッシャーを開発した際のそれにも匹敵する規模だっただろう。

その予算をどんどん消費する機関のひとつに、ＧＧＧ《スリージー》ドイツ科研がある。ＧＧＧアメリカ宇宙センター、中国ＧＧＧ科学院航空星際部、フランスＧＧＧ技研と並ぶＧＧＧ外郭機関のひとつだ。

大気圏往還艇《たいきけんおうかんてい》〈テナヅチ〉でオービットベースからこの機関に降り立ったのは、ＧＧＧブルー参謀アーチン・プリックルである。足早に面会室を訪れたプリックルは、部屋で待っていた人物と、握手をかわした。

「久しぶりだ、ドクトル・アー[※5]」

「ああ、そちらも元気そうで何よりだ、ミスター・プリックル」

「元気でいるのが意外と言いたげだな。世界がこんな状況なのに……というのは確かだが、指揮をとる者こそ、タフであらねばならないからな」

ドカッとソファーに腰掛けつつ、ＧＧＧ参謀は豪快に笑った。この時、ドクトル・アーと呼ばれた人物とプリックルは、英語で会話している。もともとガッツィ・ジオイド・ガードが日本の秘密防衛組織であったことから、現在のＧＧＧブルーでも職務中は主に日本語が使用されていた。日本語を口にする時、常にひょうきんでグチっぽいプリックルが、英語を話すときは重厚な口調になる。なかなかに周囲の人物を戸惑わせる奇癖だった。

「タフか……うらやましいものだ、歳のわりにその頑強な身体――」

皮肉ではなく、素直な賞賛の言葉だった。この時、ドクトルはソファーに座ってはいない。その細い華奢な身体は機械仕掛けの椅子の上にある。正確には椅子に変形した義足で、その側面からはマジックハンドが伸び、ドクトルの口元まで飲み物のコップを運んでいる。

「麗雄《れお》博士が設計したこのチェアがなかったら、ずいぶん不自由な人生だったと思う」

「獅子王《ししおう》兄弟はいつも色々な発明で、君たちの探査計画をバックアップしていたな」

「ああ、この脚はドイツ製だが、優秀なスタッフがメンテも手伝ってくれるので助かっている」

獅子王凱《がい》の実父である亡き麗雄博士、そしてその兄である雷牙《らいが》博士も、プリックルやドクトルとは奇妙な縁があった。ドクトルは今でこそ両手両脚を義肢とする身であるが、かつては有人木星探査船計画の一員だった。その時の同僚に、麗雄博士の愛妻だった獅子王絆《きずな》、プリックルの弟カクタス・プリックル[※6]がいたのである。

木星探査に情熱を傾けた仲間同士であったが、いまは絆《きずな》もカクタスも存命ではない。ドクトルとプリックルは、同じ寂しさを共有しあっていた。

「さて、積もる話はあるが、ＧＧＧ《スリージー》参謀の貴重な時間を奪ってしまうのは、人類存亡に関わる」

そう言ってドクトルは、人の腕と同じように可動するマジックアームで、タブレット端末を差しだした。プリックルがのぞきこむと、そこにはＧＧＧドイツ科研が担当しているとある案件の進行状況が表示されていた。一読して、プリックルが唸る。

「むう……かなり厳しい状況だな」

「そう、地球全土の黒化《こっか》にはとても間に合わない」

覇界《はかい》の眷族による〝黒い大地〟の拡大は、黒化と呼ばれるようになっていた。ドクトルが提示した進捗からは、黒化の進行に追いつけないことは明白だった。

「これでも全力を尽くしてはいる……」

「気にしないでくれ、ドクトル。アメリカも中国もフランスも似たようなものだ」

そう言って、プリックルは苦笑した。

「凡人が数を頼んでも、麗雄《れお》博士や雷牙《らいが》博士にはかなわないか……」

この十年、ＧＧＧとその外郭機関が常に直面してきた問題だった。だが、ドクトル・アーが凡人を名乗るのは、実のところ謙遜が過ぎるというものだ。

ドクトルは義肢の権威であり（自らが被験者となってしまったのは皮肉なことだが）、かつて凱《がい》やルネのサイボーグ・ボディを開発する際にも、大きく貢献した人物なのだ。さらにその技術は勇者ロボたちのマニピュレイターにも応用されている。いま地球の叡知を結集して進めているプロジェクトにおいても、ドクトルの存在は欠かせない。

「わかった。オービットベースに戻って、この資料を提出させてもらう」

「やはりプランBを実行することになるな」

「危険性は高いが、やらなきゃならない。何故なら、我々はGGGだからな」

　プリックルの誇らしげな顔に、ドクトルは目を細めた。彼らが進めているプロジェクトとは別案で進められているプランB――それは機動部隊の勇者たちに、大きな危険を強いる賭けのような作戦だった。だが、危険を怖れていては、金色と緑色のエムブレムを背負った先輩たちに顔向けできない。それがプリックルだけでなく、青色のエムブレムを背負った者たち、全員の想いだった。


――翌日、オービットベースのビッグオーダールームに招集されたのは、現在のGGGブルーとGGGグリーンの総力と言っても良かった。GGGブルーのヘッドダイバーである護《まもる》、戒道《かいどう》、蛍汰《けいた》、火乃紀《ひのき》。ポルコートと月龍《げつりゅう》、日龍《にちりゅう》、翔竜《しょうりゅう》といった勇者ロボたち。そして、GGGグリーンの凱《がい》とコスモロボ形態のマイク&バリバリーン、ようやく修復が完了したボルフォッグと、ゴルディーマーグ。いや、ゴルディーの姿は以前とは変わっていた。

「ホワッツハプン？　うすらトンカチが増えてるもんね〜〜」

　マイクがそう言って、モニター上の目を丸くしたのは、ゴルディーが背負ったハンマーの他に、もうひとつのハンマーを手にしていたからだ。以前ならマイクの軽口に、頭部から蒸気を噴き出しかねない勢いでキレていたゴルディーだが、この日は上機嫌だった。

「おうよ、これこそ俺様の新しい力！　今日からゴルディーマーグではなく、ゴルディーダブルマー

[※7]グと呼んでもらおうか！」

「長くて言いにくいんだもんね。略してゴデブーでいいんだもんね」

「て、てめぇ、俺様のリニューアルが台無しじゃねえか！」

「凱《がい》長官代理……我々と同時期に回収されたはずの光竜《こうりゅう》と闇竜《あんりゅう》の姿が見当たりませんが」

　ゴルディーの上機嫌がもったのも、わずか数十秒だったようだ。

　そう疑問を呈したのはボルフォッグである。ゴルディーとともに修復完了してようやくこの場に臨んだのだが、その観察眼は衰えていないようだ。

「ああ、その疑問はもっともだが……まずはGGG《スリージー》ブルー長官の説明を聞いてくれ」

　凱の言葉を受けるようなタイミングで、阿嘉松《あかまつ》が両GGGの隊員たちに作戦説明を始めた。

「言うまでもねえことだが、俺たちの目的は覇界《はかい》の眷族による黒化《こっか》を止めて、地球を救うことだ。それにはディスクXの量産が有効、そのためには不本意だがキノコ雲あたまのクソ不良老人を救出しなくちゃなんねぇ」

「長官、そんなところに個人的感情を持ち込むのダメダメよ！　僕、幻滅しちゃうネ」

　プリックルが大げさに両肩をすくめてみせ、笑いが起こった。前日に英語を話していた時とは異なる、気の抜けたひょうきんな口調。それが深刻な空気を吹き飛ばす役に立ったようだ。

「ああ、わかったわかった。とにかくこれから発動する作戦の最大の目標は、獅子王雷牙《ししおうらいが》の救出だ。だがそのためには、幻竜神《げんりゅうじん》と強龍神《ごうりゅうじん》——この二体を攻略しなきゃならねぇ」

　獅子王雷牙がこの二体のどちらかの内部に、ゼロ核《コア》となり存在しているであろう可能性は高い。

だが、目標がわかっていても、その困難具合が減じるものではない。

「長官……悔しいけど、いまの僕たちでは彼らに打ち勝つのは難しいと思います」

護《まもる》が静かに、言葉を発した。自分たちの無力さを自覚してはいても、絶望はしていない。このように作戦会議を開くからには、なにか対抗策を見つけたのだと信じている表情だ。

「護の言う通り、ガオガイゴーもガオファイガーも、トリプルゼロの恩恵を受けてやがるあいつらにはかなわねえだろうな。だから、勝てる可能性がある奴らをぶつける。勝利の鍵は、こいつらだ」

メインスクリーンに、ヤマツミ内部の格納庫が映し出された。そこにはビークル車両がすっぽり収まるほどのカプセルがふたつ置かれている。ハッチが閉じられていて、内部の様子はわからない。

「ご機嫌はどうかな？　光竜、闇竜」

阿嘉松の後を継いで、楊《ヤン》が語りかけた。

『上々ですが、この状態ではロボジュースが飲めないのが残念です』

『はやく元の体に戻りたい～～！』

モニターから出力されてきた闇竜と光竜の声に、戒道《かいどう》がはっとする。

「どういうことだ？……光竜と闇竜はビークル形態のまま、ＡＩブロックを分離されているのか？」

「そうだ。故あって、ＡＩは機体に接触しない状態にある。搭載されるのは……月龍《げつりゅう》、日龍《にちりゅう》と奇蹟のシンメトリカルドッキングを果たすときだ」

「それって……木星でザ・パワーの力を借りて実現した、あの合体のこと!?」

驚く護に、楊が説明を続ける。

「ご明察。今、幻竜神と強龍神はトリプルゼロの力でそれを再現しているのだ。同等の力で立ち向かうのが正攻法と言えよう」

「……天竜神《てんりゅうじん》と星龍神《せいりゅうじん》にも同じことを⁉」

トリプルゼロの副産物であるザ・パワーをコントロールするのは難事である。それをよく知っている護《まもる》の表情を見て、凱《がい》が応える。

「そうだ、覇界将《はかいしょう》たる幻竜神《げんりゅうじん》と強龍神《ごうりゅうじん》に対抗するには、その方法しかない。それが俺たちのくだした判断だ」

凱もまた、ＧＧＧ《スリージー》グリーン長官代理として、阿嘉松《あかまつ》や楊《ヤン》と議論を重ねた。そしてたどりついた結論である。

「天竜神《てんりゅうじん》の機体は、ＡＩと分離して修復した後、あえてトリプルゼロを排除せずに、厳重に保管している状態だ」

楊は表示されているカプセルについて、説明した。カプセル内部には高濃度のＧリキッドを循環させており、それが周囲へのトリプルゼロの浸食を防いでいることを。

作戦が始まったら、できるだけ幻竜神と強龍神に接近したところで、光竜《こうりゅう》と闇竜《あんりゅう》のＡＩブロックを機体に戻す。そう長くはもたず、また覇界の眷族となってしまうのは疑いない。だが、それまでの間に奇蹟のシンメトリカルドッキングを敢行、幻竜神と強龍神を攻略することさえできれば――

「覇界将二体の中のゼロ核《コア》を回収できるはず――」

その作戦に戦慄したのは護だけではない。

「だが、時間制限が厳しすぎる。目標を達成する前にトリプルゼロに浸食されてしまったら、光竜と闇竜は覇界の眷族に逆戻りだ。それどころか、月龍《げつりゅう》と日龍《にちりゅう》まで敵にまわることに……」

戒道《かいどう》はその先の懸念を口にしなかった。だが、言わんとすることは明らかだ。最悪の場合、覇界幻竜神と覇界強龍神に匹敵する強敵が、新たに二体誕生し、戦力差が逆転不可能な状態になる。そうなれば、もはや人類が勝利する途は閉ざされるだろう。戒道の指摘を覚悟していた阿嘉松は、静かに切り出した。

「そうならねえための対抗策として、悪いが護と幾巳《いくみ》にゃ無茶してもらわなきゃなんねえ。お前さんたちは……合体ビークルロボ内部に乗り込んで、ＧストーンとＪジュエルの力で、トリプルゼロの浸食を少しでも遅らせてほしいんだ……」

　阿嘉松は苦渋の表情で告げた。勇者ロボを軽んじるわけではないが、三重連太陽系生まれとはいえ生身である若きふたりに、危険な任務を強いている。それを自覚しつつも、告げなければならないのが、ＧＧＧ長官という立場だ。

　だが、ＧＧＧブルー機動部隊隊長と副隊長は迷わなかった。むしろ、その表情は勝機を見いだした希望に満ちていた。

「うわっはー！　やります！　やらせてください！」

「ああ、どう考えてもそれ以上に成功率の高い作戦は存在しないようだな」

　オペレーター席で、発言することなしに会議を聞いていた、華《はな》とアルエットの肩が震える。ふたりとも、大切に想う人が冒さねばならぬ危険の巨大さを悟ったのだろう。しかし、同時にそれをやらねばならぬ事を理解しているが故の無言だった。かつての機動部隊オペレーター卯都木《うつぎ》命《みこと》がそうだったように――

「君たちも、この作戦でいいんだね？」

　護は隊長として、月龍と日龍、そして光竜と闇竜に問いかけた。

「ヤー、それが勇者としての任務ならば」

「あの先輩方もなかなかやるってわかりましたから。私たちと組めば、失敗などありえませんわ！」

『ねえ、闇竜《あんりゅう》。あの子たち妹なのに、あたしたちより自信たっぷりだよ〜〜』

『仕方ありません。先輩である私たちよりも稼働時間がずっと長いのですから』

　姉妹たちはそれぞれの個性で、作戦に異存のないことを示した。そんな仲間たちの様子を見て、阿嘉松《あかまつ》は満足げにうなずく。

「ようし、作戦決行は次に幻竜神《げんりゅうじん》と強龍神《ごうりゅうじん》が現れた時！　作戦名は……『竜シリーズだらけの合体戦！　最強兄弟と無敵姉妹、勝つのはどっちだ大作戦』だッ！」

「アウチ……」

　阿嘉松の叫びに、プリックルが絶望したような声をもらす。その場の全員が言葉を失くしたが、少なくとも重々しい絶望感は一瞬で霧散したようだ。

「ええっと…竜……」

　いくらなんでも長すぎると感じた凱《がい》が、別の作戦名を提案しようと口を開いたその瞬間——

　サテライトサーチが警報音を奏でた。それはメキシコのチクシュループ・クレーター付近に、覇《は》界《かい》の眷族とゼロロボの群れが出現したことを報じるものだ。狡猾なる大河幸太郎《たいがこうたろう》率いる敵が、何の策もなく現れるはずはない。確実な勝算あっての進撃であることは間違いないだろう。

　警報音は、あたかも終焉を知らせる警鐘のように鳴り響いた。勇者たちが危険な賭けに身を投じなければならない作戦——その開幕を告げる鐘である。

6

神奈川県横浜市の〈セプルクルム〉——ヒトに認識されることのない不可知領域には、アニムスの花が咲き乱れている。だが、その花は自生しているわけではない。丹精込めて育てた者たちがいるのだ。命尽きようとしているヒトを、苗床として密やかに集めてきたソムニウムたちが、このセプルクルムの大地に葬ったのである。

　命の灯火が消えるとき、ヒトの顔面に咲き誇る艶やかな大輪——アニムスの花。そこに生る実は、魂魄の結晶ともいえる。ソムニウムにとって、それはかけがえのないモノだ。生命を維持する糧であると同時に、超常の能力を発揮する媒介ともなる。単に生命の結晶というだけなら、あらゆる生物にその花が咲いても不思議ではない。だが、この地球でその苗床となりうるのは、ヒトなる人類のみ。遺伝子配列の九割以上が一致する類人猿のような近隣種でさえ、その条件を満たさぬのは、魂ゆえか、知性ゆえか、それとも別の何かか。いずれにせよ、ソムニウムがヒトという種族を護り続けてきたのは、アニムスの実を得るためと言ってよい。

　そして今、その貴重な花を踏み荒らす侵入者がいた。小柄な身体が、無造作にアニムスの花を散らしながら、歩んでいく。セプルクルムを知覚できる以上、その者はヒトではない。ソムニウムでありながら、ソムニウムの価値観とはそぐわぬ者、その名は——

『なにをしに来た——デウス[※8]』

ラミアの額に十字光が瞬くとともに、鋭い意思が放たれた。その顔貌には、警戒と敵意が浮かんでいる。人間的な感覚からは無表情に見えようと、ソムニウムに感情が存在しないわけではない。そして周りにいる者たちも、おおむね同様だ。羅漢《らかん》、ユーヤ、ヒイラギ、ガジュマル、シャーラ……警戒と敵意のいずれが勝るにしろ、そのどちらかの感情を浮かべている。唯一の例外は、つばの広い帽子を被り、変わった形の弦楽器を携えたライだけだ。彼だけはニヤニヤ薄笑いを浮かべて、おどけるように身体を揺らしている。そのたびに、腰から下げた、幾つもの小袋も揺れる。同族の仲間ですら、ライの内心は、その袋の中身と同様に、推し量ることさえできない。

　警戒と敵意の意思を乗せた多数のリミピッドチャンネルを受信しても、デウスは穏やかな物腰のままだった。見た目は十歳ぐらいの少年のよう。古代ギリシャの住人のような装束に、光り輝くような金色の頭髪には月桂冠がからみついている。縄で編み上げたような履き物の下には、アニムスの花が踏みにじられたままだ。おそらくそれがラミアたちの敵意をいや増しているであろうことを自覚しつつ、デウスは涼しげな顔で額に十字光を明滅させる。

『刻《とき》を報せに来たんだよ』

『刻だと？　なんの刻を報せにきやがった⁉』

　ラミアに代わって問いかけたのは、見た目はデウスと同じくらいの少年に見えるガジュマルだ。もっとも涼やかな物腰のデウスに対して、ガジュマルの意思は暴風のごとく荒れ狂っている。ガジュマルの背後では、シャーラが不安そうな面持ちで成り行きを見守っていた。

『もちろん、決戦の刻さ。君たちも気づいていたんだろう――過日の戦《いくさ》では、ボクが干渉していたことを』

　それがGアイランドシティでの戦いを指していることは明白だった。あの時、覇界《はかい》の眷族の目論見を看破したラミアと羅漢は、強く貴重なアニムスである〈ウィウェレの実〉の苗床となる血族〈希望なる者〉――彩火乃紀《さいひのき》を守るよりも、優先すべき別の場に向かったのである。宇宙開発公団の地下において、完全には覚醒しきっていない覇界王《はかいおう》キングジェイダーを急襲、死中に活を求めるために。だが、常に敵の能力に合わせた戦術を得意とする彼らでさえ、一筋の光明すらなく完膚なきまでに敗北したのだ。

　覇界王を討ち果たすことかなわず、希望なる者が救われたのは僥倖に近い。いや、それは僥倖ではなかった。

『ンー…最古なる者よ。あの時、ウィウェレなる者が救われたのが、どうやら干渉の結果というわけか』

　デウスは穏やかな笑みを浮かべたまま、意思を発しない。だが、この場にいる者すべてが理解していた。あの時、彩火乃紀と深い縁を持つ蒼斧蛍汰《あおのけいた》に助力したのが、デウスだということを。

　そして、デウスの干渉はそれだけではない。覇界の眷族による波状攻撃の初期段階にて、その兆候をラミアたちに報せたのも彼なのだ。

『デウスよ――お前が最も古き伝説のソムニウムならば、なぜ我らやヒトに干渉するのだ』

『問いかける必要があるのかな。ボクもこの地に発生した知的生命体の一個体だ。ソムニウムの同族も、ヒトなる種族もみな、愛しく思っている』

『では、この事態になぜ、己が全力を振るおうとはしない？』

　ラミアの問いかけに、デウスが答える。

『簡単なことさ。ボクは〝視る者〟、大きな力は持っていない。だから自分の視たものを伝えることでしか干渉できないのさ』

その意思に、偽りや誤魔化しは感じられない。真実であろうと感じられた。

『ンー…この世の開闢《かいびゃく》から終焉までを見通す伝説のソムニウムが、たいした力は持っていないとは——私以上に、ンー…謙虚な性格のようだな』

その瞬間、『誰が謙虚だ』という意思が泡のようにさざめいて、消えた。おそらく、その場の複数の意思が混ざり合ったものだろう。

『ンー…私は学究の徒として、古今東西のソムニウムの記録を調べた。その結果、ひとつの疑わしき…いや驚愕なる真実といえる伝説を知った。移りゆく長き時代において、デウスなるソムニウムが種の存亡に関わる事態に幾度となく干渉している、とな』

常に他者を見下す傲岸な羅漢《らかん》が、この時は驚嘆の眼差しでデウスを見つめている。もともとソムニウムはヒトに比べて、生殖能力が極めて低い代わりに長命である。ラミアや羅漢も若者のように見える面立ちだが、すでにヒト族の寿命の数倍を生きているのだ。だが、決して不老でもなければ不死でもない。数千年の時を生きれば、かつてのパキラ老のように老いと無縁ではいられなくなるし、やがては滅びの刻が来る。にもかかわらず、デウスの伝説はソムニウムが〝記録〟という行為を編み出した時代から、連綿と続いているのだ。それも常に変わらず、涼やかな少年の姿で。ソムニウムという超常の種族の中にあって、なお特異な存在がこのデウスだった。そして、羅漢にとって、いやこの場にいるすべての者にとって、これが伝説の存在と相まみえる最初の機会だった。

羅漢が向ける驚嘆の視線も、デウスにとっては特筆すべきものではないのだろう。永劫ともいえるその生涯が真実であるのならば、永い時の中ですでに幾度も繰り返された反応なのかもしれない。

穏やかな表情のまま、デウスは額に十字光を明滅させる。

『かつて、この地の知的生命体は、幾度も存亡の危機に直面した。だが、ボクが干渉するまでもなく、君たちやヒトはそれを乗り越えた……』

　デウスの言う通りだった。ゾンダーや原種、遊星主といった外敵。そしてカンケルという生体の内に潜む脅威。それらすべてをヒトと、そして彼らと共棲するソムニウムは超克してきたのだ。

『だけど、暁の霊気による浸食は、これまでの危機とは違う。君たちソムニウムもあと三度、滅びの刻《とき》を乗り越えなきゃならないんだ。ボクはそれを伝えに来たんだよ』

　そんな意思を放つと、デウスは朗らかに微笑んだ。ほっそりした足の下では、踏み散らされたアニムスの花びらが、風に舞っていた。


「機動完遂要塞艦《きどうかんすいようさいかん》〈ワダツミ〉、分離発進！」

　ファントムガオーのコクピットに座した獅子王凱《ししおうがい》の号令で、ディビジョンXの巨影がGGG《スリージー》オービットベースから分離する。宇宙基地の一区画であった構造体から要塞艦に変形したワダツミは、そのまま大気圏への突入を開始した。

　凱の視界には、マルチモニターに映し出されたGGGグリーンとGGGブルー機動部隊の隊員たちが映っている。ワダツミが発進する直前まで、ビッグオーダールームでのブリーフィングを補足する内容を一同に指示していたのだ。

　なにしろ今回の作戦は、覇界幻竜神《はかいげんりゅうじん》、覇界強龍神《ごうりゅうじん》とまた接触した際に発動されることを想定していた。おそらく少し先の出来事であろうと思いきや、ブリーフィングすら終わらぬうちに、緊急発動されることになったのだ。準備を万全にして、次回接触時を待てば、作戦の成功率は高まるだろう。だが、地球全土の黒化《こっか》が迫るなか、もはや猶予はない。想定されるいくつかの状況への対抗策を指示し終えると、勇者ロボたちが口々に了解を告げて、モニターから消えた。残った四人の顔を、凱《がい》は見渡した。

「頼むぞ、護《まもる》、幾巳《いくみ》、蛍汰《けいた》、火乃紀《ひのき》！」

「むぁーかせてくださいっす！　難易度高い任務を成功させるほど、ローンを繰り上げ返済できちゃうんだから、やる気も出るってもんすよ！」

「もう、そういう恥ずかしいこと言わないの！」

火乃紀が婚約者の発言に、顔をしかめた。Ｇアイランドシティにあるふたりの愛の巣（予定地）はゼロロボに蹂躙されたものの、カーペンターズによって修復された。だが、すぐに蛍汰がＧＧＧ《スリージー》入隊を決めたため、そこでの甘〜い新生活（予定）はおあずけとなった。いきなり危険な世界に飛び込むことになった蛍汰を発憤させるため、阿嘉松《あかまつ》長官が特別ボーナスを設定してくれたのだが、これで地球が救われるのなら、安いものだろう。

特に今回は、戒道《かいどう》と護に代わって、蛍汰と火乃紀がガオガイゴーにダイブすることになる。Ｇアイランドシティの時は、Ｇストーンの申し子である護のフォローがあった。それなしで、肉体的には一般人と変わらないふたりが、勇者王とならねばならないのだ。

ＧＧＧグリーン機動部隊隊長兼長官代理の声にも、蛍汰と火乃紀に対する労いの色が見える。

「無理はするなよ、ふたりとも。何かあったら、俺を頼ってくれ」

「ひゃー、頼もしい！　もう最初っから頼る気マンマンでいかせてもらいますよ、凱さん！」

冗談に紛らわせたのか本心なのか、どちらともとれる表情で、蛍汰が宣言する。ちなみにこのふたりの関係は、なかなかに微妙なものだ。戸籍上でいえば、凱の方が蛍汰より四年早く産まれている。だが、十年近くの時間を一足飛びしてきた凱よりも、戸籍通りの歳になった今現在の蛍汰の方が、肉体的に年長であるのも確かだ。

　GGGに入隊した直後、ていねいに話しかけてきた凱に対して、蛍汰は両手を顔の前で振って、まくしたてた。

「いやいやいやいやいやいや！　やめてくださいっすよ、あの獅子王《ししおう》凱さんが俺に敬語使うとか、マジあり得ないっすよ！」

　蛍汰にとって、獅子王凱とは最年少宇宙飛行士だった時代も、ゾンダーと戦っていた時代も、自分より年上のヒーロー的な存在だったのだ。数奇な運命の果てに若いままの姿を保っているとはいえ、敬語など使われては落ち着かないこと、この上ない。結局、もともと気さくな性格である凱は、蛍汰も火乃紀も戒道もファーストネームで呼ぶようになる。だが蛍汰の方は「凱さん」呼びが精一杯なのだった。

　蛍汰と火乃紀がダイブする覚醒人凱号《かくせいじんがいごう》との通信を終えた凱は、メインオーダールームの華《はな》が、ビークルモード日龍《にちりゅう》の運転席にいる護と通信で話している様子を、視界の端に捉えた。

『座席、耐Gシートに変えてもらったんだけど、急な作業だったから……きつくない？』

　本来、耐Gシートは使用者の体型にあわせて製造されるものの方が、より高性能だ。だが、今回は急な出撃だったこともあり、汎用のものが使われている。そのフィッティングを、華は心配しているのだ。

『ちょっときついかなぁ……こないだ華《はな》ちゃんが作ってくれた手料理が美味しくて、一キロ増えちゃってるから』

『えええっ、そんな……どうしよう……』

本気で心配している華の声に、護《まもる》があわてた。

『あ、ウソウソ、ごめん！　ほんとはちょうどいいよ、うん。さすが華ちゃんが選んでくれたシートだ！』

『ああ…もうっ…びっくりしたぁ…それならよかったぁ……』

不安がる華を元気づけようとする護の冗談だったのだが、その気遣いも無理はない。今回の作戦で、もっとも危険な役割を担当するのが護と戒道《かいどう》である以上、誰がもっとも心を痛めるのかは明らかだ。

凱《がい》はその会話に微笑みながら、月龍《げつりゅう》の運転席にも回線をつないで呼びかけた。

「……幾巳《いくみ》、頼みがある。ちょっといいか？」

「はい、なんでしょう？」

「こっちのオペレーターが不安がっているんだが、励ましてやってくれないか」

そう言って、凱は通信回線をつなぎ替えた。ＧＧＧ《スリージー》ブルー隊員でありながら、ＧＧＧグリーンの管制業務を委託されているオペレーターと、月龍の運転席を秘匿回線で直結させたのだ。エヴォリュダーとして、自分の手足のように通信網に介入できる凱にとって、先刻からアルエットが息を殺して一同の会話に聞き入っていた様子は、手に取るように把握できていた。

「ちょ、ちょっと凱！　不安がってるなんて勝手に――」

少女らしくない大人びた性格にしては、珍しく裏返り、取り乱した声。だが、すぐに回線が自分と戒道のみを結ぶ状態になっていることを察すると、アルエットは瞬時に押し黙った。

（やだ……こないだ、あんなこと言われたばっかなのに、これじゃまるで私……）

アルエットは耳まで真っ赤に染めて、言い訳を考えた。普段は常人の数倍もの速度で回転する脳細胞が、熱暴走したかのように機能低下している。

（落ち着け……落ち着きなさい、私……！）

必死に努力する少女の通信インカムから、〝その声〟が飛び込んできた。耳元で囁くように。

「心配してくれてありがとう……アルエット」

息が止まるかと思った。これまで、戒道幾巳は〝君〟と呼ぶだけで、彼女の名を口にすることはなかったのだ。

「戒道さん……」

隠そうとしても、声が震えてしまう。きっと隣の席の初野華にも見られている。それでもアルエットは、青い瞳からぼろぼろとこぼれる熱い液体を、押しとどめることはできなかった。

「不安にさせてしまうけど……僕はここで倒れるつもりも、覇界《はかい》の眷族になるつもりもない。なすべきことをなすまで、絶対に――」

それが、いまは覇界の眷族の側にいる者たちを取り戻そうとする強い決意であることは明白だ。アルエットにもまた、十年前に助けてくれた人たちを救い出したいという、同じ思いがあるのだから。

「うん、信じてる……一緒に、あの人たちを取り戻しましょう」

その声にはもう震えはなく、瞳に涙はにじんでいなかった。

天海護《あまみまもる》と初野華《はつのはな》、戒道幾巳《かいどういくみ》とアルエット、蒼斧蛍汰《あおのけいた》と彩火乃紀《さいひのき》、それぞれがわずかな、そして貴重な時間を使って、言葉をかわしている。その気配が、回線を通じてささやかに伝わってくる。もちろん、凱《がい》は内容まで聞いているわけではない。エヴォリュダーの超感覚が、通信量の増減というだけの情報を、小鳥たちの若く透き通ったさえずりであるかのように捉えてしまっているだけだ。

束の間、凱はささやかながらも幸せな気分を味わった。

（……命《ミコト》、もう少しだけ待っていてくれよ）

これから訪れるであろう覇界《はかい》の眷族との想像を絶する死闘。その先に間違いなく約束されているはずの運命、〈卯都木命《うつぎみこと》との再会〉に思いを馳せながら――


ビッグオーダールームからメインオーダールームへ移行したＧＧＧ《スリージー》首脳部は、メインスクリーンに映し出される降下中のワダツミの映像に見入っていた。以前なら、電離層を通過する際には通信効率が落ちていたものだが、インビジブル・バースト後にレーザー通信が整備されたこともあって、そうした不備も解消された。おかげでオペレーター席の華とアルエットが私的な会話をかわすこともできたわけだが、阿嘉松《あかまつ》長官は見て見ぬふりでとがめようとはしなかった。ＧストーンやＪジュエルで戦う者たちの力を高めるには、〝怖いという気持ちを乗り越える勇気のエネルギー〟や〝もがきあがく生命の力〟を強く持たねばならない。護たちにとって、この時間が大切であることを、ＧＧＧスタッフはみな理解しているからだ。

阿嘉松はスーパーバイザー席に向かって、語りかけた。

「なあ、楊《ヤン》の旦那。この有能長官様の戦術、どう見る？」

「正直なところ、あまり策を弄しているようには見えんな。Ｇアイランドの一件で、覇界の眷族は圧倒的な優位を確立した。後は〝寄せ〟に過ぎないのだろう」

　楊は囲碁や将棋で使われる用語を口にした。大勢が決した後、終局をより良い形にするための段階という意味だ。

「けっ、後は投了を待つだけってか？　悪ぃがこっちはあきらめの悪さじゃ、初代長官にも負けちゃいねえんだ」

　相変わらず、言葉の端々に大河幸太郎《たいがこうたろう》への対抗意識が透けて見えるな……と思ったものの、口にしないだけの配慮も、いまの楊には備わっている。口にしたのは、別の話だ。

「気になるのは、覇界の眷族が現れた土地の方だな」

「ああん？　あの場所に何があるっていうんだ？」

「ノーノー長官、うっかり良くないネ。あそこは六五〇〇万年前、超竜神《ちょうりゅうじん》が押し返した隕石でできた場所ヨ」

　ふたりの会話に、プリックル参謀が加わってきた。彼の言う通り、そこはサテライトサーチで発見された覇界の両将、幻竜神《げんりゅうじん》と強龍神《ごうりゅうじん》の半身ずつが深い因縁を有する地なのだ。

　かつてＺＸ－06〈頭脳原種〉が、小惑星帯からＥＳウインドウで転送した巨大隕石を地球に落とそうとしたことがある。超竜神はそれを防ぐため、その身とともにＥＳウインドウの彼方へ巨大隕石を押し返したのだ。隕石は木星へ転送され、パウリの排他律による反発現象によって、この段階における時空連続体から弾き飛ばされた。その際、〈トリプルゼロ〉の副産物として木星に存在していた超エネルギー〈ザ・パワー〉が、超竜神《ちょうりゅうじん》を隕石もろとも時間と空間を超越させ、六五〇〇万年前の地球へ導いたのだ。現在では、ザ・パワーが時空の破れ目から漏れ出たトリプルゼロの一部であることが判明し、いかなるメカニズムによって、巨大隕石が時空を超えたのかも推定されている。この時にザ・パワー……すなわち微少のトリプルゼロをまとった超竜神は太平洋へ落下。現代に蘇るまで、地層のなかで眠り続けた……その時、彼が押し返した巨大隕石が落ちた地こそが、メキシコ・ユカタン半島のチクシュルーブ・クレーターなのだ。

「チクシュルーブ・クレーターにおいては、以前から地磁気異常や重力分布の偏差が観測されている。だが、それは微少なものであり、六五〇〇万年前の痕跡に過ぎない。いま現在、覇界《はかい》の眷族がやろうとしている事に、どういう関連性があるのだ……」

　楊《ヤン》は珍しく苦悩の表情を浮かべた。Ｇアイランドシティでは、大河《たいが》の作戦を読み切れず、後手に回ってしまった。再度そのようなことが起きれば、今度こそ人類滅亡に直結しかねない。楊は必死に、大河の思考を再現しようと脳内でシミュレーションを繰り返した。だが、結論は出ない。果てのない迷宮に閉じ込められてしまったかのようだ。

　そんな楊の懊悩が尽きぬまま、ワダツミは決戦の地へと降下していく……。

7

遊牧を主産業とする風光明媚な土地。それがユカタン半島の景観だ——ほんの数時間前までは。

それまで緑豊かだった土地がゼロロボの群れによって、光を一切反射しない漆黒の異形に塗り替えられていく。放射状に拡大していく黒化《こっか》の中心地点は、まさにチクシュループ・クレーターの中心地点でもあった。そこには二体の巨人が屹立《きつりつ》している。覇界の眷族にあって、覇界王の両翼を固める両将——覇界幻竜神《げんりゅうじん》と覇界強龍神《ごうりゅうじん》だ。

　さらにその足下には四人の男女の姿がある。

「……なに、すべては演出だよ」

　もっとも長身の黒いロングジャケットを着た男が答えた。一瞬前、ピンク色に染めた爆発へアスタイルの老人から、「ところで長官、なんでこのクレーターで彼らを待つことにしたんだね？」と問いかけられ、それへの返答である。

　衛星軌道上にて、楊龍里《ヤン・ロンリー》が必死に答えを求めた謎——チクシュループ・クレーターを決戦の地に選んだ理由、それは〝演出〟だと答えているのだ。

「彼ら若きGGG《スリージー》も、柔軟で対応能力に優れた人材をそろえている。こちらが無駄に時間をかけてしまえば、必ずや対抗策を見つけてくるだろう」

「OH！　ダカラこれが、避けられない決戦だと思ってもらう必要があったのデスネ！」

　金髪碧眼の女性が、両手を叩いて得心の顔になる。彼らの名は大河幸太郎《こうたろう》、獅子王雷牙《ししおうらいが》、スワン・ホワイト——いずれもトリプルゼロに浸食され、覇界の眷族となってしまっている。その結果、倫理観を変質させ、知的生命体の活動の終息こそを至上の命題と考えるようになっている。

だが、それによって人格を上書きされたというわけではない。彼らのパーソナリティは浸食によって、ある程度の変化はしているものの、まったくの別物になっているわけではないのだ。大河《たいが》は相変わらず、深い知性と洞察力を有しながら、ユーモアを忘れない伊達男のままだった。そして、それはこの場にいる最後のひとりにとっても、同様だ。

「凱《がい》……もうすぐだよ。もうすぐ、また一緒になれるからね」

卯都木命《うつぎみこと》は、涙に濡れた目で空を見上げて、そうつぶやいた。覇界《はかい》の眷族と化す前から、そして今でも、かけがえのない存在である獅子王《ししおう》凱が降りてくるであろう空を。

果たして命の思いが届いたのか——蒼穹の片隅にある雲間から、ワダツミの巨大な艦影が現れた。


対地高度を落としていく機動完遂要塞艦《きどうかんすいようさいかん》〈ワダツミ〉の格納庫に、銀と金の大型車輌、そして白と黒の大型カプセルが並んでいる。

「氷竜《ひょうりゅう》兄様は、とても頼りになるんです。私たちみんなの長兄ですから、リーダーシップを発揮してくださって……」

「炎竜《えんりゅう》兄ちゃんは楽しいんだよ！　すぐ熱暴走しちゃうけど、ミラーシールドであたしたちを護ってくれるの」

「風龍《ふうりゅう》兄様はすごく優しい方です。戦いの中でも、いつも私たちのことまで気にかけてくださって……」

「雷龍《らいりゅう》兄ちゃんは、痺れるほど格好いいよ！　電磁荷台《デンジャンホー》で飛んだり、エレキガンを構えた姿がとってもイケてるの！」

大気圏に降下中の格納庫で行われていたのは、光竜《こうりゅう》と闇竜《あんりゅう》による兄自慢大会だった。カプセル表面のライトが明滅して、内部に保存されている超ＡＩのはしゃぎっぷりを表している。

「うらやましい……」

「私たちはほとんど会う機会もないまま、お旅立ちになってしまったのに……」

月龍《げつりゅう》と日龍《にちりゅう》はそれぞれのヘッドライトを光らせ、羨ましそうな声を出した。だが、落ち込んでいるように聞こえたのは一瞬。すぐに誇らしげな声音で宣言する。

「でも……これから私たちも氷竜先任たちに指導してもらえるのです！」

「そうよ、きっとお兄様方は優秀な妹の登場を喜ばれるはずよ！」

「いやぁん、闇竜～。あの子たち、妹なのに私たちより自信満々だよぉ」

「仕方ありません。それだけ実戦経験を積んできているのですから」

そんな会話を耳にして、日龍の運転席に座っている天海護《あまみまもる》は微笑んだ。

（みんな、氷竜たちを救いたいという想いは同じだ。これならきっといける……！）

竜シリーズのビークルロボ〈青と赤、風と雷《いかずち》〉がシンメトリカルドッキングを果たすには、超ＡＩの同調率……すなわちシンパレートを一〇〇パーセントにしなければならない。シャッフルした〈青と雷、風と赤〉による奇蹟のシンメトリカルドッキングともなれば、二〇〇パーセントが必要だ。

なかなかそれが果たせずにいた月龍と日龍は、覇界天竜神《てんりゅうじん》と戦った際、最愛の末弟である翔竜《しょうりゅう》が撃破された（……と思い込まされた）怒りに、超ＡＩを同調させた。

月龍と日龍のロールアウトは、光竜や闇竜が三重連太陽系に旅立つ少し前であり、面識がないわけではない。だが、充分な絆を築いているとは言いがたい。

（そんな状況で心を通じ合わせるには、やっぱり兄たちのことを考えるのが……）

日龍《にちりゅう》の運転席でそう考えた護《まもる》が、竜四姉妹たちにそんな話題を振ってみたのである。

『護くん、対地高度三〇〇〇、作戦開始だよ！』

機動部隊オペレーターである華《はな》に続いて、阿嘉松《あかまつ》長官の罵声が回線に響いた。

『よっしゃあ！　竜シリーズだらけの合体戦！　最強兄弟と無敵姉妹、勝つのはどっちだ大作戦発動だァッ！』

　もはや誰もツッコミを入れる余裕もない昭和風な作戦名だが、その開始の大号令とともに、護を乗せた日龍と戒道《かいどう》を乗せた月龍《げつりゅう》が、ミラーカタパルトに運ばれていく。同時に白と黒のカプセル内部では、ＧＧＧ《スリージー》全スタッフに緊張を強いる作業が開始された。Ｇリキッドという粘性の液体に浸された光竜《こうりゅう》と闇竜《あんりゅう》の機体に、ＡＩブロックを組み込むのだ。Ｇリキッドは勇者ロボの血液のようなものであり、危険性はない。問題はいまだトリプルゼロに浸食されたままの機体だ。超ＡＩは凱《がい》と護による浄解で元に戻っているが、トリプルゼロに触れることで再浸食されてしまうのは確実だ。作戦を成功させるには、それをどこまで遅らせられるかが、勝利の鍵となる。

「頑張ろうね、闇竜……あたしたちにかかってるんだから！」

「ええ、護くんと戒道くんも力を貸してくれます……きっと成功します！」

　二機の超ＡＩは、ワダツミ艦内の整備部スタッフの手により、機体に組み込まれていった。だが、次の瞬間、強烈な違和感が襲いかかってくる。

「きゃあああああっ！」

光竜と闇竜は悲鳴をあげた。かつてオレンジサイトで味わった異様な感覚。宇宙の摂理が、おのが倫理観を強制的に上書きしようとする違和感が、機体から超ＡＩに伝わってきたのだ。

「くっ、負けたくない！　もうあたしたちは……」

「ええっ、負けられません！　兄様たちを救い出すまで！」

あの時、トリプルゼロに浸食されてしまったせいで、自分たちは覇界《はかい》の眷族となってしまった。それをＧＧＧブルーの勇者たちが、命がけで救ってくれたのだ。今度は自分たちが、救う側になる時だ！　光竜と闇竜がその想いを強くするとともに、ＧＳライドが唸りをあげる！　怖いと思う気持ちを乗り越えるエネルギー……勇気ある限り、Ｇストーンは無限の力を発揮する。それこそが、終焉へと向かう宇宙の摂理に抵抗するエネルギーだ。圧倒的な圧力の前に一度は屈した光竜と闇竜が、今度は力強く立ち向かう。

「ミラーカタパルト、射角よし……月龍、日龍、イミッションッ！」

オービットベースからの指令で、銀と金の機体が射出された。続いて、白と黒の機体がミラーカタパルトにセットされる。

「続いて光竜、闇竜、イミッションッ！」

ユカタン半島上空に、ミラー粒子に包まれた光の弾丸が四発撃ち出された。

8

竜四姉妹が射出される直前、ワダツミ第二格納庫の艦底部ハッチからは、二機の飛翔体が飛び出していた。

「フュージョン……」

「ユーハブコントロール！」

「アイハブコントロール！」

ファントムガオーと覚醒人凱号《かくせいじんがいごう》、まったく違うシルエットを持つ二機が変形して、よく似たスタイルのメカノイドとなった。自由落下する彼らの眼下では、ゼロロボたちがチクシュループ・クレーターの跡地である牧草地帯の大地を黒化《こっか》している。その中心に跪いているのは、覇界《はかい》の眷族のなかでも最強の両将――覇界幻竜神《げんりゅうじん》と覇界強龍神《ごうりゅうじん》だ。彼らの前の地面には、オレンジ色の繭が四個ある。大河幸太郎《たいがこうたろう》、獅子王雷牙《ししおうらいが》、スワン・ホワイト、卯都木命《うつぎみこと》の四人が自らをゼロ核《コア》化したのだ。

GGG《スリージー》が幻竜神と強龍神を見捨てるとは思えないが、万が一にも広域破壊兵器などを使わせないようにするための駆け引きだ。覇界の両将はそれぞれ二個ずつのゼロ核をつかみあげると、自分の両肩の運転席にひとつずつ収納した。そして並び立ち、頭上を見上げる。

「来たか……ガオファーとガイゴー」

「凱《がい》隊長と護《まもる》隊長……今度は逃がさないぜ」

ガイゴーにダイブしているのが護と戒道《かいどう》でないことを知らない覇界幻竜神と覇界強龍神が身構える。その上空で二機のメカノイドは、ファイナルフュージョンの体勢に入った。凱本人と阿嘉松《あかまつ》の承認がくだり、オペレーターのふたりが拳を振り上げる。

「ファイナルフュージョン……プログラムドラーイブッ！」

初《はつ》野《の》華《はな》が固く握りあわせた両拳を振り下ろす。

(蛍《けい》汰《た》さん、火《ひ》乃《の》紀《き》さん……護くんをお願いします！)

その隣で、アルエットがバレリーナのような回転運動のエネルギーを拳に乗せた。

(凱……信じてる、戒道さんを護って……！)

同時に押し込まれたドライブキーによって、バージョンアップされた最速スピードでのＦＦプログラムがスタートする。ガイゴーとガオファーは同時にファイナルフュージョンを開始した。

「ファイナルフュージョンッ‼」

上空で展開された、ふたつの渦巻き。いずれも緑色の電磁竜巻による暴風だ。覇界幻竜神と覇界強龍神のかまえは、その渦巻きに向けられている。

「悪いが初手で決めさせてもらうぜ。吹けよ氷雪、轟け雷光――」

「唸れ疾風、燃えろ灼熱――」

これまで幾多の敵からの合体妨害を阻んできた電磁竜巻――だが、この二体の最強同時攻撃に耐えられようはずもない。必殺の一撃が放たれんとした、その瞬間――

虚空からの攻撃が、覇界幻竜神と覇界強龍神の足下を直撃した。

「大回転魔弾！」

「大回転魔輪！」

それは三身一体の体表を覆ったミラーコーティングの粒子を、散弾銃のように周囲に拡散させるビッグボルフォッグとビッグポルコートの攻撃技だ。彼らはホログラフィックカモフラージュとプロジェクションカモフラージュで、気付かれることなく目標に近づき、先手を取ったのである。いずれも覇界《はかい》の両将と比べれば、極めて非力な攻撃ではあったが、、この時は思いもよらぬ威力を発揮して、覇界の眷族の足下の大地を抉った。

「ぐおおおっ！」

マキシマムトウロンの発射態勢に入ったところ、その足場を崩されたのだからたまらない。覇界の眷族最強の二体が、たまらずに転倒した。

「イエーイ、大成功だっぜ！」

快哉の声をあげたのは、空中でスタジオ7《セブン》に乗ったブームロボ形態のマイク・サウンダース十三世である。その腕にはツインネックのギラギラーンVV《ダブルブイ》。胸部トレイ内部では、ディスクPが回転している。ビッグボルフォッグとビッグポルコートは接近する前、ディスクPの機能でGSライドの出力を一時的に最大値まで高めていたのだ。

「くっ、マイクめ……！」

覇界強龍神《ごうりゅうじん》が倒れたまま、右腕の攪転槽《ジャオダンジィ》から竜巻を放った。暴風の直撃で、スタジオ7がマイクもろとも一瞬にして吹き飛ばされる。

「オウノ――――ッ！」

ぽちゃん、と音をたてて、マイクはメキシコ湾に没していった。続いて、覇界幻竜神《げんりゅうじん》が左腕の電磁荷台《デンジャンホー》をかまえるが、いち早く諜報ロボたちは姿を消し去り、戦闘圏内から離脱していた。

「それを受けるわけにはいきません……！」

「一撃でも食らったら、非力な僕らはおしまいなのでね」

「ちいっ……！」

狙いを見失い、悔しそうな覇界強龍神。

「むっ……！」

センサーに新たなる存在を察知し、反応する覇界幻竜神。彼らの背後に、二体の勇者王が降り立つ。ガオファイガーとガオガイゴー……諜報ロボたちと違って、こちらは頑強なコンビだ。

覇界幻竜神と覇界強龍神は悠然と立ち上がって、出現した強敵に身構える。

「ふっ、こっちはトリプルゼロの無限のパワーが溢れている。マイクやビッグボルフォッグじゃ相手としてあまりにも物足りない」

「それとビッグポルコートとかいう、ちっこいのもいたかな。いずれにせよ勝負にはならない。決着をつけるに相応しいのはやはり……隊長たちでないとな！」

その言葉にガオガイゴーの蛍汰《けいた》が目を丸くする。

「へ、隊長？　いやいやいや、凱《がい》さんは隊長だけど、俺ただの平隊員なんだよね。まあ、オフレコってことで……」

「もう……ケーちゃん、そんなこと言わなくていいのに」

さらに間の悪い行為が重なった。普段、ＧＧＧ《スリージー》の隊員の間、機体の間ではスクランブル回線によって通信が行われている。だが、覇界の眷族との戦いにおいては、相手に呼びかけたい時もあれば、傍受されたくない時もある。そのため、いまだ解析されていないであろう暗号コードも用意されていたのだが、新人隊員である蛍汰は間違いをしでかした。

「その声……音声識別では一〇〇パーセント護《まもる》じゃないな？」

「ああ、この波形パターンは、別の機体を動かしていた新人隊員のようだ」

既知のＧＧＧ《スリージー》専用コードで発せられた通信を傍受した覇界幻竜神《はかいげんりゅうじん》と覇界強龍神《ごうりゅうじん》が、戸惑ったようにＡＩの状況予測回路をフル稼働させる。そんな二体に、ガオファイガーから凱《がい》が呼びかけた。

「幻竜神、強龍神……今日、お前たちの相手をするタッグチームは俺たちじゃない。あいつらだ！」

その言葉とともに、四発の弾丸が覇界の眷族たちの頭上を通過していった。狙い過たず、光の弾丸は覇界の両将の背後間近の地面に突き刺さる。着弾の爆煙が晴れていくと、そこには四つの影が立っていた。……いや、屹立《きつりつ》するふたつの影と大地に倒れ伏しているふたつの影だ。

「痛い……いえ痛覚ではなくビジュアル的に。顔から突っ込んでしまいました……」

「うふふ、まだまだだね。私、秀麗な顔貌だけは打ち付けないよう、守り抜きましたわ」

「こんな時でも着地失敗とは緊張感に欠けるわね」

倒れたまま嘆く闇竜《あんりゅう》※9と強がりを言う日龍《にちりゅう》。

「そうだよぉ、ダメだぞぉ、しっかりしなきゃあ」

あきれたように、姉妹を見下ろしている月龍《げつりゅう》と光竜《こうりゅう》。これが竜四兄弟と四姉妹——総員そろう初めての対面だった。

「大丈夫か、護？」

月龍の脚部にある運転席から呼びかけたのは戒道幾巳《かいどういくみ》。

「う、うん、予想はしてたからね」

日龍の運転席から応えたのは天海《あまみ》護だ。当然、自分の方が激しい衝撃にさらされると承知の上で、護は日龍に乗り込んだのだった。

（華《はな》ちゃん、ありがとう。耐Ｇシート、僕を護ってくれたよ）

こちらのふたりは蛍汰《けいた》と違って、通信回線にも気をつけている。会話は傍受されず、戒道と護の存在を悟られることもない。

覇界幻竜神と覇界強龍神は二体の勇者王に背を向けると、四姉妹の方へ向き直った。

「ほう、妹たちが相手をするというのか……随分と背伸びをしたな」

「トリプルゼロの力で奇蹟のシンメトリカルドッキングを果たした俺たちに、本気で勝てると思っているのか？」

間髪入れず、覇界幻竜神が左腕から雷撃を、同時に覇界強龍神が右腕から竜巻を放った。いずれも必殺技とは異なり、予備動作はいらない。合体前のビークルロボを制するには、威力よりも素早さだと判断したのだ。歴戦の勇者である氷竜《ひょうりゅう》と炎竜《えんりゅう》の超ＡＩは、ＧＧＧ機動部隊の中でも特に戦術判断に優れている。この一点においてだけでも、四姉妹は四兄弟より劣っているに等しい。

四姉妹は、妹たちとて容赦のない兄たちの攻撃が着弾するまでの一瞬、それぞれの個性でそれぞれの思考を巡らせた。

（やだやだやだ、雷龍《らいりゅう》兄ちゃんの電撃受けたら、お肌焦げちゃう！）

（ここは私のクリスタルシールドで防げば……！）

（プロテクト・プロテクターで受け止めるべきか、否《ナイン》、いま選ぶべきは！）

（ふん……私と同型の姉妹たちなら、いま選ぶべき道は決まっていますわ！）

GGG《スリージー》オービットベースのメインオーダールーム、初野華《はつのはな》の目の前の端末に、驚くべき数値が表示された！

「阿嘉松《あかまつ》長官！　光竜《こうりゅう》と日龍《にちりゅう》、月龍《げつりゅう》と闇竜《あんりゅう》のシ、シ、シ、シンパレートが急上昇しています！　一二〇パーセント…いえ一三〇…一五〇…一八〇…もう、すぐに二〇〇パーセントに達します！」

その報告を聞いて驚いたのは、GGGブルーの隊員ではない。火麻激《ひゅうまげき》、猿頭寺《えんとうじ》耕助《こうすけ》、牛山一男《うしやまかずお》といった、予備要員として詰めているGGGグリーンの面々である。

「おいおい、こんな一瞬でシンパレートを上げられるのか！」

「推測ですが、トリプルゼロの侵食経験が、生物にとっての血清のように、AIにも功を奏す形となって表れているのかもしれませんな……」

「しかし、ザ・パワーを取り込んだ経験を持つ氷竜《ひょうりゅう》たちの時は、あんなに苦戦したのに！」

彼らの驚きを耳にした阿嘉松がニヤリと笑う。

「やるべきことが一致してりゃあな、同調率なんてものは勝手に上がるもんなんだよ！」

「要は勇気で補ったってコトネ」

横からプリックル参謀がボソリと呟く。

「あー！　一番言いたかったことを先に言っちまいやがったな！」

一瞬、頭を抱えた阿嘉松だったが、すぐに気を取り直して前方に向けて指をさす。

「おおっし！　妹だらけのシンメトリカルドッキング！　承おおっ！　認んんっ‼」

オービットベースから送られてきた承認シグナルを受けて、四姉妹は宙に飛んだ。そう、彼女たちの思考はどのようなルートを巡ろうと、全員がただひとつの解答に辿りついていたのである。

『自分たちの団結力で、兄たちを取り戻してみせる！』

迫る竜巻と電撃……トリプルゼロで強化された激烈な攻撃を紙一重でかわしつつ、四姉妹は同時に叫んだ。

「シンメトリカルドッキングッ‼」

四体二組のシンパレートはともに二〇〇パーセントに達した。機体が変形して、新たなパートナーと左右合体していく。

日の光のごとくに輝く竜神が、大地に立つ。その名は――

「輝《き》・竜《りゅう》・神《じん》ッ！」

続いて闇に覆われた新月のような龍神が現れた。その名は――

「新《しん》・龍《りゅう》・神《じん》……」

奇蹟のシンメトリカルドッキング、それは設計段階では想定されていなかった組み合わせによる、イレギュラーな合体ビークルロボだ。機動プログラムが存在しないため、当然、なんらかの想定外要素がなければ、実現できない。かつてザ・パワーがそうであったように、現在はトリプルゼロが覇界幻竜神《はかいげんりゅうじん》と覇界強龍神《ごうりゅうじん》を誕生させている。同じように、光竜と闇竜の機体に残留しているトリプルゼロが、この輝竜神と新龍神という新たな勇者を降臨させたのだ。だが――

「あ、あああああっ！」

「こ、これはトリプルゼロの浸食――」

輝竜神と新龍神は片膝をついて苦しんだ。それぞれの半身である光竜と闇竜の機体から、物理的に接触した月龍《げつりゅう》と日龍《にちりゅう》へと、トリプルゼロが猛烈な勢いで浸食してきたのだ。ほとんど瞬間的とすらいえる勢いで。だが、全身のほとんどを浸食されてもなお、抗い続けている部位がある。それぞれの超ＡＩだ。

「負けない……私たちの〈ココロ〉は、こんなものに……」

「そう……宇宙の摂理に立ち向かえるもの、それは〈ココロ〉……」

光竜《こうりゅう》と日龍、月龍と闇竜《あんりゅう》の超ＡＩは統合され、それぞれひとつの輝竜神《きりゅうじん》と新龍神《しんりゅうじん》の超ＡＩになっている。ゆえに当然、オレンジサイトでひとたび浸食された際の光竜と闇竜の記憶が、生々しく回路中を駆け巡る。宇宙の摂理が浸食してきて、自分の倫理観が強制的に上書きされていく恐怖。同時に、それに従ってしまえば何も怖れることはないという誘惑。それらが誕生したばかりの二体の超ＡＩを、包み込もうとする。

　本来、ビッグバンによって誕生した宇宙が、熱を失い、冷えきって終焉を迎えるのはごく自然な現象だ。その流れに逆らって、熱を生みだそうというのが知的生命体の活動である。そう、〈ココロ〉こそが、宇宙の摂理という自然現象に抗う、唯一のエネルギーなのだ。

「私たちの全身がトリプルゼロに浸食されようと……」

「ココロだけは手放さない。兄様たちを救い出すために……！」

　そして、トリプルゼロが圧力を高めてくるなか、超ＡＩに寄りそって防壁を張るエネルギーがあった！

「怖れないで輝竜神！　僕のＧストーンと一緒に恐怖を乗り越えるんだ！」

　輝竜神の左肩運転席で、必死にＧストーンによる防壁を展開しつつ、護《まもる》が叫ぶ。

「そうだ新龍神！　僕もＪジュエルでともにもがきあがく！　生命の力で立ち向かうんだ！」

新龍神の右肩運転席では、戒道幾巳《かいどういくみ》がＪジュエルから生命の輝きを迸らせていた。すべてを宇宙の摂理に従わせようとする圧力のなか、二体の超ＡＩとふたりの命の宝石が抗い続けている。

オレンジ色に淡く輝く姿で、輝竜神と新龍神が立ち上がる。

「ヤアア！　護くんの力があれば百人力！」

「必ずや任務を達成してみせましょう……」

それに対峙するのは、やはりオレンジ色に激しく輝く覇界幻竜神《はかいげんりゅうじん》と覇界強龍神《ごうりゅうじん》。

「さすがは我が妹たち、私たちと同等の力を得たというわけか。だが、そのＡＩもいつまでトリプルゼロに抗い続けていられるかな？」

「時を待つ必要はない。俺たちがそのココロを打ち砕いてやろう……兄として、宇宙の摂理のために！」

覇界幻竜神と覇界強龍神が、猛然とダッシュする。輝竜神と新龍神も、これを迎え撃つかのように飛び出した。いまここに、竜神シリーズ四体が相まみえる決戦がはじまった！

その激戦のかたわらで、ガオファイガーとガオガイゴーは、ゼロロボ群に立ち向かっていた。ビッグボルフォッグとビッグポルコートも、戦闘圏内に再来する。しかし彼らとて、トリプルゼロをまとって高出力でぶつかり合う竜神たちの戦いに、下手な手出しはできない。それどころか、足手まといになる可能性すらある。そのため、ゼロロボへの対処を優先するというのが、阿嘉松《あかまつ》や凱《がい》の判断だ。大地の黒化《こっか》を防がねばならないし、ゼロロボのなかに組み込まれているであろう、ＧＧＧ《スリージー》隊員のゼロ核《コア》も救出しなくてはならないのだから。そして――

（戦いが続けば、ヤツがきっと来る。あいつは俺が止めるしかない……！）

ゼロロボの群れに対処しつつも、凱《がい》は全身で警戒していた。いまだこの戦場に姿を見せていない難敵。だが、きっと現れる――凱のうちには、そんな確信にも近い予感があったのだ。

乱戦のなか、ガオガイゴーのサブヘッドダイバーである火乃紀《ひのき》は、ガイゴー部に組み込まれたアクセプトセンサーで得た情報をオービットベースに送信していた。

「まだなの？　タマラ！」

『おまたせしました解析完了ですデータをこれから転送します全部で四体です！』

蛍汰《けいた》の視界に映し出される百体近いゼロロボの群れ。そのうちの四体にマーキング表示が重なった。凱やビッグボルフォッグ、ビッグポルコートの視界にも同じものが表示される。

「よっしゃ！」

「確認しました！　あの四体が、ゼロ核を搭載しています！」

「まずはゼロ核の確保を優先しようか！」

二体の諜報ロボが連携して、マーキングされたゼロロボの一体を追い詰めていく。

「ビッグポルコート隊員、私が道を切り開きます。その隙にゼロ核を！」

「了解だ！」

「大回転大魔弾！」

ビッグボルフォッグが光の独楽となって、標的の周囲のゼロロボを蹴散らしていく。切り開かれた空間を、もっとも身軽なビッグポルコートが突破していく。

彼にとって、一番取り戻したい人物――元相棒である、シャッセールのルネ・カーディフ・獅子《しし》王《おう》はいまだ覇界の眷族のなかにいる。もしも取り戻せるのなら、彼の手で――それがビッグボルフォッグなりの友情だった。Gアイランドシティでの借りを返したいという想いもあったかもしれない。ビッグポルコートは内心で感謝しつつ、大回転大魔弾によって半壊した標的のゼロロボに突入し、ゼロ核を取り出した。

（もっとも、ルネはこんなところにはいないだろうな。いるとしたら……）

ガオファイガーとガオガイゴーも、それぞれ力任せにゼロロボを引き裂き、ゼロ核を確保する。圧倒的なパワー差があるため、ヘル・アンド・ヘブンを使うまでもない。そして、最後の一体は年少組ともいえる二体が撃破した。

「イエーイ、マイクたちがゼロ核ゲットだっぜ！」

「やりましたね！」

「ニューフレンドのおかげだっぜ、ナイスだ翔竜《しょうりゅう》！」

メキシコ湾に没したマイクを翔竜が引き上げ、ふたりで戦線に復帰したのである。ハンドマイクの形状をしたドカドカーンVによる二連装コーラスで、標的の機体表面を音圧破壊した瞬間を狙って、最速スピードでアクロバット飛行する翔龍が、素早くゼロ核を抜き取る連携をこなした。これで四つすべてのゼロ核を回収したことになる。だが、その時、戦場に暗い影が落ちた。

「！」

頭上で日差しを遮ったものの正体に、凱《がい》は気づいていた。いや知っていたのだ。ヤツは必ず、この戦場に現れると――

空を見上げたガオファイガー、その視線の先に太陽を覆い隠した巨体がある。厚い雲をも押しのけて、力強く降下してくる超弩級戦艦。

「やはり来たか…」

凱の眉間に力が入る。上空から迫り来る覇界《はかい》の方舟ジェイアーク。その艦橋から、戦士の声が響いた。

「凱……ようやく訪れたようだな。我らの決着をつける時が！　メガフュージョンッ‼」

方舟がその巨体を組み替え、王となって大地に降臨する。

「キング……ジェイッダーッ‼」

燃えるような羽根を拡げ、オレンジ色のオーラを全身から噴き出させた巨体が、地響きを立ててガオファイガーとガオガイゴーの前に降り立った。全高は一〇〇メートルを超え、左右に拡げた幾枚もの羽根に至っては、五〇〇メートル以上に及んでいる。巨人というより、後光を放つ超巨大な千手観音像にさえ見えるその姿が放つ威圧感は凄まじい。ガオガイゴーの両ヘッド内部で、蛍汰《けいた》と火乃紀《ひのき》は声すらあげられずにいた。

「あ…あああ……」

ガオガイゴーを背にかばうように、前に出るガオファイガー。その姿を見て、覇界王キングジェイダーのオーラが揺らめいた。顔貌に重なるオーラが笑みの形に見えるのは、錯覚だろうか。

「相変わらず、弱いヤツらのために体を張ってるんだね……凱」

邪悪な笑みに見える覇界王から発せられたのは、女性の声だった。

「……ルネ」

覚悟していた、といった口調で凱が従妹の名を口にする。

ルネ・カーディフ・獅子王《ししおう》——覇界幻竜神《げんりゅうじん》か覇界強龍神《ごうりゅうじん》の中にいると推測されている、今回の作戦における最重要保護対象、獅子王雷牙《らいが》の娘だ。凱にとっては従妹であり、GGG《スリージー》ブルー長官である阿嘉松《あかまつ》にとっては異母妹にあたる。彼女はレプリジン・地球において巡り会ったソルダートJに戦士ゆえの通じるものを感じ、ソール11遊星主との決戦の間、キングジェイダーとして、ともにメガフュージョンしていた。

オレンジ色のオーラで視認しがたいが、おそらくその下で巨体の全身は白銀に輝いているのだろう。ガオガイゴーが戒道《かいどう》のJジュエルと護《まもる》のGストーンを共振させた時のように。

凱は戦慄を覚えた。ただでさえ、ガオファイガーやガオガイゴーを上回るパワーの持ち主だったキングジェイダーが、GとJの共振によって出力を大幅に増大させ、さらにトリプルゼロによって強化されている。Gアイランドシティ以来、幾度かの交戦を経て、その恐ろしさは骨身に染みている。だが、今回は逃げるわけにはいかない。

勝てないとしても、輝竜神《きりゅうじん》と新龍神《しんりゅうじん》が覇界幻竜神と覇界強龍神に打ち勝ち、獅子王雷牙を取り戻す——その目的を果たすまでの間だけでも、覇界王キングジェイダーを引きつけておかなくてはならないのだ。

「不思議なものだ……予感がするぞ、凱」

ルネに代わって聞こえてきたのは、男の声だ。時には敵であり、時には味方であった戦士の声。

「これまで、貴様と私の決着はつけられぬままだった。だが、今日この日こそ、決着の刻《とき》。ここが我らの決着をつける場所！」

　圧倒的な力を背景にした宣言。蛍汰《けいた》や火乃紀《ひのき》のように、凱《がい》もまた恐怖した。そう、獅子王《ししおう》凱は恐れを知らぬ者ではない。彼が死の恐怖、大切なものを失う恐怖に直面したのは、一度や二度ではない。だが、彼はその度に乗り越えてきた——守るべき者たちと多くの仲間たちがいてこそ湧き上がる〈勇気〉の力で。だから、生物の本能として後ずさりしそうになる脚を、超越した魂によって一歩前に踏み出し、叫ぶ。

「ソルダートJ……お前はふたつ間違っている！」

「なにっ？」

　ソルダートJは虚をつかれた。それはかつて、彼自身が幾度も凱に投げかけた言葉だったからだ。

「ひとつ、お前の予感は外れる！」

「……ほう」

「そして、ふたつめ。俺が決着をつけるべき相手は、誇り高き戦士だ。お前のような、覇界《はかい》の眷族などではない！」

「ふっ……借り物の言葉で説得できるとでも思ったか？」

「ああ、たしかにかつてのお前から借りた言葉だ。だが……だからこそ、お前の中の何かに響くはずだ、戦士だったあの頃の、誇り高きソルダートJにッ！」

「………」

　その言葉に、覇界の眷族随一の戦士は応えなかった。代わりに声を発したのはルネだ。

「あんたら、ティータイムはそのくらいにしときな。作戦なんだろ、凱。その挑発……時間稼ぎに、いつまでもつきあってやる必要はないよ、Ｊ」

その的確な指摘に、凱は歯がみした。

（さすがにあいつにはお見通しか……）

直情径行に見えても、凱もルネも、世界十大頭脳と呼ばれる科学者を父に持つ身だ。覇界王キングジェイダーに勝利することではなく、輝竜神《きりゅうじん》と新龍神《しんりゅうじん》の戦いに介入させないことが目的であると、あっさり見抜かれた。ふたりの身体に流れる、同じ獅子王の血がなせる業かもしれない。

「ふっ、そうだな……戦士がすべきことは対話ではない！　戦うことこそ、我が存在意義！」

Ｊの言葉とともに、覇界王キングジェイダーが両手を振り上げた。

「五連メーザー砲、反中間子砲、ＥＳミサイル――」

来る！　その直感とともに、ガオファイガーは身構えた。

「全斉射ッ‼」

覇界王の全身から眩い閃光が放たれた。いや、光と見えたのは、無数の武装だ。両腕の指先から、誘導放出による高出力マイクロウェーブが！　下腕部の外側から、物質の結合を破壊するアンチメゾトロンビームが！　そして、両脚部からＥＳ空間を経由する回避困難な誘導弾が、一斉に放たれたのである！

ガオファイガーは上空へ離脱しようとして、思いとどまった。すぐ背後で、ガオガイゴーが立ちすくんだままでいたのだ。

「蛍汰、火乃紀！」

凱《がい》はふたりの名を叫びつつ、ガオファイガーを後方へ跳躍させる。ガオガイゴーを抱え込むとそのまま、ともに大地を転がる。即座に半身を起こし、次々と飛来するメーザー砲や反中間子砲に向けて左腕をかざした。

「プロテクトウォールッ！」

だが同時に、その背後に開いたＥＳウインドウから、無数のＥＳミサイルが出現し襲いかかる。マイクロウェーブやビームをかろうじて弾き返したものの、背後至近距離からのミサイル直撃を避けきることもできず、物理攻撃をまともに喰らったガオファイガーとガオガイゴーは大地に叩きつけられた。

「くぅっ…蛍《けい》ちゃん！……しっかりコントロールしてっ！」

ガオガイゴーの下部、ウームヘッドの火乃紀《ひのき》から、メインとなる上部セリブヘッドへ声援が送られる。

「うがぁ…すまねえ…火乃紀……凱さん……！……俺！」

ようやく我に返ったのか、蛍汰《けいた》の悲痛な声が凱にも届く。

「体勢を立て直せ！　蛍汰！」

「は、はい、サーセン！」

「詫びはいい、次が来るぞ！」

凱の警告の直後、勇者王たちの周囲に、次々と時間差でＥＳウインドウが開く。そこから飛び出してくるミサイルをあるいは避け、あるいは防御するのに、凱も蛍汰も火乃紀も必死になった。

「ポルコートさん、ガオファイガーとガオガイゴーが！」

ゼロロボの相手をしていた翔竜《しょうりゅう》が、かたわらにいたビッグポルコートに必死に声をかけた。普段なら呼び間違いを指摘するビッグポルコートだが、この時ばかりはそんな余裕はない。

「自分の任務に集中したまえ、少年！　いま僕たちが行っても、足手まといだ」

「……その通りです。我々は黒化《こっか》を防ぐことに専念しましょう！」

ビッグボルフォッグが、ビッグポルコートの言葉に同意する。翔竜もそれ以上、反論しようとはしない。超ＡＩが諜報ロボたちの正しさを理解したからだ。

だが、黙って引っ込んではいられない者が、ワダツミの艦上から叫んだ。

「おい、ガオファイガー……でもガオガイゴーでも、どっちでもいいが、俺を使え！」

「ダメだ、ゴルディー！」

ＥＳミサイルの連続攻撃をウルテクエンジンの高機動で避けながら、凱が叫び返す。

「いま重要なのは俊敏な機動性だ、脚を止めたらやられる！」

「だ、だがよっ！」

「お前の出番は必ず来る！　そこで待てッ！」

ゴルディーダブルマーグ[※5]は押し黙った。納得したからではない。凱の声に、鬼気迫るものを感じたからだ。ゾンダーとの戦いのさなかに起動して以来、幾度となくともに窮地を乗り越えてきた。そんなゴルディーですら、聞いたことのない裂帛《れっぱく》の気合いだった。

9

「オーロラ！　イリュージョン！」

輝竜神《きりゅうじん》と新龍神《しんりゅうじん》を、無数の覇界幻竜神《はかいげんりゅうじん》が取り囲む。本物は一体だけ、残りは氷の虚像だ。戸惑ったように周囲のサーチに全回路を駆使する妹たちに向かって、覇界強龍神《ごうりゅうじん》も攻撃を放った。

「メルティング！　ハリケーン！」

超高熱の暴風が、二体に襲い掛かる。だが、これに反応したのは一体だけだった。

「その攻撃は予測済みでございます……闇夜と新月の霞――」

新龍神は静かにつぶやくと、背部の武装を左右に展開した。右のプロテクト・プロテクターはプロテクトシェードの簡易型とも言える六基の防御用ユニットだ。だが、それらをひとつにたばねれば、本家にも匹敵する防御力となる。ひとかたまりになったプロテクト・プロテクターは、熱風を正面から受け止め拡散させる！　さらに左のマルチプル・アームド・コンテナからは十数発の榴弾が発射された。空中で炸裂した榴弾からは、無数の破片がまき散らされ、氷の虚像は次々と打ち砕かれた！

「やるじゃないか、妹よ……！」

先を見通せない煙幕内を、余裕のある様子でサーチする覇界強龍神。榴弾の破片と氷の欠片がキラキラと細かく舞い散るなか、光り輝く秀麗な姿が上方に躍り出る。

「ＹＡＡＡＡＡＡ！　頭上のサーチ、がら空きですわ、お兄様！」

ハイテンションの叫びとともに、輝竜神も背部の武装を展開する。

「光輝と日輪の弓矢――」

左背部のブロウクン・ブレイカー六基が一斉に、覇界幻竜神の頭部に浴びせかけられる。だが、攻撃用ユニットの乱打は直撃しない。覇界幻竜神が左腕の電磁荷台《デンジャンホー》を楯としてかまえたからだ。それでも六基のユニットによる果てしなく続く連打に、電磁荷台は防御一辺倒の釘づけ状態に陥る！

その停滞の瞬間を狙いすましたかのように放たれるメーザー砲。輝竜神右背部から発せられた鋭い熱線が、覇界幻竜神の頭部を狙撃する！

「おっと！」

かろうじて胸部ミラーシールドで狙撃を弾くも、薄くなった電磁荷台の防御の隙を突かれ、一基のブロウクン・ブレイカーを腹部に喰らう覇界幻竜神。後方へ吹き飛ばされるが、その機体を覇界強龍神が受け止めた。

「なかなか、やるな」

覇界幻竜神の口調に、もはや油断の響きはない。強敵を前にした緊張感が込められている。もともと超竜神《ちょうりゅうじん》と撃龍神《げきりゅうじん》は、攻防に優れたバランス型の合体ビークルロボとして開発された。奇蹟のシンメトリカルドッキングを果たしても、それは基本的に変わらない。

だが、妹たちの場合、攻撃重視の光竜《こうりゅう》と攻撃特化の日龍《にちりゅう》、防御特化の月龍《げつりゅう》と防御重視の闇竜《あんりゅう》が合体することにより、ただ一体で兄たちの攻撃を防ぎ、もう一体で痛打を浴びせることが可能になっていたのである。相撲でいえば両翼揃った雲竜型の兄たちに対して、片翼にすべてをかけた不知火型の妹たち。電池に喩えれば、並列繋ぎの持久戦タイプといえる兄弟VS直列繋ぎの短期決戦タイプの姉妹というわけだ。トリプルゼロという要素を考慮の上で、彼女たちの仕様が決められたわけではない。だが、攻撃型の輝竜神《きりゅうじん》に乗る護《まもる》と、防御型の新龍神《しんりゅうじん》に乗る戒道《かいどう》は、その僥倖に感謝せずにはいられなかった。

「いけるよ……輝竜神、このままみんなを助け出すんだ！」

「だが長くはもたない……急いでくれ、新龍神」

耐Ｇシートで戦闘の衝撃に耐えながら、護と戒道はトリプルゼロの浸食に抗い続けている。どんなに戦いを優位に進めようと、決着がつく前に浸食されてしまったら、すべてが無駄になる。この戦闘に負けるというだけではない。今日が人類最期の日になるかもしれないのだ――

「……ええ、わかっています」

「ＹＥＡＨ！　さっさとパーティを終わらせましょうッ！」

新龍神と輝竜神は、覇界幻竜神《はかいげんりゅうじん》と覇界強龍神《ごうりゅうじん》に悟られぬよう、外部発信を遮断して運転席の青年たちに語りかけた。姉妹でありながら、奇蹟のシンメトリカルドッキングによって、パーソナリティに大きな差が出たことも、開発時の想定から外れたことであったのだろう。

「なるほど……攻撃型のみと防御型のみの合体コンビネーションか」

感心したような覇界幻竜神の声に、覇界強龍神も同意する。

「それぞれ自分が得意とする領域では、俺たちを上回れるってわけだ。やるじゃねえか」

兄たちの賞賛に、妹たちが胸を張る。

「ＹＡＡＡ、その通りでしてよ！」

「……お兄様方、このまま私たちのもとへ帰ってきてはくれませんか？」

新龍神のその言葉には、駆け引きも裏の意味も含まれてはいない。ただ素直な、真実の気持ちだ。

「妹たちよ、その気持ちは我々も同じだ。お前たちこそ〝こちら側〟に来て、宇宙の摂理に従うのだ」

「わかってるぜ。その奇蹟のシンメトリカルドッキング……トリプルゼロを使ってるんだろう？」

覇界幻竜神と覇界強龍神が言葉を重ねる。

「もう機体は我らの側に近づいているということだな」

「超ＡＩもすぐに後に続く……楽になるぜ」

輝竜神と新龍神のココロを、強く揺さぶる誘惑だった。すでに超ＡＩの一部に、トリプルゼロの浸食が始まっていてもおかしくはない。宇宙の摂理に従いたいという気持ちが、わずかながらも確かに存在する。そしてそれ以上に、敬愛する兄たちのもとへ行きたいという想いは、強烈だった。

（輝竜神……）

（新龍神、君は……）

護と戒道は息を呑んで、二体の答えを待った。ふたりとも知っていたのだ。ここは自分たちが声をかけるべき瞬間ではない。輝竜神と新龍神の超ＡＩが――ココロが、自分で考え、判断をくだすべき瞬間なのだと。

護と戒道にとって、永遠とも思える数秒の沈黙の後、最初に言葉を発したのは新龍神だった。

「……そうできたら、どんなに楽でしょう。でもお兄様方、闇竜《あんりゅう》と光竜《こうりゅう》のココロは知っているのです。覇界の眷族であった頃、どんなに充足と安息を感じていたとしても、その時にやってしまったことが、その後、いかに自分を苦しめるのか……」

「ＨＯＯＯ、そして日龍《にちりゅう》と月龍《げつりゅう》のココロも知っているの！　覇界の眷族となったかつての仲間と戦うことが、どんなにつらいことか！」

「……だから私たちは覇界《はかい》の眷族には戻りません……なりません」

「そして兄様たちを取り戻してみせる！　すべてが終わった後、たっぷり甘えて、罪滅ぼしさせてあげますわ！」


輝竜神《きりゅうじん》と新龍神《しんりゅうじん》の声は、オービットベースのメインオーダールームにも届いていた。

「ちくしょう、あいつら泣かせること言いやがって……」

鼻水をすすりながら、阿嘉松《あかまつ》が目元に浮かんだ涙を袖口で拭う。その前方の席にいた楊《ヤン》は、眼前のモニターを見ながら鋭い声を発した。

「彼らを取り戻すタイミングを逃すな。時間がないぞ！」

モニターには、輝竜神と新龍神の超ＡＩが浸食されてしまうまでのカウントダウンが表示されている。もちろん推定でしかないのだが、その数字はすでに二〇〇を割り込んでいた。


「へっ、どうやらお互い力尽くでやりあうしかないようだな！」

「こっちにはこういう戦い方もできるんだぜ！」

覇界幻竜神《げんりゅうじん》は左腕の電磁荷台《デンジャンホー》を頭上に掲げた。同時に覇界強龍神《ごうりゅうじん》は右腕の攪転槽《ジャオダンジィ》を足下に向けた。

「はあああっ！」

ふたつの巨体が、宙へ舞い上がる。攪転槽と電磁荷台には、たしかに風龍《ふうりゅう》と雷龍《らいりゅう》を飛翔させる機能がある。だが、それが合体状態での巨体を浮上させるとは――トリプルゼロによって強化された超常能力だ。

このままでは、上空から一方的に攻撃される――そう予感した輝竜神と新龍神は、同時に同じ名を叫んだ。

「翔竜《しょうりゅう》……来なさい！」

「はい、姉様方！」

ビッグボルフォッグやビッグポルコート、マイクとともにゼロロボと戦っていた翔竜は、すぐさまビークル形態となって、姉たちの方へ向かう。高速アクロバット飛行を可能にする、翔竜だけが備えている特殊なウルテクユニットをフル稼働させて。

「あいつは……末っ子の翔竜か」

「知ってるぜ、もともとは俺たちのために開発された、飛行オプションだ」

兄たちは光学サーチで、接近する翔竜を捉えた。

「なるほど、奥の手ということだな」

「ならば、先に仕留めるだけだ！」

片腕の装備で飛行しながら、覇界幻竜神と覇界強龍神はそれぞれ残ったもう一方の腕で攻撃する。下腕部に組み込まれている、氷竜《ひょうりゅう》のフリージングガンと炎竜《えんりゅう》のメルティングガン。彼らとしては威力の低い攻撃だが、トリプルゼロで強化されたその銃撃の連射は、翔竜を取り囲み、退路を断ってから徐々に中心に照準を絞り込んでいった。アクロバット飛行を得意とする翔竜とて、逃げ場を失えば直撃を受けるのは必至。その軽量級の機体は一瞬にしてズタズタに引き裂かれてしまった。ように見えた――

「いや違う！」

「虚像か!?」

覇界天竜神《はかいてんりゅうじん》との戦いの際に使用した、プロジェクションビーム発射装置〈ウツセミ〉。引き裂かれたのは宙空に投映された虚像に過ぎなかったのだ。

本物の翔竜《しょうりゅう》は〈ウツセミ〉で映像を上空に投映しつつ、超低空飛行で姉のもとへ向かっていた――輝竜神《きりゅうじん》のところへ。

「ＹＥＡＨ、行きますわよ……トリニティドッキングッ！」

スレイブモードに移行した翔竜が、輝竜神の背部へドッキングする。

「翔《しょう》・輝《き》・竜《りゅう》・神《じん》ッ！」

三体合体で翔輝竜神となった合体ビークルロボは、若葉色の翼で天へ駆け上る。

「頼みます、翔輝竜神……」

地上で見送る新龍神《しんりゅうじん》。戦闘開始前、ワダツミ艦内でのブリーフィング時に彼女たちは決めていたのだ。翔竜と合体できるのは、輝竜神と新龍神のどちらか一方。ならば迷うことなく、翔輝竜神を誕生させよう、と――

トリプルゼロに浸食されるまでのわずかな間に、目的を達成しなければならない過酷な戦い。ならば、防御を捨ててでも攻撃をとらねばならない。その判断故の選択だったのだが、地上に残らざるを得ない新龍神は身を切られるような想いだ。が、そこにニヒルな声が掛けられる。

「ヘイ、マイフレンズ、ノープロブレムだっぜ」

振り向いた新龍神が見たのは、空中に浮遊するスタジオ７《セブン》に乗ったブームロボ形態のマイク・サウンダース十三世である。

「レディのためなら、スタジオ７もレンタルＯＫだっぜ！」

「ありがとう……マイク」

低空に浮かぶスタジオ７からマイクが飛び降りると、交差する瞬間にハイタッチを交わし、新龍神が代わりに飛び乗った。だが――

「きゃあ！」

合体ビークルロボの機体重量はマイクの十倍以上になる。両翼に一基ずつのウルテクエンジンを搭載しているとはいえ、揺らぎながら低速飛行するしかなかった。

「ワオ！　やっぱり重かったようだっぜ！」

「……乙女に恥かかせないでほしいです」

「アイムソーリー……」

ゆらゆら舞い上がるスタジオ７の上に座り込み、消え入りそうな声を出す新龍神に、マイクは地上から平謝りするのだった。


チクシュルーブ・クレーターの上空を飛翔する三体の竜神。彼らは二対一に分かれて、激しく争っている。だが、覇界幻竜神《げんりゅうじん》と覇界強龍神《ごうりゅうじん》の猛攻に対して、翔輝竜神が圧倒的不利というわけではなかった。

覇界幻竜神は左腕の、覇界強龍神は右腕の装備を飛行に使っているため、最大威力の必殺技を使えない。これに対して、合体ビークルロボ用の純正グリアノイドである翔竜《しょうりゅう》の機能で飛行する翔輝《しょうき》竜神《りゅうじん》は高度な機動性で対抗していた。

「フリージングライフル！」

「メルティングライフル！」

覇界《はかい》の眷族二体の攻撃を、高い機動性で回避していく翔輝竜神。時折、翔竜に搭載された〈ウツセミ〉によるプロジェクション擬似映像投影で変幻自在に翻弄しながら。そして、自由な両腕で思う存分、反撃を加えて行く。

「プライムローズの月！　ブロウクン・ブレイカー！」

もちろん致命傷を与えることはできないが、攻撃は一方的にヒットしていく。それでも翔輝竜神の心中には焦りがあった。

（ＯＨ！　兄様方を止めるには、いったい何回攻撃を当てればいいのっ⁉　こちらは一発でも直撃されたらおしまいなのに！）

防御力が極めて低い翔輝竜神には、余裕がない。しかもトリプルゼロによる浸食のタイムリミットも、刻一刻と迫り続けているのだ。そして、メーザーと攻撃ユニットによる連打を浴びても、覇界幻竜神《げんりゅうじん》と覇界強龍神《ごうりゅうじん》の牙城は揺るがない。

「ふん、高機動からの攻撃……蝶のように舞い、蜂のように刺す、か」

「見事な攻撃だが、封じる手ならいくらでもあるんだぜ」

兄弟は半身の武器を一斉に撃ち放った。

「フリージングガン！　アンド・ライフル！」

「メルティングガン！　アンド・ライフル！」

冷却エネルギーと灼熱エネルギーの火線が、空中に十字砲火を描く。

「くっ、当たるわけには――ッ！」

翔竜のウルテクエンジンを最大出力で稼働させ、すべて回避する翔輝竜神。だが、計算されつくした火線は、彼女の眼前で交錯した。いや、激突した！

覇界幻竜神は機体内部の冷却液を凍結させて撃ち出した。それが覇界強龍神の攻撃に撃ちぬかれた結果、瞬間的におびただしい水蒸気が発生したのである。一瞬のうちに言葉をかわすことなく連係プレイを思いつき、砲火を一点で激突させる――覇界幻竜神と覇界強龍神にしかなしえない業だろう。

「ＮＥＩＮ！　前が見えないッ！」

水蒸気爆発で視界を塞がれ、空中での姿勢制御に支障をきたす翔輝竜神。プロジェクションビームで虚像を投影し回避しようとした、その瞬間、白い蒸気の中からふたつの影が躍り出た！

「遅いな、ほら、捕まえたぜ！」

「逃げ回るのもここまでだ！」

覇界幻竜神と覇界強龍神は、前後から翔輝竜神本体を挟み込み、締め上げた。

「兄様方、私を破壊するのですかッ！」

「いいや、可愛い妹にそんなことはしない」

「ああ、このままゆっくり覇界の眷族になってくれるのを待つさ」

覇界幻竜神と覇界強龍神が、優しい……とも言える口調でささやいた。そう、妹たちと同じように、彼らもまた憎しみで戦っているわけではないのだ。じわじわとトリプルゼロにココロを浸食されながら翔輝竜神《しょうきりゅうじん》は、抗うことをやめ、兄たちのもとへ飛び込んでいきたいという想いにかられていた。それは背部ユニットとして同化している翔竜《しょうりゅう》も感じていた。

（ああ……これが……トリプルゼロによる……浸食……）

翔輝竜神がオレンジの光に包まれそうになったその時――

「ダメだよ、翔輝竜神！　ココロを強く持って！」

左肩の運転席で、外部には聞こえない回線を使って護《まもる》が叫ぶ。

「凱《がい》兄ちゃんが言ってた……トリプルゼロに対抗できるのは、ココロの強さだって！　それさえあれば、絶対に僕たちは負けないんだッ！」

翔輝竜神が手放しそうになる意識を、その声がつなぎとめた。

地上でもマイクがシミュレーションを模索していた。

「ディスクPで翔輝竜神のハートを燃え上がらせれば……」

言いかけて、マイクは気付いた。そう、ディスクPを使えば、たしかに翔輝竜神のGSライドを活性化させ、一時的に出力向上させることができる。だがそれは、覇界幻竜神《はかいげんりゅうじん》と覇界強龍神《ごうりゅうじん》にも効果を発揮するのだ。彼らもまた、Gストーンを持つ勇者なのだから。

低速ゆえになかなか追いつけないスタジオ7《セブン》上の新龍神《しんりゅうじん》にも、姉妹の危機は見てとれた。

「ココロが負けてはいけません、翔輝竜神……！」

　絶望的な想いで、その名を叫ぶ。だが、遥か頭上の翔輝竜神にも覇界の眷族たちにも、その声は届かない。

「どうすれば……」

　新龍神内の戒道《かいどう》も必死に考え続けていた。シェルブールの雨や、プロテクト・プロテクター等の装備が届く距離にはいない。周囲に加勢できる味方の存在もない。今すぐ自分が飛び出して行ったところで間に合わない。

「護っ！」

　思わず叫んだその声は、外部との通信を遮断している現状では、護に届くはずもなかったが、輝竜神内でも護は同じことを考えていた。

「幾巳《いくみ》…どうすれば……」

　すぐさま飛び出して加勢したい想いがあるが、自分が内部で抗うのをやめれば、翔輝竜神は一瞬で覇界の眷族と化してしまうだろう。

「ああ…翔輝竜神が……もう……」

　地上の新龍神が絶望に挫けそうになったその時、遠いところで少女が叫んだ。

『クルヨ‼』

　その声は新龍神には届かない。しかし、宙空にはリミピッドチャンネルによる想いがこだましていた。

『クルヨ…クルヨ………ベターマン！』

その瞬間、新龍神《しんりゅうじん》の眼前には〈ソキウスの路《みち》〉なる超空間径路が開いた。

『あ・あ・あ・あ・あ・あ・あ・あ・あ・あっ‼』

虚空にシャーラの苦鳴が響く。続いて羅漢《らかん》、ラミア、ユーヤ、ライ、ヒイラギ、ガジュマルが現れた。

『ンー…どうやら状況は切迫しているようだな』

羅漢の意思に、間髪入れずにユーヤの意思も重なる。

『デウスの駒になるのは不本意だが……』

すぐにガジュマルの意思が吼える。

『ここまで来たらやるだけだ！』

それに続くヒイラギの意思。

『ボクも…やれる』

おどける意思はライ。

『拙者も準備万端でございます』

そして、瞬時に状況確認を終えたラミアが号令をかける。

『我らソムニウム……行くぞ』

ラミアの意思とともに、ベターマンたちは取り出したアニムスの実を喰らいはじめた。次の瞬間、彼らの身体が膨れあがり、オウグ、ルーメ、トゥルバ、ポンドゥス、アーリマン、そしてネブラといった変身体へと姿を変えていく。

『ンー…愚鈍なる者どもよ、我に従え。ペクトフォレース・サンクトゥス！』

羅漢の変身体であるオウグの胸門から、虹色の粒子が放たれ、その粒子を浴びたベターマンたちは、パズルのように全身の形状を組み替えていった。ここまでわずか数秒間の出来事に、覇界《はかい》の眷族たる兄弟の超ＡＩは情報整理が追いつかずにいた。

「なんだ？」

「なにをした？」

「これは……木星の時と同じものか⁉」

新龍神の右肩でその光景を見た戒道《かいどう》も驚愕した。次の瞬間、その脳裏にラミアの意思が伝達されてくる。

『影たる者よ……我らはお前たちの歯車となる』

「なに⁉」

超ＡＩは電波とは異なる意識の波〈リミピッドチャンネル〉を、受信解読することはできない。そのため、ラミアは新龍神に乗り込んでいる戒道に、その意思を伝えてきたのだ。ラミアの意思が意味するもの――それはすぐに判明する。

六体のソムニウム変身体がまるで武装した鎧のように、新龍神の全身に覆い被さっていったからだ。状況に応じて、自らをベターな姿に変貌させていくベターマン。これが、その新たな合体装備態たる姿であった。

新龍神《しんりゅうじん》の全身に、ベターマンたちの変身体が鎧のごとく装着された。その光景は、ワダツミからも確認され、メインオーダールームへも映像が転送されていた。

「おいおい、いったいなんだありゃ！　またベターメンになるのかと思ったらよ！」

大スクリーンに映し出されたその姿に驚愕したのは阿嘉松《あかまつ》だけではなかった。

「おそらくあれが、現状彼らが選択しえる、もっともベターな選択だったのだろう」

「あいつら……新龍神の装甲にベタベタへばりつきやがって…名付けてベタベターメン承認ってか⁉」

冷静な楊《ヤン》に対して、ベタベタなダジャレを口にする阿嘉松。しかし、勇者たちの絶体絶命の危機に際して、オペレーターたちにはツッコミの声をあげる余裕などなかった。

「戒道《かいどう》さん……」

得体の知れない姿となった新龍神を見て、その内部にいる戒道幾巳《いくみ》のことが心配になり、不安げな声をこぼしたアルエット。間髪入れずに華《はな》が励ます。

「大丈夫、アルエットちゃん。戒道くんと護《まもる》くんを信じよう」

天海《あまみ》護が乗り込んでいる翔輝竜神《しょうきりゅうじん》こそ、覇界幻竜神《はかいげんりゅうじん》と覇界強龍神《ごうりゅうじん》に捕らわれて、今まさに絶体絶命の危地にいる。それでも心を強く持とうとする華の姿——それは長年、護や戒道とともに、ＧＧＧ《スリージー》の仲間とともに、そして勇気ある誓いとともに、戦いの経験を積んできたが故だ。そんな華に先輩としての頼もしさを感じ、アルエットは不安な気持ちを落ちつかせた。

「ええ、初野《はつの》先輩……いまは、私たちにできることを全力でやり遂げるわ！」

アルエットはそう答えると、浮かびかけた涙を拭うように、コンソールの方へ向き直った。そして、思う。

（よかった、私には初野先輩がいてくれて……）

いま自分たちが座っている、メインオーダールームの機動部隊オペレーターシート。かつてこのポジションで活躍した卯都木命《うつぎみこと》は、なんて強い女性《ひと》だったのか……と想いを馳せる。愛する人の危機を幾度も幾度も目の当たりにして、それでも悲しみにひたったりすることは許されない。

（私ひとりだったら、きっと耐えられない……）

隣にまったく同じ想いを抱きつつ、それでも頑張ろうとする女性《ひと》がいるから、自分も頑張れるのだ。時には、華の方が挫けそうになることもあるだろう。そんな時は、自分が支えになってあげたい。華への共感や命への尊敬を感じつつ、アルエットはオペレートに神経を集中させた。それが現時点の自分にできる精一杯の戦いであり、戒道幾巳を全力で支える、勇気ある誓いに他ならないのだから――

『影たる者よ……これよりポンドゥスにより引力《いんりき》を制御する。……光なる者を救うのだ！』

――そんなラミアの意思が、戒道の脳裏に響いていた。

（リミピッドチャンネル……）

以前、彩火乃紀《さいひのき》からも聞いたことがあった。ベターマンたちは音声言語を発しないと。おのが意思を、場に存在する意識の波に乗せて伝達するのだと。彼らはこう言っているのだ――新龍神と合体したベターマンの重力制御により、一気に護たちのもとへ飛翔する、と。

リミピッドチャンネルを受信できるのは、現状では生体のみ。勇者ロボたちの超ＡＩでは意思疎通の手段を持たないため、自分をメッセンジャーに選んだのだろう。そう悟った戒道《かいどう》は、伝えたい言葉を強く念じ返した。

（わかった……だが、ひとつ条件がある）

『……』

言葉にならずとも、耳を傾けるような気配が伝わってきた。戒道は、このやり方でこちらもリミピッドチャンネルに意思を乗せられることを理解した。

（答えてくれ……なぜオーストラリアで獅子《しし》王凱《おうがい》を襲った？　〝元凶なりし者〟とはなんだ？　それがわからなければ、信じて共に戦うことなどできない）

『……』

今度も、言語化された明確な意思は返ってこない。だがその直後、自分の体重が消失していくのを、戒道は感じた。

（一刻を争う状況だから、行動で示したということか……？）

「宇宙空間のような感覚……ボディが軽量化していきます……」

同じ感覚にとらわれたらしい新龍神《しんりゅうじん》も戸惑いの声をあげる。

「心配するな、新龍神。ベターマンが重力制御しているんだ」

「すごい……これがベターマンの能力……」

「どこまで使いこなせるか、腕の見せ所だ。プロテクト・プロテクターの推進力で上昇！」

「やってみます……！」

おずおずと、といった物腰で、新龍神は六基のパーツをバランスよく配置し、スラスターを下方に向けて噴射した。次の瞬間、ロケットのような爆発的な勢いで、スタジオ7《セブン》をその場に残し、ベターマンと合体した新龍神が大空へ飛翔する。いや、その勇者の名はすでに〈新龍神〉ではない。

『我ら夢人《ソムニウム》を装いて戦え、勇者よ――！』

戒道の脳裏に、ベターマン・ラミアの意思が響いた。彼ら自身を指す〈ソムニウム〉という単語に重ねられた、〈夢人〉という概念。言語による伝達ではないが故に、戒道には一瞬でその名が伝わった。

「夢装《むそう》……夢装新龍神※10ということか」

ふたたびラミアの意思が、戒道の脳内に響いてくる。

『いまは元凶なりし者と相争う時ではない。暁の霊気を甦すため、総力を結集すべし――』

勝手な言い分だ、と思ったものの、戒道は頭の中で明確な意思として発しないよう、気をつけた。それぞれにどんな目的と思惑があろうと、こだわっている場合ではないのだから。そう、少なくとも今だけは――

「ああああっ！」

覇界幻竜神《はかいげんりゅうじん》と覇界強龍神《ごうりゅうじん》に挟まれ、身動きのとれない翔輝竜神《しょうきりゅうじん》が悲鳴をあげた。兄たちが締め付けているわけではない。トリプルゼロの浸食がいよいよ全身に及び、超ＡＩにも侵入を始めようとしているのだ。

今は敵であるはずの兄たちも、つらそうな声を絞り出す。

「すまない、妹よ……だが、もうすぐだ」

「ああ、こちら側に来れば、もう苦しみはなくなる。ともに宇宙の摂理に従おう」

「――本当にそれが望みなの……幻竜神《げんりゅうじん》、強龍神《ごうりゅうじん》」

静かに語りかけたのは、翔輝竜神《しょうきりゅうじん》ではない。その左肩運転席内で、トリプルゼロに抗い続けている天海《あまみ》護《まもる》だった。勇気の力をＧストーンに込め、心と身体に侵入しようとしてくるトリプルゼロを拒みつつ、護の声は通信回線越しに呼びかける。

「まさか……」

「その声は護！」

彼らが良く知っていた頃からは、成長し声変わりもしている。だが、忘れるはずがない。

「思い出して……機界四天王…機界31原種…機界新種……。僕たちはなんのために、世界を…地球を…宇宙を守って、機界昇華と戦ったの？　こんな結末のためじゃなかったはずだ！」

護の強い声が、彼らの超ＡＩに響く。

「なぜ……」

「そんなところに……」

しばしの驚きと戸惑いの後、覇界《はかい》幻竜神と覇界強龍神は悟った。

「そうか……妹がいつまでも頑強に抵抗すると思ったら……」

「護がＧストーンで支えてたってわけか……」

「だと知って、どうするの？　僕を斃すの？」

「それが……宇宙の摂理なら……」

「やら…なければ……」

護の問いかけに、覇界幻竜神と覇界強龍神の声が揺れた。かつての思い出――ともにゾンダーや原種と戦った日々の記憶は、覇界の眷族となった今でも、彼らの超ＡＩのメモリーから消去されたわけではないのだ。

人でいう〈動揺〉なる迷いによって、彼らが翔輝竜神を押さえつける力が弱まった瞬間！　眼下から急上昇してきた夢装新龍神《むそうしんりゅうじん》が、翔輝竜神の機体を抱きかかえて、覇界幻竜神と覇界強龍神を撥ね飛ばした！

「ぬううっ！」

「なんだっっ⁉」

両将がトリプルゼロにより強化されているとはいえ、今の新龍神はベターマンをまとっているのだ。フォルテの剛腕力で体当たりを喰らい、ルーメの電磁力でセンサーを狂わされ、トゥルバの推進力で瞬時に消え去られては、さすがの覇界の両将も不意を突かれた。

そんな兄たちから充分に距離をとった空中。

「無事か、護！」

「うわっはーっ！　助かったよ、幾巳《いくみ》！」

「しっかりして……翔輝竜神」

「ありがとう新龍神……って、ＯＨ！　ＮＯ！　それはなんですのッ⁉」

翔輝竜神の声が裏返ったのも無理はない。夢装新龍神の姿は、有機体が混ざった異様なものにしか見えなかったのだ。

「合体ベターマン…それに……」

翔《しょう》輝《き》竜神《りゅうじん》の護《まもる》は、新龍神《しんりゅうじん》に合体しているベターマンの中にラミアの意思を感じとった。

『……』

ラミアの意思が何かを伝えてくる事はなかった。だが、護は信じた。

（凱《がい》兄ちゃんを狙ったラミア……でも今は、そのことを考えるのはやめよう。覇界の眷族に打ち勝つ……同じ地球の生命として……）

一瞬の動揺から我に返った覇《は》界《かい》幻《げん》竜神《りゅうじん》と覇界強龍神《ごうりゅうじん》も、これまでの戦いでソムニウムの情報は把握している。

「ベターマン……仲間同士で合体することは知っていたが、まさか勇者ロボともそれが可能だったとはな」

「合体によって飛行できるとなると、片腕が塞がっている我々の方が不利か……」

そう判断すると、覇界幻竜神と覇界強龍神は、地上へ降下していった。たしかに覇界幻竜神左腕の電磁荷台《デンジャンホー》と、覇界強龍神右腕の攪転槽《ジャオダンジィ》が自由になる地上戦の方が、分が良い道理だ。

その様子を確認した翔輝竜神と夢《む》装《そう》新龍神も目を見交わしてうなずきあい、兄たちの後を追っていった。これ以上時間をかけるわけにはいかない。カウントダウンは、すでに一〇〇を割っていた。

10

　五連メーザー砲と反中間子砲、ＥＳミサイルの連射――というよりも無限乱射の中、ガオファイガーとガオガイゴーは避け続けるだけで精一杯の状況だった。

「くっ、このままじゃ……！」

「が、が、凱《がい》さんッ！　ゴ、ゴ、ゴルディオンダブルハンマーをッ！」

　凱をうながすように叫んだのは、ガオガイゴーのメインコントロールを担う蛍汰《けいた》である。戦闘開始直後こそ、覇界王キングジェイダーの威圧感に呑まれていたが、その後は凱の助けを借りるまでもなく、自力で防御と回避を続け、生き残っていた。

「しかし――」

「ハンマーコネクトしてる間は、俺と火乃紀《ひのき》で防御します！　だから凱さんは急いでッ！」

「私と蛍ちゃんが楯になるから……早くっ！　凱さん！」

　セリブヘッド内の蛍汰とウームヘッド内の火乃紀からの必死の叫びに、ついに凱は迷いを振り切った。これまで、心の片隅からどうしても〝蛍汰と火乃紀を護らなくてはならない〟という想いが、消えずにいたのだ。つい先日まで一般の会社員だった蛍汰と、オペレーターだった火乃紀。デュアルカインドという能力者であっても、肉体的には凱や護、戒道《かいどう》のような特殊な存在ではない。護るべき対象という目でしか、見ていなかった。

　だが、蛍汰も火乃紀も高校生の頃から、幾多の修羅場をくぐってきた。そして今も、おのが意志で覇界王の前に立ち、抗おうという勇気を見せている。そう、彼らは護られるべき存在ではなく、肩を並べてともに戦う勇者なのだ！

「わかった！　君たちを信じるッ‼　来い、ゴルディーダブルマーグッ‼」

そう叫ぶと、ガオファイガーはガオガイゴーの背後に回り込んだ。

「おう、待ちくたびれたぜいっ！」

そう叫び返したゴルディーが、ワダツミの格納庫ハッチから飛び降りてきた。

「へえ、おでましだよ、新型ツールだ……Ｊ！」

「わかっている、ルネ……おとなしく使わせはしない！」

ソルダートＪとルネは呼吸をあわせて、覇界王《はかいおう》キングジェイダー全身の武装を一点に集中した
——ガオファイガーの楯となっているガオガイゴーに向かって！

「蛍《けい》ちゃん！」

「おうよ、火乃紀《ひのき》！……こなくそぉッッ！　ウォールリング・プラースッ！」

ステルスガオーⅡにマウントされていたウォールリングが、ガオガイゴーの左腕に装着される。

「プロテクトウォールッ！」

覇界王キングジェイダーの一斉攻撃が着弾する寸前、強化されたバリアーシステムが展開された。

歪曲された空間の向こうで、メーザーが無効化され、反中間子が中和され、ＥＳミサイルの爆圧が拡散されていく。蛍汰《けいた》と火乃紀の眼前で展開されるそれは、眩い花火のように炸裂を続けた。

「うおーッ、最大出力でもギリッギリじゃんか！　綺麗だけどおっかねえ！」

「前方周辺の温度は四〇〇〇度を超えてる……！　でも、意外と余裕あるじゃない、蛍ちゃん」

「へへっ！…そうでもねーよ！」

ホレた女の前でくらい、強がってみせねえとな……という言葉は、口に出さずに耐えた。Ｇアイランドシティでの公開プロポーズを、ウッシーたちに散々からかわれたからだ。代わりに口にしたのは――

「火乃紀、わりぃがバリアの方、頼めるか？」

「え？　う、うん」

「ユーハブレフトコントロール！」

「アイハブレフトコントロール！」

ガオガイゴー左半身の操縦権を受け取った火乃紀は、プロテクトウォールを制御することに専念する。

「……アナライズッ！」

手が空いた蛍汰は、意外なものの解析を始める。

「ケーちゃん、それって……！」

「へへ、黙って見てろって……ブレイクシンセサイズッ！」

ガオガイゴー胸部のＴＭシステムが、大気中の物質を吸収、合成を開始した。

一方、その後方でゴルディーダブルマーグが降下してきた姿を視認した凱《がい》は、長官代理権限で自ら承認をくだした。

「ゴルディオンダブルハンマー、発動承認！」

ゴルディオンハンマー以上の威力を有するダブルハンマーでは、国連事務総長から託された解除システムも二重認証になっている。凱は仮想空間の中で二本の鍵を捻るようにして、最初のプロテクトを解除した。

その認証は瞬時にして、ＧＧＧ《スリージー》オービットベースに転送され、アルエットの眼前に専用コンソールを出現させた。アルエットはすかさず、二枚のカードキイを取り出す。

「ウイ！　ゴルディオンダブルハンマー、セーフティデバイス、リリーブ！」

アルエットのように胆力のある少女にも、この巨大な力を自分が開放するのだと思うと、緊張が走る。それでも両の手のしなやかな指先に挟まれたそれぞれのカードキイは、寸分のくるいもなくモニターの左右に設置されたスロットを通過した。モニターにはセーフティを解除されたことを示す表示とともに、ＣＯＮＮＥＣＴの文字が輝く。

「システムチェーンジッ‼」

ガオファイガーの待つ戦場に到着したゴルディーダブルマーグが吼えた。

だが即座にルネの声が響く。

「凱《がい》っ！　無駄だよっ！」

「ジェイ…クオースッ‼」

覇界王《はかいおう》キングジェイダーはついに、右腕に装着されていた錨状の武器を発射した！　トリプルゼロのオーラに包まれたジェイクオースは、燃えるフェニックスとなりゴルディーダブルマーグに向かって突進する。それを阻むように割って入るガオガイゴーのプロテクトウォール。オレンジ色の火の鳥は、空間湾曲の領域を直撃した！

「いやあああっ！」

その衝撃は火乃紀《ひのき》の全身に襲いかかった。高度なショックアブソーバに守られたマニピュレイトボックスだが、プロテクトウォールを展開中のガオガイゴーが軋むほどの強い激震が走る。それでも火乃紀は気力を振り絞って、前方をにらむ。

「骨が砕かれたって、勇気は砕けない！……私だって！」

ガオガイゴー左腕部のプロテクトエネルギーを限界まで集中する。

「私だって……ＧＧＧの勇者なんだから！」

だが、いかに火乃紀がＧＳライドに勇気を注ぎ込もうと、物質にはおのずとその限界がある。ジェイクオースの圧力を受け止め続けたウォールリングに、一筋のヒビ割れが走った。あとわずかで、リングが形状を保てず、粉砕に至る事は間違いなかった。

「むぁたせたな、火乃紀ッ！　ジーセットッ！」

ガオガイゴーの両肩に折りたたまれていたガイゴーの両腕が、その声とともに前方に展開する。

〝ジーセット〟とは、ブレイクシンセサイズで合成された物質を装填するボイスコマンドだ。

「うおおおおっ、ダブルシナプス弾撃ッ！」

二本のガイゴーハンドから、二種の化学物質が放出された！　それらは覇界王キングジェイダーを狙ったわけではない。左腕から射出された液状物質はウォールリングのヒビ割れに染み込み、瞬時に硬化していく。そして、右腕から射出された化学物質はリング内部に浸透し、寸断されたリジッドフレキシブル基板を再生していく。

「すごい、プロテクトウォールの機能が回復した！」

「へへ、どんどん繰り返すからへこたれんなよ、火乃紀！　ブレイクシンセサイズッ！」

蛍太《けいた》は、ウォールリング修復に必要な化学物質の合成を繰り返した。

メインオーダールームにもその様子は転送され、楊《ヤン》が驚きの声をあげる。

「なるほど……ウォールリングを壊れる端から修復しているのか！　しかし、理屈では可能でも、そんな離れ技を実現できてしまうとは……」

阿嘉松《あかまつ》がニヤリと笑う。

「蛍汰《けいた》の才能をなめんじゃねえぞ。あいつの構造解析と物質合成の速度は、歴代デュアルカインドの中でもグンバツなんだ。ヘル・アンド・ヘブンじゃ幾巳《いくみ》たちに負けても、シナプス弾撃なら右に出るヤツぁいねえぜ！」

それは出来の良い弟を、やや誇張気味に自慢するかのような、満面の笑みだった。


蛍汰と火乃紀《ひのき》のガオガイゴーが、必死に覇界王《はかいおう》キングジェイダーの攻撃に耐え抜いている間、ゴルディーダブルマーグが変形しつつ、三つの部位に分離する。胴体と四肢はマーグハンドに。頭部と背部は巨大なゴルディオンハンマーに。そして手に持っていた小型のゴルディオンハンマーが、大型のそれと柄の部分で連結された！

「ハンマーコネクトッ！」

ステルスガオーⅢにマウントした右前腕部に代わって、ガオファイガーがマーグハンドをコネクトする。そして、その巨大な剛腕で大小のゴルディオンハンマーが連結した部位をガッシリとつかんだ。

「ゴルディオンダブルハンマーッ‼」

　ガオファイガーとゴルディーダブルマーグのＧＳライドが連動して、一時的に規格外の大出力を発生させる。その余剰エネルギーは、ダブルハンマーとコネクトしたガオファイガーの全身をハイパーモードの金色《こんじき》に輝かせた。

「うおお、カッケー、本物の金色の勇者王だ……」

　後方の様子を映し出したモニターで、その勇姿を確認し、目を輝かせる蛍汰。だが、その声は枯れ、息は荒く、見るからに疲労困憊した様子である。いくら蛍汰が優れたデュアルカインドであっても、ここまでシナプス弾撃を連発したことはない。合成媒体となるリンカージェルの劣化も著しく、ガオガイゴーの稼働限界も目前に迫っていた。

「よく耐えてくれた、蛍汰、火乃紀！　後は任せてくれ！」

「ふぁ、ふぁい～……」

　そう答えたものの、蛍汰の声にはすでに覇気も生気もない。

「ちょっと蛍ちゃん！　バカっ！　がんばって‼」

　自分も疲労の限界にあったが、必死に蛍汰を励ます火乃紀。だが、すでに蛍汰の意識は途切れかけていた。限界を超えたウォールリングが砕け散り、ジェイクオースに粉砕される！　そのままガオガイゴーも運命をともにしようとした瞬間――

「させません！」

「退くんだ！」

　そう叫んで、勇者王の両脚に飛びついたのは、ビッグボルフォッグとビッグポルコートである。数千度の熱量の中、二機がかりでなんとかガオガイゴーを引き倒した次の瞬間、燃えるジェイクオースが、轟々とその場を駆け抜けていった。その火の鳥は、後方に立つもう一体の勇者王に向かっていく！

（蛍汰《けいた》、火乃紀《ひのき》……君たちの勇気、無駄にはしない！）

ダブルハンマーの両端から、ふたつの球形部位が分離する。いや、物理的に分離しても、それはプラズマケーブルで空中に保持されたままだ。ふたつの球体は空中で幾度も激突し、加速していく。

「行くぞ、クラッカーモード！」

トリプルゼロで強化された火の鳥を、クラッカーが迎え撃つ。次の瞬間、あの頑強なジェイクオースに、ふたつの丸い穴が空いた。いや、それは穴ではない。球形に空間が削り取られたのだ――光の粒子を放ちつつ。

「光よ廻れっ！　ゴルディオンクラッカー！」

ガオファイガーが剛腕でダブルハンマーを振り回し、その度にクラッカーはジェイクオースに直撃していく。二度、三度！　その度に宇宙最強の錨は重力衝撃波に削り取られ、ついに消滅した。

「Ｊ……！　光にされたぞ…！　トリプルゼロをまとったジェイクオースが……！」

「……あれがゴルディオンハンマーの新型…その威力か！」

ルネが驚愕し、Ｊが看破した通りだった。グラビティショックウェーブ・ジェネレイティングツールとしての機能は、ハンマー部ではなくこの一対のダブルクラッカー部に備わっている。一撃の出力は以前のゴルディオンハンマーにかなわずとも、小回りの利くクラッカーによる連続攻撃が可能であるため、より使い勝手の良いツールへと進化していたのだ。

「やるよ、Ｊ。パワーはこっちの方が上……格闘戦だ！」

「そうだな、ルネ。覇界王《はかいおう》たる宇宙の摂理…見せつけてやろう！」

戦士としての誇りと、好敵手と戦えることへの歓び。トリプルゼロとともにある今のルネとＪの声には、そんな余裕すら感じられた。オレンジ色のオーラを超絶なる勢いで全身から噴き出させつつ、覇界王キングジェイダーが、ゴルディオンダブルハンマーを携えたガオファイガーに向かって突進する。かつて、レプリ地球の衛星軌道上でキングジェイダーとレプリジン・ガオファイガーが激突して以来、凱《がい》やＪの感覚ではほんの数日後だが――攻守を入れ変えて同じような戦いが再現されようとしていた。

「凱っ！　カーペンターズはいない！　そっちは砕けたらもう再生できないぞ！」

「ルネ！　その前にお前たちを砕いて勝利をつかんでやるさっ！」

ルネと凱、獅子王《ししおう》の咆吼が交錯する。

「光になるのは貴様だ！　今日こそ決着をつけるぞ、凱っ！」

「Ｊ、勝負だっ！……スライサーモード！」

クラッカーがふたたびダブルハンマーの両端に接続される。そしてハンマー部に設置されたベルト状部位が高速回転を始める。グラビティショックウェーブ・キャンセラーが始動したのだ！

「ゴルディオンスライサー！」

今にもつかみかかろうとする覇界王キングジェイダーに向かって、光の刃が放たれる。クラッカーが放った重力衝撃波が、ハンマー部に内蔵されたゴルディオンモーターによって薄く偏向させられたのだ。触れるものすべてを光に変換する光の刃が、覇界王キングジェイダーの両手の指先を切り落とした。

「‼」

Jとルネが驚愕している間すらなく、続く光の刃が両腕の反中間子砲塔を、そして脚部のＥＳミサイル発射管をズタズタに斬り裂いていった！

――しかし、全身を刻まれつつも、覇界王《はかいおう》キングジェイダーは膝をつかない。まるで勝者であるかのように、ガオファイガーの眼前に屹立《きつりつ》している。

「……凱《がい》、貴様が言うように、やはり私は間違っていたようだ」

「なに？」

「決着をつけるべきは……今日、この場ではない……」

巨大な体躯をズタズタに斬り裂かれながらも、覇界王は勇者王の眼前で身じろぎもしていない。いや、各所の破損も、すでにトリプルゼロによる修復が始まっていた。

「また会おう……エヴォリュダー」

そう言い残すと、覇界王キングジェイダーは一気に天へ飛翔した。覇界の方舟ジェイアークへと変形、インパルスドライブを最大出力で噴射する。たちまち蒼穹の彼方へ消えていくその姿を追う余裕のある者も、速度を有する者も、この場にはいなかった。

「へへ、さすが凱さんだ……俺なんかより、ずっとカッコいいや……」

二体の諜報ロボによって退避させられたガオガイゴー、そのセリブヘッドで、意識を取り戻した蛍汰《けいた》である。

その言葉を聞いて、ウームヘッドの火乃紀《ひのき》も微笑んだ。本当は（ケーちゃんだって、カッコよかったよ）と声をかけてあげたかったのだが、オービットベースのみんなにも聞かれてしまう。帰還したらたっぷり言ってあげよう……そう思うのだった。

「火乃紀ィ…だいじょぶかぁ？」

　声を掛けてきた蛍汰に、火乃紀がゆっくりと返す。

「大丈夫だよ、蛍ちゃん……ホントにバカなんだから」

「へ……？」

　火乃紀にとって蛍汰の存在は、もうとっくに心も含めたデュアルカインドだった。


（J、なぜだ……）

　ガオファイガーは、ゴルディオンダブルハンマーを手にしたまま立ち尽くしていた。ジェイクオースや各部の武装を失っても、敵の機体はトリプルゼロによって短時間で再生する。さらに覇界王キングジェイダーは奥の手も有している。レプリ地球で使用したジェイフェニックス——全身を巨大な火の鳥と化して、敵に体当たりする最強の大技。凱はその技が使われるところを見たわけではない。しかし、あの時すべてのGストーンがリンクしたことにより、ルネを通じて感知していた。

　だが、いまは覇界王キングジェイダーが撤退した理由を探る時ではない。竜姉妹の戦いも終局に向かっているはずなのだから——そして、その先に来たるべきはずの卯都木《うつぎ》命《みこと》との再会も。

11

舞台をユカタン半島上空から、チクシュルーブ・クレーターの大地に移して、覇界幻竜神《はかいげんりゅうじん》及び覇界強龍神《ごうりゅうじん》に対する、翔輝竜神《しょうきりゅうじん》及び夢装新龍神《むそうしんりゅうじん》の戦いは続いていた。

「うおおおおっ！」

夢装新龍神のふところに覇界幻竜神が飛び込み、オレンジ色の高エネルギーにのせて、右の正拳突きと左の電磁荷台《デンジャンホー》による打突を交互に繰り出した。だが、夢装新龍神は両腕でこの連打を巧みに捌く。いや、それはむしろ右腕に覆い被さるように装着されたフォルテの剛腕と、左腕に装着されたオウグの背中にあった巨大なサーベルのなせる業であったかもしれない。

『ンー…あれをまともに食らうわけにはいかぬのでな』

リミピッドチャンネルに乗せられた羅漢《らかん》の意思に、普段のような冷笑の響きはない。Ｇアイランドシティの地下空間で、覇界の両将に瞬時に叩き伏せられた記憶は、今も生々しく残っている。トリプルゼロを利用することで、敵とほぼ同等のパワーを有する新龍神とともに戦っているとはいえ、一瞬たりとも気を抜くことはできなかった。

「はあああっ！」

続いて覇界強龍神が、オレンジ色に輝く豪圧とともに、強烈な蹴りを夢装新龍神の鳩尾《みぞおち》に叩きつけてきた。しかし、直撃したものの、吹き飛ばされたりしない。胴体に巻き付いた流体状のルーメが、衝撃を吸収緩和しているのだ。

さらに覇界強龍神は右腕の攪転槽《ジャオダンジィ》からオレンジ色に発光する暴風を放つ。間髪入れず、ガジュマルの意思が空間を飛び交う。

『それなら、こっちの嵐も喰らえ！　プルム！』

　至近距離から放たれた竜巻を迎え撃ったのは、直線状の褐色光を纏った竜巻だ。新龍神の背部に張り付いていたトゥルバが両肩越しに、ペクトフォレースの粒子を風圧にのせて解き放ったのである。同じような色の輝きを放ちながら吹き荒れる嵐と嵐が、二体の竜神の中間で互いの威力を相殺しあう。

「すごい……この力があれば、兄様にも負けない……」

「ＹＡＡＡ！　新龍神、今度はこちらの番ですわよ！」

　空中から響く声。三体の頭上に、翔輝竜神が待っていた。右背部から光竜《こうりゅう》のメーザー砲を発射する。すかさず頭部を護ろうとする覇界幻竜神と覇界強龍神。だが、光の槍が狙ったのは、姉妹たる新龍神の方だった。

「プロテクト・プロテクター！」

　翔輝竜神の意図を悟った夢装新龍神が、右背部から六基の防御ユニットを展開させた。プロテクトシェードと同じ空間湾曲バリアーシステムが、メーザーの軌道をねじ曲げ、兄たちの方へと瞬時に導く。予期せぬ方向からの光条が、防御姿勢をとる兄たちの背に直撃した！

「ぐおおっ！　こいつら……行動パターンのデータも少ない合体形態なのに！」

「ずっと一緒に訓練を積んできたような、息の合ったコンビネーションだ！」

　歴戦の勇者たる二体が、奇襲攻撃にたじろぐ。

「……当然ですわ」

「YEAH！　私たち姉妹には共通の目的があるのだから！」

今度は、夢装新龍神《むそうしんりゅうじん》が上空に向けて、闇竜《あんりゅう》の小型ミサイルを連射する。空中の翔輝竜神《しょうきりゅうじん》がすかさず、ブロウクン・ブレイカーで飛翔するミサイルを撃破。あたりにはセンサーを攪乱させる煙幕が広がり、次なる一手が感知不能となったところで、今度は特殊貫通弾ミサイルが放たれた。

避ける術もないまま全身にそれらを喰らい、ついに覇界幻竜神《はかいげんりゅうじん》と覇界強龍神《ごうりゅうじん》は、大地に膝をついた。

「くうっ……姉妹たち、やるじゃないか」

「ああ、どうやら俺たちが甘かったようだぜ、幻竜神」

「そうだな。時間稼ぎをして、トリプルゼロの浸食を待つ……そんな戦い方では、この勇気ある妹たちには勝てないぞ、強龍神」

「なら、やるべきことはひとつ！」

覇界幻竜神と覇界強龍神は後方に飛び退き、妹たちから距離をとり、さらに腰を落として身構える。


その戦いの映像をオーダールームで見た、火麻《ひゅうま》と猿頭寺《えんとうじ》が絶望的な声をあげる。

「おいおいおい、まずいんじゃねえのかッ！」

「ええ、あの構えから繰り出されるのはおそらく……！」

牛山一男《うしやまかずお》は仲居亜紀子《なかいあきこ》と手を取りあい、かたわらのスタリオンは祈るように目を閉じる。

「耐えてくれ、翔輝竜神、新龍神……！」

チクシュルーブ・クレーターの決戦は、ついに最終段階を迎えようとしていた！

「吹けよ氷雪、轟け雷光！」

「唸れ疾風、燃えろ灼熱！」

かつて木星における機界31原種との戦いで、月と同等の衛星と融合した巨大原種をも一撃で斃した究極の技――ザ・パワーをも超えるトリプルゼロを纏った空前絶後の攻撃が、この地球上で放たれようとしている。だが、旧ＧＧＧ《スリージー》の戦闘データで、ＧＧＧブルーもその技の存在は知っていた。

ゆえに――

兄たちがその初動体勢に入った時、妹たちもまた鏡合わせのように、同じ体勢をとっていたのである‼

「輝け閃光！　翳《かざ》せ日輪！」

「煌《きら》めけ月輪！　貫け闇黒！」

兄たちも妹たちも悟っていた。どんな結末が訪れようと、この宿命の対決から逃れることはできない。

古い宗教の教義にこんな概念がある。天国にも地獄にも行けなかった魂は、〝煉獄〟と呼ばれる場所で、苦罰によって清めを受けなければならないのだと。人類の繁栄と宇宙の摂理――その狭間で苦しむ超ＡＩたちが、いま感じている苦しみこそ、煉獄のそれなのだろうか。

八体の竜シリーズによって構成された四体の竜神は、同時に同じ叫びを発した。

「マキシマムトウロンッ‼」

一方から青と黄、緑と赤のエネルギー体である暴龍が生み出され突進する。それを迎え撃つのは、白と金、銀と黒の暴龍エネルギー！　八色の龍たちは空中で激しくからまりあい、ぶつかりあった！　あたかも意志を持った巨大な生物のように、高エネルギー体の暴龍たちが、互いを呑み込み、撃ち砕かんと全身を震わせ、激しく叫びあう。その余波は辺りの空気を沸騰させ、大地を激震させる！　竜神たち自身ですら未経験の衝撃が、鋼の機体を軋ませた。

「こ、これがマキシマムトウロン同士の激突！」

「すげえ威力だ！」

「けど、退くわけにはいかない……」

「ＹＡＡＡ！　兄様たちを取り戻すまで！」

　おのが力と力の激突、その余剰エネルギーに翻弄されつつも、竜神たちは一歩も退かない。次の瞬間には力の均衡が破れ、この場から消し飛ぶとしても！　兄たちと妹たち、いずれの〝負けられない理由〟がより強いのか――これはそういう戦いなのだ。

　そして、永遠に続くかも知れないと思われた激突にも、ごくわずかな変化が訪れていた。兄たちの暴龍がじりじりと、それでも確実に、妹たちの暴龍を押し込み始めている！

「護《まもる》っ！　そっちは大丈夫か、このままじゃ……！」

「うん、幾巳《いくみ》、まだ耐えられるけど……凄い衝撃で動けない！」

　竜神の妹たちの機体に乗り込んでいる戒道《かいどう》と護も、加勢すら叶わぬ状態だった。付近に援軍の存在もないが、誰が助けに来ようと、この高出力のエネルギーがぶつかり合う場では近づくことすらできないであろう。

「こっちはトリプルゼロの無限エネルギーが全身に溢れている」

「味方につけたパワーの差は歴然。最初から勝負は決していたようだな」

覇界幻竜神《はかいげんりゅうじん》と覇界強龍神《ごうりゅうじん》の声には余裕があった。だが、次の瞬間、二体は機体のバランスを失った。

「なんだっ⁉」

「地中から重力波が⁉」

兄たちの足元の地面から、細い木ぎれを複雑にからみあわせた玉すだれのような物体が生えている！　そこから重力波が放たれているのだ。

「こっちにだって味方はいるわ！」

「ＹＡＡ！　勝負は最後までわからない！」

妹たちの声には、まだまだ諦める様子は伺えなかった。

『いやぁ、拙者のアーリマンは、こういった遠い場所までパイプラインを延ばすのが得意でして』

おどけたソムニウムである、ライの意思が、戒道たちにも届いた。

「ベターマンの能力か……」

『ボクの、ポンドゥスの重力波を遠くまで伝えてもらったんだ』

すかさず、おだやかな声のソムニウム、ヒイラギの意思も護たちに伝わる。

「うわっはー！　そんなこともできるなんて……！」

『我々にできるのは、ここまでだ』

ラミアの意思が青年たちに届く。

「ここまで……？」

『活動限界を超えた……光なる者、影たる者よ、全てを託す……』

新龍神《しんりゅうじん》にまとわりついていた夢装《むそう》なるベターマンの鎧は、次々と石のように繊維化をはじめた。

窮地において、その能力も失われてしまったのだ。

「そっちの味方の力など、せいぜいそんなもんだろう？」

「悪いな……あとは同じ機体の四対四。それなら、俺たちの方が有利だ」

ベターマンによる奇襲攻撃から態勢を立て直した兄たちだが、妹たちは即座に反論する。

「いいえ、兄様がた、あなたたちは間違っています」

「ＹＥＳ！　これは四対四の戦いではなくてよっ！」

八色の暴龍たちが激突し、膨大なエネルギーをまき散らしながら、からみあっている空間。その中央を視認も追いつかぬほどの勢いで駆け抜けていくもう一体の暴龍がいる——ひときわ小柄な、若葉色の暴龍！

翔輝竜神《しょうきりゅうじん》と新龍神の声が重なる！

「これは四対五の戦いですッ‼」

先刻、ベターマンたちが作ってくれた、一瞬の隙があれば充分だった。翔輝竜神の背中から、翔《しょう》竜《りゅう》が放った九色目の小さく細い暴龍は、空と同化するように、気付かれぬよう素早く戦場の中心を駆け抜け、今まさに覇界幻竜神《はかいげんりゅうじん》と覇界強龍神《ごうりゅうじん》に辿り着き、遂に直撃に成功した！

「なにっ⁉」

「末っ子か⁉」

　全身のエネルギーをマキシマムトウロンに注ぎ込んでいた覇界幻竜神と覇界強龍神は、防御の体勢をとることすらできずに、若葉色の暴龍の直撃をまともに受けた。次の瞬間、その空間にあふれていた膨大なエネルギーが均衡を失い、覇界の両将へと浴びせかけられ、その装甲を打ち砕いていく。

「ぐおおおおっ！」

　ふたつの巨体が天を仰いで倒れるとともに、青と黄、緑と赤の暴龍のエネルギー体が消失した。すかさず白と金、銀と黒の暴龍を収めて、翔輝竜神と新龍神が飛びかかる。

「兄様方、すみません――」

「しばしの我慢を！」

「リム・オングル・ウント・ナーゲルファイレ‼」

　翔輝竜神が覇界幻竜神の、新龍神が覇界強龍神の、装甲の砕けた機体にエネルギーの刃を突き立てた。竜神型合体ビークルロボの機体奥深くには、ビークルロボの要である超ＡＩがある。妹たちの狙いは、兄たちのＡＩユニットを確保することだ。エネルギー刃に続いてねじ込まれた両の拳が目当てのものを探り当て、四つの拳は四つのＡＩユニットを引きずり出した。

「おおお……」

　頭脳とも言うべき超ＡＩを失った覇界幻竜神と覇界強龍神の双眸から、光が失われていく。ついに翔輝竜神と新龍神は、覇界の両将に勝利したのだ！

　だが、妹たちの方にもすでに限界が訪れていた。メインオーダールームの榻《ヤン》のコンソールに表示されている、トリプルゼロに取り込まれてしまうまでのカウントダウンはゼロとなっている。推定値でしかないとはいえ、もう限界を超えてしまっているのだ。

「急げ！　お前たちまで浸食されてしまうぞ！」

楊《ヤン》の声に背を押されたように、両機の肩部運転席から空中に脱出した護《まもる》と戒道《かいどう》が、リモートコントローラーのスイッチを押し込んだ。護や戒道とて、三十メートル級の機体の全てを浄解することなど不可能である。

「ごめんね、翔輝竜神《しょうきりゅうじん》！」

「新龍神《しんりゅうじん》、よくやってくれた……！」

その操作によって、爆裂ボルトが起動。翔輝竜神と新龍神の機体から、五つのＡＩブロックが強制排除された。トリプルゼロによる浸食がいよいよ避けられなくなった時、彼女らをも覇界《はかい》の眷族にしてしまうわけにはいかない。そのための安全装置として、護と戒道の手に委ねられた決断のスイッチである。

だが、彼女たちはやり遂げた。覇界の眷族と化してしまう前に、兄たちを救出することに成功したのだ。爆発とともにそれぞれの機体は、トリプルゼロもろとも木端微塵となった。

爆煙が収まっていくチクシュルーブ・クレーターの黒化《こっか》された大地に、九個のＡＩユニットが静かに転がっていた。そして、そのかたわらには疲弊しきった護と戒道、さらに別の物体群――四つのコクピットブロックが転がっていた……。

12

ユカタン半島の西にはメキシコの広大な土地が見える。そのさらに西方、太平洋に落日が沈んでいく。オレンジ色に染め上げられた周囲の光景は、あたかもトリプルゼロに支配されてしまったかのように見えた。だが、そうではない。この世界は守り抜かれたのだ。勇者たちの懸命の戦いによって。

　覇界王キングジェイダーを退けたガオファイガーが、物言わぬ竜神たちのもとへ降り立つ。

「みんな、よくがんばった……さあ……一緒に帰ろう、俺たちのGGG《スリージー》に……」

　そうつぶやきながら、凱《がい》は覇界幻竜神《げんりゅうじん》と覇界強龍神《ごうりゅうじん》の残骸を見下ろした。四散したその残骸の中には、原型を留めたままの四つのブロックがある。爆散直前にブロウクン・ブレイカーとプロテクト・プロテクターの合わせ技により、ヘル・アンド・ヘブンのように取り出した、二体の両肩部運転席である。それぞれからは生命反応が観測されている。おそらく一個ずつのゼロ核《コア》が収納されているのだろう。GGG首脳部の読みが正しければ、そのどれかが最優先目標である獅子王雷牙《ししおうらいが》であるはずだ。そして、凱自身にとって、もっとも取り戻したい存在もまた——。

　すぐにゼロ核を取り出して、護や戒道とともに浄解を決行すれば作戦は完了する……はずだった。

　だが、凱は信じられないものを見た。覇界強龍神の右肩運転席ユニットから、人影が姿を見せている。その異形の姿に、凱は見覚えがあった。

「ゾヌーダ……！」

　凱はおのが神経系とガオファイガーの操縦系の接続を断つと、フュージョンアウトして機体から飛び降りた。ゾヌーダのように見える存在から、数メートルしか離れてはいない。

「凱《がい》兄ちゃん！」

　異変に気付いた護《まもる》と戒道《かいどう》も凱の背後に近づく。

「まさか、機界新種……⁉」

　護は十数年前の新宿で、戒道はオーストラリアで、ふたりともゾヌーダに遭遇している。目の前の存在を見誤ることはなかった。だが、凱は目の前の存在がゾヌーダではないと直感した。気づいたのではない、ただ感じたのだ。

「命《みこと》……なぜ、そんな姿に……」

　これまでにGGG《スリージー》が回収してきたゼロ核《コア》は、オレンジがかった繭のような物体だった。だが、目の前のそれはゾヌーダの姿である。命は自分の意志で、ゼロ核をこの形状にしたのだ。それは凱の動揺を誘うためか、それともその姿が、この場にふさわしい装束だと考えたのか。

「命…いま行く……」

『ごめんなさい、凱……それ以上近づかないで……』

　凱の脳裏に命の意思が響いてきた。リミピッドチャンネル――三重連太陽系で重篤な状態になった際、命が会得した能力。ゾヌーダを模したゼロ核に発声器官がなくとも、命は凱に自分の意思を伝えられるのだ。

　命に制止されるがままに、凱は歩みを止めた。ゼロ核の足下にある物体を見つけたからだ。彼らの対峙を、メインオーダールームで息を呑んで見つめている楊《ヤン》には、その物体が何なのかがわかった。

「あれは最終装置……」

それはかつて中国科学院航空星際部において、楊自身が機密保持のため、組み込んだものである。レプリ地球でソール11遊星主との決戦時に切り札として使用されたものだが、オレンジサイトで復元されていた。

（まさか、獅子王《ししおう》凱とともに……！）

楊はその装置の意味するところを悟って、慄然とした。

凱もまた、楊と同じ理解に至りつつも、動揺せずに語りかけた。静かに、優しく――

「命、死ぬつもり……なのか？」

『私たち知的生命体は滅びなきゃならない……それが宇宙の摂理だから』

命の意思が震えた。たとえトリプルゼロに浸食されていても、もちろん命自身がそうしたいと思っているわけではない。〝そうしなければならない〟という強烈な義務感が上書きされ、本人の自由意志以上にその行動を支配しているのだ。

『凱はきっと、死ぬときは一緒だって言ってくれる……でも、せめて最期まで生きていてほしい……今じゃなくて、明日まででも、明後日までもいい、一日でも長く……だから……』

それは命の偽らざる想いだった。覇界《はかい》の眷族としての義務感と、ひとりの人間としての個人的な想い。その狭間で苦しみ、もがいている。そう悟った凱は、脚を止めることなく、命のもとへ向かっていく。

『来ないで……凱……』

佇むしかない緊迫状態の護と戒道。だが、凱は冷静に歩みを続け、ゼロ核に包まれたままの命の身体を抱きしめる。

「命《みこと》……いつまでも一緒だ」

『凱《がい》……そう言ってくれると思ってた……言ってほしくなかったのに……』

　凱の背後から、耐えきれなくなった護《まもる》が声をかける。

「命姉ちゃん！　お願いだから、その装置から離れて！　そんなもの使っちゃダメだ！」

『護くん、立派になったね……でもダメなの……これは私でなくても起爆させられる。大河《たいが》長官でも、雷牙《らいが》博士でも、スワンでも……』

　やはり、覇界幻竜神《はかいげんりゅうじん》と覇界強龍神《ごうりゅうじん》のユニット内部に収容されている、残り三個のゼロ核《コア》の主がその三人なのだろう。いますぐに装置を起爆させないのは、凱と命に最後の時間を与えようという思いやりか。いずれにせよ、次の瞬間にはもう起爆しても不思議ではない！


　その時だった――

『元凶なりし者よ……』

（お前は……ベターマン・ラミア！）

　リミピッドチャンネルで語りかけてきたのは、ラミアであった。振り向いた凱は、ヒトの姿のベターマンたちを見た。戦闘中、新龍神《しんりゅうじん》に夢装《むそう》した変身体から脱した数体のソムニウムが、凱とゾヌーダを見守っている。その先頭のラミアの額に、十字光が瞬く。

『我らソムニウムにとって、いずれ斃さねばならぬ元凶……だが、今は手伝うとしよう――』

　そんな意思に続いて、無数の意思が凱の脳裏に飛び込んできた。それは護や戒道《かいどう》の意思、そしてオービットベースで固唾を呑んで見守っているＧＧＧ《スリージー》隊員たちの意思。命たちを救いたいと思う者たちの意思だった。その中には、紗孔羅《さくら》の意思も強く響いていた。

『壊しちゃダメ…それは開けてはいけない危険な箱……』

かつて、三重連太陽系で戦う凱のもとに、地球で応援する人々の意思をラミアが届けたことがあった。あの時のように、人々の意思がラミアを経由して、ゼロ核たちに語りかけているのだ。

中でも想いの強さに比例して、より強い意思が呼びかけた。

『おい幸《こう》ちゃん、情けねえことになってんじゃねえぞ！　俺たちゃ平和を護るために人生を捧げるって、コーイチやモモコやカースケに誓ったんじゃねえのか？　モモコがジュピターＸを浴びておかしくなっちまった時と同じだよ。俺も一度は取り込まれたからよく分かる。トリプルゼロっていう強い酒が、幸ちゃんを悪酔いさせちまってるだけだ。ＩＤ５の誓いは……永遠だろ？』

『火麻《ひゅうま》くん……いや、激《げき》……』

長いこと使われていなかった、若い頃の呼び名に思わず大河《たいが》の意思が反応した。記憶の片隅に残っている、忘れられないかつての仲間たちの名。身動きひとつとれないゼロ核の中で、大河は一筋、涙を流しているようだった。

『スワン、僕だよ……スタリオンだ……』

『ＯＨ、マイブラザー……』

『地球に帰ったら、また一緒にライブをやろう。そう約束したはずだ。君のボーカルが地球のステージには必要なんだ……』

木星に旅立つ直前のオービットベースでも、原種大戦後のアメリカＧＧＧ宇宙センターでも、スタリオンとスワンの兄妹ツインボーカルは大人気を博した。あの懐かしい日々の思い出が、スワンの胸を締め付ける。

『くぉら、クソ親父！　あんたが地球を離れてる間に、孫も成長してるんだぞ！　会いたかねえのか！』

『滋《しげる》……ほう、そうか……僕ちゃんの孫が……』

『おうよ、ここで死んだら紗孔羅《さくら》にも会えねえぞ、それでもいいのか！』

『う～ん、そうだなぁ…よくないなぁ……』

宇宙の摂理に準じる死を覚悟したはずの雷牙《らいが》の声色が、しんみりとなった。

交錯する仲間たちの意思。それらを受信した命《みこと》の意識が震える。

『どうして？……みんな、宇宙の摂理のもとで一緒になれるのに……』

『本当にそれでいいのか、命……』

仲間たちの意思と意思の触れあいに戸惑っていた命を、凱《がい》の意思が優しく包み込む。

『たしかに死んで一緒になることもできるかもしれない。父さんと母さんもザ・パワーのもとで、別の姿に変わり永遠を得たと思う。でも俺は、生きてお前と一緒にいたいんだ……』

『生きて……？』

『そうだ、ＧＧＧ《スリージー》憲章第五条十四項を憶えているだろ？』

『……ＧＧＧ隊員は、困難な状況に陥った時、仲間同士、協力しあって対処せよ……』

『協力しあおう……生き抜いてずっと……』

『……生きても……いいの……？』

『ミコトの名前は命《いのち》という字だろ。生き続けることの意味をこめて、生き続けてほしいと願って、ご両親が付けてくれた名前じゃないのか……俺はそう思う』

『いのち……』

『俺がずっと一緒にいる……だから、死ぬ時はもちろん、生きる時も一緒だ……』

かつてともに死ぬと語った、その時と変わらぬ想いが、今度ははっきりと伝えられる――ともに生きる、と。

『ああ、凱……！』

トリプルゼロ――宇宙の摂理に浸食され、頑なだったココロたちが、ゆっくりと解きほぐされていく。

歩みを止めた獅《し》子《し》王《おう》凱が、全宇宙でもっとも大切な存在を両腕のなかにしっかりと抱きしめる。足下の最終装置が起爆する様子はない。いや、起爆させる者はいない。

それはエヴォリュダーの能力なのか？　浄解による干渉作用なのか？　それとも奇蹟なのだろうか？

否――

少なくとも、それを成し遂げたのは超エネルギーでも、スーパーテクノロジーでもない。ごく小さな、最小単位の人間関係。あるいは友人同士、あるいは兄妹、あるいは親子、あるいは恋人同士のごく個人的な人間関係が――

想いという名のパワーが――

人間たちの魂が――

この瞬間をもたらしたのだ。

無から発生し、宇宙全体に広がって、また無に還っていく宇宙の力学。宇宙でたったひとつ、それに抗うものが、知的生命体の営為。だとすれば、彼らが成し遂げたことは奇蹟ではなく、必然だったのだろう。

ゼロ核《コア》を抱きしめる凱《がい》の姿を見つめていた護《まもる》と戒道《かいどう》は、いつの間にかベターマンたちが姿を消していることに気付いた。彼らはもう手伝う必要がないと思ったのだろうか。ふたりはうなずきあい、身体から光を放った。

「クーラティオー！」

「テンペルム！」

ふたりの力をあわせた浄解によって、四つのゼロ核がもとの人間の姿に戻っていく。

「コクトゥーラ……」

「レディーレ……」

力強くもやさしい浄解力が辺りを包み込む。凱の腕の中でゾヌーダを模していたその姿は、卯都《うつ》木《ぎ》命《みこと》本来のものに戻っていった。

より一層の愛おしさを込めて、凱は温かく柔らかな身体を抱きしめた。もう二度と、今度こそ二度と、離したりはしない。

「お帰り……命……」

「ただいま……ただいま！　凱！」

それはふたりにとって、数か月ぶりか、それとも十年ぶりか、それとも百五十億年ぶりか、時なる概念を超えてきた今となっては定かではない。だが、とてつもなく久しぶりに交わす――リミピッドチャンネルを介さない――肉声の会話だった。

13

メインオーダールームに歓声が響く。

卯都木命、大河幸太郎《たいがこうたろう》、獅子王雷牙《ししおうらいが》、スワン・ホワイトに加えて、ゼロロボのうちに封じられていたＧＧＧ《スリージー》隊員たちも、マイク・サウンダース十三世らの活躍もあって生還が叶った。これまでの戦いで、もっとも多くの仲間たちを取り戻すことができた価値ある勝利である。蛍汰《けいた》や火乃紀《ひのき》も帰還し、半ば冷やかされるように祝福の声を浴びた。そして、作戦目標であった獅子王雷牙の奪還にも見事成功した。若干の治療は必要だろうが、世界十大頭脳たる彼が復帰すれば、必ずや覇界《はかい》の眷族に対する劣勢を挽回できる。

そんな希望も込められた歓声だった。

そんな中、ただひとり、楊龍里《ヤン・ロンリー》だけはとんでもなく場違いなことを考えていた。もともと、大勢が喜んでいる時、それに同調する気分になれないのは、彼の悪癖のひとつだ。

この時考えていたのは、六五〇〇万年前に超竜神《ちょうりゅうじん》が辿った運命についてである。

（かつて、ＥＳウインドウに消えた巨大隕石がチクシュルーブ・クレーターに落下する際、超竜神

はそこから離脱して、太平洋に落ちたという）

　地表に激突する巨大隕石の下敷きになれば、いくらザ・パワーの力を得ていたとはいえ、超竜《ちょうりゅう》神《じん》も塵ひとつ残さず消滅していただろう。そういう意味で、その判断は的確だったと言える。

（だが、それが二〇〇五年まで発見されずにいたのは何故だ？　造山活動で浮上した島から偶然発見される……それもＥＳウインドウの彼方へ消えてから、わずか数週間後に。そんなことがあり得るのか？）

　実は十年前から、楊《ヤン》は疑問に思っていたのだ。あの出来事が起こるまで、地層の中に超竜神はいなかったのではないか？　彼がＥＳウインドウの彼方に消えた瞬間、歴史が書き換わり、地層の中に出現したのではないか？

　だとしたら、歴史が幾度改変され、書き換えられたとしても、人類はそれを知覚できない。認識できるのは、改変された後の世界だけなのだから。

　喜びに沸く人々の中で楊はただひとり、超越者の手の上で遊ばされているような感覚に囚われていた。


　同時刻――

　ユカタン半島を遠くに臨む海上。粗末な小舟の上で、少年が何かを見つめていた。いや、少年に見えるが、いわゆるヒトとは違う。ソムニウムのデウス――彼は微笑みつつ、額に十字光を瞬かせた。

『あと二回……』

さらに同時刻――

サテライトサーチでの追尾を振り切るほどの高速で離脱した覇界《はかい》の方舟ジェイアークは、日本に到達していた。そして、九州・熊本県の阿蘇山火口にその巨体を沈める。噴煙と地熱がカモフラージュとなって、外部から探知されることはない。

だが、ここに潜むのはジェイアークだけではなかった。それぞれがジェイアークの四倍以上もありそうな巨艦が三隻。いずれも三重連太陽系で失われたはずだが、クシナダという脱出艇をコアとして、トリプルゼロによって再生されたのだ。それもたった今。

「ここまで時間を稼いできた意味があったな」

「ああ、これでやっと終われる」

残りわずかな覇界の眷族であるソルダートＪとルネ・カーディフ・獅子王《ししおう》が、覇界ジェイアークの艦橋から見上げる巨艦三隻。

その名は覇界ツクヨミ、覇界ヒルメ、覇界タケハヤ――

覇界王キングジェイダーは戦況不利と見て、撤退したわけではない。この新たなる力を得ることを優先すべく、阿蘇山へ向かったのだ。Ｊの手には、起動用の承認キー。同時に使用するもうひとつの承認キーは、ルネの手の中にあった。その二本の鍵によって、巨艦を合体させ、完成する究極のアルティメットツール。

すなわち〈覇界ゴルディオンクラッシャー‼〉

その力が全人類に向けられる時が、目前に迫っていた……。

number.08　禽－PHOENIX－　西暦二〇一七年／二〇〇五年

1

「大河《たいが》幸太郎《こうたろう》、君をGGG《スリージー》特務長官に指名する」

「謹んで拝命します」

　衛星軌道上のGGGオービットベース、ビッグオーダールームの特設会場で行われた式典のクライマックスは、ハート・クローバー国連事務総長による任命式だった。もはやほとんどの書類が電子でかわされる時代、わざわざ作られた書類が大河幸太郎に手渡される。もはや書類というものの存在意義は、このような儀式のためという意味合いがもっとも大きいのだろう。実際、この瞬間に会場は最大級に盛り上がり、盛大な拍手が巻き起こった。

　大河はガッツィ・ギャラクシー・ガードの初代長官であるが、原種大戦後に日本の宇宙開発公団総裁として復職している。二代目長官の八木沼《やぎぬま》範行《のりゆき》は、大河以下の隊員たちが三重連太陽系に向かった際、それを幇助したとして二〇〇七年に罷免された。その後、楊龍里《ヤン・ロンリー》長官代理時代を経て、八木沼が復職。二〇一七年に入ってから獅子王《ししおう》凱《がい》が長官代理となっていたが、ここにようやく新体制が発令されたのである。

「〝代理〟の文字がとれた気分はどう？　獅子王長官」

　任命式が行われている壇上の一角で、卯都木《うつぎ》命《みこと》が小声で囁いた。

「実感がわかないな。大河特務長官がいるから、前とそんなに変わった気がしないし」

やはり小声で答えたのは、数分前に本人も長官として任命された獅子王凱だ。これにより、GGGブルーは阿嘉松《あかまつ》長官、GGGグリーンは獅子王長官が指揮を執り、両組織を大河が特務長官として統括する新体制が始動したことになる。さらに命をはじめとする旧GGG隊員の多くも、ようやく現場復帰がかなった。

　思えば長く、あまりにも様々な紆余曲折を経ていた。もちろん、ソルダートJやルネと若干名のGGG隊員が覇界《はかい》の眷族の側に残っており、ゼロロボによる大地の黒化《こっか》も進行中である以上、事態はまだまだ終息したとは言えない。それでも、かつてメインオーダールームに勤務していた首脳スタッフが全員帰還したという事実は、人々の心に希望の光をもたらした。

　このオービットベースには、GGGグリーンとGGGブルー、ふたつの組織が同居することになり、メインオーダールームも大人数に対応した改修が行われた。いよいよ、両GGGの総力を結集した、覇界の眷族との最終決戦が始まるのだ。

　式典が終わって、クローバー事務総長はただちに、地球に帰還するためのシャトルに乗り込んだ。この非常事態の下で事務総長は処理すべき複数の案件を抱え、多忙を極めていたのである。シャトルの座席についたクローバーは、そのスケジュールを管理する有能な秘書に向かって、ため息をついた。

「GGG特務長官、映像や写真を見たことはあったけど、実物はさらにカッコいいねぇ。ダンディだよねぇ。あれは男でも惚れ惚れするよ」

磯貝桜《いそがいさくら》は微笑むが、答えない。もちろんクローバーは、かつて彼女が大河《たいが》の秘書であったことを知っている。おずおずと、答えを聞くのを怖がってでもいるかのように、問いかけてきた。

「君が望むのなら、ＧＧＧ《スリージー》に出向の手配をしてもいいんだけど……」

その言葉に桜は、今度は口を開いた。

「いいえ、事務総長。その必要はありませんわ。私は現在の職務に満足しております」

先ほどの式典が終了したとき、桜は会場の隅で大河とすれ違う瞬間があった。ほぼ十年ぶりに見る大河の姿は、当たり前だが当時のままで、桜の胸のうちを熱くした。互いに微笑みながら、短い挨拶をかわしたものの、あの頃のようにぼろぼろと涙をこぼすことはない。それが自分の成長を意味しているのか、あの頃の想いに区切りをつけたということなのか――桜自身にもよくわからない。

そして――

（……今の上司も、かつての上司に負けずにダンディですよ）

という言葉を口にしたかったのだが、それは思うだけにした。自分の内心を表に出しすぎていたあの頃とは、もう違うのだから――


盛大な式典という非日常が終わり、ＧＧＧブルー＆グリーン、メインスタッフは殺伐とした日常へ帰還した。今日もゼロロボによる黒化《こっか》地域の拡大は続いており、ＧＧＧはそれを阻止するために戦い続けなくてはならないのだ。

「……さてと、んじゃ第一回〈グローバルさんチーム青組とギャラクシーどんチーム緑組〉合同ブリーフィングを開始するッ」

よくわからないネーミングセンスを強行する阿嘉松《あかまつ》の悪癖に閉口する者は、ＧＧＧブルー内部に少なくない。それがよりによって、こんな時に発揮されるとは……。ポカーンとした空気に包まれているＧＧＧグリーン隊員たちを見て、護《まもる》をはじめとするＧＧＧブルー隊員たちは、穴があったら入りたい気分にとらわれた。

「オウ、長官。そのネーミングは前に却下されたはずネ、こだわりすぎ良くないよ」

「お、そういえばそうだったな。がっはっは、悪かった悪かった」

アーチン・プリックル参謀のとりなしを阿嘉松が笑い飛ばすと、セカンドオーダールームの空気も和やかなものとなった。大河や凱《がい》と阿嘉松、長官たちの個性の違いは、ＧＧＧグリーンとＧＧＧブルーの空気感によく反映されている。原種大戦時にも劣らない深刻な状況下にあって、阿嘉松の人柄はプラス方向に働いているようだ。

ブリーフィングの最初の話題は、ディスクＸの増産体制についてである。前回、竜姉妹が高リスクの作戦に身を投じたのも、世界の黒化を防ぐため、それが急務と目されていたからである。状況を聞かれた獅子王雷牙《ししおうらいが》は、事態の深刻さを感じさせない軽い口調で説明を始めた。

「いや～、僕ちゃんたちがいない間に、いろんな技術が開発されたからの。それを使わせてもらうことで、新しいディスクＸの量産プランを思いついちゃったのよ。一か月もあれば、予定数そろうんじゃないかなぁ」

メインスクリーンに、黒化の進行具合とディスクＸの量産体制、その後の状況予測などが表示される。スタリオン・ホワイトが補足説明を加えた。

「ご覧のように、あと一か月の間は世界の黒化が進行しマス。とはいえ、以前ほどの速度ではアリマセン。幻竜神《げんりゅうじん》と強龍神《ごうりゅうじん》を取り戻したことで、こちらが優位になったからと言えるデショウ。そしてディスクXが大量生産されれば——」

メインスクリーンに表示されている状況が、一変した。一か月後を境に、黒化《こっか》が一気に減少していく。一同から、感嘆の声がもれた。

「……というわけなんだな、これが。まあ、もっと量産速度を上げたければ、僕ちゃんに美人助手をつけてくれるのが有効だぞ。タマラくんや火乃紀《ひのき》くんはどうかな？」

十年以上を経て、当たり前だがまったく変化していない実父の軽薄で陽気な元気っぷりに、阿嘉《あか》松《まつ》がうんざりする。

「おい、クソ親父。息子が進行役やってるブリーフィングで、みっともねえマネしないでくれよ」

「なんだ滋《しげる》。お前、これから生まれてくる可愛い弟や妹の顔がもっと見たいとは思わんか？」

「もう間に合ってるわ！」

雷牙《らいが》には世界中に二十八人の息子や娘がいる。そのうち二十人以上は阿嘉松の弟や妹にあたるわけで、さすがにもう充分だ。そもそも、阿嘉松自身が孫がいてもおかしくはない年齢なのだ。

「そしていくつか、報告しておきたい情報がある」

空気を読まずに話題を変えることには定評がある楊龍里《ヤン・ロンリー》が、この日も議題を進行させた。とかく議事内容を脱線させがちな阿嘉松にとって、楊が良き補佐役となっているのは、こういう部分もあるのだろう。

「……まず覇界《はかい》の眷族が、大地を黒化している理由について、だ」

「何かわかったんですか！」

楊の言葉に、天海護《あまみまもる》が表情を輝かせた。敵の目的がわからないままに戦い続けるのは、やはり不安なものだ。

「それについては、私から語らせてもらおう」

そう割って入ったのは大河《たいが》である。他のＧＧＧ《スリージー》隊員たちと同じく彼もまた、浄解された直後は、自分が覇界の眷族として行ってきた数々の行為に罪の意識を感じていた。しかも大河は指揮官として覇界の眷族を率いていたため、現在の人類の苦境に対して、より責任を感じているのだろう。

それでも彼は、罪悪感に押しつぶされることはなかった。率先して、他の隊員たちの精神面でのケアに協力し、それぞれの断片的な記憶をつなぎあわせて、覇界の眷族に関する資料を作成した。もちろん、彼はポジティブなだけではない。

（私が罪をつぐなうのは、全力で今の事態を打開した……その後のことだ）

そう心に秘めて、事態への対処を優先し続けてきたのである。

「ここにいるＧＧＧ隊員の中には、二〇〇五年暮れの木星決戦——その終盤に起きた事態を記憶している者も多いだろう」

大河の言葉に、皆がうなずいた。トリプルゼロの欠片たる〈ザ・パワー〉によって復元された機界31原種融合体・Ｚマスターは、遥か木星圏から地球に向けて、無数のゾンダー胞子を送り込んだのだ。あの時、木星にいあわせた者だけでなく、地球に残留していた者、ＧＧＧに加わっていなかった者も、全世界の半分近くがゾンダー化されかけたあの事件を忘れることはできない。

「あれは、ゾンダー胞子によって、全人類を一気にゾンダー化しようという目論見だった。今回、覇界の眷族が地球全土を使ってやろうとしているのは、基本的にあれの発展形だ」

「まさか地球を、宇宙規模の〝苗床〟の拠点に……！」

希望に輝いていた護《まもる》の表情が、驚愕に変わる。

「じゃあ、目的は地球人類の殲滅だけではないってことか……」

長官代理となった時から着用しているロングジャケット姿の獅子《しし》王凱《おうがい》が、護の隣で苦々しい顔となる。覇界《はかい》の眷族が、持てる力のすべてを使えば、地球そのものを破壊してしまうことも、不可能ではない。これまでそうならなかった理由が、ようやく納得できた。

「……凱長官の言う通りだ。トリプルゼロによって、宇宙の摂理のために行動するという倫理観を上書きされた者は、すべての知的生命体の活動を終息させたいと考えるようになる。大地がすべて黒化《こっか》されれば、地球は〝ゼロ胞子〟の苗床と化すだろう」

大河は内心でどのような深い苦渋を抱えていようと、それを表に出すことはなかった。

「そして、地球と同じ滅びを全宇宙にばらまくって目論見か。ううむ、胸くそ悪い話だ……」

唸り声をもらした阿嘉松《あかまつ》が、実父の方へ向き直る。

「ますますディスクXの重要性が高まってきたってこった。頼むぞ、クソ親父。うまくいったら、紗孔羅《さくら》に会わせてやる」

「ほんとか滋《しげる》！　お前ずっと僕ちゃんには会わせるのを渋っておったのに、やっとその気になったか！　ようし、僕ちゃん頑張っちゃうもんね〜〜！」

〝不良老人〟がガッツポーズで鼻息を荒くした。どんなに素行の悪い人物でも、孫のことは可愛くてたまらないのだろう。雷牙《らいが》という〝名馬〟にとって、鼻先のニンジン以上の効果があったようだ。

実のところ、雷牙が空騒ぎに近いはしゃぎっぷりを露わにしているのには、理由がある。そうでもしなければ、耐えられないことがあったのだ。

世界十大頭脳のひとりに数えられる獅子王雷牙は、覇界の眷族となっている間も、その知的好奇心からトリプルゼロについて観察し、いくつかの思考実験を繰り返していた。その結果、とある推論にたどりついていたのである。

かつて、原種大戦において地球を脅かしたZマスターは本来、三重連太陽系の紫の星で開発された〝ストレス解消システム〟であったという。それが暴走し、宇宙からマイナス思念を消去するには、知的生命体を抹殺せねばならないという結論に至った。知的生命体を幸福にするためのシステムが、なぜそのように変質したのか？


Zマスターは覇界の眷族と化していたのではないか？


雷牙はまだ、この考えを誰にも話していない。現時点では、当面の問題に直接関連がない上、今となっては検証する手段もないからだ。いずれは楊《ヤン》やスタリオン、三博士たちに打ち明けてみようと考えてはいるのだが、彼はすでに科学者としての直感によって確信していたのだ――自分の推論が真実である、と。

事が一段落したら木星を訪れてみよう……雷牙はそう考えている。

（精神体となった麗雄《れお》の意見を聞きたい。木星に行けば話せるかもしれん。あいつならきっと……）

獅子王麗雄が存命の頃は、常に最大のライバルであり、口うるさい説教をしてくる（主に女性関係の問題で）面倒な弟でしかなかった。だが、彼を亡くして以来、雷牙《らいが》はずっと喪失感のただ中にいる。世界十大頭脳と呼ばれる立場になったのも、張り合う相手なり、議論を交わす相手なりがいてこそだったのだから。

　雷牙のそんな物思いをよそに、ブリーフィングは進んでいく。覇界《はかい》の眷族から浄解された旧GGG《スリージー》隊員たちの動向について、諜報部の猿頭寺耕助《えんとうじこうすけ》が報告する。

「え～、現時点で未帰還の隊員は二十六名と推定されています。おそらく全員がクシナダにいると思われますが、大河《たいが》長官がこちら側に戻ってきた現在、指揮をとる者はいるのか……統制された活動はできるのか、まったくのところ不明です」

　メインスクリーンに、行方不明の隊員たちの名簿が表示される。この場にいる多くの者にとって、彼らは旧知の仲間であり、悲痛なため息があちこちで聞こえる。そんな中、彩火乃紀《さいひのき》は名簿の中に、ある名前を探したのだが、見つけることができなかった。鷺《さぎ》の宮隆《みやたかし》――鷺の宮・ポーヴル・カムイの実兄である。もっとも、カムイは挙動不審な行動が目立ち、強制的に隔離され、アルジャーノンを発症していることが発覚。治療の手立てもなく、このオービットベースの救護室で息を引き取った。オペレーターとして身近な存在だった火乃紀にとっても、ショッキングな出来事だった。

（やっぱり、お兄さんの名前はない……あの時、カムイさんが言っていたことは、アルジャーノン故の妄想だったということ……？）

　アルジャーノン発症時、カムイは言っていた――兄は覇界の眷族側にいる、と。だが、それが事実なら名簿に名が載っているはずだ。火乃紀は首を振って、その件について深く考えることをやめた……。

「――諸君、私は覇界の眷族側にて指揮をとっていた者として、もうひとつの恐るべき事実を伝えなくてはならない」

ブリーフィングの最後に発言を求めた大河《たいが》が、重々しい口調で語り始める。

「先ほど、猿頭寺くんの報告にあったクシナダにいるという言葉は、間違ってはいない。だが、すべてを語っているとも言えない」

その言葉を聞いた猿頭寺が、静かに目を伏せる。彼はこの後に語られる内容を知っているのだろう。

「……三重連太陽系で、負傷した隊員や大破した勇者ロボは、トリプルゼロの再生力でみな復元された。だが、それは単なる治療・修復ではないのだ。ディビジョン艦に組み込まれ、ＡＩブロックのみになったゴルディーが、ゴルディーマーグとしての機体を取り戻したことは、皆も知っているだろう」

「たしか、トリプルゼロの復元は、〝あるべき姿を取り戻す〟でしたな」

楊《ヤン》の指摘を、大河がうなずいて肯定する。

「その通り。つまり、クシナダにも同じ事が言える」

「要するに、最撃《さいげき》多元燃導艦《たげんねんどうかん》〈タケハヤ〉に戻るってことかぁ？」

火麻激《ひゅうまげき》の声に、緊張感はない。覇界幻竜神《げんりゅうじん》と覇界強龍神《ごうりゅうじん》を取り戻した今、脱出艇クシナダの母艦であるタケハヤが敵の手に渡ったとしても、怖れることはないと考えているのだろう。

「いや、違うのだ、火麻くん。クシナダが取り戻した姿とは――タケハヤのみならず、ツクヨミ、ヒルメがドッキングした状態、すなわちゴルディオンクラッシャーだ」

沈黙が、セカンドオーダールーム全体を支配した。参加者全員がその言葉の意味するところを理解するにつれて、動揺の波が押し寄せてくる。沈黙を最初に破ったのは、凱《がい》だった。

「大河《たいが》長官……つまり、次の戦いでは覇界王《はかいおう》キングジェイダーが、ゴルディオンクラッシャーを使ってくるということですか？」

「……おそらくそうなるだろう」

「イエス……私と長官がアプロヴァール事務総長に託された承認キーも、キット向こうに……」

ずっと黙っていたスワンも、こらえきれずに口を開いた。予想が確信に近づき、一同は戦慄した。ゴルディオンクラッシャー、それは原種大戦の教訓をもとに開発された最強最大の決戦ツールである。全長一キロメートルを超えるツールから、その二十倍にも及ぶ広範囲のエネルギーフィールドを発生させ、惑星サイズの敵をも光に変換する。その力が、覇界王の手に渡ったというのだ。

「凱兄ちゃん……僕たち、勝てるの……？」

護《まもる》のその言葉は、その場にいる全員の気持ちを代表したものだった。

2

「……やっとふたりきりになれたな」

「うん。これって何か月かぶり？　それとも十年ぶり？」

獅子王《ししおう》凱の腕枕で、卯都木《うつぎ》命《みこと》が問いかけた。場所は凱の私室であり、いまはふたりとも勤務時間外だ。どんな会話をかわしていても、誰にも聞かれる怖れはない。

大河や雷牙《らいが》、スワンとともに命が帰還してから、すでに十日余りが経っている。もちろん、その間に言葉を交わしたりする機会は何度もあった。

だが、命たちもまずは入院して精密検査を受けなくてはならなかったし、その後もセレモニーや様々なイベントが続いた。もちろん凱には出動もある。ふたりのオフタイムが、一致して休める時間はなかなかとれなかったのだ。

たくさんの言葉と、言葉に拠らない愛情を交わし合って、ふたりは横になっていた。いくらでも話したいことはある。どれだけ時間があっても、足りはしない。

いろいろ語っているうち、話題は護や華《はな》、戒道《かいどう》たちのことになった。

「ビックリだよね、小学生だったあの子たちがGGG《スリージー》隊員になってるなんて」

「ああ、護たち、立派になったよ」

ここ数か月の戦いで、凱は実感していた。かつて護ってやるだけの存在と思っていた幼子はもういない。帰ってきた凱を出迎えてくれたのは、肩を並べて戦う頼もしい仲間だった。

「それに戒道くん！　あの子があんな美形になってるなんて、想像もしてなかった！」

「そうだな、命はああいう顔がタイプなのか」

凱がわざと拗ねたような声を出す。命以外の人間には、決して見せたことのない表情だ。世界を救った勇者としての顔しか知らない人々には、想像すらできないだろう。

「妬かないの。私のタイプはこういう顔だよ」

そう言って、凱《がい》の横顔にそっと触れる。そんな何気ない行為が、凱にはとても嬉しかった。こんなささやかな時間すら、もう長いこと持てずにいたのだ。

「そういえば、さっきの戒道《かいどう》くん……なんの話だったの？」

数時間前、メインオーダールームへ続くエレベーターの前で、凱が戒道に話しかけられていた。命《みこと》はその様子を見かけたものの、メインオーダールームに急がねばならないタイミングで、会話につきあうことはできなかったのだ。

「ああ、実は……」

別に隠し事をすることでもなく、凱は語りはじめた。人のいない談話室の一角で、戒道はこう切り出したのだ。

「凱さん……実はこないだの戦いの時、ベターマンと話したんだ。リミピッドチャンネルだから、話したと言っていいのか、よくわからないけど」

「ベターマン……あのラミアというヤツか」

戒道はうなずいた。以前、凱はオーストラリアでラミアに襲われたことがある。その時の真意を、戒道はラミアに問いただしたのだ。

「〝元凶なりし者〟とはどういう意味か、聞いたんだ。即座に、返答はなかったけど、あとで教えてくれるようなそぶりだったのに……」

実際、その後の戦いで、ラミアたちは戒道が乗り込んだ新龍神《しんりゅうじん》に力を貸してくれたのだ。阿嘉《あか》松《まつ》や蛍汰《けいた》、火乃紀《ひのき》、護《まもる》の話を聞いてみても、基本的に彼らベターマンは人類の危機に共闘してくれることが多い。彼ら独自の行動理念があるにしても、それは人類と敵対するものではないと推測されている。

「あいつらは俺のことだけ、元凶なりし者と呼んで敵対してくる……」

「僕も、その理由を知りたかった。でも……」

「ありがとう、幾巳《いくみ》。その気持ちはすごくありがたいぜ」

戒道の肩に手を置いて、凱は感謝の意を伝えた。そして、じっと見つめるような澄んだ瞳で、言葉をつむぐ。

「だけど多分、俺はその理由を知っている……」

そう告げる凱の目を、戒道もじっと見つめた。凱のまなざしは戒道ではなく、もっと遠くにいる誰かを見つめているようにも感じられた。

「で……その理由って？」

凱の話を聞き終えた命が、きょとんとした顔で問いかけてくる。凱はそれには答えず、強引に話題を変えた。

「それより、命にはずっと、話したいと思っていたことがあるんだ」

「話したいこと……？　うん、言ってたよね！　あの時！　いつ話してくれるのかなって、ずっと思ってたよ！」

あの時――それは三重連太陽系のGクリスタルで、凱がジェネシック・ガイガーにフュージョンした直後のことだ。巨大なガイガーの姿で、凱は命に呼びかけたのである。

「あとでゆっくり話がしたい……待っててくれ！」

その後、ソール11遊星主との死闘を経て、オレンジサイトで散り散りになり、今日までゆっくり話をするどころではなかった。

だが、ふたりともこの話ができる時を、ずっと心待ちにしていたのだ。凱《がい》はベッドから起き上がり、命《みこと》の方に向き直った。命も無言で姿勢を正す。

「……命」

それはこれまでに聞いた中でも、もっとも優しい口調での呼びかけだった。


「結婚しよう——」

「うん」

ほとんど間を置かずに、命はうなずいた。凱もまた、その答えを疑ってはいなかった様子で、うなずき返す。ふたりにとって、これは人生の岐路ではない。これまで歩んできた道の延長として、当然続いていくであろう一本道だったのだから。そして——

凱の瞳を見つめながら、命はささやいた。

「……で、まだあるんでしょ、話の続き」

お互いをよく知っているからこそ、気づいたのだ。

(凱のこの顔……まだ本題じゃないんだね……)

凱はうなずいて、左の拳を顔の前に掲げた。そこに光る〈G〉の紋章が浮き上がった。全身の細胞に、微小サイズのGストーンが融合した超進化人類——エヴォリュダーの証し。その淡い緑の輝きに照らし出されながら、凱はつぶやいた。

「覚えてるか？　三重連太陽系に旅立つ前、スワンやパピヨンに俺の身体を調べてもらったこと」

「うん、遺伝子検査とか色々やってたよね」

　言葉ではそう言ったものの、スワン・ホワイトや故パピヨン・ノワールは凱を完全に調べ尽くしたわけではない。エヴォリュダーの肉体には未知の要因が多く、高度な検査が必要となる。そのため、彼女たちが採取した献体やデータは、複数の生化学の権威に送られ、徹底的に研究されたのだ。

その結果、判明した結論は――

「俺の遺伝子は、顕性が非常に高いらしい」

「それって、チョー優性ってこと？」

「ああ、早い話……俺に子供ができた場合、必ずエヴォリュダーになるんだそうだ」

　有性生殖において、形質の現れやすい遺伝子を優性、もしくは顕性という。凱の肉体が持つ様々な特殊能力は、母体の遺伝子に関係なく必ず受け継がれるのだ。

「でも、それってすごいことじゃない？　人類がみんなエヴォリュダーになったら、どんな敵が来ても、怖いものなしだし」

「確かにな……」

　凱は苦笑した。しかし、その未来は良いことばかりとは言えないのだ。たとえば、まだ解明されていない未知の弱点があったとしたら、それもすべて受け継がれてしまうのだから。

「もしも特定の疾病に非常に弱いという形質があったとしたら、それが俺の子孫全体に受け継がれてしまう」

「そっか、それは良くないね……」

他にもいくつか理由はある。命《みこと》の耳に入れたくはないが、差別といった問題も起きるだろう。エヴォリュダーが総人口のうちに占める割合が無視できない数に至った時代、人類とエヴォリュダーは共存できるのか？　一方がもう一方を弾圧したりする可能性がないと、誰が言い切れるだろう。

そして、この遺伝形質こそが、〝元凶なりし者〟――ソムニウムが、凱《がい》をそう呼ぶ所以であると、凱は感じていた。

（奴らは、人類をアニムスの花の苗床だと考えているらしい。アニムスの花畑にふさわしくない土壌は排除するということか……）

　千々に乱れる思いを露わにはせず、凱は別の話題を切り出した。

「それに俺は……命以外の女性《ひと》と子孫を残すつもりはない」

　命はうなずいた。さすがにここで「やだ、なに言ってんの！」などと、混ぜっ返すつもりはない。代わりに口にしたのは、苦い認識だ。

「ああ、そうか……私もセミエヴォリュダーだもんね」

　凱の肉体がＧストーンによってエヴォリュダーとなったように、命の肉体もまた通常のものではなくなっている。それは機界新種の種子を埋め込まれたことによるもので、Ｇストーンとは関係がない。セミエヴォリュダーという名称は、あくまで暫定的なものであって、凱のそれと同義ではないのだ。

「そうだ……もし俺たちの遺伝子が交配した場合、ＧストーンとＺの種子が融合することになる。そこに何が起こるか、生化学の世界的権威たちにもまったく予測不可能だった」

「じゃあ、私たちは子供を作ることが許されないんだね……」

「許されるとか、許されないとか、そういう問題じゃないんだ。俺は自分の意志で、そうすべきじゃないと思ってるし、それを命ともきちんと相談しておきたかった……」

「うん、話してくれて、ありがとう……」

　命は素直に感謝の気持ちを伝えた。凱の言うことはもっともだ。命自身も、その考えが正しいと思う。しかし、凱は「そうしない」ではなく、「そうすべきじゃないと思ってる」と口にしたのだ。決断の前に、ふたりで考えたい――そう言っているのだ。

「私も、凱と同じ気持ちだよ。その上で、凱と一緒になりたい……夫婦になりたい……結婚したいって思ってる」

「まだ覇界《はかい》の眷族に残ってるみんなを助け出したら、できるだけ早く……な」

「そうだね。全員に式に出てもらいたいもんね」

　そうつぶやいて、命は吹きだしそうになった。正装で参列しているソルダートJや、ブーケを争っているルネの姿を想像してしまったのだ。

「おいおい、命。話をまとめに入ってるっぽいけど、相談したい事、まだ終わってないんだぜ」

「え、まだなんかあるの？」

「ああ……」

　凱はそう言うと、遠くを見るような目になった。そんな顔を見て、命は思い出す。高校時代、宇宙への夢を語るとき、いつも凱はこんな目をしていた――

「子供を作ることはできないと言ったけど、子供を持つことが許されないってわけじゃないんだぜ、俺たち」

その言葉を聞いて、命《みこと》の顔にも理解の色が浮かんでくる。

「そっか！　身寄りのない子供たちの親になってあげればいいんだ！」

「ああ、家族を作るのに必要なのは、遺伝子のつながりだけじゃないって、俺たちは知ってるからな」

　この時、凱《がい》と命の脳裏に浮かんでいたのは、天海《あまみ》家の姿であり、戒道《かいどう》家の姿だった。

「いつか、子供たちに『パパとママは、本当のパパとママじゃないの？』って聞かれたら、言ってやるのさ」

「『他の子と、ちょっと授かり方が違っただけさ』って！」

　凱と命は狭いベッドの上で、笑い合った。それは、護《まもる》が自分の出生を知ったとき、父である天海勇《いさむ》から言われた言葉だ。護からその話を聞かされた時、凱も命も深く胸を打たれたものだ。

　笑顔を絶やさぬまま、命は凱の胸に顔をうずめた。

「凱、いっぱい子供育てようね！　野球チーム作れるくらい……ううん、サッカーチームでもいいよ！」

3

　——ゴルディオンクラッシャーを装備した覇界王《はかいおう》キングジェイダーとの、最終決戦。想像しただけでも恐怖に捕らわれそうなその日は、すぐには訪れなかった。

それでもゼロロボは世界各地に出現し、黒化《こっか》の拡大を阻止するため、ＧＧＧ《スリージー》グリーンとＧＧＧブルーは連日の出動を余儀なくされていた。獅子王雷牙《ししおうらいが》たちによるディスクＸの増産体制も着々と進められており、運命の日に向けた準備も整いつつあった。

そんな日々の中、九色の竜たちも入り乱れた戦闘を行っていた。風龍《ふうりゅう》と雷龍《らいりゅう》、月龍《げつりゅう》と日龍《にちりゅう》が積極的な攻撃をしかけ、氷竜《ひょうりゅう》と炎竜《えんりゅう》、光竜《こうりゅう》と闇竜《あんりゅう》がそれらを防御する。翔竜《しょうりゅう》は戦場上空を縦横無尽に飛び交って、兄や姉たちの戦いを支援する。

見事な連携プレイのように見えたが突然、赤と黄の勇者ロボがキレはじめた。

「だーっ！　いつまでこんなことやってなきゃいけないんだ！」

「まったくだ！　仮想空間での模擬戦なんて、飽き飽きだぜ！」

その言葉を合図のようにシミュレーションが終了すると、後に残されたのはビッグオーダールームに並べられた、九個のＡＩボックスのみだった。

「ワガママを言うんじゃない、炎竜、雷龍。いかなる時も、今後への準備を怠らない……それが我々の使命だ」

兄弟姉妹の長兄たる氷竜のＡＩボックスの表面で、インジケーターランプが明滅する。いまのところ、彼らにできる数少ないボディランゲージだ。

ユカタン半島での戦いで、覇界幻竜神《げんりゅうじん》と覇界強龍神《ごうりゅうじん》からはＡＩボックスが摘出され、翔輝竜《しょうきりゅう》神《じん》と新龍神《しんりゅうじん》はトリプルゼロに浸食された機体を捨てて、自らＡＩボックスをパージした。残念ながら、トリプルゼロに一度浸食された機体は爆破処理するしかない。浄解された九個のＡＩボックスは、代わりとなる新たな機体が再建されるまでの間、待機を余儀なくされていたのである。

　世界各地にゼロロボが出現する日々、他の勇者ロボたちが連日出撃している中、待機が続くのは心地よいものではない。だが、他にできることがないのも事実だ。彼らは新たな体が完成する日に備えて、シミュレーションを繰り返すしかなかった。そんな中でも有意義だったのは、超竜神《ちょうりゅうじん》、撃龍神《げきりゅうじん》、天竜神《てんりゅうじん》と翔竜《しょうりゅう》の、トリニティドッキングの訓練だ。もともと翔竜は〈GBR－5〉として、超竜神と合体すべく開発された経緯もあり、竜神シリーズのいずれとも合体できるように設計されている。

「それにしても、トリニティドッキングは魅力的でしたね」

「ああ、あんなに気持ちよく空が飛べるとは思わなかったぜ。風や電磁の力で無理やり浮き上がるのとは大違いだ」

　風龍《ふうりゅう》と雷龍《らいりゅう》がランプを明滅させながら語り合う。どうやら三体合体が思いの外、楽しかったらしい。体があれば、唇をとがらせるような語勢で、日龍《にちりゅう》と月龍《げつりゅう》が口を挟む。

「あら、もともと翔竜は私たちと実戦経験を積んできた子でしてよ」

「ヤー、我々との教練経験が豊富である以上、翔星龍神《しょうせいりゅうじん》として運用するのがもっとも効率的と判断します」

　そうなると、黙っていられないのは光竜《こうりゅう》と闇竜《あんりゅう》だ。

「ズルーイ、あたしたちだって自由に空を飛びたいのにぃ！」

「それに……可愛い弟というのも新鮮で……」

「妹たちは可愛げないもんねー」

頬を染めているかのような闇竜の声に、光竜がすかさず同意した。

「おーっほっほ、実力が上の後輩というのは、さぞ目障りでしょうねぇ」

「ほら可愛げない！」

ドバイでの女神同士の対決が、今まさに再現される勢いであったが、幸いＡＩボックスたちにできるのは、口ゲンカだけである。妹たちの諍いを呆れたように聞いていた氷竜《ひょうりゅう》が、落ち着いた声で諭す。

「みんな冷静になるんだ。どの組み合わせでトリニティドッキングするかは、メインオーダールームが判断することだ。私たちはそれに従えばいい」

「氷竜お兄様がそうおっしゃるのでしたら……」

「ごめんなさい、氷竜兄ちゃん……」

日龍も光竜も、尊敬する長兄の前では大人しい。

「さすがです、氷竜兄様！　ああ、こんなリーダーシップのある兄様が帰ってきてくれて、僕嬉しいです！」

翔竜が末っ子らしい、無邪気で素直な感嘆の声を上げる。

「うむ、まあオービットベースと通信途絶の場合などは、兄妹の長兄たる私の指示に従ってもらうのが良いと思うが……」

「おい氷竜、図にのるな！　双子なんだから、この炎竜《えんりゅう》だって長兄と変わらないぜ！　抜け駆けはなしだぞ！」

手足がないにもかかわらず、赤いＡＩボックスが、何故かガタガタと揺れて抗議した。

「んん？　炎竜《えんりゅう》、三体合体である以上、抜け駆け合体は難しいぞ」

「まあ、妹たちとは合体できませんがね」風龍《ふうりゅう》が冷静にツッコミを入れる。

「組み合わせの確率としては平等だな」雷龍《らいりゅう》も割って入った。

「あ、そうか。最近ずっと、相方が風龍だったんで色々忘れてた！」

　炎竜のＡＩボケに、兄弟姉妹たちも笑い声をもらす。激戦と死闘が繰り返される日々の中、彼らにもわずかながら、心和む時間が与えられたようだ。

　――覇界王《はかいおう》キングジェイダーとの死戦を前にして。


　さらにその数日後のオービットベースで、ダイビングチャンバーに珍しい人物が訪れた。この部屋は凱《がい》、護《まもる》、戒道《かいどう》、蛍汰《けいた》、火乃紀《ひのき》といった人間の機動部隊隊員のために用意された待機室であり、部署の異なる人間がやってくることは滅多にない。

　この日は蛍汰と火乃紀が出撃中で、残る三人が待機状態にあった。

「……雷牙《らいが》おじさん、どうしたんですか？」

「ん、まーその、なんだ……たまには諸君を激励しようと思ってな」

　凱の問いかけに、ぎこちなく答える雷牙。

「……火乃紀さんなら、蛍汰さんとガオガイゴーで南アフリカに降りたところですよ」

「お、おお、そうか、そうか。残念だなー、火乃紀くんのダイブスーツ姿、見たかったのになぁ、あはははは……」

　普段であったら、護のツッコミは的確なものであり、図星をつかれた雷牙の反応もまったく違うものになっていただろう。だが、気もそぞろといった具合のごまかし方は、それが本心でないことを、如実に語っている。

「まあ、せっかくだし座ってくださいよ。ディスクXの方はどうなんです？」

凱は雷牙に椅子を勧めつつ、別の話題を振ってみた。もともと雷牙は露悪的な傾向があり、素直に本心を見せるような人物ではない。

「あ、ああ、順調だよ、うん。僕ちゃんの天才的頭脳にかかれば、このくらいどうってことないない」

　言葉の内容に反して、口調は気弱なものである。空《から》元気といったところが正確だろうか。そんな雷牙の様子に、護と戒道は顔を見合わせた。雷牙とのつきあいが深くないふたりにも、今日の彼がどうも不自然な物腰であることはわかる。「ここは凱兄ちゃんに任せて、黙っていよう」「そうだな」という暗黙の了解が成立した。そんなふたりの様子に気づいたのか、雷牙に別の問いを向けてみる凱。

「そういえば、紗孔羅《さくら》ちゃんには？」

「ああ、会ってきたよ。まさかあんなことになってるとはのう……」

　紗孔羅はGGG《スリージー》ブルーの阿嘉松《あかまつ》長官の娘……すなわち、雷牙にとっては孫である。もともと、体質が人と異なり、マニージマシンで制御されながら育ったが、十年前から昏睡状態のまま、歳もとっていない紗孔羅は、このオービットベースで治療を受け続けていた。もっとも、治療と言っても現代医学で原因を特定できたわけではなく、栄養の摂取などを補助しながら、経過観察しているだけに過ぎない。時折、リミピッドチャンネルで受信した情報を口にするのが、外界との唯一のコミュニケーションだった。

紗孔羅《さくら》が現在のような状態になったのは、凱《がい》や雷牙《らいが》が三重連太陽系に旅立つ数か月前のことだ。しかし、もともと父を毛嫌いしている阿嘉松《あかまつ》は、密に連絡をとったりしてはいなかった。そのため、雷牙は可愛い孫娘の状況を知らないままだったのである。十年を経てようやく知ることになったのだから、落ち込んでいるのも無理はない。

「世界十大頭脳だの持ち上げられていても、専門外のことにはただの素人だからな。紗孔羅のことをなんとかしてやりたいが、僕ちゃんにできることは何もない……」

「雷牙おじさん……」

「そして、あのバカ娘のことも……」

雷牙が〝バカ娘〟と呼ぶのが、ルネであることは明らかだった。彼女は三重連太陽系で出逢ったソルダートＪに通じるものを感じ、ともにキングジェイダーにフュージョンしたまま、今に至っている。覇界《はかい》の眷族となった今でも……。

「凱、お前もわかっとるんだろ。あの子がキングジェイダーとともにあるということが、何を意味するのか……」

「ええ……」

凱はうなずいた。レプリジン地球でＪとルネがともにフュージョンした事によって、キングジェイダーは驚異的な力を発揮した。ＪジュエルとＧストーンの共振が、赤の星や緑の星の開発者たちも想定していなかったパワーを引き出したのだ。あの時はその力がＧＧＧ《スリージー》に味方して、勝利の鍵となった。だが、次は覇界の眷族として牙を剥いてくる。しかも、そこにトリプルゼロやゴルディオンクラッシャーという要素も加わるのだ。覇界幻竜神《げんりゅうじん》と覇界強龍神《ごうりゅうじん》でさえ、あれほど苦戦させられたのに、それ以上の死闘となるであろう事は間違いない。

「もしあの子のせいで、人類が滅びるというなら……凱、お前の手であの子を……」

「そんな頼みなら、聞けません」

　雷牙に最後まで言わせず、凱は断った。これまで優しい声音で語りかけていたが、そんな様子は微塵もない。

「雷牙おじさんだって、わかってるでしょう。覇界の眷族として活動しているのは、本人の意志じゃない。トリプルゼロに浸食されて一時的にそうなってるだけで、元に戻すことは可能なんだ。命や雷牙おじさんたちのように――」

「だが凱、わかっとるのか？　そんな感情論で、人類全体を危機にさらすわけには……」

「……人類全体のことを考えるからですよ」

　その言葉に、無言で聞き入っていた護《まもる》と戒道《かいどう》も、驚かされた。雷牙だけでなく、三人に説明するように、凱は言葉を続ける。

「これはただの予感でしかないけれど……キングジェイダーとの戦いですべてが終わるような気がしないんだ。きっとまだ大きな試練が、俺たちを待ってる……」

「覇界王よりも大きな試練……」

「いったい何が……」

　護と戒道が呆然とつぶやいた。

「わからない。だけど、それに立ち向かうには、Ｊやルネの力もきっと必要なんだ。俺にはそんな気がする。雷牙《らいが》おじさん、あいつらを取り戻すのは、人類が生き残るためなんですよ……」

「……」

　雷牙の表情に、理解の色が広がっていく。そして、大きく息を吸い、吐く。そうして、そこにいるのは、いつもの不良老人に他ならなかった。

「わかった……僕ちゃんが浅はかだったようだな。いやー、まいったまいった」

（赤の星の者だった僕にとっても、Jやトモロを救い出すため、負けられない戦いだ……）

　心中でつぶやいた戒道《かいどう》は、十年前のルネの言葉を思い出す。三重連太陽系からESミサイルで送り出される時、彼女は言ったのだ。「親を大切にな」——と。

　その時はピンと来なかったが、雷牙とルネの関係なども知った今では、少しわかったような気がする。彼女がどんな気持ちで、戒道にその言葉を送ったのか。そして——

（あの人《ルネ》は……自分の気持ちを僕にじゃなくて、親《雷牙》に直接言うべきなんだ……）

「うわっはー！　雷牙博士、僕たちも全力を尽くします。最後まであきらめないでください」

　そんな青年たちの言葉は、雷牙の胸にも響いたようだ。

「いやー、ほんとにまいったな。僕ちゃん、自分で乗り込んでいって、あの子をぶん殴ってやるつもりだったんだが、君たちに任せた方がいいみたいだの～～」

　そんな照れ隠しの言葉を口にしながらも、緑色のゴーグルの奥にある雷牙の瞳は、涙に濡れていた。

　セカンドオーダールームに向かう雷牙とともに、凱《がい》もダイビングチャンバーを出て行った後、護《まもる》と戒道はしみじみと語り合った。

「雷牙博士、泣いてたね……」

「……あの人、本気でキングジェイダーに乗り込んで、ルネさんを殴るつもりだったのかな？」

「無茶だとは思うけど……本心なんじゃないかな」

「そうか……父親っていうのは、そういうものなのか……」

戒道はピンと来ない様子で、小さくつぶやいた。幼い頃から養母とふたり暮らしだった戒道は、父親というものを知らない。もちろん殴られた経験もなく、実感を持てなかった。

「そうだね……みんなそうかはわからないけど、うちの父さんもあんな気持ちだったのかな……」

護の言葉に、戒道はひどく驚いた。

「へえ！　君でも父親に殴られたことあるのか！」

「君でもって、なんだよ」

「いや、悪いことなんてしなさそうな、いい子だと思っていたからな」

「悪いことしたってわけじゃなくてさ……」

護は小さい頃の思い出を語った。近所で飼われている小型犬と遊びたくて、安全を確認せずに道路を渡ってしまった時のことだ。危うく、通りかかった車に轢かれそうになったことがある。幸い、護の姿に気づいた車が停まってくれたものの、大事故になってもおかしくはなかった。

その様子を見ていた天海《あまみ》勇《いさむ》は護を道路脇に連れて行くと、運転手に何度も何度も頭を下げて——護の頬を叩いたのだ。嫌な痛みではなかった。その掌には、愛がこもっていたからだ。

「あの時の父さん、叩きながら泣いてた。さっきの雷牙博士みたいに……」

怒られ、叩かれた思い出なのに、それを語る護《まもる》の表情は、どこか嬉しそうだった。戒道《かいどう》は普段、養母とふたり暮らしである自分の境遇を、不満に思ったりはしない。だが、この時はちょっとだけ――護のことを羨ましく思った。

――セプルクルムの一角で、影が揺れた。

『マタ一体……新タナ眷族ガ……誕生シタヨ』

薄く揺らめく陽炎のような、人の形をした影。その額にあたる場所に、十字の光が瞬く。影の発した意思を受信して、羅漢《らかん》は笑みを浮かべた。

『ンー…やっかいな状況が、さらに悪化したか』

最近は横浜にあるラミアたちのセプルクルムに滞在することの多い羅漢が、このボリビアの不可知領域に戻ってきたのは、ひとりで研究したいことがあったからだ。いくつかの研究試料があるだけでなく、ここにはこの〝影〟が存在する。いずこかに肉体を置き忘れてきた意識だけの存在は、羅漢にとって興味深い話し相手でもあった。ヒトを対話相手として認めたことなどない、傲岸なソムニウムにとって、リミピッドチャンネルを交わせるこの〝影〟は特別な存在であるらしい。

羅漢の周囲には影だけでなく、様々な動物たちがいる。いずれもセプルクルムの外では絶滅した種ばかりだ。それらは羅漢にとって、研究対象であって友愛の対象ではない。羅漢はそれらから向けられる畏怖と憎悪の視線を気にすることもなく、影と語り合う。

『ンー…新たな眷族とは何者だ？　またぞろ機械人形の輩か？』

『ソレハ……ソレハ……』

常に感情の起伏が乏しい影にしては珍しく、感情がさざめき立つ。ためらいを乗り越えるかのような逡巡の後、意識は告げた。

『……覇界《はかい》ガオガイゴー』


遠く離れたセプルクルムでのやりとりに先立つこと、数十分前。衛星軌道上のＧＧＧ《スリージー》オービットベースから降下した機動完遂要塞艦《きどうかんすいようさいかん》〈ワダツミ〉は、南アフリカ共和国ハワテン州の州都ヨハネスブルクの上空にあった。三時間ほど前、北部郊外の丘陵地帯にゼロロボの群れが出現、共和国政府からの要請を受け、発進してきたのである。

「うりゃあああっ、ダブルシナプス弾撃ぃっ！」

　ワダツミから出撃したガオガイゴーには、蒼斧蛍汰《あおのけいた》と彩火乃紀《さいひのき》がダイブしている。本来、このふたりが主な乗機としているのは、覚醒人V2《かくせいじんブイツー》だ。だが、この日はリンカージェル透析システムのパーツ交換中に出撃要請がくだったため、凱号《がいごう》にダイブすることになったのである。この数か月、天海《あまみ》護と戒道幾巳《いくみ》が超過任務ぎみであることによる、阿嘉松《あかまつ》長官の配慮でもあった。

　蛍汰の気合一発、ガオガイゴーの両肩から展開したガイゴー両腕部から、ＴＭシステムで合成された二種類の硬化液が射出される。青と赤、二色の液体は広範囲に散布され、ヨハネスブルク市街地を目指していたゼロロボ群の足下で混ざり合った。そして瞬時に硬化して、覇界の眷族の軍勢をその場に足止めした。

「お見事です、蒼斧蛍汰隊員！」

「なはは、店員と隊員、一字違いでエラい差だな」

ガオガイゴーのセリブヘッドで苦笑する蛍汰《けいた》。

「蛍《けい》ちゃん、店員って呼ばれたの、まだ気にしてるの？」

ウームヘッドで、火乃紀《ひのき》が呆れたような声を出す。Ｇアイランドシティにおいて〝蒼斧《あおの》蛍汰店員〟と呼ばれたことを、いまだに引きずっているらしい。蔑称というわけではないのに……と火乃紀は思うのだが、当人は気になるようだ。

　呼称の問題はともかく、作戦行動をともにしているビッグボルフォッグが賞賛するのも当然だ。硬化液ブルー＆レッドをシナプス弾撃で射出するのは、戒道《かいどう》もやってのけたことがある。だが、蛍汰のそれは合成量も速度も桁違いだった。これほど多くのゼロロボを一気に足止めすることは、戒道と護《まもる》のコンビでも不可能であっただろう。ことシナプス弾撃の扱いに関しては、蛍汰の才能は群を抜いている。モーディワープやＧＧＧ《スリージー》に所属したすべてのヘッドダイバーの中でも最強だ。

　覇界王《はかいおう》キングジェイダーならいざ知らず、ゼロロボの群れが相手ならば、蛍汰たちにガオガイゴーを任せるのも有効な策である――阿嘉松《あかまつ》がそう判断したのも無理はない。

　蛍汰にしてみれば、気分が上がることこの上なかった。少年時代、ニュース映像などで憧れていた勇者王――その流れを汲む機体に乗っているのだから。そのテンションＭＡＸのまま、蛍汰はガオガイゴーに奇妙なかまえをとらせた。

「よっしゃ、ここから俺のオリジナル技――」

「ちょっとケーちゃん、なにするの⁉」

　ガオガイゴーは胸の前で交差させた両腕を背部にまわし、そこにマウントしてあったパーツをもぎとった！

「行くぜ必殺！　クレストカッターッ！」

　もぎとられたパーツが投擲され、足下を固められたゼロロボの群れに向かっていく。狙い過たずに、ブーメランのように回転するパーツは、ゼロロボ群を斬り裂いていった。

「ケーちゃん、ステルスガオーⅡ壊しちゃダメじゃない！」

「えええっ、ダメなのかこれ⁉」

　もぎとられたのは、ガオガイガーにファイナルフュージョンする時、ギャレオン頭部に装着され、たてがみとなるパーツだった。ステルスガオーⅡに仕様変更が加えられていないため、ガオガイゴーでは使われることないまま、搭載されているパーツだ。蛍汰にしてみれば、有効活用したつもりだったのだが……。

「当たり前じゃない！　重量バランスとか変わってくるんだから、後で整備部のみんなにお詫びに行くわよ」

「うへぇ、ごめんよぉ」

　初代ガオガイガーや、ガオファイガーと違い、中心となる機体がニューロノイドであるガオガイゴーは、ファイナルフュージョンによる人体への負荷も大幅に軽減されている。エヴォリュダーや三重連太陽系生まれではない、生身の地球人でも、デュアルカインドという特性を備えてさえいれば、ダイブできるのだ。

　ヘッドダイバーふたりがそんな言葉を交わしている中、いち早く異変に気づいたのはビッグボルフォッグであった。

「！　回避してください、ガオガイゴー！」

そう叫びながら、ビッグボルフォッグ自身も跳躍する。だが、遅い。ガオガイゴーの攻撃で空中に飛び散ったゼロロボのパーツが、意志ある存在であるかのように、襲いかかってきたのだ。離脱したはずの諜報ロボの右脚が、無数の細かい欠片に包み込まれる。

「こ、これは……！」

一方、反応の遅れたガオガイゴーは、頭頂からつま先まで、砂鉄が吸い付いた磁石のように、全身を覆い尽くされることになった。

『どわあああっ、なんじゃこ――』

悲鳴のような蛍汰《けいた》からの通信は、途中で遮られた。どうやらゼロロボの欠片が、電波を遮断しているらしい。

「蛍汰さん、応答してください！　蛍汰さん！」

ＧＧＧ《スリージー》オービットベースのメインオーダールームで、機動部隊オペレーターである華《はな》が必死に呼びかける。だが、回線から伝わってくるのはノイズのみだ。

「ビッグボルフォッグ、状況を報告しろ！」

続いて諜報部の猿頭寺《えんとうじ》が、鋭く叫んだ。全身を包まれたガオガイゴーと違い、ビッグボルフォッグとは通信回線が確保されている。

「猿頭寺オペレーター、これは……」

苦しそうな声が、メインオーダールームに響く。

「トリプルゼロによる浸食です……！」

大地に転がりながら、ビッグボルフォッグは報告した。この感覚は、たしかにメモリーに残っている。三重連太陽系での戦いの後、オレンジサイトで経験した忌まわしい記憶。宇宙の摂理を体現したエネルギーが、機体と超ＡＩを蝕んでくるあの感覚だ。ビッグボルフォッグはおのが勇気を振り絞った。

（この方法だけが、トリプルゼロの浸食を遅らせる唯一の手段、そして……！）

右手でシルバームーンを、逆手にかまえるビッグボルフォッグ。

「はああっ！」

銀色に輝くブーメランの切っ先が、ビッグボルフォッグ自身の右脚の付け根にねじ込まれた。トリプルゼロが胴体にまで浸食してくるよりも一瞬早く、右脚が切除される。

「いいぞビッグボルフォッグ、早くガオガイゴーの救助を！」

猿頭寺がほめたたえると同時に、的確な指示をくだす。原種大戦以来培われてきた諜報部の連携に、遅滞はない。

「超分身殺法！」

片脚を失って大地に転がるビッグボルフォッグが、三つの影に分身した。ボルフォッグの意を受けて、忠実なガンマシンたちがドーベルガンとイーグルガンを放つ。二筋の火線は、小山のように積み上がったゼロロボの欠片を撃ち砕いていく。いや、それはゼロロボの欠片の堆積ではない。表面を覆い尽くされたガオガイゴーの成れの果てだ。

（いけません、ＧストーンやＪジュエルを持たないふたりは……！）

ボルフォッグの超ＡＩが、不吉な予感を覚える。だが、次の瞬間、撃ち砕かれた堆積物を撥ねのけるようにして、ガオガイゴーが立ち上がった。

「無事でしたか、ガオガイゴー！」

喜びの声をあげるボルフォッグ。だが、センサーは冷徹に数値を検出していた。

「ゼ、Ｚ０《ゼットゼロ》シミラーが規定値の十倍以上を観測……」

絶望に震える声で、華《はな》がその事実を読み上げる。メインオーダールームに詰めている者たちにとって、その事実が示すところは明白だ。ガンマシンとの再合体を果たしたビッグボルフォッグから、悲痛な通信が入る。

『――こちらビッグボルフォッグ、緊急事態です。ガオガイゴーが……トリプルゼロの浸食を受けました。繰り返します、ガオガイゴーがトリプルゼロの浸食を受け、覇界《はかい》の眷族と化しました――』

衝撃に沈黙するメインオーダールームのスタッフたち。短いながらも、重く深い沈黙を破って、阿嘉松《あかまつ》長官が苦渋の声を漏らした。

「俺の牙王凱号《ガオガイゴー》が……覇界の眷族に……」

一同が見つめるメインスクリーンには、オレンジ色のオーラを放つ巨体の姿が映し出されていた……。

4

――数時間後。ビッグオーダールームは重苦しい沈黙に満たされていた。ＧＧＧ《スリージー》ブルーとＧＧＧグリーンの隊員たち、それに勇者ロボ軍団。つい先ほど完成したばかりの、新たな機体を得た竜兄弟姉妹も含めて、すべての者が言葉を失っていた。

だが、どんな思いを抱えていようと、報告は続けなくてはならない。諜報部がまとめた資料をすべて伝えた山《やま》じいが、最後の情報を口にする。

「えー以上のように、南アフリカを離脱したガオガイゴーは、南大西洋のトリスタンダクーニャ諸島付近で、サテライトサーチによる追尾からも消えました。その後、ポルコートがガンマシンとともに捜索にあたりましたが、手がかりはつかめず、現在は帰還中っすわ……」

沈痛な声で、ボルフォッグが決意を口にする。

「私もこの後、再度現地へ向かいます……」

ガングルーとガンドーベルの指揮をポルコートに委ねた後、オービットベースに帰還。右脚を予備パーツに換装後、ただちに捜索に加わりたい気持ちを押し殺して、この場に臨んでいたのだ。ガオガイゴーを救えなかった自責の念があればこそ、その場に居合わせた者として、ボルフォッグのアルゴリズムは詳細な報告を行わなくてはならないと考えたからだ。

（ヴァルナー……君まで、覇界の眷族に……）

そう内心でつぶやいたのは、GGGブルー機動部隊隊長である天海護《あまみまもる》だ。ガオガイゴーのコアとなっている覚醒人凱号《かくせいじんがいごう》には、生体ユニットとしてシャチの脳が組み込まれている。そのシャチの名がヴァルナー、かつてGパークシーという海洋遊園地で飼われていたアイドルだ。幼い日に出逢ったヴァルナーは、護にとって種族の垣根を越えた友人ともいえる存在だったのだ。

もちろん、ヘッドダイバーである蛍汰《けいた》と火乃紀《ひのき》のことも心配でたまらない。護の心は悔恨で揺れた。

「僕たちが休ませてもらったせいで……」

「護《まもる》、そう考える気持ちはわかるが、それは思いあがりでもあるぞ」

護の悔しそうなつぶやきを聞いて、すかさず凱《がい》が注意する。いや、注意以上に、護の気持ちを軽くしようという思いがあったのかもしれない。

「凱の言う通りだ。失敗したのは俺だ……」

阿嘉松《あかまつ》がこの場にいる誰よりも、苦渋の表情でつぶやいた。かたわらで山《やま》じいが痛ましげな目で上官を見る。

（無理もないっすわ。自分の子供のようにも思っていた蛍汰《けいた》と火乃紀《ひのき》ちゃんが……）

十代の頃の蛍汰と火乃紀に出逢って以来、常に彼らを生命の危地に引っ張ってきた張本人が、阿嘉松本人だと言っていい。もちろん自分だけ安全な場所にいたわけではなく、ともに死線をくぐり抜けてきたのだが、その分、我が子を愛おしむような思いも生まれている。しかも、一度は普通の人生を選んだはずの蛍汰を、ふたたび危険な世界に引き戻してしまったという負い目も、心のどこかにあった。

阿嘉松のそんな心の動きを、誰よりもよく理解しているのが山じいだ。有限会社アカマツ工業を立ち上げた頃から、ずっと付き従っている唯一の人物なのだから。

「阿嘉松長官……厳しい言葉を言わせてもらおう」

両ＧＧＧ《スリージー》を束ねる大河《たいが》が言い切る。

「我々はいま、悲しみに沈むことは許されない。地球は現在も存亡の危機にあり、我々ＧＧＧはそれに立ち向かわなくてはならないからだ」

冷徹とも聞こえる口調だが、その冷たさこそが、いまの阿嘉松にとってはありがたい。

（生温かい言葉なんぞに、ひたらせてもらってる場合じゃねえからな……）

ライバルと目した存在であり、目の前で追うべき背中を見せつけてくるGGG特務長官に向かって、GGGブルー長官は冷静に応えた。

「ああ、厳しくもなんともねえ正しい言葉だ。俺たちは嘆き悲しむ前に、ガオガイゴーを全力で捜索する。そして……見つからなかった時に備えなくちゃなんねぇ」

「対覇界王《はかいおう》作戦の、か……」

GGGグリーン長官たる凱がつぶやく。これまで三長官は、覇界王キングジェイダーに対抗する戦術を練ってきた。一応の結論が出たそれには、全GGGの戦力を投入しなければならない。そこからガオガイゴー、そして蛍汰と火乃紀が失われたとなれば、大きな修正が必要なのだ。

一同は覇界の眷族に対抗しつつも、ガオガイゴーを捜索する体制の検討に入った。アメリカGGGやロシアGGGの諜報部など、各国支部にも手伝ってもらう必要があるだろう。そんな打ち合わせのさなかだった——

「す、すみません、ちょっと体調が……少し失礼します……」

真っ青な顔で、初野華《はつのはな》が小走りにビッグオーダールームから退出していく。

「初野先輩……！」

アルエットが心配そうな表情で立ち上がりかけて、思い直した。華がいなくなった分、自分が緊密に打ち合わせをしなくてはならない——そう考えたのだ。

一方、この突発事態に大きく取り乱したのは、天海《あまみ》護だ。後を追いたい……だけど、機動部隊隊長として個人的な感情を優先させるわけにはいかない。そんな気持ちで視線を泳がせた時、副隊長と目が合った。長いつきあいの相棒がうなずく。

（……行ってこい、護《まもる》。ここは任せろ）

そんな意志がこめられた、戒道《かいどう》のうなずきだった。アイコンタクトで護も表情を引き締め、すぐに決断する。

「すみません、僕も少し……失礼します！」

立ち上がって退出を求めた護に、阿嘉松《あかまつ》がうなずいて許可する。その返事も待たず、護は駆けだしていた。華《はな》が走り出した方へ――


ＧＧＧ《スリージー》オービットベースにおいてビッグオーダールームは、隊員の居住区画から離れたところにある。メインオーダールームが移動するメインシャフトを経由すれば最短距離で移動できるのだが、作戦会議中にできるはずもない。そのため、体調を崩した華は、水平方向に区画を移動し、整備部の隊員たちが利用する休憩室で休ませてもらっていた。

水を飲んでソファーに身を沈め、少し落ち着いた華は、自分の居場所をＧＧＧスマホである人物に送信した。だがその時、居場所を報せていないはずの人物が、目の前に現れた。

「……やっぱりここだったね」

「護くん、なんで……？」

驚きのあまり、華の大きな瞳がさらに大きく見開かれた。広いオービットベースの中で、自分がどこに向かったのか、護には教えていない。なのに何故、ここへ現れたのか……華の目に大粒の涙が浮かんでくる。

「さあ、なんでだろう……なんとなく、ここにいるような気がしたんだ」

　護の言う通りだった。ビッグオーダールームを飛び出した護は、華の気持ちを想像しながら歩いてきた……ただ、それだけだった。それだけで、護は辿りつくべき場所に辿りついたのだった。少しだけ誇らしげな思いを感じながら、護は問いかける。

「隣……空いてる？」

　数人がけのソファーにひとりで座っているのだ。聞かれるまでもない質問だが、華はうなずいて、少し端の方へ寄った。護は恋人の隣に座って、壊れ物を扱うかのような慎重さでその肩を抱いた。

　ふたりとも、何も口にしなかった。ただ、わずかに体温が低かった華の身体が、護によって温められていく。数分して、ふたりの体温が同じくらいになった頃、華が口を開いた。

「ごめんね、護くん……」

「いいんだ。同じくらい大事なことだから」

　何と何が同じくらい大事なのか、護は言葉にしなかった。もちろんそれで伝わっている。

「ＧＧＧブルー機動部隊には、有能な副隊長がいるから、こういう時は任せて安心なんだ。こういうところはＧＧＧグリーン機動隊長より恵まれてるよね」

「ほんとだ。後でお礼言わなきゃ……戒道くんのおかげで、こんな時間が持てたって」

　護の体に体重を預けながら、華がつぶやいた。考えてみれば、ここしばらく、ふたりでゆっくりする時間など持てなかった。連日の出撃に護の心身が休まるヒマはなく、戦いが終われば、泥のように眠るだけだったのだ。

もっとも、そんな護《まもる》たちの様子を見かねた阿嘉松《あかまつ》の温情が、蛍汰《けいた》と火乃紀《ひのき》に悲劇を招いたのかもしれない。そう考えると、護の心は痛む。だが、今しなければならないのは、別のことだ。

「……華《はな》ちゃん、最近体調崩すことが増えてない？」

「え？　な、なんでそう思うの？」

華の声が裏返った。自分の体調不良を、護にだけは気づかれないよう、気をつけていたはずだったのだ。

「あ、それはその……」

護が途端にしどろもどろになった。その表情を見て、華は気づく。

「……アルエットちゃんね。もう、黙っててって言ったのに」

機動部隊首席オペレーターが調子を悪くすれば、当然次席オペレーターにフォローしてもらうことになる。シフトを代わってもらったりすることがあるアルエットには、隠し事はできない。口止めしておいたはずなのに……華は唇をとがらせた。

そんな横顔を見て、可愛いな……と護は思う。たとえ異星の生まれであろうと、護もまだ成人したばかりの青年だ。使命や義務感だけで戦い続けるのは難しい。こんな風に、護りたいと思える存在を確認する瞬間を持ててこそ、過酷な戦いに身を投じることができるのだ。

「華ちゃん……僕たち、籍入れようか？」

凱《がい》と命《みこと》の時のように「結婚しよう」という言葉にはならなかった。護と華は、もう子供の頃に結婚していたのだから。これまで、形式の方を実情にあわせずに来たのは、単に必要に迫られていなかったからにすぎない。ふたりが結婚できる戸籍上の年齢（天海《あまみ》夫妻の尽力によって、護にも日本人としての戸籍が存在する）に達した時には、すでにインビジブル・バースト後の混乱期だった。お祝い事をするような気分ではなく、なにかしらの区切りがついたら……と思っているうちに、今に至ってしまったのだ。

だが、覇界《はかい》の眷族となってしまった人々を救う戦いも、もう終局に近づいている。最後の戦いを乗り切るための希望になれば……そんな思いで口にしたのだが、華の反応は護の予想とは違っていた。

触れあっていた身体を離し、距離をとる。そして、大きな瞳に涙が浮かんできた。喜びのそれではない。悲しみの涙だ。護の言葉を聞いた瞬間に、ビクッと肩をふるわせ、以後は何かに耐えるような表情を浮かべている。

そして、その表情を見られまいとするかのように、うつむいてしまう。言葉に出さなくても、それは拒絶の意思表示であるように、護には思えた。

「華ちゃん……？」

うつむいた華の表情をのぞきこもうとした時、護を制止する声がかけられた。

「はーい、護くん。そこまでよ、阿嘉松長官が急いで相談したいことがあるんだって」

「え、僕に……？」

現れたのは、GGG《スリージー》グリーン機動部隊オペレーターとして復帰した、卯都木命《うつぎみこと》だった。彼女の言葉に驚きつつも、護は伸ばしかけていた手を引っ込める。

そして深呼吸。息を整えると、立ち上がって頭を下げる。

「命姉ちゃん、華ちゃんをよろしくお願いします。じゃあ華ちゃん……僕、行くね」

華《はな》がうつむいた顔をあげた時、視界に映るのは、駆け去っていく護《まもる》の後ろ姿だった。

「護くん……」

ついに耐えきれなくなった涙が、ぼろぼろとこぼれていく。それを優しく拭ったのは、命《みこと》が差し出したハンカチだった。かつて、幾度も凱《がい》を想って流した涙を吸い取ってきたものと同じ、ＧＧＧ《スリージー》謹製ハンカチである。

「命さん……」

「よく呼んでくれたね、私のこと」

命がこのタイミングで現れたのは、もちろん偶然ではない。護のように華の行動が読めたわけでもない。ＧＧＧスマホで華が助けを求めたのが、この卯都木《うつぎ》命だったのだ。

「ごめんなさい、命さん……でも私、どうしても命さんに話したいことがあって……」

「そっか、嬉しいな」

意外な言葉に、華はまばたきを繰り返した。

「あ、ごめん。深刻に悩んでるのに、無神経なこと言っちゃったね」

「ううん、そんなことないです。でも嬉しいって……」

狙ったわけではないのだが、軽い驚きには涙を引っ込める効果があったようだ。華が少し落ち着いたことを悟った命は、ベンチに並んで腰掛ける。

「私ね、羨ましかったんだ……凱と護くんの仲。あのふたり、本当の兄弟みたいでしょ」

「ええ、すごく仲良くて……」

「私も凱もひとりっ子だったのに、凱だけ兄弟できてズルーイって、そんな気分になることもあったの。あ、時々よ」

命の言葉がわかるようで、わかりにくかったのも、無理はない。華もまたひとりっ子だったのだが、幼い頃からいつも五歳年上の従姉が近くにいたからだ。ほとんど姉妹と言ってよいくらい、仲のいい相手だったから、護にとっての凱をうらやましく思わずにすんだのだろう。そんな華の気持ちに気づかず、命は続けた。

「だからね、華ちゃんが相談したいことがあるってメッセージくれた時、本当に嬉しかったんだよ」

命はそう言って、満面の笑みを浮かべた。原種大戦の頃、命と華にももちろん面識はあった。だが、一般人の子供とGGG隊員とではそれほど深く交流したわけでなく、凱と護のような関係だったわけではない。

それでも、あの幼かった子が成長してGGGに入隊、自分がいない間の機動部隊オペレーターを務め上げてくれていたという事実は、命の胸を熱い思いで満たしてくれていたのだ(これはアルエットに対しても同じだ)。

そんな華が個人的に頼ってくれたことが、とても嬉しかった。

「ね、華ちゃん。なんでも相談して！　護くんに言えないような話でも、私にだったらどう？　なんだったらアルエットも誘って女子会する？」

誰にも言えない悩みを抱えていた華にとって、命の明るさと物怖じしない踏み込みは、心の障壁を取り払う効果があったようだ。これまで誰にも話せずにいた悩みが、するっと口をついて出る。

「命さん、あの私……命さんと同じなのかもしれないんです……」

「え、私と同じ？　仕事が同じって意味じゃないよね……もしかして、プロポーズされたばっかりってこと？」

「あの、そうじゃなくて……」

華《はな》はさすがに言いよどんだ。今から告げようとしていることが、命《みこと》にとっては深刻なトラウマかもしれないからだ。かつて、機界新種の種子を埋め込まれていたことなど――

だが、その先を告げることはできなかった。オービットベース全施設に警報が響き渡ったのだ。

「命さん、これって！」

「うん、特Ｓ級非常警報！」

それは単に覇界《はかい》の眷族が現れたことを警告するものではない。地球に致命的な攻撃が行われる、もしくはオービットベースに直接攻撃が仕掛けられたことを意味している。この時のそれは、衛星軌道上のオービットベースよりも、さらに高軌道にＥＳウインドウが発生。そこから艦隊が出現したことを報せる警報だった。


艦隊の構成は、ジェイアーク級が一、ディビジョン艦が三。いずれもオレンジ色のオーラを放つ、覇界の艦隊である。

全ＧＧＧ《スリージー》隊員たちが怖れていた事態が、ついに訪れたのだ。覇界王キングジェイダーがオービットベースに向けて、覇界ゴルディオンクラッシャーを――いや、覇界シルバリオンクラッシャー※11を振るう刻《とき》が！

5

時系列はさらに遡る——

ヨハネスブルク市郊外にて、トリプルゼロに浸食された蒼斧蛍汰《あおのけいた》と彩火乃紀《さいひのき》はうちから沸き上がる無意識な衝動によって、ガオガイゴーをその地から飛び立たせた。

　倫理観が変質したふたりにとって、地球人類を救おうとするGGGブルーの作戦に従事することが苦痛に思えたからだ。だからといって、なにか目的があったわけではない。先日までの大河幸太郎《たいがこうたろう》のように、覇界の眷族を導く者もなく、彼らはあてどもなくガオガイゴーを飛翔させ続けた。

「火乃紀よぉ、これからどうすんだ？　どこに逃げたってサテライトサーチで監視されてんだろ？」

「うん……」

「なんだかなぁ、俺たちなんであんなに人類のために必死こいてたんだろうなぁ。宇宙の摂理の方がず～っと大事だってのによぉ」

「ケーちゃん、グチってる余裕ないわよ。このままじゃリンカージェルに稼働限界が来て、一歩も動けなくなる」

「はあ、補給も受けられないなんて、覇界の眷族ってのも、いざなってみると世知辛いよなぁ」

「前方二〇〇〇に群島を発見。とりあえずあそこに降りて、これからの事を考えましょう」

「りょーかい！」

　こうしてガオガイゴーは、南大西洋の小島に着陸した。もっともそこはトリスタンダクーニャ諸島の一角であり、有人のトリスタンダクーニャ島からも遠くない。すぐにでも追っ手がやってくるだろう。

　ガオガイゴーを膝立ちで着地させた蛍汰《けいた》は、動力をすべて停止させた。

「これでよしっと、後はトリプルゼロでリンカージェルがどこまで自然回復してくれるか……まったく宇宙の摂理を乱す、こんなもんに頼りたかねぇなー」

　コントロールボックスから両手を引き抜きつつ、つぶやく。人格は以前の蛍汰のままだが、倫理観だけが変質している。それでも変わらない、火乃紀《ひのき》と触れあいたいという欲求だけはそのままに、蛍汰はウームヘッドへの通路をくだっていく。

「おーい、火乃紀ぃ。とりあえずメシにでもしようぜ。たしかウームヘッドにサバイバルキットが……って寝てんのか？」

　蛍汰が見たのは、シートに深く座り込んだまま、意識を失っている火乃紀の姿だ。独り言のような問いに答える者はいないはずだったが――

『眠っているわけじゃないよ。フラウムで麻痺させたんだ』

　それは言葉による返答ではなかった。蛍汰の脳内に、意識の波が伝達されてきたのだ。蛍汰は過去にも、同じような意思伝達を経験したことがあった。

「こ……これってリミチャンか！」

『そうだよ。ソムニウムとの接触経験が豊富なようだね』

　ウームヘッドシートの陰から、小柄な少年が姿を現す。いや、少年に見えてもそうとは限らない。ヒトとは異なる生体構造を有する、霊長類なのだから。その証拠に、額にはリミピッドチャンネルを交わす際に現れる、特有の十字光が瞬いている。

「火乃紀を麻痺させたのはお前か！　いったい何のために――」

食ってかかった蛍汰であったが、最後まで言い終えることはできなかった。ソムニウムが左の掌から放った、免疫粒子を浴びせられたからだ。

体内に侵入したT細胞に神経を麻痺させられ、蛍汰はわずか数秒で意識を失った。シートにぐったりと座り込んでいる火乃紀の膝の上に、折り重なるように倒れ込む。ソムニウムはふたりに何の感慨も抱いていない様子で、額の十字光を瞬かせた。

『君たちだって野生の動物を保護するときは、麻酔を使うだろう。これから起こる出来事から、君たちの脳がダメージを受けないよう、配慮してあげたんだよ』

先ほど、ペクトフォレース・ウイリデで開放させたままの外部ハッチから、小柄な影が機外へ躍り出る。そして白い薄手の貫頭衣をめくって、なめらかな脇腹の肌を露出させた。そこに存在するのは、艶やかな大輪の花。比喩ではない。ヒトの遺体に咲くというアニムスの花が、この少年のように見えるソムニウム――デウスの肉体に咲いているのだ。

デウスは花の中心に実っている、小さな豆粒のような果実をもぎとった。

『さあ、テンプスよ――顕現せよ』

一般的にソムニウムは、アニムスの実を喰らうことで、おのが身体を変身させる。だが、デウスはテンプスと呼んだ実を地面に放り投げた。テンプスの実は孤島の大地に転がり、特殊撮影された映像のように、みるみるうちに根を生やしはじめた。そして、うねうねとのたうちまわりながら、根のサイズにふさわしい幹を天へ伸ばしていく。

数秒のうちに巨木へと成長したそれは、植物であるはずだが全身を絶えず蠕動《ぜんどう》させており、どこか意志を持つ動物のようにすら見えた。

『機械人形よ、テンプスの流れを遡れ――』

デウスは左掌のペクトフォレースから、ふたたび緑色の粒子を放った。デュアルカインドとの接続を断たれ、沈黙していたガオガイゴーが操り人形のようにぎこちなく立ち上がる。そして、巨木の方へ歩き出した。いつしか巨木の表面には、さざ波のような揺らぎが現れていた。三十メートルを超えるスーパーニューロメカノイドが、天をつく巨木に頭から突っ込み――揺らぎの中へ没していく。そう、あたかも木の皮が水面と化したかのように、沈んでいったのである。それはESウインドウやソキウスの路《みち》といった超空間ゲートにどこか似ているものの、明らかに異質なものだった。

水が泡立つような異音とともに、ついにガオガイゴーの全身が消えていった。デウスはその光景を満足そうに見つめている。だが――その脳裏に、響く意思があった。

『それがお前の能力か――デウス』

常に涼しげな笑みを浮かべていたデウスが、その口元を引き締め、ゆっくりと振り向く。そこには空中に刻まれた〝傷口〟があった。

生々しい刺し傷のような〝ソキウスの窓〟を通って、その傷口から現れる者たちがいる。一体、二体――

六体目が孤島の地面に降り立つと、傷口が裏返ってその主もまた〝窓〟を通過する。ラミア、羅《ら》漢《かん》、ライ、ヒイラギ、ユーヤ、ガジュマル、そしてシャーラ。先ほどの意思を放ったのは、先頭に立つラミアだった。

『……待っていたのかい？　ボクがテンプスを使う刻《とき》を』

　デウスがラミアの意思に返答する。もしも意志というものに温度が存在するのなら、氷点下になるほどに冷え切った感情だ。

『ンー…伝説とうたわれたソムニウムの力、見定めておきたかったものでな』

　氷のような意思に答えたのはラミアではなく、その隣にいる羅漢である。どうやら七体の意図は一致しているようだ
『つまり君たちは、ボクの能力を見定めておかないと共には歩めない……そう言いたいようだね』

『当たり前だ！　オレたちは知るためにここへ来た！　刻を視るだけの者が、未来を識って警告したり、立ち回ったりなどできるものか！』

　ガジュマルが暴風のごとき意思を放つ。背中にかばったシャーラに仇なすものであるならば、伝説のソムニウムといえど容赦はしない……そういう気概に燃える意思だった。

『デウス殿、あなたが実際に戦う力がないのなら、拙者たちを敵に回すのは損なはず。素直に教えてもらえませんかなぁ』

『教えなくても、つきとめるつもりだろう？』

　おどけたライの意思につられて、デウスの意思もわずかに温かみを取り戻したように淡々と語り続ける。

『悪いけど、急がなくちゃならないんだ。ボクの力を見極めたいのなら、ついてくるといい。暁の霊気に打ち克つ方法を教えてあげよう』

　そんな意思を放つと、デウスは同胞たちに背を向けた。もはや関心を失ったように、テンプスの巨木に向かっていく。そして木肌にさざめく水面に身を投じると、その姿を没していった。

『……ラミア、往くのだな？』

ユーヤの問いに、ラミアは行動で答える。巨木に向かって迷いなく歩み出した。

『私は往く。我らソムニウムの未来をあの者がいずこへ導くのか……見極めるために』

たとえ迷っていた者があろうとも、この瞬間に七体の意志は固まった。彼らはガオガイゴーとデウスを追って、水面に身を投じはじめた。だが、シャーラだけはソキウスを使った疲労により、その場にしゃがみこんでいた。

「シャーラ……！」

ガジュマルが踵を返し駆け寄る。

「往って……ガジュマル……」

今のシャーラには回復のための眠りが必要であることを、ガジュマルも悟った。

「わかった…だが、すぐに戻る。シャーラをひとりにはさせない」

「うん……ここで…待ってる」

うなだれるシャーラを残し、ガジュマルも他の者たちに続き、水面に飛び込んでいった。その流れの果てに何が待ち受けているのか……知る者はいない。


——これが、覇界《はかい》の眷族と堕《だ》したガオガイゴーが、サテライトサーチの追尾からも消え失せた顛末であった。オービットベースから依頼を受けたアメリカＧＧＧ《スリージー》の諜報ロボが、南大西洋の孤島で発見したのは、その地域の生物相とは合致しない不思議な大木が枯れ果てた姿であった。

追跡する手がかりは、何も残されていなかった。いや、残されていたとして、ソムニウムたちが向かっていった先へ追いかける術はない。そして追う余裕も、欠片ほども存在しなかった。ガオガイゴーの消失からわずかな時間を経たのみで、GGGは史上最大の脅威に直面することになったのだから――

6

「ESウインドウ歪曲率一〇〇パーセントに達します！」

「通常空間に出現する艦隊、艦影は四！」

「光学観測により、艦種を確認……ジェイアーク、ツクヨミ、タケハヤ、ヒルメ！」

　GGGオービットベース全域に特S級非常警報が鳴り響く。この時それは、オービットベースに対する直接攻撃が行われていることを示していた。

　ブリーフィング中であったビッグオーダールームがメインオーダールームに移行し、首脳部とオペレーターたちが配置についた。

「全GGG、迎撃態勢発令！」

　大河幸太郎《たいがこうたろう》特務長官の号令の下、両GGG長官が指令を下す。

「GGGグリーン機動部隊、発進！」と、獅子王凱《ししおうがい》GGGグリーン長官はファントムガオーのコクピットから。

「GGGブルー機動部隊、発進だぁッ！」と、メインオーダールームの阿嘉松滋《あかまつしげる》GGGブルー長官。

だが、ＧＧＧ《スリージー》ブルー機動部隊隊長である天海護《あまみまもる》は、ただちに従おうとはしなかった。

『長官……本当にいいんですか……？』

覚醒人《かくせいじん》Ｖ２《ブイツー》セリブヘッドから届いた、護のその通信に答えず、阿嘉松《あかまつ》はオペレーターに問いかけた。

「華《はな》！　Ｖ２のデュアルインパルスはどうなってる！」

「セリブヘッド、ウームヘッド、ともに規定値を超えています。でも、こんなのって……」

「動かせるなら問題はねえ。お前に託したぞ、護！」

他ならぬ阿嘉松が決断した以上、護が時を無駄にすることは許されない。

『わかりました……覚醒人Ｖ２、発進します！』

護はマニピュレイトボックスをつかんだ両腕に力を込め、覚醒人Ｖ２を宇宙空間へ飛び立たせた。

この時、オービットベースから発進したのは両ＧＧＧの全戦力と言って良い。ＧＧＧグリーンはファントムガオーとガオーマシン三機、氷竜《ひょうりゅう》と炎竜《えんりゅう》、ボルフォッグとガンマシン二機、ゴルディーダブルマーグ、マイク・サウンダース十三世、風龍《ふうりゅう》と雷龍《らいりゅう》、光竜《こうりゅう》と闇竜《あんりゅう》。ＧＧＧブルーはポルコートとガンマシン二機、月龍《げつりゅう》と日龍《にちりゅう》、翔竜《しょうりゅう》、覚醒人Ｖ２。ただガオガイゴーだけがいない。蛍汰《けいた》と火《ひ》乃紀《のき》の穴を埋めるため、阿嘉松は長官として……そしてそれ以上に父として、苦渋の決断をしたのだ。

その決断の重さを知っている護は、ウームヘッドに座る人物に語りかけた。

「紗孔羅《さくら》さん……あなたを危険な目にはあわせないからね……！」

ニューロノイドはふたりのデュアルカインドという能力者がいなければ、起動することすらかなわない。だが今回、戒道幾巳《かいどういくみ》にはダイブするよりも重要な役割があり、ある機体に乗り込んでいる。そして作戦上、ただの一機も欠けるわけにはいかないのだった。

「まさか……こんな方法があったとは……」

大河《たいが》がメインスクリーンの一角に映し出される覚醒人Ｖ２ウームヘッドの映像を見て、沈痛なつぶやきを漏らした。阿嘉松も不安そうな顔を歪める。

「紗孔羅はずっと昏睡状態にあるが、意識を失ってるわけじゃねえ。デュアルインパルスは出続けてるんだ」

通常、デュアルカインドが意識を失うと、デュアルインパルスも極めて微弱なものとなる。だが紗孔羅の場合、そのようなことは起きないのだ。どうやら脳そのものは正常に覚醒しているらしい。そのことは加療器機であるマニージマシンによって、確認されている。だから、彼女をウームヘッドにダイブさせておけば、護とふたりでＶ２を起動させることができるのだ。

「だが滋《しげる》よ……本当にこれで良かったのか？」

獅子王雷牙《ししおうらいが》が、今にも泣き出しそうな声で問いかける。

「公私混同は謹んでもらうぜ、獅子王スーパーバイザー。俺は長官として、必要な決断をしただけだ」

ある意味で非情きわまりない決断——それにもっとも心を痛めているであろう、紗孔羅の祖父と父が、心の動揺を隠そうともせずに会話を交わしている。いや、少なくとも阿嘉松の方は、隠しきれているつもりだった。メインオーダールームに詰めている全員が、痛ましい思いを抱えて、阿嘉松の言葉を聞いていた……。

ＥＳウインドウから衛星軌道上に出現したジェイアークの艦橋に、オービットベースとそこから出撃してくる機体群を見つめる、一組の男女の姿があった。男と女――彼らに共通しているのは、命の宝石をその身に宿したサイボーグの一対《コンビ》であるということだ。

「向こうは戦いの準備ができているようだ……。凱《がい》、そしてアルマ……」

「あいつらもみんないるね。光竜《こうりゅう》、闇竜《あんりゅう》、ポルコート……」

ソルダートＪにとっても、ルネ・カーディフ・獅子王《ししおう》にとっても、眼下の敵は憎い敵手ではない。縁深い相手を多くは持たないふたりにとって、心をつないだすべての存在が、そこにいる――そう言えるだろう。

それでも、トリプルゼロに心を浸食された彼らが、ためらいを覚えることはなかった。

「往くぞ、ルネ」

「ああ、これ以上、あいつらに罪を重ねさせるわけにはいかない」

Ｊとルネはそれぞれの手に、小さな物体を握りしめた。かつて、大河《たいが》とスワンがゴルディオンクラッシャーを発動させた、セーフティデバイスの解除キイである。トリプルゼロによって再生された、この〝勝利の鍵〟さえあれば、彼らは史上最強のツールを起動させることが可能となる。

「宇宙の摂理のために……メガフュージョンッ！」

ＪジュエルとＧストーンをその腕に掲げたサイボーグたちは、同時に超弩級戦艦に融合していく。燃えさかるようなオレンジ色に染め上げられた巨艦が、ジャイアントメカノイドに変形した。

「キング……ジェイダーッ‼」

いま、地球人類を護る砦の眼前に、覇界《はかい》の王が降臨した！

覇界王キングジェイダーが臨戦態勢になるまでのわずかな間、ＧＧＧ《スリージー》も時を無駄にはしていない。

「フュージョン……」

獅子王凱がファントムガオーに融合、メカノイド〈ガオファー〉となる。

「シンメトリカルドッキング！」

氷竜《ひょうりゅう》と炎竜《えんりゅう》に率いられた竜の兄弟姉妹たちが、おのが半身と合体していく。

「三身一体！」

ボルフォッグとポルコートは並んで、それぞれのガンマシンとひとつになった。

「システムチェーンジ！」

バリバリーンで発進したマイク・サウンダース十三世が、コスモロボからブームロボに変形した。

「トリニティドッキング！」

スレイブモードとなった翔竜《しょうりゅう》が、竜神の一体にドッキング。各勇者ロボたちの合体や変形に続いて、ＧＧＧグリーン長官たる凱が自ら承認をくだす。

「ファイナルフュージョン承認ッ！」

その承認シグナルを受け取ったのは、ついに復帰した卯都木命《うつぎみこと》である。

「了解！」

かつて、ガオファイガーのＦＦプログラムドライブはツクヨミ艦橋で、ジェネシック・ガオガイガーのジェネシックドライブはＧクリスタルで、それぞれ行っていた。そのため、メインオーダールームの、慣れ親しんだシートで行うのは、ずいぶん久しぶりのことになる。

（ああ、やっと帰ってきたんだ、私……）

唯一の違いは、長官が凱《がい》に変わったことだろう。かつてない窮地にありながら、最愛の人との共同作業を行っている感慨に胸を熱くしながら、命《みこと》は右拳を高く掲げた。

「ファイナルフュージョン、プログラムドラーイブッ！」

正確に振り下ろされた拳が保護プラスティックを叩き割り、その下部のドライブキーを押し込む。久しぶりの動作であっても、身体が覚えている。目をつぶっていても間違うことはない。その流れるような姿を、すぐ近くのオペレーターシートから華《はな》とアルエットが見つめている。

（命さん……素敵です……）

幼い頃から幾度も危ないところをＧＧＧ《スリージー》に救われてきた華にとって、旧隊員たちはみな憧れの存在だった。命によるプログラムドライブの素敵さを、前任者であり、従姉であるあやめとよく語り合ったものだ。命の勇姿たるその光景を、華が間近で見ることが叶ったと知ったら、あやめはさぞ悔しがることだろう。

（うん、やっぱり凱のプログラムドライブは命でなくっちゃ！）

ＧＧＧ隊員になってから知り合った相手のことは〝さん〟付けで呼ぶアルエットであったが、五歳の時に日本とは異なる文化圏で育ち、かつ幼子の無邪気さで呼び捨てにしていた相手には、つい当時のまま接してしまう。

そんなアルエットにとって、手塩にかけたガオファイガーの面倒を見られることは喜びであったが、凱のオペレートをするのは代役に過ぎないという思いが、ずっと存在した。だからこそ、この日が来たことをもっとも喜んでいるのは、凱や命以上にアルエットだったかもしれない。

そんなオペレーターたちの想いを受け取り、ガオファーがガオーマシンとともに宇宙空間に舞う。

「ファイナルフュージョ――――ンッ！」

ガオファーがガオーマシンとファイナルフュージョン、ガオファイガーが誕生する。そして、今度は大河《たいが》幸太郎《こうたろう》特務長官による承認がくだされた。

「ゴルディオンダブルハンマー、発動承認！」

大河の手で二本の発動キイが捻られると、命は二枚のデバイスカードをスロットに通過させる。

「了解！　ゴルディオンダブルハンマー、セーフティデバイス、リリーブ！」

それぞれ二重の認証を受けたゴルディーダブルマーグが変形し、ガオファイガーと合体する。

「ハンマーコネクト……ゴルディオンダブルハンマーッ‼」

最強装備のガオファイガーを中心に、覚醒人《かくせいじん》V2とマイク、ビッグボルフォッグ、ビッグポルコート、翔超竜神《しょうちょうりゅうじん》※12、撃龍神《げきりゅうじん》、天竜神《てんりゅうじん》、星龍神《せいりゅうじん》がフォーメーションを組んだ。ガオガイゴーを欠くものの、緑と青のエムブレムを背負った勇者たちが、いまここに集結したのである。

「頼んだぜ、翔超竜神」

凱が、勇者たちの先頭に立つ長兄に呼びかける。これから始まる決戦では、彼が仲間や弟妹たちの指揮をとるのだ。

「任せてください、長官」

背後に続く星龍神も呼びかける。

「お兄様……私たちの翔竜《しょうりゅう》を傷つけたら、赦しませんからね」

「ああ、心しておこう」

若葉色の翼を背負った青と赤の勇者。思えばこの姿は、原種大戦時に開発を予定されていたものだった。様々な事情から翔竜の開発が遅れ、十年の時を経てようやくいま、現実の姿となったのである。

「キングジェイダーに猶予を与えるわけにはいかない……行くぜ、みんな！」

ガオファイガーと翔超竜神《しょうちょうりゅうじん》を先頭に、最強勇者ロボ軍団が虚空を駆けていく。その目指す先には、いままさに変形を終えて降臨した最凶最悪の敵――覇界王《はかいおう》キングジェイダーの姿があった。

「勇者たち全機、キングジェイダーへ向かっていきます！」

「ツクヨミ、タケハヤ、ヒルメ、フォーメーションＧに入った模様、ドッキング形態へ遷移していきます！」

「ゴルディオンクラッシャー完成まで一四〇秒！」

初野華《はつのはな》、アルエット・ポミエ、卯都木命《うつぎみこと》の三人が報告の声をあげる。管制せねばならない勇者たちの数が増えた分、機動部隊オペレーターもフル稼働だ。それぞれに担当を振り分けてオペレートする三人の連携は、見事に息が合っていた。

「ディビジョンフリートから生体反応を観測、二十六人分デス！」

「位置はタケハヤ艦内クシナダ内部です間違いありませんですこれが最後の要救助者です」

研究部のスワンとタマラも、解析された情報を伝えた。十年前、三重連太陽系に旅立ったＧＧＧ《スリージー》

隊員たちは覇界の眷族となり、ゼロ核《コア》として〝人質〟のような扱いをされた。彼らを救出するため、たとえばディスクXでゼロロボを一掃するような戦い方は、遂行できずにいたのだ。しかし、それもあと二十六人。クシナダの内部にいる彼らを救出すれば、すべての旧GGG隊員が戻ってくる。後はソルダートJとルネだけになるのだ。

「ディビジョン三艦へのハッキングを試みましたが、失敗……」

「いやー、トリプルゼロのせいで侵入できないっすわ」

猿頭寺《えんとうじ》と山《やま》じい、諜報部オペレーターたちが悔しそうに報告した。もともとディビジョン艦隊はGGGに所属するものだ。リモートコントロールで制御権を奪えば、正面からの対決を避けられるという読みがあった。だが、トリプルゼロという超高密度のエネルギーをまとっているため、リモート接続が困難になっている。安定した通信でハッキングすることは不可能だった。

「ちぃ、やっぱ直接やりあうしかねえってのか……」

悔しそうにつぶやく阿嘉松《あかまつ》長官。いつもの威勢良い怒鳴り声は影を潜めている。大河《たいが》特務長官が、背後の席からいたわるような声をかけた。

「阿嘉松長官……気持ちはわかるが、今は護くんを信じよう」

その言葉に、メインオーダールームにいる全員が、阿嘉松を見た。火麻《ひゅうま》とアーチンの両参謀、雷《らい》牙《が》と楊《ヤン》の両スーパーバイザー、そして整備部オペレーターの牛山《うしやま》三兄弟。みな知っているのだ、意識のない愛娘を覚醒人《かくせいじん》V2《ブイツー》に乗せて送り出さねばならなかった阿嘉松の苦悩を……。

彼らの視線を受けた阿嘉松は、深く息を吸って、吐いた。長官職とは時に非情を求められる、孤独なものだ。だが、いまは責任や義務を分かち合う大河や凱《がい》がいて、支えてくれるスタッフも大勢いる。阿嘉松《あかまつ》はごく短い時間で精神的に立ち直ると、いつものように吼えた。

「がっはっは、そうだな！　これだけの勇者たちがそろえば、相手が覇界王《はかいおう》だろうが怖れる必要はねえなッ！　頼むぜ紗孔羅《さくら》、覇界王をぶっ飛ばして、ついでにとっととお目覚めしてくれよッ‼」

メインスクリーンに映し出される、勇者たちのモニタリング映像。その一角に、覚醒人《かくせいじん》V2《ブイツー》のウームヘッド映像もある。心なしか、物言わぬ紗孔羅が微笑んだように、阿嘉松には見えた。


フォーメーションGによって、それぞれに展開したディビジョン三艦が連結していく。原種大戦直後に建造された超翼射出司令艦《ちょうよくしゃしゅつしれいかん》〈ツクヨミ〉、最撃多元燃導艦《さいげきたげんねんどうかん》〈タケハヤ〉、極輝覚醒複胴艦《きょくきかくせいふくどうかん》〈ヒルメ〉は五〇〇メートル級の巨艦でありながら、グラビティショックウェーブ・ジェネレーティング・ディビジョンツールを構成するパーツでもあったのだ。だが、ドッキングを終え〈ゴルディオンクラッシャー〉となった状態でも、唯一、欠けているブロックが存在する。メインスクリーンに映し出された映像からそれを発見したのは、開発者でもある雷牙《らいが》だった。

「思った通りだ！　制御ＡＩであるゴルディーは再生されておらん！」

雷牙はスクリーンに映し出されたゴルディオンクラッシャーの基部、タケハヤが変形した〝柄〟の部分を指さした。本来なら、そこには巨大なゴルディーヘッドが存在した。だが、今は欠落してぽっかりと空洞になっている。

「雷牙博士の予測通り……トリプルゼロの再生力にも、限界があるというわけですな」

楊《ヤン》が感心したような声を漏らした。かつて、木星で生命を落とした、獅子王麗雄《ししおうれお》。彼はザ・パワーによって消滅する寸前の意識を保持され、精神生命体となった。だが、その肉体が再生されることはなかったのだ。人間であれ、勇者ロボであれ、心ある存在の〝傷ついた体〟を修復することは、無機物の再生と同じように可能である。だが、心がいずこか別に存在する場合、その憑代となる体のみを再生することはかなわない。それが雷牙の予測だった。

「ゴルディーマーグはディビジョンツールの制御ＡＩとしてより、勇者ロボとして暴れ回りたいという意識が強かった。だからその姿で再生し……結果として、ゴルディオンクラッシャーは制御ＡＩを失った……というわけですな」

「楊博士の言う通り！　凱、今ならゴルディオンクラッシャーは重力衝撃波を発生できない、完全に破壊するんだ！」

「わかったぜ、雷牙おじさん！」

「わっははは、今回も最大のお手柄は俺様だったってことだな！」

　宇宙空間をまっしぐらに進むガオファイガー。その右腕のダブルハンマーが高笑いする。だが、事態は雷牙や楊の予想を超えていた――

「……トモロ、我が半身を頼むぞ」

「任せるがいい、友よ」

　キングジェイダーに融合したままのソルダートＪが、無二の親友である制御コンピューターに告げた。そして、叫ぶ。

「ヘッドユニット・プラグアウト！」

次の瞬間、覇界王《はかいおう》キングジェイダーの頭部が分離した。そして、まとっていたオーラを炎が一層激しく燃えさかるかのように、噴出する。

「Ｊ、なにをする気だ！」

いまにもゴルディオンクラッシャーのもとへ到達しようとしていたガオファイガー。その眼前で、覇界王キングジェイダーの頭部が巨大化した！　いや、実際に膨れあがったわけではない。噴出するオーラが巨大な頭部の形状をなしているのだ。そして、その巨大な頭部は、ゴルディーヘッドが欠落したディビジョン艦の空洞部に合体した。同時に首のない覇界王が、超巨大ハイパーツールの柄となるコネクト部にドッキング——トモロ０１１７が冷静に告げた。

「——クラッシャーコネクト」

制御ＡＩの代わりとなった頭部のなかで、ルネも叫ぶ。

「私の力も使いなっ！」

「ああ、ともに往こう！」

フュージョンしたままの状態で、Ｊとルネは互いの腕を重ねあわせた。ＪジュエルとＧストーンが共振し、銀色の光を放つ。オレンジのオーラと銀色の輝き——それらは捩りあってひとつの輝きとなり、全長一キロメートルを超える巨体を染めあげた。

「おいおい、聞いてないぞ！」

「まさか、そんなことが……！」

ガオファイガーの見る前で、ついに最後の覇界の眷族は、真価を発揮した。トリプルゼロで強化されたジャイアントメカノイドが人類史上最大の発明にコネクト、ＪジュエルとＧストーンの共振

によって駆動する――

「シルバリオンクラッシャーッ‼」

ソルダートJとルネの声が重なり、人類を滅亡へと導く名を告げた。


――時の流れに逆らうように落ちていく孤影がある。

いや、落ちていくという表現は正しいのだろうか。少なくとも、観察者に認識される限りにおいて、時の流れにはベクトルが存在する。悠久の太古より、遥けき未来へと続いていく芳醇な時の流れ。

過去へと向かっている孤影は、疑いなく時間遡上の途上にあると言えるだろう。それでも、孤影の状態は〝落下〟と呼ぶにふさわしい。なぜなら、必然とも言うべき引力に引き寄せられての移動であったからだ。

いずこかへと落下していく孤影――その名は〈覇界《はかい》ガオガイゴー〉、胸に王冠をたずさえたくろがねの巨体。そして現在は、暁色の燃えるような幻炎《げんえん》をまとっている。内部にはふたつの生命体が息づいているが、意識を失っているようだ。しかし、それはむしろ幸いと言えるだろう。普段属している領域より、高次元の情報にあふれているこの流れの中では、世界を知覚するだけでも脳に大きな負荷がかかるであろうから。


そして、その孤影の周囲では、七つの小さな個体が同様の落下状態にある。高次元情報も、空間としての位相がまったく異なる領域も、彼らには脅威とならないようだ。

『――やれやれ、ようやく納得がいきましたな』

音声言語を伝達する媒質としての空気が存在するかもさだかではない、この領域で平然と意思疎通をこなす者たち――ソムニウム。彼らは行動をともにする同志ではない。デウスと呼ばれる伝説のソムニウムと、それを追ってきた六体である。おのが意思を発信したのは、追っ手の一体であるライだ。

『悠久の太古から生き続けてきたとうたわれる伝説のソムニウム、その名はデウス――』

歌うような意思にあわせて、ライは愛用の弦楽器をかき鳴らした。だが、声も発せられぬこの場所で、音が鳴るはずもない。演奏が不発に終わったことを残念がるような表情で、意思発信を続ける。

『ですが、いかに我らソムニウムが環境に適応しようと、肉体が物質である以上、永遠の時を存在し続けることは不可能。であれば、真実はただひとつ』

『ンー…時の流れを泳ぎ渡ることで、様々な時代に存在しているのだ。その目撃譚が集積されて、いつしか伝説となった』

ライが指摘しようとした真実を、横から羅漢《らかん》が奪い取った。少々不本意そうな表情になるライを気にもせず、羅漢は続ける。

『ンー…貴様を侮っているわけではないぞ、最古のソムニウム。そのような稀少の力を持つアニムスの実、どうやって手に入れた？　私にしてみれば、永遠を生きることよりも遥かに素晴らしい』

心底から賞賛する表情が、羅漢に浮かぶ。

『どうやってといわれても、何も苦労はしていないさ。ボク自身が、そのような実の宿主として生まれついた……ただそれだけだ』

『おのれがアニムスの宿主となる特異体質か……だからといって、他のアニムスを軽んじる理由にはなるまい』

　そう告げたのは、ラミアである。常に沈着であるソムニウムだが、その意思には冷たい炎のような怒りが込められていた。

　アニムスという植物の実は、心ある生命体の命を結晶化したもの。いわば魂魄そのものと言ってよい。それを摂取するという行為は、ソムニウムにとって極めて神聖なものなのだ。単に食物連鎖上、下位にいる生物を喰らうというだけではない——ラミアをはじめとする多くのソムニウムは、そう考えている。だからこそ、彼らは時に生命を賭してまでヒトのために戦うのだ。横浜のセプルクルムにおいて、アニムスの花園を踏み荒らしていたデウスの姿を、ラミアは忘れていない。

『摂取する生命への感謝を忘れずに……か。まるでヒトが使うような幼い倫理だね。どうやら、ボクと君たちとでは、ヒトに向ける愛情のありようが大きく異なるようだ』

『では、貴様の抱く愛とはいかなるものなのだ。暁の霊気によるヒトの滅亡——お前は視てきたのだな?』

　ついにラミアは決定的な問いを放った。数瞬の間を置いて、デウスは肯定の意思を返した。

『残された三度の危機のうち、ひとつ目を君たちとヒトは乗り越えた。だが、ふたつ目……炎の猛禽との戦いによって、ヒトと君たちの多くが喪われる。そして生き残った者も三つ目の危機の前に敗れ去る……それが、ボクの見てきた歴史だ』

　デウスの意思に、反応する者はいない。それが真実であるとわかってしまったからだ。デウスは予想を告げているわけではない。時間移動によって見てきた未来を、ただ告げているのだから。

『でも、心配することはないよ。このまま、地球上から知性を持つ存在が滅んでしまうのは惜しいからね。ボクがまたなんとかしてみせる』

『ンー…またとは、どういう意味だ。これまでも貴様が知性体を護ってきたとでもいうのか？』

『そう、ボクは力のない〝視る者〟。そして、時の水面に小石を投げる者。たとえわずかな波紋でも、それは大きく広がって時の流れを新たな支流へと導くこともできるのさ』

つい数か月前も、チャンディーと行動をともにする少年にいくつかの示唆を与えることで、ガオガイゴーが覇界《はかい》の眷族に勝利するきっかけを与えた。あの行為は、たしかに時の流れを見定めた者でもなければ、不可能であっただろう。

『時の流れとは普遍のものじゃないんだ。ボクやボクのような存在が、絶えず流れをねじ曲げ、せき止め、思った方向に導いている。だからこそ、ヒトという脆弱な知性体が、ここまで繁栄することができたのさ』

『ボクも……ヒト、大好き……』

即座に同意したのは、普段は滅多に自分の意思を露わにすることのないヒイラギだ。

『ボクも…それは良い事と思う……』

穏やかで好悪の感情を持たぬかに見える巨漢だが、体験による記憶を探るように人類に好意を抱いていたことを明かした。

『そうだろう？　だから、これからボクがやることをよく見定めてくれ』

そういうと、デウスは覇界ガオガイゴーという名の孤影を見た。

『この小石によって、ボクは時の流れを新たな支流に導くんだ。ヒトが宇宙の摂理の前に滅び去ることのない歴史へとね――』
ヒイラギの表情が希望に輝いた。だが、他の者たちは――

やがて、小石はある川辺に辿り着く。

7

――時に西暦二〇〇五年四月十一日。地球人類にとっての長い苦難の日々、その中でも特に記憶すべき、重大な出来事が起こる日である。

初出撃にして、地球外知性体認定ナンバー2号《EI-02》を撃破した勇者王ガオガイガーの前方に、異変が生じた。何もない空間に〝歪み〟が生じたのである。サイボーグ獅子《しし》王凱《おうがい》と、浄解を終えた天海《あまみ》護《まもる》少年の眼前で、何者かが出現する――虚空に生じた歪みから這い出るように。

「なんだ……あれは！」

その歪みがテンプスと呼ばれる能力で、時の流れを遡りこじ開けられたものであると、凱も護も知るよしはない。裂け目からは深く濃い霧も発生し、辺りを覆い尽くしていく。GGG《スリージー》ベイタワー基地ではこの瞬間、新宿副都心の事象を把握することができなくなった。

濃霧の中に出現した孤影——覇界《はかい》ガオガイゴーの肩には、この時点での護と同年代に見える少年が乗っている。

『さあ、同胞よ。変身するがいい……そして勇者王と力をあわせて、暁の走狗《そうく》を斃すんだ！』

そう意思を発して、覇界ガオガイゴーの上から飛び降りたデウス。その額に、一際眩く十字光が瞬く。高らかに宣言するような意思に反論することもなく、ソムニウムたちは取り出したアニムスの実を貪りはじめた。

ラミアが合成フォルテを、羅漢《らかん》がオウグを、ライがアーリマンを、ユーヤがルーメを、ヒイラギがポンドゥスを、ガジュマルがトゥルバを——それぞれの実を喰らい、変身していく。

それぞれ五メートルを超える巨大な生体へと変貌し、あるものは大地を踏みしめ、あるものは空中に浮遊し、ガオガイガーや護の前に姿を現した。

「なに、なんなのこれ⁉」

空中でその光景を見守っていた護が、恐怖の声をあげた。無理もあるまい。学校行事で夢の島に来ていたところ、いきなり地球外知性体のロボットに取り込まれ、謎の防衛組織のロボットとの戦いに巻きこまれた。その直後、自分の身に未知の力が発現し、さらに異形のロボットと怪獣たちが出現したのだ。

「こいつらはいったい……敵なのか⁉」

ギャレオンがもたらした情報を解析したＧＧＧで、様々なシミュレーションを繰り返してきた凱にとっても、これは想定外の事態だった。

彼らの見守る前で、黒い怪獣——ベターマン・オウグが胸門から虹色の粒子を放つ。

『ペクトフォレース・サンクトゥス！』

虹色の免疫粒子によって、六つの変身体は体表を分解され、パズルのように組み上げられていく。やがて完成する、勇者王に匹敵する三十メートル級の巨体。

『そう、その姿だよ——ソムニウムが環境適応の果てに手に入れた姿〈カタフラクト〉！』

カタフラクトと呼ばれた合体ベターマンは、その首をデウスに向けた。

『カタフラクトと力をあわせれば、勇者王は暁の走狗《そうく》を斃すことができるんだ！　そしてヒトの西暦二〇〇五年で、暁の霊気の知識を得て、それを打ち破った経験は研鑽され、二〇一七年のヒトの力をさらに磨き上げるのさ！　そう、ボクはこうやって歴史を編んできたんだ……行け、カタフラクト！』

ベターマン・カタフラクト[※13]、六体の意識に操られた巨人が突進する。

『暁の走狗を撃ち砕け！』

カタフラクトが右腕を振り上げた。その内部で蒼斧蛍汰《あおのけいた》と彩火乃紀《さいひのき》が眠る、デウスの語る暁の走狗たる覇界《はかい》ガオガイゴーに向かって——

だが、振り下ろされた先は、もう一体の勇者王の方であった。その頭部を鷲づかみにして、胸のギャレオンに顔を近づける。

「こいつ、俺を狙って——！」

不意を突かれた凱《がい》の反応は遅れた。もともと初戦闘の影響で、過剰にアドレナリンが分泌され、サイボーグ・ボディが機能不全を起こす寸前であったのだ。カタフラクトは開かれた胸門から、緑色の光を放った。

『ペクトフォレース・ウィリデ――』

ギャレオン内部に放出された免疫粒子が、サイボーグ・ボディに干渉、機能を停止させる。

「体が…動か……ない…！」

同時に凱もサイボーグ体が麻痺し、意識を失った。一部始終を目の当たりにしたデウスが、愕然とした意思を放つ。

『なにをしているんだ――!?』

この世の始まりから終わりまでを視たと自認するデウスにとって、それはかつて一度も発露した覚えのない感情だった――そう、その名は驚愕。

ベターマン・カタフラクトは、護《まもる》とＥＩ－02のゾンダー核から浄解された人間を、右腕で捕まえた。

「ああっ、離してよ――！」

『ペクトフォレース・フラウム――』

今度は白い免疫粒子で、護たちを昏睡させる。

『ラミアよ――羅漢《らかん》よ、君たちはいったい何を考えているんだ！』

『ンー…すべてを見通すデウスが、我らの行動を識ることはできなかったのかな？』

カタフラクトの中から、羅漢が嘲笑する。

『当たり前だ――ボクがこの時代に干渉するのは、これが初めてなのだから。なぜ、こんなことを……君たちはヒトが滅びてもかまわないというのか――』

『そのようなはずがない。我らはヒトとともに、暁の霊気より生き延びてみせる』

断言するかのようなラミアの意思に、デウスが敵意を露わにする。

『どうやって⁉　この時代のヒトに手を貸すことで、十二年後に力を貸すよりも、大きな結果を得られるんだよ！　なのに……』

『それは我らの望むところではない』

『何故……！』

　そのデウスの問いには、ラミアではなく、ライが応じる。

『あなたの狙い通りに動けば、歴史が分岐してしまいますからな』

　普段は剽軽《ひょうきん》におどけているライとしては、あり得ないと思えるほどの冷徹な意思。この問題が彼にとって、いや彼らにとって、飄々と語れるような命題ではないことを、明示している。

『デウスよ、君は拙者たちに隠していることがあるでしょう――歴史は改変されることなどない。ただ分岐するものなのだと』

　ライの意思は、ヒトが日常的に使う平易な表現が多い。ヒトが書き記した書物を読むことが、個人的な趣味であるためだ。彼がリミピッドチャンネルにあわせて、唇を動かすことで、実際に発声していると思わせる詐術も、ヒトとの会話を楽しむために習得したものである。

『それがどうしたというんだい？　干渉者は分岐した先の歴史を生きることになる。改変されたのと同じ事じゃないか――』

『それを同じと思えるのは君だけですよ、デウスくん。拙者らが旅立ってきた二〇一七年に残してきた者たちと、分岐した先の二〇一七年に生きる者たちは、同じ人物ではないのだから。たとえ生物学的に同一個体であったとしてもね』

『――ライの認識は正しい。ともに過ごした時間を共有していない彼らは、まったく別の存在なのだ』

　ライの意思を引き取ったラミアもまた、強く冷たく固い、氷点下の氷のような意思を発した。

『そこにどんな意味があるんだ？　分岐先で新たな歴史をやり直せば、滅した者たちを救う事だってできる。彼らとともにもう一度存在したいとは思わないのかい――例えば、そう……パキラ老やボダイジュ、そしてセーメ[※14]と』

　その名を聞いたとき、ヒイラギやガジュマル、ユーヤの意識が揺れた。それぞれが同じ実への耐性を持つ、肉親にも等しい者たち。いや、生物学上の繋がり以上に、ユーヤはセーメに、ガジュマルはボダイジュに、ヒイラギはパキラ老に、深い縁《えにし》を持っていることがうかがえた。

『デウスよ――お前はソムニウムの胞《はら》でありながら、我らを知らなさすぎる』

『オレたちは滅した者を悼みこそすれ、時の流れを捻じ曲げてまで蘇らせたいとは思わない』

『ボ…ボクも、それは懸命に生きて、滅していった者たちへの侮辱だと思うよ……』

　ユーヤが、ガジュマルが、そしてヒイラギが、おのが意志を露わにする。ヒトという友人を喪うことを怖れたヒイラギが、パキラ老との再会を望まぬとは――デウスにとって意外な反応だった。

『そして、干渉によって時の流れに支流が生まれ、歴史が分岐した場合、我らは元の歴史に帰還することがかなわぬことになる』

　ラミアは時の流れというものの性質を、正確に理解していた。時間遡航者に干渉された場合、時の流れは干渉を受ける前の流れと、受けた後の流れに分岐する。その際、干渉者がふたたび時を超えたとして、未干渉の流れ――すなわち、本来の未来には決して辿りつけない。

そう、歴史改変という事象は起こりえないのだ。二〇一七年において、楊龍里《ヤン・ロンリー》が思いを馳せた可能性は、時を超える術を持たないヒトという種の、認識の限界であったのだ。

『分岐後の新たな未来に帰還する――それはセーメたちが滅してまで守り抜いた世界を、捨てていくということなのだ。我らには、その方が耐えがたい――』

ラミアは血の色の目を細めた。それは恐怖であったのかもしれない。パキラ老やボダイジュ、セーメとの、さらなる別れを強いられることへの。

『――』

デウスはしばらく、なんの感情も示さなかった。霧のうちに閉ざされた新宿新都心、そこに存在する者たちを見渡す。自分とカタフラクト、意識を失った蛍汰《けいた》と火乃紀《ひのき》を乗せたままの覇界《はかい》ガオガイゴー、稼働停止しているガオガイガー、そして護《まもる》と浄解された人間――

『……好きにするといい』

デウスは吐き捨てるような意思を発した。

『君たちがボクと同じ歴史を拒むというのなら、干渉を廃した世界でヒトとともに滅んでいけばいい。ボクはまた別の時代で、新たな歴史を産み出すだけだ』

デウスは貫頭衣の下に手を差し入れる。そこにあるはずの小袋を取り出そうとして、途端に表情を引き締める――

『――！』

『おやおや、中身をお探しですかな？』

ライがいつものようなおどけた意思を発した。彼が変身したベターマン・アーリマン。すなわちカタフラクトの尾部が、先端に小さな袋をぶら下げている。それは、デウスがテンプスの実を収めていた袋である。

『お前――いつの間に！』

『時の流れを渡っているうちに、隙を見て……ですな』

小袋の中には、数個のテンプスがある。稀少な実の、それがすべてであるようだ。

『元の時代に戻るのなら、拙者たちと同道いたしますかな？』

『誰が！』

『おや残念。拙者としてはお詫びのつもりでしたのに――』

手持ちのテンプスの実をすべて失ったとしても、また自分が宿主たるアニムスの花を咲かせればよいだけのこと。デウスにしてみれば、この二〇〇五年にとどまって、開花と実りをただ待てばいい。

『――だが、君たちはどうするつもりなんだ？　ヒトが滅ぶのは悲しい……だが新たな歴史で生きていくことも拒むのでは、どうするというんだい？』

『ンー…全ての干渉を拒んでいるわけではない。答えを知りたければ、俺たちが生きた先にある歴史を、覗きに行ってみるのだな。実がなるまで、どれほどの時を必要とするのかしらんが』

ふたたび嘲笑するような羅漢《らかん》の意思。こうまで言われて、デウスがそれ以上の答えを欲することはなかった。彼にはまだ、いつか再び時の流れを遡り、目の前のソムニウムに逆襲することも可能だからだ。

一同に背を向けて、デウスが霧の彼方へ去って行った後――ガジュマルが晴れ晴れとした顔を、ラミアに向けた。

『感謝するぞ、ラミア。あの世界を見捨てられたら、オレは残してきたシャーラに会えなくなるところだった！』

ラミアが初めて見る表情だった。おそらくシャーラ以外の者には、滅多に見せない顔なのだろう。ここで彼らがデウスの誘惑に乗っていれば、歴史は新たな分岐へ突入していたはずだ。そうなれば、たとえテンプスの実で未来へ帰っても、見知らぬ未来となっているはずだ。そこにシャーラが待っていたとしても、異なる経験で生きてきた、別の存在になっているだろう。

『それにしても、後始末が大変だな……』

と、ユーヤが辺りを見回す。ラミアが宣言したように、歴史を分岐させないためには、この二〇〇五年に、未来からの干渉の痕跡を残してはならない。ペクトフォレースを駆使して、凱《がい》や護《まもる》の記憶も消さなければならないだろう。そして、彼らにはまだやらなければならぬ事がある。

『ンー…それでどうするのだ、ラミア。歴史を分岐させずに、暁の霊気に打ち克つ術《すべ》を、見いだしているのだろうな？』

『――無論だ』

ラミアはうなずき、カタフラクトの頭部でかたわらを見た。そこには二体の勇者王が横たわっている。

『我らソムニウムとヒト――そのすべての力を結集する』

「……なにが起きたんだ？」

ガオガイガーの中でサイボーグ凱は頭を振って、目眩のような感覚を振り切った。撃破したＥＩ－02のコアを少年が人間に変えた後、いきなり眼前が暗転したかのような感覚があった。だが、辺りを見回しても、何も変化は起きていない。

（この少年は……いったい？）

ガオガイガーの掌で、気を失っていた緑の髪の少年・天海《あまみ》護は、目を醒ますとあわてて上空に飛び去っていった。

――これより後、獅子王《ししおう》凱と天海護は魂の兄弟として、幾多の試練をともに乗り越えていく。そのすべてがこの二〇〇五年に始まり、最大のものが二〇一七年に訪れるのだった。

8

「シルバリオンクラッシャーッ！」

ＧＧＧ《スリージー》オービットベースを臨む宇宙空間に、覇界《はかい》の眷族であるソルダートＪとルネの――覇界王キングジェイダーの叫びが轟く。

制御を担うゴルディー（正確には、そのAIブロック）が存在しなければ、ゴルディオンクラッシャーは完成しない。その予測に希望を見いだしていた若き勇者たちは、動揺を隠せない。

「オーノー、こんな手があるなんて予想不可能だったっぜ！」

「ゴルディオンクラッシャーを使われたら、オービットベースが一瞬で光になっちゃう！」

「いいえ、あれはシルバリオンクラッシャー！　JジュエルとGストーンの力があわさったものですわ！　いったい、どうしたら……」

マイク、天竜神《てんりゅうじん》、星龍神《せいりゅうじん》の声が震える。だがその時、彼らを一喝する通信波が虚空を駆けた。

「みんなうろたえるなっ！」

それは勇者ロボ軍団の先頭を行く超竜神《ちょうりゅうじん》――いや、翔竜《しょうりゅう》と合体した翔超竜神《しょうちょうりゅうじん》の頼もしい声。

「私たちにはGGG《スリージー》スタッフが立案した作戦がある！　みんな成功を信じて、自分の役割を確実に果たすんだ！」

怯えかけていた超AIたちを、ふたたび奮い立たせる力を持つ、力強い声だった。

「その通りです！　我々はGGGの勇者！　勝利を信じましょう！」

ビッグボルフォッグの冷静な声が続いた。

「先輩たちの言うとおりだぜ！」

「ああ、さすが歴戦の勇者は違うね。さあボーイ&ガールズ、落ち着いていこうじゃないか」

この中では中堅とも呼べる撃龍神《げきりゅうじん》とビッグポルコートが、サポートするかのように言葉を添える。一瞬広がりかけた動揺はすぐに収まり、勇者たちはフォーメーションを組み直した。

彼らから少し離れた空間を進むガオファイガーのなかで、凱《がい》は深い安心感のようなものを感じていた。

（頼もしい仲間が帰ってきてくれたぜ……！）

三重連太陽系から帰還して以来、凱は若き勇者たちを鼓舞して、過酷な戦いを続けてきた。ＧＧＧブルーの勇者たちが頼りなかったとまでは言わないが、それでも超竜神とボルフォッグがかたわらにいてくれる安定感は大きい。ゾンダーとの戦いが幕を開けたあの頃、凱を支えてくれたのが、この二体だったのだから。

「勇者たちよ……貴様らが宇宙の摂理を忘れてしまったところで！」

「この力に抗えるもんか！」

シルバリオンクラッシャーの柄に融合した、覇界王《はかいおう》の首が吼える。同時にクラッシャーの上部が爆発した。

いや、それは砕け散ったわけではない。八つのパーツに分解され、それぞれがグラビティショックウェーブを生成する独立した部位《GGD》として展開しているのだ。人類史上初めて、重力衝撃波を発生させることに成功したゴルディオンハンマーは、二十メートルのハンマーが発生源となっていた。そのため、出力にも発生範囲にも限界がある。だが人類は、木星決戦において、Ｚマスターという巨大な敵と対峙した。その教訓から開発されたのが、ゴルディオンクラッシャーである。重力衝撃波の発生源を固定装置ではなく、長径二十キロメートルにまで展開したエネルギーフィールドにすることで、光化範囲を飛躍的に拡張することに成功した。

八つのＧＧＤが宇宙空間に瞬き、それらを結ぶ星座が完成したとき、ゴルディオンクラッシャーはその真価を発揮するのだ。その様子は、メインオーダールームのメインスクリーンにも映し出されている。

「フォーメーションPの発動準備は！」

大河《たいが》の問いに、アルエットが素早く答える。

「あと四〇〇秒です！」

次の瞬間、アルエットのモニター画面から、いくつかのウインドウ表示が消えていった。

「GGG《スリージー》グリーン各機の管制は、すべて任せて！」

消失したウインドウは、すべて卯都木《うつぎ》命《みこと》のモニターに現れていた。機動部隊オペレーターとしての任務と、〝フォーメーションP〟の設定――いくらアルエットが天才児といえど、並列作業では精度も速度も落ちる。そう見てとった命の咄嗟の判断である。

「命……ジュヴルメルシー」

大先輩でもある命の判断に感謝しながら、アルエットはキータイプの手を速めた。命の方もまた、後輩のそんな姿を嬉しく思う。

（アルエット……あの子がこんな立派になるなんて……）

かつて、まだ五歳だったアルエットと、命はしばらく行動をともにしたことがある。[※15] アルエットが記憶を失ったことでその縁は失われたが、普通の生活をしている彼女の様子を、パリまで見に行ったこともあるのだ。

覇界《はかい》の眷族から回復した命を、オービットベースで最初に出迎えたのもアルエットだった（凱《がい》は宇宙に上がる前、地上で検査入院した病院へ会いに行っている）。Gアイランドシティから離昇したシャトルがオービットベースにドッキング、収容区画が与圧されるとともに懐かしい宇宙基地へ降り立った命の前に、美しい金髪女性が立った。

「……お帰りなさい、命」

「えっと……どちら様？」

それが、アルエットと再会した命の第一声だった。オービットベースから旅立ち、十年が経過していることは理解していた。だが、大人びたアルエットはとても十五歳には見えず、記憶の中の幼児と一致しなかったのである。

「もう！　凱はすぐ見分けてくれたのに！」

再会を心待ちにしていたアルエットは、そう言ってふくれたものだ。そんな仕草には、年相応の可愛らしさがあった。

だが、ここ数日の演習で、アルエットが優秀なオペレーターであり、頼もしいGGGスタッフの仲間であることを、命も知った。

（一緒に頑張ろうね、アルエット……！）

この戦いの行く末を左右する、多くの要因のひとつ――フォーメーションP。その成功に向けて、メインオーダールームのスタッフたちも懸命な努力を続けていた……。

だが――

すでに展開を終えたシルバリオンクラッシャーに対して、四〇〇秒の猶予を確保することは絶望的に思えた。覇界王キングジェイダーの頭上で今まさに、エネルギーフィールドが完成しようとしていた。

その瞬間、八つの影が猛然と八つのＧＧＤに襲いかかる！

「みんな、行くよ！」

ＧＧＧ《スリージー》ブルー機動部隊隊長の護《まもる》が号令をかけた。意識のない紗孔羅《さくら》とともにダイブしたアクティブモードの覚醒人《かくせいじん》Ｖ２《ブイツー》が、チェーンで保持された両腕を射出する。その内部に充填された強酸性の物質が、ＧＧＤの一基に浴びせかけられた。

「ダブルシナプス弾撃ッ！」

続いて翔超竜神《しょうちょうりゅうじん》が両腕のダブルガンと、両腰のダブルライフルを一斉射する。

「うおおお、全弾発射！」

撃龍神《げきりゅうじん》は両腕から、緑と黄の龍を解き放つ。

「唸れ疾風！　轟け雷光！　双頭龍《シャントウロン》ッ‼」

天竜神《てんりゅうじん》はマイクロミサイルで散布したミラー群に、メーザーを乱反射させる。

「天竜神……光と闇の舞！」

星龍神《せいりゅうじん》の背部から、銀と金の光輪が輝きを放つ。

「煌《きら》めけ月輪！　翳《かざ》せ日輪！　星たちの円舞《ゾンネンフィンシュテルニス》！」

ビッグボルフォッグは銀色の独楽となって、ＧＧＤへ突っ込んでいく。

「大回転大魔弾！」

ビッグポルコートは同じく独楽のように舞い、ミラー粒子の戦輪を虚空に滑らせた。

「大回転魔輪！」

最後にマイク・サウンダース十三世がギラギラーンＶＶ《ダブルブイ》とドカドカーンＶを手に、銀色の円盤を胸部トレイに挿入した。

「カモン・ロックンロール！　ディスクＦ、セットオンッ‼」

続いてゴキゲンなシャウトを張り上げる。

「ウェイブライザーッ！」

熱いボーカルにのって、ガオファイガーを模したグラビティショックウェーブが放たれた！

八体の勇者たちの同時攻撃は狙い過たず、八個のＧＧＤに直撃、完全破壊した。シルバリオンクラッシャーがいかに強力であろうと、ＧＧＤの裏側は頑強な装甲など持たない内部構造がむき出しになった部位でしかない。それを保護する機能も備えたエネルギーフィールドが完成する前に、ふところに飛び込んでしまえば、有効な攻撃が可能なのだ。

シルバリオンクラッシャー攻略には、八個のＧＧＤに同時攻撃をかけるしかない——それがＧＧの結論であり、無理にでも覚醒人Ｖ２を戦列へ投じなければならない理由だった。しかし、これで沈黙する覇界王《はかいおう》ではない。

「Ｊの邪魔はさせない……！」

シルバリオンクラッシャーの柄を保持したままの、首のない覇界王キングジェイダーが背部からメーザーミサイルを発射した。

「邪魔はさせません……トモロ０１１７！」

互いの手の内を知る者同士——諜報ロボが、大回転大魔弾でメーザーミサイルを次々と叩き落とした。

「おのれ、ビッグボルフォッグめ！」

かつて幾度となく〝紫のロボ〟と呼んだその声が、忌々しそうにその名を呼ぶ。敵として、味方として、また敵として相まみえるのも宿縁だった。

「勇者どもめ、やってくれる……だが、これで終わりと思うな！」

ソルダートJが――覇界王《はかいおう》の巨大な頭部が吼えた。シルバリオンクラッシャーから放たれるオレンジ色のオーラは、完全に撃ち砕かれた八個のＧＧＤを即座に再生し始める。

かつて六五〇〇万年の時を超えて、朽ち果てていた超竜神《ちょうりゅうじん》の機体を再生したこともある、そのエネルギーが、残骸として漂うＧＧＤ群をみるみるうちに蘇らせていく。

「まだだ！　何度でも壊し続けるんだ！」

二〇〇メートルを超えるＧＧＤ、その再生途上の巨体に向かって、翔超竜神《しょうちょうりゅうじん》がダブルトンファーで殴りかかった。分子結合されていく端から、ハイパワーロボットの剛腕が撃ち砕いていく。

「おおっ！」

他の勇者たちも翔超竜神を見倣い、ＧＧＤの再生を阻もうと攻撃を開始した。ＧＧＧ《スリージー》スタッフは先制攻撃でＧＧＤを破壊した後、ただちにトリプルゼロによる再生が始まることを予想していた。その対応策はただひとつ、力尽きるまで破壊し続けること。シルバリオンクラッシャーは、八個のＧＧＤがひとつでも欠けたら、エネルギーフィールドを完成できない。つまり、常に誰かが目の前のＧＧＤの破壊に成功し続けていれば、シルバリオンクラッシャーの完全発動を、防ぎ続けることが可能なのだ。

八体の勇者たちがそろっていればこそ！　ＧＧＧグリーンが完全復帰して、ＧＧＧブルーと力を

あわせたからこそ、とりえる戦術だ。ＧＧＧの総力を結集すれば、たとえ相手が覇界王であろうと、恐れることはない――‼

「無駄なことを……！」

ふたたび覇界王キングジェイダーが、反中間子砲や五連メーザー砲、ＥＳミサイル、メーザーミサイル、さらには脚部の対地レーザー砲を発射する。豪雨のごとき攻撃にさらされながら、勇者たちは必死に戦い続けた。もし八体すべてが力尽きてしまったら、オービットベースは光とされて、この宇宙から消え去るのだから！

「……華《はな》ちゃん、紗孔羅《さくら》さんの様子はどう⁉」

慣れない覚醒人《かくせいじん》Ｖ２《ブイツー》で懸命に戦いながら、護《まもる》は華に問いかけた。通常、ヘッドダイバーが一方でも意識を失うと、ニューロノイドは稼働停止する。だが、この十年間の紗孔羅の状態は昏睡とも違うらしく、意識のないままデュアルインパルスを発することができるのだった。それが故の阿嘉松《あかまつ》の苦渋の決断だったのだが、護にも決意があった。

（僕が護らなきゃいけない……オービットベースも。紗孔羅さんも！）

護に特に頼まれていたこともあり、華は入念に紗孔羅のバイタルチェックを行っている。今のところ、異変が起きた様子はない。

「大丈夫だよ、護くん！　ちょっとでも異状があったら、すぐに対処する……護くんは戦いに専念して！」

紗孔羅のウームヘッドの状態は、華のコンソールでモニタリングされ、必要とあらば投薬などを実行することもできる。華《はな》は護《まもる》を安心させるよう、思いっきり頼もしそうな声を出した。

（そうだ……私がずっと怖くないって思うことができたのは、護くんやみんなが支えてくれたから。いまは私が護くんを支える！　なんの不安もなく戦えるように！）

華のバックアップを得て、護は覚醒人Ｖ２《かくせいじんブイツー》で戦い続ける。だが、Ｇストーンで駆動する勇者ロボたちに比べると、リンカージェルの透析限界があるニューロノイドは、継戦能力に不安がある。本来なら、この役割はガオガイゴーが担うはずだったのだ。

（幾巳《いくみ》がいてくれれば……）

護の脳裏に、そんな想いもよぎる。だが、首を振って弱気を振り払った。戒道《かいどう》にはこの作戦で、やらなければならない大事な役割がある。今はそれぞれの場所で、それぞれの役割を果たすしかない。護は苦しいダイブを続けながら、いま現在の相棒に向かって呼びかけた。

「絶対勝とうね、紗孔羅《さくら》さん……！」

「双頭龍《シャントウロン》の出力低下！　ＧＧＤ２を破壊しきれません！」

「天竜神《てんりゅうじん》、マルチプルアームドコンテナの残弾が十パーセントを切りました！　補給が必要です！」

命《みこと》と華のオペレーションに、緊張感が高まっていく。このまま戦いが続けば、トリプルゼロによる再生速度が、勇者たちの破壊速度を上回る瞬間がくる。そうなれば、この空間に存在するすべてのものが光にされてしまうことは確実だ。

だが、ＧＧＧ《スリージー》スタッフは誰もそれを怖れてはいなかった。

「お待たせしました！　セッティング完了です！」

アルエットがふたりの長官の方を振り向いて、報告する。

「よくやってくれた、アルエットくん！」

「よおおしッ、フォーメーションP発令！」

大河《たいが》特務長官がアルエットを労い、阿嘉松《あかまつ》長官が指令を出す。メインオーダールームのスタッフはその指令に基づき、ディビジョンフリートを発進させていった。

「無限連結輸槽艦《むげんれんけつゆそうかん》〈ミズハ〉、分離発進！」

「機動完遂要塞艦《きどうかんすいようさいかん》〈ワダツミ〉、変形開始！」

「諜報鏡面遊撃艦《ちょうほうきょうめんゆうげきかん》〈ヤマツミ〉、ドッキング状態へ移行！」

プロジェクトZの際に開発されたワダツミとヤマツミは、ミズハを支援する機能をもたされている。〈ディビジョントレイン〉形態もそのひとつであり、三艦のレプトントラベラーを連結することで、高速惑星間航行を可能とする。だが、それだけにとどまらない。

この三艦には、いまだ隠された機能が存在したのだ。しかもそれは、楊《ヤン》博士や高之橋《たかのはし》博士の手で開発された後、アルエットや帰還した雷牙《らいが》によって更なる改修を受けていた。その最後の仕上げとなるシステム調整も、いま完了した！

「勇者ロボ各機へ！　フォーメーションPスタンバイ！　ただちに軸線上より退避してください！」

命からの通信を待っていたとばかりに、勇者たちは退避を開始した。

「ナイスタイミングだっぜ！……これ以上はもう……」

ブームロボを竜神姉妹が励ます。

「無理しないで、マイクくん」

「私たちの任務は完了しました、いまは生還を心がけて！」

「了解だっぜ、ビューティシスターズ……」

GSライドの限界まで戦い続けた勇者たちが、シルバリオンクラッシャーから離脱する。邪魔者がいなくなり、GGDはただちに再生を完了。たちまちエネルギーフィールドが完成した。

「勇者どもめ、よくもがきあがいてくれた……こうまで手こずるとはな」

「それも終わりさ。急ぐよ、J。GGG《スリージー》も対抗策を用意してるようだ」

ルネの視線の先にあるのはミズハ、ワダツミ、ヤマツミがドッキングした巨大な構造体だ。列車形態になったミズハが丸く輪のような姿になり、その内側をヤマツミとワダツミが埋めている。全体のシルエットは円盤状で、宇宙に咲いた黄金の花のようだ。

「どんな機能があろうと……光にしてしまえば関係ない。行くぞっ！」

首のない覇界王《はかいおう》キングジェイダーがシルバリオンクラッシャーを振り上げ、そこから展開した八基のGGDが全長二十キロメートルのエネルギーフィールドを発生させる！　その光り輝くフィールドは、いつしか鳥のような姿になっていた。

宇宙空間に羽ばたくオレンジ色のオーラをまとった猛禽。それは覇界のエネルギーの具現化であり、すべてを撃ち砕かんとする意志のかたち。そもそもトリプルゼロというエネルギーには、知的生命体を殲滅しようとする意志は存在しない。あくまで終焉に向かう力学に影響された者の意志が、かたちとなっているのだ。

行く手を阻むものすべてを光に変えんと、不死鳥が羽ばたく。その前方にあるのは、人類の希望たる宇宙の砦。だが、いまこの時、その砦を護る楯が存在した――その名は、プロテクトリフレクサー！

「空間反転率八十を突破！」

「リフレクションフィールド、臨界まで二八七〇〇〇！」

アルエットや華《はな》の報告を耳にして、火麻《ひゅうま》がニヤリと笑った。

「国連評議会の腰抜けっぷりが、役に立つ日が来るとはな！」

「オー、激《げき》！　それというのもミンナ、君タチが反乱したせいなんだヨ」

大河《たいが》幸太郎《こうたろう》以下、旧GGGスタッフによる十年前の反乱事件。のちに判明した、彼らがディビジョンフリートだけでなく、フォーメーションGのプロテクト解除キーまで持ち出していたという事実は、国連上層部を震え上がらせた。

彼らがその気になれば、ゴルディオンクラッシャーで全人類を一方的に殲滅することすらできるのだから。三重連太陽系で起きた真実が、帰還した護《まもる》と戒道《かいどう》の口から語られてもなお、妄想に等しい心配をする者たちは絶えなかった。

その結果、開発されたのが――ディビジョン三艦[※16]による矛を防ぐことができる、新型ディビジョン三艦による楯――すなわちプロテクトリフレクサーである。

「オービットベースよ……光になれぇぇぇぇっ!!」

ソルダートJとルネの声が重なり、銀発光から凄まじいオレンジオーラを放つ猛禽が突っ込んでいく。エネルギーフィールドは、宇宙に咲く花の中央に直撃、一瞬で光に変えた——変えたように見えた。

だが、重力衝撃波によって光子変換されたのは、花の中心部に浮遊するデブリでしかなかった。光の猛禽は鏡の花に吸い込まれ、ふたたび飛び立った——もと来た方向へと。

「なに⁉」

新型ディビジョン三艦が、レプトントラベラー三基の出力で生みだしたのは、巨大な反射鏡である。いや、正確には鏡ではない。ミズハの遠大な艦体が構成する輪の内部では、空間が歪曲反転されているのだ。ディバイディングドライバーに用いられている空間湾曲技術で、輪の入口と出口をねじ曲げて直結したのだ。どのような強大な攻撃も、空間をねじ曲げられて反転したのでは、大人しく従う他はない。

逆進した光の猛禽は、正面から覇界王《はかいおう》キングジェイダーを呑み込んでいった！

「アアアアアッ！」

トモロの苦鳴が宇宙空間に響く。

「成功だ！」

「シルバリオンクラッシャーによる重力衝撃波、一〇〇パーセント反転に成功！」

国連評議会が企図したのは、反乱者——もしくはゴルディオンクラッシャーを奪った未知なる敵が攻撃してきた場合に備え、そのショックウェーブのすべてをぶつけ返してやろうというものだった。皮肉にも、彼らのその慎重さ、周到さがいま地球を救ったとも言える。

「キングジェイダーはどうなった！」

「反応観測できませんあの重力衝撃波ですから一瞬で光になったと思われます見つかりません……」

大河《たいが》の問いに、タマラが答える。たしかにそう考えるのが妥当だろう。荒れ狂う重力衝撃波の暴風のなか、耐えられる者がいようはずもない。だが——

「まだだっ、まだ気を抜くな！」

「そうだ！　Ｊが……トモロがこんなところで！」

いまも拡散しきっていない重力衝撃波の中を流れに乗って突き進む、一陣の光。いや、それは光を斬り裂いていく一筋の矢だ。

凱《がい》と戒道《かいどう》が乗り込んだ勇者王ガオファイガー。右腕にコネクトしたゴルディオンダブルハンマーが、グラビティバースト機能で重力衝撃波を減衰しながら突き進んでいるのだ。

「だーはっはっは！　俺様にかかればこんなもん、そよ風みたいなもんだぜッ‼」

荒れ狂う重力衝撃波も、発生源が稼働停止すれば収まっていくはず。そして、その中心にこそ、ガオファイガーが目指すものがあるはずだ——あった！

閃光の中心に鎮座する、覇界王キングジェイダーの首級。いや、それは本体から噴き出した、攻撃的な意志の具現化に過ぎない。実体はオーラの中心にいる。

そしてガオファイガーはついにとりついた！　オーラの中心核、覇界王ジェイダーのもとへ！

どんなに覇界王が強大であろうと、その力を逆利用すれば隙を生じさせることができる。その瞬間に、凱と戒道が肉薄する——これこそが作戦の最終段階だ。

「……ソルダートJ！　ルネ！　お前たちを返してもらうぜ！」

　プロテクトリフレクサーが空間湾曲によって反転させた重力衝撃波は、覇界王《はかいおう》キングジェイダーの全身に浴びせかけられた。かつて三重連太陽系において使用されたゴルディオンクラッシャーの一撃は、恒星サイズの敵――ピサ・ソールを光へと変換した。それを上回る出力のシルバリオンクラッシャー。その攻撃を撥ね返され、自らまともに受けた以上、覇界王キングジェイダーといえど、光となるはずであった。

　だが、宇宙開闢《かいびゃく》を司るエネルギー、トリプルゼロの力は既知の常識を超える。重力衝撃波によって光にされていく己の憑代――キングジェイダーを瞬時に再生していった。超翼射出司令艦《ちょうよくしゃしゅつしれいかん》〈ツクヨミ〉、極輝覚醒複胴艦《きょくきかくせいふくどうかん》〈ヒルメ〉の大部分は光化されたものの、最撃多元燃導艦《さいげきたげんねんどうかん》〈タケハヤ〉にあたる部位と覇界王キングジェイダー本体は生き残り、ほぼ再生を終えていた。ヒルメにドッキングしていた頭部も、すでに噴出したオーラは収まり、通常サイズに戻っている。

　プロテクトリフレクサー発動に備えて、退避行動をとっていた勇者ロボ軍団も、その再生の姿に驚嘆を禁じ得ない。まさしく不死鳥――フェニックスのごとき姿だ。

「トリプルゼロ……敵になってみると、なんと恐ろしい」

驚愕するビッグボルフォッグに、翔超竜神《しょうちょうりゅうじん》が声をかける。

「いや、だが効いているぞ。ＧＧＧ《スリージー》の作戦通りだ！」

覇界王キングジェイダーに効果的な一撃を与えるには、シルバリオンクラッシャーの攻撃力をそのまま返すしかない。それが起死回生の一手であった。

「ちぃっ、ＧＧＧめ！　なんて防御策を！」

悔しそうにするルネを、ソルダートＪが叱咤する。

「惚けている暇はないぞ！」

そう、眼前にはすでに警戒すべき敵が迫っている。

金色《こんじき》の破壊神！　重力衝撃波の奔流の中、ゴルディオンモーターの機能で突っ切ってきたガオファイガーは、ゴルディオンダブルハンマーを振りかぶった。

「ハンマーヘルッ！」

それは敵を倒そうとする攻撃ではない。二本の核摘出用ネイルを打ち込み、何かを抉り出そうとする行為だ。その対象がなんであるのか、Ｊは悟っていた。

「甘いぞ凱《がい》！　この期に及んで我らを助け出そうとは！」

タケハヤ——すなわちシルバリオンクラッシャーの柄に融合したままの、覇界王キングジェイダー頭部が吼えた。そして、両側面の張り出しが閃光を放つ。

「プラズマソードッ！」

その張り出しは、頭部がジェイダーに変形した際には腕となる。そこから繰り出される格闘武器を、咆吼を放つ頭部のままで放ったのだ！

右から突き出されたプラズマソードが接近してきたマーグハンドを貫く。そしてもう一方の光の剣は、左からガオファイガーの脇腹に、深々と突き立てられていた。

「ぐおおおっ！」

二箇所から黒煙とスパークが飛び散り、ゴルディーの絶叫とともに金色《こんじき》の輝きが消え失せていく。ジェイアーク艦橋部に先端のみが打ち付けられていた釘も、エネルギー供給を断たれて消失した。

「凱《がい》兄ちゃんっ、幾巳《いくみ》ぃっ！」

リンカージェルの限界に達し、もはや継戦能力を失った覚醒人《かくせいじん》Ｖ２《ブイツー》から護《まもる》が叫ぶ。プラズマソードによるガオファイガーの損傷が、致命傷——もしくはその一歩手前の深傷《ふかで》であることを見てとったのだ。

ガオファイガーの双眸から、輝きが消えていく。勇者王の死——それを悟ったソルダートＪの口元に笑みが浮かぶ。ゾンダリアンであった時期から長く続いた勇者と戦士の連戦に、ついに決着がついた。その確信の笑みである。

だが、戦士はふたつ思い違いをしていた。マーグハンドの釘は、ソルダートＪとルネを摘出するために打ち込まれたわけではない。そして、ガオファイガーの両眼が暗くなったのは、勇者王の死を意味しているわけではない。

それは艦橋部の窓に穴を穿つ行為であり、フュージョンアウトによる稼働停止だったのだ。

「この時を待っていたぜ！」

「今こそ、救い出す！」

ガオファイガーの胴体部から凱が、左肩のライナーガオーⅡコクピットから戒道《かいどう》が、虚空に躍り出た。緑と赤に輝く姿が、窓に空けられた破孔から飛び込んでいく。ふたりはついに、覇界王《はかいおう》キングジェイダー艦橋部の床に並び立った。

9

「凱、アルマ……」

「あんたたち、これを狙っていたね……！」

ソルダートＪとルネもまた、眼前の凱と戒道を見て、フュージョンアウトする。覇界王キングジェイダーにどのような強大な力があろうと、内部に入り込まれては、その力を振るうことはできない。

すでに破孔部にはシャッターが降りているため、空気の流出は止まっている。静寂に満ちた空間で、ルネの言葉に凱がうなずく。

「ああ、すべてはこの瞬間のためだった」

ＧＧＧ《スリージー》の勇者ロボ軍団八機でシルバリオンクラッシャーのＧＧＤ八基に対抗したことも。それを戒道幾巳抜きで行わねばならなかったことも。ガオファイガーを犠牲にしてでも肉薄したことも。

すべては、シルバリオンクラッシャーを手にした覇界王キングジェイダーという、未曾有の難敵に対抗するためのＧＧＧの作戦であった。

「……我々とお前たちふたりならば、五分と五分の勝負になると読んだか。よくぞここまで持ち込んだものだ」

ソルダートJは、右腕に赤く輝く刃・ラディアントリッパーを発生させる。

「でも、これで勝ったと思ったら間違いだよ……私たちのサイボーグ・ボディだって、トリプルゼロで強化されてるんだからね」

ルネは両腕に二丁のハンドガンをかまえた。

「勝てるとは思ってない。だが、負けるわけにもいかない……ウィルナイフ！」

凱《がい》はそう言うと、ウィルナイフを引き抜いた。かたわらに並ぶ戒道《かいどう》は素手のまま、もとより武器は用意していない。

「行くぞ、幾巳《いくみ》！」

「ええ！」

うなずきあった凱と戒道は、ともに手を突き出した。ふたりの全身が、緑と赤に輝く。

「クーラティオーッ‼」

「テンペルム！」

彼らが攻撃してくると思っていたJとルネは、意表をつかれた。だが、すぐにその意図を理解する。発した呪文が、なにを意味しているのか、明白であったから。

「貴様ら、我らを浄解するつもりか！」

「舐めたまねを――！」

Jが光の剣をかまえて突進した。それに続きながら、ルネはハンドガン――スマイソンを連射する。眼前のふたりが呪文を唱えきる前に、倒してしまうつもりだ。

だが、戒道は詠唱しつつも、念動力による障壁を張っていた。バリアーが銃弾をことごとく弾き返す。

「テネリタースッ‼」

「ムンドゥース！」

これまでの経験からわかったことは、覇界《はかい》の眷族を浄解するにはふたりの能力者が必要ということだ。意識のない紗孔羅《さくら》を覚醒人《かくせいじん》V2《ブイツー》にダイブさせてでも、戒道が凱に同行した理由である。

しかし、これまで護《まもる》や彼らが浄解してきたのは、ゾンダーコア、原種核、ゼロ核《コア》。いずれも敵ロボットから抉り出したコアだった。自らフュージョンアウトしてきた敵を相手にしたことはない。

眼前まで迫ってきたソルダートJは、ラディアントリッパーを神速で振るった。

「はあああっ！」

だが、無数の斬撃を、凱はすべてウィルナイフで弾き返す。そして叫ぶ。

「セクティオーッ‼」

凱の背に守られつつ、バリアーを張りながら、戒道も続いた。

「インフィニ！」

Jとルネがゼロ核になっていなかった場合も想定して、凱と戒道はここまで乗り込んできた。後はウィルナイフとバリアーのコンビネーションで耐えつつ、浄解の呪文を唱えきる。それが緻密に組み立てられた作戦の最終段階だ。

だが、想定しつつそれでもなお、浴びせられる攻撃は苛烈だった。

「どうした凱、いつまでも耐えきれると思うな！」

ラディアントリッパーの猛撃が、ついにウィルナイフの刀身を撃ち砕く！

「私たちを浄解したいなら、まず倒してからにしな！」

スマイソンを全弾撃ちつくしたルネが、拳で戒道《かいどう》に殴りかかってきた！

「サルースッ‼」

「トゥーム！」

容赦なく繰り出される赤い斬撃が、凱《がい》のIDアーマーを破壊していく。吸収しきれないダメージが肉体を苛み、皮膚を斬り裂いていく。

Gストーンを埋め込まれた鋼の右拳。その重い打撃が戒道の、細い胴体の鳩尾に打ち込まれた。バイオネットの獣人をも軽々と翻弄する肉体が、さらに小柄な相手の一撃で軋む。息が詰まる――しかし、呼吸を止めるわけにはいかない。まだ呪文を言い終えていないのだから。

どれほど傷つこうと、凱と戒道は呪文を止めようとしない。その理由を、Jとルネも知っている。トリプルゼロに倫理観を浸食されようと、彼ら本来の心は失われてはいないのだから。ただ、仲間を思う気持ちよりも、宇宙の摂理に従わねばならない――その衝動が、感情を押し殺しているに過ぎない。

（アルマ……ここから逃げてくれ。故郷を失い、一度は敗北した戦士にふたたび戦う意味を与えてくれたお前を、この手で斃したくは――）

（凱、あんたバカだよ。本気でやれば、ハーフサイボーグの私なんて、一瞬でねじ伏せられるものを――）

心と衝動が、サイボーグたちのうちで葛藤を生み出す。それが精密な攻撃をくるわせたのだろうか。刃と拳の勢いが、一瞬だけ鈍った。

そして、その隙を凱も戒道も見逃さなかった。いますべてを決しなければ、もう耐えきることはできない。

「……コクトゥーラッ‼」

絶叫しながら、凱はＪの顔面に左拳の甲を打ち込んだ！

「……レディーレ！」

ルネの打撃をかいくぐりながら、懐に飛び込んだ戒道は平手打ちを放つ！　拳と掌が触れた箇所から閃光が走り、艦橋一面を覆い尽くした。

窓の破孔から漏れてくる輝きを見て、覚醒人《かくせいじん》Ｖ２《ブイツー》の中の護《まもる》は微笑んだ。その光が意味するところを、誰よりもよく知っていたから。

（やったんだ……凱兄ちゃん！　幾巳《いくみ》！）

「……」

倒れていたルネが、ゆっくりと瞼を開く。目に入ってきたのは、右手を差し伸べている青年の姿だった。自分を張り倒した手を借りて、ルネは立ち上がる。

「手荒なことをして、すまなかった。でも……雷牙《らいが》博士の手だった、そう思ってほしい」

数日前、（本当なら自分で乗り込んでいって、あの子をぶん殴ってやるつもりだったんだが）と漏らした雷牙の言葉。戒道はそれを忘れてはいなかったのだ。

しかし、青年の言葉を聞いたルネは、嫌そうに手を振り払った。

「ふん、ジジイの手だと思うと、借りる気なくすね！」

犬の糞にでも触れたかのような表情で、右手を振る。

「……親を大切にな」

真面目くさった表情で、戒道《かいどう》がつぶやいた。

「今度はあなたの番だ」

忘れるはずもない。戒道にとっては十年ぶりだが、ルネにとってはつい先日、口にしてしまったばかりの言葉なのだ。何かを言い返そうとして、ルネは顔を背けた。自分がどんな顔をしているか、知っていたから。

（ジジイ、余計な機能…残しやがって……）

かつての凱《がい》と、今のルネ。同じサイボーグ・ボディでありながら、その構造にはいくつかの違いがある。そのひとつ――涙腺が機能していることを、ルネは自覚していた。

その一方で、ソルダートＪは素直に敵であり、ライバルであった男の手を借りて立ち上がっていた。浄解により、一時的だがＪジュエルのパワーが抑制され、その身も立つだけが精一杯であった。

「……凱」

「ああ……」

「我々の決着は……ようやくついた。私の……負けだ」

「今のは浄解しただけだ。これは勝負なんかじゃ――」

Ｊがかぶりを振る。静かな動作であったが、凱は遮られたように、続く言葉を呑み込んだ。

「そうではない。あのオレンジサイトで、私はトリプルゼロに浸食され、お前は耐え抜いた。……あの時、決着はついたのだ」

晴れやかな口調だった。ゾンダリアンであった時期、赤の星の戦士に戻ってからの時期、そして覇界《はかい》の眷族であった間も、常に抱き続けていたこだわり。それがようやく氷解したのだ。

「Ｊ……」

重い衣を脱ぎ捨てたかのような戦士の前に、青年が立った。

「アルマか、苦労をかけたな……」

戒道は無言で首を振る。

「………」

続く言葉は発せられない。そんなふたりの姿を見つめていたルネに、凱は声をかける。

「……タケハヤの方にも、大勢の生命反応があった。救助したい、手伝ってくれ」

「ああ、わかった」

そのくらいひとりでやれよ、とは口にしない。凱もルネもそれ以上は何も言わず、艦橋から出て行った。

Ｊと戒道がふたりきりで取り残されて、数分は経っただろうか。あふれ出そうな想いが多すぎて声が出せず、代わりに液体となって青年の頬に流れた。

「涙を流すとは……戦士、失格だな」

言葉の内容に反して、Ｊのその口調は穏やかだった。いや、むしろ戦士に似つかわしくないほど、優しく静かに続ける。

「誰かのために泣く者……それは戦士ではなく、勇者だ」

かつて少年だった、そして今は青年となったその容姿を、Ｊはじっと見つめ、さらに続けた。

「……アルマ、勇者の顔になったな」

かつてはいつも、Ｊの姿を見上げていた。だが、今はわずかに高い位置にあるだけ。そんな姿を見ながら、戒道《かいどう》は口にする。十年以上も、ずっと言いたかった言葉。言えずにいた言葉を。

「Ｊ……お帰り、Ｊ」

10

タケハヤの艦内各所からは、二十六個のゼロ核《コア》が発見された。未帰還の旧ＧＧＧ《スリージー》隊員の人数と等しい。覇界《はかい》の眷族であった頃の大河《たいが》が残した、自分たちを人質とする戦術。それを最後まで忠実に実行し続けたのだ。

だが、医務室を訪れた凱《がい》とルネは、そこに最後の——二十七個目のゼロ核を見つけた。

（隊員名簿にないゼロ核。この人は……）

凱には思い当たるふしがあるのだが、この場に浄解能力者がひとりしかいない以上、確かめることはできない。護《まもる》に来てもらおう……そう考えた時、震動と轟音が襲ってきた。そして激しい唸り声が轟く。


オオオオオオッ!!

「これは……！　ルネ、ゼロ核《コア》を頼む！」

返事も聞かず、凱《がい》は宇宙空間に躍り出た。エヴォリュダーである凱は、特別な装備を必要とせず、真空に対応できる。

そこで見たものは、かつて木星で目撃したのと同類のものだった。

覇界王《はかいおう》、降臨——

トリプルゼロに浸食されたジャイアントメカノイドが首を失ったまま、フュージョンする者もなしに、活動開始した姿であった。

「覇界王キングジェイダーの再稼働を確認しました！　機体各部にエネルギー反応の急上昇を観測！」

「勇者ロボ軍団、いずれも修理と補給が必要です！　即時迎撃は不可能！」

「覇界王キングジェイダー接近中！　こちらに……オービットベースに向かってきます！」

スワンや牛山次男《うしやまつぐお》の悲痛な声が響く中、阿嘉松《あかまつ》が罵声を張り上げる。

「幾巳《いくみ》はどうした！」

「救出したソルダートJ、ルネ、ゼロ核とともに救命艇に収容された模様！」

「凱はガオファイガーに戻りました！　でも……だめ、損傷が激しく再起動できません！」

華《はな》とアルエットが答えた。

「迎撃可能な者はいないのか！」

大河《たいが》の問いに、命《みこと》が絶望的な返事をする。

「いません……みんな、ここまでの戦いで力を使いきって……」

無理もない。覇界王キングジェイダーとシルバリオンクラッシャーの攻略には、すべてを注ぎ込まねばならなかったのだ。ソルダートJとルネを浄解した後、さらに戦いが続くなどと、予想し得た者はいない。メインスクリーンには、一層激しくオレンジ色のオーラを噴き出しながら迫る覇界王の姿が映し出されている。

プラズマソードの斬撃で大破したガオファイガー。かろうじて稼働する部位だけでも使って、覇界王に攻撃できないかと、凱はエヴォリュダー能力を駆使していた。だが、レプリ地球でパルパレーパ・プラスに対抗した時のようにはいかない。プラズマソードの攻撃は、的確にガオファイガーとマーグハンドの急所をついていた。

「くっ、なにかできることは――」

その時だった――

『メインオーダールーム……ウームヘッドの音声を拾ってください！ 紗孔羅《さくら》さんが何かを――』

護《まもる》からの通信を聞いて、オペレーター席の華が通信モニターを調整する。

『くる……くるよ……カタフラクトが、くるよ……』

囁くような小さな声が増幅されて、メインオーダールームに響いた。

「カタフラクトだぁ？」

耳慣れぬ言葉に阿嘉松が首をかしげた時、モニター映像に異変が起きた。覇界王キングジェイダーの背後に、時空の歪みが発生したのである。

『テンプスの流れを遡って……』

凱《がい》は振り向き、オービットベースに突進する覇界王《はかいおう》キングジェイダーを見ようとした。だが、その目を奪ったのは、今まさに開かんとする時空の歪みだった。

「まさかベターマン……だが、あれは！」

それはソキウスの門と呼ばれる次元ゲートとは、明らかに異なる現象だ。シャーラの能力で開くソキウスの路《みち》は空間跳躍でしかない。だが、デウスから奪った能力によるテンプスの大河[※17]は時間移動を可能とするのだ。

覇界王キングジェイダーの背後に出現しようとしているのは、二〇〇五年から時空を超えてきた巨人であった。

カタフラクト――ベターマン・デウスにそう呼ばれた合体巨人。その巨体が通常空間に出現すると、時空の歪みは何事もなかったかのように、虚空へと消えていった。

「よっしゃぁ、ベターメンが来てくれたか！」

「だが、合体ベターマンだけで覇界王がなんとかなるものなのか」

高揚する阿嘉松《あかまつ》に、楊《ヤン》が即座に指摘した。剛胆な長官も一気に意気消沈する。

「う……そういや、木星の時はガオガイゴーとガオファイガーもいたんだった……」

「……長官、見てください！　合体ベターマンの後ろに！」

華《はな》もまた、楊同様に〝ベターメン〟という呼び方を避けていることに内心がっかりしながら、阿嘉松はメインスクリーンを見る。

　華の言うとおり、合体ベターマンの背後に何かがいる。いや、その合掌造りの細工物のような尾部で、なにかを牽引してきたのだ。

「あ、あれは……ガオガイゴー！」

　彼らGGG《スリージー》隊員たちが見間違えようもない。それは覇界の眷族と化した上、すべての監視網から消失していたガオガイゴーだった。

「ということは、蒼斧《あおの》くんと彩《さい》くんは！」

　今度は大河《たいが》が問いかけ、スワンが答える。

「ふたりのダイブスーツからのバイタルフィードバックを確認！　生存してマス！　ただし、意識を失っている模様デス！」

「そうか、彼らは無事か！」

　大河はそう喜んだものの、事態を打開する一助にならないことは確かだ。だが、メインスクリーンに映る覇界王キングジェイダーは反転、オービットベースに背を向けはじめたのだ。スーパーバイザー席で、雷牙《らいが》が目を瞠った。

「んんん？　どうやら僕ちゃんたちよりベターマンを脅威と認識したのか⁉」

　いや、そうではない。覇界王キングジェイダーは、カタフラクトの背後、ガオガイゴーとともに牽引されてきたモノに反応したのである。


　ガオオオオオオンッ！

覇界王《はかいおう》に敵意を向けられたモノが、咆吼をあげる。宇宙に響く誇り高き声。この場にいる者の多くが、その声をよく知っている。

「まさか、この叫び声って……」

すでに動くことすらかなわないセリブヘッドで、護《まもる》が愕然とした。同じように沈黙するガオファイガーの中で、凱《がい》も信じられないといった声で、その名を呼ぶ。

「ギャレオン！……ギャレオンなのか⁉」

鋼鉄の白き獅子は全身を震わせて、カタフラクトの尾からその身を振りほどいた。そこに幾筋もの光条が奔る。覇界王キングジェイダーのメーザー砲撃である。トリプルゼロに威力を倍加された攻撃をやすやすと回避して、ギャレオンは宇宙を駆けた。そして、彼をもっとも必要とする者のもとへ飛んだ！

「また一緒に戦ってくれるのか……この俺と！」

凱もまた、真空の中を飛ぶ。かつて幾多の戦いをともに切り抜けた勇者と獅子が、いま最大の敵を前に再会したのである。

「行くぜギャレオン！」

勇者は叫んだ。

「フュージョ――――ンッ‼」

エヴォリュダー・ガイは、ギャレオンとフュージョンすることで、メカノイド〈ガイガー〉となった！

（これは……やっぱり、あのギャレオンじゃない！）

　フュージョンした凱にとって、その機体は隅々まで自分の肉体も同様となる。外観を見ただけで薄々気づいてはいたが、一心同体となった今、その素性は明らかだった。

　ガイガーの姿はメインオーダールームのメインスクリーンにも映し出されている。

「おいおい、あいつはワームホールの彼方へ押し返したんじゃねえのか⁉　なんでここにいるんだよッ！」

「いいえ、違います！」

　阿嘉松《あかまつ》の疑問に答えたのは、この場にいる者でジェネシック・ギャレオンをもっとも間近に見た経験がある卯都木命《うつぎみこと》だ。

「ジェネシック・ギャレオンじゃないわ……あれは！」

『命の言うとおりだ』

　通信モニター越しに、フュージョン中の凱の声が響いた。

『こいつは――〝ギャレオン〟だ！』

「どういうことだ？……凱！」

　火麻《ひゅうま》参謀が問いかける。

「まさかレプリジン……とでもいうのかよ？」

　複製であれば説明はつくが、眼前のギャレオンはレプリジンに起きていたような色素の変化は見受けられない。

「俺にもわからない。でも、ひとつだけ言える。こいつは……サイボーグだった頃の俺と一緒に戦い抜いた、あのギャレオンなんだ！」

　オーダールームの一同は愕然となり言葉を失うが、凱《がい》は意気揚々と要請シグナルを放った。

「特務長官、ファイナルフュージョンの承認を！」

　ここで判断に迷うような人物に、GGG《スリージー》の長官たる資格はない。

「いいだろう……私は勇者の判断を信じる」

　大河幸太郎《たいがこうたろう》は即断した。

「ファイナルフュージョン！　承認‼」

「了解‼」

　承認を受けた命《みこと》がコンソールに向かう。

「ファイナルフュージョン！」

　慣れ親しんだプログラム起動のキーを素早くタイプする。

「プログラム！」

　そして、勢いよく掲げた拳を、一気に振り下ろした。

「ドラーイブッ‼」

　保護プラスティックが叩き割られ、その直下のドライブキーが押し込まれた。

　これまで幾人もの長官が承認し、幾人ものオペレーターがプログラムをドライブさせてきた。そして、幾体もの勇者王が誕生した。だが、この者たちからすべてが始まったのだ。彼らの手による承認とプログラムドライブと――

「ファイナルフュージョンッ‼」

ガイガーはそう叫ぶと、電磁竜巻を発生させた。オービットベースから射出されたガオーマシン群がその中に突入していく。たとえ予備機であろうと、ＧＧＧ整備部は常日頃のメンテナンスを怠ったりはしない。普段使用されることのない最初期型であろうと、その稼働状況に問題はなかった。

「ガオッガイッガーッ‼」

電磁竜巻が晴れると、そこから現れたのは、エムブレムこそ金ではなく緑色ではあるが、まさしく最初期型の勇者王ガオガイガーだった。かつてゾンダリアンから地球を守り抜いたくろがねの巨神の姿である。

はじまりの勇者王が、そこにいた。

「ワーオ！　久しぶりだっぜ……！」

マイクがガッツポーズで称える。

「隊長のあの姿をまた見られるなんて……」

翔超《しょうちょう》竜神《りゅうじん》も感慨深げに見つめる。

「私たちは映像でしか知らない……でも、なんて素敵……」

姉妹ロボの瞳も潤んでいるかのように輝いた。すでに戦う力を失い、見守るしかなかった勇者ロボ軍団が、次々と感嘆の声をもらす。かつてともに戦ったＧＧＧグリーンの勇者たちも、記録でしか知らないＧＧＧ《スリージー》ブルーの後進たちも、超ＡＩが熱くなるのを感じていた。

　そんな彼らのもとに、稼働停止状態の最新勇者王も流れてきた。いや、ベターマン・カタフラクトが投げつけてきたのだ。翔超竜神《しょうちょうりゅうじん》と撃龍神《げきりゅうじん》があわてて受け止める。

「ガオガイゴー！」

　翔超竜神は抱きかかえることになったガオガイゴーに、ある違和感を感じた。

（Ｚ０《ゼットゼロ》シミラーが検出されない……！）

　連絡途絶する前、ガオガイゴーはたしかに覇界《はかい》の眷族と化していたはずだ。だが、その痕跡がきれいさっぱりと消えている。

　二〇〇五年から運び出す直前、羅漢《らかん》のペクトフォレースによって浄解されたのだが、カタフラクトはそれを伝えようとはしない。

「乱暴だな！　おい、なにしやがる！」

　さらに撃龍神の抗議に応じることもなく、カタフラクトは踵を返した。あえて無視したわけではない。リミピッドチャンネルを用いるソムニウムは、生体とでなければ意思疎通できないのだ。本来であれば、こうも伝えたかったことだろう。

『その中にいるのは、我らの希望なりし者だ。丁重に扱われたし』

　だが、実際にはそれはかなわず、カタフラクトは無言で戦場へと向かう。覇界王《はかいおう》と勇者王が激突する戦場へと――

「大丈夫だ……凱《がい》兄ちゃんとギャレオンがそろっていれば、覇界王にだって負けたりしない……」

　そうつぶやきながら護《まもる》は、自らの飛翔能力を駆使して、覚醒人Ｖ２《かくせいじんブイツー》をオービットベースの離発着ポートに駐機させた。

『おう護、悪いがやってもらいたいことがある！』

　機体を停止させる間もなく、阿嘉松《あかまつ》が通信を入れてきた。

『そろそろ幾巳《いくみ》やゼロ核《コア》を乗せた救命艇が戻ってくる。協力して浄解してくれ！』

「わかりました！　あ、でもウームヘッドの紗孔羅《さくら》さんを……」

『戦闘終了後に、すぐ医務室へ運ばせる。お前さんは浄解を急いでくれ！　いま機動部隊がガオガイゴーを運んで帰還中なんだ！』

「蛍汰《けいた》さんと火乃紀《ひのき》さんが……わかりました！」

　ベターマンが引き渡してくれたというガオガイゴー。最後に確認された時は、覇界の眷族になっていたという。であるならば、ヘッドダイバーも含めて、急いで浄解しなければならない。羅漢による浄解を知らない阿嘉松の判断はもっともであり、護の脳裏からもこの時、紗孔羅のことは忘れられることとなる。いや、忘れたわけではないのだが、オービットベースに戻ってきた以上、差し迫った脅威はない。その思い込み故に、彼女を覚醒人Ｖ２のウームヘッドに放置することになってしまった。このあと、その判断ミスを、阿嘉松も護も深く後悔することになる。

11

「宇宙ノ摂理ノタメ……マダ戦イヲヤメルワケニハ……イカナイ」

覇界王《はかいおう》キングジェイダーから、トモロ０１１７の声が響く。ソルダートＪとルネが浄解された今もまだ、覇界の眷族として戦い続けているのだ。

全周波数帯で発せられたその声を聴き、救命艇からオービットベースに力なく降り立ったソルダートＪは無力感におのが拳を握りしめた。

「頼む、凱《がい》……。トモロを、我が友を救い出してくれ……」

その苦しそうな声に、ふらつきながらもかたわらに並んでいるルネは、胸をつかれた。初めて会った時、ソール11遊星主に捕らわれていたＪは、束縛からの解放を頼んできた。

あの時はわからなかったが、今ならば理解できる。この誇り高き戦士にとって、他人に物を頼むということは、どれほどの無念さに苛まれる行為であったのか。望むことがあれば、おのが戦いでかなえる——それしか知らない生涯であったはずだ。だが、キングジェイダーが敵になってしまっている今、Ｊジュエルのパワーが万全ではない状態のＪにできることは、祈ることと願うことしかなかった。

「信じるんだ……勇者たちを」

不安や怖れを微塵も感じさせない口調で、ルネは続けた。

「あいつらはこれまで、奇跡を起こし続けてきた。きっと、これからも！」

その言葉は力を持っていた。戦う術を失った戦士の心に、また熱い炎を燃え上がらせる力を。

　タケハヤ部分――すなわち柄だけとなったシルバリオンクラッシャーを投げ捨てた覇界王キングジェイダーが、オービットベースに向かって身構える。全身の装備、反中間子砲、五連メーザー砲、メーザーミサイル、対地レーザー砲、更にはＥＳミサイルやＥＳ爆雷、そしてジェイクオースをも一斉発射しようというのだ。

　シルバリオンクラッシャーがなくとも、トリプルゼロで強化されたそれらの攻撃を食らえば、オービットベースはひとたまりもない。

「プロテクトリフレクサーの再稼働は！」

「あと三〇二秒を必要とシマス！」

　大河《たいが》特務長官の問いに、スワン・ホワイトが答える。

「機動部隊の連中は再出撃できねえのか！」

「む、無理です……みんな損傷がひどくて……」

　阿嘉松《あかまつ》長官の怒鳴り声に答えたのは、初野華《はつのはな》だ。シルバリオンクラッシャーを食い止めたことでダメージを受けた勇者たちは、ガオガイゴーを連れて帰還したばかりだ。修理やメンテナンスをしなければ、とても再出撃などできない。

「となると、いま頼れるのは――」

　大河や阿嘉松がメインスクリーンを見る。そこに映し出されているのは、一機と一体の後ろ姿だった。

いずこから現れたギャレオンを中核とする、最初期型のガオガイガー。凱《がい》はエヴォリュダー能力を駆使して、その各部を最適化していった。三重連太陽系のGクリスタルで調整を受ける前、ブラックボックスが最善とはいえない状態のギャレオンは、機能に制限が多い。そこを凱自らが補って、二〇一七年バージョンにアップデートされたガオーマシンと適合させているのだ。それでも補いきれない部分はある。ステルスガオーⅡはガオガイゴーに使用されているため、高出力のウルテクエンジンを搭載していないステルスガオーしか残っていなかったのだが、この全翼機は大気圏内用なのだ。宇宙空間で使用できないわけではないが、その機動性は著しく低下する。エヴォリュダー能力でなんとかできるものではない。

　覇界王《はかいおう》キングジェイダーに向かうガオガイガー、加速の足りないその機体のかたわらに、ベターマン・カタフラクトが並んだ。

『エヴォリュダー・ガイ、我らの力を貸そう』

「ベターマン・ラミア……覇界王に勝利するためか！」

　頭のなかに流れ込んできたリミピッドチャンネルに、凱は自分の意思を返した。

「頼んだぜ！　たとえお前が天敵だろうと、今この時だけは！」

　凱の意志に、うなずいたかのような、意識の波がさざめく。次の瞬間、ベターマン・カタフラクトが分解された。いや、合体を解いたのだ。フォルテ、オウグ、トゥルバ、アーリマン、ルーメ、ポンドゥス……六体の変身体が、ガオガイガーの全身にまとわりついていく。

『ンー…ペクトフォレース・サンクトゥス！』

　凱が名を知らないベターマンの意思が流れた。続いて、虹色の免疫粒子がベターマン変身体に浴

びせられる。次の瞬間、彼らはガオガイガーの全身に、増強装甲のように張り付いていた。ユカタン半島で新龍神《しんりゅうじん》に合体したように、今度はガオガイガーの新たな力となったのだ。
夢人《ソムニウム》たちを装いし勇者王――その名は夢装《むそう》ガオガイガー※18！

『――往け、勇者の王よ』

「言われなくてもそうするぜ！」

脚部に融合したポンドゥスの重力制御が、不安定だったガオガイガーの軌道に指向性を与える。圧倒的な機動力で、夢装ガオガイガーは、虚空を駆け抜けていった。


そして、実はこの時――密やかな戦いを繰り広げている者もいた。ビッグボルフォッグである。覇界王《はかいおう》キングジェイダーがタケハヤを投げ捨てたとき、彼は傷ついた体でオービットベースを飛び出し、その内部に突入していたのである。

タケハヤ内部でビッグボルフォッグが対峙していたのは、もう一体の最後の眷族――覇界ピギーちゃん※19だった。トリプルゼロによって、戦闘力を異常強化されたメイドロボットとの死闘を、単身繰り広げていたのである。

「……あなたは必ず、私が救い出してみせます！」

「……キングジェイダー、全武装、一斉発射……」

トリプルゼロに浸食されたトモロが、指令を発する。オレンジ色に輝く巨体から、すべての武装が斉射された。エネルギーとミサイルと、そしてジェイクオースが、オービットベースに向かって放たれる。人類防衛の砦も、この攻撃にはひとたまりもないであろう。

　それでもメインオーダールームに詰めている者たちは、誰ひとりとして希望を失わない。みな奇跡を信じて、メインスクリーンを見ている。

「凱《がい》……！」

　オペレーター席の卯《う》都《つ》木《ぎ》命《みこと》が、もっとも愛する者……そして、もっとも頼れる者の名をつぶやいた瞬間、奇跡は起きた。すべての攻撃が命中するかと思われた瞬間、オービットベースの前に高速で突入してくる影！

「プロテクトシェードッ！」

　夢装ガオガイガーが、左腕を前方に突き出してバリアシステムを展開する。次々と着弾した反中間子とメーザーとミサイルは、いずれも軌道を星形に湾曲され、跳ね返されていった。だが、キングジェイダー最大の攻撃であるジェイクオースの突進を止めることはできない。物理的圧力がバリアシステムを弾き飛ばし、夢装ガオガイガーに命中する。

　いや、紙一重で命中はしていない。そして、その一重は紙ではない。ごく薄い細胞層だ。海棲生物のような薄い細胞層が超振動でエネルギーを受け流す。光り輝くベターマン・ルーメがマフラーのように、夢装ガオガイガーの胴体を保護しているのだ。運動エネルギーを減衰されたジェイクオースを、夢装ガオガイガーの右腕がつかむ。それもフォルテの腕部が融合した、究極の剛腕が！

「覇界王！　お返しするぜ‼」

　ジェイクオースをつかんだまま、右の前腕部が高速回転する。

「ブロウクンマグナムッ！」

そして、そのまま撃ち出された！　ジェイクオースをつかんだままの夢装《むそう》ブロウクンマグナムが宇宙空間を駆け、一瞬の後に覇界王《はかいおう》キングジェイダーに直撃！　一緒に飛んだフォルテのパーツが更に前方を突いて威力を高める。それはあたかも強力な巨大スクリューのように機体に風穴を開けた。

「アアアアッ！」

たまらずにトモロが悲鳴をあげる。だが、トリプルゼロの再生力は、そのまま朽ち果てることを許さない。もともとのジェネレイティングアーマーの機能が倍加され、単一構造結晶装甲がみるみるうちに修復されていく。

だが、覇界王が続く第二撃を放とうとした瞬間、敵はすでに眼前に迫っていた。ポンドゥスの重力制御と、翼に融合したトゥルバの暴風で急加速した夢装ガオガイガーが、覇界王の喉元へと肉薄。背部から伸張したアーリマンが、クラッシュウィッパーとなって覇界王の上半身を連打する。

『それそれそれ！』

内部のライが、合いの手のようなリズムを刻む。覇界王キングジェイダーの胸部中央に、物質崩壊点――クランブルポイントが浮かび上がった。

『そこへ打ち込むのだ、エヴォリュダー！』

ラミアの声が凱《がい》に届く。

「わかってるぜ、ベターマン！」

ジェイクオースを手放した夢装ガオガイガーが、両腕を左右に広げる。

「ヘル・アンド・ヘブンッ‼」

右の掌から攻撃エネルギーが、左の掌から防御エネルギーが迸る。だが、それだけではない。

『ンー…この力も使うがよい』

右腕にフォルテが装着されているように、左腕にはオウグの力が宿っていた。夢装ガオガイガーの倍以上にも膨れあがった両腕から、ふたつのエネルギーがあふれ出る。

「ゲム・ギル・ガン・ゴー・グフォ……」

両拳が胸の前で組み合わされ――

「ウィータァァァッ‼」

夢装ガオガイガーが機体ごと突進！　大鎌のようなオウグのサーベルが、ジェネレイティングアーマーを裂きながら、本体の装甲へと肉薄する。そしてついに、両拳を覇界王キングジェイダーの胸の奥へとねじ込ませた！　さらにその指先が探し求めていたものを抉り出す‼

「はあああああっ！」

引き抜かれた両手がつかんでいたのは、ジェイアークメインコンピューター〈トモロ０１１７〉と、ジュエルジェネレーター。頭脳と心臓を失った覇界キングジェイダーの全身から力が抜けていく。

そして、オレンジに輝く巨体の全身にヒビが走っていき――トリプルゼロに浸食されていたジャイアントメカノイドは、体内で次々と誘爆を繰り返し、やがて全身が爆発四散した。

その光景を見守っていたメインオーダールームの面々から、歓喜の声が漏れる。

「それでこそ……勇者だ！」

大河《たいが》幸太郎《こうたろう》のその言葉が、この場所に響いたのも、十年以上ぶりのことだった。

そして、宇宙空間を漂う半壊した紫の機体も、感慨を抱いていた。

（これでまた、ともに戦えるのですね、トモロ０１１７……）

ペンチノン、そしてトモロとは数奇な縁のあるビッグボルフォッグならではの思いである。激闘に傷ついた諜報ロボ――その腕にはしっかりと、最後の眷族から摘出したコアブロックが抱きかかえられていた。


「J……これでまた、みんなそろったな」

「……ああ」

戒道《かいどう》幾巳《いくみ》とソルダートJもうなずきあう。もともとアルマとソルダート戦士とジェイアークは、三者で一組の存在だった。だが、赤の星が壊滅したあの日、ほとんどの戦士たちは斃れていき、地球で出逢った彼らは新たな一組となったのだ。それは偶然にすぎなかったのかもしれない。だが、今となってはそれこそが、おのが運命であったと思える。そう思えるだけの、固い絆を彼らはともに感じていた。長い間、散り散りになっていた赤の星の仲間が、ようやくここに、またひとつになる日が訪れたのだ。

キングジェイダーは爆散したが、また復活する日も来るであろう。アルマとラティオの浄解を受ければ、友《トモロ》は戦士に戻り、機体の再生も可能となるはずだ。不死鳥は決して、燃えつきることはない。幾度でも幾度でも、炎の中から蘇るのだから――

そんな戦士たちを見つめるルネに、隣から声がかけられる。

「おやおや、君がそんな温かい目で、他人を見るほどに成長していたとはね」

音声を発した機体を横目で見上げ、ルネは怪訝な表情を向ける。

「……誰だい、あんた？」

「おいおい、ルネ！　まさか記憶障害かい？　パートナーを忘れてしまったのか⁉」

「ああ、なんだ、ポルコートか」

皮肉や意地悪ではない。本当に気づいていなかったのだ。無理もないといえば、無理もない。三身一体によりビッグポルコートとなったその機体と言葉を交わすのは、初めてだったのだから。

十年前にルネとＧＧＧ《スリージー》が旅立った時、ポルコートはＧＳライドも変形機能も失った、ただの特捜車だったのだ。その後、ふたたびＧＳライドを得て、ガンマシンと合体することができるようになったのだが、それらの事情をルネは知る由もなかった。

「ひどい……姿に見覚えがなくたって、声で気づくとか、魂のつながりとか……」

「あんた、魂ないだろーが」

「そんなことはないぞ、ルネ！　僕にだって英国紳士の誇りと魂が……」

「あー、うるさい。また犬の糞踏んづけてから乗るよ！」

悪態をつきつつも、ルネは楽しそうだった。かつて、シャッセールの捜査官として活動していた頃は、こんな会話を繰り返すのが日常だった。途方もない時間と空間を超える旅を経て、ようやく獅子の女王《リオン・レーヌ》もまた、戻るべきところへ帰還したのだった。

そんなやりとりのかたわら、デッキの一角ではささやかな、だが重大な事件が起こっていた。駐機状態で放置されている覚醒人《かくせいじん》V2《ブイツー》のウームヘッドには、いまだ昏睡状態の紗孔羅《さくら》が取り残されている。そこに小柄な影が近づいていた。

『……ずいぶん待たされたけど、ようやく彼らも帰ってきたようだね』

リミピッドチャンネルで紗孔羅に語りかけたのはベターマン。伝説のソムニウム、デウスである。もちろん返事を期待してのことではない。

『この時がくるのを待ちわびたよ』

二〇〇五年に取り残され、テンプスの実を奪われたデウスは、時の流れを渡ってこの二〇一七年のオービットベースへ現れたわけではない。十二年もの間、雌伏を続けていたのだ。そうしてカタフラクトが出現するこの日、この時にやってきたのである。

『ラミアくん、君たちはボクが指摘した決戦の刻《とき》を二度までも乗り越えた。でも三度目はそういかない……ボクがもっと、君たちに試練を与えてあげよう』

額に十字光を瞬かせつつ、少年のように見えるソムニウムは、紗孔羅に手を伸ばした。


――ガオガイガーから分離したソムニウム変身体たちは、繊維質の塊となって、砂のように崩れ去っていった。その中からは、ヒトの姿をしたソムニウムたちが現れる。しかし、真空中に平然と身をさらす彼らが、人間であろうはずがない。ヒトとは異なる霊長類――ベターマン。

彼らと同じく、真空中にも耐えられるエヴォリュダーが、ガオガイガーからフュージョンアウトしてくる。凱《がい》とラミアは、宇宙空間において、二度目の対面を果たした。

「……また、助けられたな。ベターマン・ラミア」

『覇界王《はかいおう》を斃すのに、利用しただけだ――エヴォリュダー・ガイ』

リミピッドチャンネルでの対話は、言葉ではなく意思を交わす。それが嘘偽りなど含まない、真実であることが凱にも理解できた。

「……」

凱は振り向き、背後のガオガイガーを見る。いや、ギャレオンの頭部だ。

「お前たちは……時間を超えることができるのか」

すでに凱は理解していた。これは、覇界王の一部として、ワームホールの彼方へ消えた鋼鉄の獅子ではない。二〇〇五年の過去から、ベターマン・カタフラクトが連れてきたギャレオンなのだ。

「だが、あの時そんなことは起きていない。ギャレオンがどこかへ持ち去られたなんて……」

『左様、この機械仕掛けの獅子は、その役目のすべてが終わった後、拙者たちがまた、過ぎたる時の同じ場所に戻すことになります。貴殿の記憶には、残らないのも道理』

ラミアに代わって、ライが答える。その説明は、凱にも納得できるものだった。

「……そうか、つまりギャレオンを戻すことができないと、タイムパラドックスが起きるというわけか」

『然り！　努々《ゆめゆめ》傷つけたりはしないよう、お気を付けめされよ』

道化た仕草で両手を広げるライの背後で、空間が歪む。彼らが〝ソキウスの門〟と呼ぶ超空間ゲートだ。次々とゲートの彼方へ消えていくベターマンたちに、凱はこれ以上、問いかけようとはしなかった。彼らは常に伝えたいことだけ伝えて、質問に答えたりはしない。もっとも知りたいことはわかった、今はそれで充分だ。

（まだ、戦いは終わりじゃない――）

ソムニウムは断言していた。〝すべてが終わった後〟、と。覇界《はかい》の眷族にされていた勇者たちとGGG《スリージー》隊員たち、彼らを全員取り戻しても、まだ終わりではないのだ。

この先に待ち受けているのが何者であるのか――それもまた、凱《がい》は悟っていた。

（俺はまた戦うことになるのか――覇界王ジェネシックと……）

衛星軌道上の宇宙空間。獅子王《ししおう》凱はガオガイガーとともに、地球光に照らし出されている。来たるべき最後の戦いの予感に、その身を震わせながら――

number.09　輪－RING－　西暦二〇一七年

1

『……久しぶりだね、滋《しげる》』

「ア、アンジェリカ……」

『本名で呼ばれるのは、ずいぶん久しぶりだよ。普段はドクトル・アーで通してるからね』

　GGGオービットベースの長官室には、個人用通信端末が存在する。限られた通信量を全体でシェアしなければならない宇宙基地において、一部の者にしか与えられていない特権だ。もっとも、阿《あ》嘉松《かまつ》GGGブルー長官がそれを行使することは、滅多にない。肉親も親しい仲間も、ほとんどがオービットベースに勤務しているからだ。

　そんな彼が珍しく、個人用通信を受けた。アンジェリカ・アネモネ・阿嘉松※20——別居中の妻からの連絡である。もっとも、彼女はGGGドイツ科研に勤務する科学者であり、この通信も公務と言えないこともない。だが、この日の会話は純然たる夫婦の——いや、父と母の対話だった。

「すまねぇッ！　紗孔羅《さくら》のヤツ、まだ見つからねぇんだ！　必死で探してるんだが……俺は、俺は……」

　覇界王《はかいおう》キングジェイダーとの決戦から、すでに三日が経過している。それはGGGブルーとGGGグリーンの総力を結集した一大作戦であり、薄氷を踏むようにして得た勝利だった。だから誰も気づかなかったのだ。離発着デッキの片隅に駐機している覚醒人Ｖ２《かくせいじんブイツー》のウームヘッドから、阿嘉松《あかまつ》とアンジェリカの娘である紗孔羅《さくら》の姿が、いつの間にか消えていたことに……。

「全隊員の個室も含めて、探せる場所はすべて探した。だが、どこにもいねえんだ……まるで神隠しみてえに、消えちまった……」

　阿嘉松が途方に暮れるのも無理もない。オービットベースは重力制御された宇宙基地である。人間ひとり分の質量を隠し通せるものではない。唯一あり得る可能性は、すでに基地の外に連れ出されたというものだ。もしも事故によって、宇宙空間に放り出されてしまったのだとしたら……阿嘉松の胸は狂おしいほどに痛んだ。

「俺が……俺が側にいてやったのに……なのに……」

『自分を責めないでほしい。私の分まであの子に寄り添っていてくれたのは、他でもない君なのだから』

「そっちこそ、自分を責めてないか？　紗孔羅の面倒を見てやれなかったのは、お前さんのせいじゃないのに……」

　かつて、阿嘉松が小さな有限会社を営んでいた頃、アンジェリカは紗孔羅とともにドイツで暮らしていた。阿嘉松の夢と自分の研究、どちらもかなえるための選択だったのだが、経済的に苦労していた当時の阿嘉松にしてみれば、捨てられたとしか思えなかった。そして、悲劇が訪れる。アンジェリカの両手両脚が交通事故で失われたのである。日常生活も不自由になった彼女から、阿嘉松は紗孔羅を引き取った。

　だが、母としてのアンジェリカ以上に、研究者としてのドクトル・アーは不屈だった。もともと彼女はロボットアームの優秀な開発者であり、その技術はかつての凱《がい》のサイボーグ・ボディや、勇者ロボたちの四肢に使われている。自らの義手義足を開発したドクトル・アーは、自分と同じような境遇の人々を救うため、勇者ロボの性能を向上させるため、さらに研究に没頭するようになった。紗孔羅本人も母の想いを理解して、通信で時折話すだけの関係に納得していた——納得しているように見えた。

『……人の気持ちがずいぶんわかるようになったんだね、滋《しげる》。私も嬉しいよ』

「よせやい、あの頃のガキじゃねえんだ。もういい歳した中年オヤジだし、GGG《スリージー》の長官様なんだぜ」

『……私にとってはいつまでも、あの頃の可愛い少年のままだよ、君は』

ドクトル・アーの瞳に映っているのは、二十歳の時に出逢った、恩師の甥っ子である十四歳の少年の姿であるようだった……。

2

「……ういーっす」

そんな挨拶だか、唸り声だかわからない声をあげつつ、GGGブルー長官がメインオーダールームに入ってきた。当直のスタッフたちが目を丸くして、阿嘉松を見つめる。

「長官！」

「もう復帰するんすか⁉」

初野華《はつのはな》と牛山末男《うしやますえお》が思わず……といった声をあげたのも無理はない。覇界王《はかいおう》キングジェイダーとの決戦の事後処理を終えた後、紗孔羅の行方不明を知って、自ら休息を申請していたのだ。一週間程度は任務どころではないだろうとみな思っていたのに、わずか二十四時間でこの場に姿を現したのだから。祖国に妻子がいる楊龍里《ヤン・ロンリー》も、声を詰まらせながら話しかける。

「その……もう大丈夫なのか？　もう少し落ち着いてからでも……」

「何ふぬけたこと言ってやがる！」

　いつもの楊らしからぬ気遣いに対して、阿嘉松《あかまつ》は一喝した。

「俺たちの仕事はなぁ！　親を失う子や、子を失う親を出さねえためのものなんだ。いつまでも休んじゃいられねえよ！」

　この時、阿嘉松の目の端には、光るものが浮かんでいた。だが、それを指摘する者はさすがにいない。

「ふむ……立派になったもんだのう」

「ほんと、このジジイの息子とは思えないね」

「クソ親父！　ルネ！」

　この場にいると思っていなかった実父と異母妹の言葉に、阿嘉松の声が裏返る。

「……態度は立派になっても、口の悪さは相変わらずだがなぁ」

　自分が感情的になっていたところを見られて、阿嘉松の顔がわずかに朱に染まった。もっとも、長年のつきあいである山《やま》じいでも気づかないであろう、微々たる変化でしかなかったのだが。

「いま、おふたりから覇界《はかい》の眷族であった頃のことを、聞かせていただいていたのだ。幸いというには苦すぎるが、記憶の連続性は保たれているようなのでな」

楊は、獅子王《ししおう》雷牙《らいが》とルネ・カーディフ・獅子王が、このメインオーダールームにいた事情について説明した。

普段ならどれだけ悪癖を指摘されても悪びれることなどない不良老人が、心底情けなさそうにため息をつく。

「まったく、僕ちゃんがこの手で人類を滅ぼそうとしてたなんて、情けなくて涙が出てくるわい」

「私もさ……けど、落ち込んでるくらいなら、やるべきことをやった方がマシだからね。後悔も罪滅ぼしもその後でいい」

「へっ、クソ親父の娘とは思えない、いい心がけだぜ」

いまだ罪の意識に苛まれている雷牙と違って、ルネの方はすでに立ち直っているようだ。気っ風のいい妹の言葉に、阿嘉松が顔をほころばせる。ルネの方もまた、阿嘉松に向かってニッと笑みを見せる。

「こら！　まったくお前たちは兄妹そろって、親をないがしろにしおって、ムキー！」

一瞬前まで落ち込んでいたはずの父親が、息子と娘の前で地団駄を踏む。そんな光景を見て、アルエットがつぶやいた。

「性格は親子兄妹似たりよったりね。容姿は似てなくて幸いだけど」

「……アルエットちゃん、正直すぎだよぉ」

隣席にいた華があわてる。つぶやきにしては声が大きすぎたかもしれない。もっとも、評されたうちのひとりは、気にも留めていないようだ。

「別にいいさ。フランス娘はウソがつけないのが美点だからね」

「そうそう」

ルネとアルエットが笑い合う。実のところ、このふたりにも同国人であるという以上の縁がある。

「……にしても驚いたよ、あの時のチビがこんな大きくなって、私のオペレーターやってくれるとはね」

ルネのその台詞に阿嘉松《あかまつ》も興味をそそられる。

「お、そういえばアルエットは小さい頃、ルネと一緒に捜査したことがあったらしいな」

「ええ、バイオネットにさらわれた命《みこと》を取り戻すために」

それはアルエットが、まだ五歳の天才児としてＧＧＧ《スリージー》に協力していた時の話だ。ガオファイガー用に開発された新型ガオーマシンがバイオネットに奪われ、命が掠われるという事件が起きたのだ。アルエットとルネはその捜査の過程で、一時期行動をともにしたのだった。

「それ以来のコンビ復活ってわけだ。……ん？　オペレーションたあ、なんの話だ？」

阿嘉松が疑問に思うのも無理はない。それは大河《たいが》特務長官によってつい先刻、承認されたばかりの決定事項だったのだから。

「ＧＧＧグリーン長官が、ベターマンからもたらされたガオガイガーにフュージョンすることになったので、ガオファイガーの機体が余る。そこでルネくんに任せることになったのだ」

楊《ヤン》の説明に、阿嘉松が目を丸くする。

「な、なんだとぉ！　お前さんもファイナルフュージョンできんのか？」

「できるできないじゃなくて、やらなきゃならないのさ」

言い切るルネの言葉に、雷牙《らいが》が捕足を加える。

「まあ、僕ちゃんが作ったＧストーンのサイボーグ・ボディなんだから、不思議ではないだろう」

「昔の凱《がい》に比べたら生身の部分が多い[※21]んだけどね。そこんとこはジジイとアルエットが調整してくれるそうだよ」

ルネのこの言葉には、阿嘉松も納得する。

「むうう、ガオファイガーのハードとソフトの開発者がそろったんだから、そういうこともできるのか……」

一瞬といえど、愛娘が行方不明になった悲しみを忘れられたのかもしれない。数日ぶりに阿嘉松は、いつもの豪放磊落な笑顔を浮かべた。

「するってーとあれか？　ＧＧＧはガオガイゴー、ガオファイガー、ガオガイガー、三体の勇者王を運用できるってわけだ。こいつはすげえな！」

阿嘉松は無邪気に喜んだものの、実のところ、ベターマンがもたらした初代ガオガイガーを扱うことについては、慎重論も存在した。

凱を敵視するベターマンによる、なんらかの罠ではないかという声も、そのひとつだ。だが、それには凱当人が反論した。

「あの時、俺はベターマン・ラミアの意思を受け取った。覇界王《はかいおう》に打ち勝つため、すべての力を結集する——あいつのその意思に、嘘偽りはない。俺にはわかる」

そして、様々な解析データから、このギャレオンが二〇〇五年四月十一日から運ばれてきたことが確定した。ガオガイガーが初出撃、ＥＩ－02と戦った、まさにその日である。原種大戦の間、ガオガイガーは見た目が変わらずとも幾度ものバージョンアップや改修を経ている。最初期型の機体で戦えるのかという疑問もあった。

「まったく問題はない！　最初期型といってもガオーマシンの内部メカは二〇一七年バージョンの最新モデルを使うんだから、むしろ圧倒的に性能は向上しとるよ、うん」

そう言って太鼓判を押したのは、獅子王雷牙《ししおうらいが》である。ガオファイガーとは異なり、ガオガイガーを開発したのは、獅子王麗雄《れお》だ。亡き弟の手による初代ガオーマシンの先進的な開発思想や拡張性を、もっとも正確に評価しているのが、雷牙だった。

そして、このギャレオンは三重連太陽系のＧクリスタルで再調整される前の状態である。二〇〇三年のＥＩ－01との交戦によって内部ブラックボックスに損傷を受けたが、素粒子Ｚ０《ゼットゼロ》を放つゾンダリアンに近いと言えるトリプルゼロの特性に対しては、その機能を充分に発揮できるといって過言ではない。さらに、それを補って余りある凱《がい》のエヴォリュダー能力がある。フュージョンすると同時に、凱がおのれの神経系をブラックボックスに接続、補完することで二〇〇五年当時より遥かに、ギャレオンの能力を引き出すことが可能だと推測されている。

しかし、初代ガオガイガーを運用する上で、最大の問題点――あるいは危険性は、別のところに存在した。

ビッグオーダールームから続く整備ブロックで、ひとりの整備部員が同じ制服を着た、容姿のよく似た隊員に報告する。

「……兄《あん》ちゃん、ギャレオンの整備終わったぜ」

「ああ、いまチェックしてる」

報告した方は牛山《うしやま》末男《すえお》、報告された方は牛山一男《かずお》。四兄弟の末弟と長兄であり、似ているのも当然だ。本来なら十歳以上の年齢差があるのだが、一男が年齢そのままに十年後の太陽系に帰還したことによって、見た目は完全に同年代になっていた。

「……うん、完璧じゃないか。ずいぶん成長したんだな、末男」

一男が細い目をさらに細めて、弟をほめる。

「へへ、今の一男兄ちゃんと同い年になる頃には追い抜いてみせるからな！」

「どうやら口だけじゃなさそうだな」

同じGGG《スリージー》整備部員となった牛山次男《つぐお》と末男にとって、一男は憧れの先輩でもあり、雲の上のような存在だった。しかし、今の末男には、背伸びすれば手が届きそうにも思える。

「そういやギャレオンのことなんだけどさ……」

「なにか気になるのか？」

「まあ、俺らからしたら、十年以上前の状態だからな。ブラックボックスの内部とか調整してみたらどうかと思うんだけどさ」

「……絶対ダメだ」

いつも温厚な一男らしからぬ強い口調で、否定された。

「やっぱりか〜〜。うかつなことしたら、歴史が変わっちゃうもんな」

誘惑を感じてはいるが、もちろん末男《すえお》も理解してはいるのだ。このギャレオンを運用する上で最大の問題点――あるいは危険性は、歴史が変わってしまいかねないということだ。

ベターマンたちは約束した。覇界王《はかいおう》との戦いが終わった後、ギャレオンを元の時代に戻すと。うかつに手を加えてしまえば、歴史にどのような影響が出るのか、誰にもわからない。

ギャレオンを決して傷つけない。たとえ不具合があろうと、手を加えない。それがＧＧＧ《スリージー》がくだした結論だった。そして、牛山一男《うしやまかずお》には、さらにもうひとつ理由が存在した。

「このギャレオンはたしかに問題もある。でもな、こいつと試行錯誤するのは、十年前の兄《あん》ちゃんたちの特権なんだ。今の時代の人間が手を出しちゃいけない」

一男は過ぎ去った日々を懐かしむようにつぶやいた。

「兄ちゃんたち自身だってな……」


――ＧＧＧのスタッフがこうして様々な準備を進めているのは、覇界の眷族との戦いが終わったわけではないと認識しているからだ。たしかに旧ＧＧＧの隊員たちと勇者ロボたちは、全員を取り戻すことに成功した。

だが、いまだ取り戻すことのできていない存在がある。


ジェネシック・ガオガイガー。

ソール11遊星主との戦いのなか甦った、三重連太陽系の大いなる遺産。その中核となるギャレオンもろとも、ジェネシックは覇界王となり、木星でGGGと交戦した。ベターマンの力も借りて奮戦したGGGだが、覇界王ジェネシックを倒せたわけでも、取り戻せたわけでもない。ワームホールの彼方へ封じ込めるのが精一杯だったのだ。

トリプルゼロの特性を考えれば、再生した覇界王ジェネシックがまた現れる可能性を否定することはできない。いや、その日は近いとベターマンたちは考えているようだ。であるならば、それに備えることがGGGの任務である。首脳部も全隊員も、その準備に余念がなかった。

もっとも、再戦が明日のことであるのか、数か月後になるのか、ひょっとしたら後の時代の人々が遭遇する試練になるのか、それは誰にもわからない。

そんな状況下で、GGGは戦いの準備に優先順位をつけざるを得なかった。最優先となるのは、ガオガイゴー、ガオファイガー、ガオガイガーの三勇者王が、全力を発揮できるよう整備することだ。覇界王キングジェイダーとの死闘で著しく傷ついた勇者ロボたちの修復には、どうしても時間がかかる。後回しにするしかないのが、現実だった。

数少ない希望としては、ジェイアークの存在がある。強力な自己修復機能を持つ超弩級戦艦は、必要となる物資の調達以外はGGGの手を借りることなく、航行可能な機能を回復した。浄解されたソルダートJはアルマのためか、覇界王と戦う意志を固めている。ガオガイガー、ガオファイガー、ガオガイゴーとともに、頼もしい力となってくれるだろう。

整備部や研究部が不眠不休の作業を続けている間、機動部隊にはまた別の義務が存在した。次なる戦いに備えて、心身を休ませることだ。

その日、機動部隊オペレーターである卯都木《うつぎ》命《みこと》は短めの勤務時間を終えて、私室に戻ってきたのだが、そこに来訪者があった。

「……すみません、個室まで来ちゃって」

事前の約束を経て、命の部屋を訪れたのは、同じ機動部隊オペレーターである初野華《はつのはな》だった。新体制の機動部隊では、命がガオガイガー、華がガオガイゴー、この場にはいないアルエットがガオファイガーのオペレートを担当することになっている。

「気にしなくていいのよ。私も華ちゃんとはいろいろ話したかったから」

「あ、私も聞きたいことがあったんです！　機動部隊オペレーターの心得とか、プログラムドライブの拳の角度とか……私、すぐ手首痛くなっちゃうんですぅ」

「ああ、あれは気をつけないと腱鞘炎になっちゃうよね」

「アルエットちゃんとふたりで、命さんの記録映像観て研究したんですよ」

華は身を乗り出して熱く語った。

「どうしたら手首傷めないで、華麗に美しくプログラムドライブできるかって……」

その結論が、華の両手ドライブであり、アルエットの回転ドライブだ。

「やだ、そんな映像残ってたの⁉」

命の勤務風景はかつて、テレビ番組で密着取材されたこともある。[※22]記録映像が残っていても不思議ではない。もっとも命本人にとっては、後輩たちがそれを参考にしていたなどと聞かされるのは、恥ずかしいような、くすぐったいような気分だった。とはいえ、不快なわけではない。

「でも嬉しいな……華ちゃんだけでなくて、アルエットもＧＧＧ《スリージー》の後輩になってくれるなんて……。

いつかこういう日が来るかもとは思ってたけど、こんなあっという間に実現しちゃうなんて」

「私たちにとっては、あっという間じゃなかったんですよぉ」

「あ、そっか。そうだよね！」

ナチュラルに気づかずにいた命は、自分の拳で自分の頭を小突いた。先輩ながら、そんな姿が愛らしくて、華は笑みを浮かべた。

「ようし、こうなったら今日はとっておきのプログラムドライブや、セーフティデバイスリリーブやイミッション教えてあげるからね！」

「はい、コーチ！」

華は嬉しさのあまりに、ついそう答えてしまった。実のところ、心のなかには嬉しさだけではない、不安の塊が存在しているのだが……。

（ああ、今日も聞けなかった……本当はあの話を聞きたかったのに……。命さんが、機界新種になってしまった時の話を……）

3

彩火乃紀《さいひのき》はとある連絡を受けて、医務室へやってきていた。シルバリオンクラッシャーの中から回収された、二十七個目のゼロ核《コア》。つまり、旧ＧＧＧ最後の、そして、地球を出発した時の名簿には記載のない謎の帰還者。その人物は浄解され、療養していたのだが、意識を回復したと連絡を受けたのである。

（すごく似てる……）

ベッドの上で半身を起こしている男性の横顔を見て、火乃紀《ひのき》が抱いた感想である。その人物の名は、鷺《さぎ》の宮隆《みやたかし》。数か月前、アルジャーノンを発症して、オービットベースに多大な被害をもたらした鷺の宮・ポーヴル・カムイの実兄である。日仏ハーフであったカムイの髪は栗色だったが、両親ともに日本人である隆の髪色は漆黒だ。ふたりの外見上の違いといえば、その程度であった。

「あの、鷺の宮隊員……ですよね」

『君は……彩《さい》火乃紀くん、だね』

なぜ自分の名を知っているのか……そう訊ねようとして、火乃紀はもっと驚くべきことに気づいた。いま鷺の宮は、口を開いていなかった。その意思が、火乃紀の脳内に響いてきたのだ。

『驚かせてすまない……』

そう意思を発した鷺の宮の額には、十字光が瞬いている。その意味するところは、明白だ。少なくとも火乃紀にとっては。

『そう、僕は木星決戦の時に言葉を失った。代わりに得たんだ……リミピッドチャンネル能力を――』

自分の身に起きたこれまでの経緯を、鷺の宮は説明した。今から十二年前、二〇〇五年の十二月。当時のGGG《スリージー》は木星において、機界31原種との最終決戦に臨んでいた。その激戦のさなか、百式司令部多次元艦〈スサノオ〉が轟沈した。諜報部隊員としてスサノオに乗り込んでいた鷺の宮は、そのまま宇宙空間を漂流することになってしまったのだ。

　宇宙服を着用していたため、真空空間で即死することはなかった。だが、酸素残量には限りがある。激戦のさなかにあるＧＧＧが、救助に来てくれる見込みは少ない。

（僕の生命も、あと数時間か……）

　鷺の宮は死を覚悟した。目を閉じて、静かに時を待つ。だが、奇跡が起きた。鷺の宮隆は、〝別のなにか〟に変貌して、生き延びたのである――

『その時の僕は、自分自身に何が起きたのか理解できなかった。だけど、今ならわかる。僕は濃密なザ・パワーの滞留に呑み込まれたんだ』

「濃密なザ・パワーって、それはつまり……」

『そう、オウス・オーバー・オメガ……トリプルゼロだ。僕はあの時点で、覇界《はかい》の眷族になってしまったんだ……』

　覇界の眷族になったといっても、倫理観が変質するだけで、肉体的には別物に変貌するわけではない。だが、ゼロ核《コア》という状態になることだけはできる。鷺の宮はこうしてゼロ核となり、仮死状態で宇宙を漂流した。

　彼にとって幸いだったのは、それから一年半後、ギャレオリア彗星の軌道とすぐ近くを交錯したことだ。折しも、そこへ反乱者として三重連太陽系を目指すＧＧＧのディビジョン艦隊がやってきた。そして艦隊は、ギャレオリア彗星という次元ゲートに突入する直前、ＧＧＧの識別信号を発しているゼロ核を回収したのだった。

「じゃあ、鷺の宮隊員はその時すでに……」

『そう、僕は意識のないゼロ核《コア》のまま、ＧＧＧ《スリージー》の仲間たちと一緒に、レプリジン・地球に行くことになったんだ……』

　本来なら、ＧＧＧは回収したゼロ核を徹底的に調査しただろう。だが、この時の彼らの眼前にはレプリジン・地球という膨大な調査対象が存在した。しかも、その直後にＧＧＧ隊員たちは、ソール11遊星主による神経攻撃に冒されてしまった。鷺《さぎ》の宮《みや》のゼロ核は、最撃《さいげき》多《た》元燃導艦《げんねんどうかん》〈タケハヤ〉の一角に放置されることになってしまったのである。

『その後、ソール11遊星主との決戦を経て、オレンジサイトで……僕は途方もない罪を犯してしまうことになる……ＧＧＧの仲間たちに対して。いや、全人類に対して……』

　数奇な、あまりにも数奇すぎる運命を強いられてしまった男の目に、大粒の涙が浮かんだ。

「途方もない罪……なんです、それは？」

　火乃紀《ひのき》は震える声で訊ねた。知りたくはない、だが知らねばならない。そんな内心の葛藤が、声に出てしまっている。

『僕は、ゼロ核から人間の姿に戻っていた。いつからその姿だったかハッキリしないが、トリプルゼロに浸食された自分の心が、そうしろと命じていたから。そして、ジェイアークとＧＧＧがオレンジサイトにたどり着いた時、僕は無意識のうちに、クシナダのハッチを開放したんだ』

「‼」

『あの時、乗り込んでいたＧＧＧ隊員はみな宇宙服を着ていたので、空気の流出による被害はなかった。だが、船内には濃密なトリプルゼロが侵入してきた……』

「じゃあ、彼らが覇界《はかい》の眷族となってしまったのは……」

『そう、僕の罪だ……』

火乃紀は震えた。ここ数か月の旧ＧＧＧ隊員たちとの苦闘、それが目の前の人物が発端だったというのか？　もちろん、たとえ鷺の宮の行為がなくとも、いずれはトリプルゼロに浸食されてしまった可能性は高い。だが、もしかしたら、その行為がなければ、彼らは浸食に耐えたまま、太陽系へのトリプルゼロ流出を防ぎきり、帰還の途につくことができたかもしれないのだ。

『その後、僕は何くわぬ顔で大河《たいが》長官の指揮下に入り、覇界の眷族として活動した。カムイに連絡をとったのも、その一環だ。オービットベースを内部からかく乱するために……』

火乃紀は目眩がするような感覚に襲われた。旧ＧＧＧ隊員だけでなく、実弟であるカムイもこの男のために道を誤ったというのだろうか。だが……。

「鷺の宮隊員、自分を責めないでください」

『なぜだい？　僕はそれだけのことをしたというのに……』

「あなたの行為はすべて、トリプルゼロに浸食された結果です。覇界の眷族であった間の、自分の行為に苦しんでいるのは、みな同じなんです」

火乃紀の言うとおりだった。最初の帰還者であるスタリオン・ホワイトが激しく苦しみ、その罪悪感を乗り越えていく過程を、ＧＧＧブルーの隊員たちは見た。そして今では、その苦しみを分かち合うようになっている。目の前にいる鷺の宮も同じなのだ。

「それにカムイさんがああなったのは、アルジャーノンを発症したせいでもあります。たとえお兄さんが生きていて、計画への協力を求めてきたとしても……アルジャーノンさえなければ、従ったはずがありません」

アルジャーノンを発症する前、気さくな好青年だった頃のカムイを思い出しながら、火乃紀《ひのき》は告げた。

『ありがとう、彩《さい》火乃紀隊員……』

そう意思を発した鷺《さぎ》の宮《みや》が、いきなり咳き込み始めた。まだ回復しきっていない体に、無理をさせてしまったようだ。火乃紀は医療部スタッフを呼び出しながら、鷺の宮を横にならせた。

「休んでください、鷺の宮隊員。またお話をうかがいに来ます」

苦しそうに咳き込みながら、鷺の宮はうなずいた。やってきた医療部スタッフに後を任せて、火乃紀は病室を後にする。そんな彼女の脳内に、鎮静剤で眠りにつく寸前の、鷺の宮の意思が届いた。

『君の名前は、カムイから聞いたんだ。弟は、君に長いつきあいの恋人がいると知っていたけど、とても大切な存在と想っていたよ……』

涙は流れない。代わりに怒りがあった。それは宿敵への怒りだ。いま、ＧＧＧ《スリージー》が最優先で対処しなければならないのは、覇界王《はかいおう》である。だが、火乃紀にとってはアルジャーノンこそが、最大の宿敵だった。十年をかけて生体医工学者となり、撲滅を誓った宿敵。その想いが、火乃紀の心中にあらためて深く刻まれたのだった。

4

——ふたつのグラスが軽くぶつかりあって、琥珀色の液体に浮かぶ氷とともに、軽やかな音をたてた。場所はオービットベース内の酒保、乾杯したふたりは、獅子王凱《ししおうがい》と天海護《あまみまもる》である。

「まさか、護とふたりで酒を飲める日がくるとはな……」

「僕はこれでも……あ、もう二十一だった」

「二十一歳？　もしかして俺たち……同い年なのか？」

　獅子王凱の年齢を特定するのは、容易ではない。戸籍上は一九八五年生まれの凱は、二〇一七年現在、三十二歳ということになる。だが、三重連太陽系に旅立った後、本人の主観時間はほとんど経過しないまま、九年後の地球に帰還することになった。それに加えて、もうひとつ興味深い事実がある。凱は十八歳の時にサイボーグとなり、三年近くの後にエヴォリュダーとなった。その時の凱の肉体は、十八歳の時の遺伝情報をもとに再構成されたとも言える。そうした条件を加味して、現在の肉体年齢を測定したところ、二十一歳という結果が出ていたのだった。

「うわっはー！　凱兄ちゃんが僕と同い年だなんて！」

「おいおい、同い年の相手に〝兄ちゃん〟はないだろう。〝凱〟でいいんだぜ」

「嫌だよぉ！　いつまで経っても、凱兄ちゃんは凱兄ちゃんなんだから！」

　普段の護は、二十一歳の青年として、年相応の言動をとっている。だが凱の帰還以来、ふたりきりになると子供時代の口調に戻る瞬間もあった。護が自分と同年代であることに慣れつつある凱にとっても、それは昔を思い出して心安らぐ瞬間だった。

「それにしても不思議なもんだな。昔はGアイランドで、並んで牛丼食べたりしてたのに」

「そうだね……あの海辺で食べた牛丼[※23]、最高に美味しかった！」

　それは凱がエヴォリュダーとなった直後、護が宇宙へ旅立つ直前の思い出だ。サイボーグ・ボディの頃も、食事をする機能はあった。だがそれは、味覚を楽しませるという娯楽であって、食物を正しく摂取しているわけではない。エヴォリュダーの肉体となって、ようやく牛丼を本当の意味で味わえるようになったのだ。

それから時が流れ、ふたりでアルコールを飲む日が来るとは……。しかし、凱《がい》と護《まもる》はふたりとも、ウイスキーグラスを傾けながら、内心で後悔していた。

（しまった、最初はビールにすべきだったか。バースペースなんかに通されたから、つい……）と、凱。

（うええ、苦い……つい『同じ物を』って言っちゃったけど、甘いカクテルとかにすればよかった……）と、護。

実は凱も護も酒に強い方ではない。凱は十八歳の時にサイボーグとなり、エヴォリュダーとなって以後も、ゆっくり酔う時間など持てなかった。護も同じように機動部隊隊長の任務があったのに加えて、超甘党だったという事情がある（養父の食生活に影響された面が強い）。

現在は、覇界《はかい》の眷族をすべて浄解したため、ゼロロボの出現も停止した。勇者ロボたちの修理には時間がかかっているが、ガオガイゴーの予備要員である蛍汰《けいた》と火乃紀《ひのき》、ガオファイガーのルネ、そして（もうじき復活するであろう）キングジェイダーのソルダートJといった頼もしい仲間たちがいる。凱と護、戒道《かいどう》たちの肩に、すべての責任がかかってくるような状況ではなくなった。そのため、覇界王ジェネシックとの決戦が控えているとはいえ、こんな時間を持つ余裕ができたのである。それ故の、ささやかなふたりだけでの酒宴だった。

実のところ、護はともかく、凱の方にはエヴォリュダー能力がある。泥酔したところで、自分の意志で体内機能を制御して、瞬時にアルコールを分解することが可能だ。しかし、必要に迫られない限り、その能力を使うつもりはない。

（強い酒でつぶれるのも、翌日の二日酔いで苦しむのも、俺が人である証しだから……）

　とはいえ、凱も護もふたりとも、必死に考えていた。強い酒を旨そうに飲むふりをしながら、二杯目はどうやって飲みやすい一杯に乗り換えるかを……。

　そうして無事、飲みやすいカクテルに切り替えたふたりであったが、やはり一杯目でまわったアルコールは効いていたようだ。話題はお互いのパートナーである、卯都木《うつぎ》命《みこと》と初野華《はつのはな》の事になっていった。凱はエヴォリュダーとして、護は異星人として、互いに伴侶を持つことには、人には言えない悩みがある。それを理解しているGGG《スリージー》の仲間たちも、無神経にその話をしてくる者はいない。

　だが、アルコールの力に加えて、ともに近しい悩みを抱えているからだろう。凱と護は、素直に自分の結婚について、口にすることができた。先日の命とかわした会話の内容を、「みんなには内緒だぞ」と前置きして、凱は語った。

「うわっはー！　じゃあ凱兄ちゃん、覇界王との戦いが終わったら、命姉ちゃんと結婚式挙げるんだね？」

「護たちはどうするんだ、まだ籍は入れてないんだろ？　二度目の結婚式もいいんじゃないか」

　一度目の相手ももちろん、同じ華である。原種大戦の後、護が宇宙へ旅立つ寸前、星の見える丘で挙げた式だ。心ない人物なら、『子供のママゴト』と評するかもしれない。だが、護と華はふたりとも、あれが自分たちにとっての神聖な瞬間だったと思っている。でも、神聖な瞬間がたった一度でなくても良いのかもしれない。先日切り出した入籍の話も、結局先に進めることはできていないのだった。

「……そうだね。華《はな》ちゃんと相談してみようかな、僕たちもこの戦いが終わったら……」

その言葉を聞いた瞬間、凱《がい》の脳裏に閃くものがあった。

「なあ護《まもる》、命《みこと》や華ちゃんも賛成してくれたらの話だけど……結婚式、合同でやらないか？」

「ええっ、凱兄ちゃんたちと僕たちのを一緒に？」

驚いたのは一瞬。すぐにそれは、最高に素晴らしいアイデアだと思えてきた。

「うん、やろうよ！　僕、近いうちにもう一回、華ちゃんにプロポーズする。その時、提案してみるよ！」

異星人である自分が、普通の地球人である華に、そんなことを求めて良いのか……そんな逡巡は、一瞬で吹き飛んだ。もともと護も華も、互いの心は固まっている。必要なのは、ほんのちょっとの後押しだけだったのかもしれない。

――凱と護がそんな話で盛り上がってから、一時間後。ふたりの女性が、バースペースへやってきた。卯都木《うつぎ》命と初野《はつの》華である。凱と護のことが心配になって、様子を見に来たのだ。命は飲み過ぎると酒乱になることもあるが、基本的に酒には強い。華は弱い方だが、自分の酒量をよくわきまえていて、護のように見栄を張って飲み過ぎることはない。

そんなふたりが見つけたのは、カウンターに並んでつっぷしている凱と護の姿だった。

「あーあ、凱……やばくなってきたら、アルコール分解すればいいのに」

「ん？　ああ、命……そんなもったいないことできないぜ、こんな楽しい酒なのに……」

「ほら護くん、お水飲んで」

「うわっ…はぁ～、ありがとう、華ちゃん……」

華が差し出した水を一息に飲み干して、護は唐突に切り出した。

「華ちゃん……僕、凱兄ちゃんと結婚式挙げるんだ」

「ええっ⁉」

裏返った声を出したのは、華ではなく命である。華は衝撃に目を見開き、震えている。そんな女性陣の様子に気づくこともなく、凱も上機嫌で言葉を続ける。

「ああ、そうだな護。教会式にするか、神前式にするか、決めなくちゃな」

「………」

次の瞬間、華が意識を失って倒れた。命があわてて、その身体を抱きとめる。その後は一騒動であった。渋る凱を命が一喝して、エヴォリュダー能力全開で、アルコールを分解させる。護の方には、ＧＧＧ《スリージー》研究部特製の肝機能増進剤が投与され、ふたりとも強制的に素面《シラフ》に戻されたのだ。酔いが覚めた凱と護の説明で、命と華の誤解は解けた。だが、男性陣ふたりには、きつい禁酒令が言い渡されたのも、無理からぬことであった……。

凱と護がそんな酒宴を繰り広げていた頃、戒道《かいどう》とアルエットは展望室にいた。二十四時間体制の宇宙基地において、時間感覚はあやふやなものになる。深夜に密会している……というような意識は、どちらにもない。先日、『ふたりきりで食事するようなことはもうしない』と、戒道が宣言した。

それを律儀に守っているふたりは、多くの人が行き交う場所で、お茶を飲んでいた。戒道《かいどう》は日本茶。アルエットはアップルティーである。

　この日、戒道は勤務中からずっと嬉しそうな微笑みをたたえていた。周囲からたまたま人の姿が見えなくなった瞬間、アルエットが訊ねてみる。

「何かいいことがあったの、戒道さん？」

「君には、なんでもお見通しなんだな」

　軽く驚く戒道に、内心で（あんなニコニコしてたら、私でなくたってわかるわ！）とツッコミを入れつつ、アルエットは無言でうなずいた。そんな少女の内心に気づくこともなく、戒道は隊員服のポケットから、カードを取り出した。

「大切な人が、結婚することになったんだ。それが嬉しくてね……」

　カードに見えたのは、招待状だった。受け取ったアルエットは、開いてみて、愕然とする。

「か、戒道さん、こ、この人……！　ユカさんじゃないの⁉」

「そうだけど……？」

　素直にうなずいた戒道には、アルエットの驚きの意味が理解できていないようだ。だが、アルエットにしてみれば、当然の反応だ。

　戒道が少年の頃、記憶を失った時期に世話になっていた農場のひとり娘、それがユカ・コアーラである。それ以来、大人になった今も戒道は、彼女のことを想い続けている。それは端から見ても明らかだった。だからオーストラリアでアルエットは、ユカを戒道が入院している病室に連れて行ったのだ。

「戒道さん、ユカさんのことが好きなのよね？　友人としてでなく……」

「ああ、女性として好きだ」

「なのに、ユカさんは別の男性と結婚するの⁉」

戒道から見せられた招待状は、ユカと見知らぬ男性の結婚式の招待状だったのだ。日焼けして健康そうな、いかにも好青年といった若者が、ユカと並んで写真に映っている。

「そりゃ、彼女にはちゃんと交際相手がいたからね」

「だってあの時、病室で『いいおつきあいをしてる』って……」

「いい友人づきあいをしているよ。だから嬉しいんだ、彼女が幸せになることが」

アルエットが何に興奮しているのか、まったく理解していない口調で、戒道はつぶやいた。目眩さえ覚えそうな感覚にとらわれつつ、アルエットは以前聞いた噂話を思い出す。

子供の頃、戒道は初《はつ》野《の》華《はな》に淡い想いを抱いていた。それはどちらかといえば親近感に近いものだ。だが、彼はそれを表に出すことなく、華と護《まもる》を再会させるため、命がけで戦ったのだという……。

「あなたって人は……」

うつむいて、小さくつぶやくアルエット。その肩は、小刻みに震えている。

「どうかしたのか、アルエット……？」

「あなたって人はいつもいつもそうやって、人の幸せばかり考えてるの⁉」

生体兵器として生まれた戒道は、いつか戦場で生涯を終えると、無意識に思ってきた。そのため、つらい別れを迎えたくないという気持ちから、人と関わりを持たないよう感情を殺してきた。幼少期、バイオネットに利用されてきたアルエットも、それに近い感情を抱いていたため、胸の奥底で琴線がリンクする悲しい共鳴音を感じたのだ。アルエットは至近距離から、涙に濡れた大きな瞳で、戒道《かいどう》の顔をのぞきこんだ。

「たまには自分の幸せを、一番に考えなさいよっ！」

アルエットの語勢に押されて、戒道は思わずうなずいた。

「あ、ああ……」

口ではこう言っていても、この人は自分の心も、発した言葉の意味もまだ理解してはいない。アルエットは、そのことをよくわかっていた。

（いいわ、これから時間をかけて、私がわからせてあげるんだから……！）

温かかった日本茶とアップルティーは、すっかり冷め切っていたが、ふたりの気持ちは徐々に温もりを取り戻そうとしていた。

5

「……護《まもる》くん」

初《はつ》野《の》華《はな》が、天海《あまみ》護を呼び止めたのは、ダイビングチャンバーに続く通路だった。一緒に待機するため、行動をともにしていた戒道幾巳《いくみ》は事情を察して、無言で先に行く。

相棒の配慮に内心で感謝しつつ、護は問いかけた。

「……どうしたの、華ちゃん？」

「あの……あのね……」

「うん……」

　自分から呼び止めたにもかかわらず、華はなかなか口を開こうとしなかった。珍しいことではない。子供の頃から華は、自分の気持ちを表に出すのが不得手だった。だから、護も焦らない。

「あの……なんだかわからないけど、言いたくない事なら、無理に言わなくてもいいと思うよ。僕、華ちゃんがその気になるまで、待ってるから」

　護の気遣いに感謝しつつ、華は勇気を出して切り出した。

「……でも、でもね、言わなくちゃいけないことなの……」

「――うん」

　華の決意が伝わったのか、護もうなずいた。続く言葉を静かに待つ。そして、このふたりの緊張感を、そのつもりもなく、共有してしまっている人物がいる。

　護と華がいる通路の一角からすぐ近く、曲がり角に身を潜めている彩火乃紀《さいひのき》である。

（うわぁ、なんかまずいタイミングで通りかかっちゃった。聞いちゃまずい気がするけど、今さら出て行くのも――）

　火乃紀もまた、ダイビングチャンバーに行く途中だった。気軽に声をかけて、「お取り込み中みたいだから、先行くね」とでも言って通り過ぎればよかったのだが、完全にタイミングを逃してしまった。

　そんな火乃紀の存在に気づかず、華は心の中で唱えた。

（怖くない、怖くない……）

それは幼少期に暮らしていた北海道のかまくらで、他ならぬ護《まもる》から教わったおまじない。その後もずっと、事件と遭遇しやすい体質の華《はな》を守ってくれた。

そんなおまじないに勇気づけられた華は、ついに意を決して、口を開いた。

「あのね、護くん。もし私が人類の敵になったら――」

「ええっ！」

護は心底驚いた。華の雰囲気からして、深刻な内容だろうと想像はついていた。だが、それはあくまで個人的な悩みだろうと思っていた。〝人類の敵〟などという単語が出てこようとは、予想だにしていなかったのだ。

「護くんの手で……私を斃してほしいの」

その言葉は、物陰で聞いていた火乃紀《ひのき》にも伝わった。ただ驚くだけの護とは違い、火乃紀にはひとつ思い当たるフシがあったのだ。

そんな火乃紀の存在に気づかぬまま、護は語気を強めた。

「どういうこと⁉　華ちゃんが人類の敵なんて、あるわけないじゃないか！」

「私だって、そんな風になりたいわけじゃない。でも……でも……」

「お願い、華ちゃん。ちゃんと説明して」

護は華の両肩をつかんで、その顔をのぞきこんだ。だが、華は顔を背ける。まるで護の視線から、逃れるように――

「僕たち、十一年前、夫婦になったじゃないか。あの星の見える丘で――」

「うん、私にも大事な思い出――」

「だったら、悩みも不安も教えてよ。華ちゃんはもうひとりで怖がらなくてもいいんだ。なんでも一緒に怖がって、一緒に乗り越えていこうよ！」

それは華にとって、もっとも嬉しい言葉だった。ここしばらく、ずっとひとりで悩み続けていたのだ。誰かに相談したい、でもできない。そんな華にとって、やはり護は特別な人だった。大きな瞳に、大粒の涙を浮かべてうなずく。

「……うん」

――その時だった。ＧＧＧ《スリージー》オービットベース全域に、非常警報が流れた。それも、特別な事態の時にしか発令されない、特Ａ級警報。その意味するところは明らかだ。護は武者震いとともにそれを悟った。


（――現れたんだ、覇界王《はかいおう》が‼）


覇界王ジェネシック再臨――その報を最初に告げたのは、南極大陸にフランスが設置したコンコルディア観測基地だった。覇界王がいずこに現れても即応できる体制を敷いていたＧＧＧであったが、これには意表をつかれた。

「ううむ、覇界王め……いったい何だってそんな場所に……」

「現在、南極大陸は真冬の厳寒期だ。我々人類の介入を阻む、自然の要害とでも考えたのかもしれんな」

ＧＧＧブルーの阿嘉松《あかまつ》長官の疑問にそう答えた楊《ヤン》スーパーバイザーは、すぐに自嘲の笑みを浮かべた。

「もっとも……覇界《はかい》の眷族をともなわない覇界王が、我々人類のことを、どこまで気にかけているのかは疑問だが」

第一報に続いて、メインスクリーンには南極大陸の地図が表示された。そこには各国の観測基地が赤と青で表示されている。

「赤い表示は、有人基地。青い表示は無人基地デス！」

的確に、いま必要とされている情報を表示したのは、GGG《スリージー》グリーンのスワン・ホワイトである。全隊員の中でも最古参にあたるベテランならではの業《わざ》と言えるだろう。

南極基地には夏季しか稼働しないものも多いが、通年基地も存在する。戦闘の影響で施設に被害が出たら、過酷な環境下で深刻な被害が出ることは疑いない。いずこにどれだけの人がいるのか、きわめて重要な情報である。

「GGGグリーン、及びGGGブルーはただちに覇界王ジェネシックの迎撃！　並びに南極基地隊員救出作戦を開始する！」

両GGGを統括する大河《たいが》特務長官が、果断に指令を発した。

「よし、ワダツミは現在戦闘可能な戦力を乗せて、覇界王のもとへ降下！　ヤマツミとミズハ、カナヤゴは救助作戦に当たらせよう」

獅子《しし》王凱《おうがい》GGGグリーン長官の指令に対して、通信モニターから呼びかける者がいた。

『……先導はジェイアークが務めるとしよう。貴様たちは……後に続くがよい！』

ソルダートJの言葉に、凱は笑みを返した。たとえ勇者でなくとも、戦士として今この時は地球のために戦おう……その意志を感じさせる言葉だったからだ。

「全GGG、出撃開始！」

大河の号令に、その場にいる者全員が「了解！」と応えた。


その頃、ダイビングチャンバー近くの通路では、初野華《はつのはな》が弱々しい不安げな声を出していた。

「護《まもる》くん、行って！　私ならなんでもないから――」

「なんでもないわけないだろ！　僕は大切なものを、自分の手で護る。地球もそうだし、いまは華ちゃんなんだ！」

華の目に涙が浮かんで、こぼれ落ちた。だが、それは恐怖や悲しみの涙ではない。嬉し泣きのそれだった。天海《あまみ》護にとって、初野華は地球そのものと同じくらいに大切だと、宣言されたようなものだったのだから。

「だから全部教えてよ、一緒に悩んで、一緒に解決しようよ！」

「……」

華は激しく葛藤した。これ以上、非常事態に護を引き止めておくわけにはいかない。でも、どうすれば――

華に代わって口を開いたのは、別の女性だった。

「護くん、その気持ち、素敵よ」

「火乃紀《ひのき》さん……」

たまたま通りかかって、ふたりの会話を聞いてしまった彩《さい》火乃紀である。

「立ち聞きしちゃって、ごめんね。でもね、女の子には話ができる心理状態ってのが必要な時があるの。ここは私に任せて。すべて話せるように、華《はな》ちゃんをカウンセリングで落ち着かせてあげる」

そう言って、火乃紀《ひのき》は華の背後から両肩に手を置いた。今にも倒れそうな身体を支えるように。

「………」

華が無言で目を伏せる。その仕草は、火乃紀の言葉にうなずいているようにも見えた。

「華ちゃんを護りたいなら、まず地球を護って。ふたりで話しあってるうちに、地球が覇界王《はかいおう》の手に落ちたら、なんにもならないでしょ」

ここまで言われて、道理がわからないほどに、護《まもる》は幼くはなかった。

「……わかりました。火乃紀さん、華ちゃんをよろしくお願いします」

深々と、頭を下げる。

「まかせといて。うちのダーリンには、ひとりで覚醒人V2《かくせいじんブイツー》動かせる甲斐性あるんだから」

甲斐性の問題ではなく、脳硬膜の問題なのだが、火乃紀はあえてこう言ってみせた。もう護に迷いはない。

「行ってくるね、華ちゃん。必ず帰ってくるから」

「うん。行ってらっしゃい……」

「行ってきます！」

そう言うと、護はダイビングチャンバーの方へ駆け出した。そこには相棒である戒道幾巳《かいどういくみ》が待っている。

華と一緒に、護の後ろ姿を見送っていた火乃紀は、思わず……といった口調でつぶやく。

「うーんカッコいいなぁ、あれで七歳も年下じゃなかったらなぁ」

「ひ、火乃紀さん⁉」

火乃紀に両肩を支えられたままの、華の声が裏返る。

「ごめん、冗談冗談。うちのケーちゃんだって、護くんほどじゃないけど、時々ちょっとだけカッコいいっぽい時もあるんだよ」

「それ、ほめてるんですか？」

「一応、ね」

火乃紀は微笑んだ。呆れたような華の口調に、少し元気が出てきた様子が感じられたからだ。

「……火乃紀さん、ありがとうございます。私、もう大丈夫です」

華は火乃紀の手から離れ、歩き出そうとした。彼女が向かおうとしているのは――

「華ちゃん、あなたメインオーダールームへ行くつもり？」

「ええ、護くんと戒道くんがファイナルフュージョンするなら、私がプログラムドライブしないと……誰にもゆずりたくないんです」

声は弱々しげだったが、そこには強い意志が込められていた。この大人しそうな女性に、こんな芯の強さがあったなんて……。

「わかったわ、華ちゃん。でも約束して……戦闘が終わったら、検査を受けるって」

「……はい」

「で……あなたの悩みってもしかして、以前から卯都木《うつぎ》命《みこと》隊員の医療データを調べていたことに関係ある？」

爆弾を投げ込むような言葉だった。華《はな》の顔色が、一気に蒼白になる。

「ひ、火乃紀《ひのき》さん……」

「ごめんね。職務上、わかっちゃうんだ。しかもあれは……覚醒直前の記録だったよね。命《みこと》さんが……機界新種として、目覚める前の」

火乃紀のその言葉は、千々に乱れていた華の心を落ち着かせる効果があったのかもしれない。いや、腹が据わったと言うべきだろう。いまだに声は震えてはいる。だが、ついさっきまでとは比べものにならないほど、しっかりとした口調で、華は言葉をつむいだ。

「……火乃紀さん、私……埋め込まれてるみたいなんです。機界新種の種子を――」

6

横浜の一隅に存在する不可知領域。主にラミアが根拠地としてきたセプルクルムだが、最近は羅《ら》漢《かん》、ユーヤ、ライ、ヒイラギ、ガジュマル、シャーラもこの地に腰を据えている。孤独を愛する者が多いソムニウムが、七体も同居しているのは珍しい。数少ない例外のひとつは、戦闘後の深眠時、無防備な状態を守りあう関係だ。かつてラミアはセーメという個体と、そのような関係にあった。だが、そのセーメは十年以上前に、カンケルとの戦いで滅んでいる。いま、このセプルクルムにいる六体のうち、ラミアとそのような関係にあるのは、ユーヤだけと言っていいだろう。他のソムニウムはみな、覇界王《はかいおう》――そして元凶なりし者を滅するために協力しあっているだけだ。いや、もうひとつ……その先にある、パトリアの刻《とき》のために。だが、そのことはラミア自身が承知していた。

『デウスが予言した宿戦……二度までは勝利した。残るはただ一度』

『ンー…だが、残すはあの覇界王。一筋縄ではいかぬぞ』

ラミアに注意を喚起したのは羅漢である。もともと、ソムニウムのなかでも特に孤高を好む者だった。それがこのように警告を発するとは、数か月前には想像もしがたかった変化であろう。そして、それは羅漢だけではない。

『たとえ覇界王が難敵でも、俺たちの合力《ごうりき》ならば斃せぬはずがない！』

『ボクたちだけでなくて……ヒトの力もあるし』

『左様、ラミアくん。あれでヒトというのはなかなかに興味深い生物。君ももっと交流してみると、面白い世界が見られますぞ』

ガジュマル、ヒイラギ、ライの意思も続く。幾度となく、カタフラクトとなってともに戦った経験が、彼らを変えたのだろうか。羅漢のペクトフォレース・サンクトゥスによる〝合体〟は、あくまでソムニウムたちの変身体を物理的に接続させるだけのものだ。ソムニウム一体ずつの意志を統合しているわけではない。それでも、幾度もの死地をともにくぐり抜けた経験が、彼らの心理に影響を与えたのだろう。

『しかしラミア……この時代にも存在するであろうデウスが、もはや我らに助力するとは思えない。どうやって覇界王の出現を察知するのだ』

もとより、滅するその日までラミアにつき従うつもりの、ユーヤの意思が問いかける。

『私たちだけでは困難、でも……』

その意思を放ったのはシャーラである。ラミアが先をうながすように見つめる。シャーラは怯えたようにガジュマルを見つめ、少年は心配いらないとでも告げるかのようにうなずいた。ガジュマルに支えられているかのように、シャーラは落ち着いた。

『……ソキウスの路《みち》を常に、宙の砦との間に開いておく』

『なぁるほど、あの砦は常に覇界王《はかいおう》に備えている上、強い意志の持ち主が多い。そのつもりがなくても、覇界王再臨を知れば、意識が場に流れるというわけですな！』

ライが琵琶のような楽器を一節、かき鳴らした。どうやら賛同と賞賛の意思を込めているらしい。

『だがそれは……常に傷口を開いたままにしておくようなものだ』

よいのか……と、意思だけでなく、赤い瞳でもラミアが問いかける。

『ラミア、シャーラの好きにさせてやってくれ』

『ガジュマル……』

『これまでシャーラは、ソキウスの力を利用しようとする者に狙われてきた。だから俺が守ってやらねばならなかった。けど……今は違う』

『うん……私は私の意志でソキウスの力を使う。覇界王を斃すために――』

それはシャーラの強固なる意志。だが同時に、七体のソムニウム全員に共通する意志だった。

ソムニウムたちが目論んだようにGGG《スリージー》オービットベースは、南極に覇界王が出現したとの報を受けて、ただちに動き出していた。

華《はな》を火乃紀《ひのき》に任せて、ダイビングチャンバーにやってきた護《まもる》は、手早くダイブスーツに着替える。

その背中に、戒道《かいどう》と蛍汰《けいた》が声をかけた。

「護、遅いぞ」

「どうせ華ちゃんとイチャイチャしてたんだろ」

「ええ、まあ」

「な、なにぃっ⁉」

背を向けたままの護の答えに、蛍汰の声が裏返った。

「驚いたな。君がそんな冗談言えるとは」

「これでも既婚者長いからね」

戒道にも、そんな風に返す。普段の護なら、ずっと背を向け続けたまま会話することなど、ない。だが今日は、顔を見られたくはなかった。華のことで千々に乱れている心と、それが表れているであろう顔。誰にも見せたくなかった。しかし、いつまでもそうしているわけにはいかない。着替えを終えた護はふたりの方を振り向いた。

「……すみません、蛍汰さん。火乃紀さんは出撃できません」

「うお？　何があったんだ⁉」

「実は華ちゃんが急に倒れちゃって……火乃紀さんが容体を診てくれてるんです」

「そうか、それで遅れたのか……」

「そういうことなら、しゃーねえ。V2《ブイツー》は俺ひとりでいくわ」

「すみません……」

「だーいじょうぶ。俺のノーミソはこういう時のための特別製なんだからよ」

明るく笑ってくれる蛍汰《けいた》に感謝しながら、護《まもる》は相棒とともに凱号《がいごう》のところへ向かった。

　一方、凱《がい》とルネはギャレオン、ファントムガオーとともにワダツミの発進デッキにいた。メインオーダールームの卯都木命《うつぎみこと》から、手早く情報を受け取る。

「じゃあ、コンコルディア基地はもう沈黙したのか……」

「ええ、それどころか各南極基地が次々と音信を絶っているわ」

「覇界王《はかいおう》め……」

　凱は悔しそうに拳を握りしめた。かつて彼は、宇宙飛行士だった。宇宙と南極――方向性は違えど、南極基地の研究者たちにはシンパシィを感じている。科学の力を信じてフロンティアに挑み続ける、同志のようなものだからだ。その活動を阻んでいる覇界王には、怒りを禁じ得ない。

　もちろん、トリプルゼロの活動は自然現象であり、何者かの意志によるものではないと承知はしている。もしかしたらその怒りは凱自身の、おのが無力感に由来するものかもしれなかった。

　無力感といえば、ジェネシック・ギャレオンのこともある。いま凱は二〇〇五年からやってきたギャレオンとともに待機している。だが、覇界王に取り込まれているジェネシック・ギャレオンは、長い戦いをともにしてきた戦友といってもよい。代わりがきく存在ではないのだ。

（南極基地隊員たちをひとりでも多く救い、ギャレオンを取り戻してみせる……）

　凱が心密かにそう誓っていた時、通信モニターに獅子王雷牙《ししおうらいが》が現れた。

「凱……すまん。ギリギリまで粘ったんだが、Ｇアーマーは間に合いそうにない」

「ジジイ、何やってんだよ。あれが完成すれば、ジェネシックとも互角以上にやりあえるんじゃなかったのか？」

　凱に代わって答えたのは、ギャレオンの隣に駐機しているファントムガオーのルネだ。普段なら、口喧嘩が始まるところだが、この日はそうはならなかった。

「まったくその通りなんだが、僕ちゃんの力不足だ。面目ない……」

「ルネ、雷牙おじさんにはディスクXを増産して黒化《こっか》を防ぐ作業もあったんだ。無理を言うな」

「そっちも優先だろうけど、覇界王を食い止められなかったら、すべてが意味なくなるんじゃないの？」

　ルネの言葉はたしかに正しい、だが、凱には迷いはなかった。

「その通りだ。だから新ツールが間に合わなくても、覇界王を止める……そのために俺たちがいるんだ」

「……たしかにね」

　それ以上、ルネは反論してこない。いま間に合わなかったツールに文句を言っても仕方がない。そのことは、よくわきまえていたからだろう。

「……ルネ、凱。その代わりというわけではないが、ひとつ勝利の鍵がある」

　雷牙はふたりのもとへあるデータを送ってきた。一瞥して、凱もルネも疑問に思う。特に機密事項でもなんでもない、一般公開されている情報だからだ。

「雷牙おじさん、これがいったい……」

「滋《しげる》や楊《ヤン》博士が、こいつにちょっとした仕掛けを組み込んでいてくれたんでな。僕ちゃんも調整に協力させてもらったってわけだ！」

雷牙《らいが》の操作で、データはシミュレーションに切り替わった。全人類にとって馴染み深い存在が、モードシフトしていく様が表示される。

「これは……こんな途方もない物を使いこなせっていうわけ⁉」

「いや、これならきっと……ありがとう、雷牙《らいが》おじさん。使わせてもらいます」

「礼なら滋《しげる》や楊《ヤン》博士に……いや、こいつの建造に関わったすべての人に言ってほしいぞい。そのためにも帰ってこいよ……ルネ、凱《がい》」

その言葉には、肉親としての深い愛情が込められていた。実娘であるルネはもちろん、亡き弟・麗雄《れお》の忘れ形見に対しても、親代わりになろうとする気持ちがあったのかもしれない。凱が感謝の気持ちを抱いた時、別のサブモニターから命《みこと》が伝えてきた。

「……凱、ルネ。護くんたちも発進準備ができたようよ。ワダツミ、分離発進まで三十秒！」

「機動完遂要塞艦《きどうかんすいようさいかん》〈ワダツミ〉、ジェイアークの降下軌道に続きます！」

「続いて万能力作驚愕艦《ばんのうりきさくきょうがくかん》〈カナヤゴ〉、諜報鏡面遊撃艦《ちょうほうきょうめんゆうげきかん》〈ヤマツミ〉、発進！」

「無限連結輸槽艦《むげんれんけつゆそうかん》〈ミズハ〉、分離！」

整備部に所属する牛山《うしやま》家の三人——阿嘉松《あかまつ》長官の言うところの1号、2号、4号のオペレートによって、ディビジョンフリートがGGG《スリージー》オービットベースから発進する。これまで、覇界《はかい》の眷族との戦いにおいては、常に陽動や二正面作戦に備えて戦力を温存する必要があったが、今回は総力戦である。覇界の眷族とされてしまった旧GGG隊員は、みな浄解されて復帰。残る眷族は覇界王ジェネシックのみであると推定されたからだ。

もっとも、先の覇界王キングジェイダーとの決戦で傷ついた勇者ロボたちは、実戦に復帰できる目処はたっていない。ワダツミに搭載されたのはギャレオンとファントムガオー、覚醒人凱号《かくせいじんがいごう》、及びそのガオーマシン群。修復を優先されたゴルディーダブルマーグ。そして覚醒人V2《ブイツー》のみである。万全の布陣とはいえないものの、これが現在動員できるGGGグリーン、及びGGGブルーの全戦力だった。

作戦開始に備えたオペレーションが行われているメインオーダールームに、彩火乃紀《さいひのき》にともなわれた初野華《はつのはな》が駆け込んでくる。

「遅くなりました！」

「おう、これからすぐ作戦開始だ。配置についてくれ！」

「はい！」

阿嘉松長官にそう答えて、卯都木命《うつぎみこと》、アルエット・ポミエと並ぶ機動部隊オペレーターシートにつく。

「華ちゃん……顔色悪いけど、大丈夫？」

命が小声で気遣うが、「はい、平気です」と微笑を返す。

「OH火乃紀、いいところに来てくれたデス！　タマラが見当たらなくて人手不足なの、手伝ってお願いプリーズ！」

「わかりました！」

スワン・ホワイトと並ぶ研究部オペレーターシートに座る火乃紀。

「まったくタマラもプリックルも、うちのスタッフは何やってやがる……」

どうやら、タマラだけでなく、アーチン・プリックル参謀も姿を見せないらしい。ボヤくGGG《スリージー》ブルー長官に向かって、GGG特務長官がウインクしてみせる。

「なに、両GGGスタッフが集まって、メインオーダールームも手狭になったからね。休める者は休んでくれてかまわない」

「そういうけどよぉ、これが最後の戦いなんじゃねえのか？　いま休んでも、そのまま忙しくなる機会なんざこないかもしれねえぞ」

「たしかにその通りだな」

阿嘉松《あかまつ》のツッコミに、笑みを浮かべる大河《たいが》。だが、すぐに表情を引き締めると、通信マイクに向かって語りかける。

「……GGGブルー、並びにGGGグリーン全隊員諸君、すでに情報を把握していると思うが、南極に覇界王《はかいおう》が出現した。いよいよこれが、最後の戦いになるはずだ。思い出してほしい……これまでの苦渋に満ちた日々を」

大河の言葉は、オービットベース全区画に放送されている。様々な部署で、隊員たちが手を止めることなく、耳を傾けた。

「そう……かつての仲間と戦わなければならなかった日々。心ならずも人類に害を及ぼそうとしてしまった日々。そして、地球外知性体や大災害に立ち向かわなければならなかった日々。それらすべてを、今日で終わりにするのだ。断言しよう、我々ひとりひとりが知恵と勇気を失わぬ限り、最後に勝利するのは我々GGGであると！——GGG最終作戦開始！」

その言葉とともに、ディビジョンフリートは南極へ向けて、大気圏突入を開始した。さらに、それを先導する艦影がある。電離層に突入する直前の乱れたモニターに、その姿を見た戒道《かいどう》は、通信マイクに向かって語りかけた。

「……また一緒に戦える日が来ると信じてた、Ｊ、トモロ」

超弩級戦艦ジェイアークは、光子変換によって破損した艦体の修復を行う。爆散した破片の中から、トモロの指示によって修復機能を司る光子変換翼をＧＧＧが回収。以後は変換効率をあげるべく、太陽の近くを遊弋《ゆうよく》していた。そのため、戒道も今日までゆっくり話す時間を持てなかったのだ。

「ここには、私たちのために戦ってくれた者たちがいる。戦士として、借りは返さねばな……」

そんな表現で、ソルダートＪはおのが戦う理由を語った。戦士にとって必要なものは……敵、戦場、そして戦う理由。おのが意志でそれらを選び取れるのならば、もう迷うことはない。

「行こう、Ｊ、アルマ。我らの運命は最後までひとつだ」

トモロ０１１７の声も、いつになく嬉しそうだ。ジェイアークを加えて五艦となった艦隊は、やがて南極上空に到達した。ワダツミから、三つの影が飛び出す。

「フュージョンッ！」凱《がい》が叫んだ。

「フュージョン……」ルネが囁く。

「ユーハブコントロール！」「アイハブコントロール！」護《まもる》と戒道の叫びが続く。

南極上空を舞っていた獅子と高機動戦闘機とずんぐりしていた人型が、それぞれに変形して、よく似た三つのシルエットとなった。

「ガイガーッ‼」

「ガオファー！」

「ガイゴー！」

三機のメカノイドはワダツミから、九機のガオーマシンを呼び出す。十二の影が極点の空を舞い、衛星軌道上のオービットベースでは機動部隊オペレーターたちのコンソールで、シグナルが明滅した。

華《はな》とアルエットが無言でうなずき、それを見て取った命《みこと》が、代表して報告する。

「ガイガー、ガオファー、ガイゴーからファイナルフュージョン要請シグナルです！」

その言葉を聞いた阿嘉松《あかまつ》GGG《スリージー》ブルー長官が吼える。他の長官たちに、声量で負けてなるものかと。

「ファイナルフュージョンッ！　承っ認んんッ‼」

さらに南極上空を行くガイガーが――そこにフュージョンした獅子王凱《ししおうがい》GGGグリーン長官が叫ぶ。

「ファイナルフュージョン、承認！」

最後に大河《たいが》GGG特務長官が、右手人差し指を前方に突きだし、本家の格を見せつけるかのように絶叫した。

「ファイナルフュージョン！　承認ッ‼」

ただちに三人の機動部隊オペレーターが、それぞれの言葉で了解する。そしてまず、華が両の拳を頭上で固く握りしめた。

「ファ、ファイナルフュージョン、プログラムドラーイブッ！」

振り下ろされた両拳が、保護プラスティックを叩き割り、その直下のドライブキーを押し込む。

愛する青年と、その相棒たる地球人としてのトモダチのもとへ、ＦＦプログラムを送信するために！

続いてアルエットが、バレリーナのような回転運動のエネルギーをそのまま拳に乗せて、ドライブキーに伝達した。

「ファイナルフュージョン、プログラムドラーイブッ！」

幼き日に行動をともにした女性に、自分も成長して、パートナーたりえるようになったのだと伝えるかのように！

最後に命が、長年慣れ親しんだ行為であるが故の自然さで、拳を叩きつける。

「ファイナルフュージョン！　プログラムドライブッ！」

機動部隊オペレーターを目指す女性たちが、みな憧れたその動作で——未来をともに歩んでいくと誓った恋人のもとへ、ファイナルフュージョン・プログラムを送り込む！

極寒の地平に舞う三機のメカノイドと、九機のガオーマシン。そこに女性たちの想いを乗せたプログラムが届く。そして次の瞬間、四人の声が斉唱された。

「ファイナル……フュージョ————ンッ‼」

ガイガー、ガオファー、ガイゴー、三体が発生させたＥＭトルネードやファントムチューブの中へ、ガオーマシン群が突入していく。

極寒の地に吹雪く氷雪の中、吹き荒れる人工の電磁嵐。その内部では、異星文明の結晶と地球文明の精華が融合を果たしていく。やがて、電磁嵐が吹き飛ばされ、その地に三体の勇者王が出現した。

「ガオガイガーッ‼」

「ガオファイガーッ！」

「ガオガイゴー‼」

屹立《きつりつ》するくろがねの巨神たち。その中にあって、ガオファイガーがほんのわずかにふらついた。

「大丈夫か、ルネ！」

その様子を見てとった凱《がい》が声をかける。もともとガオファイガーは、エヴォリュダーがフュージョンすることを想定して、開発された機体だ。開発者である雷牙《らいが》の手で、急ぎルネ用に改修された※24ものの、これがぶっつけ本番のファイナルフュージョンである。いわば突貫工事にも等しい。不具合を完全につぶすまでには至っていない。

「くっ、このくらい……！」

バランスを崩したガオファイガーを支えたのは、背後から差し出された巨大な腕だった。勇者王たちとともにメガフュージョンを終えた巨体——キングジェイダーである。

「わかっているだろうが、覇界王《はかいおう》相手に戦力を減らすわけにはいかぬぞ」

「ああ、もちろんだ」

ジャイアントメカノイドにフュージョンしている、ソルダートJの声音も厳しい。思いやりや友愛が欠如しているというわけではない。叱咤こそが、互いが生き延びるために必要なものだとわきまえているのだ。

『ルネ……慣性モーメントのパラメータを再設定したわ。これで安定すると思う！』

　アルエットからの通信と同時に、ガオファイガーの挙動が目に見えて軽快になった。雷牙がハードウェア面での開発者であるように、ソフトウェアを生み出したのはアルエットだ。わずかな間に、問題点を見抜き、対応を終えていた。

「メルシー、帰ったらケーキで礼するよ」

『ドゥリアン、楽しみにしてる』

　フランス娘同士が言葉をかわす。かつては大人と子供のような年齢差だったが、いまでは歳の近い友人同士のようなものだ。ルネが帰還してまだ日は浅いが、すでにふたりは気軽に口をきける関係になっていた。

　しかし、軽口をたたき合えたのも一瞬――

『凱、気をつけて！　高エネルギー反応が急速に接――』

　卯都木《うつぎ》命《みこと》が警告を言い終える間もなかった。勇者王たちの前に地響きをたてて、巨体が着地する。

　いや、決して巨体というわけではない。全高はガオガイガーとさほど変わらない。全身から放つ、燃えさかる炎のような、暁の色のオーラ。桁違いの出力を秘めたエネルギーの塊が、圧倒的な存在感を、その場に誇示したのである。

　覇界王、降臨――！

おのが敵手がやってきたと認識したのだろうか。つい数瞬前まで、数キロ離れた南極基地を襲っていたはずの覇界王《はかいおう》が、一瞬のうちにこの場へと飛来した。勇者王たちが立ち向かうべき災厄が、向こうからやってきたのである。

「来たか、ジェネシック……」

ガオガイガーにファイナルフュージョンしている凱《がい》が、苦渋の声をもらす。今の彼は、時間を越えて運ばれてきたギャレオンと、ひとつになっている。だが、覇界王が憑代としているのは、凱自身が幾多の苦闘をともに乗り越えてきたジェネシック・ギャレオンをコアとした〝原初の勇者王《ジェネシック・ガオガイガー》〟なのだ。

これまで、ソルダートJやルネをはじめとして、多くの仲間たちを覇界の眷族から取り戻してきた。その果てに凱が奪回すべき、最後の戦友に他ならない。

「行くぞ、必ずお前を取り戻す！」

ガオガイガーが右腕を振りかざす。その動作を見て、右と左に立つ勇者王も、輝くリングを右腕にまとわせた。

「ファントムリング・プラス！」

ルネと戒道《かいどう》の叫びに続いて、キングジェイダーと覚醒人《かくせいじん》V2《ブイツー》もそれぞれの武装を展開させた。

「ブロウクンマグナムッ！」

「ブロウクンファントム！」

「ジェイクオースッ！」

「シナプス弾撃！」

五体がそれぞれの技を放った――たった一体の覇界王ジェネシックに向けて。

（ガオオオオンッ！）

五つの攻撃が同時に直撃するかに見えた瞬間、ジェネシックが咆吼する。それは防御のかけ声ではない。獅子の雄叫びは、攻撃の兆し。南極の氷原に、数百メートルを隔てて対峙していたはずの覇界王ジェネシックが、一気に跳躍する。頭上へ、ではない。前方、勇者王たちの方へ爆発的に飛びかかってきたのだ。キングジェイダーの全高より数倍もある距離が、一瞬で消滅する。

途中、白き錨や鋼鉄の拳、強酸性の物質がその突進を阻もうとするが、あまりにも無力。いずれもトリプルゼロのオーラが形成する幻炎《げんえん》に阻まれ、覇界王ジェネシックの本体に触れることすら許されない。すべてを弾き飛ばした覇界王ジェネシックが、勇者王たちの眼前に肉薄する。

「くっ！」

ジェイクオースがはね除けられた瞬間、ソルダートＪは行動に移っていた。キングジェイダーの巨体を一歩前に踏み出し、片膝立ちで身構える。頭部をかばうように両腕をかまえて、防御姿勢をとった。頑強な巨体で背後の勇者王たちの楯となったのだ。

その判断は正しかった。全機が一斉に蹂躙される瞬間は訪れず、覇界王の猛攻をかろうじて受け止めたのだから。だが、代償は大きい。

「ぐおおおおっ！」

覇界王ジェネシックは闇雲に突進してきたわけではない。その勢いに乗せ、右手の爪を繰り出してきたのだ。トリプルゼロをまといし、ゴルディオンネイル！　すべてを光に変換する破壊神の爪が、猛禽型の胸部に深々と突き刺さっていた。

「Ｊ！」

凱《がい》とルネの声が、重なるように響く。だが、キングジェイダーにとってそれは致命傷とまではならなかった。防御姿勢をとっていた両手で、かろうじて覇界王《はかいおう》ジェネシックの前腕部をつかみ、貫手を食い止めていたのである。その瞬時の判断がなければ、胸郭の奥にいる生体コンピューター〈トモロ０１１７〉は光と化していただろう。

「Ｊの判断を無駄にするな！」

戻ってきたブロウクンファントムを右腕に装着し、ガオガイゴーが跳躍する。ソルダートＪの戦士としての戦い方を、常に間近で見てきた戒道《かいどう》ならではの行動だ。Ｊは仲間たちの楯となっただけではない。我が身を呈して、覇界王ジェネシックを拘束したのだ。反撃の機会を得るために！

（ガオオオオッ！）

右腕を引き抜こうともがく覇界王ジェネシック。だが、キングジェイダーの剛腕がそれを許さない。メーザー砲身でもある十本の指が、前腕を握りつぶさんばかりの勢いでつかみとめているからだ。手首だけを分離して離脱することも不可能だ。

「ドリルニーッ！」

キングジェイダーの頭上を跳び越えてきたガオガイゴーが、落下の勢いに乗って、右膝を繰り出す。

「はあああっ！」

一瞬遅れて続いてきたガオガイガーがかかと落としを、ガオファイガーが右拳を、それぞれに覇界王ジェネシックの上半身に叩き込む！

しかし、それらの猛攻にも、覇界王ジェネシックの牙城は揺るがない。連続攻撃を浴びせられながらも、微動だにせず、左腕のプロテクトシェードを展開させたのだ。それは攻撃の反射だけに留まらず、ジェネシックオーラを超えた濃密なトリプルゼロのオーラを放ち、強烈な勢いで辺り一帯に噴出された。

「うわあああ！」

物理的な打撃に匹敵するほどの圧力が、ガオガイゴーを弾き飛ばす。ガオガイガーとガオファイガーも、そしてキングジェイダーまでもが吹き飛ばされ、極寒の氷原に叩きつけられた。

「違う……あの時とは！」

苦痛に耐えながら、護《まもる》がつぶやいた。あの時——それは木星圏で戦った時のことだ。たしかにあの時も、覇界王ジェネシックは頑強だった。だが、ガオガイゴー、ガオファイガー、合体ベターマンの同時攻撃でその身を揺るがすことができたのだ。

各機から送られてくる情報や映像を解析するメインオーダールームも、騒然となる。

「ノー！　データにある覇界王ジェネシックの三倍以上のスペックデス！」

「なんらかの未知の要因が加わったとしか思えませんな！」

木星での戦闘を経験していない、スワンと猿頭寺《えんとうじ》の声も緊迫する。データ上での知識のみですら、脅威を感じるのだ。木星での戦闘に参加した者たちにとっては、恐怖を覚えるほどとすら言える。

オペレーターシートで華《はな》は、自分の体調不良と護たちに迫った危機、その双方に押しつぶされそうになっていた。

（護くん……お願い、無事に帰ってきて！）

それでもＧＧＧ《スリージー》のスタッフは、そうした感情に押しつぶされることはない。恐怖を乗り越えるもの――それこそが勇気なのだから。

「雷牙《らいが》博士！　見てください！」

楊《ヤン》がメインスクリーンを指さした。

「むう、Ｇストーンが輝いている。高出力の源はあれか！」

雷牙もすぐに、その異変に気づいた。映像上、覇界王《はかいおう》ジェネシックの全身はトリプルゼロに包まれて、オレンジ一色に見える。だが、揺らめくエネルギーの向こう、額にはたしかに緑色の輝きがあった。

その異変には、南極で戦う凱《がい》たちも気づいていた。

「Ｇストーンの輝き……誰かの勇気に反応しているんだ！」

「凱兄ちゃん、まさかギャレオンの⁉」

「いや違う、あれは……」

この中でただひとり、ギャレオンにフュージョンしたことのある、凱ならではの直感だ。そして、続く言葉を発しようとした瞬間、凱の脳裏にある意思が響いた。

『逃・げ・て――』

「いまの声は――！」

たしかに聞き覚えのある声のような、意思。リミピッドチャンネルに乗せて伝わってきたそれを受信したのは、凱だけではなかった。

『はやく逃げ、て――』

「いったい、この少女の声は――」

メインオーダールームの大河《たいが》特務長官が戸惑ったのも、無理はない。ＧＧＧブルーの隊員たちはベターマンとの交流で、リミピッドチャンネルを経験している者が多い。だが、覇界の眷族から帰還したばかりの者たちにとって、それは未知の現象だった。

『あ、あああ、阿嘉松《あかまつ》長官！　このリミピッドチャンネルはぁぁぁっ！』

悲鳴のような声をあげたのは、覚醒人《かくせいじん》Ｖ２にダイブしている蛍汰《けいた》だ。彼には意思の主が誰なのか、即座にわかっていた。リミピッドチャンネルで交信した経験が多いから……というだけではない。その意思の持ち主を、よく知っていたからだ。

「阿嘉松長官……」

研究部オペレーターシートの火乃紀《ひのき》が、阿嘉松の方を振り返る。そして、息を呑んだ。強面の長官の両眼には、大粒の涙が浮かんでいた。

「紗孔羅《さくら》……そこにいたのか……」

阿嘉松の言葉に、メインオーダールームが騒然となった。

「な、なんでオービットベースからいなくなった紗孔羅ちゃんが、ワームホールの彼方にいたはずの覇界王に⁉」

裏返った声をあげたのは、阿嘉松と紗孔羅という親子のことをよく知る山《やま》じいだ。だが、答えられる者はいない。

「トリプルゼロは意志を持たない、純粋なエネルギー。だからこそ、木星圏ではＧストーンの力を発揮することがなかった。それが、今は彼女の心に反応して……」

　楊《ヤン》が呆然としたかのような声をもらす。常に冷静沈着な彼としては珍しい。

「おいおい、まずいんじゃねえのか！　覇界王《はかいおう》にＧストーンの力が乗っかってくるなんてよ！」

「うろたえるな、火麻《ひゅうま》くん！　オペレーター各員はすべての情報を解析して、紗孔羅《さくら》嬢の位置を特定するのだ！」

　火麻を叱咤して、大河《たいが》が指示を出す。スワンや火乃紀《ひのき》、猿頭寺《えんとうじ》や山《やま》じいたちが了解の声をあげて、ただちにデータ解析を開始した。ＧＧＧ《スリージー》憲章に、囚われた者を見捨てるという条項は存在しない。何よりもまずは、紗孔羅の位置を特定するのが最優先だった。

「我々ＧＧＧは、誰ひとりとして、見捨てたりはしない！」


『無理だよ……君たちにはね』

　額に十字光を瞬かせながら、デウスの意思が囁いた。南極大陸にあって、これまで誰にも発見されることのなかった不可知領域――このセプルクルムこそが、歴史の黎明期からデウスが根城としてきた地だった。

　ヒトを遥かに凌駕する生命体といえど、ソムニウムも物質という肉体を持つ以上、極限環境では多くの制約が生じてしまう。地球上におけるもっとも極寒の地である南極で暮らそうと考えるソムニウムは、デウスただひとりだった。

　これまで、デウスは幾度もヒトという種の、勃興と絶滅を目の当たりにしてきた。長い長い寿命を有しながら、変化が顕現することの少ないソムニウムにとって、ヒトはコマ落としで撮影されたタイムラプス動画のような存在だ。わずかな間にどんどん発展して、奇妙な文化や生態を露わにしては、滅んでいく。いつの頃からか、デウスはそこに干渉して、思った通りに導くことを至上の楽しみと考えるようになっていた。

滅んでしまえば、そこでゲームは終わり。テンプスの実で時の流れを遡り、また新たな支流を生じさせれば良いだけのことだ。

同じソムニウムでありながら、愚かな者たちの干渉によって、現在の時の流れは面白くない進化を遂げてしまった。

『第三の……最後の試練を前に愚かなこだわりを貫いて、派手に滅んでいけばいいのさ』

それが、阿嘉松《あかまつ》紗孔羅という個体を、南極に出現した覇界王のうちに置き去りにした理由だった。

『……度しがたいな』

さらなる意識の波が、ゆらめく。デウスの意思ではない。歴史上、デウスひとりしか滞在することのなかったセプルクルムに、複数の存在が訪れている。

『ラミア……』

デウスの意思が、憎しみの色を帯びた。この〝時の流れ〟で最後の楽しみを味わっているところを、邪魔されたからだ。いや、それだけではない。十二年前――二〇〇五年でも、彼らはすべてを台無しにしてくれた。

羅漢《らかん》、ユーヤ、ライ、ヒイラギ、ガジュマル、シャーラ、そしてラミア。自分の前に居並ぶ同族たちに、デウスは憎悪の視線を向ける。いや、それは同族への嫌悪ではない、デウスにとって、おのれ以外のすべての存在は、ひとつの支流に留まることしかできない、哀れな虫けらだ。時間そのものを剪定する自分と、同等の者など存在するはずがない。ないはずだった——自分以外の誰かが、テンプスの実を手にするまで。

『デウスよ……お前が数多の世界を好きに作り替えようと、私の関与するところではない。だが——』

ラミアの血の色の瞳が、デウスを射貫く。

『滅していった同胞たちが守り抜いたこの世界だけは、お前の好きにはさせぬ』

7

少し前——

紗孔羅《さくら》の意識は、リミピッドチャンネルのうねりの中で、巨大図書館の所蔵本が無数に渦巻くような情報の行き交う空間に飛んでいた。そこにはカムイの兄・鷺《さぎ》の宮隆《みやたかし》の意識も迷い込んでいたが、多くの本の渦にまぎれて存在を認識することなどできない。だが、その中にあって、茶褐色の光を纏う小柄な人影だけは、正確に紗孔羅を見つけ、手を差しのべてきた。ふと繋いだその手には、太く大きな爪があった。

『あそぼ……』

大トカゲのようなマスクを被っているように見えた少女は、そう言いながら、紗孔羅をその場から連れ出し、深海から水面の太陽光のもとへ浮上するように、誰からも見つけやすい広い空間に躍り出た。

『自分の中に戻らないと、帰れなくなっちゃうよ』

トカゲ少女は紗孔羅にそう教えると、大海原の水面を、ひとりで駆けだし遠ざかっていった。遥か彼方に、見覚えのあるソムニウムの人影があり、それはトカゲ少女の軌跡をたどり、やがて珊瑚礁のような場所に向かう。

『見つけた……デウスのセプルクルム……』

ラミアの意思が静かに波を伝ってきた。気付くと紗孔羅は、オレンジ色の光に包まれた機械の中にいた。時間をかけて、囚われの身となっている自分の状況を識る。そして、現《うつつ》に生きる者たちへの交信を試みたのだ。

『私のことはいいの……覇界王《はかいおう》を……滅して……』

紗孔羅の意思が、凱《がい》たちの脳裏に響く。だが、その想いとは裏腹に、覇界王ジェネシックが猛攻を途切れさせることはなかった。

トリプルゼロをまとった炎のような爪が振るわれ、ギャレオンヘッドの牙が、勇者王たちの喉笛に食らいつこうとする。ガオガイガーとガオファイガーとガオガイゴー、勇者王たちは互いをかばいあい、覇界王ジェネシックの致命的な一撃を回避することで精一杯だった。

その戦闘のかたわら、氷原に倒れているキングジェイダーは、ジェネレイティングアーマーによって、胸部の損傷を修復させているところだった。その腹の上に乗った覚醒人《かくせいじん》Ｖ２《ブイツー》が、シナプス弾撃による化学物質で修復を支援する。

「もういい、お前は凱《がい》たちを援護しろ」

「そ、そうすか？　でも……」

キングジェイダーが震える指で、かたわらに転がる物を指さす。

「持っていけ！　それを……」


「くうううッ！」

必死の回避行動を続ける戒道《かいどう》に代わって、ウームヘッドの護《まもる》が通信機に呼びかける。

「メインオーダールーム、紗孔羅《さくら》さんの位置はまだですか！　もうこれ以上は――」

『ごめんね、護くん。いまみんなが一生懸命解析してるの！　もう少しだけ――』

涙混じりの華《はな》の声を聴いて、護は後悔した。メインオーダールームのオペレーターたちは、人類最高峰のプロフェッショナルだ。その彼らが全力を振り絞っているのだから、叱咤したところで状況が改善されるわけではない。まして、出撃直前にあれほど心身の不調を見せていた華ですらも、必死に戦っているのだ。

（僕がこんなところで、みんなに負担をかけちゃいけない……！）

護は一瞬のうちに気分を切り替え、仲間たちに呼びかけた。

「幾巳《いくみ》、ルネさん！　一か八か、僕たちで覇界王《はかいおう》を足止めしよう！」

「護、そんな危険を冒したら――」

「凱兄ちゃんは、その隙にゴルディオンダブルハンマーを！　状況を打開するには、それしかない！」

覇界王ジェネシックに向けて、ブロウクンファントムを放ちながらも、戒道がつぶやく。

「ああ、副隊長として、隊長に同意する！」

ガオガイゴーの攻撃の隙を、プロテクトウォールでフォローしつつ、ルネも叫んだ。

「こっちも賛成！　老いたら若者に従うもんだよ、凱！」

「みんな……」

ガオガイガーを背にかばいつつ戦う二機の姿に、凱は即断する。

「わかった……ゴルディーダブルマーグッ！」

「おおう、待ちかねたぜ！」

上空を遊弋《ゆうよく》するワダツミから、オレンジ色のマルチロボが宙に飛び出す。似たような色合いでありながら、その機体色は暁の輝きを意味するわけではない。常に勇者王とともに激戦をくぐり抜けてきた、歴戦の装甲だ。

「システムチェーンジッ！」

「いくぞぉっ！」

空中で三つに分解され、マーグハンドと二振りのハンマーに変形するゴルディーダブルマーグ。そこに向かって、ガオガイガーが飛翔する。常ならば、ハンマーコネクトの瞬間には、どうしても隙が生じてしまう。だが、この時はガオファイガーとガオガイゴーが、両脇から覇界王ジェネシックに組み付き、全力を振り絞った。

「紗孔羅……聞こえてたら、あんたも戦いな！」

覇界王の内部にいるであろう姪に向かって、ルネが語りかける。

「こっちには、あんたがどうなってもいいとか考える奴は、ひとりもいないんだ！　誰も死なせたくないなら、あんたも戦え！　戦ってそこから出てこい！」

「そうだ！　僕たちはきっと、君を救ってみせる……あきらめるな！」

ルネの叱咤に、戒道《かいどう》が続く。少年時代の彼からは、もしかしたら出てこなかった言葉かもしれない。かつての彼は、戦士としての生き方しか知らなかった。だが、仲間たちを救いだすため、十年の時を勇者たちとともに戦い続けてきた。いまやその魂は、ソルダートJからも、勇者のそれだと言われるようになっていたのだ。

『で、でも……ダメ、なの……』

覇界王《はかいおう》ジェネシックのうちから、絶望的な意思が響く。同時にその両腕が左右に突き出され、とりついていたガオファイガーとガオガイゴーが、弾き飛ばされた。

「うわあああっ！」

受け身をとる余裕もなく、氷原に転がる二体の勇者王。即座に覇界王ジェネシックが頭上を振り仰ぐ。この時まだ、ガオガイガーは、ハンマーコネクトを終えてはいない。

（ガオオオオッ！）

覇界王ジェネシックが咆吼し、ギャレオンの顎門が大きく開かれる。次の瞬間、オレンジ色の炎が撃ち出された。ジェネシックボルトに暁のエネルギーをまとわせ、砲弾のように撃ち出したのだ。苛烈な一撃は、コネクト直前の無防備なガオガイガーに直撃するかに見えた。だが――

「うおおおおっ、こなくそぉぉっ！」

アクティブモードの覚醒人《かくせいじん》Ｖ２《ブイツー》が、全身をしならせて、自分よりも巨大な物体を投擲する。ブーメランのように飛んだそれは、空中でオレンジの砲弾に激突！　右と左に弾け飛んだ。

覚醒人Ｖ２が投げたのは、キングジェイダーから託されたジェイクオースであった。ブーメランのように宙を舞ったジェイクオースは高度を落とすと、ガオファイガーの眼前の氷原に突き立った。

「ル、ルネさん！　ソルＪの旦那がそれを使えって！」

必死に叫ぶと、蛍《けい》汰《た》はＶ２の腕を宙に伸ばした。恐竜型の爪が、不器用にＶの字を形作る。

（助かったぜ、蛍汰！）

凱《がい》が心のうちで叫ぶ。仲間たちの支援を受けて、ついにガオガイガーは、ひとつに連結されたダブルハンマーの柄を握りしめた。同時に全身が、余剰エネルギーの放射で、黄金に輝く。

「ゴルディオンダブルハンマーッ！」

空中から急襲しながら、ガオガイガーはダブルハンマーのモードをシフトする。

（紗《さ》孔《く》羅《ら》ちゃんがいるとしたら、ギャレオンの中枢か、ジェネシックマシンのコクピット……関節部にはいないはずだ！）

そう直感した凱は、重力衝撃波を偏向させる。

「ゴルディオンスライサーッ！」

ダブルハンマー表面のゴルディオンモーターが唸りをあげて、重力衝撃波の刃を発生させた。狙うはジェネシック・ガイガーと、ジェネシックマシンのドッキング部。頭上から放たれた見えない刃によって、覇界王ジェネシックの四肢と翼が、ガイガーから切り離される。

「よしっ！」

会心の叫びとともに、着地するガオガイガー。だが、その眼前で展開されているのは、信じられない光景だった。

極寒の地に立つ巨人と、宙を泳ぐ鯱《シャチ》と海豚《イルカ》。そして双子の土竜《モグラ》に、それらの頭上を舞う黒鳥。いずれもトリプルゼロの幻炎《げんえん》をまとい、覇界《はかい》の眷族であることがうかがえる。

「ジェネシック……分離することができるのか」

いまだ、キングジェイダーとガオファイガー、ガオガイゴーは氷原に伏して動けない。ダブルハンマーをかまえたガオガイガーと覚醒人《かくせいじん》Ｖ２《ブイツー》――いまも立っている二機に向かって、覇界ガイガーの胸で獅子が吠える。それを合図とするかのように、覇界の獣の群れが、一斉に襲いかかった！


咆哮とともに、覇界の獅子が氷雪を蒸発させながら、空を舞う。そして、円錐と渦巻の回転衝撃波を放つ、覇界の轟獣二体も極寒の大地を駆ける。さらに、覇界の猛禽が大きく広げた黒き翼で、厚い雲をも蹴散らすように天を斬り裂く。最後に、攻撃と防御を担う覇界の海獣二頭が、何者にも捉えられぬ素早さで宙を泳ぐ。全部で六機の覇界獣たちはオレンジのオーラを放ち、世界を震わせる勢いで旋回していた。

やがて、覇界ストレイトガオーと覇界スパイラルガオーは、尖端のドリルを唸らせ、覚醒人Ｖ２に突貫してきた。

「ひいいいい、おっかねえっ！」

トリプルゼロに威力を強化された尖角を避けようと、蛍汰《けいた》は必死にニューロノイドを跳躍させた。恐竜の尾を模したスタビライザーが危うく削り取られそうになる。下手に抵抗しようとはせず、回避に専念した蛍汰の判断が功を奏した。

鋭い爪で空を駆けた覇界ジェネシック・ギャレオンは、ゴルディオンダブルハンマーとコネクトしたガオガイガーの首元に、鋭い牙を突き立てようとする。だが、一瞬早く身を捩った胸部の顎門が、それを正面から受け止めた。交錯する牙と牙！

「――ギャレオンッ！」

思わず凱《がい》が呼んだのは、どちらの獅子か。我が身を呈して、自分を護ってくれた過去の獅子。それとも、自分を屠ろうと飛び込んできた、オレンジ色の幻炎をまといし、現在の獅子。凱にとっては、いずれも大切な戦友であるメカライオン同士が、眼前で激突していた。

巨大な黒鳥は、大地に倒れ伏していた護《まもる》と戒道《かいどう》の勇者王に襲いかかる。上空から急降下した覇界ガジェットガオーは、その頭部を鋭い刃に変化させた。緑に輝く切っ先が、ガオガイゴーの背に迫る。

「プロテクトウォールッ！」

実体型のウォールリングを左腕に装着させ、護は強固な防御壁を展開させた。ウィルナイフの刃といえど、空間を湾曲させたバリアーを突破することはかなわない。激突に弾かれ、宙に逃れた黒鳥は、素早い機動で上空を旋回する。再度の攻撃の機会をうかがっているようだ。

「助かった、護！」

相棒の咄嗟の行動に感謝しつつ、戒道は素早くガオガイゴーを立ち上がらせた。頭上からの第二撃に備えて、身構える。

そのかたわらで身を起こしたガオファイガーに襲いかかったのは、覇界ブロウクンガオーと覇界プロテクトガオー。凍てつく大気が液状化したかのように、海棲生物を摸した覇界の眷族たちはその中を泳ぎ、今まさに体当たりを仕掛けようとしていた。ルネの闘志を反映したかのごとく、ガオファイガーは避けようとはしない。両腕でしっかりと掴んでいた巨大で尖った得物を勢いよく振り回し、前方に突き出した。

「うおおおおっ！」

鯱《シャチ》と海豚《イルカ》の突進を受け止めたのは、白銀の錨——ジェイクオースである。鋭い刃が勢いにまかせて、二体を両断するかに見えたが、そうはならない。覇界《はかい》プロテクトガオーが鼻先にバリアーを展開していたのだ。非実体の障壁が緩衝となり、海獣たちは激突に耐えきった。次の瞬間、覇界ブロウクンガオーが全身を急速回転させる。錐もみ状の回転突進がゼロ距離から、ジェイクオースを弾き飛ばす！

「なにっ！」

無防備になったガオファイガーに、バリアーを展開したままの覇界プロテクトガオーが突っ込んだ。無敵の楯が打突武器となり、ファイティングメカノイドの全身を痛打する。

「うわあああっ！」

全身を苛む苦痛に、ルネは悲鳴をあげた。

勇者王たちの苦闘は、オービットベースのメインオーダールームに余すところなく伝えられている。それらを見守る、悲痛な表情のスタッフたち。なかでも身を引き裂かれんばかりの痛切を感じているのは、獅子王雷牙《ししおうらいが》と阿嘉松滋《あかまつしげる》だ。愛しい孫であり、娘である紗孔羅《さくら》が囚われの身である上、そのために仲間たちが全力で反撃することもできず、苦戦しているのだから。

GGG《スリージー》ブルー長官席から立ち上がった阿嘉松が、思わず……といった口調で叫ぶ。

「おおぉいっ！……頼む！　みんな全力で戦ってくれっ！　覇界王相手に手加減なんぞする余裕はねえはずだ！」

その言葉の意味するところは、愛娘を見捨ててくれと言っているに等しい。だが、偽らざる本心でもあった。阿嘉松は両の目から涙をあふれさせつつ、必死に言葉をつむいだ。

「紗孔羅のために犠牲が出たら……そのために人類が滅ぼされちまったら……俺にはその方が耐えられねえ！　GGG長官としてでなく、あいつのオヤジとして頼む！　みんな戦ってくれぇっ！」

阿嘉松の叫びに、雷牙ががっくりとうなだれる。普段は衝突ばかりしている親子だが、根っこのところで想いは通じているのだろう。息子の言葉に、丸まった背が無言で同意していた。

この時、全隊員の胸のうちに浮かんだ言葉がある。それを代表して、大河《たいが》幸太郎《こうたろう》が口を開こうとした時――

「社長っ！　いんや、所長っ！　じゃなくて……長官っ！　それが本心っすかぁっ⁉」

オペレーターのひとりが叫んだ。阿嘉松滋という人物が、有限会社を興した時から隣にいて、その野心と夢を支え続けてきた男――山《やま》じいである。信頼する上司がアカマツ工業社長からGGGマリンレフュージ基地所長となり、GGGブルー長官と肩書きが変わっても常に変わらず、支え続けてきたのがこの山じい（本名不詳）だ。

「わしゃ、ずっと見せてもらってきたんですよ。奥さんの事故があってから、長官がどんな想いで紗孔羅ちゃんを育ててきたか！　こんなところで、あきらめられるのが本心ってわけがないでしょう！　わしゃ知ってるんすわ！」

いつになく長い言葉を振り絞りながらも、山《やま》じいの視線はコンソールから離れない。両の手はキーボードを叩き続けている。いまこの瞬間も、山じいは紗孔羅《さくら》の居場所を解析し続けているのだ。それはメインオーダールームにいる全員が同じだった。みなが解析作業を続けながら、無言でうなずく。誰ひとりとして、あきらめの表情など浮かべてはいない。それは南極で戦う者たちも同じだ。

空中で覇界《はかい》ガジェットガオーと高機動戦闘を繰り広げるガオガイゴーから、護《まもる》が叫ぶ。

「阿嘉松《あかまつ》長官、僕たちはまだまだやれます！　紗孔羅さんを救い出すまで、倒れたりしません！」

覇界ジェネシック・ギャレオンの猛攻に、ゴルディオンダブルハンマーを振るうこともできず、防戦一方のガオガイガー。だが、凱《がい》の闘志も失われてはいない。

「そうだ！　紗孔羅ちゃんもギャレオンも、俺たちはあきらめない！」

覇界ブロウクンガオーと覇界プロテクトガオーによる連携攻撃を、ガオファイガーが巨大なジェイクオースを楯代わりに耐える。

「そうだぜ、おっさんアニキ！　あたしを姪っ子に会わせてくれないとな！」

阿嘉松の異母妹であるルネが叫ぶ。それは遠い昔に交わされた約束。[※25]兄妹の最初の約束がかなうまで、倒れるわけにはいかない！

だが、どれほど想いの強さを込めていようと、敵は強大。宇宙の摂理を司る無限のエネルギーをまとっているのだ。覇界の海獣たちが、前後から猛烈な勢いでガオファイガーに迫る。

「プロテクトウォール！」

ウォールリングをまとわせた防御壁で、前方のブロウクンガオーの突進を阻む。が、背後に迫るプロテクトガオーへの対処は追いつかない。

回避は不可能——ルネがそう悟った瞬間、頼もしい声が響いてきた。

「背中はまかせろ、ルネ！」

ガオファイガーの背後に飛び込む、一回り小柄な超高速の影。

「プラズマソード！」

両腕から光の剣を発生させたジェイダーが、ガオファイガーと背中合わせの位置につく。無防備なガオファイガーの背部に突っ込もうとしていた覇界プロテクトガオーに、高速の斬撃が刻まれる。バリアーで体当たりしようとしていた覇界の海獣もこれにはたまらず、氷原に激しく不時着せざるを得なかった。

「……J！」

「礼なら、戦いが終わった後で聞こう」

破損した胸部を修復中のキングジェイダー本体を置き去りにして、プラグアウトした頭部を変形させたジェイダーとなり、戦士は駆けつけてきたのだ。姿は見ずとも、声だけでわかる。自分の背中が頼もしき味方に護られている……そう感じながらもルネは、間髪入れずに光のリングを勇者王の右腕にまとわせた。

「ファントムリング・プラス！　ブロウクンファントムッ！」

高速回転によって、プロテクトウォールを突破しようとしていた覇界ブロウクンガオーを、同じく高速回転する右腕が斜め横から迎え撃つ。正面からのぶつかり合いなら、トリプルゼロの出力が上回っていたかもしれないが、激しく激突したブロウクンエネルギー同士は弾けあい、攻撃を司る覇界《はかい》の眷族がたまらずに吹き飛ばされた。

「どわーっ！　俺だって紗孔羅《さくら》ちゃんを助け出すまでは……！」

ルネと同じく、二体の眷族に追い立てられていた蛍汰《けいた》は、腹をくくった。回避行動をやめた覚醒《かくせい》人《じん》Ｖ２《ブイツー》が、その暴龍のような脚爪で氷原を踏みしめる。

「ブレイクシンセサイズ！」

Ｖ２胸部のＴＭシステムが唸りをあげた。一か八か、シナプス弾撃で反撃に転ずる策である。その行為を気に留める様子も見せず、二列に並んだ土竜《モグラ》たちは、それぞれのドリルを高速回転させて、突貫してくる。

「ジーセット！」

蛍汰が差し違える覚悟で、シナプス弾撃を放とうとした瞬間——

『ヒトよ……覇界の眷族を滅するため、我らと合力すべし……！』

巨大な姿が、Ｖ２のかたわらに降り立った。空中から急降下してきたソムニウム変身体の融合した姿、ベターマン・カタフラクトである。

「うおおおっ！　来たよ来た来た、待ってたぜ！」

蛍汰の声が喜びに躍る。その目的がいかなるものであれ、かつてソムニウムは常に、蛍汰の危機に現れ、救いの主となったのだ。この時もまた、攻撃態勢にあるＶ２の楯となるかのように、カタフラクトは防御姿勢をとった。そこへ覇界ストレイトガオーと覇界スパイラルガオーによる高速回転ドリルが激突。一体はカタフラクトの剛腕に阻まれたものの、もう一体——覇界ストレイトガオーはそのガードを突破して、頑強な胸板に激突する。だが、その時すでにＶ２は、両腕に合成した化学物質の充填を終えていた。

「うりゃああああっ、ダブルシナプス弾撃イイイィッ！」

両腕から射出された二種類の液状物質は、カタフラクトの胸郭を貫きかけていたドリルに浴びせられた。次の瞬間、混合された物質は硬化して、ドリルの回転運動を阻害する！

シナプス弾撃でドリルが固着されたと見たカタフラクトは、全身を捩るようにして、覇界ストレイトガオーを後方へ投げ飛ばす。ベターマンと覚醒人——十年前にも幾度か見せた無言の連携、それがいま再現されていた。

ソムニウムのそんな戦いを、見つめる小さな影がある。いや、その影は、もはや何も見てはいない。氷原にうずくまるデウスの目は、うつろな硝子球のようになって、何も映してはいないのだ。無限に等しい時を生きてきたと伝えられる、伝説のソムニウム。その生命の火はいま燃えつきようとしている。小さな体の中央には大穴が空き、上半身と下半身は皮一枚でつながっているだけ。同胞であるラミアの、怒りを込めた一撃によるものだった。

（愚かだよ、キミたちは……ボクのような特異な固体たる変数値は一度喪われたら、もう二度と現れることはないだろうに……）

おのが肉体にアニムスの実——それも時間移動を可能とするテンプスの実を宿す特異体質の持ち主は、嘲弄の笑みを浮かべた。

（これでもう、この時の流れにいるキミたちは、他の時間枝に逃れることはできない……滅ぶべき世界とともに、滅するしかないのさ……）

そんな想いを浮かべながら、デウスは力尽きていく。その弱々しい意思が、リミピッドチャンネルで他者に伝わることも、もうない。だが、悔いはなかった。デウスはこれまで、歴史の大樹に無数の干渉を加えてきた。時間枝のひとつひとつにおのが分身を残してきたと言ってよい。

（この個体の滅びは、その分身のひとつが喪われるというだけにすぎない――）

薄れゆく意識の中、デウスは視界に立つ人影を見ていた。それは実在している者なのか、リミピッドチャンネルを介した幻像なのか。もはや判別する余力も失われたデウスの脳内へ、その人影は楽しそうに話しかけてきた。

『……あんたにはまた会える気がする』

少女のような声の主は、直立するトカゲのような姿をしていた。ラミアたちをこの地に導いたのは、この者であることを、デウスは直感した。

（ボクらとは異なる生体属性……もしかしたら、この者こそ……真のベターマンと呼ばれるべき存在かもしれないな……）

『なんだか眠くなっちゃった。また遊ぼ…遊ぼ……遊ぼ………』

トカゲ少女の声は遠ざかっていった。

伝説のソムニウム――そう呼ばれていた個体は、物質としての維持力を失い、全身が繊維化するとともに、極点の風雪によって塵として吹き崩されていった。その跡にはただひとつ、光さえ吸い込むような漆黒の実が残されていた……。

8

覇界《はかい》の眷族と化したジェネシック・ギャレオン、ガジェットガオー、ブロウクンガオー、プロテクトガオー、ストレイトガオー、スパイラルガオー。

　これに立ち向かうのはガオガイガー、ガオガイゴー、ガオファイガー、ジェイダー、覚醒人《かくせいじん》V2《ブイツー》、ベターマン・カタフラクト。

　六対六の戦いは、永遠に続くかとも思えた。ヒトとソムニウムの連携によって、相手に決定機を与えず、かといって勝利の鍵も見いだせない。南極の天と地に繰り広げられる眷族と勇者の戦いは、膠着状態に陥っていた。だが、果てしないその死闘にも、ついに転機が訪れる。

「見つけマシタ！」

「紗孔羅《さくら》さんがいるのは……ストレイトガオーの胴体中央です！」

　スワンと猿頭寺《えんとうじ》が、覇界ストレイトガオーのエネルギー分布を模式図として、サブスクリーンに投映した。明らかに、他のジェネシックマシンよりも出力が高い。ベターマン・カタフラクトが覚醒人V2の楯となった時、スパイラルガオーを弾き返しつつも、ストレイトガオーの突貫を食らってしまった。それは紗孔羅の〈勇気〉なる想いを変換した力によって発生した、エネルギー総量の差によるものだったのだ。

「覇界王ジェネシックのいずこに彼女がいるのか、特定することは困難だった。だが、奴が分離してくれたことで、Gストーンがもっとも活性化しているのがどの機体か、解析できたのだ！」

　いつになく、楊《ヤン》の声も高揚している。ここまで苦闘を強いられてきた勇者たちが反撃に転じるきっかけを、メインオーダールームのスタッフの手で見つけだしたのだから。

「どうするんすか、阿嘉松《あかまつ》のダンナ！　あんたの気持ちを聴かせておくんなせえ！」

山《やま》じいが必死に訴える。長官でも所長でも社長でもなく、もしかしたら出逢った頃に使っていたのかもしれない呼び方で、必死に訴える。

長年の片腕のような存在だった男の言葉に、阿嘉松の涙腺が決壊した。滝のような涙をあふれさせつつ、正直な気持ちを言葉にする。

「うおおおっ、ちくしょう頼む！　みんな……紗孔羅《さくら》を、俺の紗孔羅を助け出してくれぇぇっ！」

『そのセリフが聞きたかったぜぇっ！』

通信ウインドウの中で、真っ先に叫んだのは覚醒人Ｖ２《かくせいじんブイツー》にダイブしている蛍汰《けいた》だ。

『俺なんか頼りねえけどさ、勇者王がこんだけ揃ってるんだ！　ぜってー紗孔羅ちゃんを助け出してみせるぜ！　任せておけって！』

いつになく頼もしげな、蛍汰の鼻息荒い表情。研究部オペレーターシートについていた火乃紀《ひのき》の胸に、甘酸っぱい感情が満たされる。

（ケーちゃん、はりきっちゃって…でも、素敵……）


ヘッドダイバーの気合いが乗り移ったのか、覚醒人Ｖ２も全力を振り絞る。氷原を駆ける覇界《はかい》ストレイトガオーに、Ｖ２が必死にしがみついた。両手両脚の巨大な爪でしっかりと。機体の全長は同程度だが、トリプルゼロに強化されたパワーは凄まじい。重しを加えられたことを苦にするでもなく、ドリル戦車は猛然と走り続ける。逆さ状態でひっついているＶ２は振り落とされないようにするだけで、精一杯だ。それでも、覇界ストレイトガオーの機動性を殺しているのは確かである。

「み、みんな！　いまのうちに紗孔羅ちゃんを助け出してくれっ！　長くはもたねえよ！」

蛍汰の必死の叫びに、仲間たちが応える。

「おう、いま行くぞ！」

「離すんじゃないよ！」

凱《がい》とルネの声が重なった。ゴルディオンダブルハンマーをかまえたガオガイガーと、ジェイクオースを抱えたガオファイガーが、空中から急襲する。だが、それらに触れさせることなく、覇界ストレイトガオーは、鼻先のドリルを猛回転させると、それをそのまま氷原に叩きつけた。いや、地中に潜行したのである――覚醒人Ｖ２を引きずったまま。

「ふぎゃああああああっ！」

通信回線に蛍汰の悲鳴が響く。地中を進む覇界ストレイトガオーにしがみついたＶ２の状態は、地上からもオービットベースからもわからない。両腕のプラズマソードをかまえたまま、ジェイダーも戸惑った。

「くっ、これでは捕捉できん！」

他の覇界ジェネシックマシンの相手をしながらも、ガオガイガーとガオファイガー、そしてガオガイゴーもジェイダーもベターマン・カタフラクトも、氷原の広大な大地を見つめる。眼下の地中のいずこかに、覇界ストレイトガオーはいる。だが、氷と土の中を高速移動する覇界の眷族を見つけ出すのは、至難の業である。

「いいえ、位置なら特定できます！」

メインオーダールームのメインスクリーンに光点が表示される。火乃紀《ひのき》の操作によるものだ。

「デュアルインパルスの反応を、図示しました！　蒼斧《あおの》隊員は、このために無茶をしたんです！」

自らをマーカーとするため、身を挺して、覇界《はかい》ストレイトガオーにとりついたのだ……と、火乃紀が誇らしげな表情で告げる。本当かな……と首をかしげる者もいたかもしれないが、異論を口に出すことはない。移動する光点を追いかけるガオガイゴーから、護《まもる》からの通信が飛び込む。

『華《はな》ちゃん、ディバイディングドライバーを！』

「わかった、了解！　長官、09でいきます！」

言葉の後半は、阿嘉松《あかまつ》に承認を求めたものだ。先ほど、豪快に涙を振り絞ったGGG《スリージー》ブルー長官はうなずくのが精一杯で、承認の言葉が出ない。

だが、幾多の戦いを切り抜けてきたスタッフの連携には、なんの問題もなかった。牛山末男《うしやますえお》が、南極上空の機動要塞完遂艦《きどうようさいかんすいかん》〈ワダツミ〉のミラーカタパルトをリモート起動させる。すかさず華が両の拳を握りあわせた。

「ディバイディングドライバー！　キットナンバー09……イミッション！」

コントロールパッドに両拳が叩きつけられると、ミラーコーティングされたハイパーツールは電磁加速で射出され、ガオガイゴーの左腕に装着された。

「ディバイディングドライバーッ！」

戒道《かいどう》の操縦で、ハイパーツールが氷原に叩きつけられる。瞬間的に開放されたレプリションフィールドとアレスティングフィールドは、地中で相互作用を引き起こす。その結果、直径二十キロメートルほどの広大なディバイディングフィールドを形成した。

　フィールド内部の北側に、一瞬前までは地中潜行していたはずの覇界ストレイトガオーの姿が露出する。護の読み通りだった。そして、形成持続時間が短くても、フィールド半径が長大なキットを選んだ華の判断も、的確だったといえる。覇界ストレイトガオーの四脚は、虚しく宙を掻き、その場に激しく転倒した。

「み、見たか、これぞGGGの連携プレイだぜぇ～～」

　ふらふらになった覚醒人《かくせいじん》V2《ブイツー》が力尽きたように、覇界ストレイトガオーから両脚爪を外し、その横に転がる。いくつかのパーツが破損して、脱落していることから、地中で受けた衝撃の凄まじさがうかがえた。

　しかし、覇界ストレイトガオーはすぐさま態勢を立て直し、またドリルを氷原に打ち付けようとする。だが、再度の潜行はかなわない。何者かの見えざる力が、土竜《モグラ》をその場に押さえつけている。

『ヒトよ……いまのうちだ』

　リミピッドチャンネルで、ラミアの意思がその場に流れる。覇界ストレイトガオーを押さえ込んでいたのは、ポンドゥスが発生させた超重力である。ヒイラギが変身したポンドゥスは、ベターマン・カタフラクトの両脚となっている。だが、この時は合体を解かぬまま、オブジェ状に変形して、離れた位置から指向性重力波を覇界ストレイトガオーに放っていたのである。

「助かったぜ、ベターマン！」

　ガオガイガーが背部スラスターを全開にして、ディバイディングフィールド内に飛び込む。ゴルディオンダブルハンマーで機動力が落ちていようと、超重力で捕らえられた覇界ストレイトガオーならば、逃すことはない。

「ハンマーヘルッ！」

マーグハンドから引き抜いた光の釘をかまえるガオガイガー。目指すは、覇界《はかい》ストレイトガオーの中央部だ。そこに紗孔羅《さくら》がいることは、メインオーダールームによって、すでに特定されている。GGG《スリージー》の勇者たちとスタッフ、そしてソムニウム……生きとし生ける者たちの連携が、いま囚われた紗孔羅《さくら》を救いだそうとしていた。

その時——

ガオガイガーよりも遅れて、その場に飛び込んできた影が、一気に追い抜いていった。その全身から放たれるオレンジ色のオーラ。トリプルゼロの衝撃波が、ガオガイガーをダブルハンマーごと弾き飛ばす。

「ぐわああっ！」

影は覇界ストレイトガオーに向けて、強烈な蹴りを叩き込む。いや、それは攻撃ではなく、再合体だ！

ガオガイガーを弾き飛ばした影の正体は、覇界ジェネシック・ガイガーだった。その背中には覇界ガジェットガオー、両脇に覇界ブロウクンガオーと覇界プロテクトガオー、右脚には覇界スパイラルガオーが既に合体した姿である。覇界ストレイトガオーに接近した瞬間、そのドリル部がスライドして、開口部が覇界ジェネシック・ガイガーの左脚を呑み込む。

瞬く間に、覇界王は再降臨を果たしていた——

『グオオオオ……ッ！』

南極大陸の氷原に形成されたディバイディングフィールド、そこにふたたび覇界王が屹立《きつりつ》する。体勢を立て直したガオガイガーが、その正面に着地した。

「くっ、自在にファイナルフュージョンできるのか……」

凱《がい》が驚愕の声を漏らす。

『ヒトよ……力を結集せよ……』

対照的に冷静な意思を返しつつ、ベターマン・カタフラクトが覇界王ジェネシックの後方に降り立った。続いて、ガオファイガーとジェイダー、覚醒人Ｖ２《かくせいじんブイツー》も周囲に並び立つ。

「わかってるよ、ラミア……僕たちは覇界王に抗い続ける。決して、あきらめたりはしない……！」

護《まもる》の声とともに、最後にガオガイゴーも着地する。一体の覇界王を取り囲む、六体の勇者王と仲間たち、そしてベターマン。

凱とフュージョンせずとも、膨大なパワーと巧みな戦術に長けた、トリプルゼロの魔神である覇界王ジェネシック。しかし、今すぐに動こうとする気配はない。元より、意思のある存在とは言いがたいが、もし感情があったとしても、たじろいだりはしないだろう。たとえ一対六という数の差があっても、それほどに覇界王の力は強大だった。

「楊《ヤン》博士、例のアレは……」

メインオーダールームで、獅子王雷牙《ししおうらいが》が楊龍里《ヤン・ロンリー》に囁く。勝利の鍵として用意したものは、発動に時間がかかる。タイミングを緻密に計って、準備する必要があった。

「いつでもいけます」

緊張しつつ、楊《ヤン》が答える。メインオーダールームにいるスタッフたちも、みな悟っていた。いよいよ覇界王《はかいおう》との決戦が、最終局面を迎えようとしている、と。勝利するにせよ、敗北するにせよ、それは遠い未来のことではない。もうすぐその瞬間が訪れるのだと、誰もがそう感じていた。

メインスクリーンに映し出される、六体の勇者による包囲網。だが、固唾を呑んでその光景を見守る一同を襲ったのは、物理的な衝撃だった。激しい轟音と震動。そして明らかに一定方向を志向する強烈な慣性。オービットベースになにかが起きていた。

素早く情報を拾い集めたスワン・ホワイトが緊迫した声をあげる。

「ノー！　オービットベースの軌道速度が急速低下していマス！　このままでは、地上に墜落シマス！」

その場にいた誰もが、予期しなかった事態に戦慄した。

「いったい何故、そんなことが！」

「中枢ウルテクエンジンが、いきなり異常作動したんすわ！」

「原因は！　外部からのハッキングか！」

大河《たいが》の問いに、山《やま》じいが答える。

「いえ、外部からではないっすわ……。中枢ウルテクエンジン制御室から、プリックル参謀とタマラ嬢ちゃんのＩＤ反応が検出されているっす」

「そんな……タマラと参謀のテレメーターから……！」

恐怖の表情で、言葉の後半を呑み込んだのは火乃紀《ひのき》だ。途切れた言葉を引き継いだのは——

『アルジャーノンだー！　逃げるのだー！　アルジャーノンだー！　逃げるのだー！』

コンソールから聞こえてきたのは、テレメーターからの脳波形に反応した感知システムの音声。陽気な少女のような声音で告げられた警報音であった。阿嘉松《あかまつ》長官による発明品〈アルジャーノン見張番26号〉でも使用されている合成音声だが、この時はGGG《スリージー》全隊員への死刑宣告であるかのような不吉さで鳴り響いていた。

すかさず、大河が確認する。

「つまり、プリックルくんとタマラくんが、アルジャーノンを発症し、破壊活動を行っているということか！」

「は、はい、そう考えるのが妥当です……」

悄然とした面持ちで火乃紀は答えた。全GGGスタッフの中で、もっともアルジャーノンに詳しい生体医工学者として、またタマラの友人として、痛恨を極める事実だった。

だが、想像を絶する緊急事態のなかでも、彼らは即座に対応する。

「特務長官、既に武装隊員たちが向かっているようだが、アルジャーノン発症者の行動を推測し、ウルテクエンジンの制御を奪回するためには、オーダールームからも要員を送るのが得策だろう……だが最小人数だ」

GGGブルーのスーパーバイザーである楊博士が、そう進言した。「最小人数」と言った、その判断は正しい。オービットベースが地上に墜落するという事態を防がねばならないのは当然だが、南極でいまだ続いている覇界王と勇者たちの戦いの支援も続けなければならない。人材が足りているわけではない。どちらも、おろそかにするわけにはいかないのだ。

大河《たいが》は迷わず、旧知の仲間に視線を向けた。

「火麻《ひゅうま》くん、手段は問わない……向かってくれるか？」

「ああ、ＩＤスーツはないが、火器の使用は許可されるってことだな」

特務長官の指令に、ＧＧＧ《スリージー》グリーン参謀である火麻が即答した。ふたりとも、沈痛な声音ではあるが、そこに迷いや怯えはない。すでにアルジャーノン発生時に採るべき選択は、幾度も確認してある。発症者の致死率は百パーセントであり、救う術はない。アーチン・プリックルとも長年の友人である火麻にとっては過酷な任務だが、事が白兵戦となる以上、彼以上の適任者がいないのも事実だ。

「特務長官、私も行かせてください」

火乃紀《ひのき》が自席から立ち上がって、大河に申し出る。この緊急事態に、理由を問いただすような愚を、大河は犯さない。

「助かるよ、彩《さい》くん。アルジャーノンの専門家として、君の対処に期待する」

地上と宇宙――ふたつの場所で、同時に事態は最終局面を迎えようとしていた……。

9

西暦二〇〇五年、機界31原種の襲来にともなって建造された宇宙基地〈ＧＧＧオービットベース〉は、極軌道を巡る低軌道衛星である。観測衛星ではないため、太陽非同期軌道が選択されており、対地高度が低いこともあって、常に世界中のアマチュア観測家にまで注視されている。

そのため、軌道要素にズレが発生していることは、またたく間に明らかになった。摂動によるものではない。なんらかの理由で対地速度が低下しており、地上への墜落軌道に遷移している。精密な数字は専門機関でなければ算定できないが、概算でおよそ七十時間……三日後には、太平洋上に墜落すると思われた。

日本のGアイランドシティに存在する宇宙開発公団は、対応に大わらわになっていた。太平洋上に大質量物体が墜落すれば、大災害の発生は間違いなく、対応すべき問題は無数にあるからだ。もちろん、地球全体の環境に深刻な影響を及ぼす大災害ともなれば、微々たる問題に対処している場合ではないのだが。

オービットベースとの直通回線が不通になって、公団は国連に幾度も問い合わせたが、基地を管轄する国連最高評議会ですら、正確な情報は持ち合わせていない。そんな中、公団の往還艇離発着センター管制主任たる天海《あまみ》勇《いさむ》は、独自の人脈で国連上層部と連絡をとっていた。

「それじゃあ、オービットベースの墜落を防ぐことはできないんですか⁉」

『あれだけの大質量物体です。地上からでは何も……』

主任席のモニター内で、美しい顔に苦渋を浮かべたのは、国連事務総長首席秘書官である日本人、磯貝《いそがい》桜《さくら》だ。かつて、桜は宇宙開発公団総裁秘書を勤めていたこともあり、勇はその頃からの知己である。公式なルートでは得られない情報を求めて連絡してみたのだが、手に入ったのは〝絶望〟でしかなかった。

「何も対処できないとしたら、絶滅した恐竜の二の舞ですよ！」

それは六五〇〇〇万年前に起きた大事件。アステロイドベルトから頭脳原種に運ばれてきた巨大隕石が、ザ・パワーによる反発現象によって過去に運ばれ、その時代の地球に墜落したのだ。結果として、恐竜は滅び、地上の主役の座を人間に明け渡すことになった。オービットベース墜落が現実となれば、またも主役交代の機が訪れることになるだろう。

『わかっています。地上からでは何もできません。ですが……まだ彼らがいます』

「彼ら……⁉　では、GGG《スリージー》の組織はまだ機能しているんですね！」

表情を明るくした勇《いさむ》に、桜《さくら》は説明した。現在、GGGは大規模な作戦を展開しているため、地上各所からの問い合わせに応じている余裕はない。だが、国連との情報共有は維持されており、墜落への対処も始められているという。

「大規模な作戦……」

血相を変えた勇を見て、桜は一瞬逡巡した。だが、すぐに決意すると、南極で行われている覇界《はかい》王《おう》との決戦について語った。大河《たいが》幸太郎《こうたろう》がGGG特務長官に就任した際、トリプルゼロと覇界の眷族の脅威については、全世界に発表されている。しかし、今まさにその最終決戦が行われているということは、一部の人間しか知り得ない情報だった。だが、南極で現在も戦っているであろうGGGブルー機動隊長・天海《あまみ》護《まもる》は、血の繋がりはなくとも勇にとってかけがえのない息子なのだ。職務違反を自覚した上で、桜は正確な事態を伝えた。

『GGGは全スタッフで、双方の事態に対応しています。私は彼らを信じています。きっと地球は救われると――』

桜の迷いのない言葉に、勇も思わず歓喜した。

「うわっはー！　あ…いや、失礼……私も信じています。信じることこそが、彼らを支える戦いなのだと、我々も学びましたから……」

そう、原種が来襲した時も、遊星主の脅威にさらされた時も、彼らにできることは、ＧＧＧを信じる……ただ、それだけだった。だが、その想いこそが〝勇気〟の力。それは、原種と激闘を続けたＧＧＧに希望を与え、三重連太陽系で失いそうになった勇気を補い、遊星主に打ち勝つためのエネルギーとなったのだ。

「磯貝《いそがい》さん、提案があります。いま起きているすべてのことを、全世界に公表しましょう！」

「全世界に⁉」

勇の意外な提案に、桜は驚いた。人類が滅ぶかもしれない——そんな一大事を全世界に公表しようというのか。それにともなうパニックを考えたら、絶対に情報公開などできない。それが国連最高評議会の、現時点での判断だったのだ。

「オービットベースの墜落は、隠すことはできません。もう世界中の天文家に知られていますし、情報が錯綜しています。現実に起きることより深刻な予測……いや、流言飛語となってデマも出回ってるんです。これを沈静化するには、正確な情報を公開するしかありません！　なによりも、ＧＧＧが全力で対処している……これ以上、安心できる情報はない！　私は確信しています！」

勇の熱弁に、桜の心は激しく揺さぶられた。たしかにその通りだった。

『わかりました。事務総長閣下に提案してみます』

桜はそう告げると、勇との通信を終えた。今日この日まで、上司との間に築いてきた信頼関係、それはすべてこの日のためだったのだ——桜にはそう思えた。国連本部ビルの通信室から出た桜は、通路の窓から空を見上げた。暗鬱な曇天の向こうに、存在するはずの宇宙基地の姿は見えない。だが、桜は声に出すことなく、呼びかけた。

（私たちは必ず成し遂げます。あなたたちを信じ抜くという戦いに勝利することを……それがどんなに困難な戦いでも……総裁……）

その呼びかけは、本来ならふさわしくない。呼びかけられた相手が、その肩書きから離職して、もう長い時間が経っている。だが、桜《さくら》の胸中では、その人物はいつまでも、敬愛する〝総裁〟なのだ。それは彼女の人格を形成するうえで、もっとも重要な存在として深く息衝いているのであった。


「うおりゃああああっ！」

ＧＧＧ《スリージー》グリーン参謀である火麻激《ひゅうまげき》が、サブマシンガンを連射しながら二十三層の中央通路を突き進む。

磯貝《いそがい》桜や天海《あまみ》勇《いさむ》が信じたように、今この瞬間も、ＧＧＧは全力で事態に対応していた。手練れの射撃で、壁面や天井に設置された侵入者邀撃《ようげき》システムを的確に破壊して、突き進む火麻。その後ろには、彩《さい》火《ひ》乃《の》紀《き》が付き従っている。

現在、人工衛星であるＧＧＧオービットベースは対地速度の低下により、地上への落下軌道に遷移しつつある。それは自然現象によるものではない。本来、たとえ安定した軌道であろうと、地球そのものや月から受ける重力、また低軌道であるが故の大気摩擦による摂動は必ず発生する。オービットベースの場合、常ならば中枢ウルテクエンジンを主とした重力制御、及び慣性制御によって摂動を相殺している。だが、それはつまり、人工的に摂動を増大させ、軌道要素を乱すことも可能であるということだ。

　菊帆《きくほ》エイル、鷺《さぎ》の宮《みや》・ポーヴル・カムイといった隊員たちのアルジャーノン発症を受けて、一般隊員による中枢システムへのアクセスは、以前よりも厳しく制限されるようになった。破壊活動に対する防衛システムも増強されている。それでも、ＧＧＧが組織である以上、高位スタッフのアクセス権を完全に遮断することは難しい。

　そして、オーダールームのメインシャフトを利用することで、火麻と火乃紀は最短ルートをたどり、オービットベース二十三層の最深部にたどりついた。武装隊員たちは他のいくつかのルートから最深部へ向かっているが、制御権を奪われた侵入者邀撃システムに阻まれ、いまだ辿り着いてはいない。だが、時間は限られている。武装隊員たちの到着を待ってはいられなかった。中枢ウルテクエンジン制御室の扉を強引に解錠して、火麻と火乃紀は室内に突入する。そこで見たものは、髪を振り乱して制御端末にとりついているタマラの姿だった。

「……二十六億人あと二十六億人は淘汰しないと地球は滅んでしまうのですそのためにはオービットベースを地上に墜落させねばならないのです私には崇高なる使命があるのです……」

　タマラの操作によって、ウルテクエンジンが異常動作を起こし、オービットベースが墜落への軌道に乗ってしまったことは明らかだった。やはり、タマラはアルジャーノンを発症していたのだ。解ってはいたことだが、救いようのない状況を目の当たりにして、ふたりは絶句した。

　その時、火乃紀の携帯端末から、スワンの声が響いた。

『……火乃紀、火乃紀、急いでクダサイ！　あと二百六十秒以内に対地速度を回復しないと、墜落は避けられなくナリマス！』

スワンは、メインオーダールームで南極の戦いをバックアップしながら、軌道計算も続けているのだ。その声を聴いた火麻《ひゅうま》が、悲痛な表情でサブマシンガンをかまえる。

「……アーチンの奴ぁ、どこだ？　くっそぉ、手段がひとつしかねえってんなら、うかうかしてる時間はねえ」

銃身の前に立ちながら、火乃紀《ひのき》は首を振った。

「いえ……たぶん、ひとつではありません。タマラを私に任せてもらえますか」

火乃紀の声は、落ち着いていた。友人を死なせたくない、その思いで冷静さを欠いているようには聞こえなかった。そう判断した火麻は、銃口を下ろした。その瞬間――大型コンピューターサーバーの間に身を隠していた人物が、火乃紀に飛びかかってきた。

「‼」

声も出せずに凍りつく火乃紀を、火麻がすかさず身を挺して庇う。

「あぶねえ！」

しかし、不利な体勢であったため、火麻の方が背中をとられることとなった。

「アハハハ！　引っかかったね。激《げき》、君とは決着をつけたいと思ってたんダヨ！」

狂気にかられたアーチン・プリックルである。五十歳をとうに過ぎているにもかかわらず、身軽な両脚が火麻の両腕をサブマシンガンごと背後から固定し、屈強な剛腕が首を締め上げる。もともと同年代であったが、火麻は三重連太陽系から十年ぶりに帰還したという事情もあり、プリックルより十歳若い肉体の持ち主ということになった。だが、鍛え上げられたGGG《スリージー》ブルー参謀の筋力は、GGGグリーン参謀をがっちりと羽交い締めに捕らえていた。それだけではない、右手に握られているコンバットナイフの刀身が、的確に喉元につきつけられている。

「アハハハ！　激、君とは二十六回の模擬戦でも決着つかなかったけど、これでオシマイだよ。ボクが二十六年のつきあいを勝利で終わらせるんだ。君の死というトロフィーでネ！」

彼の狙いは、最初から火乃紀ではなく、火麻の方だった。その首に躊躇のない刃が迫る。

「おい待て……やめろっ…アーチン・プリックル！」

そこで声は途絶えた。

その瞬間、火麻は過去の自分の様々な体験を走馬灯のように回想していた。大量の記憶の波が、瞬時に脳内を駆け巡った。

「火麻参謀っ！」

なすすべもなく、火乃紀が悲鳴をあげる。その眼前で、プリックルはコンバットナイフを握る右腕に力を込めていた。

「うがあああああっ！」

ミレニアムモヒカンが揺れるとともに、声にならない火麻の絶叫が響いた。


オービットベースがアルジャーノンとの死闘を繰り広げていることを、南極で戦う勇者たちは知るよしもない。覇界王《はかいおう》ジェネシックという未曾有の難敵を前にした彼らに、余計な情報を与えて集中力を削ぐ必要はない――それが、大河《たいが》や阿嘉松《あかまつ》の判断であった。

実際、眼前の戦いに勝利する以外のことを考える余裕は、微塵も存在していなかった。

「ブロウクンファントム！」

ファントムリングを装着した右腕を、ガオガイゴーが撃ち出す。それは覇界王《はかいおう》ジェネシックを斃そうという意思を込めた攻撃ではない。眼前で今にも引き裂かれようとしていた、覚醒人Ｖ２《かくせいじんブイツー》を救うための一撃だ。狙い過たず、ブロウクンファントムは、Ｖ２の胴体に突き立てられようとしていた覇界王の右拳に命中した。その隙に蛍汰《けいた》は、ゴルディオンネイルの致命的な刺突から、Ｖ２を必死に回避させる。

「ひいっ、助かったぁ！」

「今度は我らの番だ！」

追撃はさせまいと、プラズマソードで斬りかかるジェイダー。そしてジェイクオースを振り下ろすガオファイガー。だが、その連撃も覇界王の牙城を揺るがすには至らない。オレンジ色の幻炎《げんえん》に包まれた左腕が無造作に振るわれ、軽々と弾き返した。

「くっ、プロテクトシェードを使うまでもないってことかい！」

ともに弾き飛ばされた小柄なジェイダーを受け止めつつ、ガオファイガーが氷原に膝をつく。

「あきらめるな、ルネ！　一撃で通じねば二撃、三撃を放つのみ！」

「わかってるよ、Ｊ！　勇気が折れなきゃ、最後にはこっちが勝つ！」

息をつく間もなく、ジェイダーとガオファイガーが左右に散った。そこに間髪入れず、ジェネシックボルトが着弾。分厚い氷も、その下の永久凍土も粉砕して、巨大なクレーターが穿たれる。一瞬でも回避が遅れていたら、二機とも粉砕されていただろう。

ガオガイガー、ガオファイガー、ガオガイゴー、三機の勇者王。そしてジェイダーと覚醒人Ｖ２。いずれもストレイトガオーのうちにいる紗孔羅《さくら》の救出を最優先に考えている。だが、同じ戦場にあって、ソムニウムたちには異なる思惑もあった。アルジャーノンの感知に長けた彼らは、オービットベースとの間に開いたソキウスの路《みち》を通じて、火乃紀《ひのき》の危機さえも感じとっていた。

『もうじきに…ソキウスの路は閉じる』

　シャーラの意思が弱々しく、リミピッドチャンネルを通じて伝わる。

『ラミア……我らの希望が失われる』

　ユーヤの意思が、ベターマン・カタフラクトの中でこだました。この場での戦いを続けるか、それともオービットベースに向かうべきか。常ならば決して露わになることのないラミアの感情が、その意思にもにじんでいる。

『わかっている……しかし、今ここで、覇界王を滅せねば、すべてが失われる……』

　苦渋をにじませたラミアの意思に、普段は無口なヒイラギが応える。

『うん…ボクも…感じる……残念だけど、希望はもう……』

　気性の荒いガジュマルの意思が吠える。

『シャーラも持たねえぞ！　さっさと覇界王をぶっつぶせばいいだけだ！　急げ！』

　ライのおどけた意思も同意する。

『左様ですな。パトリアの刻《とき》を迎えるためにも』

　やや冷静に、羅漢《らかん》も意思を伝える。

『ンー…だが、あの中には……』

　ラミアの意思を感じた他のソムニウムたちに迷いはなかったが、仮に紗孔羅を救うことを優先しなくても、最後の覇界王を打倒することは、途方もない難事であることに間違いなかった。それでも彼らは希望をあきらめることなく、カタフラクトの剛腕を、覇界王《はかいおう》ジェネシックに打ち込んだ。と同時にその両肩の鋭い突起で何かを測定した。

『ンー…一度だけだ。見誤るな』

ジェネシックオーラの圧力に弾き飛ばされながらも、ベターマンは戦闘できる限界となる時間を迎えようとしていた。

(雷牙《らいが》おじさんが言ってたな……Zマスターもまた、覇界王であったかもしれないと)

激戦のさなか、凱《がい》の脳裏にそんな考えがよぎった。獅子王《ししおう》雷牙のその推測が正しければ、これまで彼らは、二体の覇界王に勝利してきたことになる。そして、目の前にいるのが最後の覇界王ということだ。

(紫の星と赤の星の覇界王に打ち勝った俺たちだ……緑の星の覇界王にも、負けるはずはない……!)

強大な敵への恐怖——それすらも上回る闘志が、凱のうちに湧いてきた。これこそが勇気——命ある者のうちに生まれる無尽蔵のエネルギー。勇気はGストーンを活性化させ、勇者王ガオガイガーにさらなる力を与えた!

ゴルディオンダブルハンマーをかまえたガオガイガーが、南極の氷原に屹立《きつりつ》する覇界王ジェネシックの直上に翔ぶ。

「ゴルディー、まだいけるな⁉」

「ああん? 誰に聞いてんだ? 俺様が今まで、しんどいとか、無理だとか、一度でもぬかしたことがあったか⁉」

凱の問いかけに、いつもと変わらぬ落ち着いた……と言うよりも、ふてぶてしい声が応じる。そう、この頑強な超ＡＩはいつもこうだった。ギャレオンが凱にとって、唯一無二の戦友であるように、ゴルディーもまた、歴戦をともに勝ち抜いてきた相棒なのだ。

「そうだったな、頼りにしてるぜ、ゴルディー！」

ベターマン・カタフラクトの剛腕と打ち合う覇界王ジェネシック。その注意は地上の敵にのみ、向けられているように思えた。空中でガオガイガーは、ダブルハンマーからクラッカーを分離、ゴルディオンモーターによって重力衝撃波を偏向させる。

（狙いは覇界王の左膝！）

薄く偏向された重力衝撃波は、超絶の切断力を有する刃となる。凱が目論んだのは、ゴルディオンスライサーで覇界王ジェネシックの左膝を切断することだった。それがかなえば、ストレイトガオーのうちに囚われている紗孔羅《さくら》の救出は、容易なものとなる。

今まさに必殺の一撃が放たれようとした瞬間――

覇界王が頭上を見上げた。意思を持たぬはずの双眸が燃え上がる。そこに邪悪な笑みが浮かんだかのように、凱には思えた。

「グオオオオオオッ！」

咆吼とともに、覇界王ジェネシックの尾の先端部、ガジェットガオーの頭頂部のパーツが分離する。そのパーツは右腕に装着され、ウィルナイフとなって――

間髪入れずに激しい回転とともに撃ち出された！

高速回転する拳の先で、オレンジに輝く刃もまた、必殺の牙となって旋回する。空中で攻撃前の姿勢にあったガオガイガーには、迫る牙撃に立ち向かうどころか、回避する術すらなかった。

ベターマン・カタフラクトが、覚醒人V2《かくせいじんブイツー》が、ガオファイガーとジェイダーが、そしてガオガイゴーが頭上を見上げて、絶望に固まる。

「凱《がい》兄ちゃん‼」

護《まもる》の叫び声が響いた。だが、その声が届こうと、結果は変わらなかった。覇界王《はかいおう》ジェネシックのブロウクン・ウィルナイフが、ガオガイガーを貫く！　いや、そう見えた瞬間、自らの身を挺した者がいた！

「うがあああああっ！」

声にならない大地を震わす絶叫。その主は、ガオガイガーの頑強なる右腕。いや、右腕だった存在は自ら分離して、マーグハンドからマルチロボへとシステムチェンジしていた。ガオガイガーの楯となったゴルディーダブルマーグ！　その胴体腹部に、高速回転する刃が突き立てられた……そして、その直後、渦巻く刀身は背中の装甲まで貫いていた！

「ゴルディィイイッ！」

凱の絶叫が響く。あの時もそうだった。ピッツァが変貌したEI－26と交戦した際、ゴルディーはおのが判断でガオガイガーから分離した——勝利のために。レプリ・ガオガイガーと激突した際も、ヘル・アンド・ヘブンの直撃を受けて、ゴルディーはガオファイガーの楯となって砕け散った——凱を生き残らせるために。勝利と生存を託して、おのが身を投げ出すことを厭わない、それがその超AIの生き様だった。その人格モデルになった火麻激《ひゅうまげき》と同じように、凶刃の前に身を投げ出したのである。

奇しくも宇宙と地上とで、同じパーソナリティを持つ者たちの声なき絶叫が同時に響いたのは、偶然であったのか。それとも運命の悪戯だったのだろうか。

相棒たるマルチロボが木っ端微塵に爆散する、その破片を全身に浴びて、ガオガイガーは制御を失う。至近距離から鋼鉄の散弾を浴びたようなものだ。そのまま受け身をとる余裕すらなく、ガオガイガーは氷原に叩きつけられた。

邪悪な笑み——凱にはそう見えた双眸で、砕けた凍土に倒れ伏した勇者王を見下ろす覇界王。その右腕に、空中で旋回飛行を終えた拳が帰還する。無論、ウィルナイフは装着されたままだ。数瞬前にゴルディーダブルマーグを貫いた刃を、覇界王は頭上に掲げた。もはや立ち上がることすら叶わない、満身創痍のガオガイガーに、とどめを刺さんとばかりに。

だが——

覇界王の刃の前に、決然と立ちはだかる者がいた。

「……やらせないよ……凱兄ちゃんは」

静かな……だが、断固たる声だった。倒れ伏したガオガイガーの前に立ったのは、スーパーニューロメカノイドたるガオガイゴーだ。勇者王を継ぐ若き勇者王から発せられた、青年の声。かつての少年時代にはいつも獅子王《ししおう》凱に護られていた天海《あまみ》護の、成長した断固たる声。今、今まさに、今この時こそ……自分が護る側になってみせる、その意志の強さを感じさせる護の声。

幾千幾万の日々を越えて、幼子から勇者へと成長した者の、真価が込められた声だった。

氷原に倒れ伏したガオガイガー。その前に立つガオガイゴー、内部のウームヘッドでは護が様々なデータに目を走らせていた。メインオーダールームの華《はな》が転送してきた、ガオガイガーの機体コンディションである。その情報からは、獅子《しし》王凱《おうがい》は一時的に意識を失っているだけで、生命活動に別状はないことが読み取れた。

『命《みこと》さんが、護くんも心配しないで、って』

この時、華はつとめて冷静な口調を崩さないようにしていた。プリックル参謀とタマラがアルジャーノンを発症し、オービットベースが窮地に陥っているなどと、覇界王《はかいおう》と戦っている最中の護《まもる》たちに気づかれるわけにはいかないからだ。

『あと、ギャレオンも少し傷ついたけど、自己修復できる範囲内の損傷だって、雷牙《らいが》博士が計算してくれた』

「よかった……凱兄ちゃんもギャレオンも無事なんだね……」

いずれも護にとって、かけがえのない大切な存在である。ひとりと一体が深刻な状態でないことに、護は心の底から安堵した。華との通信を終えると、心中を確認するかのように、口にする。

「なら、後は覇界王を倒すだけだ……！」

「……護、気負いすぎるなよ」

セリブヘッドの戒道《かいどう》が、落ち着いた声で語りかける。

「凱さんも地球も、みんなで護るんだ。忘れるな、君が戦う時は、いつも僕が一緒にいる」

その通りだった。子供の頃から、様々な危機をともに乗り越えてきた相棒であり、トモダチ。自分が地球人ではないという悩みを抱えていた、幼き日の天海護《あまみまもる》にとって、同じ境遇の戒道がいてくれたことが、どれほど心強かったことか。

「ありがとう、幾巳《いくみ》。忘れたりしないよ……一緒に勝って、一緒に帰ろう、オービットベースやGアイランドのみんなのところへ」

「……ああ」

　そのわずかなやりとりで、護のうちから気負いも恐怖も吹き飛んでいた。自分でも驚くくらい冷静な頭で、目の前の覇界王ジェネシックの目を見る。倒れ伏したガオガイガーをにらみつけていた、頭部の双眸ではない。もっとその下――胸部のギャレオンヘッドの両眼だ。かつて、機械の眼差しでありながら、深く温かく優しい視線で護を見つめてくれていた、懐かしい目。

（ギャレオン……待っててね……必ず助けるから。一緒に帰るんだ。僕も、凱兄ちゃんも、みんな一緒に！）

　青年たちの決意を具現化したかのように、ガオガイゴーが身構える。これまでの戦いで、覇界王が途方もない強敵であることは、嫌というほどわかっている。だが、怯える心も臆する心も、存在しない。それらを蒸発させる熱いエネルギー――〝勇気〟が満ちているから。

　そんなガオガイゴーの姿を、上空から撮影している影があった。ヤマツミが発進させた情報収集用ドローンである。国連事務総長からの依頼によって、GGG《スリージー》グリーン諜報部が覇界王との戦闘の様子を撮影、全世界に中継配信することになったのである。


　日本時間で、週末の午後。カフェテラスに集まった三人の女子大生は、ひとつのスマホに映し出される中継映像に釘付けになっていた。

「天海《あまみ》くん、戒道《かいどう》くん、そんなヤツさっさとやっつけちゃいなさい！」

小学生のような怒声を張り上げたのは、狐森《こもり》レイコである。ティーセットが乗ったテーブルをひっくり返さないよう、両脇から旧友の鈴木《すずき》わかばと手里《てざと》たまよが押さえつける。もっとも、静かなカフェテラスでの怒鳴り声をたしなめるような者はいない。他の客も店員も、それぞれのスマホや店内モニターで、同じ映像を見つめていたからだ――ＧＧＧ《スリージー》を応援する、同じ想いで。

病室の小型モニターでは戒道の育ての母が、自宅の液晶テレビで牛山《うしやま》あやめとその息子・一《はじめ》が、自室のパソコンモニターで数納鷹泰《すのうたかやす》が、やはり南極からの中継映像に見入っていた。これまでの状況は、ＧＧＧが提供した文字情報で一般人にもわかるように解説されている。覇界《はかい》の眷族とされてしまった仲間たちとの壮絶な戦いの日々、そのつらさも過酷さもみな、人々の知るところとなっていたのだ。

「護《まもる》ちゃん……」

自宅の居間で映像を見ながらつぶやいたのは、天海勇《いさむ》の妻である愛《あい》だ。独り言であるが故に、気づいてはいないが、〝護ちゃん〟と口に出したのはずいぶん久しぶりになる。数年前、護が高校生の時、自宅に華《はな》や戒道、牛山末男《うしやますえお》を連れてきたことがあった。その時、友人たちの前で〝護ちゃん〟と呼んでしまったことで、護が苦笑いをするような困り顔になってしまったのだ。男の子の母親として、そのあたりのデリカシーは身につけなければならない……と、その日の愛は深く反省した。その気持ちを忘れたわけではないのだが、映像に映るガオガイゴーの姿に重なって浮かんだのは、成人した現在の護ではない。まだ小学生だった、ゾンダーと戦っていた頃の、幼い護の姿だった。

愛自身にも、なぜだかわからない。だが、あの頃の護のいちばんの大好物で出迎えてやらなければ……そんな気持ちになった。

「護ちゃん……この戦いが終わったら、トロピカルハンバーグ作って、待ってるからね」

激戦続く南極大陸。今まさにガオファイガー、ジェイダー、覚醒人《かくせいじん》Ｖ２《ブイツー》の連続攻撃が覇界王ジェネシックに浴びせかけられていた。

「遅いぞ、青の！　こちらの攻撃についてこい！」

「はいぃぃっ！　ってか、〝蒼斧《あおの》〟と〝青の〟をかけたギャグっすかそれ！」

左右から繰り出されるプラズマソードの斬撃に呼吸をあわせるように、Ｖ２も両手のクローを爆裂射出する。腕部からチェーンでつながれたままのクローは、鎖鎌のように覇界王に斬りかかった。いずれも致命傷を与えるには至らないが、一瞬だけ覇界王を防御に専念させる、押し込む効果はあった。

（よし、いまだ……！）

ソルダートJと蛍汰《けいた》が作りだした隙を見て、覇界王のふところにガオガイゴーを飛び込ませようと、戒道が考えた瞬間——

『光なるモノよ……』

青年たちの脳裏に語りかけてくる意思があった。

「ベターマン・ラミア！」

振り向いたガオガイゴーの背後に、ベターマン・カタフラクトが迫っている。護の驚きに応じる様子はなく、ラミアは常のように一方的に、おのが意思を発信し続ける。

『ヒトは正しき命の選択を望んでいるか？』

その問いかけには、覚えがあった。七年前、護《まもる》が初めてラミアに遭遇した時、同じ問いを投げかけられたのだ。

「ラミア……あの時は何も答えられなかったけど、今なら言える。望んでいるとも！　ヒトは…人類は…命を間違ったことに使ったりしない！　正しい命の在り方を探し続ける！　それを望み続ける！　だから僕は……僕たちは止めてみせる。覇界王《はかいおう》の革命を！」

護はその意思を、リミピッドチャンネルではなく、声をあげて主張した。セリブヘッドにいるはずの戒道《かいどう》は、ラミアと護のやりとりに割って入ろうとはしない。その落ち着いた表情は、ソムニウムと対峙するヒトとしての代表を、護に委ねているようでもあった。同様に、カタフラクトを構成するソムニウムたちも、すべてをラミアに託したかのように、意思を沈黙させている。

だが、その場にいる者全員が、護の答えに満足したようだ。相棒たる戒道幾巳《いくみ》はもちろん、名も知らぬソムニウムたちがうなずくかのような意思が伝わってくる。それをはっきり表したのは、ラミアだ。

『その答えを待っていた、光なるモノたちよ……』

次の瞬間、カタフラクトが分解された。いや、羅漢《らかん》のペクトフォレースによる融合を解いたのだ。それぞれの変身体へ戻ったソムニウムたち。そのうちの一体——羅漢のオウグが、胸門から虹色の粒子を放つ。

『ンー…ペクトフォレース・サンクトゥス！』

粒子を浴びた六体の変身体は、それぞれがパズルのように変形して、ガオガイゴーの全身に装着されていった。背部にはトゥルバが、脚部にはポンドゥスが、右腕にはフォルテが、左腕にはオウグが重なり、アーリマンが尾のように後方にへばりつく。そしてルーメが薄物のように、ガオガイゴーの上半身を覆った。

『この星に生きとし生ける者すべての意思を、合力《ごうりき》すべき時――！』

ラミアのその意思は、いつになく歓喜の色を帯びているように、護には感じられた。やがて完成する、ベターマンと合体した姿、すなわち――

夢装《むそう》ガオガイゴー※26‼

もはや言葉はもちろん、意思の交感すら必要なかった。ヒトもソムニウムも、ただ生命の存続のため、覇界王に勝利するしかない。その共通する目的のために力を合わせる必要があり、その具現化こそが夢装ガオガイゴーに他ならない。戒道と護は同時に叫んだ。

「ヘル・アンド・ヘブン――ッ！」

夢装ガオガイゴーが両掌を拡げるとともに、フォルテとオウグがその肘から先を覆い、両腕は元の倍以上のサイズとなって膨れあがった！

グオオオオオッ！

強敵の出現を感じとったのか、覇界王ジェネシックが地の底から響くような咆吼をあげる。同時にその全身から、高密度のトリプルゼロが放出された。鉄板か大岩を叩きつけられたかのような物理的圧力を浴びて、氷原から吹き飛ばされるルネのガオファイガー。

「うわああっ！」

覚醒人Ｖ２《かくせいじんブイツー》とジェイダーも同様だ。この直前まで繰り出されていた連続攻撃を意に介していない様子で、三機を一瞬にしてねじ伏せる。そして覇界王《はかいおう》は次なる標的に振り向いた。オレンジ色に輝く虚無の双眸が、夢装《むそう》ガオガイゴーを見据える。

『逃・げ・て……』

それは覇界王の言葉ではない。そのうちに封じられた、紗孔羅《さくら》の意思。次の瞬間に起こるであろう事象を予知した紗孔羅が、リミピッドチャンネルで警告したのだ。もしかしたら、何らかの方法で覇界王ジェネシックが全力を解き放つことに抵抗していたのかもしれない。だが、それも限界だった。尾部のガジェットツール、そのいくつかが手甲に変形して、覇界王ジェネシックの両掌を覆う。

最強のヘル・アンド・ヘブン――

次に放たれる攻撃を予見した、紗孔羅の警告が響く。

『逃・げ・てッ！』

だが、戒道《かいどう》も護《まもる》も、そしてソムニウムたちも今さら逃げるつもりなどない。

「ゲム・ギル・ガン・ゴー・グフォ……」

戒道と護の詠唱が重なり、夢装ガオガイゴーの右腕からＪジュエルの力が、そして左腕からＧストーンの力が放出される。それらは捩《よ》り合わさって、若き勇者王の全身を銀色に染め上げる。重ね合わされる、赤の星と緑の星、ふたつの力――いや、それだけではない。今重ね合わされているのは、ヒトとソムニウム――ふたつの種族の力でもある。

この星に生きる、生きとし生ける者たちの力を合わせて、銀色の勇姿が突っ込んでいく。

「はあああっ！」

それを待ち受けるのは、オレンジ色に燃ゆる魔姿《まし》。いや、待ち受けているわけではない。正面から迎え撃つ。極寒の氷原に激突する、ヘル・アンド・ヘブン対ヘル・アンド・ヘブン――！

固く握り合わされた拳と拳がぶつかりあい、時が静止した。力の均衡は奇妙な膠着をもたらし、それは一瞬であったはずなのだが、永遠に続くかもしれぬと思わせる静寂を発生させる。否、その場にいる者が耳をすませたなら、かすかに聞こえたはずだ。夢装ガオガイゴーの両拳に走って行く微細な亀裂の音を。

だが、戒道にも護にも怖れはない。このぶつかり合いによる膠着こそが、待ち望んだ瞬間だったのだから。レーザーG装甲に刻まれていくヒビ割れの彼方に、もうひとつの異音が響く。凍てついた大気を斬り裂く風切り音。それはヘル・アンド・ヘブンの体勢に入る直前、ベターマン・アーリマンの尾が投擲した、オウグのフライングサーベルである。カタフラクトの全身は一体の固形物ではなく、ペクトフォレースによる化学分解で接続されただけにすぎない。羅漢《らかん》はおのが変身体に宿る黒色の刃を、あえて夢装ガオガイゴーの腕に合体させず、投擲兵器として背面のライに委ねたのである。

影のブーメランのように虚空をかけた黒色のフライングサーベルは、覇界王ジェネシックの左膝に、その背後から音もなく直撃した！　頑強なはずの覇界王の関節がやすやすと切断される。つい先ほど、カタフラクトが両肩の突起で測定していたのは、覇界王ジェネシックの物質構造であった。生態系や物質の特性を知り尽くした羅漢は、もっともベターな解離現象を引き起こす条件を、化学的に、構造的に、力学的に、自然科学のもとに、オウグの刃に籠めたのだ。その刃の前には、いかなる装甲も抵抗できず斬り裂かれるしかなかった。ジェネシック・ガイガーの片脚を内包したまま、左脚の膝下部が宙に舞う――それはまさに、紗孔羅《さくら》をうちに収めたストレイトガオー部に他ならない！

『乾坤《けんこん》を賭し、一擲《いってき》をなさん――』

激突したままの夢装《むそう》ガオガイゴーの右腕で、双眸が輝いた。それは融合したベターマン・フォルテの眼である。にらみつけるのは、切断されたストレイトガオー。ラミアもまた、クランブルポイントのサーチを怠ってはいなかった。双眸のすぐ至近にあるスライディングサーベルが、神速の勢いで刺突する。狙い過たず、その突端は物質崩壊点を見事に突き、頑強なるトリプルゼロの防御壁を破壊し中央部を貫いた。だが、紗孔羅の肉体を粉砕したりはしない。スライディングサーベルの尖端には、ベターマン・ルーメの薄物がまとわりついていて、柔らかく優しく、紗孔羅を包み込んだのである。

ソムニウムたちの無言の連携プレイで紗孔羅が保護されたのを見届けた時、護《まもる》の脳裏によぎる記憶があった。

それは十年前、ソール11遊星主との戦いを終え、三重連太陽系から帰還した後に見た、京都における記録映像。その中では勇者王と勇者王が激突していた。複製されたもうひとりの自分がファイナルフュージョンしたレプリジン・ガオガイガー。そして、エヴォリュダー獅子《しし》王凱《おうがい》のガオファイガー。それは、いまの覇界王ジェネシックと夢装ガオガイゴーのようにヘル・アンド・ヘブン同士の激突であり、まさに相似形ともいうべき同じ構図の再現だった。

だが、すべてが同一というわけではない。片脚を失った覇界王ジェネシックは大地を踏みしめることができずに、バランスを崩した。すかさずベターマン・ポンドゥスの超重力波が至近距離から覇界王に圧力をかける。それでも無限の出力を誇るトリプルゼロは、圧倒的な力で押し返してくる。

『サイコカーム！』

夢装ガオガイゴーの背面推進力を補っていたベターマン・トゥルバの翼から、ガジュマルの意思が響き渡る。真空の渦が覇界王の再生オーラを左右から削り取っていく。だが、まだまだ墜ちない。覇界の王はそれでもオレンジ色の劫火を噴出し続ける。

護は思い出していた――

（忘れたのか、護。最後に勝利するのは――）

記録映像の中で、凱はもうひとりの護に呼びかけていた。その時の言葉が、護の脳裏に蘇る。

（忘れてないよ、凱兄ちゃん……）

天海《あまみ》護は眼前の覇界王ジェネシックを見据えた。これが最後の戦い――おそらくはトリプルゼロの浸食によるものであろうZマスターの暴走に始まり、長い間続いてきた戦いの。これが最後の一撃――様々な悲劇をもたらし、人々を苦しめてきた運命の変転に終止符を打つための。

「最後に勝利するのは……勇気ある者だぁぁっ‼」

記憶の中の凱に唱和するように、護が叫んだ。同時にすべての想いと、すべての勇気を乗せた両拳が、覇界王ジェネシックの両拳を粉砕した！

ベターマン・アーリマンの細く長いパーツが伸びて、行く手に空いた径が塞がらぬよう内側をガードする。戒道《かいどう》は、すかさず夢装ガオガイゴーの凱号《がいごう》パーツたるアナライズアームを駆使して、その径を通りそのままギャレオンの中枢部をつかみ取った。

「よし、ブラックボックスを確保した！」

「はあああああっ！」

戒道《かいどう》と護《まもる》の連携にも、乱れはない。覇界王《はかいおう》に再生する隙を与えず、夢装《むそう》ガオガイゴーはギャレオンのブラックボックスを一気に引き抜いた——！

10

少し前に遡る——

南極でブロウクン・ウィルナイフの凶刃がゴルディーダブルマーグを貫いた瞬間——

同時にGGG《スリージー》オービットベース二十三層において、もうひとつの凶刃が火麻激《ひゅうまげき》の喉笛に向けて閃いていた。

だが、こちらは間一髪、防がれた。火麻は持ち前の反射神経で、サブマシンガンの銃身を自分の首筋に差し入れたのだ。鋼鉄の銃身が、コンバットナイフの刀身を食い止める。異様な手応えにプリックルが戸惑った瞬間——

「うおりゃあああっ！」

火麻は体を押さえ付けてくるプリックルの両脚を振りほどくと、右脚を後方に跳ね上げた。自分の腰を支点として、プリックルの全身を回転させる。柔道の払い腰の要領で体勢を入れ替えた火麻は、ふたり分の体重をかけるようにして、プリックルの体を床面に叩きつけた。

「グハアアッ！」

「相変わらずお前さんは、初手に対応されると弱いんだな！」

死闘のさなかとは思えない笑みを浮かべた火麻は、すぐ近くで見つめている火乃紀《ひのき》に声をかけた。

「彩《さい》！　急げ、タマラを止めるんだ！」

「わ、わかりました！」

一瞬で気を取り直した火乃紀は、ウルテクエンジンの制御端末に向かっているタマラに、背後から近づいた。そして、シナプス弾撃の要領で、素早くペン型の無針注射器を首筋に押し当てた。

「ああなにをするのですひのきさ……」

反応したタマラだったが、すぐに皮膚の表面から浸透した麻酔で昏倒し、その体を床に横たえた。

時間はない。火乃紀はタマラを放置して、すぐさま制御盤にとりついた。

（お願い……間に合って。オービットベースを墜落させたりは……！）

火乃紀は的確な操作でオービットベースのウルテクエンジンをフル稼働させた。対地速度をあげれば、遠心力で軌道高度が上がり、墜落の危機はまぬがれる。

――はずだった。だが、時間をかけすぎたのかもしれない。すでに危険なほど高度を下げたことによる地球重力の影響は、あまりにも巨大だった。ウルテクエンジンの最大稼働でも、高度を上げることは難しい段階に至っていたのだった。

その状況はもちろん、メインオーダールームでも把握していた。

「……スワンくん、では墜落は避けられないというのだな」

「ハイ……」

大河《たいが》の確認に、スワンが沈痛な表情でうなずく。だが、指揮官には呆然とする暇など許されない。

大河は一瞬のうちに、決断をくだしていた。

「初野《はつの》くん、大至急ワダツミとヤマツミを帰還させてくれ。阿嘉松《あかまつ》長官は、オービットベースの全スタッフを両艦で脱出させる、その指揮をお願いします」

「お、おう、わかった！」

「牛山《うしやま》三兄弟は、オービットベースの各部を分解するシークエンスの準備を。海上に落ちる前に、少しでも小さなブロックに分けて、被害を最小化する！」

「了解です！」

次男《つぐお》、末男《すえお》とともに、牛山一男《かずお》が了解の声をあげた。これより先、彼らの行動は一分一秒を争うことになる。わずかな作業の遅れが、地上の被害を数億人単位で拡大させることにもなりかねないのだ。三兄弟は息の合った分担で、それぞれの役割を無言で振り分け、作業を開始した。その瞬間である――

「特務長官！　ジェネシックが再稼働しました！　覇界王《はかいおう》はまだ斃れていません……ああっ、そんなっ！」

アルエットのその声は、報告というよりも悲鳴に近かった。

南極大陸の氷原――

左脚を失い、ギャレオンのブラックボックスを摘出された覇界王ジェネシックは、もはや爆散するのみかと思われた。だが、胸の獅子は瞳の輝きを失ったものの、頭部の双眸からはオレンジの輝きが失われていない。

トリプルゼロの化身は、いまだ息絶えていなかったのだ。

（グワアアアアアッ！）

異音のような咆吼とともに、ガジェットガオーの頸部が分解する。そしてそれは、巨大なツールと化して、覇界王ジェネシックの両腕に装着されていった。

「あれは……まさか！」

大地に倒れ伏したまま、動けずにいたジェイダーの中で、ソルダートJが驚愕する。そのツールはたしかに、彼の記憶に残っていたのだ。かたわらのガオファイガーにファイナルフュージョンしているルネにとっても、同様だ。

「……ギャレオリアロード！」

覇界王ジェネシックは、かつてオレンジサイトで用いられたガジェットツールを、天に向けた。

「J、ヤツは何をする気なんだ！」

戒道《かいどう》の問いに、Jは答える。

「あれは次元ゲートを開くツールだ……」

その声に無力感をにじませながらJは続けた――

「おそらく覇界王は、この場とオレンジサイトを直結させ、トリプルゼロの母体たる本流を呼び込むつもりなのだ……」

「そんなことをしたら……地球は一瞬で！」

直ちに事態を理解した戒道《かいどう》が、慄然とする。ともに夢装《むそう》ガオガイゴーにダイブしている護《まもる》も同様だ。今までギャレオリアロードを使わなかったのは、本流の膨大なエネルギーの流出により、宇宙全体がどういう状態に陥るのか、トリプルゼロ自体もシミュレーションできない最終手段であるためだ。滅びを超えた滅び。無を超えた無に至る、恐るべき現象が起きようとしているのである。

ようやくここまで辿りついたのに――

その絶望が彼らを包みかけた瞬間、〝その声〟が南極に響き渡った。

「まだだっ！　まだあきらめるな、絶望する必要はない！　俺たちには……勝利の鍵が残っているッ！」

覇界王《はかいおう》ジェネシックに敗北したかに見えた初代勇者王が、ふたたび氷原に屹立《きつりつ》している。そして、そこから轟く獅子《しし》王凱《おうがい》の叫びは、すべての者の魂を揺るがした。

極点でともに戦う若き勇者たちの魂を。オービットベースで奮闘するＧＧＧ《スリージー》スタッフたちの魂を。

そして、中継映像を見守る全世界の人々の魂を――。

氷原に立ち上がった初代勇者王ガオガイガーから、凱が叫ぶ。

「メインオーダールーム、いますぐフォーメーションＦをッ！」

常ならば、獅子王凱の要請にメインオーダールームが躊躇することなど、あり得なかっただろう。

しかしこの時、オービットベースは地上への墜落軌道にあり、全スタッフの脱出と各ブロックの分解が進められていた。当然、それらの作業と〝フォーメーションＦ〟の発動を同時に進めることは、困難を極める。

「……現状で、私を含めて十名程度の人員が残れば、フォーメーションＦ発動は可能だ。ただちに残留スタッフの人選を始めよう」

冷静な声で、楊《ヤン》が大河《たいが》特務長官に提案する。南極に次元ゲートが開かれれば、膨大なトリプルゼロの奔流により、人類の全滅どころか、この宇宙全体がビッグバン級の爆発によって消滅する可能性すらある。それを避けるためには、十名程度の犠牲と、オービットベースがそのまま墜落することによる被害は、甘受すべきだ……そう言外に主張している。もちろん、自分がその犠牲のひとりとなることに、躊躇はない。ＧＧＧ上層部にあって、そのような決断を即座にできるのは、この楊という人物だけだったかもしれない。だが、提案を受けた大河もまた、選ばねばならぬ瞬間に、躊躇や感傷に判断をくるわされるような人物ではなかった。一瞬のうちに決断をくだし、指令を発しようとした、その瞬間――

「！　オービットベースの軌道に変化が起きマシタ！」

スワンが軌道模式図をメインスクリーンに投映する。わずかながら対地速度が上がり、墜落軌道にズレが生じていることが見て取れる。

「いったい何が起きたのだ……」

大河のつぶやきに応じたのは、オービットベース分解作業を一時停止した牛山次男《うしやまつぐお》である。

「特務長官、これを！　勇者ロボたちが、オービットベースを押しています！」

サブスクリーンに映し出されたのは、翔超竜神《しょうちょうりゅうじん》、撃龍神《げきりゅうじん》、天竜神《てんりゅうじん》、星龍神《せいりゅうじん》、ビッグボルフォッグ、ビッグポルコート、バリバリーンに乗ったマイク・サウンダース十三世が、オービットベースの後方に取り付いている光景だった。いずれも前回の戦いにおける損傷を修理しきれていないため、破損や装甲の脱落箇所があちこちに残っている満身創痍の状態だ。それでも彼らはウルテクエンジン全開で、オービットベースを加速上昇させようとしていた。
『……特務長官、無断発進をお詫びします』

音声モニターから、翔超竜神《しょうちょうりゅうじん》の声が響いてくる。

『ですが、オービットベースの……いえ、人類の、地球の、この宇宙の危機に、黙って寝ていることなどできません！』

その機体はかろうじてトリニティドッキングの形体を保っているが、衝撃によりいつ分解してもおかしくはない。

『翔超竜神のデータベースからは、安全とか慎重とか、色々削除されちまってるようだ』

すぐかたわらで、装甲すらまともに装備されていない撃龍神《げきりゅうじん》が、機体を軋ませながらもおどけてみせた。

『お兄さまたちに付いていきます！　どこまでも‼』

天竜神《てんりゅうじん》と星龍神《せいりゅうじん》が声を揃えて、機体背部のスラスターを噴射させる。

『マイクだって頑張ってるんだもんねー！』

マイク・サウンダース十三世が、ＣＲロボのパーツを流用して応急修理されたバリバリーンで、最大出力をもってオービットベースの外壁を押し上げる。

『こっちも負けてないよ』

ビッグポルコートは、高出力のクライマー1を抱え衝撃に耐えている。ビッグワッパーでその機体を繋ぎとめているのは、ビッグボルフォッグである。

『我々は諦めません！　絶対に！』

モニターに映る勇者たちの姿に、メインオーダールームのスタッフたちは胸を打たれた。

「……感謝する、勇者諸君」

万感の思いを押し殺して、大河《たいが》はそう答えた。低軌道上でこれほどの無理をすれば、オービットベースを救えたとしても、力尽きた者は超ＡＩごと砕け散り、地上に落下するかもしれない。そんな危険は承知の上で、勇者たちは出撃したのだ。大河はメインオーダールームに響き渡る声で、万感の思いに、さらに万感を上乗せして叫んだ。

「フォーメーションＦ‼……発令ッ！！！！」

「Ｇサーキュレーションベース第一から第六、フォーメーションＦ発動準備に入りました！」

「高圧Ｇリキッド、循環速度を最大ゲインに増幅完了！」

フォーメーションＦのオペレーションを引き受けた卯都木《うつぎ》命《みこと》とアルエットが、手早く報告を続ける。かつて、グローバルウォール計画において、人類を救ったプロテクトウォール――その原理は、六基のウォール衛星に地上のＧサーキュレーションベースからＧリキッドを供給、非実体型ウォールリングを形成するというものだ。衛星軌道サイズのウォールリングは、オービットベースに装備されているプロテクトシェードを巨大なプロテクトウォールへと強化することで、地球全体を覆う防御壁を展開するのだ。

「このウォールリングをモードシフトすることで、ファントムリングとして運用する仕組みを、楊《ヤン》博士や滋《しげる》が準備してくれていたのでな！」

そう胸を張ったのは、獅子王雷牙《ししおうらいが》である。付け加えるのであれば、楊や阿嘉松《あかまつ》が準備した機能に、さらなる強化改修を雷牙自身が施している。

「衛星軌道サイズのファントムリング……どれほどの出力を発揮するか、僕ちゃんに見せてくれ！いそげ、凱《がい》……この力でトリプルゼロに対抗せーい！」

「ああ、まかせてくれ……ウォールリング・モードシフトッ！」

南極大陸で、ガオガイガーが右腕を天に突き上げる。その時、全周囲の地平線が眩く輝いた。赤道上空の衛星軌道上に展開するウォールリングが、ファントムリングへとモードシフトを開始したのである。

（グオオオオオ……ッ）

この時すでに、ギャレオリアロードで次元ゲートを開放した覇界王《はかいおう》ジェネシックにも余力はない。その現《うつ》し身《み》に残されたすべての力を振り絞ったのか、超再生力を失った機体は自壊して、氷原に崩れ落ちていった。

だが、その置き土産ともいうべき次元の門はついに、極点上空に開放された——

次元ゲート、開く！

「どうするつもりだ、凱！」

「ゲートからあふれ出すエネルギーを、この手で押し戻す！」

「なにっ！　相手はトリプルゼロだぞ……そのようなことが！」

　ソルダートJは、その後に続く「可能なのか？」という言葉を呑み込んだ。これまでどのように絶望的な状況下でも、彼らGGG《スリージー》はあきらめることはなかった。あらゆる事態を想定し、準備を積み重ね、実行してきた。その結果を、ソルダートJは常に目撃してきた。ある時は敵として、またある時は味方として。

『この放送をご覧になっている、全人類同胞諸君に申し上げます……』

　南極からの中継映像にあわせて、メインオーダールームからの大河《たいが》幸太郎《こうたろう》の演説が流れていく。

『ただいま、南極では覇界王と呼ばれる、宇宙の摂理を全うしようとする存在が次元ゲートを開放しました』

　その言葉とともに、極点上空に開かれたゲートの様子が大写しになる。国連はそれらの情報を隠し通すつもりはなかった。ハート・クローバー事務総長の決断のもと、すべてを包み隠さず、中継している。

　オーロラの彼方に見える次元ゲートから、あふれ出すオレンジ色の輝き。それが宇宙の卵とも言うべき膨大なエネルギー〈トリプルゼロ〉であり、そのかけらがかつて木星で観測された〈ザ・パワー〉であることも、全人類に公開されている。

『このゲートからあふれ出るであろうエネルギーは、一瞬で地球を吹き飛ばし、太陽系をも消滅させるであろう膨大なものです。しかし、怖れる必要はありません！』

ここにオービットベースから撮影された、宇宙空間の映像が挿入された。それは、黄金色のリングに包まれた地球の姿だ。

『我々人類はこれまでの日々――様々な試練に、ただ手をこまねいていたわけではありません。常に死力を尽くし、知力と勇気を振り絞り、抗い続けてきました。しかし今、これまでで最大の危機が訪れようとしています。ですから、この放送を聞く、全人類同胞すべてに申し上げたい。人類存亡の窮地を迎えたいまこの時、あなたの勇気を振り絞っていただきたい！』

　この時、ガオガイゴーから分離したソムニウムたちは、それぞれの変身体が限界を超えて繊維化したため、生身で極点の大地に立っていた。中継映像とともに流れる大河《たいが》の声を、受信する手段はない。だが、その声を聴く人々の想いは、リミピッドチャンネルに乗って、彼らのもとへも届いていた。

『いやはや、これだからヒトというものは興味深い』

　手に持った琵琶のような楽器をかき鳴らし、ライが微笑みながら続ける。

『我らはこの地に来て、興味深い隣人とともに愉しい日々を過ごしてきた。いやぁ、それが終わるかもしれないとは、残念なことですな』

　ライの視線の先では、ラミアがガオガイガーを見つめている。

『……我らは、パトリアの刻《とき》を迎えねばならぬ』

　頭上に右腕を掲げた勇者王を見つめる、ラミアの血の色の眼光。そこには様々な意志が込められている。それを分析するならば、敵意と敬意の混合となるのかもしれない。

『――あなたたちひとりひとりの生き抜く意志を、胸のうちに強く抱いていただきたい！』

大河の呼びかけは、単なる感傷への訴えかけではない。赤道上に存在するＧサーキュレーションベースには、オービットベースのウルテクエンジンをも上回るハイパーＧＳライドが設置されている。それは世界中の人々の生き抜こうとする意志、その誓いを結集させた魂の力――すなわち〝勇気〟をエネルギーへと変換し、衛星軌道上のファントムリングに供給する。それこそが、トリプルゼロに対抗する唯一の手段となるのだ。

そしてこの瞬間も、オービットベースの下部では、勇者ロボたちがウルテクエンジンをフル稼働させ、希望を支え続けている。

「翔超竜神《しょうちょうりゅうじん》！　君の損傷は他の者よりも重大だ……ここは仲間にまかせて、下がりたまえ！」

そんな大河の指示に、翔超竜神が異議を唱える。

『機体や超ＡＩがバラバラに砕け散ろうとも、絶対に下がりません！』

人間の危機を救うためなら、人間の命令にも抗う。それは彼らのＡＩに課せられた三原則のひとつである。いや、与えられた原則以上に、彼らが学び育まれた勇者の魂が、この場から退くことを拒んでいた。

「ビッグボルフォッグ！　このままじゃ三百秒で稼働限界に到達するぞ！」

『猿頭寺《えんとうじ》オペレーター！　フォーメーションＦが完遂するまで、我々はここを離れません！』

通信回線を通じて、ビッグボルフォッグの固い意志が伝わってくるようだった。自分の冷徹さを自覚しながら、猿頭寺はできうる限りのサポートを試みる。あと数百秒――トリプルゼロを押し返すまで、ウルテクエンジンが持つように――

（一緒に戦うぞ、ビッグボルフォッグ。最高のオペレーションで補佐してやるからな！）

人と勇者たちが、すべての思いを振り絞っている。最大の危機を乗り越えるために！

『ンー…無限なる暁の霊気に、ヒトと機械人形どもの心が対抗しうるのか……この刻《とき》を利用し、我らは眠りにつくべきであろう』

活動限界を超えた羅漢《らかん》は、冷静に氷原に立つ他のソムニウムたちに、そう意思を伝えた。

『呑気に寝てなどいられるか！　俺たちまで暁の霊気に吹き飛ばされちまうかもしれないんだぞ！』

焦りを隠せないガジュマルの意思だったが、他のソムニウムたちは同調しない。

『今のボクたちには眠りが必要だよ』

ヒイラギが意思を発しながらも、毛皮のようなものに包まり、その場に座り込んだまま眠りについた。

『完睡ではない。ガジュマルは慣れていないかもしれぬが、いわゆる仮眠というものだ』

そう意思を伝えたユーヤも、既に水クラゲのような袋の中で静かに揺蕩《たゆた》っている。

『……』

いつも口数の多いライですら、竹林のような薮を形成し、隠れるように眠っている。

『ガジュマル、まだ終わらない……だから……』

ただひとり変身体にはならずにいたシャーラも、フードを深く被り座り込んだ。

『シャーラ……お前が眠りについている間、俺が見張っている』

息まくガジュマルを見つめるラミアも、繭のような殻を形成し始めた。

『ガジュマル……目的を見失うな。元凶なりし者との決着に備えるのだ』

ラミアはガジュマルを制すると、そのまま額の十字光を瞬かせ、眠りに向かいながらも特別な意思を伝達しはじめた。情動を抑えきれないガジュマルだったが、最後に羅漢が合成被膜の中で眠りにつくのを確認すると、仕方なさそうに胸門を輝かせた。

『ペクトフォレース……カレウム…』

ガジュマルから発せられた青白く光る免疫粒子は、ソムニウム全員を取り囲み、その身体を周囲の過酷な環境から守っているようだった。やがて、ラミアの特別な意思に呼応するように、ライが眠りながらも動き始めた。

『…♪…♪…♪』

手に持った楽器をかき鳴らし始めると、太古の吟遊詩人を思わせる所作で、おのが意思を発信しはじめた。

それは未来への希望を歌いあげた意思。隣人たちと手をつなぎ、輪を作ることを尊ぶ意思。それこそが、押し寄せる宇宙の摂理に抵抗する唯一の手段なのだと、この惑星《ほし》に生きとし生ける生命すべてに語りかける意思だった。

かつて勇者たちとソール11遊星主が戦った際、地球に住む人々の意思を、ラミアが束ね、三重連太陽系に送り届けたことがあった。いま、ライの歌は全人類の心の奥底に語りかけ、あの時以上の結束力を持って、人々の意思をひとつの輪につないでいった。

「各Gサーキュレーションベースよりフィードバック！　想定値の三万五千八百パーセント以上の出力で、GSライドが活性化しています！」

「現在、ファントムリングの直径は八四四〇〇キロメートル！」

命《みこと》とアルエットの報告は、全人類が示した〝勇気〟がGGG《スリージー》の想定した値を遥かに上回っていることを意味するものだった。それを理解した楊《ヤン》が指示を出す。

「よし、この直径を維持したまま、南極上空二〇〇〇〇まで移動する……急げ！」

「ウイ！」

アルエットの的確なオペレーションで、赤道上空に滞空していた非実体型ファントムリングは極点方向へ移動を開始した。エネルギーの塊といえど、直径八万キロを超える被造物の移動など、人類の歴史上、神々の業に匹敵するであろう空前絶後の行為である。しかも、そこには数十億もの全人類の勇気ある誓いが込められている。

「アルエットちゃん、南極の方はまかせて！　ガオファイガーも引き受ける！」

「メルシー、初野《はつの》先輩！」

後輩の大きな負担を見てとった華《はな》が、バックアップを引き受ける。メインオーダールームのスタッフたちの、今にも地上に墜落するかもしれないという恐怖を乗り越える懸命なオペレーションで、フォーメーションFはいよいよ最大のクライマックスを迎えようとしていた。

中継映像を見ていた人々は、あるいは白天に、またあるいは夜空に浮かぶ黄金の輪の一部を視認し、それが自分たちの知恵と勇気が成し遂げたものであると知り、胸を熱くした。

南アフリカ大陸——アンゴラ共和国のナミブ砂漠で、暗夜に浮かぶ光の輪の光景に感動した牛山《うしやま》三男《みつお》も、そんな人類のひとりである。

「すごい……一男《かずお》兄《あん》ちゃんや次男《つぐお》兄ちゃん、末男《すえお》があれに関わってるなんて……」

国連防衛勇者隊でも有名な整備部の牛山ブラザーズ。彼らの兄弟でありながら、ただひとりだけGGGに加わらなかった三男が、誇りを胸に天を仰ぐ。荒廃する地球環境の研究に一生を捧げると誓った、自分の決断に後悔したことはこれまで一度もない。だが、仲が良かった兄弟たちと違う道を歩むことに、寂しさを感じる瞬間は幾度もあった。しかし——

（僕たちは、別々の道を進んでるわけじゃない。どこにいてもひとりじゃない。みんな地球の仲間……僕たちはひとつなんだ……）

そんな三男のかたわらで、関心なさそうにしている少年・ケイ。※27 その肩に手を置いて、三男は語りかけた。

「ケイ……きっと、君のご両親も、お空の上からあのリングに力を貸してくれているはずだよ」

三男のこの言葉には、それほど深い意味が込められていたわけではない。ケイの無感動な横顔を見ていたら、ついこぼれてしまったというだけの、三男本人すら信じてなどいない言葉だ。だが、ケイという少年の父と母が、最後の日々をともに過ごした仲間たちの想いも、あの輪には込められている。誰が知ることがなくとも、想いはこうして受け継がれていくものなのだ。

『うおおおおおおおっ！』

勇者ロボたちの勇気ある決死の行動が、オービットベースを衛星軌道に押し上げた。

「うおおおおおおっ！」

それを知ったGGG《スリージー》クルーも一斉に歓喜に沸く。


そして、激戦の果て――南極大陸。

上空に開いた次元ゲートからは、眩いばかりのオレンジ色の輝きが見えてきた。歪曲された空間を通じて、あの門は〈宇宙の卵〉に直結しているのである。そこからあふれ出ようとしているのは、ひとつの宇宙を構成するすべてのエネルギー。数ピコ秒後にはビッグバンを引き起こすであろう膨大な圧力が、そこにある。

それを正面から迎え撃とうと、はじまりの勇者王は右腕を頭上に掲げている。それに応えるべく、地球上の生命たちすべての知恵と勇気ある誓いを結集した、直径八四四〇〇キロメートルのリングが、いま極点に到達した。

「ファントムリング、定位置につきました！」

「エネルギー圧縮を開始せよッ！」

「ウイ！　緊急圧縮シーケンスをスタートします！」

命《みこと》や大河《たいが》、アルエットの声がメインオーダールームに響く。またたく間に数千分の一以下にまで圧縮された光の輪が、ガオガイガーの右腕の周囲に滞空する。

「行くぜ、父さん……ファントムリング・プラスッ！」

自覚も無しに、凱《がい》は亡き父・麗雄《れお》を呼んでいた。メインオーダールームで、通信波に乗ったその叫び声を聞いて、獅子王雷牙《ししおうらいが》は思わず目頭を熱くした。

　雷牙にとって、獅子王麗雄は口うるさい弟であると同時に、研究者として生涯最大の好敵手だった。だが雷牙自身は、自分の業績など、麗雄の足下にも及ばないと感じている。二〇〇三年にギャレオンが地球にやってきてから、わずかな期間でそのブラックボックスを解析し、ゾンダーの襲来に備えるという偉業をなしとげたのだから。

　ディバイディングドライバー、ヘル・アンド・ヘブン、ブロウクンマグナム、ゴルディオンハンマー、プロテクトシェード……みな、三重連太陽系からもたらされた脅威の技術だ。だが、それらを解析して勇者王に装備させたこと以上に、雷牙が驚嘆していることがある。それが――ファントムリングだ。

　元々は、ブロウクンマグナムの出力を強化させるための技術である。それが今、Ｇストーンの導きにより、人々の勇気を輪に変換し、力となす――この技術は、人類である麗雄の天才性があってこそ、実現したものなのだ。いま、その力を麗雄の息子である獅子王凱が自らの力となして、宇宙の摂理に立ち向かう。

（麗雄！　この瞬間を見逃すんじゃないぞ！）

　愛妻である獅子王絆《きずな》とともに精神生命体となった弟が、いまも近くにいることを確信しつつ、雷牙は語りかけた。

「うおおおおっ、ブロウクン……ファント――――ムッ！！！」

　全地球を、全太陽系を、全人類を吹き飛ばさんとするトリプルゼロを放つ次元ゲート。その最大最強の脅威に向けて……直径約三キロの光の輪をまとった高速回転する右腕がいま、勇者王ガオガイガーから放たれた。

「トリプルゼロ可観測量、トラックナンバー003より655まで、準位が低下しつつあります！」

「ブロウクンエネルギーの損失分、マイナスを維持！　このまま行けマス！」

アルエットやスワンの報告が、メインオーダールームに響く。それらの意味するところは明白だった。南極上空に出現した次元ゲートからあふれ出ようとしている超エネルギー〈トリプルゼロ〉の流出が、止められようとしている。いや、次元の彼方へ押し戻されつつあるのだ。

「万能力作驚愕艦《ばんのうりきさくきょうがくかん》〈カナヤゴ〉より、カーペンターズを発進！」

大河《たいが》の指令を受けて、極点近くで滞空していたカナヤゴからツールロボ群が発進する。覇界王《はかいおう》ジェネシックによって、壊滅させられた南極観測基地の救援活動に当たっていたのだが、ここに来て思いも寄らぬ任務が与えられたのだ。

「頼むぞ……みんな！」

「了解！」

「任せろ！」

ガオガイゴーとガオファイガーが飛び立った。ブロウクンファントムを放った姿勢のガオガイガーの両脇から。

「ツールコネクトッ！」

空中で両腕を掲げた二体の勇者王のもとに、カナヤゴから飛来したツールロボが三機ずつコネクトして、プライヤー型のハイパーツールを構成していく。そこに続いて、ジェイダーも飛ぶ。

「我らも行くぞ！」

慌てて覚醒人《かくせいじん》Ｖ２《ブイツー》も続く。

「お、俺もっすか！」

それぞれが掲げた両腕には、バージョンアップされたＤＰ－Ｓ４、Ｔ５、Ｐ６といった別機体がコネクトすることで規格の違いを調整、微妙に仕様の異なるハイパーツールを装備した。十徳マルチ工具のように様々な組み合わせのコネクトは、いまこの瞬間も的確なオペレートを続けるメインオーダールームのオペレーター陣による熟練の業《わざ》である。

「よっしゃ……俺も行くっ！」

ついにトリプルゼロを完全に押し返したガオガイガーも右腕を回収、宙に飛んだ。

「またお前たちの力を借りるぜ……ツールコネクト！」

宙を舞う無数のカーペンターズたちの中から、三機がガオガイガーにコネクトしていく。嬉しそうにカメラアイを明滅させているその三機は、どうやら獅子王雷牙《ししおうらいが》が最初に開発したプライヤーズだったらしい。コネクトを終えたガオガイガー、ガオガイゴー、ガオファイガー、ジェイダー、覚醒人Ｖ２が揃った！

「ディメンジョン！　プライヤーッ！」

五機にフュージョン、もしくはダイブしている六人の声が一斉に重なる。

『全機、全周方向からゲートを閉塞するのだ！』

「了解！」

楊《ヤン》の指示に従い、全機がハイパーツールで空間を歪曲させていく。

「……くっ、すごい圧力だ」

「幾巳《いくみ》！　僕も半分引き受ける！」

巨大なブロウクンファントムで押し戻されたとはいえ、次元ゲートからあふれ出ようとするトリプルゼロのエネルギー圧は極大である。ガオガイゴーのメインヘッドダイバーである戒道《かいどう》幾巳が猛烈な負荷に耐えかねていると悟って、護《まもる》がその半分のコントロールを担う。

「助かる、護！」

「幾巳が戦う時も、いつも僕が一緒にいるからね！」

ついさっき言われたばかりの台詞を、護が返した。戒道は笑みを浮かべて、ディメンジョンプライヤーの出力調整に専念する。

「どわあぁーっ！　リンカージェルが沸騰しちまうー！」

機体が分解しそうな圧力に耐える蛍汰《けいた》。強化された透析システムを搭載したＶ２《ブィツー》だが、高出力による稼働限界は近い。

「これが私ら命ある者の最後のあがきだっ！」

背中にジェイクオースを担いだガオファイガーの中で、ルネが金色のハイパーモードに出力アップする。五機によるハイパーツールの同時使用！　だが、それでもトリプルゼロの膨大な圧力を撥ねのけての次元ゲート閉塞は、困難を極めた。その時――

「来てくれたか……我が友よ！」

「待たせたな、Ｊ！」

ジェイダーの頭上に、巨艦が姿を現した。覇界王《はかいおう》ジェネシックの初手による破損から自己修復を終えたキングジェイダーの胴体部、その変形した姿であるジェイキャリアーだ。ディメンジョンプライヤーを振るったまま、ジェイダーが叫ぶ。

「メガフュージョンッ！」

ソルダートJがフュージョンしているジェイダーはその場で頭部となり、彼の親友たる生体コンピューター〈トモロ０１１７〉が制御するジェイキャリアーが胴体となって、ジャイアントメカノイドが完成する。

「キング…ジェイッッダー――――ッ！！！」

頭部でハイパーツールを保持したまま、キングジェイダーが十本指をかまえる。すると、そこに三十機のカーペンターズが群がってきた。三機一組で形成された直列合体の十本のツールとなり、それぞれがジャイアントメカノイドの十本の指に装着されていく。

「ディメンジョン！　テンタイムズ！　プライヤーズ！」

キングジェイダーはその巨体故の圧倒的パワーをもって、十本のツールを一気に次元ゲートに突き立てた。この強力な援軍のパワーにより、極点上空に発生した歪曲空間孔が、じりじりと締め上げられるように閉塞されていく。

「これですべてが終わる……すべてが……！」

かつて、滅び行く太陽系で、人々が生き延びるために始めた計画《プロジェクト》――それは終焉を超えて、未来の宇宙を犠牲にしようというものだった。そこから始まった危機に、常に直面し、運命を翻弄されてきたのが、獅子王凱とその血族であった。

（いいぞ、凱《がい》……そのまま次元ゲートを閉塞させるんだ……）

（私たちも、こちら側から、ほころびを繕います……）

凱の脳裏に、浮かんでくる〝声〟があった。リミピッドチャンネルとも、違う。精神生命体として、オレンジサイトと通常空間の狭間の次元に存在する者たちが、凱の知覚に干渉してきたのである。凱にとっては、もっとも近しく懐かしい声。その主を、間違えるはずはない。

「そうか、父さんも母さんも、ザ・パワーで生まれ変わった精神生命体……もうこちらで存在することはできないのか……」

寂しげな凱の言葉に、ふたりの笑いあうような声が返ってくる。

（悲しむことはないのよ、凱……）

（僕たち夫婦は、これから誕生する宇宙の卵とひとつになるんだ。まあ、要するに生まれ来る宇宙のすべてが、僕と絆《きずな》の子供ということになるかもしれんな！）

（忘れないで、凱……百五十億年前に誕生した、この宇宙のすべてが……あなたの兄弟なのですよ……）

ふたりの言葉が、凱の胸のうちに染み入っていった。もう悲しむことも、寂しがることもない。なぜなら、勇気ある誓いのすべてが永遠にともにあると、理解できたのだから――

「ありがとう……父さん、母さん……」

獅子王《ししおう》凱は少年期に、ザ・パワーをめぐる探査計画で母を失い、宇宙を目指すことになった。そして、機界31原種との木星決戦で父を失った。そんな彼の旅路はいまここに、ひとつの結末を迎えようとしていた――

「俺たち知的生命体は、これからもこの宇宙で生きていく……摂理によって宇宙が冷え切っていく、何十億年か先の未来まで……それが俺の、俺たちの、俺たちみんなの誓い……」

　凱はよりいっそう大きく声を張り上げた。

「これが〝終焉を超えた誓い〟だぁぁぁっ！！！！」

　ガオガイゴー、ガオファイガー、キングジェイダー、覚醒人V2《かくせいじんブイツー》、そしてガオガイガーが全出力を振り絞り、ハイパーツールを振るう。五機から放たれたエネルギーの奔流は五芒星のような光を描き、その輝きは全宇宙を押し流そうとするエネルギーの奔流を、封じ込めていった……。

11

「次元ゲートの閉塞を確認しマシタ！」

「トリプルゼロのエネルギー反応、観測されず！」

「各南極基地の生存者からの通信を確認、残る十四か所の基地は健在です！」

「よっしゃ、ヤマツミ・ワダツミを救助に向かわせろ！　あったけえモンでも届けてやれっ‼」

　阿嘉松《あかまつ》が大声で支持を出す。この時すでに、オービットベースは安定した衛星軌道に遷移を終えていた。勇者ロボ軍団のウルテクエンジンによる加速で、軌道維持に必要な対地速度を回復したのである。そのため、ヤマツミとワダツミを、救助活動に振り分けることも可能になった。

「……なんだなんだ、急いで戻ってきたのに、もうカタがついちまったのか！」

メインシャフトの脇に、火麻《ひゅうま》が立っていた。中枢ウルテクエンジン制御室から戻ってきたところだ。見つめる一同を代表するかのように、大河《たいが》が問いかける。

「彩《さい》くんは一緒ではないのかね？」

沈痛な返答にうなだれたのは、GGG《スリージー》ブルー長官として、彼らの上司であった阿嘉松《あかまつ》だ。

「医療ブロックだ。……アーチンとタマラについてやっている」

「ちくしょう、俺が選んだスタッフはなんだっていつも……」

いつもアルジャーノンに罹ってしまうのか――おそらくはそう言いたかったのだろう。実のところ、奇病に分類されるアルジャーノンを発症するにあたっては、人類の想像が及びがたい病因が存在する。しかし、ヒトは常にそのメカニズムがわからずとも、病理と対決し続けてきた。そして今も、その最前線に立つ者たちがいる。

オービットベース医療ブロックに運ばれたアーチン・プリックルとタマラ・ゴーゴリ両名には、ただちに火乃紀《ひのき》の指示による治療が施されていた。

「……ＰＰＳ、脳室内への持続投与を開始しました」

「ありがとうございます、ドレナージの継続をお願いします」

ふたり分のモニターから目を離すことなく、火乃紀は医療スタッフに告げた。短くはないつきあいの同僚たちに、死期が迫っている。思うところが多々あるはずだが、火乃紀がそれを表に出すことはない。

『……もう何をしても、ふたりは助からないのだろう?』

（まだそうと決まったわけではありません。でも……）

脳内に語りかけてくる意思に、つとめて冷静に火乃紀は答える。音声言語によるものではない。答えを意識的に言語野で形成することによる発信――リミピッドチャンネルに乗せたのだ。

（培養された脳組織に対しての治験では、明らかに異常型プリオン蛋白への変換を抑える効果がありました。今はこの治療法に賭けてみるしか……）

培養された脳組織――という言葉を口にした時、火乃紀の胸の奥にちくりと刺すような痛みが走った。明確に意識したつもりはないのだが、相手には伝わったようだ。

『ありがとう、あいつのことを気に留めてくれて。けど……きっと喜んでいると思う。こういう形ででも、あなたや仲間たちの力になれるのなら……』

リミピッドチャンネル越しでも、はっきりと伝わってくる。その意思の主が〝あいつ〟と呼んだ存在への、深い愛情が。

火乃紀が行った試験投与に使われた脳組織とは、鷺《さぎ》の宮《みや》・ポーヴル・カムイのものだった。これまで、アルジャーノンを発症した者は、大規模な事件の当事者となることが多く、その遺体の多くは、アニムスの花の実をつけるため、ソムニウムによって持ち去られていた。だが、幸いといっては語弊がありすぎるが、カムイの遺体はオービットベース内で保管され、本人の生前の意思もあって、献体として提供されていたのである。

（鷺の宮隊員……私、カムイさんの思いを無駄にはしません。必ず、この治療法でふたりを……プリックル参謀と、タマラを救ってみせます）

その決意に対して、数十メートル離れた治療室から応援の意思が返ってきた。

『成功を祈ってる……それこそが、あいつ《カムイ》にとっても、もっとも嬉しいことだと思うから……』

鷺《さぎ》の宮隆《みやたかし》と、鷺の宮・ポーヴル・カムイ……トリプルゼロとアルジャーノンによって、数奇な運命を強いられた兄弟だった。だが、人類は決して立ち止まらない。無数の犠牲を糧に、様々な敵と戦い続けていく。それが病魔という見えない敵であっても。火乃紀《ひのき》は十年以上も続けている、アルジャーノンとの死闘に終止符を打つことを、あらためて心のうちで誓うのだった。


ディメンジョンプライヤー軍勢によって、空間修復された南極上空。全宇宙を吹き飛ばしかけた次元ゲートが存在していた痕跡は、すでに何も残っていない。

カーペンターズは各南極観測基地の救援に散っていき、残された勇者王たちはその場に跪いた。ガオファイガーとキングジェイダーは互いを支え合い、覚醒人《かくせいじん》Ｖ２《ブイツー》は大の字になってひっくり返っている。

「は、ははは……俺、まだ生きてるよ……生き延びちまったぜーい！　はははは！」

セリブヘッド内で蛍汰《けいた》が大笑いする。その隣でガオガイゴーは、かたわらの初代勇者王を心配そうに見つめた。

「凱《がい》兄ちゃん……」

護《まもる》が心配そうな声をあげたのも、無理はない。覇界王《はかいおう》ジェネシックとの激戦で満身創痍となったガオガイガーは、その状態から超高出力ブロウクンファントムを放つことになったのだ。機体各部がスパークを放ちながら、軋むように悲鳴をあげている。凱は小さくつぶやくように、語りかけた。

「……無理をさせてすまなかったな、ギャレオン。この後、過去に戻って、また俺を助けてもらわなきゃならないのに……」

　これからギャレオンがたどる運命を知っているだけに、凱は気遣わずにはいられなかった。そして、氷原に横たわる、もう一体の相棒の方へ視線を向けた。

「……やっと帰ってきてくれたな、ギャレオン」

　そこに倒れているのは、覇界王ジェネシック――いや、トリプルゼロの浸食による暴走状態から解放されたそれは、もはや覇界王ではない。左脚と中枢のブラックボックスを失った、凱のかけがえのない戦友だ。

「凱兄ちゃん……ギャレオンは、元通りになるの？」

　ガオガイゴーのウームヘッドで、護が問いかける。

「多分な……あいつらには、なにか考えがあるんだろう……」

　凱にも、そう答えることしかできない。ジェネシックのかたわらには、ガオガイゴーがつかみ取ったブラックボックスが置かれている。巨漢のソムニウム・ヒイラギが、重力制御によって、切断された左脚部とともに移動させてきたものだ。

『これでいいんだね……羅漢《らかん》』

『ンー…感謝するぞ、引力の使い手よ』

　ジェネシックの前に立つ羅漢に、ユーヤが鋭い視線を向ける。

『羅漢……そなた、我らが眠りから醒める前に、ひとりでなにやら小細工をしていたようだが……』

ラミアたちが仮の眠りについている間、羅漢《らかん》のみがいち早く眠りから目覚め、何かをしていたらしい。

『案ずるな……ユーヤ』

　ユーヤの追及を制止したのは、ラミアである。

『すべてはパトリアの刻《とき》を迎えるため……』

　だから、先刻の行動にも意味がある……ラミアの意思には、羅漢の動きも予定通りであるように感じられた。

『そうか…いよいよ…なのだな……』

　ユーヤもそれ以上の意思は発しない。羅漢は傲岸な笑みを絶やさないまま、ジェネシックの方へ向き直った。

『ンー…それでは、はじめようか』

　その場にいる者たちに演説するように、リミピッドチャンネルで羅漢の意思が拡散される。ヒトたちとソムニウムたちが見守る前で、羅漢は胸門を前方に向けた。

『ペクトフォレース……クラルス！』

　無色透明の免疫粒子が放出される。それは柔らかいシャボン玉のように、ジェネシックの機体とパーツを包んでいった。

「すごい……ジェネシックから、Z0《ゼットゼロ》シミラーが消えていく……」

　護《まもる》が呆然としたようにつぶやいた。ガオガイゴーのウームヘッドは、覚醒人凱号《かくせいじんがいごう》に搭載された調査機器をモニタリングしている。センサーやレセプターに観測された数値から、残留トリプルゼロが消去されていったことは明らかだ。

「驚きだな……天竜神《てんりゅうじん》や、このガオガイゴーの時点で、その効果は証明されていたが……」

戒道《かいどう》も護の声を受けてつぶやいた。覇界《はかい》天竜神や覇界ガオガイゴーを粉砕することなく、トリプルゼロを消去したことで、ソムニウムにそのような能力があることはすでに判明していた。だが、その力が使われる瞬間を実際に目の当たりにすると、それは驚異的という他ないものであった。

たいしたことなどしていない……とでも言いたげな、涼しげな表情の羅漢が、その視線を覚醒人Ｖ２《ブイツー》に向ける。

『ンー…ヒトよ、貢ぎ物には気づいたか？』

羅漢の視線を感じて、狼狽する蛍汰《けいた》。

「え、俺？　俺なんか喰いモンとかいただきましたっけ⁉」

Ｖ２のセリブヘッド内で間の抜けた声を出してしまった蛍汰であったが、真下に位置するウームヘッド内からその声に応じる返答があった。

「ミツギモノは……私……」

「え、さ……紗孔羅《さくら》ちゃん⁉」

夢装《むそう》ガオガイゴーが覇界王ジェネシックを撃破した時、連携プレイでソムニウムが救い出した紗孔羅の肉体は、ベターマン・アーリマンの繊細なアームアクションで運ばれていた――覚醒人Ｖ２のウームヘッド内へと。極寒の極点に放り出すわけにいかないという配慮だ。

「……いるべき場所へ…帰れ……って、言われたの……」

紗孔羅の視線は、ジェネシックの前に立つ羅漢の姿を見つめていた。十年以上前、本来の肉体から離れ、さまよい続けていた紗孔羅《さくら》の魂《こころ》が、ここ数年は羅漢《らかん》が住まう南米のセプルクルムに滞在していたことを、知る者はいない。だが――

（紗孔羅ちゃんに帰れって……あいつら《ベターマン》……）

蛍汰《けいた》は不思議な感慨を覚えながら、オービットベースのメインオーダールームに通信回線をつなぎ、阿嘉松《あかまつ》長官を呼び出した。そして、ウームヘッド内を映し出す。

『あ、あああ……』

激戦を乗り越えたねぎらいの言葉でもかけようかとした阿嘉松は、そこに映し出された愛娘の姿に、言葉を失った。シートには座っているものの、リンクカプセルに両手を入れていないため、ウームヘッドのシステムは起動していない。激戦により各部の故障を知らせる警告表示も点灯し続けていた。そのため、紗孔羅の生体反応は、メインオーダールームに検出されていなかったのだ。

十年間、ずっと閉じられたままだった紗孔羅の瞼が、開かれている。モニター越しに紗孔羅の瞳を見た阿嘉松は、号泣しながら絶叫した。

『うおおおおっ、紗孔羅……やっと目ぇ覚ましてくれたんだなッ‼　顔を、もっとちゃんと顔を見せてくれぇぇぇッ！』

映りが悪く、よく見えなくなっている通信モニターに、GGG《スリージー》ブルー長官の涙で歪んだ顔がかじりつく。いや、それは長官ではなく、我が子を慈しむ父親の顔だ。

「うん……ここにいるよ……もう遠くに行かないから……大丈夫」

壊れかけたモニター内でブロックノイズまみれの微笑みが浮かぶと、阿嘉松はいつもの罵声を張り上げることもできなくなった。ただひたすら、喉の奥から嗚咽を絞り出す。声にならない声が、その通信を聞く蛍汰やメインオーダールームのスタッフたちの涙を誘った。

（ほんとに良かったっすねぇ、阿嘉松の社長……）

蛍汰もまた、アカマツ工業でバイトしていた高校生時代に戻ったような気持ちで、胸を熱くする。思いもよらぬ偶然から、様々な事件に巻きこまれ、生死の危機に陥ったあの頃。幾人もの死を見つめ、悲劇と隣り合わせだったあの事件は、関係者たちの中ではいまだに終わってはいない。だが、紗孔羅の目覚めは、ようやくすべてを過去へと押し流すように、爽快な気分を蛍汰にもたらしてくれたのだった。


『シャーラ、動けるか？』

ガジュマルが、ふらつくシャーラの冷たくなった肩を支え、額の十字光を輝かせた。

『ガジュマルはいつも、私の心配ばかり……』

依存する気はない意思を伝えつつも、シャーラのリミピッドチャンネルには感謝の念も込められていた。

『刻《とき》がくる……だが……シャーラ…』

『大丈夫……私はそのために生まれたのだから……』

運命を受け入れる様子のシャーラの肩を、ガジュマルはよりしっかりと抱きかかえた。これから起こるべき何かに、覚悟を決めているシャーラ……ガジュマルにできるのは、彼女の身体を支えることだけだった。

「ベターマン……ジェネシックと紗孔羅《さくら》ちゃんのこと、感謝する。ありがとう……」

ガオガイガーの中から、凱《がい》が声を発した。地上に立つラミアと、頭頂高三十メートルを超えるガオガイガーの視線が交錯する。放たれた言葉の内容はたしかに謝辞ではあったが、その口調は冷たく固く、獅子王《ししおう》凱という人物の人柄にはあまり似つかわしくない。黙して意思を発しないラミアに代わって、吟遊詩人風のいでたちのソムニウムが、ガオガイガーを見上げて、意思を音声言語化する。

「いえいえ、礼には及びませんよ。拙者らには拙者らなりの都合があってのことですから」

「都合……それは、ギャレオンを過去に戻す時がきたということも含めてか？」

「ほう、それも気づいておいででしたか！」

ライが一際大仰に、驚いてみせる。かつてライ当人が説明したように、いまのガオガイガーのコアとなっているギャレオンは、過去から連れてきたものだ。すべてが終わった後、また過去へと戻すことになっている。そうでなければ歴史に矛盾が生じて、新たな分岐が発生してしまうだろう。それはヒトにとっても、ソムニウムにとっても、望むべきところではない。

「……ベターマン・ラミア、ひとつ訊きたい」

『………』

「パトリアの刻《とき》とは――なにを意味している？」

見つめ合う――というよりも、互いを射貫くような視線をぶつけあう、ベターマンとガオガイガー。すなわち、ラミアと獅子王凱。無言を貫いていたラミアが、ようやくおのが意思を発信する。

『――エヴォリュダー・ガイ。それを知った時、我らには宿戦が訪れる』

「やはり……そうなるのか」

ラミアが放った意思は、やや唐突なものであったかもしれない。だが、凱は驚くでも動じるでもなく、静かにそれを受け入れていた。

（え、なになに？　ラミアと凱さんがやりあうっていうの、なんで⁉）

彼らの意思の交感を聞いて、度肝を抜かれたのは、蛍汰《けいた》だ。ベターマンたちは、人間には理解しがたい行動原理があることは承知している。しかし、基本的に人間と敵対する存在ではなく、蛍汰などは少年時代から幾度もベターマンに助けられて来たのだ。目の前の成り行きが、にわかに信じられないのも当然である。

（人間とは共生する……しかし、ヒトではないエヴォリュダーとは……）

これまでの過程で、独自に推測を重ねてきた戒道《かいどう》は、ベターマンの行動原理に目星をつけていた。そして、それが現実となった時、自分がどう行動するつもりかも……。

（凱兄ちゃん、ラミア……一緒に覇界王と戦った同士なのに……どうして……？）

覇界王ジェネシックを打ち破る時、護《まもる》たちはベターマンの力を借りた。あの時、たしかにベターマンはこの地球《ほし》に生きる生命体《なかま》として、ともに戦ったのだ。だが、それでも来るべき戦いは決して避け得ぬものなのだと、護にも感じられていた。

凱とラミアの間に、それ以上の意思の交感はなかった。やがてソムニウムたちは、吹雪に隠れるように忽然とその場から消えていた。

リミピッドチャンネルで交わされた対話は、通信や放送で伝達されることがない。そのため、ライが発した音声以外、ソムニウムとのやりとりを知ることができたのは、その場にいる者たちだけだ。

全世界で中継映像を見つめていた者たちは、すべての戦いが終わったという放送に沸き立ち、オービットベースのスタッフたちも帰還してくる勇者たちを大歓呼で出迎えた。

そして――

「俺たちが知らない間に、そんなことが……」

プリックルとタマラのアルジャーノン発症による、オービットベース墜落の危機。さらに、勇者ロボ軍団の命がけの行動。帰還してすぐ、それらを知らされた凱《がい》は、呆然とつぶやいた。生死を賭けた戦いが行われていたのは、南極だけではなかったのだ。

「でも、オービットベースは無事だよ。今は……それを喜ぼう！」

命《みこと》がそう言って、疲れをのぞかせながらも、まぶしいほどの笑みを浮かべる。無理もない。これまでのGGG《スリージー》の戦いは、ひとつの勝利を得てもすぐに次の戦いに備えなければならない、ひとときの勝利ばかりだったのだ。

「ああ、……いろいろ準備もあるしな！」

凱はそう言って、命の肩を抱いた。覇界《はかい》の眷族の側にいる仲間を助け出したら、できるだけ早く結婚しよう……数週間前に、そう話し合ったばかりである。準備をしなければならないことは、無数にあった。

獅子王《ししおう》凱と卯都木《うつぎ》命、あまりにも数奇な運命に翻弄されてきたふたりが、こんなにも素直に笑い合っていられる瞬間は、いったい何年ぶりのことであっただろう。近くでそれを見つめている護《まもる》にも、眩しく感じられる光景だった。だが、胸も痛む。つい先ほどの、凱とラミアの間で交わされた〝約束〟を、命はまだ知らないのだ。

　そして、もうひとつ……何よりも気がかりな問題があって、護はある人物の姿を、目で探し求めた。だが、最愛の人物の姿は、着艦デッキには見当たらない。代わって、視界の中に進み出てきたのは、彩《さい》火《ひ》乃《の》紀《き》だった。

「火乃紀さん……」

「お帰りなさい、護くん。こっちへ来て……華《はな》ちゃんが……」

　ただならぬ様子に無言でうなずいた護は、火乃紀の後に続いた。通路を進み、エレベーターに乗り込んでも、火乃紀は神妙な面持ちで何も語らない。耐えきれなくなった護は、ついに問いかけた。

「あの……華ちゃんにいったい、何が起きてたんですか？」

「……華ちゃん本人に頼まれて、簡易検査をしたの」

　その発言が与えた衝撃は、あまりにも巨大すぎるものだった。生体医工学者である火乃紀が検査するとは、深刻な事態であることは間違いない。いや、出撃前のあの時、華はこう言ったのだ。

（私が人類の敵になったら、護くんの手で斃してほしい……）

　巨大な衝撃と、それに伴う恐怖に押しつぶされそうになる護に、火乃紀は語りかける。

「護くん、あとは華ちゃんと……」

「……」

　護が声も出せずにいるうちに、エレベーターは医療区画のあるフロアで止まった。迷わずに通路を進む火乃紀に続いて、護もおそるおそる病室にたどりつく。

そこから先の記憶はあいまいだ。火乃紀《ひのき》になにか言われて、ドアをノックしたような気がする。中から返事が聞こえて、護《まもる》は入室した。火乃紀は護に運命を委ねるように退室し、静寂が訪れた。室内にはベッドがあり、そこには隊員服から着替えた華《はな》が寝ていた。他には誰もいない。

「護……くん……」

力のない、華の声。

「………」

護の喉元からは声が出なかった。

「南極の戦いが終わった後、倒れちゃって……」

薄く笑顔でそう語る華の様子は、力はないが普段とあまり変わらない。白く霞んでいくような気持ちのまま、護はベッド脇の椅子に腰掛けた。

「……華ちゃん……検査受けたんだって？」

護はようやく声をひねり出した。

「……うん」

「それって、発進前に言ってたことと、関係……あるの？」

華は無言でうなずいた。そして、小さくつぶやく。

「怖くない、怖くない……」

護ははっとした。その言葉は、幼い頃、護自身が教えたおまじないだった。冬のかまくらで過ごした、小さい頃の大切な思い出。そのおまじないで、華は勇気を振り絞ろうとしている。続く言葉がどんなものであろうと、自分も勇気を強く持たなければならない……そう考えた護は、姿勢を正した。

「なんでも言ってよ、華ちゃん。どんな事だって、一緒に考えて、一緒に悩んで、一緒に解決しようよ」

「うん……護くん、ありがとう。そうだね、なんでも一緒に……だってこれから私はお母さんに、護くんはお父さんになるんだから」

　それは、まったく予想していない言葉だった。虚を突かれたような護の表情は、涙にまみれた満面の笑みへと、ゆっくり変化していった。

「う…うわ…うわ……うわっは―――っ！！！」

FINAL of ALL　対‐VERSUS‐　西暦二〇一七年

1

「おめでとうっ‼」

ビッグオーダールームに、盛大なお祝いの言葉と乾杯の音が鳴り響いた。巨大スクリーンには、全世界からの祝賀メッセージが表示されている。そう、この巨大な空間に人々と勇者ロボ（当直任務の者と治療中・修理中の者を除く）が集まったのは、祝福のためだった。

天海護《あまみまもる》と初野華《はつのはな》の二世ご懐妊――

獅子王凱《ししおうがい》と卯都木命《うつぎみこと》、天海護と初野華、合同結婚式の発表――

ＥＩ－01襲来より続いた戦いの日々と、インビジブル・バーストをはじめとする災厄の日々の終了――

南極における覇界王《はかいおう》ジェネシック・ガオガイガーとの決戦の後、それらが発表され、宣言され、ＧＧＧ《スリージー》オービットベースはお祝いムードに包まれた。もちろん、その空気は全世界が共有するものであり、国連は様々なイベントを企画しているらしい。だが、まずは仲間うちで祝おうということになり、ビッグオーダールームに人々とロボたちが集まったのである。

「護隊長、初野オペレーター、おめでとうございます。これは諜報部からのお祝いです」

メイドロボのピギーちゃんに片手を握られたまま、ボルフォッグがふたりの前にデータディスクを置いた。

「うわっはー、ありがとうボルフォッグ！　中身は何？」

「ご覧ください」

ディスクに記録されているものと同じ映像を、ボルフォッグがモニターに表示する。それはかつて、ボルフォッグが護を護衛する任務を担当していた頃に撮影した記録映像を、編集したものだ。まだ少年だった護がゾンダーに勇敢に立ち向かう姿や、その隣でトラブルに巻きこまれている華の姿が映し出されている。

「ふええっ、やだ、こんな映像も残ってるの……⁉」

周囲から笑いがもれると、華の頬は薄紅色に染まった。

「さすがは諜報部の大先輩。仕事が細かい！」

同じ諜報部のロボであるポルコートは、ピギーちゃんがトレイに乗せているロボジュースを受け取りながらおどけてみせた。今はもう老犬となって地球で余生を送っているよーぜふが、過去の映像の中では少女の頃の華を、ぶんぶんと力強く引きずりまわしている。

「うわ…はぁ……」

いまだ戸籍上の体裁は整えられていないが、護は十年以上前から、華のことは自分の〝妻〟だと思っている。いまだ少女のような初々しさを残したままの愛妻を見て、護はつい先日、懐妊を打ち明けられた日の会話を思い出す。

「う…うわ…うわ……うわっは――――っ！！！」

「ま、護《まもる》くん……声大きいよ。隣の病室には、ケガして寝てる人もいるんだから」

「あ、ごめん……」

護はあわてて、自分の口を両手で塞いだ。そうでもしないと、歓喜の声が止められそうになかったからだ。しかし、精一杯の自制心を発揮しているうちに、少し落ちついてきたようだ。声を潜めて、問いかけてみる。

「でも華《はな》ちゃん……さっき、出撃前に言ってた『もし私が人類の敵になったら――』ってのは、どういう意味だったの？」

「あ、あれはね……その、私、自分の中に機界新種の種子が埋め込まれていると思っちゃって……」

機界新種――それは、原種大戦の最後に現れた、機界生命体の究極の存在である。二〇〇三年に飛来したＥＩ－01が卯都木《うつぎ》命《みこと》の体内にその種子を埋め込み、三年の潜伏期間の後に発現した。機界新種ゾヌーダとなった命は、物質昇華によって人類を滅ぼしかけたのだ。

「木星に行く前から、体調がおかしくて……自分で調べてるうちに、ゾヌーダになる前の命さんと同じ症状じゃないかって思い込んじゃって……」

華は真っ赤になって、自分の勘違いの顛末を説明した。木星からの帰り道、両手首を捻挫していた華が小型高速艇フライＤ５で先に地球に帰還する選択をしなかったのも、狭い艇内でゾヌーダとして覚醒してしまう可能性を怖れたからだった。

（あの時、もっとちゃんと聞いておけばよかった……）

そう思って、護は苦笑する。しかし、自分の最愛の人は、こういう人なのだ。

（僕の正体を見られた後も、こうだった……）

小学生の頃、三重連太陽系人としての能力を使う瞬間を、華に見られたことがあった。そのことで思い悩んだ華は、護に問いかけたのだ。

「あなたは……宇宙人なの？」

怯えて、警戒心を露わにした、冷たい言葉。護が宇宙人だと知ったから、出てきた言葉……というわけではない。それは、護になりすました〝宇宙人〟に向けた言葉だったのだ。あの時の華は、大好きな人が別人と入れ替わってしまったと思い込み、誰にも話せず、ひとりで悩んでいた。

トラブルに巻きこまれやすい体質も、ひとりで思い悩み勘違いしてしまう性格も、子供の頃から変わっていない。そのすべてが、護にとっては愛しい人の大切な一部分だった。

ベッドサイドの椅子から身を乗り出し、護は華の身体を、そっと抱きしめた。文字通り、壊れ物を扱うかのように、優しく、丁寧に、精一杯の愛情を込めて。

「華ちゃん……これからも、華ちゃんはいっぱい勘違いしていいよ」

「護くん……」

「戦いはもう終わったんだ。これからは僕が華ちゃんのことを、ずっと見てるから……なにか勘違いしても、誰よりも早く気づいてあげるから……」

華にとっては最高に嬉しい言葉だった。

「うん、護くん……私、たぶんこの先もいっぱいいっぱい勘違いしちゃうと思うけど……ちゃんと気づいて、浄解しちゃってね」

「え？……浄解？　え～と、くーらてぃお～！」

さっそくボケた華《はな》の頭を、護《まもる》は左手で浄解ポーズを真似てやさしく撫でる。

「えへへ……」

見事なツッコミに和らいだ華も、ゆっくりと護の背中に両手を回した。天海《あまみ》護と初野《はつの》華――違う星に生まれたふたりは、十年以上前、すでに夫婦としての誓いを立てている。そしてこの日、ふたりは……いや、三人は家族となったのだった。


今、ビッグオーダールームで人々とロボットたちの輪の中心にいる、天海護と獅子王凱《ししおうがい》。そして、彼らに寄り添う初野華と卯都木命《うつぎみこと》。まるで明るく眩い恒星が、世界の中心にあるかのような光景だ。そんな彼らの輝きを受け、光を照り返すように見つめている者たちもいる。そのうちのひとり、ルネ・カーディフ・獅子王は誰に聞かれるともなく、ぽつりぽつりと語り出した。

「あれは……凱と私がサイボーグになってから、初めて会った時だった……」

それは二〇〇五年の秋、原種大戦さなかの出来事だった。バイオネットのエージェントを追って中国に渡ったルネは、ＺＸ－05・脊椎原種と交戦中のＧＧＧ《スリージー》に遭遇、凱と久しぶりの再会を果たしたのである。

「あの頃はなんだか色んなものが癇にさわってさ。凱にも当たり散らして、言っちゃったんだよ……母さんを捨てたあの人が造った、この身体で生きなければならない辛さは、あんたにはわからないってね」

凱もルネも、不本意な事情で生来の肉体を失い、実父の手によるサイボーグ手術で延命した、よく似た過去を持っている。だが、凱の父である獅子王麗雄《れお》が生涯ただひとりの妻を愛し、あたたかな家庭を築いていたのに対して、ルネの父である獅子王雷牙《らいが》は奔放そのものの人生を送っていた。自分が生まれる前に、父母が別れていたという事実が、ルネの性格に大きな影響を与えていたことは疑いない。

「それは……凱さん、困っただろうな……」

ルネのつぶやきにそんな感想をもらしたのは、隣に立っている戒道幾巳《かいどういくみ》だ。

「でも、そう言ってしまった気持ちはわかる。僕も昔、似たようなことをしてしまったから……」

戒道が口にしたのは、同じ二〇〇五年の暮れ、木星での機界31原種との決戦直前のことだ。戒道と養母のことを心配する護に対して、「君は哀れだな」という言葉をぶつけてしまったのだ。護も戒道も地球の子供ではなく、三重連太陽系で生まれたが故の宿命を背負っている。いずれ来る別れの時、周囲との絆をたくさん育んできた護の方がつらいだろう……という意味の言葉だ。

「あの坊やがそう言われた時の顔、見てみたかったな」

当時の護の表情を想像して、ルネが面白がるように微笑む。

「もう坊やじゃない。今は護も僕も、ルネさんより年上だ」

「ははん？　悪いけど、私にとってはふたりとも坊やのままだよ」

「……ふっ」

笑いの衝動が、ルネから戒道に伝染したようだ。ふたりとも、笑みを浮かべたまま、人々の中心にいる、凱と護の姿を眺める。

「やっとわかったような気がする。僕とルネさん、あまり話したことなかったのに……なんであの時、あんな言葉をかけてくれたのか」

それはソール11遊星主との戦いの後、三重連太陽系から、戒道《かいどう》と護《まもる》のふたりだけが、ＥＳミサイルで太陽系に帰還する時のことだ。旅立つ戒道にルネが送った「親を大切にな」という言葉。

「多分、僕とあなたは似た者同士……」

「あー、同病相憐れむってヤツかな」

言いかけた戒道の言葉を、ルネが遮った。遮った言葉のあまりにも酷いセレクトに、戒道が絶句する。一歩離れたところで、ふたりのやりとりを見守っていたアルエットは、そんな戒道の様子が面白くて、微笑みを浮かべていた。

（ルネも戒道さんも自分のことを、眩しく輝く太陽の影のような存在だって、考えてたんでしょうね……）

アルエットは思わずといった仕草で、右手で戒道の左腕をしっかり握り、左手でルネの熱を帯びた右腕を上手く摘まむようにとって、ふたりの間に割って入る。

「ね、ふたりとも知ってる？　月は自分では輝かない。でも、月があるからこそ、人は夜道でも歩けるのよ！」

戒道もルネも、「はあ？」「どういう意味？」という表情を浮かべる。意味は通じなかったようだが、別にかまわない。だからこそ、自分はこのふたりが大好きなのだと、アルエットは自らの気持ちを再確認した。


「……ところで凱《がい》長官、僕たちのようなロボは結婚式ってのに招待してもらえるのか？」

「炎竜《えんりゅう》、ワガママを言うもんじゃない。このビッグオーダールームみたいな広い会場は、そうそうないんだぞ」

駄々っ子のような炎竜を、氷竜《ひょうりゅう》がたしなめる。久しぶりに見る兄弟の平和な会話に苦笑しながら、凱は居並ぶ竜兄弟姉妹たちに語りかけた。

「みんな、気持ちは嬉しいけど、式場はまだ決まってないんだ」

凱の言葉を受けて、風龍《ふうりゅう》と雷龍《らいりゅう》が真剣に検討する。

「おい風龍、天井が低い会場でも、ビークルモードなら入れるんじゃねえか？」

「そうだな雷龍、全員セミビークルモードならロボジュースで乾杯もできるな」

「あらお兄様方、いざとなったら私のブロウクンブレイカーで、天井を破壊してみせますから、心配はいりませんわよ！」

「ヤー、お任せください」

胸を張る日龍《にちりゅう》と敬礼する月龍《げつりゅう》。一方で、もう一組の妹たちは、うっとりと語り合っている。

「闇竜《あんりゅう》、あたしもいつか、結婚式してみた～い」

「光竜《こうりゅう》はシンメトリカルドッキングの度に、私と結ばれているようなものでしょう」

相変わらず仲よさげな光竜と闇竜。兄弟姉妹が様々な激論を交わす中、末っ子は別のことに注目している。

「あの～、マイク先輩、どうしたんですか？　なんだか元気がないような」

翔竜《しょうりゅう》が心配げに声をかけたのは、目の前のロボジュースに手をつけようともしていないコスモロボ形態のマイク・サウンダース十三世だ。

「ＯＨ！　そんなことないもんね。マイク、マイフレンズのおめでたいセレモニーが楽しみで仕方ないんだもんね！」

　そう言って、ロボジュースを一気飲みするマイクだが、どう見ても空《から》元気である。

「マイク……ゴルディーのことが気になるのか？」

　凱《がい》に指摘されて、マイクの顔面モニター部は、ビックリマークの列で埋め尽くされる。

「NO！　NO！　ゴデブーなんて、いない方がサイレントでハッピーだって思ってたところだもんね！」

　地上に墜落しかけたオービットベースを衛星軌道に押し上げるため、かなりの無理をした勇者ロボ軍団。しかし、ほとんどの機体には改めて修理とメンテナンスが行われ、この場に無事な姿を見せている。例外は、トリプルゼロの浸食による痛手が癒えていないジェネシック・ギャレオンとジェネシックマシン。そしてゴデブーこと、ゴルディーダブルマーグである。覇界王《はかいおう》ジェネシックの苛烈な一撃から、ガオガイガーの楯となって爆散したゴルディーの修理については、いまだ目処が立っていない。

「心配はいらないさ、あいつはすぐに帰ってくる。これまでもそうだっただろう」

　凱のその言葉を聞いて、マイクの目玉がパチパチとまばたきを繰り返した。そして、途端に明るい声でおどけ出す。

「そうだったもんね！　あんなウスラトンカチの心配なんか、するだけ無駄だもんね。復活したら、マイクのバックバンドでこき使ってやるんだもんね！　ゴルディオンダブルハンマーでドラム演奏させるもんねー！」

「おいおい、それじゃ片っ端から光にされちまうぞ」

若きGGG《スリージー》グリーン長官のあきれ顔に、勇者ロボたちの間からも笑い声が起きる。そんな一同の姿を見守っているのは、卯都木《うつぎ》命《みこと》とGGGグリーンのオペレーター三人だ。

「ミコート！　せっかく戦いが終わったのに、ダーリンをロボたちにとられちゃってマース！」

「でもいいもんだなぁ。厳戒態勢が完全に解かれた状況は、整備部としても久しぶりだから、こうやってお祝いにも参加できる」

「諜報部でさえ、警戒レベルが珍しく低い」

スワン・ホワイト、牛山《うしやま》一男《かずお》、猿頭寺《えんとうじ》耕助《こうすけ》がにこやかに話す。

「みんな、ありがとう」

命もあらためて仲間たちに頭を下げた。

「ガイとラブラブゴールインですね♪」

「ふたりとも、この日のために頑張ってきたからね」

「〝地球外知性体をやっつけるまでは、恋人同士じゃない。ただの仲間だ〟って誓ったんでしたな。いやぁ、長かった」

三人の古参オペレーターに次々とはやしたてられ、命は真っ赤になった。

「……どうして、そのこと知ってるの⁉」

それは獅子王《ししおう》凱がサイボーグとして生まれ変わった直後、GGG入隊を決意した命との間に交わされた約束だった。

「オウ、ミコト、酔っぱらうといつもその話をしてるデース」

「コンソールでうたた寝してる時は定番の寝言だしね」

「ちなみに、諜報部の備忘録にも記載されてるよ」

「えええっ⁉」

耳まで赤くなり、両手で顔を覆う命《みこと》を、三人が微笑ましげに見る。彼らはGGG《スリージー》が設立する際、最初期に選抜された精鋭スタッフである。入隊の数か月前まで普通の高校生だった命にとって、様々な経歴を持つ超エリートである彼らの列に加わるにあたっては、大きなプレッシャーが存在した。だが、素人同然の命に対して、三人は先輩として時には親身に、時には厳しく、指導してくれた。そのおかげで命は、今日まで凱《がい》をサポートして戦い抜くことができたのだ。もちろん、機動部隊隊長である凱のメンタル面を考えて、最適なサポート役を必要としたという面もあるだろう。だが決してそれだけでなく彼らは、卯都木《うつぎ》命という一個人を、ともに戦う仲間として認めてくれたのだ。命にとっては、なによりも嬉しく、誇らしい勲章だった。

「あの、こんなところで言うのも変ですけど……みなさん、今までありがとうございました！　あと……その……これからもよろしくお願いします！」

そう言って、命は深々と頭を下げた。スワンは瞳を潤ませて微笑み、牛山《うしやま》は目を細めてうなずき、猿頭寺《えんとうじ》は照れくさそうに頭を掻いた。ＥＩ－01の襲来によって両親を失い始まった、彼女の長く過酷な闘いの日々――それはようやく、終わりを迎えたのだ。


ビッグオーダールームの中央では、大河《たいが》と火麻《ひゅうま》もノンアルコールビールの祝杯を交わしている。

「激《げき》……」

「みなまで言うな、幸《こう》ちゃん！　今日は飲み明かそうぜ！」

火麻の涙声に感極まった大河は、静かにこの状況を噛み締めているようだ。そして、すでにいい気分でふらついているのは山《やま》じいだ。

「いや、めめめめでたいっすわ、しゃしゃ社長！」

「山じい、酔ってるのか？」

「まあ、いいじゃないか。今日は特別な日だ」

楊龍里《ヤン・ロンリー》がそう言って、微笑む。普段はお堅い鉄面皮が、ほんのりと染まっているようだ。

「んん？　楊の旦那もいい匂いさせてんじゃねえか、こりゃ紹興酒だな！」

阿嘉松《あかまつ》はコンソールモニターにもたれながら、自分の口ひげをつまんで引っ張っている。

「まあたしかにめでたいんだがなぁ、俺ぁ、こういう時、なんつーか、少し不安になるんだよなぁ……」

「ほいっと！」

少し神妙な面持ちになる息子の尻を、浣腸のように立てた指で突き上げる雷牙《らいが》。

「うぎゃっ！　でででる‼」

「滋《しげる》、もっと喜べ～、うりゃうりゃ～！」

「くうっ、誰だ！　このクソじじいにまで飲ませたのはっ‼」

「親子っすわ～」

そんな騒がしい人々の輪の少し外で、火乃紀《ひのき》と蛍汰《けいた》は静かに並んで観ている。

「火乃紀ぃ、紗孔羅《さくら》ちゃんは？」

「まだ体を動かすのに慣れてないから、少し休んでる」

「そっか……」

「タマラとプリックル参謀も…まだちょっとね…だから……」

「ああ…そ…だな……えっと…あのさぁ…」

やや疲れ気味の火乃紀《ひのき》を励まそうと、蛍汰《けいた》は話題を変えた。

「俺たちもさぁ…えへへ、一緒に式挙げたりとか…どうかなあ？」

「本気で言ってる？　蛍ちゃん……私、八七木《やなぎ》さんと楓《かえで》さんのこと、思い出しちゃって……」

「え……ああ、そ…そっか……」

過去にアカマツ工業の会議室で結婚を発表したカップルの顛末[※28]を思い起こし、ふたりは黙り込んだ。だが、そこで黙りっぱなしになるような蛍汰ではない。

「あのさ、火乃紀……今まで悲しい事とか、いろいろあったけどさ。そんなのジンクスとか伝統とかにしちゃいけないんじゃねえか？　あの人たちの分まで、俺たちが幸せになって、全部上書きしてやんだよ！」

「………」

火乃紀の脳裏にはいまだ、亡き兄の面影を持つラミアの姿がよぎる。ベターマンたちのことも気になるが、今の自分はアルジャーノンと戦う決意をした生体医工学者である。導いてくれた故・都《みや》古《こ》麻《あさ》御《み》の遺志[※29]を受け継いで、自分にできることを貫かねばならない。様々な思いが交錯する中、孤独ではない境遇をしっかりと自覚した彼女は、言葉をつむいだ。

「……うん、そうだね」

火乃紀はそう言って、蛍汰の腕にしがみついた。職場での公私混同を嫌う彼女としては、とても珍しい。そう、何があろうと生きとし生けるものは、生きることを怠ってはならない。嵐が過ぎ去った後の穏やかな日だまりのような瞬間のなかで、彼らはそう信じていた……。

2

ＧＧＧ《スリージー》オービットベース、第三デッキの減圧が完了した。外壁に通じるハッチが開放され、そこはもはや宇宙空間の一部となる。真空環境にたたずむのは、機械仕掛けの獅子——宇宙メカライオン〈ギャレオン〉のみ。いや、生命体の生存を許さない環境下で、ギャレオンに寄り添うふたつの人影がある。

「……世話になったな、ギャレオン」

「向こうに帰ったら、小学生の僕のこと、よろしくね」

そう語りかけたのは、獅子《しし》王凱《おうがい》と天海《あまみ》護《まもる》である。いや、語りかけたわけではない。この場では、音声は届かないのだから。Ｇストーンの力で全身を緑に輝かせたふたりは、心の中で別れを告げたのだ。

双眸を輝かせたギャレオンは、声なき咆吼で別れを告げ、宇宙空間に進み出た。そして、ふたりを噴射炎に巻きこまない距離まで離れると、Ｇインパルスドライブを駆動させ、飛び立っていった——地球へと。

南極での決戦の後、ソムニウムたちが忽然と姿を消す際、ベターマン・ライがリミピッドチャンネルで告げていった。

『機械仕掛けの獅子は、傷が癒えた後、我らのもとへ自らやってくるでしょう。さすれば拙者が、正しき時の彼方へとお送りいたします』

　その言葉の通り、自己修復を終えたギャレオンは、自らの意思で旅立っていったのだ。二〇〇五年の過去へと帰還し、凱《がい》や護《まもる》と力をあわせて、ゾンダーや機界31原種と戦うために――

　彼方へ去って行く光点が見えなくなると、凱と護は基地内部へと続くエアロックに入った。これまでと、そしてこれから、自分たちの力となってくれたギャレオンを、どうしても見送りたかったのだ。やがて気閘《きこう》内部が一気圧で満たされると、通路では命《みこと》と華《はな》が待っていた。

「ごめんね、華ちゃん。待たせちゃって」

「ううん、ギャレオン見送りたい気持ち、わかるから」

　真空に身をさらすことが可能であれば、隣にいたかった……そんな気持ちを込めて、華が微笑む。無論、宇宙服を着れば可能なのだが、今の華は特別な身体だ。護に反対されるまでもなく、華自身が自重して、与圧区画から窓越しに見守ることを選んでいた。

「じゃあ、僕たち、定期検診に行ってきます」

　そう言って、護と華は医療区画へ通じるエレベーターに乗り込んでいった。手をつないだふたりは、少年少女のように初々しく見えた。

「いいなぁ、仲よさげで」

「俺たちだって、充分仲いいだろ」

　思わずといった感じでつぶやいた命の肩を、凱が抱き寄せる。窓外に浮かんでいる地球の青い光に照らされながら、命は凱の肩に自分の頭を乗せた。そうしてしばらく、ふたりとも言葉を発することなく、この穏やかな時間に浸っていたのだが、命はとあることを思い出して、はっとした。

「そうだ、凱！　これ見て！」

命はGGG《スリージー》隊員服のポケットから、小さなアクセサリーを取り出した。凱にはもちろん見覚えがある。もともと凱がいつも身につけていたものであり、自分でも気づかぬうちに失くしてしまったものだったのだから。

「命、これ……いったいどこで？」

「三重連太陽系のレプリ地球で拾ったの。ガオファイガーの残骸のなかで、凱を探している時に……」

その言葉で、ようやく凱も理解した。そう、レプリ地球で一度パルパレーパに敗れる直前までは、このペンダントをたしかに身につけていたのだ。

「そうか、あの時に……」

「でもね、不思議なんだよ。私が見つけた時、傷だらけでへこんだりしてたのに……」

見たところ、ペンダントは新品同様の輝きを放っている。とても激しい戦いに巻きこまれて、放り出されたようには見えない。

「それにね……この写真……」

命がペンダントを開いてみせると、そこには高校の制服を着た命自身の写真があった。今度こそ、凱も愕然とする。

「なんで、この写真が……！」

凱《がい》が驚いたのも無理はない。もともとこの写真は、ふたりが十八歳の頃、命《みこと》から贈られたペンダントに入っていたものだ。凱はそのペンダントを大事にして、サイボーグになった後も、肌身離さず持ち続けていた。しかし——機界新種ゾヌーダロボとの決戦の際、あらゆるものが物質昇華され、このペンダントも失われた。その後、命は同じペンダントを購入してきて、改めて凱に贈ったのである。ＧＧＧ《スリージー》隊員服姿の、二十一歳の自分の写真を入れて。レプリ地球に旅立った時、凱が身につけていたのは、その二代目ペンダントのはずだった。十八歳の命の写真を収めた、初代のペンダントであるはずがない。

「いったい、なんでこんなことが……」

「わけわからないでしょ！　私も昨日、やっと手元に戻ってきて……中を確かめてみたら、びっくりしちゃって……」

「戻ってきた？　今まで、どこにあったんだ？」

凱の質問に、命は順を追って答えた。レプリ地球で拾った二代目のペンダントを、命はその時に着ていたＧＧＧ隊員服のポケットにしまっていた。だが、ジェネシック・ガオガイガーを起動させる際、真空に身を曝したことで、命は一時重篤な状態に陥った。その際、治療衣に着替えさせられたことで、ペンダントは隊員服ごと、脱出艇クシナダのなかで保管されていたのだ。

「そうか、じゃあこのペンダントも、俺たちと一緒に、オレンジサイトにたどりついていたのか……」

命の話を聞いているうち、凱は理解した。オレンジサイトに満ちていた濃密なトリプルゼロは、触れたものすべてを〝あるべき姿〟へと再生した。ゴルディオンクラッシャーの制御ＡＩだったゴルディーを、勇者ロボの姿へと戻したように。つまり、このペンダントはあの時、最初に命から手渡された時の姿こそが、あるべき姿だったのだろう。

（物質としての形状より、持ち主の記憶にある形状を優先した復元……ってことなのか）

そんなことを考えつつ、凱は思い出す。原種大戦の際、宇宙にいる時だけ、サイボーグ体にのみ認識できた母親のことを。あの時の母・絆《きずな》は、若き日の姿であり、三つの感情がひとつずつに分かれた姿となっていた。トリプルゼロの一部であるザ・パワーによって齎《もたら》された現象だが、宇宙の摂理による摩訶不思議な再生に、人類がその法則を定義づけするのは不可能かもしれない。

「……トリプルゼロに感謝しなきゃな」

「なに言ってんの？　あんなにしんどい目にあわされたのに！」

凱の言葉を聞いて、命が真剣に怒り出す。

「悪い、そのうちちゃんと説明するよ」

「そのうちっていつよ！」

頬をふくらませた命にポカポカと胸板を叩かれ、凱は降参の仕草をする。ささやかなケンカはすぐに終わり、凱はペンダントを見つめて、静かにつぶやいた。

「俺も、あるべき姿に戻れるかな……」

「あるべき姿って、もうサイボーグじゃないんだし」

「そういうことじゃないんだ」

凱は強化ガラスの向こうに見える宇宙を見た。青い地球を、ではない。もっともっと遠く、彼方の深宇宙を見るようなまなざしだ。

「俺はもともと、宇宙飛行士だったんだ。最初は、木星で遭難した母さんを迎えに行きたいって気持ちからだったけど……いまは、母さんや父さんの夢を継いで、もっと遠くへ行きたい……そう思ってる」

「そっか、それが凱《がい》の〝あるべき姿〟なんだね……あれ？　もしかして私、地球でお留守番？　置いてかれるの!?」

「命《みこと》がそれで納得するとは思ってないさ。一緒に行こう……夫婦飛行士として、どこまでもさ。すべての戦いが終わったら……」

「はあぁぁぁ？……凱の夢は大っきすぎるよぉ。うん、でも私、そんなとこも好きかな」

満面の笑みで、命はうなずいた。そして、嬉しさが込みあげすぎて、つい聞きそびれてしまったことも、この時は忘却の彼方へと消えていった。


〝すべての戦いって、もう終わったんじゃないの？〟

3

『いやぁ、まいりました。まさかこんなことになるとは』

『まいった、ではすみませんぞ。我が事ながら情けない』

時は、ギャレオンの旅立ちとほぼ同時刻。所は、横浜のセプルクルム。まいっているのは、ソムニウムのライ。憤っているのも、同じくもうひとりのライである。

　ライとライがリミピッドチャンネルによる口喧嘩を繰り広げる光景を、ラミアたち六体のソムニウムが呆気にとられて、見つめている。

『ライ……どういうことだ？』

　普段は感情を表に出すことのないラミアが呆然とした表情を浮かべているのは、めったにない椿《ちん》事《じ》と言えるだろう。

『ライ同士でやりあってないで、わかるように説明しろ！　どっちが本物で、どっちが偽物だ⁉』

　ガジュマルが直情的な意思を発する。二体のライはそろって、年少の同胞を見ると、まったく同じ仕草でため息をついた。

『……やれやれ、事はそう単純ではないのですよ、ガジュマルくん』

『さよう。拙者たちはわずかに位相がずれただけの同一存在。いずれも真物に他ならないのです』

　その説明で理解した羅漢《らかん》がうなずく。

『ンー…要するに、いま現れた方のライは、テンプスによる時の流れを遡ってきた存在というわけだな』

『おお、さすがに学究の徒は理解が早い！』

　またも同じ仕草で、ライとライが琵琶のような楽器をかき鳴らした。賛辞のようだが、うるささが倍になっただけである。

『どういうこと？　ボクにはさっぱりだよ……』

　途方に暮れているヒイラギに向かって、羅漢が説明する。

『ンー…間もなく、機械仕掛けの獅子がここへ来る』

南極で、獅子《しし》王凱《おうがい》との間にはかられた意思疎通については、全員が承知している。自己修復を終えたギャレオンが彼らのもとへやってきて、ライが入手したテンプスの実の力で過去に送り届ける。そうすることで、歴史の流れに新たな分岐を発生させないようにしようという試みだ。それはソムニウム、人類、双方が望むところであった。

『左様、拙者は機械仕掛けの獅子をともなって過去へ行き、歴史の流れを正した後、テンプスの実によって、ふたたびこの時代に戻ってきたのですよ』

得意顔のライのかたわらで、うんざりした顔のライが補足する。

『ところが、この者は戻る時間を間違えたというわけですよ。本来、出発した時刻よりも後に戻るべきところを、前に戻ってきてしまった……』

『やあやあ、此処にいる拙者がまだ過去に旅立っていないため、同時にふたり存在してしまうとは、時の流れのなんたる奇妙なことか……！』

ここまでの説明で、羅漢《らかん》以外のソムニウムたちにもようやく事態は飲み込めた。

『デウスだったら、こんな失態はしなかったろうな』

少し呆れた様子のユーヤが意思を飛ばすが、ラミアはいたって冷静に受け応える。

『……起きてしまったことは仕方あるまい。白き獅子がやってくるまで、何もせずにいることだ』

『ンー…ラミアの言う通りだな。この上、時の流れを乱してしまうようなことがあれば、デウスの所業を否定した意味がなくなってしまう』

羅漢もラミアに同意した。だが、ライには……いや、ライたちには異論があるようだ。

『なんということを……』

『このまま、この奇蹟をなかったことにしてしまうなど、あまりにももったいない』

並んで天を仰ぐライとライ。訝しげにシャーラが見つめる。

『なにか、良い考えでもあるの？』

『聞くな、シャーラ。どうせロクなことじゃない！』

うんざりした表情のガジュマルを気に留めるでもなく、ライたちは弦楽器をかまえた。

『ヒトの世には、連奏という文化があるのですよ』

『拙者、以前から憧れておりましたが……今までは独奏しかできず、美しき音色の調和はかなわぬものと思っておりました』

『ところが、なんという運命の悪戯！　拙者たち、この場においてご披露いたしましょう！』

感極まったライが楽器を奏ではじめ、我が意を得たりといった様子でもうひとりのライがそこに合奏する。二体とも、同胞たちの迷惑そうな意思などお構いなしに。

この時、すでにセプルクルムの上空には、オービットベースから飛び立ったギャレオンが飛来してきていた。だが、二倍になった騒音を感知した白き獅子は、この場に降り立つか否か、戸惑っているようだった……。

4

ラシャード・シンはインドに生まれ、成人後に渡米、アメリカＧＧＧ《スリージー》のスタッフとなった。現在は国連アルプス基地に勤務しているが、その〝異変〟に最初に気づいたのが、このラシャードである。

　彼の勤務地はアルプス山脈の北側に位置することから名付けられたのだが、そこはスイスやドイツの領内というわけではない。いずこの国にも属さない、人類共有の土地である。なぜなら、その山脈は地球ではなく月面に存在する、〝もうひとつのアルプス〟なのだから。

　かつて——二〇〇五年・原種大戦のさなか、この地に機界31原種が降り立った。それは、ＧＧＧオービットベースを襲撃した機界最強七原種のうち六体が、軍用艦を素体として合体した姿であった。ＧＧＧやキングジェイダーとの激戦の末に撃破された合体原種だったが、その際に月面の地形は大きく変化した。辺り一帯が巨大な更地となったのである。

　二〇〇九年になって、国連がこの更地にアルプス基地を建設したのは、〈プロジェクトＺ〉の一環である。木星から採取してきたザ・パワーの貯蔵中継地として月面が選ばれたわけだが、二〇一〇年のインビジブル・バーストによって、プロジェクトＺは凍結。以後、木星を定点観測する基地として、少人数の駐留スタッフのみで運営されてきた。

「おい、あれはなんだ？」

　強化ガラスの向こうに、なにかを見つけたラシャードが、不審そうな声を出す。地球光に照らされた、静かな平原。そこに見慣れぬ輝きの、光点群を発見したのだ。夕焼け空のような、鮮やかなオレンジ色の光の群れ。数か月前まで、月の空までをも覆い尽くしていたオーラによく似た色合いである。

「覇界王《はかいおう》の色に似てるな……」

周囲のスタッフたちも、ラシャードが指す方向を見つめている。彼らとともに、目をこらしていたラシャードには、やがて事態が飲み込めてきた。

「似てるなんてものじゃない！　あれは……！」

国連アルプス基地のスタッフたちが遭遇した異変――それが、終わったと思われていた事態の残り火であるのか。それとも、新たなる業火の種火であるのか。この時点で判断し得る者はいなかった。

時を同じくして、戒道幾巳《かいどういくみ》はジェイアークの艦橋を訪れていた。南極決戦の損傷からも完全修復を果たした超弩級戦艦は、オービットベースの外部ハンガーにドッキングするスペースがなく、繋留用ボラードに有線固定され停泊している。

１Ｇの重力が存在する艦内のありがたさ、戒道は手にした湯飲みで日本茶を飲んでいた。隣に並び立つソルダートＪも同様である。サイボーグ戦士とはいえ、生体部分も多い以上、栄養も水分も摂取しなければならない。必要な要素を満たせればいいのだが、艦内の合成システムはアルマの味覚にあわせて調整されており、結果としてソルダートＪも日本食につきあう機会が増えていた。

「……美味いな」

「ああ、美味しい」

ソルダートJと戒道《かいどう》が玉露をすすって、同じ感想をもらした。オービットベースから提供された新茶をサンプリングして合成された、新メニューである。

「このような茶を飲める星……失われずにすんで、僥倖であったな」

原種や遊星主、覇界《はかい》の眷族による滅亡の危機に幾度も瀕した地球が、赤の星と同じ運命をたどらなかったことに、ソルダートJは率直な喜びを口にした。

「……なのに、行ってしまうのか？」

戒道が寂しそうに問いかける。トモロがいれてくれた茶で中断されるまで、ふたりはこれからについて、話をしていたのだ。

「もう、この星からあらゆる脅威は去った。平和な星に、戦士の居場所はない」

数分前と同じ言葉を、Jは繰り返した。決意は揺るがないようだ。

「僕は地球に残るよ。今までありがとう……J」

戒道の言葉は、Jにとって予想外のものではなかった。三重連太陽系の生体兵器〈アルマ〉としてやってきた彼は、いまでは地球人の戒道幾巳《いくみ》となった。ここが帰る場所であり、守るべき場所であり、いつか年老いて永眠する場所となるだろう。

「またいつか、アルマと肩を並べ、ともに戦う日も来るだろう」

肩を並べて休む日があってもいいんじゃないのか……そう考えたが、戒道が口にすることはなかった。鳥が飛ぶことを、魚が泳ぐことをやめられぬように、戦士は戦うことしかできないのだ。そういう意味では、やはり自分はもう戦士ではないのかもしれない。勇者の顔になったな……再会した時のＪの言葉が、戒道の胸のうちに蘇る。

　誇らしさと寂しさを同時に感じている青年に、戦士は語りかけた。

「アルマ、道は違えても……我らは永遠に仲間だ」

「Ｊ……」

　ふたりの間に、穏やかな空気が流れていた。

　だが、それは木っ端微塵に打ち砕かれる。刺激的な警報音が、あたかも新たな戦いの始まりを告げるゴングのように、ジェイアーク艦内に鳴り響いていた。


　その音はメインオーダールームにも響き渡る。ＧＧＧ《スリージー》とジェイアークは、互いの警戒網をリンクさせ、非常事態が発生した際には、ただちに情報を共有するシステムを構築していた。

「国連アルプス基地からの緊急警報、レベル５です！」

「……ああ！　警報が途絶しました。解除されたわけではありません！　通信、データリンク、すべてが断絶しました！」

　ラシャード観測員が目撃した異変は、ただちにＧＧＧやジェイアークにも伝達されていた。だが、その詳細はわからない。観測基地として機能しているはずのセンサーやデータ網が、すべて沈黙しているのだ。スワンや火乃紀《ひのき》が告げる緊急事態に、大河《たいが》特務長官はただちに指令を発した。

「諜報部は探査プローブを射出、現地の状況を把握せよ！」

「もう発進させています。あと百四十秒で、光学観測可能範囲に到達します」

　猿頭寺《えんとうじ》の素早い対処は、さすがベテラン……とＧＧＧブルーの若き隊員たちを唸らせるものだった。阿嘉松《あかまつ》も感心したように、アゴをなでる。

「うーん、さすがの貫禄だなぁ」

だが、うちのオペレーターだって負けちゃいねえぞ……と、阿嘉松が胸を張ろうとした瞬間。

「ちょ、ちょちょちょ長官！　こ、ここれ見てくださいっすわ！」

声の裏返った古参のオペレーター山《やま》じいがメインスクリーンに、データを表示する。

「こ、国連アルプス基地から、超高密度のＺ０《ゼットゼロ》シミラーが検出されています！」

ちっとは落ち着け！　と、部下を怒鳴りつけようとした阿嘉松だが、表示された状況の禍々しさに、顔色を失った。

「こ、こいつはいったい……」

「Ｚ０シミラー、なおも増加中。このパターン分布は……」

報告の途中で火乃紀《ひのき》が息を呑んだ瞬間、メインスクリーンがデータ表示からカメラ映像に切り替わった。

「データプローブからの望遠映像が入りました。投映します！」

猿頭寺《えんとうじ》の操作で映し出されたのは、探査機から送られたオレンジ色の地獄絵図であった。月面の平原に建設された観測基地は、暁色のオーラを放つ異形に変わり果てている。いや、今も変貌しつつある。

「パターン分布……ゼロロボの大量発生時と一致しています……」

再開された火乃紀の報告は、映し出された状況と、まさしく合致するものであった。国連アルプス基地はトリプルゼロに浸食され、ゼロロボを大量発生させているのだ！

大河《たいが》や阿嘉松の隣に立つ凱《がい》が、拳を強く握りしめていた。

「なぜこんなことに……もう覇界《はかい》の眷族はいないはずなのに……」

終わったはずの戦いが、また繰り広げられるのか。手に入れたはずの平和が、もう破られてしまうのか。凱の鋭い視線は、メインスクリーンに注がれている。映像のごく一点、望遠撮影であるため、小さな揺らぎにしか見えない、その影に――

「猿頭寺くん、あれはなんだ！　拡大処理はできないか！」

同じく影に気づいた大河の指示で、猿頭寺が映像に補正処理をかけようとした瞬間――

「ダメです！　データプローブ、破壊されました。何者かの攻撃です！」

猿頭寺が悔しそうな声を出す。だが、途絶する直前、映像は映し出していた。国連アルプス基地に立つオレンジ色の影が、片腕を振り上げて、攻撃を放つ瞬間を。

（あれが……あいつが、覇界の眷族なのか――）

凱の脳裏に、正体のわからぬ相手への敵意が燃え上がる。たとえ何者であろうと、ようやく訪れたかけがえのない時間を、踏みにじらせるわけにはいかない――

「クルヨ……クルヨ……」

細く、今にも途切れそうな、か弱い声。だが、その声は不思議と、メインオーダールームに詰めている全員の耳目を引きつけた。メインシャフトから現れた紗孔羅《さくら》は、自分の足で歩み、何も映していないノイズまみれのメインスクリーンを見つめながら、続く言葉を紡いだ。

「すべてを終わらせるために…クルヨ……青の星の覇界王――！」

次の瞬間、整備部の牛山《うしやま》兄弟から緊急回線がつながる。

「大変です！　メンテナンス中のガオーマシンと覚醒人《かくせいじん》が……！」

サブスクリーンに投影されたのは、格納庫で黒煙が上がっている光景だった。

「ノー！」

スワンが悲痛な声をあげる。

「おい、嘘だろ？」火麻《ひゅうま》が目を疑った。

「凱号《がいごう》が……‼」護《まもる》が叫ぶ。

「ファントムガオーが……！」アルエットも叫んだ。

「Ｖ２《ブイツー》も……⁉」火乃紀《ひのき》も愕然とした。

「セカンドオーダールームの機動部隊は無事ですが、超ＡＩのない機体は……」命《みこと》が各所の確認をしながら報告する。

「ガオーマシンが全部……⁉」凱《がい》が息を呑んだ。

「まさか……」

阿嘉松《あかまつ》の脳裏には、プリックルとタマラの顔が浮かんでいた。アルジャーノンを発症し、いまも隔離病棟で昏睡状態にあるはずのふたりの顔が。

5

単なる事故ではなかった。

この緊急時に、覚醒人凱号、ファントムガオー、そしてそれらとファイナルフュージョン可能なすべてのガオーマシン、さらには覚醒人Ｖ２までもが、Ｇリキッドやリンカージェルに混入していた強燃物質によって内部爆発を引き起こし、機体に重大な損害を負ってしまったのだ。オービットベースが墜落の危機に陥った前例もあるため、アルジャーノンの発症者が、内部で破壊活動を行ったと推測するのが妥当な事件だ。現状、ガオガイゴー、ガオファイガー、覚醒人Ｖ２は、大規模な修復作業が必要となり、出撃は不可能であった。だが、それだけでない。同時に万能力作驚愕艦《ばんのうりきさくきょうがくかん》〈カナヤゴ〉にも同じことが起き、カーペンターズ全機が起動不能状態に陥っていた。つまりは、何が壊れても短時間で修理を行うことすらままならない状況になったのだ。監視カメラやセンサーにも細工され、すぐに犯人を特定することも叶わない。

事態は急を要していた——


「……ビッグボルフォッグよりトモロ０１１７へ。ＧＧＧ《スリージー》機動部隊及び諜報部各員、ジェイアーク甲板への固定を完了しました」

ＧＧＧ機動部隊に所属する翔超竜神《しょうちょうりゅうじん》、撃龍神《げきりゅうじん》、天竜神《てんりゅうじん》、星龍神《せいりゅうじん》、マイク・サウンダース十三世。そして諜報部のビッグボルフォッグとビッグポルコートは、超鋼ケーブルによってその機体を、ジェイアークの甲板に固定していた。

「Ｊ、いつでも出航可能だ」

メインコンピューターがしっかりと告げた。

「よし！　ジェイアーク発進‼」

艦橋でソルダートＪが右手を振り上げると、超弩級戦艦はインパルスドライブをフル稼働させ、月へ向けて加速を開始した。常人では耐えられない急加速も、サイボーグ戦士と勇者ロボたちには、苦にならない。たちまち巨大戦艦が、オービットベースからも星屑のひとつにしか見えないサイズに、遠ざかっていった。

「ジェイアークに続いて、機動完遂要塞艦《きどうかんすいようさいかん》〈ワダツミ〉、諜報鏡面遊撃艦《ちょうほうきょうめんゆうげきかん》〈ヤマツミ〉、分離発進ッ！」

阿嘉松《あかまつ》の発令により、ディビジョン艦二隻がオービットベースから離岸していく。レプトントラベラー搭載艦とはいえ、最大加速はジェイアークにはかなわない。そのため、月面・国連アルプス基地へ、勇者ロボたちを連れての先行を依頼したのである。ワダツミ艦内に移動したブランチオーダールームで発進指揮を終えた阿嘉松は、ただちにその場を後にした……。


「こら遅いぞ滋《しげる》！」

「うるせえ、長官職にゃやらなきゃなんねえ仕事が多いんだよ！」

阿嘉松が実父である獅子王雷牙《ししおうらいが》に怒鳴り返したのも、無理はない。国連アルプス基地の通信が途絶、高密度のＺ０《ゼットゼロ》シミラーが観測されたという事実が導き出す結論は、新たな覇界《はかい》の眷族による浸食活動が始まったということだ。ＧＧＧ《スリージー》としては直ちに行動し、基地スタッフの救助に当たらねばならない。だが、この非常事態に大河《たいが》特務長官と獅子王凱《ししおうがい》ＧＧＧグリーン長官は、ワダツミ主格納庫の方に詰めていて、阿嘉松がひとりで指揮を執らねばならなかったのだ。

　主格納庫に隣接する制御室にようやくたどりついた阿嘉松を、招集をかけた大河特務長官がねぎらう。

「すまんな、阿嘉松長官。だがこういう時、長官が三人いるという体制は助かる」

「いや特務長官、それはいいとして、非常事態にこのメンツ集めて、何か策でもあるんすか？」

　そう言って、阿嘉松は辺りを見回した。大河と凱、両長官の他に、獅子王雷牙、天海護《あまみまもる》、戒道幾《かいどういく》巳《み》、卯都木《うつぎ》命《みこと》、ルネ・カーディフ・獅子王、蒼斧蛍汰《あおのけいた》、彩火乃紀《さいひのき》といった面々がこの場に集められている。

「プリックル参謀とタマラですが……」

　火乃紀が会話に割って入った。

「……隔離病棟から抜け出した形跡は、見受けられませんでした」

「…おう、そうか……俺のアルジャーノン見張り番26号も反応してねえから、とりあえずここに犯人はいないようだがな……」

　阿嘉松の重い表情に蛍汰がつっこむ。

「とかいって、発症した社長が自分で偽装したとかいうオチはナシっすよ」

「ばーろー！　こんな時につまらねえ冗談かますんじゃねえ！」

　阿嘉松の怒鳴り声に、蛍汰は半ば安心したように縮こまる。

「さーせん……」

「いま、スワンの指揮で全員のアルジャーノン検査を実施中です」

命《みこと》が報告するが、表情は暗い。

「ただ…こんな状況ということもあって、まだ二十六パーセントは追い付いてないんですが……」

その数字を聴いた蛍汰《けいた》も、不安な目つきでボソボソとつぶやく。

「二十六…二十六…二十六パーセントかぁ……」

そこで阿嘉松《あかまつ》はあることに気づいた。

「さっきは楊《ヤン》の旦那も呼び出されてたようだが……」

「楊博士には僕ちゃんが頼んでることがあるんでな。野崎《のざき》、犬吠崎《いぬぼうさき》、平田《ひらた》の三博士や整備部のみんなとともに、向こうで頑張ってもらっとる！」

雷牙《らいが》が指し示したのは、制御室の窓ガラス越しに見下ろせる、巨大な主格納庫の様子である。南極で回収されたジェネシックマシン——緑の星の大いなる遺産に、増員態勢で改修作業を進めているようだ。

「おおう、なぁるほど、今はガオガイゴーもガオファイガーもＶ２《ブイツー》も使えねえ。青の星の覇界王《はかいおう》とやらに、ジェネシック・ガオガイガーで立ち向かおうってわけだな！」

得心したように、阿嘉松は両手をあわせて打ち鳴らした。だが、周囲の者たちの表情は暗い。一同を代表するように口を開いたのは、ジェネシックとフュージョンする立場にある凱《がい》だ。

「滋《しげる》さん……実は大きな問題があるんです。ギャレオンやジェネシックマシンは、制御中枢に深刻なダメージを受けていて、起動できません」

「制御中枢ってのは、要するに勇者ロボでいえば、超ＡＩだろ！　マジかよ⁉」

「他のみんなに比べて、ジェネシックはトリプルゼロに浸食されていた時間が、とてつもなく長かった……それが原因でもあると、雷牙おじさんや楊博士は推測しているそうです」

「なんてこった……」

阿嘉松は呆然として、天を仰いだ。だが、すぐに雷牙の胸ぐらを締め上げる。

「おいクソじじい！　どうにかなんねえのか、主戦力抜きで覇界王とやりあわなきゃなんねえぞ！　いくらみんなが勇者でも無茶ぶりがすぎるってもんだぜ！」

「く、苦しい！　ちょうど僕ちゃんが対策を説明しようとしてたところに、お前がやってきて、話が中断しとったんだ！」

「あるのか、対策……！」

　呆然とした阿嘉松が手を放す。半ば持ち上げられ、つま先が床から離れかけていた雷牙は解放されるとすぐに、手袋に内蔵されたジェットを噴かし、宙を舞いながら猛然と説明を開始した。

「ジェネシックマシンの制御中枢は、三重連太陽系の高度なテクノロジーで構成されておる。今も彼らは、内部の自己修復と再構成を行っているとみて、間違いはない！　しかるに…」

「彼らが人工的なニューラルネットワークを持ち、生命体の脳を擬似的に再現……いえ、むしろ遥かに高度な次元に達しているという推論は理解できます」

　雷牙の説明を、そう言って肯定したのは、生体医工学者でもある火乃紀《ひのき》だ。

「ですが、システムが高度であればあるほど、幾何級数的に必要とする時間は増えていくのではないでしょうか？」

「火乃紀くんの言う通り……それが数日で終わるものなのか、数か月か、はたまたそれ以上かかるのか、僕ちゃんにも皆目見当がつかん……」

「……ギャレオンはこのまま、目覚めないかもしれない……」

そうつぶやいたのは、ギャレオンと深い縁で結ばれた護《まもる》である。そんな神妙な顔を見ていられず、阿嘉松《あかまつ》は護の両肩に手を置いて、励ましの言葉をかける。

「心配すんな、護。このキノコ雲頭のジジイは、こう見えても世界十大頭脳のひとりだ。パパッと解決策を教えてくれるだろうぜ。たとえば、動かねえギャレオンやジェネシックマシンにひとりずつフュージョンして、制御中枢の代わりをさせるとかな、どうだぁ？」

「ほっほぉ～～！　なんでわかったんだ⁉」

キノコ雲頭の雷牙《らいが》が目を剥いて、両手を振り回した。

「なぬぅ？　テキトーに言ったのが、ジャストミートだったのか？」

「せっかく劇的に盛り上げて発表しようと思っとったのに……」

へそを曲げたような表情の雷牙に、凱《がい》が真剣な表情で問いかける。

「雷牙おじさん、ギャレオンはともかく、ジェネシックマシンにもフュージョンが……？」

「うむ、ここに集まってもらったことでわかるように……天海《あまみ》護くん、戒道幾巳《かいどういくみ》くん、卯都木命《うつぎみこと》くん、ルネ……そして蒼斧蛍汰《あおのけいた》くん、彩火乃紀《さいひのき》くんなら可能ということだ」

護と戒道、命、ルネは覚悟していた……という表情で、それぞれにうなずいた。いずれもGストーンやJジュエルの申し子であり、命はセミエヴォリュダーだ。自分たちにしかできないことがあると、それぞれに自覚はしていた。

「ふう…やっぱり私もなんですね……！」

覚悟はしていたつもりでも、命は動揺を隠せずに深呼吸した。

「この中で一番丈夫なのは、サイボーグの私かもね」

ルネは余裕の笑みを浮かべ、両手を開いておどけてみせる。だが、覚悟とも自覚とも無縁だったふたりもいる。

「えええ〜〜！　お、俺と火乃紀もっすか！」

「ヘッドダイバーではあっても、身体能力的に劣る私たちが……？」

「そうそう！　デュアルカインドって言っても、脳神経が特別ってだけで、体は普通ですよ！」

蛍汰の言葉に納得したような笑みを浮かべたのは、ニューロノイドの開発者でもある阿嘉松だ。

「ははーん、その脳神経が重要なんだな」

我が意を得たりという表情で、隣の雷牙もうなずく。指摘されたら、本人たちは必死で否定するだろうが、こういう時、この親子の表情はとてもよく似たものになる。

「そういうこと！　みんなにはジェネシックマシンにフュージョンして、再構築中の制御中枢との間にニューラルネットワークを構築してほしいんだな」

「たしかにそいつはデュアルカインドの得意技だなぁ」

息をあわせたようにうなずいている雷牙と阿嘉松の前で、戒道が独り言をつぶやく。

「GストーンやJジュエルの無限情報サーキットで果たせるなら……Jにもできるということか……」

「うむ、その通りだ。まあ、彼にはキングジェイダーの戦力を十二分に発揮してもらう方が得策だがのぉ」

「あいつは戦士だから…な」

ルネが少し反応した。その様子を見た戒道《かいどう》だったが、あえて別のことに触れる。

「Jは言っていた。蒼斧蛍汰《あおのけいた》という地球人も、立派な戦士だ…と」

「へ？　俺のことを……ソルJの旦那が？」

その言葉に目を丸くしたのは、蛍汰当人だ。南極の戦いで肩を並べて戦ったJには、なにか感じ入るところがあったのだろう。

「いや～、そんな風に言われたら、俺燃えてきちゃうっすよ。なあ火乃紀《ひのき》、やったろうぜ。俺たちみたいな一般人でもできることがあるって、証明してやろうぜ！」

「うん……自信はないけど…やってみる……」

「君たちにはドリルモグラズにフュージョンしてもらうゾイ」

雷牙《らいが》の言葉に目を丸くする蛍汰。

「なんすか？　モグラ…ズって？」

「スパイラルガオーと、ストレイトガオーのこと……？」

「あ、なるほど……」

火乃紀の言葉に納得した蛍汰だが、内心ではいろいろと思いがよぎる。

（なはは、俺たちゃ合体ロボの脚がお似合いってことかな。でも、火乃紀とおそろいの左右のポジション、他の誰にも渡したくねえから、いっかな！）

一同の決意に満ちた表情を見回してから、大河《たいが》は壁面に設置されたコミュニケーターに語りかけた。

「楊《ヤン》博士、ジェネシックマシンの改修作業はどうですか？」

窓ガラスの向こうでは、整備部員に指示を出しつつ、手を止めようともしない楊の姿が見える。口元のインカムを通じての返事が、コミュニケーターから出力されてきた。

『……まあまあ順調だ。レプトントラベラーの最大加速で、ワダツミが月に到着するまで、あと四十分。それまでには、すべての作業を終えないと……いや、終わらせてみせる』

遠景の楊が右手の親指を立てている。周囲で同じく作業に当たっている野崎《のざき》、犬吠崎《いぬぼうさき》、平田《ひらた》の三博士や整備部員たちも同様だ。すべての戦いが終わったという空気に包まれていたGGG《スリージー》であったが、彼らはやはり人類精鋭のプロフェッショナル集団である。ひとたび事が起きれば、即座に最適な行動をとる。それがGGG隊員としての矜恃だった。

言葉以上に頼もしい、行動による返答を目の当たりにした大河は、制御室の一同を見回した。そして、重々しく告げる。

「……君たちには、正体のわからぬ覇界王《はかいおう》と、いきなり戦ってもらわなければならない。だが、私は信じている。君たちなら、今度こそ最後であろう試練を乗り越えてくれると」

護《まもる》、戒道、ルネ、命《みこと》、蛍汰、火乃紀……そして凱《がい》がうなずく。

「ジェネシック・ギャレオンには天海《あまみ》護！　ガジェットガオーには戒道幾巳《いくみ》！　ブロウクンガオーにはルネ・カーディフ・獅子王《ししおう》！　プロテクトガオーには卯都木《うつぎ》命！　スパイラルガオーに蒼斧蛍汰！　ストレイトガオーに彩《さい》火乃紀！　そして、全体を統括するのは獅子王凱！　これがファイナル・ガオガイガーのフュージョン要員だ!!」

「ファイナル・ガオガイガー!?」

驚いた凱の言葉に、大河が答える。

「そうだ……三重連太陽系で蘇ったのは起源《ジェネシック》のガオガイガー、いま誕生するのはすべての戦いを終わらせる終局《ファイナル》のガオガイガー！　それがこの機体に込めた我々の願いだ！　そしてあれを見たまえ！」

大河《たいが》は主格納庫で改修されている、ガジェットガオーの翼を指さした。

「私はファイナル・ガオガイガーの翼に、このマークを刻むことにした。ＧＧＧ《スリージー》ギャザリングマークを！」

それは特務長官となった大河の左腕につけられているバッジと同じマークだった。

ガッツィー・ジオイド・ガード――

ガッツィー・ギャラクシー・ガード――

ガッツィー・グローバル・ガード――

象られた三つのＧが金と緑と青に輝いている、すべてのＧＧＧを背負ったエムブレム――それがＧＧＧギャザリングマーク！

「特務長官！　俺はこのエムブレムを背に、すべての戦いを終局に導きます。ここにいる仲間たちとともに！」

「ああ、頼むぞ……勇者！」

大河が差し出した手を、凱《がい》が握った。そこに仲間たちの手が、次々と重ねられていく。

護《まもる》の手が――

戒道《かいどう》の手が――

命《みこと》の手が――

ルネの手が――

蛍汰《けいた》と火乃紀《ひのき》の手が――

そして雷牙《らいが》と阿嘉松《あかまつ》の親子ががっしりと肩を組んだ。

（これだけの仲間が結集しているんだ……負けるわけがない！）

心の中で、まだ見ぬ敵手に向けて、凱はつぶやいた。

（覇界王《はかいおう》……いや……相手がお前でも……！）

まだ見ぬ敵――

というわけではない。先刻、データプローブから転送されてきた映像を見ている時、凱は小さな光点の敵手、その姿を目撃している。理屈ではなく、直感によって凱は感じていた。その敵手もまた、凱の方を見つめ返していると。

そう、両者はすでに互いを敵として、感じとっていたのだ……。

6

恒星間空間を疾駆する超弩級戦艦の最大戦速は、ディビジョン艦の速度とは次元を異にする。地球の衛星軌道上から、月面への距離を数分で駆け抜けたジェイアークはいち早く、国連アルプス基地の上空に到達していた。

「……なんだあれは！」

驚愕の叫びをあげたのは、甲板上にしがみついていた翔超竜神《しょうちょうりゅうじん》である。生身の人間なら耐えられない超加速も、頑強勇者ロボ軍団であれば、ものともしない。そんな勇者ロボたちを愕然とさせたのは、国連アルプス基地の変わり果てた様子であった。

まるで業火に包まれているような、暁色の輝き。いや、真空の月面で炎が燃えることはない。それは基地を埋め尽くしたゼロロボたちが放つ、オーラの幻炎《げんえん》だ。

「基地のスタッフはいったいどこに！」

生体反応を捉えようと、センサーをフル稼働させているのは、ビッグボルフォッグだ。だが、濃密なＺ０《ゼットゼロ》シミラーとトリプルゼロのオーラに妨害され、探査は不可能である。一同がジェイアークから機体固定用ワイヤーを切り離し、調査を開始しようとした瞬間――

「勇者たちよ、緊急離脱だ！」

ソルダートＪの鋭い警告が響く。勇者たちがそれぞれにスラスター噴射で飛び退くと同時に、ジェイアークは分厚い艦底部装甲を基地の方へ向ける。その直後、飛来した高熱源体が炸裂した！

「超圧縮酸素弾直撃！」

ただちに警告を発したトモロが、装甲にジェネレイティングアーマーを起動させ迎撃態勢をとったため、ダメージは軽微だ。

「やはりな……奴ら流の挨拶といったところか」

Ｊにも敵の正体が理解できていた。この程度の攻撃で、損傷を受けるようなジェイアークではないことを、敵も承知しているはずである。ソルダートＪはオーラの向こうに立つ、超圧縮酸素弾を放った者の姿を見据える。

――すなわち、青の星の覇界王《はかいおう》。

終局のガオガイガーを待ち受ける最大最強最後の敵。暁色の幻炎をまといし、ベターマン・カタフラクトの姿を！

「……みんな、準備はいい？」

五人の仲間たちに向かって、護《まもる》が問いかける。ワダツミ内の主格納庫でうなずく戒道《かいどう》、命《みこと》、ルネ、蛍汰《けいた》、火乃紀《ひのき》。彼らはこれからジェネシックマシンにフュージョンして、月面アルプス基地の救援に赴くことになる。雷牙《らいが》や楊《ヤン》から必要な情報はレクチャーされ、後は覚悟を定めるのみ。だが、誰の瞳にも迷いや怯えはない。護が一同に口を開こうとした時――

「護、発進前に大事なことを忘れてるぜ」

そう言って遮った凱《がい》が示した方へ振り向く護。目に飛び込んできたのは、息を切らした愛妻の姿だった。

「はぁ…、間に合ったぁ……」

「華《はな》ちゃん……オーダールームから走ってきたの？」

「ごめんね、護くん。転ばないように気をつけてきたから……どうしても、直接、一言だけ、言っておきたくて……」

「ああ…うん、聞かせて」

「必ず…必ず……帰ってきてね……私たちのところへ」

〝私たち〟と複数形を使ったことの意味は明らかだ。護はふたりを安心させるように、優しく微笑んだ。

「もちろんだよ、必ず帰ってくる。大丈夫！　行ってきます！」

「行って……らっしゃい」

華《はな》もまた、最高の笑顔で微笑み返す。きっと、お腹の赤ちゃんも笑っているだろう。その様子を見て、凱《がい》と命《みこと》、火乃紀《ひのき》と蛍汰《けいた》、戒道《かいどう》とルネもやさしく微笑んだ。

護《まもる》は華のおでこに軽く口づけると、物言わぬジェネシック・ギャレオンの前に進み出た。

「さあ、行こう……ギャレオン。僕は今からギャレオンの心とひとつになるよ」

浄解モードに転身した護は、大きくジャンプした。

「フュージョンッ！」

続くように、五人の仲間たちがそれぞれのジェネシックマシンの前へ駆け出し、叫ぶ。

「フュージョンッ‼」

その頃、ワダツミが急加速で向かっている月面では、すでに戦端が開かれていた。

「メガ！　フュージョンッ！」

カタフラクトの初撃を耐え抜いた超弩級戦艦が、ジャイアントメカノイドへと変形する。

「キングジェイダーッ‼」

一〇〇メートルを超える巨体が、六分の一Gの平地に着地する。その周囲には、勇者ロボたちもそろっている。翔超竜神《しょうちょうりゅうじん》、撃龍神《げきりゅうじん》、天竜神《てんりゅうじん》、星龍神《せいりゅうじん》、ビッグボルフォッグ、ビッグポルコート、そしてスタジオ7《セブン》に乗ったブームロボ形態のマイク・サウンダース十三世。勇者王を除くGGG《スリージー》の全戦力が、先行してきたのだ。

彼らに対峙するのは、ベターマン・カタフラクト。そして――

「やれやれ、ゼロロボまで従えているとは、理由はともかく、ベターマンが覇界王《はかいおう》になってしまったのは間違いないようだね、ご同輩」

冷静な諜報部コンビが状況を分析する。

「たしかに……観測範囲に二十六体。いずれも内部から生体反応は認められません」

トリニティーカラーの機体も身構える。

「ゼロロボは我々が引き受ける。キングジェイダーは覇界王を頼む！」

「いいだろう。覇界王の相手、望むところ！」

翔超竜神の言葉に即答するとともに、右腕の照準を合わせるキングジェイダー。覇界王の再臨という事態も、戦士の魂にとっては、渇望を満たす慶事なのかもしれなかった。だが、敵対するソムニウムたちには、別の思惑があるようだ。

『ンー…有象無象の機械人形ばかりのようだな』

カタフラクトの両肩と背部フライングサーベルを構成するオウグの中の羅漢《らかん》が、意思を走らせる。

『勇者王はいない！　狙い通りだ！』

応えたのは、翼を司るガジュマルである。狙い通りと語ったのは、ほんの数時間前に彼らが行った工作を指している。

ＧＧＧオービットベースでガオーマシンと覚醒人《かくせいじん》Ｖ２《ブイツー》が稼働できなくなった非常事態――それは彼ら七体のソムニウムが引き起こしたものだった。シャーラがソキウスの実で開いたＳＴバイパスで宇宙基地に現れた七体は、ヒイラギの怪力で閉鎖隔壁をこじ開け、格納庫に侵入した。対人センサーはユーヤ、遭遇した目撃者はラミア、それぞれのペクトフォレースによる操作で、記録にも記憶にも彼らの存在は残っていない。さらに羅漢《らかん》がサンクトゥスでガオーマシンのGリキッドや、覚《かく》醒人《せいじん》V2《ブイツー》のリンカージェルを強燃物質と融合させたことで、それらの機体は出撃不可能になった。一方でライとガジュマルがカナヤゴ内部で同様の工作を行い、現在の状況が訪れたのである……。

『――すべては、パトリアの刻《とき》を迎えるため』

ラミアの意思は、七体に共通する宿願である。

『ンー…気分はどうだ？　古き者よ』

『心配ならいらぬ、羅漢。暁の霊気により、オルトスの耐性も充分に備わった。カタフラクトの核を担おうと、たやすく灰に帰すことはない』

オルトス――それはかつて、元凶なりし者〈カンケル〉を滅した時、ラミアが一度だけ喰んだ実である。ラミアが耐性を持つ実の中で、もっとも強大な力を持つフォルテの実を三つ合成することで得られる特殊なアニムス。それがオルトスの実だ。羅漢の秘術でフォルテも入手が容易になり、希少な実が結実したのだ。変身の後には、自力で目覚めることが困難な長き眠りを必要とするほど、ソムニウム本体の消耗を著しく伴うオルトス。だが、オルトスとトリプルゼロを重ねて、今や限界なき最強のベターマンが完成したことは間違いない。訪れる宿戦に勝利するため、ラミアが選んだ、もっともベターとなる選択手段――その具現化である。

『ンー…その覚悟、見届けよう』

羅漢の言葉の意味するところを悟った、ユーヤの意思が揺れる。

『ラミア……』

リミピッドチャンネルは、言葉を交わすよりも大量の情報をやりとりする。ここまでの意思の交感も、瞬きするほどの間に行われたものだった。だが、そのわずかな時間に、カタフラクトの眼前に迫ってきたものがある。キングジェイダーが右腕から放ってきた必殺の一撃――ジェイクオース！

ラミアも羅漢も、それ以上のやりとりを続けはしない。オルトス、オウグ、トゥルバ、アーリマン、ポンドゥス、ルーメの合成体であるカタフラクトは翼を躍動させ、真空の月面上空へ飛翔した。

「……疾《はや》い！」

神速の戦士・ソルダートJをも愕然とさせるほどの速度で、カタフラクトはジェイクオースを回避した。この時すでに、勇者ロボたちは迫るゼロロボ群との交戦状態に突入していたのだが、彼らの目と耳――の機能を有するセンサーも釘付けになった。

「ＯＨ！　なんてハイスピードだっぜ！」

「マイクくん、避けて！」

天竜神《てんりゅうじん》が、カタフラクトの飛翔に見とれたマイクに警告する。キングジェイダーの一撃をギリギリでかわしたカタフラクトが、トゥルバの翼の開口部から、無数の超圧縮酸素弾を放った。先刻はジェイアークの分厚い艦底部装甲で受けきったものの、勇者たちの機体では、とても耐えきれるとは思えない強力な衝撃が迫る。

「ミラーシールドッ！」

「プロテクト・プロテクター！」

「クリスタルシールド！」

ある者は防御装備をかまえ、またある者は高機動で離脱する。だが——

「ぐおおおっ、ミラーシールドが！」

「そんなっ！」

「きゃあああ！」

竜神たちの防御楯が砕かれ、ビッグボルフォッグとビッグポルコートは胴体に直撃を受けた。かろうじて無傷なのは、天竜神《てんりゅうじん》の警告を受けたマイクだけだったが、代わりに俊敏なスタジオ7《セブン》が一撃で爆散したため、次弾を回避できるとは思えない。一瞬のうちに、勇者ロボ軍団は満身創痍と成りはてていた。

「なんて威力だ！　間違いない、やはりあいつは……」

撃龍神《げきりゅうじん》の言葉を受けて、翔超竜神《しょうちょうりゅうじん》がうなずく。

「ああ、トリプルゼロに強化されている……！」

宇宙空間に漂う、オレンジ色の幻炎《げんえん》をまといしカタフラクト。勇者ロボの機体では、リミピッドチャンネルを受信不可能なように、ソムニウムもまた通信波を傍受することはできない。この場において、双方と意思疎通が可能なキングジェイダーは、超圧縮酸素弾の驟雨《しゅうう》にもジェネレーティングアーマーで耐えていた。

「私が言えたことではないが、残念だ……ソムニウム」

ジャイアントメカノイドが見つめる先にあるカタフラクトの頭部——フォルテがオルトスにレベルアップしたとはいえ、合体状態では外見に差異は見受けられない——が、月面を見下ろしている。

続きを言って見ろ、とでも言わんばかりの鋭い複眼で。右腕に戻ったジェイクオースを再装着した白き巨大ロボも、暗黒の上空で揺らめくオレンジ色の魔姿《まし》を睨み返す。

「貴様らは戦士として、肩を並べるに足る存在と思っていた。だが、この期に及んで、トリプルゼロの浸食を受け入れていたとはな！」

言い放つと、キングジェイダーは全身のスラスターを噴かして、急浮上した。

「だが……私にも覇界王《はかいおう》と化した同じ過去がある。アルマや凱《がい》への借り、貴様を救うことで返すとしよう！」

爆発的な大推力による突進に任せて、右の貫手をカタフラクトに放つキングジェイダー！　狙い過たず、その一撃は胸部中央にしっかりとねじ込まれた！　五連メーザー砲と反中間子砲をゼロ距離発射すれば、とどめを刺せる態勢だ。

『なにか思い違いをしているようだ……』

あえて防御の姿勢に転じなかったともとれる、ラミアの冷静な意思が、ソルダートJのうちに流れ込む。そこに苦痛の響きはない。

『――我らの魂は、暁の霊気に蝕まれてなどいない』

「なんだと――!?」

その意思の意味するところにソルダートJが驚愕した瞬間――カタフラクトが弾け飛んだ。いや、羅漢《らかん》のペクトフォレース・サンクトゥスによる合体を解いたのだ。六体のソムニウム変身体が、全周方向からキングジェイダーに迫る。

トリプルゼロを纏ったオウグのフライングサーベルが、アーリマンの刺突が、トゥルバの翼が、ポンドゥスの超重力波が、ルーメの超振動が、そしてオルトスの拳が、キングジェイダーの全身に叩き込まれる。

「ぐううっ！」

ジェネレイティングアーマーで防御しているとはいえ、それらの攻撃を全身に浴びた衝撃は計り知れない。それでもジャイアントメカノイドは揺るがずに耐え抜いた。

『ほう、大したものですな。さすがは次元の彼方よりの来訪者！』

『無駄口を叩くな、ライ！　次を喰らわすぞ！』

暴風のようなガジュマルの攻撃的で強い意思。それは彼ら六体の合意でもあるようだ。次なる致命の一撃を放たんと、ソムニウムたちは一旦キングジェイダーから離れ、再び勢いをつけて突進する。

「侮るなよ……ここで倒れるとしても、ただでは退かぬ！」

頭上と左右と前後と下方——あらゆる方向に武装を身構えるキングジェイダー！　だが、それらが放たれる直前、六つの影が真空空間を奔《はし》った！

「J……守ってみせる！」

戒道《かいどう》の叫びがこだました。間髪入れず、トゥルバに体当たりを敢行したのは、超高速で飛来したガジェットガオーである！　続いてオウグにブロウクンガオーが！　ルーメにプロテクトガオーが！　ポンドゥスにストレイトガオーが！　アーリマンにスパイラルガオーが！　そしてオルトスにジェネシック・ギャレオンが激突した！

「……ジェネシックマシン！」

月面に叩きつけられたままのビッグボルフォッグが、上空で展開された六対六の激突に感嘆の声をあげる。

六人がフュージョンしたジェネシックマシン全機がワダツミから進発、レプトントラベラーをも上回る急加速で、飛来したのだ。

「ひゃー、さすがはリンカージェル！　こんな強いGでも耐えられちゃうんだからなぁ！」

高Gにも耐えきった蛍汰《けいた》が、スパイラルガオーの内部で快哉をあげる。楊《ヤン》たちが、機体と人体の神経伝達を円滑に導くため、各機内部に充填したリンカージェルが衝撃吸収材としても十二分に機能していた。そうでもなければ、生身の蛍汰や火乃紀《ひのき》が、戦闘機動に耐えることは不可能だっただろう。

「これが異星文明とのニューラルネットワーク……膨大な知識が、どんどん流れ込んでくる……！」

蛍汰とは異なる興奮を覚えているのは火乃紀だ。フュージョンしたことにより、ストレイトガオーの制御中枢と脳神経が接続され、未知の情報が洪水のように脳内を駆け巡る。生体医工学者としての直感が告げていた。いずれこれらを体系的に解明できれば、人類文明は飛躍的に進歩するに違いない！

月面上空の宇宙空間に舞う六体の異形生物陣と、六機の異星マシン隊。それぞれが生命進化の最先端と、機械文明の到達点と言ってよい、比類なき力の結晶。スピードとスピード、パワーとパワー、五組のぶつかりあいは互角に見えたが、一組だけ圧倒的な差をつけられている戦いがあった。

『光なる者よ……オルトスの創世の力に、抗しえると思うな！』

「くうっ、これまでのラミアと全然違う……！」

ジェネシック・ギャレオンの中枢部に一体となっている護《まもる》は、防戦一方となっていた。トリプルゼロによって倍加されたオルトスの力は、これまで目撃したベターマン変身体とは次元が異なる高みに達している。

「護！　俺も一緒に戦うぞ！」

「わかった、凱《がい》兄ちゃん！」

護がうなずいた瞬間、オルトスはすでにジェネシック・ギャレオンの背後にいた。物質どころか、エネルギーや生態遺伝情報をも分解消失に導く、必滅のダブルファイアリングサーベルを突き立てんと、頭部を振り下ろす。だが、獣にとっての死角――背後に回り込まれることは、予期していた。

「――やられるもんかっ！」

護はおのが全身となった機械の四肢の姿勢制御スラスターを駆使して、虚空で跳ねる。必滅の一撃をかわされたオルトスがバランスを崩した瞬間、ジェネシック・ギャレオンの口蓋から飛び出す人影。

「ラミア！　お前の天敵はここにいるぜ！」

全身を緑色に輝かせたエヴォリュダー、ＧＧＧ《スリージー》グリーン長官にして機動隊長、獅子王《ししおう》凱だ！

「フュージョンッ！」

オルトスが身をひるがえすよりも速く、白き百獣王の機体へ超進化人類がその身を回転させながら一体となり、人型メカノイドへと変形していった。

「ガイガーッ！」

いま、ジェネシック・ギャレオンは、ふたりの勇者、護と凱とダブルフュージョンしたことによりジェネシック・ガイガー、いやファイナル・ガイガー[※30]へと進化したのだ！

「すごい……これがダブルフュージョン！　すごい力が、全身にみなぎってくるぜ！」

「……う、うん」

凱の言葉にうなずきつつも、護は軽い違和感を感じていた。ともにフュージョンすることにより、いま凱と護はひとつのメカノイドとして、一体となっている。だからこそ、感じる、かすかな違和感。だが、その感覚を吹き飛ばすように、眼前のオルトスから刺すような意思が放たれてくる。

『元凶なりし者よ……まだ足りぬ。お前の真力を見せてみよ！』

「言われなくてもそうする！　だがラミア……いや覇界王《はかいおう》！　聞かせてもらおう、お前たちはなぜトリプルゼロに浸食されてしまったんだ！」

『――浸食など、されていない』

凱の問いかけに、オレンジ色のオーラを放ちながら、ラミアの意思が答えた。

『我らの魂は、我らのものだ』

「覇界王ではないというのか！　だが、その力は――」

「……Zマスターとの決戦を思い出せ、凱」

そう告げたのは、全身に深手を負ったキングジェイダー。その内部にメガフュージョンしているソルダートJだ。

「あの時、私や勇者たちは、ザ・パワーの力を身にまとって戦った。だが、心まで浸食されはしなかった」

「つまり、ザ・パワーの……いや、トリプルゼロの力だけを使えるということか！　だが、制御できる時間はそう長くはないはずだ！」

『ンー…それは違うのだな、勇者の王よ』

Jと凱《がい》の対話に割り込んできたのは、羅漢《らかん》である。ラミアたちとともに戦いつつも、彼の本質は研究者であり、探求者だ。そして、これまで覇界《はかい》の眷族との戦いの中で重ねてきた実験の数々を、タイムラプスの記録映像のように意識の波に流し込んできた。

「これって……ベターマンの実験⁉」

プロテクトガオーにフュージョンしている命《みこと》が反応する。

「ちっ、バイオネットの怪人どもを改造するより訳がわからないね」

ブロウクンガオーのルネも嫌悪感を露わにする。

――映像の中、セプルクルムの奥で、羅漢が行っていたのは、様々な動物を用いた生体実験であった。探求者である彼は、戦闘のたびに残留トリプルゼロを採取してきた。南極で、他のソムニウムが仮眠をとっている時にも、だ。こうして入手したトリプルゼロに、あえて動物を浸してみることで、眷族と化すプロセスを確認する。幾度も実験を繰り返す過程で、ペクトフォレースによる浄解の秘術も編み出したらしい――

「お、俺と火乃紀《ひのき》が…ガオガイゴーが元に戻れたのも、このベターマンのおかげなのか⁉」

蛍汰《けいた》もリンカージェルを介し、リミピッドチャンネルによる鮮明な映像を受信していた。二〇〇五年に運ばれる以前、覇界の眷族となっていた彼らが、二〇一七年に帰還した際には痕跡も残さず、元に戻っていた……それは、羅漢の秘術によるものだった。

『ンー…そういうことだ。その能力の応用で、精神への浸食を阻み、力のみを利用する術を編み出したというわけだ』

トリプルゼロは意志を持たない、宇宙の摂理たる自然現象である。それは宇宙を誕生させ、終焉へと導く。無限創生と無限崩壊という両極端の能力を持つオルトスは、その相似形ともいえる存在であるが故に、共生が可能となったのだ。

「その力を手に入れて、何をしようとしている⁉」

凱はラミアを問い詰めた。

『――すべてはパトリアの刻《とき》のためだ、エヴォリュダー』

ラミアの脳裏に浮かんだ、ある光景。それらが凱たちにも伝達されてきた。

――美しく、しかし禍々しい景色。先刻まで国連アルプス基地であった場所が、花園と化している。それもヒトの遺体を苗床として咲く、アニムスの花園だ。基地に常駐していた観測員たちが全員、意識を失って倒れ、その顔面からアニムスの花を咲かせている――

「……ラシャード！」

脳内に送り込まれてきた光景に、火乃紀が悲鳴をあげた。観測員ラシャード・シンは、火乃紀がＧＧＧに入隊する研修を受けた際の同期である。笑顔が優しい、年長の友人だった。その朗らかだった顔が、アニムスの根にびっしりと覆われている。

「ラミア……あなたが、こんなことを……」

『ヒトは進化している。そのためにソムニウムは、刻《とき》とともに滅びに向かわざるを得ない。我らには必要なのだ。アニムスが育ち、花を咲かせ、実を収穫するための牧場が……』

火乃紀《ひのき》は衝撃を受けた。タマラとプリックルに対する治療は効果を示しつつある。もし、人類がアルジャーノンを克服できることが予見されたとしたら、ベターマンから食料を奪い、このような計画を招いてしまったのではないか。

「私のせい…で……」

「奴の意思に惑わされるな！」

凱《がい》の力強い言葉にも、火乃紀の動揺は収まらない。いや、彼女だけではない。蛍汰《けいた》はもちろん、護《まもる》や戒道《かいどう》にも、これまでの覇界王《はかいおう》との戦いで、ソムニウムに対しては戦友めいた感情が芽生えつつあった。であるが故に、眼下の月面基地内部で行われている〝惨状〟は衝撃的な裏切りであり、戦意すら失うほどの、怒りや悲しみすら超えた驚愕であった。

「ソムニウムは…人間とはわかりあえないの……？」

護が絶望を感じた瞬間、力強い声が頭上から降ってきた。

「――うろたえるな！　勇者諸君！」

その空間に現れたのは、ワダツミである。ようやく月へ到着した機動完遂要塞艦から、大河《たいが》特務長官が語りかけてきたのだ。

「これまで我々ＧＧＧ《スリージー》は、常に人類存亡を脅かす相手と戦い続けてきた。それが地球外知性体であろうと、全宇宙規模の自然災害であろうと、変わることはない。たとえベターマンが、同じ地球という惑星《ほし》に生まれた隣人であろうと、生命を脅かすのであれば同じだ！　和解の術を失ったとしたら、戦わねばならない！　我々は戦う……生命《いのち》ある限り‼」

ブランチオーダールームのスタッフ一同がうなずく。阿嘉松《あかまつ》、雷牙《らいが》、楊《ヤン》、火麻《ひゅうま》、機動部隊を支える華《はな》やアルエット、オペレーターたち。加療中のタマラとプリックルを除くメインスタッフの全員が集まっている。全員が同じ気持ちで。彼らの視線を受けて、大河がこれまでで最大の、咆吼のような指令を絶叫した。

「最終ファイナルフュージョン……承認ッ」

7

大河の指令を受けて、電磁煙幕を発生させ隔壁を築いたファイナル・ガイガーの周囲に、ジェネシックマシンが舞う。

「ファイナル・オブ！」

仲間たちの存在を周囲に感じた、凱が叫んだ。そして護が、戒道が、ルネが、命《みこと》が、蛍汰が、火乃紀が続く言葉を同時に叫ぶ。

「――ファイナルフュージョンッ‼」

ファイナル・オブ・ファイナルフュージョン！　六機のマシンはひとつの破壊神へと合体していく。それはもはや起源機《ジェネシック》ではなく、いくつもの生きた魂が融合し、進化を遂げた最終機獣《ファイナル》！

だが、それと合わせ鏡のような現象が、彼らの眼前で起きていた。

『ペクトフォレース・サンクトゥス』

ベターマン・オウグの中央部にある胸門から、虹色の粒子が放たれる。それはおのれを含むソムニウム変身体たちに浴びせかけられ、パズルのように構造を組み替えていく。

『アワサレ！』

そしてオルトスの中で、ラミアは両の手に、オレンジ色の輝きを纏ったネブラの実とアクアの実を掴んでいた。

『我らもソムニウム存亡をかけ、全力をもって、この最終決戦に挑ませてもらう……』

ラミアはふたつの実を激しく噛み砕き、おのが体内へと導いた。ただでさえ、三つのフォルテの実を合わせたオルトスを形成している状態で、トリプルゼロをもって更なる合成変身体へと、その姿は進化していった。

『うおおおおおおおおおおおおおおおおおっ！』

ラミアの深く、強く、猛々しい雄叫びとともに、オルトスの体表の黒に、力強い赤や、霧のような紫や、深海のような青のまだら模様が、美しく光り輝きながら走っていく。それは複雑なパズルを組み立てるように、他の五体の変身体と合わさり、ひとつの超巨体へと合体していった。そして神々しく、二体の巨神は完成に至った！

「ガオッガイッガーッ‼」

それは、破壊神を超えた至高の存在。それは、勇気の究極を超えた姿。我々がたどりついた、最終最後の勝利の鍵。その名は――

勇者王ファイナル・ガオガイガー‼

対峙するは、最強の生命体。適者生存の具現化された姿。生命進化の果てに到達した、夢のかけらが合わさりし現《うつつ》。その名は――

超生王《ちょうせいおう》ベターマン・カタフラクト改‼

いまこの瞬間も、月面上では勇者ロボ軍団が、群れなすゼロロボと戦い続けている。だが、彼らも瞬間的に戦いを忘れ、頭上に出現した二体の姿に目を奪われた。

「あれが……七つの生命と融合した最後のガオガイガー！」

「そして……覇界《はかい》と共生を果たした最強合体ベターマン！」

勇者たちの感慨が、開幕のゴングであったかのように、ガオガイガーとベターマンは互いに向かって突進していく。数百メートルは離れていた距離が一瞬で縮まり、両者が激突するかに見えた瞬間、ベターマンの右手がガオガイガーの左腕をつかみ、突き出されたガオガイガーの右拳はベターマンの左掌に受け止められていた！

拮抗する超力と超力！　奇妙な膠着をメインスクリーンで目にした阿嘉松《あかまつ》は、並んで席に着いている華《はな》とアルエットの方へ振り向く。

「始まったぞっ！　Gアーマーの準備は！」

「あと七十秒でシステムインストールが完了！」

「ようし、そうなりゃこっちのもんだ！」

　阿嘉松は自分の右拳を、左の掌に叩きつけた。ガオファイガー用に準備していた最後のツールは、覇界王《はかいおう》ジェネシックとの決戦には間に合わなかった。それでも阿嘉松や楊《ヤン》、そしてドクトル・アー、開発に関わった者たちの総意で、ジェネシック・ガオガイガー用に仕様変更して完成させることになった。そこに雷牙《らいが》が当初の予定に無かった新機能を追加して、想定すらしていなかった形で実戦投入される日が訪れたのである。

「見てろよ、ベターマン……俺たち人間を苗床にした養殖場を作ろうったって、そうはいかねえぜ！」

　ガオガイガーとベターマンの決戦を見守っているのは、人間だけではない。月面アルプス基地の内部では、七体目のベターマン、シャーラが同胞たちの戦いを見上げている。その掌には、すべての光を呑み込むような、漆黒の実が握られていた。

『やっと、これを使う刻《とき》が来た……』

　その実の名は、ソキウステラ。あの南極決戦時、ラミアに貫かれ滅びたデウスに実っていたアニムスである。自らの身体に、テンプスの実を実らせ共生する特異体質のソムニウムは、その死に際しても、この上なく異形の実を残していたのである。シャーラの唇が、ソキウステラの実に触れようとした瞬間――

　ワダツミではアルエットが鋭く報告していた。

「Gアーマー、起動準備完了！」

　その報告を通信波越しに聞いたGGG《スリージー》グリーン長官が叫ぶ。

「ゴルディオンアーマー[※31]ッ！」

　GGGブルー長官が続く言葉を怒鳴る。

「発動っっっ‼」

　そして、最終最後の言葉を、特務長官が吼えた。

「――承認ッ！！！」

　GGG三長官による承認を受けて、ふたりの機動部隊オペレーターが応える。

「了解！」

「ウイ！」

　初野《はつの》華は左腕の、アルエット・ポミエは右腕のグローブを外すと、頭上に高々と伸ばした。彼女たちの目の前のコンソールには、長官たちが承認した瞬間、セーフティデバイスの解除端末が出現している。

「ゴルディオンアーマー！　セーフティデバイス、リリーブッ！」

　声を合わせて叫んだ華とアルエットは、掌を端末に叩きつけた。発光した端末は、ふたりの掌紋を読み取り、モニターに〈承認〉の文字を表示する。長官たちによる三重承認と、オペレーターたちの二重認証を受けて、ついにそれは発動に至った！

――その名もゴルディオンアーマー！

この時すでに整備部オペレーターである牛山《うしやま》ブラザーズの操作で、ワダツミのミラーカタパルトには、巨大な消波用オブジェのような七基のGブロックのうち、六基がセットされている。

「Gブロック！　01から06……イミッション！」

華《はな》が01、02、03の――アルエットが04、05、06の射出パッドを、空いている方の拳で連打する。ただちにミラーカタパルトは電磁加速で、Gブロックの射出を開始した。

「よっしゃぁ！　待ってたぜ……ガジェットフェザーッ！」

そう叫んだ凱《がい》は、組み合っていたベターマンを置き去りに、展開した翼で勢いよくガオガイガーを飛翔させた。即座に追撃しようとするベターマンだが、その全身にしがみつく者たちがいる。

「ガオガイガーの邪魔はさせません！」

「たとえこの身が砕けようとも！」

ビッグボルフォッグと翔超竜神《しょうちょうりゅうじん》である。いや、二体だけではない。初撃で既に深手を負ったはずの勇者たちがみな、死力を振り絞ってベターマンの行動を阻もうとしていた。

『ンー…非力だな』

羅漢《らかん》の意思が奔《はし》るとともに、ベターマンが四肢を振り回す。無造作な行動に見えたが、トリプルゼロで倍加された膂力《りょりょく》は、それだけで勇者たちを軽々と弾き飛ばしていた。

だが――！

稼がれた時間がわずか数十秒であろうと、その間にガオガイガーは六基のGブロックと編隊を組み終えていた。

　ガオガイガーの周囲を飛ぶGブロックは、それぞれステルスガオーⅡの緑石光に輝くウルテクエンジンパーツに似た形状を成しているが、放つ光は黄金。またファントムリングやウォールリングは装着されておらず、その部分は三叉に分かれた円錐台だ。そのため、計四つの突起が、地球上の海岸で使用される消波ブロックのように見える。だが、もちろんコンクリートの塊などではない。かねてより、世界中のGGG《スリージー》協力機関の総力を挙げて開発中だった、対覇界王《はかいおう》決戦ツールなのだ。

六基のGブロックから光の鎖――プラズマケーブルが放射され、ガオガイガーの各部に接続される。

「ブロウクンコネクトッ！」

「スパイラルコネクト！」

　ブロウクンガオー内のルネと、スパイラルガオー内の蛍汰《けいた》が叫ぶ。

　ガオガイガーの右肩に、光の鎖によってつながれたGブロック02と、同様にプラズマケーブルで右膝とつながっている03が、水面に映った逆像のようにブロック同士でドッキングする！

「プロテクトコネクトッ！」

「ストレイトコネクト！」

　続いて、プロテクトガオー内の命《みこと》と、ストレイトガオー内の火乃紀《ひのき》のボイスコマンドにより、ガオガイガーの左肩につながれたGブロック04と、同様に左膝とつながっている05が上下合体した！

「ガジェットコネクト！」

　戒道《かいどう》の指令が発せられると、ガオガイガーの尾部が真っ直ぐ下方に伸び、Gブロック06に先端部

――ガジェットガオーの頭部にあたる部分をねじこむ！

「ギャレオリアコネクトッ！」

ギャレオンの中枢にフュージョンしている護《まもる》は、ガオガイガー後頭部のエネルギーアキュメーターをチューブ状に組み替え、上方に位置どるGブロック01と接続させる。こうして、六基のGブロック四組は、ガオガイガー上方と下方には物理的に、左右にはプラズマケーブルによってガジェットフェザーとコネクトした陣形となった。ファイナル・ガオガイガーに、上下左右の四方向から膨大なエネルギーが流れ込む！

「――ゴルディオンアーマーッ！」

その言葉と同時に、Gブロック群は陣形の内側にプラズマ光を張り巡らせ、ガオガイガーの背後に、ガジェットフェザーの数倍もの巨大なV字型プラズマウイングを形成した！　月面上空に輝く、黄金の翼！

勇者ロボたちを振り切って突進するベターマンは、前方に光り輝く勇姿に目を奪われた。

『金色《こんじき》の翼――！』

ラミアの敵意が迸《ほとばし》り、ベターマンが突進の勢いのままに、トリプルゼロの炎を纏ったオルトスの力宿りし右の剛腕で殴りかかる！　だが、圧倒的なパワーをガオガイガーが喰らうことはなかった。巨大なプラズマウイングが、光速と見まがうばかりのスピードで勇者王を飛翔させたのだ。三重連太陽系の技術で生み出されたガジェットフェザーをも上回る神速の羽ばたき。ガジェットフェザーにゴルディオンアーマーが加わったことによる超高速だ。黄金の翼持つ飛翔体は、瞬間移動したかのようにベターマンの背中へ突撃する。

「ベターマンッ！　お前たちが人類を餌としか見なさないのなら！」

　ガオガイガーの右腕が、翼と同じ色合いに光り輝く。いや、腕ではない。伸ばした腕の尖端――五本の爪が発光している！　Ｇブロックからの膨大なエネルギーを得たゴルディオンネイルが、超《ちょう》生王《せいおう》を光にせんとその背後に突き立てられた。だが、薄布一枚分の厚みに阻まれて、それはかなわない。ベターマンが上半身にまとっているルーメが超振動によって、ゴルディオンネイルの重力衝撃波による光化現象を相殺しているのだ。

「まさか……光の爪が効かない⁉」

「落ち着け、護！」

　衝撃を受けた護を、凱《がい》が叱咤する。ゴルディオンハンマーにも匹敵する攻撃が効かなかったからといって、呆然としている余裕はない。防御した者は覇界《はかい》の威力をもって、次の瞬間には反撃に転じてくる、これはそういう高次元の戦いなのだから。

　ユーヤはおのが変身体でゴルディオンネイルを無効化した次の瞬間、周波数を変えた超振動をトゥルバの翼に送り込んでいた。

『行け、ガジュマル――』

『言われなくてもっ！』

　宇宙空間では、気体は低温でも沸騰する。トゥルバ内部に蓄えられていた空気が、ガジュマルの制御で真空に暴露、瞬時に沸騰した。そこにルーメからの超振動で猛攪拌が加わり、一種のブースターとなってベターマンを爆発的に加速させ、ガオガイガー背部への攻撃態勢に転じる。

「させるか！」

冷静さを失っていない凱《がい》の判断で、ガオガイガーも黄金の翼を煌めかせ、高速で回り込み、追撃する。猛烈な両者の追撃と追撃が、メビウスの輪のような残光を月面宙域に瞬かせる。

超速度と超速度の激突と激突！　それはふたつの眩い流星がからみあい、苛烈にぶつかりあう光景のようにも見えた。少し離れていたキングジェイダーは全身傷だらけの状態で、援護を試みようとする。が、しかし、流星の一方だけに狙点を定めることもかなわず、虚しく砲口をさまよわせた。

「くっ、なんという戦いだ……！」

超高速で激突しつつ、それぞれが次の一手を狙いあう熾烈な攻防。手を出せずにいるのは、ソルダートJだけではない。

「おい、07は射出できねえのか！」

ワダツミのブランチオーダールームで、阿嘉松《あかまつ》が吼える。ゴルディオンアーマーを構成するGブロック01から06は、すべてファイナル・ガオガイガーとのコネクトに成功した。だが、獅子王雷牙《ししおうらいが》が追加した07は、いまだワダツミにある。つまり、ガオガイガーとのコネクトを果たした現状のゴルディオンアーマーは、いまだすべての力を発揮できる状態ではないのだ。07はミラーカタパルトにセットできるようなサイズではないため、艦外に爆裂カタパルトを増設し、射出のタイミングを計っていたのである。

「さっきからずっと撃ち出そうとしてるんですが！」

「ガオガイガーとベターマンの機動が高速すぎて！」

「射出軌道を設定できないんです！」

　ウッシー一号、二号、四号が息の合った報告をあげる。戦況を覆しうる決戦ツールも、ガオガイガーのもとへ届けることができなくては、なんの意味もない。

「ええいっ、軌道が算出できなくても、とりあえず撃ち出せば――」

「待つのだ、阿嘉松長官！」

　阿嘉松の破れかぶれにも近い指令を遮ったのは、大河《たいが》特務長官である。

「今は凱の……いや、勇者たちの戦いを見守ろう。〝その時〟は必ず来る」

　その時とはいったいいつなんですかい⁉……そう問おうとして、阿嘉松は言葉を呑み込んだ。胸元で組まれた大河の腕――その拳を見てしまったからだ。静かに固く、強く握られ、小刻みに打ち震える拳。機を待ち、耐えることもまた戦いなのだと、言葉によらずして語っている。阿嘉松は、一瞬前に呑み込んだ台詞とは、違う台詞を声にした。

「Gブロック07は射出態勢そのまま！　各オペレーターは、ベターメンのデータを取り続けろ。奴らだって生き物だ、いつかは疲れて隙も見せるはずだ！」


　月面上空で、激しく飛び交うファイナル・ガオガイガーとベターマン・カタフラクト改。それは一瞬ごとに攻守が交代する激闘であり、肉眼では捉えることすら困難な攻防であった。

『ンー…オウグのフライングサーベルに耐えられるかな』

　二体がすれ違う瞬間、羅漢《らかん》が漆黒の刃を投擲する。

「プロテクトシェード！」

　そう叫んだのは凱ではない。ガオガイガー左肩の命《みこと》が、素早く防御壁を展開、苛烈な斬撃を瞬息の間《かん》で防ぐ。

「ガジェットツール！」

Ｇブロック06にねじ込まれていた尾部の先端を戒道《かいどう》が分離、それは刃となってガオガイガー右腕に装着された。

「ウィルナイフッ！」

間髪入れずに、ルネが強力な刺突を繰り出す！　だが、ベターマンの背に突き立つかに見えたその一撃は、アーリマンの尾にからめとられていた。

『おおっと、そうはさせませんぞ』

カラクリ細工のような尾がガオガイガーの右拳を締め上げ、動きが封じられる。だが、そのまま拘束されるかに見えた瞬間――

「ブロウクンマグナム！」

ウィルナイフを装着したままの右拳を、高速回転させながら発射することで、逆に引きずられたベターマンが姿勢を崩される。

「おりゃあ！　スパイラルドリルッ！」

右膝のドリルを蛍汰《けいた》が回転させ、そのまま膝蹴りを繰り出した！　至近距離からの攻撃を回避する術はない。だが、ベターマンは下半身のポンドゥスから超重力波を発生させていた。局所的に増大したヒッグス粒子により、スパイラルドリル周辺の時間流が静止する。凍り付いた時の中で、右脚を微動だにすることもできなくなるガオガイガー！

『元凶なりし者よ……貴様の命運を断つ』

ラミアの意思がよぎる。ベターマンは開け放った口蓋から、トゥルバの圧縮酸素を超震動させて放出した。それはラミアがさらに喰らった実――ネブラの能力である。至近距離から浴びせられたサイコヴォイスと、ガオガイガーの機体表面を覆うジェネシックオーラがぶつかり合う。打ち砕こうとする力と、撥ねのけようとする力。

「命運を断たれるのは……お前たちの方だぁぁぁっ！」

凱《がい》の咆吼とともに、威力が倍加したジェネシックオーラが、目の前にいたベターマンを吹き飛ばす。膠着状態は一転した。六体の変身体が融合した巨体は、月面に落下――激しく叩きつけられ、隕石落下のような高い砂煙の柱を立ち昇らせた。

（すごいや……凱兄ちゃん！）

ギャレオンの一部になっている護《まもる》は、ファイナルフュージョンしている時、自分の手足がメカノイドの手足と一体となり、視覚もメインカメラと共有される感覚を得ている。そのため、この時の護にとって、ダブルフュージョンしている凱は隣にいるというよりは、自分と重なり合うように存在している……という感覚がもっとも近い。護にとってそれは、激しい炎の中にいるようにも感じられた。獅子王《ししおう》凱という存在は、燃えさかるようなエネルギーの塊なのだ。

（凱兄ちゃんって、いつもこうなの……!?）

ベターマン・カタフラクトという未曾有の強敵を前に、凱の存在はこの上なく頼もしい。だが、超高圧のエネルギーにも等しいその存在が、あの優しい凱兄ちゃんなのだと思うと、なにか違和感のようなものを感じずにはいられない。それは、ギャレオンを介してこそ感じられるものなのか。

しかし、激しい戦いのなかで、その思いは雑念に等しい。そう考えた護は、意識の中からその違和感を振り払うのだった。

8

ベターマン・カタフラクト改が叩きつけられたのは、月面――それも国連アルプス基地が存在していた場所だった。ジェネシックオーラの爆圧はすさまじく、トリプルゼロで強化された構造であってもなお、ベターマンは一時的に身動きがとれなくなるほどの衝撃を受けていた。

『ンー…これほどの力を有するとは、勇者の王……いや、元凶なりし者、侮れぬな』

羅漢《らかん》の意思に、悔し気なガジュマルも割って入る。

『くそっ……オレよりも速く飛び回れるはずがねえ！』

『でも、ボクも…あの距離でかわされるって…思わなかった……』

『暁の霊気を帯びていなければ、すでに敗北していたであろうな……』

超重力波による拘束でも致命傷を負わせることができなかった、ヒイラギの意思は弱弱しい。

冷静に分析している様子のユーヤの意思に、言葉を繋ぐのはライだ。

『左様、左様、でもまだ先がありますからね……』

『それでいい。その上で我らは、その者の真力を得る』

『ラミアくんの言うことはもっともですが、その前に拙者らの方が滅せられそうですなぁ』

気が抜けたようなライの意思に、羅漢は反応した。

『古《いにしえ》なる者、ラミアよ。ンー…解っているな、滅する運命からは逃れられぬことを』

『承知している』

間髪入れずに応えたラミアの意思には、他のソムニウムたちよりも強い覚悟が込められていた。

『シャーラ……！』

その時、ガジュマルは少し離れた場所を見た。真空の月面に立つ、頭巾を被った小柄な身体。地球上のセプルクルムから、ソキウスの実でＳＴバイパスを開き、同胞たちをこの月に導いた、ソムニウムの少女。その手には、光さえ吸い込むような漆黒の実が握られている。

『ガジュマル……この実を使う刻《とき》ね』

シャーラの意思に、迷いや怯えの色はない。すでに、決意は定まっているのだ。シャーラをもっとも気遣うガジュマルですら、反意など発しようとはしない。シャーラはその〝ソキウステラの実〟を口元に運ぶと――鋭い牙を剥き出しにして、咀嚼をはじめた。


一方――

動けなくなったベターマンを観測したブランチオーダールームでは、ついに阿嘉松《あかまつ》から指令が発せられていた。

「いよおおおおおおっっっしぃぃ！　Ｇブロック07、射出ゥッ‼」

「りょ、了解！　07……イミッション！」

ただちに華《はな》が起動パッドを殴打、ワダツミ艦外に増設されたカタパルトから、巨大なＧブロックが射出された。

01から06までのＧブロックは、ステルスガオーⅡのウルテクエンジンパーツと同じくらいのサイズである。だが、最後に射出された07は、ガオガイガーそのものと同等か、それ以上に大きく感じるほどの大質量物体であった。

（行くぞ、みんな！）

凱《がい》の呼びかけに護《まもる》、戒道《かいどう》、ルネ、命《みこと》、蛍汰《けいた》、火乃紀《ひのき》がうなずく。神経系を接続した同士でフュージョンしているため、言葉に出さずとも意志は通じている。

　黄金の翼を煌めかせたガオガイガーが、飛来するＧブロック07の後方に回り込み、前方に突き出した右拳を回転させる。

「うおおおおっ、アームコネクト！」

　そのまま後部に拳がねじ込まれると、回転運動が伝わり、Ｇブロック07が旋回する。そして遠心力により、その外装が弾けとんだ！　内部から出現したのは——超巨大な右腕！

　ガオガイガー本体よりも大きな右腕には黄金のタービンがふたつあり、ブロウクンマグナムの回転に連動しているようだ。連装タービンが唸りをあげると、巨大腕部〈マーグアーム〉の先端で、腕のサイズ同様の大型の拳がゆっくりと開かれていく。光り輝く巨大な五本の指は、ひとつひとつがいずれもゴルディオンハンマーそのものだ。そして、五連ゴルディオンハンマーの中央に位置する掌には、それらすべてを制御する超ＡＩの顔面があった。

「ようやく俺様の出番のようだなっ！」

　月面で戦いを見守っていた満身創痍の勇者ロボ軍団。その中にいたマイクが、嬉しそうな声をあげる。

「ゴデブーが生きてたっぜ！」

「俺をそんな名前で呼ぶんじゃねえ！　俺様は――」

黄金の翼を背負ったままのガオガイガーが、マーグアームをかまえる。巨大な黄金の五本指を前方にかまえつつ、フュージョンしている七人の声が唱和する。

「ゴルディオン!!　フィンガーッ[※32]!!」

たちまち、合体しているその全身すべてが黄金色に輝いた。これこそが、最後の決戦ツール。地球人類が開発していたゴルディオンアーマーに、三重連太陽系でゴルディオンネイルを知った獅子《しし》王雷牙《おうらいが》が追加した、究極の黄金五指。行く手を阻む者すべてを握りつぶすとともに、光子変換する最強の力。

だが、ガオガイガーの眼下の敵は、それを怖れることはない。月面から、数十機ものゼロロボを再結集させ、最後の決着をつけんと奮進してくる。しかし、その敵はこれまでとは違っていた。そう、それは七体目の変身体〈ソキウステラ[※33]〉が合体したベターマンであった。新たな容姿――究《きゅう》極超生王《きょくちょうせいおう》ベターマン・カタフラクトテラ！

あたかもガオガイガーと写し姿のように、カタフラクトテラの右腕にも、異形の巨大な物体が合体していた。

「なんだなんだ……！　真似しやがったのかぁ？」

「ベターマンが……また新たな変身体に！」

驚愕する蛍汰と火乃紀。だが、金色《こんじき》の光の中の凱はうろたえたりはしない。

「動じるな！　俺たちは……負けない！」

ベターマンに合体した巨腕ソキウステラは、薄紅色の蕾のように見えた。

「咲ク……」

そこに何かを感じとったのか、ワダツミの中で、紗孔羅《さくら》が震えるような小さな声で呟く。

「咲クヨ……咲クヨ……咲いてほしくない…大きな……」

その先は声にならなかった。


『シャーラ……その力、開花すべし』

『ええ、ラミア……すべてはパトリアの刻《とき》のために』

ラミアとシャーラが意思を交感すると、ベターマンは蕾に似た、その右腕を頭上に掲げた。

『異界の花よ……咲き乱れよ！』

ラミアの意思が迸《ほとばし》ると、空間にシャーラの苦鳴が響いた。同時に蕾は巨大なアニムスのような花弁を展開する。指のように見える花びらを開くと、ベターマンの全身から放たれていたオレンジ色の幻炎《げんえん》が消え去った。いや、消え去ったわけではない。それは体内に吸い込まれていったのだ。うちに燃えさかる幻炎に代わって、そこに現れた巨人の表面色は白金《プラチナ》。光り輝く姿の中で、右腕の花弁のみが薄紅色に彩られ、その内部は虚無へと続く漆黒の深い闇が渦巻いている。

『ンー…素晴らしい、これぞ初めて目にする究極の覚醒』

『来るぞ』

羅漢《らかん》の感嘆を遮るユーヤの警告通り、頭上からは黄金に輝く勇姿が迫ってくる。

『……ボクが、試してみる』

ヒイラギの重力波が、周囲に浮遊させていたゼロロボ群を高速で突進させた。一体一体が、勇者ロボたちに匹敵する質量を持ったゼロロボたちが、飛礫となってガオガイガーに襲いかかる。

「そんなもので……俺たちを止められるか！」

凱《がい》が叫ぶと、ガオガイガーは前方に向けた右掌を開いた。

「光になれぇぇっ‼」

巨大な右掌が、ゼロロボ群をまとめて鷲づかみにする。いや、つかまれたかに見えた瞬間には、鋼鉄の塊はすべて光に変換されていた。触れることなく次々と敵を消滅させた、その指の隙間からは、眩い輝きの粒子があふれている。

『これはこれは……近づくだけでも危険ですな』

ベターマンの尾部から、ライの意思が漏れる。常ににじんでいるような、おどけた余裕は存在しない。目の前にいるのが、想像を絶する破壊の権化であることを悟っているようだ。

『未来を失わせはしない……たとえ差し違えようと、我らはパトリアの刻を迎えるのみ』

ラミアの意思が奔《はし》り、白金のベターマンは異形の右腕をかまえ突進する。これを迎え撃つ黄金のガオガイガーも、巨大な右腕を前に突き出した。

「光に……なれぇぇっ！」

『彼方へ……去れ』

ガオガイガーが光輝の衝撃波を放ちつつ、ベターマンを巨大な掌でつかもうとする。ベターマンもまた、闇黒の花弁を開き、薄紅の花粉にも似た仄かな妖気を漂わせながら、これを受け止める。

超大型の右掌と右掌が正面から組み合った！　だが、超絶の力と力が激突したにもかかわらず、ガオガイガーが闇に呑まれることも、ベターマンが光にされることもない。

「嘘だろォ？　こいつら、どんなチート技使いやがった！」

悲鳴のような蛍汰《けいた》の声に、火乃紀《ひのき》が答える。

「ショックウェーブが……消されてる！」

どんな手段を用いたのか、それは火乃紀にもわからない。だが、数瞬前にゼロロボの軍団をまとめて光にしたゴルディオンフィンガーが、無効化されていることは間違いない。眼前の覇界力を有したベターマンは、究極のツールを装備したガオガイガーにも匹敵する能力を持っているのだ。

「それなら……こういう手もあるぜ！」

凱《がい》が思念を陣形内で共有すると、右腕で組み合ったまま、ガオガイガーが左腕を掲げる。

「……ガジェットツール！」

脊髄反射のように呼応した戒道《かいどう》が、ガジェットツールを発動させ、緑の星で作られたパーツを組み合わせ、左腕へと収めていく。

「ジェネシックボルトッ！」

すかさず反応した護《まもる》の雄叫びとともに、ギャレオンの口蓋からエネルギーボルトが射出され、左腕部ツールの先端部に装着される。

「ボルティングドライバーッ！」

ジェネシックボルトに充填された高密度のジェネシックオーラは、爆発的な圧力で至近距離にいたベターマンの本体を撥ね飛ばす。

『……無事か、シャーラ！』

ガジュマルがソキウステラ内部のシャーラを気遣う。

『私は平気……やっぱり、順番にやらなきゃ進めないんだね』

圧倒的な爆圧で全身を軋ませつつも、ソムニウムたちは、あたかもチェスや囲碁の先読みでもするように反撃の時をうかがう。だが、ガオガイガーの右肩からは、すでに第二のボルトが射出されていた。

「ブロウクンボルトッ！」

三重連太陽系でも使うことのなかったボルティングドライバー用の先端パーツ――だが、ブロウクンガオーとフュージョンしたルネにとって、その機能はすでに知識として存在している。

「行け、凱《がい》！」

ルネの意図を悟った凱は、ガオガイガーを月面スレスレで低空飛行させる。ベターマンもまたその後を追い、ソキウスハンドを振りかぶった。

『彼方へ――』

「ボルティングドライバ――ッ！」

ベターマンによる詳細不明の攻撃が放たれるのを待たず、ガオガイガーはボルティングドライバーでそのボルトパーツを月面にねじ込んだ！　地中で炸裂したブロウクンエネルギーが巨大なクレーターを穿つ。その場に存在していた地面は一気に無数の岩飛礫《いわつぶて》となって、右腕をかまえていたベターマンに襲いかかった。月面は一瞬にしてアステロイドベルト級の岩盤激流地獄と化すが、それでも超生王《ちょうせいおう》は動じない。

『――去れ』

高速で飛来する岩塊に向けて、ベターマンがその右手を振るう！　数百メートルにも達する巨大で無数の質量弾の嵐の中に、呑み込まれたかに見えたベターマンだったが、岩塊群は次の瞬間、すべて消滅していた！　ソキウスハンドの中央には、無限の深淵が口を開けており、瞬時にそこへ吸い込まれていったのだ。

ブランチオーダールームで戦闘の様子を観測していたスワンが、振り返って報告する。

「ノー！　あれは木星で記録された空間の歪みと同質のものです！」

素早くサブモニターに表示させた過去の記録映像の中では、シャーラが発生させた〝空間を跳躍する歪み〟から、ベターマンたちが出現する様子が映し出されている。

「ＳＴバイパス……」

オーダールームの入口付近で、小さな声がした。どうやら、紗孔羅《さくら》がまたリミピッドチャンネルを受信したらしい。

「ＳＴバイパス……意味するところはわからんが、あの能力で岩塊をいずこかへ消し去っているというわけか」

「おい、楊《ヤン》の旦那！　いずこってどこだよ！」

阿嘉松《あかまつ》の問いに、楊は首を振った。

「私にもわからん。だが、月面から噴き上げられた広範囲の岩盤群を、一瞬で消すほどの威力だ。先のゴルディオンフィンガーが放ったグラビティショックウェーブも、あの亜空間にすべて呑み込まれたのだろう」

「するってえと、こっちの攻撃は、なにひとつ効かないってことか⁉」

「理論上は、そういうことになる……」

阿嘉松《あかまつ》と楊《ヤン》の会話に、一同は絶句した。投入したばかりの究極ツールをも無効化する、ベターマンの超能力。その衝撃故に、彼らは聞き逃していた。紗孔羅《さくら》の小さなつぶやきを——

「青の星の覇界王《はかいおう》……モウスグクルヨ……」


ゴルディオンフィンガーもブロウクンボルトも無効化された今、ガオガイガーは黄金の翼の超加速で月面から離脱しようと試みる。だが、ベターマンは距離をじわじわと縮めながら迫ってくる。高速と高速の追尾は、わずかにベターマンが有利に見えた。その理由が、ルネには察せられた。

（凱《がい》……あんた、優しすぎるんだよ！）

先の一撃——ルネであったら、ブロウクンボルトをベターマン・カタフラクトテラの体内にねじ込んでいただろう。そうして、内部から破壊する。対ソール11遊星主用であるあのツールは、そういう使い方をするものなのだ。だが、凱はそうしなかった。もちろん、遊星主を超えるほどの再生力を備えた敵には、付け焼刃であっただろう。月面に使用して岩塊による攻撃——それは、一時は肩を並べて、ともに戦ったソムニウムに対して、非情になりきれない凱の優しさなのかもしれない。

以前のルネであったら、鼻で笑い飛ばしていたところだ。

（あんたらしいよ……その優しさも、強さも……）

そして、無限に続くかと思われた追撃戦のさなか――

ベターマンがいきなり軌道を変化させた。急加速した進路の先にいるのは、ワダツミ。GGG《スリージー》の機動完遂要塞艦《きどうかんすいようさいかん》がそこにいた。

「まさか……ベターマン！」

ワダツミの危機を悟った凱が、ガオガイガーを反転させる。だが、位置関係からして、間に合いそうもない。

「ベターマン急速接近！　このままでは三十秒以内に激突します！」

「それ以前に、あの攻撃で消滅させられるな」

猿頭寺《えんとうじ》の報告に、大河《たいが》が冷静に答える。いや、完全に冷静なわけではない。その額には、冷たい汗が浮かんでいる。

しかし、迫り来るベターマンを映し出していたメインスクリーンに、別の姿が映り込む。

「貴様らの狙いなど読めている！　GGGを狙えば、凱たちを封じられると思ったのであろう！」

ベターマンとワダツミの間に割って入ったのは、キングジェイダー！　ディビジョン艦を背に守りつつ、すべての武装をかまえる。

「十連メーザー砲、反中間子砲、全斉射！」

ジャイアントメカノイドから無数の武装が放たれ、それは狙い過たず、ベターマンに直撃した。

「ESミサイル！」

それでも油断せず、手を緩めはしない。

「ジェイクオ――――スッ！」

必殺の火の鳥が、前方で炸裂したＥＳミサイルで転送され、ソキウスのお株を奪うかの如く、手薄であろう敵の後方部へと瞬間移動し直撃した。

――いや、直撃したように見えた。

ソルダートJが最期に見たのは、ベターマンの右腕に咲くソキウスの花弁が広がり、ジェイクオースとすべてのエネルギーを吸いこむ光景だった。そして、その光景は広がっていき――全高一〇〇メートルを超える巨体をも一気に呑み込んだのだ。

「J、トモロ……っ！」

戒道《かいどう》の悲痛な叫びが宇宙空間に響き渡る。寸前にＥＳ爆雷を発射し、空間離脱を試みるも時すでに遅く、爆雷もろとも白き巨艦ロボの姿はこの世界から消えた。だが、悲劇はこれで終わらない。キングジェイダーを空間の狭間にかき消した勢いもそのままに、ベターマンはワダツミへ迫っていた。

「青の星の覇界王《はかいおう》……クルヨ……クルヨ……」

ブランチオーダールームの片隅で、そうつぶやく紗孔羅《さくら》の瞳は、迫り来るベターマンを映してはいない。あたかも、青の星の覇界王とはベターマンとは異なる別の何かである――とでも告げるように。

しかし、その言葉に耳を傾ける者はいなかった。すでにワダツミに乗り込んでいる隊員たちは総員、空間の狭間に呑み込まれていたからだ。ワダツミの巨艦ごと。

「護《まもる》…くん……」

意識が暗闇に呑み込まれて暗転する寸前、華《はな》がこの世でもっとも愛しい人の名をつぶやいた。通信ではなく、リミピッドチャンネルでもなく、護はその声を聴いたような気がした。

「あ、ああ……華……ちゃん……！」

護の心が、あまりにも巨大な喪失感と絶望感に囚われる。ファイナル・ガオガイガーの中核にダブルフュージョンしているふたりの勇者。そのうちのひとりの茫然自失は、あまりにも致命的であった。ガオガイガーは月面近くの宙域で硬直し、その制御を失った。

「GGG《スリージー》のみんなが…！」

命《みこと》が声を詰まらせる。

「オヤジ…J…まさか…こんなこと……」

ルネも現実を直視できずにいた。

「ラミアっ……！　どうして…どうして……」

火乃紀《ひのき》が叫んでも、蛍汰《けいた》は声にならない息を吐くのがやっとだった。

「……唖…唖……‼」

『まだか……』

ラミアが苦しそうな意思を放つ。それを感じとったユーヤは、胸が張り裂けんばかりの悲しみを覚える。

（ラミア……そうまでして、我らはパトリアの刻《とき》を迎えねばならないのか——）

必死にうちに押し殺した悲しみ。自分の想いで、ラミアを惑わせてはならないという、ユーヤの献身だった。それを知ってのことか、ラミアはすべての想いをねじ伏せたまま、ガオガイガーに向かっていく。ソキウステラの花弁がゆっくりと開き、前方で硬直しているガオガイガーを呑み込まんとする！

「隊長——ッ！」

「逃げてください！」

超ＡＩたちの声が響いた。動けないガオガイガーの中で、凱《がい》たちは聞いた。長い戦いの間、ずっとともに戦ってきた、その献身的な声を。

翔超竜神《しょうちょうりゅうじん》が、ビッグボルフォッグが、マイク・サウンダース十三世が、撃龍神《げきりゅうじん》が、ビッグポルコートが、天竜神《てんりゅうじん》が、星龍神《せいりゅうじん》が飛び込んできたのだ。あるいはガオガイガーを突き飛ばし、あるいはベターマンの前に我が身を投げ出し、楯となって——

そうして、彼らもまた魔腕ソキウステラが生み出す時空の歪みから、虚無の深淵に呑み込まれていった——

「うわああああああッ！」

凱の絶叫が響くとともに、ガオガイガーの両眼が輝いた——いや、それは機体の眼から発せられた光ではない。ファイナルフュージョンしている彼——獅子王《ししおう》凱の両眼が輝いたのだ。燃えるように揺らめくオレンジ色に。その色を感じとったラミアは、ようやくたどりついた……という感慨をにじませた。

『目覚めたか——青の星の覇界王《はかいおう》』

凱の全身からオレンジ色の光が広がり、黄金の勇者王の機体は暁色の発光へと導かれる。

「おいっ！　この力がみなぎる感覚は……」

巨大な掌底の中枢をになうゴルディーの超ＡＩが叫んだ。覇界の眷族と化していた頃の記憶が、呼び覚まされているのだ。かつて同じ体験をしている命《みこと》やルネも、同様の感覚に驚愕したが、声を発する間もなく、凱は猛進を開始していた。

「うおおおおっ！」

『はあああっ！』

ラミアもまた受けて立つかのように、ベターマンを飛び立たせる。

ガオガイガー対ベターマン——

月面上空に飛び交う黄金と白金の流星。燃えさかる幻炎《げんえん》の尾を引くそれらは、互いを呑み込もうとする二頭の竜のようにも見える。

だが、地球光《アースブルー》に照らされた静寂の月面で、その美しくも凄惨な闘いを見守る者はいない。

月面アルプス基地に常駐していた観測員たちは、ソムニウムによってその命脈を絶たれ、アニムスの花の苗床と成り果てた。凱たちは、その様子を見せつけられたのだ。

ガオガイガーとともに戦ってきた機動完遂要塞艦《きどうかんすいようさいかん》〈ワダツミ〉、キングジェイダー、勇者ロボ軍団は、ベターマン・カタフラクトの魔腕ソキウステラに呑み込まれ、消失した――

今また、ベターマンが最後に残った存在を消し去ろうと鋭い意思を放ちつつ、巨大な右腕を振りかぶる。それこそが、超生王《ちょうせいおう》最大の攻撃――

「サイコフィナーレ！」

消失する寸前に叫んだ紗孔羅《さくら》のその声は、虚空へと響き渡った後、静寂の彼方に消えていった。

『彼方へ――去れ』

右肩から続く腕部に接続されてはいるが、それは〝腕〟と呼ぶべきものなのだろうか。膨れあがった巨大な蕾にも見えるソキウステラは、先端に八枚の花弁を開き、大輪の禍々しい花を咲かせている。その花弁は指にも似て、かろうじて腕に見えないこともない。だが、花冠の中央に掌はなく、そこには光すらも吸い込むような暗黒のみが口を開けていた。もちろん、開いているのは口ではない。ＳＴバイパス――超空間径路と呼ばれる、亜空間への窓が、抗う者すべてを虚無の深淵へ導こうとしているのだ。

いままさに、月面に接近したファイナル・ガオガイガーを背後から呑み込まんと、ソキウステラが振り下ろされる！　だが、超生王の致命的な一撃を黙って受ける勇者王ではない。

ゴルディオンアーマーが展開する黄金の翼が重力偏向を発生させ、紙片が宙に舞うかのような軽やかさをもって、金色《こんじき》の勇姿を急浮上させる。月の平原に叩きつけられる寸前のソキウステラは標的を見失い、月表面のレゴリスもろとも、数十億年踏み荒らされたことのない強固な岩盤を呑み込んでいく。虚無の深淵に消え去った平原は、空間ごと削り取られたかのような、歪なクレーターとなった。

「――捉えた！」

無音の戦場に轟く、裂帛《れっぱく》の叫び。瞬間移動にも近い高速機動でベターマンの背後に出現したガオガイガーが、マーグアームをかまえる――そして眼前の宿敵を握りつぶす！

「光に！　なれぇぇっ‼」

奇しくも、ベターマンのそれと相似形のように、ガオガイガーの右腕も黄金色と暁色の混ざった巨大な光の掌底を咲かせる。触れたものすべてを光子変換する、勇者王最後の技――ゴルディオンフィンガー！

だが、五重に折り重ねられた重力衝撃波が浴びせかけられそうになった瞬間――ベターマンは巨大な右腕を背後に向けた。生命体ではあるが、融合している関節は、角度も関係なく自由自在に回る。超高密度のグラビティショックウェーブをも、暗黒の渦を展開し、丸ごと吸収するソキウステラ。

最大の攻撃が相殺され、不発に終わったガオガイガーが月面に近づく。ベターマンも振り向き、向かい合う形になった。異星文明の遺産に、地球人類の叡知を注ぎ込んだ勇者王。そして、果てしない生命連鎖の果て、超絶の適応能力によって誕生した超生王。音を伝える空気のない静寂の平原で、地球光に照らされながら、二体の王が対峙する。それはあたかも、地球という奇蹟の惑星《ほし》の霊長類の王座を争う闘いであるかのようだった。

「答えろ、ラミア！　何故GGG《スリージー》のみんなを殺した⁉　人類とソムニウム――知恵を出し合えば、アルジャーノンを克服した後でも共存できるかもしれなかった！　なのに貴様らは——ッ!!」

　オレンジ色の炎を両眼に燃やしながらガオガイガーが——いや、獅子王凱《ししおうがい》が吼える。つい先刻、〝覇界王《はかいおう》〟と呼ばれた意思は届いていないようだ。いや、眼前で仲間たちを消去されたことへの怒りが、彼の魂を燃え上がらせ、ソムニウムからの意思伝達を阻んでいる。そしてそれは、ともにフュージョンしている仲間たちも同様だ。暁色の光を発し始めた勇者王に不信を抱くより、巨大な悲しみや喪失感が、心をがんじがらめに閉ざしていた。

「なんでこんなことに……なんで、みんなが……」

「命《みこと》姉ちゃん……！」

　失意の中にある命に話しかけてきたのは、護《まもる》である。

「まだ、GGG《スリージー》のみんなやJたちが、死んだって決まったわけじゃない。だから……」

　護は懸命に、言葉を紡ぎ続ける。

「……僕らは勝利して、聞かなきゃならない。ベターマンに！　みんなを取り戻すにはどうしたらいいのか！」

「護くん……！」

　我に返ったのは命だけではない。ルネも戒道《かいどう》も蛍汰《けいた》も火乃紀《ひのき》も、悲しみや衝撃が消え失せたわけではないものの、目の前の事態を見つめ直すことができるようになっていた。

（ちっ、……Jやオヤジやポルコートに、無様な姿は見せられないからね！）

（悲しんでいる場合じゃない。油断すれば僕らも消される！　それに護こそ……この七人のなかで、もっともつらい思いをしているはずなんだ……！）

（いけねえいけねえ、いま俺がしっかりしねえと、火乃紀まで巻きこんじまうってのに！）

（護くんの言う通り……確かめなくちゃならない、ラミアがこんなことをしたのは、私のせいなのか……！）

いま、彼ら六人の心はひとつになっていた。怒りや悲しみではなく、なすべきことを見いだしたという思いのもとに。だが――

「うおおおおっ！」

それは、かつてない急激な加速であった。凱の意志による爆発的な突進が、護たちの肉体を苛む。

「喰らえっ、ストレイトドリルッ！」

ベターマンの眼前へと一気に接近したガオガイガーは、巨腕ではなく左の膝蹴りを勢いよく放った。虚を突かれてなどいないはずのベターマンだったが、構えた大輪の花よりも近い懐付近にまで入り込まれては、さすがに回避が間に合わない。頭部をかばった左腕が、猛烈な勢いで表面を削られていく。

『くっ――』

「まだまだぁっ！」

最初からこの一撃で決まるとは思ってなどいない。そういう思いを込めたかのように、ガオガイガーは四肢を凶器と化して、連打を浴びせる。左腕の正拳突き！　右の回し蹴り！　左腕で引き寄せてからの頭突き！　右脚の爪による刺突！

勇者王は、最大の黄金ツールによる攻撃を諦め、接近戦に転ずることで、超生王《ちょうせいおう》による白金《プラチナ》の花弁への吸引を封じたのだ。防戦一方のベターマンは全身の構造体を抉られ、削られていく。それは彼らソムニウムの肉体そのものではなく、痛みをともなうわけではなかったが、不撓不屈の彼らの心にすら恐怖を刻みつけていった。

『これが覇界王《はかいおう》の真力――』

『ラミアくん、このままでは拙者らが先に滅することになりますぞ！』

切迫したラミアやライの意思に反応したガジュマルが、独自の判断でトゥルバの翼を振るう。

『ライの言う通りだ！　黙ってやられるつもりか！』

ガオガイガーの首を狙う鋭い刃。酸素を噴出した真空刃の翼で斬首されるかに見えたが、ガオガイガーの下顎から延びた牙がそれを許さない。牙先が翼を弾き、ベターマンがバランスを崩す。しかし、ガジュマルの攻撃が防がれることを、ラミアは予知していたようだ。頭部のダブルファイアリングサーベルを、光を放ちながら、至近距離にいるガオガイガーの頭部に向けて発射した。トリプルゼロをまとい、分子レベルで分解させる強烈な攻撃である。それを同時に二筋も目の当たりにした勇者王は、成す術なく貫かれるしかなかった。いや、そう思えたが、黄金の翼は超速度で機体を後退させ、かろうじて直撃を免れていた。だが、一対のサーベルはどこまでも猛追してくる。

「命《みこと》……！」

名を呼ばれた命は、凱《がい》の怒りに圧倒されつつも、その狙いを的確に感じとっていた。

「わかった……プロテクトボルト！」

左肩のプロテクトガオーから第三のボルトが射出される。

「ガジェットツール！」

戒道《かいどう》がすかさず、尾部のパーツを分離。ボルティングドライバーとなって左腕部に装着される。

「ボルティングドライバ――――ッ‼」

ドライバー先端に装着されたネジ状の円柱ボルトが、正面の空間に撃ち込まれた。たちまち巻き起こる空間湾曲の渦が、ダブルサーベルを包み込み、そのままベターマンの足元に広がる月面に到達した。狙いを誤ったわけではない。月平原の地中で破裂した渦は、凝縮されていた空間湾曲エネルギーを一気に開放し、ベターマンを周囲の月面ごと風呂敷の中に仕舞い込むように、オーロラ状の膜で包み込んだ！

『ンー…どうやら遮蔽空間に捕らわれたようだな』

『ボクの重力結界よりも強力だよ……進んでも進んでも終わりが来ないくらいに圧縮された空間に閉じ込められて、脱出できない！』

複雑に屈曲した空間の内部に封じられて、羅漢《らかん》やヒイラギが絶望の意思を交わす。眼前では、ふたたび破壊神が掌底を黄金に輝かせていた。圧縮空間ごと、内部のベターマンを光に変えるために。

「ベターマン……みんなの仇だ！」

「待って、凱兄ちゃん！　ここで彼らを倒したら――」

護《まもる》が必死に制止する。だが、今の凱には届かない。

「光に！　なれぇぇぇっ‼」

黄金の巨腕が、光り輝く五指で遮蔽空間ごと握りつぶす。脱出不能の空間の内側にもグラビティショックウェーブが放射され、そこに存在するすべてのものが、光子変換された。

――確実に。

だが、次の瞬間、眩い光があふれる中、ガオガイガーの背部の空間が、裂けた。

否、そうではない。STバイパスの出口が開いたのである。光にされる直前、ベターマンは、魔腕ソキウステラの能力を拡張させ、その内部へ自ら飛び込んでいた。そして、漆黒なる虚無を超えて、タイムラグすらなく、この宙域へ舞い戻ったのだ。ガオガイガーの死角へ！

『いまこそ、パトリアを迎えん――』

ラミアの必滅の意思が奔《はし》り、ベターマンは頭部に再生したダブルファイアリングサーベルを再び構える。神速の翼をもってしても、今度こそ回避しようのない超至近距離からの一対撃！　ソムニウムたちが勝利を確信した瞬間――

二本のファイアリングサーベルに、ふたつの物体が激突する！　それはGブロック01と06だった。ガオガイガーの後頭部エネルギーアキュメーターと、ガジェットツールを構成する尾部の先端に接続されていたGブロックが、高速で叩きつけられたのだ。高エネルギーを発生させるジェネレーターでもあるGブロックが、ダブルサーベルの威力を相殺するように激突し、その衝撃で木っ端微塵に爆散する。ガオガイガーとベターマンの中間で発生した爆発は、両者をともに強烈なエネルギー爆炎の中へと包み込んだ。

「待っていたぜ、この瞬間を！」

炎の中で凱《がい》が叫んだ。同時に、残るGブロック四基が次々とベターマンに向かって突進する。それは、Gブロックをミサイルのように飛ばした自爆攻撃である。ルーメが流体装甲で防壁のように全身を包み込むが、連続する爆発をすべて受けきることはできない。

猛烈な業火の中で、散り散りになっていくルーメの流体。そこに勇者王の巨腕が、黄金を超えた暁色の光を発しながら追い打ちをかける。同じ暁の霊気をまとったルーメとはいえ、再生が追いつくレベルではなかった。ラミアの脳裏には、かつて自分を守って滅していったセーメの姿が浮かんでいた。

『ユーヤ！』

『ラミア、そなたの楯として役立ち、私は――』

思いのすべてを伝えることもなく、ユーヤの意思が途絶えていく。光子変換されながら、合体形態から外れてなお、最期まで壁としての役目を貫き、その姿は消滅していった。だが、茫然自失することはできない。眼前には爆炎をくぐり抜け、ガオガイガーが迫りつつある。

『ンー…これ以上、その腕を振るわせるわけにはいかぬな』

ベターマンの左腕がオレンジの輝きを放ちながら、オウグのフライングサーベルをブーメランのように発射した！　ガオガイガーの右腕が肩部で両断され、マーグアームもろとも月平原を光に変えながら墜落する。光の粒子と轟音を撒き散らしながら、自らもその渦中で光に包まれていく。

「ルネ！　ゴルディー！」

「私らにかまうな！」

「とっとと決着をつけやがれッ！」

消えゆくその声に背中を押されるように、ガオガイガーは躊躇することもなく、カタフラクトの懐に飛び込んだ。

「スパイラルドリルッ！」

高速回転するドリルとともに、右膝蹴りが繰り出される。必殺のゴルディオンフィンガーは失われた。隻腕ではヘル・アンド・ヘブンを放つこともできない。それでも、奴を斃さねばならない！

その気迫とともにベターマンの腹部を狙った一撃だったが、その後方から躍り出た尻尾によって、瞬く間に巻き付かれた。

『拙者のアーリマンなら、この程度――』

暁光を放つ長い尾は、ドリルを締め上げるが、オレンジ色の輝きで力が相殺され、スパイラルが逆にアーリマンを巻き上げていく！

『見くびりました。これでは拙者も――』

尾のどこに潜んでいたのかは明確ではないが、ライのリミピッドチャンネルはそこで途絶えた。

だが、それだけでは終わらない。

「こなくそぉぉっ！」

蛍汰《けいた》の怒涛の気合とともに、そのまま右脚が蹴り上げられた。前爪でアーリマンの残骸をズタズタに引きちぎりつつ！　さらに振り上げた踵を、ベターマンの頭部に向かって振り下ろす。後爪が炸裂するかに見えた瞬間――

ベターマン背部の双翼が、頭部をかばった。ガオガイガー右脚の三本爪に引き裂かれつつも、トゥルバは至近距離から暁の霊気の威力を乗せて、圧縮酸素弾を放った。

「ぐわあっ！」

右脚内部の蛍汰が、衝撃に耐えかね、断末魔の叫び声をあげた。

「蛍《けい》ちゃん！！！」

左脚内部の火乃紀《ひのき》も叫ぶ。

「……あれ？　俺、こんなとこで終わるんか？……火乃紀…あの…さ……」

そこで蛍汰の意識は静止した。

「ああああああああああああっ‼」

悲痛極まりない火乃紀の絶叫がこだまする。スパイラルドリルは爆散しながら生み出した渦で、風使いの翼を巻き込み、誘爆へといざなっていた。その破壊衝撃波が合体本陣に影響を及ぼさぬよう、トゥルバは分離し、自らの身を防波堤のように捧げた。

『ラミア、シャーラを頼んだぞ！』

スパイラルガオーとトゥルバが同時に砕け散った！

『ガジュマルッ！』

シャーラもまた悲痛極まりない意思を響かせる。魔腕ソキウステラがガオガイガーの頭部へ向かって掴み砕かんとばかりに突き出された！　ガジュマルの最期の意思に応えようというシャーラの思いを乗せて。だが、吸引直前の虚無への深淵にガオガイガーは左腕をねじ込んだ！

「プロテクトシェード！」

叫んだのは凱《がい》ではない。左腕を制御する命《みこと》が、ＳＴバイパスの入口に身を投じて封じたのである。閉鎖空間で展開されたプロテクトシェードは、屈曲した空間と互いに干渉し合い、それは結果としてガオガイガーの左腕とベターマンの右腕を、同時に自壊へと導いた！

「凱……わたし、新婚旅行は……」

今、言わなきゃいけないと、感じたのか。思い描いていた未来の希望を伝えようとした命だったが、その先の声はどこにも届かなかった。

「命おおおおおッ‼」

『シャーラ！』

凱《がい》の声と、ラミアの意思が轟く。たった今、ガジュマルからラミアに託されたばかりのソキウステラの主は、散りゆく花弁の中にまみれ、その姿をもはや視認できない。とてつもない空間湾曲エネルギーの渦と、虚無の深淵なる漆黒の闇は混ざり合い、圧縮され、外に向かって両者ともに暁光を放ちながら、激しく一気に爆散した。だが、勇者王も超生王《ちょうせいおう》も止まらない。ラミアの背に覇界《はかい》の霊気が、後光の如く立ち昇る。同時に凱の髪が炎のように逆立ち、暁の輝きを放出する。

「はあああああああああああああああっ！！！」

『うおおおおおおおおおおおおおおおっ！！！』

両腕と右脚を失ったガオガイガーに、ベターマンは右の回し蹴りを放つ。単なる打撃ではない。ポンドゥスの超重力をまとった、重い一撃である。

『ごめんね……ボクはヒトが好きだった。けど――』

「悪いな……僕たちは家畜として好かれたいわけじゃない」

ガオガイガーの無防備な胴に打ち込まれるはずだったポンドゥスを受け止めたのは、黒鳥の両肢であった。戒道《かいどう》の判断で分離したガジェットガオーが、細く、しかし鋭い両爪でポンドゥスを掴み潰そうとする。だが、あまりにも非力。華奢な機体は、超重力でみるみるうちに押しつぶされていく。

「幾巳《いくみ》っ、幾巳っ！　早く脱出を！」

押しつぶされていく漆黒の機体を目の当たりにした護《まもる》が、必死に叫ぶ。機体が圧壊していく音の向こうに、戒道は親友の涙まじりの声を聴いた。そして、場違いなことを考える。

（幾巳、か……母さん以外の人にそう呼ばれた時、正直戸惑った。……でも、嬉しかったんだ。護がそう呼びはじめてくれた…あの時から……僕たちは本当の…親友になれた気がしたから――）

　そんなことを考えながらも、戒道は的確にガジェットガオーを操る。稼働停止する前に、黒鳥の首をエメラルドグリーンに輝くウィルナイフに変形させ、アルマとして授かった胸のＪジュエルをクリアなルビーレッドに輝かせ、勇者王から流れるオレンジサイトの光とともに――ポンドゥスを貫いた。

『――――！』

　ヒイラギの意思が途絶える。覇界の再生力をまとっているとはいえ、ベターマンのその姿はもはや合体形態とは言い難いほど砕け始めていた。だが、満身創痍なのは超生王だけではない。同時に、超重力で圧壊に導かれたガジェットガオーも稼働限界を迎える。燃料系の誘爆により、黒鳥は姿を消し去った。

「うわあああああっ！」

　護が魂の底から振り絞るような絶叫をあげる。勇者王は翼、両腕、右脚を失い、低重力下でなければ、立つことさえも不可能な状態である。そう、これは王と王、覇界王の力を宿した者同士のぶつかり合いであり、対消滅となる消耗戦なのだ。

「何故だ！　何故こうまでして戦う！」

　凱の言葉を、火乃紀《ひのき》が引き継ぐ。

「私が……人類がアルジャーノンを克服してはいけないの⁉　答えてっ！　ラミアッ！」

　最後に残った左脚で、ガオガイガーが跳び蹴りを放つ。的確にベターマンの頭部を狙ったはずであったが、受け止めたのは左肩であった。

『ンー…ヒトよ、君たちの適応能力、私には好ましく思えるぞ』

直撃を受けた肩部が、対消滅していく。

『だが、君たちの中に潜む元凶なりし者は、滅さねばならぬのだよ——』

それが羅漢《らかん》の最期の意思となる。勇者王の背後からブーメランの如く舞い戻ったフライングサーベルが、ストレイトガオーをオウグの左腕ごとぶった斬ったのだ。直後、そのサーベルは対消滅に巻き込まれるように砕け散る。本体から分断された両者のパーツは眩い光とともに爆散していった。

『‼ 我らの希望《ヒノキ》……！』

ラミアが、意図していなかった結末を迎えたような意思を発したが、それを受信する余裕のある者はこの場にいない。火乃紀《ひのき》は、消えゆく意識の中で、背を向けて佇む兄・真理緒《まりお》※34の幻影を見ていた。

「……おにい…ちゃん……？」

ゆっくりと振り向いた兄の顔は、ラミアのようにも見えたが、火乃紀にはもはやそれを認識する術はない。人類を奇病アルジャーノンから解放するために戦い続けた生体医工学者・彩《さい》火乃紀が、最期に見た光景だった。

『ウィウェレよ……我らは滅する。勇者の王に潜む元凶——最後の覇界王《はかいおう》を！』

残る全身を震わせ、ベターマンは叫んだ。

「————————！！！」

意思ではない。大きく開かれた顎門から響く超音波〈サイコヴォイス〉だ。至近距離からの固有振動は、ガオガイガーの全身を脅かす。しかし間一髪、わずかな残骸パーツを外し、仮の身とすることで、本体を後方へ逃がすことに成功する。護《まもる》と凱《がい》は、超音波の軌道からギリギリ退くことが叶った。だが、かつてジェネシックマシンであったパーツは、その全てが粉砕されていった。

「あああああっ……！」

　護は散っていった仲間たちに思いを馳せ、泣き叫び続けた。

「俺が元凶……俺が覇界王だというのかっ！」

　オレンジ色の塊が一層激しく燃えさかる、四肢と翼を失ったガオガイガー。いや、そこに残されたのは、白き獣の化身――ファイナル・ガイガーのはずだ。だがしかし、それは、全身から激しいオレンジの幻《げん》炎《えん》を噴き出す完全なる覇界王の姿であった。対して、全身の大部分が剥落したベターマンも、もはやカタフラクトと呼ばれることはない。そこにいるのは、取り込んだトリプルゼロの力を幻炎として放出する、覇界生体ベターマン・オルトス。

　覇界の眷族と、覇界と共生を果たした超生命の長く厳しい闘い。その覇界大戦の行き着く果ては、月面における覇界王ガイガーと覇界王オルトス、オレンジ色の幻炎をまとう者同士の激突だった。

　ガイガーとオルトスは、正面からぶつかりあう。護を中枢に置いた機体で戦うエヴォリュダー凱。対するは、孤高となった最後のソムニウム――ベターマン・ラミア。トリプルゼロの塊と化した両者は、それぞれの身体を武器として、互いを破壊しようとぶつかり合う。何度も、何度も、激しく、猛々しく。オルトスは徐々に頭部のファイアリングサーベルを再生させながら、勝機をうかがう。

ガイガーは覇界のオーラとシンクロしたジェネシッククローで、それを阻止し続ける。

「嘘だ……こんな戦い…凱兄ちゃんが…凱兄ちゃんが覇界王だなんて……」

すでに戦意を失ったかのように、護《まもる》の声には力がない。

『エヴォリュダーの肉体は、ヒトとは違う。暁の霊気による浸食も、異なる様相を見せる――』

護のうちに、生々しいほど鮮烈なラミアの意識が流れ込む。それはリミピッドチャンネルによる、意思疎通を遥かに超えた意識共有。ラミアから護へ膨大な情報が流れていく。それはラミアが超感覚で知覚した真実。宇宙の卵――オレンジサイトでかつて起きた、残酷な真実である。

あの時、GGG《スリージー》の隊員たちや勇者ロボ、赤の星の戦士たちは、濃密なトリプルゼロに浸食されて、覇界《はかい》の眷族と化した。獅子王凱《ししおうがい》もまた、それをまぬがれることができようはずもない。彼の肉体にも、奥深くまでトリプルゼロは浸食していたのだ。

「じゃあ、あの時からずっと凱兄ちゃんは覇界王だったの⁉」

『いや、そうではない。エヴォリュダーの全身の細胞は、あの時からずっと戦い続けているのだ――』

ラミアの意思が、恐るべき真実を告げた。凱の全身の細胞はひとつひとつが、微少なGストーンと同化している。それが今日まで、トリプルゼロに抗い続けてきた。凱は浸食されなかったわけではない。

今も浸食されている最中だったのだ。

護の問いに答えつつも、ラミアは凱との戦いの手を緩めてはいない。ガイガーとオルトスの攻防は熾烈に、苛烈に、激烈に、一進一退を続けている。その戦いに加わる気力を発揮できずにいるかのようだった護は、決定的な疑問を口にした。

「じゃあ……なぜ？　なぜ凱兄ちゃんを、覇界王として目覚めさせる必要があったの？」

あえて凱を破壊神とフュージョンさせたこと。目の前で仲間たちを消し去らねばならなかったこと。すべては、覇界王としての覚醒をうながすための行為であったことに、護は気づいていた。

『元凶なりし者のうちに潜む真なる敵――それは我らにとって必要不可欠でもある毒。すなわち、その矛盾から生じる戦いでもある。去りゆく我らの最期の使命……』

「去りゆく…？　最期の使命⁉」

『覇界王を滅せねば、パトリアの刻《とき》は、迎えられぬ――』

果てしなく続くかと思われた攻防は、次第にオルトスの防戦一方と化しつつあった。超生王《ちょうせいおう》の力が、相対する覇界王に劣っていたわけではない。以前、一度だけオルトスの能力を得たラミアは、その後、長い眠りに至り、目覚めるためのエネルギーを大量に要することとなった。

彼を目覚めさせたのは、人々の勇気を変換した力。だが、ラミアは生命体である。トリプルゼロと共生した現在のオルトスとて、その活動時間は無限ではない。今まさにラミアの肉体が、限界を迎えつつあるのだ。一度はカンケルとの戦いで滅びを迎え、そこからようやくの再生を果たした身。本来なら、百年、二百年の眠りによって、リミピッドチャンネルを介した精気を充分に吸収する必要があった。しかし、覇界王降臨という事態は、ラミアにそれを許さなかったのだ。

「ラミア……じゃあ、ソムニウムの目的は――パトリアの刻って――」

護が震える声で問いかける。だが、答えが戻ってくる前に、ガイガーのクローが、オルトスの胸部を貫いていた。必殺のダブルサーベルは放たれることなく、胸のペクトフォレースの象りが弾け散り、超生王の全身からは力が抜け、ゆっくりと繊維化していく。この先に何があろうと、ラミアは二度と再生不可能な状態まで、その肉体を酷使してきたのだ。ソール11遊星主のひとり、パルパレーパはそれを〈物質世界の掟〉と言った。今まさに、ラミアという一個体の完全なる終わりが来たのだ。

「これがお前たちの望んだ結末なのか！　こんな終わり方が！」

　繊維化したオルトスを貫いたまま、凱《がい》が吼える。そこに勝利の喜びは感じられない。深い深い、悲しみだけがあった。

『――いいえ、まだ結末は迎えておりませんよ』

　その意思を発したのは、ラミアではない。ベターマン・ライが発したものだ。つい数分前、スパイラルガオーにズタズタにされたはずのアーリマンが、まったくの無傷の姿で死角から纏わりついてきた。そして、ガイガーの身動きが取れぬよう、背後から押さえつけた別の存在もいた。それは、過去に戻されたはずの、もう一体の白き獣だった。

「ギャレオン‼」

　驚愕する護《まもる》の声が響く間もなく、無数の柱状のアーリマンが、覇《は》界《かい》王《おう》ガイガーの四肢を羽交い絞めにしていく。

「なぜだ⁉」

　凱の声に、おどけるライからの意思が届く。

『過去に行く前に、ちょっと寄り道させてもらいましたが、むしろ正解でした』

　この攻撃を予期することは不可能であった。テンプスの実でギャレオンとともに時間移動するはずだったライが、逆転の機のためだけに加勢してくることなど――

「うおおおっ！」

だが、ガイガーはすぐさま、渾身の覇界力でアーリマンを弾き飛ばす。

「こんなことで負けたりはしない！　俺は覇界王！　宇宙の摂理を司る者だ！」

凱は驚愕した。自分が発するはずのない言葉に。おのれのうちに潜むものが言わせた言葉に。

『残念ですが、拙者のアーリマンはまだやるべきことがありますゆえ、過去に退避させてもらいます。過ぎ去った時間は変えるわけにはいきませんが、未来なら……』

あやうく粉々にされそうだったギャレオンを抱えたアーリマンは、残り僅かなテンプスの実を入れた小袋を使うことで、時間移動を遂行し、一瞬のうちにその場から消え去った。

「……！」

突然の事態と、自分自身の言葉に戸惑った凱だが、すぐに態勢を立て直す。だが、その一瞬の出来事が、最後の、そして唯一の隙となった。


結晶化して、その場に崩れていくオルトス。能力が失われたことで、トリプルゼロとの共生関係も無くなり、ベターマンの覇界の力は消滅する。だが、その中から飛び出してきた、尖った長い一本角を前方に向けたマンタのような光が、あたかも水の流れのように、その場に存在する分子レベルの物質の中を全て通り抜け、ガイガーの胸部へ飛び込んだ！

『覇界王よ――いまこそ、すべての決着を成す！』

ラミアの肉体と意思が宙を駆ける。それは切り札として、最後の一撃のために温存していた、ベターマン・アクアの特殊能力である。

「ラミア！　俺は負けない！　最後に勝つのは、覇界王だ！」

すぐさま身構える凱《がい》。水流とともにガイガーの内部へと侵入を果たしたラミアは、アクアの能力を解き、即座に実体化した右腕の爪をふりかざした。前方に座し、フュージョンした状態で避けることが叶わぬ凱に襲いかかる。凱は全身にＧパワーをみなぎらせ、これを迎え撃つ。

だが――その全身は、緑色には輝かない。オレンジ色の幻炎《げんえん》に包まれていた。その色合いは、凱にすべてを悟らせた。これまでに起きた現象の裏にあったものを。ラミアの謎めいた言葉の裏にあった真実を。

（命を超えた元凶なりし者よ、この地に戻ってはならなかった……その先にあるものは――ヒトなる者、すべての希望なき滅び）

凱は悟った、いま自分がなすべきことを。だが、覇界《はかい》の力は、その身体を反撃へと導く。自らの意志とは異なり、抗おうと藻掻《もが》く。どうしようもなく、宇宙の摂理が自分を侵食してくる。止めたくても止められない。

「うわああああああああああああああああっ！」

凱は自分自身との戦いで破裂しそうになった。

「凱兄ちゃん！」

中枢部にフュージョンしている護《まもる》も身動きできない。既に力尽きようとしている非力なラミアと覇界力がみなぎる凱の勝敗の行方は、明らかなはずだった。だが、その瞬間に、オレンジの炎の中でこそ実現した出逢いが起こる。

『凱……負けないで』

凱の脳裏に最愛なる声が響いた。激戦のなかで散って逝ったはずの、もっとも愛しい、もっとも大切な人の声。

『高校生の時に出逢ってから――ずっとあなたは私の勇者《ヒーロー》。だから……』

「……ミコ……ト……」

すべてを焼き尽くす業火に支配されつつある心のうちに、かそけきその声はたしかに届いていた。その瞬間、最後の奇蹟が起きた。荒れ狂っていた凱の魂が、瞬時に静かな海原のような穏やかさを取り戻す。愛しい人の姿はもうそこにはない。だが、その一瞬のエールで充分だった。凱は、今の自分にできる、最善なる〈勇気ある戦い〉に、挑む決意を固めた。最後に勝つ者、それは――

次の瞬間、ラミアの爪が、凱の胸を深々と貫いた。もはや限界を超え、本来なら深い眠りにつくはずだったラミアの力ない一撃が、易々と貫いた。なんの抵抗をすることもなく、両手を拡げた凱の胸を、貫いたのだ。

中枢部の護も感じていた。安らかな凱の表情が、異形の花に覆われていく光景を。アニムスと呼ばれる、ヒトの魂魄を養分として咲く艶やかな大輪の花が、凱兄ちゃんの太陽のような笑顔を覆い尽くしていく光景を。

そして、異形の花は異形の実を実らせた。ラミアの震える指が、力なくその実をもぎとろうとする。だが、それはかなわない。すでに、彼の寿命は尽きていたのだろう。幾多の難敵を打ち破ってきたその腕は、アニムスの実をもぎとるという行為も果たせず、力尽きていた。

『……パトリアの実、私は…これを手に入れなければ――』

ラミアの意思に、これまでになかった色が混ざる。それは〝無念〟という色彩。常ならば無色透明だった意思が、霧の中に消え去ろうとしていた。

　そして、その〝無念〟は、護《まもる》に決意をさせた。

（わかったよ、ラミア……凱《がい》兄ちゃん……いま、僕がするべきこと……）

　滂沱《ぼうだ》と流れる涙を拭おうともせず、護は中枢部からフュージョンアウトする。たちまち、ガイガーの全機能は停止し、暗がりの中に緑の輝きをまとう天使が舞った。

　静寂の中――

　護と同じような色の、エメラルドグリーンの輝きを放つアニムスの花を咲かせ、微動だにしない凱。その前で力尽き立ち上がれない、白妙色に変色したラミア。両者の間に立った護は、溢れ零れ続ける涙に濡れた顔でふたりを見つめ、そっと手を伸ばす。そして、生命の宝石が結晶化した、その果実を掴み、優しく、壊れ物を扱うように、ゆっくりともぎとった。

「最後に勝つのは、勇気ある者たちなんだ……」

9

――GGG《スリージー》オービットベースの二十六層B区画の通路を、ひとりの女性隊員が歩いて行く。彼女とすれ違った隊員たちは、みな一様に驚きの表情を浮かべた。

　それもそのはず、と言えるだろう。月面決戦の直後に彼女が意識を取り戻してから、まだ一週間しか経っていないのだ。普通なら、まだ療養生活していてもおかしくない。だが、彼女――タマラ・

ゴーゴリが身を包んだ研究部隊員服は、すでに任務に復帰していることを示している。

そうして目的の部屋に到着したタマラは、掌紋と光彩の二重認証でロックを解除して、室内に入っていった。入口の研究室には、〈生体医工学研究室〉と刻まれたプレートが掲げられている。

室内には、来室者と面会中の彩火乃紀《さいひのき》がいたが、タマラを見て驚いた。

「タマラ！　もういいの？」

「はい火乃紀さん大丈夫です問題ありません改めてお礼を言わせてください私がアルジャーノンから回復できたのは火乃紀さんのおかげです感謝してます感激です」

「うん、うん、わかった、でも……当然のことをしたまでよ」

そう言って、火乃紀は微笑んだ。その姿は、以前となんら変わりはない。ストレイトガオーが大破したにもかかわらず、彼女はなにひとつ怪我を負わなかったのだ。火乃紀だけではない。ルネも命《みこと》も蛍汰《けいた》も戒道《かいどう》も同様だ。偶然であろうはずがない。おそらく、それがベターマンの意図であったのだろう。獅子王《ししおう》凱を覇界王《はかいおう》として覚醒させるのが目的であっても、そのために周りの人々を傷つけることは本意ではない。そう、あの戦いで凱の仲間たちは誰ひとりとして、傷つかなかったのだ。

魔腕ソキウステラによって、STバイパスの彼方へ消え失せた人々も——

一週間前——

半壊した、月面アルプス基地の一角。かろうじて与圧が保たれている区画で、寝かされている凱の横に立つ護が、パトリアの実を差し出した。貴重な果実を受け取ったラミアの周囲には、六体のベターマンがいる。羅漢《らかん》、ユーヤ、ガジュマル、シャーラ、ヒイラギ、そしてひとり目のライ。激戦で砕けていった変身体は、彼らにとって仮初めの身体に過ぎない。物理的に破壊され、砕け散ろうと、内部の本体は傷ひとつ負ってはいないのだ。とはいえ、宇宙に投げ出されては、さすがに生き延びることは困難であるため、シャーラのソキウスの径《みち》に導かれ、亜空間へと退避させられていた。そして、今、再び室内の空間に開かれたシャーラの窓からは、戒道《かいどう》、ルネ、命《みこと》、蛍汰《けいた》、そして火乃紀《ひのき》がゆっくりと現れ、すでに状況を把握した様子で生還を果たした。

「ラミア……少し疑ってたけど…でも、信じてた」

火乃紀が潤んだ瞳で話しかける。

「いや～、俺はもう終わりかなって思っちゃったけどなぁ～」

へとへとに疲れ切った様子の蛍汰がおどける。

「で、どこなんだ？　アニムスの苗床とやらにされた、この基地の観測員たちは」

まだ納得しきれない口調のルネが問い詰めるが、戒道はすでに答えにたどり着いていた。

「おそらく、あれはリミピッドチャンネルで見せていた幻影、つまりイメージでしかない、そうだな？」

頷く護《まもる》の奥には、寝息を立てている観測員たちの姿が見渡せた。ラミアのペクトフォレース・フラウムによって眠らされているようだ。勿論、苗床にされた者など皆無だ。

そして、彼らから少し離れたところに、ひとりで横たわっている者がいる。呼吸が止まったように、その胸は動いていない。

「凱《がい》……」

動かない最愛の人の身体に、命はしがみついた。誰もが勇者は亡骸になどならない、と信じていたが、息を呑むばかりで声を発するには至らなかった。

『感謝する……光なる者よ』

巨漢のヒイラギに身体を支えられたまま、ラミアが額に十字光を明滅させる。

「いいんだ、ソムニウムの目的……ちゃんとわかったから」

ファイナル・ガオガイガーでの戦闘中、ギャレオンの中枢部にフュージョンしていた護の脳内神経は、認識範囲が拡張され、リミピッドチャンネルを超える膨大な情報伝達が可能となっていた。そのため、ラミアたちの想いが伝わり、正しいと思える選択をすることができたのだ。

（凱兄ちゃんに伝えていたら、きっと上手くいかなかったんだね……）

同じギャレオンにフュージョンし、怒りの炎の中にいた凱には、その現象は起きていなかった。だが、その状態になければ、凱を覇界王として目覚めさせることはかなわなかった。三重連太陽系生まれである護ならではの超感覚。ラミアはそれを知覚していたからこそ、護を〈光なる者〉と称していたのかもしれない。護は、自分の中で消化しきれない様々な複雑な想いを抱えていたが、その頭上の強化ガラス越しに見える宇宙空間が揺らぐと、希望に心が躍った。

何も存在しなかった宇宙空間に、円形の歪みが発生していく。

「……ＥＳウインドウ！」

その現象は、かつて幾度も目にしたものだった。超弩級戦艦ジェイアークがＥＳミサイルによって発生させる、ＥＳ空間と実空間をつなぐ窓。そこから姿を現したのは、白い巨艦である。

「Ｊ……やっぱり無事だったんだな」

護の隣で感極まった声を出したのは、戒道だ。

「戻ってくると思ってたよ」

ルネも顔がほころぶ。ジェイアークに続いて、ＥＳウインドウから勇者ロボたちを乗せたワダツミが現れるに至っては、一同が歓声をあげる。

「うわっはああーっ！　華《はな》ちゃん…みんな……」

喜びの声をあげる仲間たちの中で、護《まもる》も大粒の涙を浮かべていた。

『俺は、とんでもねえ目にあったがな』

通信を通して聞こえてきたのはゴルディーの声だ。窓の外の月面に、ジェネシックマシンの中枢ブロックとともに、顔面だけの姿になって転がっている。彼らを復元するのはなかなか難しそうだが、ＧＧＧ《スリージー》なら実現するであろう。

「生きてる……みんな、生きてるんだ！」

嬉しそうな護の声。その声に導かれたかのように、ぴくりとも動かずにいた勇者の胸が、ゆっくりと上下に動いた──


こうしてＧＧＧの一同とジェイアークは、オービットベースへ帰還した。すべての戦いはようやく、ようやく終わったのだ。

残る問題は、ただひとつ。タマラがやってきたのは、奇しくもその問題に決着をつけようという瞬間だった。

「ああすみませんお取り込み中のようですね私にかまわず続けてください」

「じゃあ、そうさせてもらうわね」

　そう言って、火乃紀《ひのき》はふたりの方へ向き直った。タマラより先に、この部屋へやってきていた、獅子《しし》王凱《おうがい》と卯都木《うつぎ》命《みこと》の方へ。

「各種生理検査の結果、結論から申し上げます。凱さん、あなたの肉体にはもう、トリプルゼロは残留していません。いたって健康体です」

「そうか、ホッとしたよ…ありがとう」

　精密検査に裏付けを求めてはみたが、結果を待つまでもなく、凱自身がそのことに気づいていた。

「ソムニウムとの意識共有で護くんが知った、彼らの目的――それが裏付けられたことになりますね」

　火乃紀は感慨深げに語った。ソムニウムの目的とは、パトリアと呼ばれる特殊なアニムスの実を得ることであった、ということを。一通りの説明を聞いて、いつものクリアカチューシャの位置を直しながら、命が尋ねる。

「でも、アニムスの実って、人間の魂を奪って実るものなんだよね？　なんで凱は死なずにすんだのかな？」

「かつて、ラミアは語ったそうです。Gストーンは、命の宝石であると――」

　火乃紀が語るそれは比喩ではない。アニムスの実がそうであるようにGストーンもまた、人間の生命――すなわち三重連太陽系の人々の魂が、結晶化したものなのだ。

「まさかオレンジサイトで、俺自身よりも先に、全身のGストーンの方が浸食されていたとはな……」

それが、ラミアが告げた真実。他の者たちが真っ先に、おのが魂を浸食されてしまったのに対して、凱《がい》の場合はGストーンがトリプルゼロの浸食に抗い続けている状態であったのだ。

（凱さんを放置しておけば、いつ覇界王《はかいおう》が目覚めるかわからない、不発弾のような存在になるところだった。だから、彼らはあえて……）

人類を救うため、青の星の覇界王を目覚めさせ、決着をつける途《みち》を選んだのだ。ソムニウムにとって、人間は糧を摂取する対象であるのは、事実だ。だが、それでも彼らが、人類という隣人を共生する相手として尊重し、慈しんできたこともまた、偽らざる事実である。

トリプルゼロに浸食され、変質したGストーン。それを結晶化させ、アニムスの実として実らせる行為は、結果として凱の肉体から、覇界王としての力を浄解させ、開花による摘出に至る行為となったのだ。

「ねえ、凱……もしかしてだけど、もういいんじゃないかな？」

凱をじっと見つめた後、命《みこと》が身を乗り出して、火乃紀《ひのき》に詰め寄る。何を言い出そうとしているか、予期した凱が遮ろうとするが、止まらない。

「私たち、子供を作っても大丈夫だよね！」

あまりにも直截な言葉に、頬を染めながら、火乃紀は答える。

「そうですね……今の凱さんは、どちらかというと、命さんのようなセミエヴォリュダーに近い存在と言えます。優性形質もなくなり、おふたりのお子さんが誕生したとしても、必ずエヴォリュダーになるということもなくなりました。ですから……私は断言できます。大丈夫です！　と」

「やったぁ！」

隣に座っている凱に、命が抱きつく。火乃紀やタマラの見ていることを気にして、命を押し戻そうとする凱。だが、人生最大の幸せを感じている命は、凱から離れようとはしなかった。

「やれやれ……」

小さく囁いた凱も、もうムリヤリ引き離そうとはしない。命に抱きつかれるままに、幸せそうに目を閉じた。

（あの時……命の声が聞こえて来なかったら…俺は……俺たちは勝利できなかった……）

命は無意識だったのかもしれないが、同じセミエヴォリュダーだからこそ起こりえた奇蹟として、凱は生涯忘れることはないと思い、彼女の肩をしっかりと抱きしめた。

「長い長い戦いの果て……今度は神様じゃなくて、ベターマンがご褒美を与えてくれるとはな……」

凱のつぶやきを聞いた、火乃紀は思う。

（人類とソムニウムの共生……そして離別……それはきっと、私がアルジャーノンの治療法を確立した——そのせいだけじゃない……）

まだ仮説に過ぎないのだが、火乃紀はそう考えるに至っていた。十年前の事件の時、大量のアルジャーノン発症者が現れたのは、免疫抗体としてのソムニウムを必要としたからだ。だが、今回の件では発症者がごくわずかだった。

それは、もはや人類は免疫抗体に頼らずして、様々な敵に立ち向かっていけるほどに成長してきたということではないだろうか。

（人類が勇気の力にあふれ、自ら生き抜く力を得たからこそ、アルジャーノンの発症者が減少した……それはつまり、私たちがソムニウムという保護者を必要としなくなったということ。だから……）

火乃紀《ひのき》は壁の一角を見つめた。いや、壁ではない。分厚い壁と隔壁の向こう、青い惑星の方を見つめたのだ。

「だから……あなたたちは旅立つのね」

目元に涙を浮かべつつも、そうつぶやいた火乃紀の口元は、かすかに微笑んでいた。

10

南米、中央アンデスにはアルティプラーノと呼ばれる標高の高い高原地帯が存在する。決して人類が知覚することはできないが、この地には世界最大の不可知領域——セプルクルムがあった。

いま穏やかな陽光の下、ここには世界中に点在していたソムニウムのほぼ全員が集まっていた。

月面から帰還して以来、ライや羅漢《らかん》がリミピッドチャンネルで呼び集めたのだ。

『いやはや、ソムニウムのすべてが一堂に会するとは、実に二千年ぶりだそうですなぁ』

『ンー…ざっと見たところ、数は千といったところか』

一千体ほどのソムニウムたちは、赤い眼球を除けばただの無秩序な群衆にしか見えないが、これがこの惑星の生物種の頂点に立つ霊長類なのだ。

『壮観だぞ、ラミア……』

一同を見渡せる丘で、岩の上で座り込んでいるラミアに、ユーヤが語りかける。

『ああ、ユーヤの目を通して、私にも見える。ついに訪れたのだな――パトリアの刻《とき》が』

覇界王《はかいおう》との戦い以来、ラミアは立ち上がることも、自分の目で視ることも、かなわなくなっていた。身体に過酷な負担を強いるオルトスの実を喰らった上、トリプルゼロを制御、ネブラとアクアの実まで摂取し、肉体の限界を超えて戦い抜いたのだ。

ラミアという個体、すでにその命数が尽きていることを、ユーヤは正確に理解していた。だから彼女は努めていた。この場の光景、音、匂い、そういったものをすべて、自分の視覚と聴覚と嗅覚で捉えて、正確にリミピッドチャンネルで届けよう、と。

（ラミアがずっと望んでいたこの瞬間を、せめて私の感覚を通じて――）


やがて、この地に集まってくるソムニウムはもういないと見てとった羅漢とライが、うなずきあう。近くにいたガジュマルとヒイラギ、そしてシャーラもその刻が来たことを悟った。

『――じゃあ、始めるね』

一歩前に進み出たシャーラは、光を放つアニムスの実を手にした。それは、青の星の覇界王に実ったエメラルドグリーンに輝く果実。獅子王凱《ししおうがい》の全身に融合していた命の宝石が結晶化した、パトリアの実である。少女は細い牙でパトリアの実を噛み砕き、飲み下していく。

するとシャーラの腹部が光り輝き、その輝きがみるみる広がり、足元から地面へ、やがてはアンデスの平原を丸く切り取り始めた。

『ンー…見事なパトリアの窓《とびら》だ……』

　キラキラとエメラルドのように煌めく大地、美しい湖のように開いた窓《とびら》を見つめる羅漢《らかん》の意思にも、常のような冷笑の響きはない。ようやく訪れた〝次元渡り〟の瞬間を迎えた、厳粛さをにじませている。

『さあ、おのおのがた、旅立つとしましょう。我らを待つ未開の次元へと――！』

　ライが先頭に立って、窓へと身を躍らせていく。ヒイラギはその剛力で、体の弱い者たちを肩に担いでいる。

『しっかりつかまって……次元の狭間で、落ちてしまわないように』

　羅漢が数百のソムニウムとともに、後に続く。そして、一度立ち止まり、ラミアのいる丘を見つめる。

『ンー…忘れることはない、古《いにしえ》なるラミアよ』

　ラミアは、羅漢と初めて、フォルテ同士で戦ったあの日を思い出していた。フォルテの耐性を持った羅漢は、すなわちオルトスへの耐性も備えていることになる。

『ンー…いつかまた、必要とされた刻《とき》は、この羅漢がオルトスを引き継ぎ、ソムニウムを守る。未来永劫、この身が滅するその日まで』

　そう告げて再び歩みを進める羅漢。その意思を受け取り、ラミアは少し笑んでいるようだった。

　ユーヤは、旅立っていく一族の光景を、決して見逃すまいと、じっと見つめていた。だが、ラミアの意思が囁く。

『ユーヤ……お前も行ってくれ』

『ラミア……』

『私はここで旅立つ同胞を見送る。パキラ老やボダイジュ、セーメとともに……』

なおも何かを言いつのろうとして、ユーヤは息を呑んだ。ラミアの身体に生じている、ある変化に気づいたのだ。

『――わかった。セーメ姉様と仲睦まじくあれ』

その意思を残して、ユーヤも窓の中へ身を投じていった。もう振り向くことはない。ラミアが残したものを内に秘め、彼女に与えられた次なる使命を果たすために――

ほぼすべてのソムニウムが窓の中へ身を投じていき、ガジュマルはシャーラに手を差し出した。

『シャーラ……』

はるか数千年の過去、ソムニウムは次元渡りによって、この惑星《ほし》へやってきた。そして、まだ脆弱だったヒトの守護者となり、その生命をわけてもらうことで生きてきた。だが、もうヒトは彼らの庇護を必要としていない。だから旅立つのだ。次元を超えて、新たな故郷となる地へと。

希望に満ちた旅立ち――だが、シャーラはかぶりを振った。

『行って、ガジュマル……』

『宿命か……』

『最初からわかっていた。この窓は遥か彼方まで続いている。私はここで、窓を開いてなくちゃいけない。ソキウスとは違う。遠く、遠く……左右が入れ替わるほどの世界。だから私は力を使い切るまで動けない。窓の向こうに渡っていくことは……できない……』

ガジュマルがうなだれる。シャーラの意思が告げているのは真実であり、どうしようもないことだと、理解したのだ。あきらめたかのように窓へ向かっていくガジュマルの背を、シャーラが微笑みつつ、見つめている。だが、少年が扉《とびら》の向こうへ身を投じることはなかった。身を翻して、少女のもとへ駆け寄り、細い身体を抱きしめた。

『シャーラをひとりにはさせない！　俺が……俺だけは、ずっと側にいる！』

その言葉で、シャーラの瞳に涙があふれた。ソムニウムの身体構造では、視覚を司る器官を洗浄する必要はない。だが、あふれ出る感情が液体化することを止められなかった。

『うん……ありがとう……ガジュマル、ずっと一緒にいて』

『一緒にいるぞ！　この身が朽ちるまで！　俺はシャーラとともに生きる！』

固く抱き合うふたりの姿を、丘の上の白い塊が見守っている。うずくまった人のようにも見えるその塊は、夢人《ソムニウム》の肉体が繊維化した残骸である。

『それでいい、ガジュマル……シャーラ…どこにいても、我らは光を見つけられる……。美しさで溢れる未来を……見届けてほしい……。この地と、我らの希望を――』

アンデスの平原に、キラキラと輝く霞のような、さわやかな風が吹く。かすかに流れていた意思は、その風に吹きさらされたかのように、かき消えていった……。

「……！」

同時刻、火乃紀《ひのき》がオービットベースの通路で立ち止まる。

「どした？」

一緒にいた蛍汰《けいた》が声をかけたが、すぐに何事もない様子で笑みを浮かべ、歩き出す。

「ううん……今、ちょっと、風を感じたような……気がしただけ」

軌道上から窓の外の青き惑星を眺めていた紗孔羅《さくら》は、ソムニウムたちの去り行く霞の煌めきを知覚し、ひとり、頬を濡らしていた。

「サヨヲナラ……ユメノカケラ」

EPILOGUE　翼－MIRAI－　西暦二〇一八年

――そして、一年が過ぎた。

GGG《スリージー》オービットベースの近くに、白き方舟ジェイアークが遊弋《ゆうよく》している。繋留用ボラードに固定されてはいない。静かに唸りをあげるジュエルジェネレーターは、アイドル状態にあり、出港の時が目前に迫っていることを示している。

その艦橋に立ち、窓外の宇宙を見つめているふたりがいる。地球の方向ではない。艦首が向いているのは、太陽系外の深宇宙の方向だ。

スペーススーツ姿の獅子王凱《ししおうがい》が、かたわらの獅子王命《みこと》に語りかける。

「宇宙飛行士に戻れたら外宇宙探査に出たいとは思ってたけど、いきなり銀河の彼方まで行けるとは思わなかったなあ……」

「ねえ、凱……これって新婚旅行になるの？」

乗組員ふたりのやりとりに、艦長が自席から反論する。

「旅行ではない！　超弩級戦艦ジェイアークは、調査に向かうのだ。宇宙のどこかに木星のような次元のほころびがないか、確認するために！」

「メルシー、艦長、私まで同乗させてもらって感謝してるよ」

ソルダートＪの態度を面白そうに、ルネがおどけてみせる。

「ま、アンタは元々戦士だからね。新婚旅行の運転手なんてしたくない気持ちはわかるけど」

「……誰が運転手だ！」

憤慨するＪの姿に、さすがに申し訳ない気持ちになったのか、凱がとりなす。

「宇宙全体のための大事な任務だ。もう二度と、トリプルゼロが流出してくるような事態は避けたいからな。新婚旅行なんて、甘っちょろい気分は持っちゃいないぜ」

「ええ〜〜、違うんだぁ」

命の言葉にルネが吹き出しそうになり、Ｊの頬がひきつる。

「トモロ！　出港準備はどうなっている！」

「完了している。後は、最後の乗組員の到着を待つだけだ」

忠実なメインコンピューターがそう答えると、艦長としては後は黙って待っているしかなくなった。凱は視線をそらし、今度は地球の方を見る。

（さあ、いよいよ旅立ちだ。待ってるぜ……）

凱の視線が見つめる先は、北海道の雪原。いま、最後の乗組員はこの地で、見送りを受けているのだ。

そもそも二十一年前の冬の一夜、最後の乗組員がある目的で降り立ったのも、その地であった。

雪原に下り立った巨大なメカライオン。その前に立っている若夫婦。ふたりの腕の中には、小さな赤子が抱きかかえられている。それは二十一年前の夜と、そっくりな光景であった。

あの時と同じように、赤子は自分たちを見下ろす機械仕掛けの眼差しに怯えることもなく、機嫌良さそうに笑っている。

「寒くない？　ちょっとだけ我慢してね」

母親が赤子をあやしながら、優しく語りかける。

「ごめんね、翼《つばさ》※35。でもどうしても、旅立ちの前に、ここに連れてきたかったんだ」

二十一年前との違い――かつての白いギャレオンとは少し違う、ややベージュがかったジェネシック・ギャレオン。そして、かつての赤子が成長して、いまや立派な父親として、この地に立っているということだ。

愛妻・華《はな》と第一子・翼の隣で、天海護《あまみまもる》は最後の乗組員である白き獣に語りかける。

「行ってらっしゃい、ギャレオン。でもお別れは言わないよ。探査任務が終わったら、すぐ凱《がい》兄ちゃんと一緒に帰ってきてくれるんだからね」

ギャレオンが、赤子を驚かせないように、優しく小さく吼えた。護の言葉に同意しているようだ。護たちの後ろには、当時は新婚だった、初老の夫婦もいる。

「ありがとう、北極ライオン……じゃなくて、ギャレオン。君は僕たちに子供だけじゃなく、義理の娘や孫も授けてくれた」

「本当に感謝しています」

声をかけたのは天海勇《いさむ》と愛《あい》、かつてこの雪原でギャレオンと出逢った夫妻である。あの時の相似形のようでいて、いまこの場この時の光景には、大きく異なることがある。

護とその家族の周囲には、たくさんの仲間が集まっているのだ。

「Jとうまくやってくれよ、ギャレオン」

護の相棒でもあり、親友の戒道幾巳《かいどういくみ》と彼に寄り添うアルエット、それに子供の頃からの友人たちも大勢来ている。蒼斧蛍汰《あおのけいた》や彩火乃紀《さいひのき》、大河《たいが》特務長官に、阿嘉松《あかまつ》長官、火麻《ひゅうま》参謀に復帰したプリックル参謀、楊《ヤン》や雷牙《らいが》、GGG《スリージー》の多くの隊員たち。そして勇者ロボ軍団。全員が、あえてこの地からギャレオンを見送りたいと望んで、集まったのだ。

「ギャレオン……凱兄ちゃんを、手伝ってあげてね」

護の言葉にもう一声答えると、ギャレオンはGインパルスドライブを低出力噴射して、夜空に飛翔していった。

「見てごらん、翼――」

あの夜と同じように、地上に降ってきた流れ星が、空へと駆け上がって行く。その光景を見送りながら、護は翼に語りかけた。

「いつか人類も銀河に飛び立つんだ。その時、みんなの翼になってほしい……そう願って、僕は君を〝翼《つばさ》〟と名づけたんだよ」

人々の見守る前で、翼は嬉しそうに笑い声をあげた。その額に、紋章が浮かび上がることはない。
地球人として生まれた赤子を抱えた若き夫婦は、夜空に昇りゆく一筋の流星を、いつまでも見つめ続けるのだった。

我々は知っている――
二十一年前のこの日、天海《あまみ》夫妻のもとに授けられた子供が、
全人類存亡の重要な鍵を握っていた事を――
紡がれた縁《えにし》と絆、そして勇気ある誓いが、
希望に満ちた未来へと、全人類を導いたことを――

我々は誰もが知っている――
生きとし生ける者が、命を、力を、魂を、
勇気によって、紡がれていくことを――

『覇界王～ガオガイガー対ベターマン～』完

number.EX　結－CEREMONY－　西暦二〇一八年

1

「……新郎よ、あなた方は新婦を健やかなる時も病める時も愛し、ともに生き続けることを誓いますか？」

西暦二〇一八年六月吉日、牧師姿の八木沼範行《やぎぬまのりゆき》の声が、蒼穹に響く。参列者たちの間から、思わず……といった雰囲気の小さな感嘆がもれる。

「……おいおい、元長官、思いっきりハマり役じゃねえか」

参謀である火麻激《ひゅうまげき》と、かつてスーパーバイザーを勤めた高《たか》之《の》橋《はし》両輔《りょうすけ》も、壇上に立つ元上司を感心の眼差しで見つめている。

「いやぁ、八木沼牧師のおかげで、この式は九十八パーセント、いや百十八パーセント大成功ですな」

たしかに、八木沼がガッツィ・ギャラクシー・ガード二代目長官だった時代を知る者でさえ、ローマンカラーの白いスーツ姿の彼を、本物の牧師と見紛うほどに違和感がない。

「……誓います」

八木沼の視線のすぐ先に立つ、ふたりの新郎が声をそろえた。ともにホワイトタキシードに身を包んでいる。獅子王凱《ししおうがい》の胸には深紅のバラのブートニア、そしてグリーンのネクタイ。天海護《あまみまもる》のブートニアはピンクのバラ、ブルーのネクタイ。ふたりともお揃いのピンバッジ、Gの文字を象った金のネクタイピンを留めている。護にとっては、十二年ぶりとなる二度目の結婚式だが、さすがに今回は宇宙服ということにはならない。

「俺は宇宙服でもいいいんだけどな」

——というのは、長時間に渡る衣装合わせの際に、疲れ果てた凱がもらした言葉である。

護も一瞬、同意しそうになったのだが、すぐ近くで楽しそうに自分たちの衣装を見せ合っている愛妻たちの様子を見て、小声ながらも注意した。

「ダメだよ、凱兄ちゃん。こういう場で空気読まないと、奥さんに一生恨まれるんだって」

「そ、そういうものか……」

護の真剣みあふれるアドバイスに、凱も思わず真顔でうなずいた。

「あ、その情報はうちのお父さんの話じゃないよ。ウッシー二号さんに聞いたんだ」

GGG《スリージー》ブルー整備部オペレーターである牛山次男《うしやまつぐお》を、四兄弟の次男であることから〝二号〟と呼ぶのは、阿嘉松《あかまつ》長官の口癖であったのだが、あまりにも利便性が良いが故に、いまではすっかり全隊員に伝染している。護にとっては義理の従兄にあたるウッシー二号の、極めて有効な個人的アドバイスに感謝しつつ、ふたりはタキシードを選んだのだった。

凱《がい》と護《まもる》の声は重なりつつ、穏やかな風に乗って流れていく。緑豊かな丘の上に設営された特設の会場[※36]。海の方角から吹いてくる初夏の風が、百人を超える参列者たちの頬を軽やかになでる。いや、人々だけではない。人間たちの後方には手入れが行き届いた草原があり、そこでは勇者ロボたちも微風に身を任せている。実のところ、彼らにも出席してもらうため、広大なオープンスペースで結婚式が開かれることになったのだ。

（護機動隊長、ご立派な姿に……）

白いタキシードに身を包んだ護の姿をじっと見守っているのは、ボルフォッグだ。そのカメラアイはただ見守るだけでなく、式の様子を余すところなく録画している。もちろん、個人的な趣味のためではない。新郎新婦たちの希望で、記録係を頼まれたのだ。会場の周囲ではガンドーベルが移動カメラで、上空からはガングルーが空撮カメラで、別アングルの映像を抑えることにも抜かりはない。それらの仕事ぶりを横目で見ていた猿頭寺《えんとうじ》も、同じテーブルに野崎《のざき》、平田《ひらた》とともに座っている犬吠崎《いぬぼうさき》博士に向かって、こっそりサムズアップする。

「……新婦よ、あなた方は新郎を健やかなる時も病める時も愛し、ともに生き続けることを誓いますか？」

新郎たちの宣誓にうなずいた八木沼元長官が、今度は新婦たちの方へ問いかける。

「……誓います」

胸を張るような卯都木《うつぎ》命《みこと》の声と、緊張に震えている初野《はつの》華《はな》の声。いや、すでに入籍をすませたふたりは、獅子王《ししおう》命と天海《あまみ》華と呼ばれる立場になっている。

この式のダブル主演とでも言うべきふたりのいでたちは、対照的に鮮やかだ。命はこぼれ落ちそうな胸元が大胆に開いたビスチェに、乙女らしいパフスリーブ。ショート丈のスカートの下には、サムシングブルーをあしらったガーターが顔を見せている。短めのベールを留めるクリップはウサギ型だが、今日からは旧姓にちなんだ……といわれることになるだろう。チョーカーとアンクレット、そしてトレーンを飾るのは、ブーケに合わせた深紅のバラ。

大輪の花のような命の隣に立つ華は、可憐な可愛らしい花そのものだ。たっぷりの花で飾ったロングベールに、プリンセスラインのボリュームあるスカートも、切り替え部に花を散らしてある。命のショートグローブに対して、こちらはロングスカートと合わせたロンググローブ。手にしたブーケは、護のブートニアと同じく淡いピンク色。

そんな華の姿に、既視感を覚えている参列者も多い。なぜなら、このドレスは小学生の頃の華が思い描いていたデザインであり、友人たちと一緒に手作りして、地球から旅立つ護の前に現れた時と同じ姿だったのだ。あの時、満月の丘に集った者たちの全員が、この場にも来ている。見覚えがあるのは当然だ。

「チョベリグね！　生地も凝ってるし、やっぱりプロの仕立てはひと味違うわねぇ」

感心したように漏らしたのは、小学校で華の同級生だった狐森《こもり》レイコだ。あの時、ひとりでドレスを仕上げようとして、間に合いそうもなく途方に暮れていた華を手助けしたのが、実は裁縫に自信があるレイコだったのだ。当時の自分たちとしては最高の出来上がりと思えたが、今日のドレスと比べると、さすがに雲泥の差である。

「いやいや、俺はあん時のドレスもよくできてたと思うぜ」

レイコのつぶやきにそう答えたのは、ウッシー四号こと、牛山末男《うしやますえお》だ。新郎新婦たちにとってはGGG《スリージー》の同僚であるが、同時に護《まもる》や華《はな》の小学生以来の同級生である。この時はGGG隊員たちのテーブルではなく、数納鷹泰《すのうたかやす》、鈴木《すずき》わかば、手里《てざと》たまよ、その他の旧クラスメートたちと席を並べていた。

「そぉ？　チョベリバじゃない？」

「そんなことないって。俺たちの式でも、自分で仕立てたらいいと思うぜ」

レイコと四号のやりとりにニヤニヤが止まらない、わかばとたまよ。ひとりだけ状況が呑み込めず、友人たちの顔をキョロキョロと見比べる数納の眼には、なぜか滝のような涙が流れている。

「いいわね、ウェディングドレスも……」

声に出すつもりはなかったのだが、思わずつぶやいてしまい、あわてて袖口で口元を抑えたのは彩火乃紀《さいひのき》である。彼女も二か月前に神前で結婚式を挙げたばかりであり、新調した留袖《とめそで》を身にまとっている。

「え、もしかしてやっぱりホントはもしかして、合同でやりたかった？」

隣で慌てたのは、紋付きを着た蒼斧蛍汰《あおのけいた》だ（彼らは結婚するにあたって夫婦別姓を選んだため、獅子王《ししおう》家や天海《あまみ》家と違って、別々の姓を名乗っている）。挙式を準備している時、今日の主役である二組から「よかったら一緒に」と誘われたのだが、ふたりで相談の上、辞退した。

「後悔なんてしてないから、大・丈・夫っ」

「あは……だよな、だよな、あの人たちの間に割り込むのは、野暮ってもんだよなぁ」

火乃紀の返事に、蛍汰はホッと胸を撫でおろした。

「それに私、角隠しに憧れてたんだ」

すべて偽りのない気持ちだが、火乃紀には秘めていた思いもある。

（タキシード姿で、凱さんや護くんと並ぶことになったら、ケーちゃんちょっと可哀想だもんね……）

まだ二十代であるにも関わらず、少しお腹の出てきた蛍汰にも、神前式での和服はよく似合っていた。今日に至るまで様々な紆余曲折はあったものの、自分のこれまでの選択に後悔はない。あらためて、火乃紀はその思いを再確認していた。

2

参列席のあちこちでささやかな会話が交わされる中、誓いの宣誓を終えた二組を前に、牧師姿の八木沼《やぎぬま》がおごそかに告げる。

「……これにて、お二組はそれぞれ結婚の絆によって結ばれました。ここにお集まりの皆さんが、その証人です。ファイナルフュージョン承認……と」

命《みこと》の目には大粒の涙が浮かんでいる。

「……凱《がい》、やっとこの日が来たんだね」

「ああ、ずいぶん待たせちまったな。でも、これからは間違いなく本当にずっと一緒だ」

潤んだ瞳の凱はそう囁き、いきなり命をお姫様だっこして、驚いたその唇にそっと自分の唇を重ねた。当然、沸き立つ参列者たち。

(凱兄ちゃん……っ!)

ひときわ目を丸くしているのは、すぐ隣に立っている護《まもる》と華《はな》だ。事前の打ち合わせにおいて、「みんなの前で誓いのキスをするのは恥ずかしい」ということで式次第からは外していたのだから。

しかし、凱も命も気持ちの高ぶりに、思わず自然な行動をとってしまったのだろう。

「……護くん、こわくない？　こわくない？　む、む、無理しなくていいよっ」

華が護の耳元でささやく。だが、その言葉で心のうちに残っていた気恥ずかしさは吹っ飛んだ。

「華……ちゃん！　うわっはーっ！」

護もまた、凱と同じように新妻を抱きかかえ、その震える唇に優しくキスをする。

(ほっほぉ〜、ふたりとも大人になったねぇ)

観衆の鳴りやまぬ拍手の中、その光景を感慨深く見つめているのは、華の従姉である牛山あやめだ。彼女の膝の上では赤子が寝息をたてているが、それはあやめの子供ではない。もう赤ちゃんとは呼べないほどに成長した長男・一《はじめ》は、隣の席のウッシー二号によって、ジュースを与えられているところだ。あやめが預かっているのは、天海翼《あまみつばさ》——護と華の間に生まれた第一子である。柔らかい髪の毛をなでながら、あやめは十二年前のことを思い出す。護と華が最初の結婚式を挙げた時は、おでこへの可愛らしいキスだったのだから。

「……えー、それでは指輪の交換を」

（思ったよりも長い）キスの後、進行を元に戻そうと焦りながら、八木沼《やぎぬま》が告げた。その言葉を合図に、トレイに乗せた指輪を運んできたのは、スワン・ホワイトとアルエット・ポミエである。

「ミコト、本当にビューティフルです」

スワンがうっとりした表情を浮かべて、獅子王《ししおう》夫妻に指輪を差し出す。

「初野《はつの》先輩、ブーケは私の方に投げてくださいね」

天海夫妻の分を持ってきたアルエットは、周囲に聞こえない小さな声で囁いた。

「え？　え？　もしかして戒《かい》――」

動転した華の言葉は、機転を利かせた護の手で遮られた。口を押さえられて真っ赤になる先輩の前で、フランス娘は自信満々の表情を見せる。

「まだ何も決まってないわ。でも――時間はたっぷりあるもの」

勝利宣言のようなアルエットの声は、参列席の方までは届かない。数分後、役目を終えて自席に戻ってきたアルエットに、隣席の戒道幾巳《かいどういくみ》が怪訝な目を向けることになるのだが、彼女はすました笑顔のまま、何も説明しようとはしないのだった。

こうして二組のカップルはそれぞれの指輪を手に取って、まず新郎たちが新婦たちの指に近づけていく。その瞬間、参列者のひとりが大きな声を張り上げた。

「マリッジリング・プラス！」

――意表をつかれた壇上の四人も、参列者たちも言葉を失い、示し合わせたかのように寒風が吹き抜けていく。

「あ、あら、ウケてない……？」

蛍汰《けいた》が頭をかきながら、テレ隠しの笑いを浮かべる。数日前から練ってきた渾身のギャグだったのだが、残念ながら不発に終わったようだ。

（もう、ケーちゃん……バカなんだからっ！）

火乃紀《ひのき》は真っ赤な顔で、テーブルの下にでも隠れたい気分になった。だが、壇上からはそんな空気をものともしない、朗らかな声が響いてきた。

「まだまだだな、蛍汰！　お手本を見せてやるぜ！」

大きく息を吸った凱《がい》が、会場中に響き渡る声で、叫んだ！

「マリッジリングゥ！！　プラァスッッ！！！」

そして、流れるような挙動で、命《みこと》の左手の薬指に結婚指輪を一気にはめた！　ズギャアアアン！と激しい効果音が響いたようにも感じたが、勿論そんな音は空耳である。呆気にとられた参列者たちだったが、すぐに拍手喝采で盛り上がる。

「じゃ、こっちも……マリッジリングゥ！　プラァスッ！」

もはやお約束のように護《まもる》も続き、場内はさらに沸き立つ。だが、華《はな》は脳内真っ白な様子で硬直してしまった。

しかし、命は――

(さっすが凱と護くん！　じゃあ私も――)

蛍汰に恥をかかせまいと機転を利かせた凱の気持ち。それを無駄にしまいと、命は左手を固く握りしめる。

「ブロウクン！　マリッジ―――ッ‼」

「え？　え？　み、命さん！」

「それを壊しちゃダメェッ！」

華と護があわてて止めに入り、場内は盛大な笑いに包まれた。

3

「イエーイ、カモン・ロックンロール！」

歓談の最中だが、大音量のハードロックが始まると、一同の視線がステージに集まった。スタリオンとスワンのホワイト兄妹によるツインボーカルを、マイク・サウンダース十三世がバックパフォーマンスで支える。だが、四本腕で奏でるギターとキーボードの他に、オレンジ色の巨大アームがドでかいドラムを叩いていた。

『そのバスドラの重低音、サイコーだっぜ！　ゴデブー！』

『俺をその名で呼ぶんじゃねえっ！』

演奏と並行して、超ＡＩ同士が通信波で会話をかわす。もちろん、参列席の人々には聞こえていない。

『俺様はもう、ゴルディーダブルマーグじゃねえ！　ゴルディオンフィンガーだ！』

かつて、ゴルディーダブルマーグという名のマルチロボだった彼は、南極における覇界王《はかいおう》との決戦で機体を失い、急遽、ファイナル・ガオガイガー用決戦ツールに組み込まれることになった。そのツールは、ロボ形態への変形機能がなく、他の勇者ロボたちのように自由には動き回れない。金槌状の五指で超巨大ドラムを演奏するのが精一杯だ。だが、そのパワーは強烈である。ブームロボ形態のマイクも負けじと楽器を掻き鳴らす。

『ＯＫ！　レッツエンジョイだっぜ！　フンガー！』

『フンガー呼びもやめろ！』

地響きを轟かせ、そつなくドラミングをこなす様子を、特設ロボ参列席の勇者たちも見守っている。もっとも、長兄たちには不安の種もあるようだ。

「グラビティショックウェーブは使ったりしないよな⁉」

「そんなことをしたら、会場周辺が片っ端から光になってしまうぞ！」

炎竜《えんりゅう》と氷竜《ひょうりゅう》の超ＡＩは、巨大な右腕のセーフティ機構が万全であることを願った。

「ぼく、感動しました。ゴルディオンフィンガーさんの右腕だけの演奏！」

翔竜《しょうりゅう》の無邪気な感想を、ポルコートがすかさず訂正する。

「それは違うよ、少年。今の彼は、〈マーグアーム〉だ」

ゴルディー本人も〈ゴルディオンフィンガー〉と名乗っていたが、[※37]正式名称でいえば〈マーグアーム〉が正解である。こんな時でも細かいことにこだわるポルコートのツッコミに、翔竜は嬉しそうに微笑むのだった。

「たしかに……そうでした！」

キャンドルサービスの時間となり、凱《がい》と命《みこと》、護《まもる》と華《はな》はそれぞれにトーチを持って、各テーブルを回っていた。テーブルごとに祝福の言葉がかけられ、新郎新婦と一緒に写真を撮りたがる者もいて、なかなか回りきれない。

ようやくGGG《スリージー》グリーンのスタッフが集まっている席にたどりついた凱と命は、火麻《ひゅうま》やスワン、猿頭寺《えんとうじ》、牛山一男《うしやまかずお》らに囲まれた。ウッシー一号の隣には、すっかり定位置となったかのように、仲《なか》居亜紀子《いあきこ》がよりそっている。

「おい幸《こう》ちゃん、お前も写真に入れ！」

「いや激《げき》、私は両GGGを統括する立場だから、一方にだけ写るわけには……」

「そんなもん、両方に入ればいいんだよ！」

その言葉に納得した大河《たいが》は嬉しそうに、フレーム内に飛び込んでいく。ボルフォッグのカメラアイの方に向かって、思い思いのポーズをとる一同。楽しそうな笑顔に、ちょっとだけ寂しげな声を交えて、命が囁いた。

「……麗雄《れお》博士にもいてほしかったね」

いま記念撮影に加わっている一同に、故・獅子王《ししおう》麗雄を加えたメンバーこそが、ガッツィ・ジオイド・ガード創設時の主要スタッフだった。命《みこと》にとっての義理の父に、今日の自分たちの姿を見て欲しかった……その思いは拭えない。

「いてくれてるさ、母さんも一緒に」

凱《がい》はそう言って、空を見上げた。すべてを祝福するような、眩い蒼天。

「父さんと母さんは、宇宙の卵《オレンジサイト》とひとつになったんだ。この宇宙のどこにでも、父さんと母さんはいる。きっと、今も……ここにも」

「うん……きっとそうだね！」

命は凱の腕にしがみつきつつ、一緒に空を見上げた。そして思う。そこにはあの笑顔の優しい獅《し》子王麗雄《しおうれお》と、オレンジサイトで意思を受信した獅子王絆《きずな》の姿があるのだと。


護《まもる》と華《はな》は、お互いの両親がいるテーブルにやってきていた。

「お父さん、お母さん……それにお義父さん、お義母さん」

口に出したのは護であり、同じ発音だが、天海《あまみ》夫妻と初野《はつの》夫妻を順に見つめた。

「今日まで、僕たちを育ててくれて、ありがとうございました」

「私たち、幸せになります。ぜったいに！」

護に続いて、華もそう言うと、ふたりでキャンドルに火を灯した。親たちの目には大粒の涙がたまっていたのだが、最初に勇《いさむ》の堤防が決壊した。

「護！　華ちゃん！　お礼を言うのはこっちだよ。僕たちの息子でいてくれて……そして、義娘になってくれて、ほんとにほんとにありが――」

「ふぎゃあああああ！」

あまりにも感極まりすぎて、言葉につまった瞬間、勇よりもたくさんの涙を振り絞って大声で泣き出す者がいた。

「うわっは～」

勇と護が同時に反応する。

「よしよし、翼《つばさ》ちゃん。泣かなくていいんだよ。みんな泣いてるけど、あなたは泣かなくていいんだよ」

あやめが手慣れた仕草で、翼の口に哺乳瓶をふくませる。

「ごめんね、あやめちゃん。翼ちゃんのお世話、任せっきりになっちゃって」

華が申し訳なさそうに、あやめと翼に顔を近づける。

「いいのいいの、GGG《スリージー》の任務が一段落したおかげで、旦那も育児手伝ってくれるようになったからね」

「おう！　いつでも我が家を頼ってくれていいんだぜ！」

そう言って、我が子を抱えたウッシー二号がガッツポーズをする。その腕の中から二歳児が、小さな赤子へ手を伸ばす。満足したのか、哺乳瓶を放した翼が、一《はじめ》の手を握った。

「きゃっきゃっ」

「アカチャンとアクシュ！」

幼子たちが楽しそうに、手を触れあわせている光景は、周囲の大人たちに笑顔をもたらした。

「華……ちゃん」

「ん？　なあに、護《まもる》くん」

「いいものだね、こういう光景」

微妙に口ごもった護の言葉にかすかな違和感を覚えつつ、華《はな》もうなずく。

「うん。私、姉妹《きょうだい》いなかったけど、あやめちゃんがいてくれたから、心強かったんだ。翼《つばさ》ちゃんにも、一《はじめ》ちゃんがいてくれて、よかった……」

その気持ちは、よく理解できる。

（僕も、凱《がい》兄ちゃんと出会えたから……）

実のところ、護が凱とともに過ごした時間は、そんなに長いわけではない。最初の出会いから一年後に護が宇宙へ旅立ち、三重連太陽系で少しだけ再会できたものの、その後は十年近くもの間、また離ればなれになってしまったのだから。それでも護にとって、魂の兄弟とも言える人の存在は、長く苦しい日々の間、心の支えとなってくれたのだ。そんな感慨を覚えた瞬間——

「ほぎゃあああっ！」

あやめに抱かれていた翼が、一とともに盛大な泣き声をあげた。

「あらあら大変。この泣き方はオムツねぇ」

育児のベテランである天海愛《あまみあい》の指摘に、あやめがあわてて赤子を連れ出そうとする。

「あやめ！　こっちもこっちも！」

仲睦まじかった幼子たちが、示し合わせたようにオムツ交換タイムを告げ、なごやかな歓談の席は、一瞬[※38]で非常時へと突入する。そんな騒ぎをよそに、テーブルの下で穏やかに眠っていた老犬よーぜふが、大きなあくびをした。

4

「みんな、楽しんでくれてるか？」

勇者ロボたちの席に、凱と命《みこと》がやってきた。ふたりの手にしたトーチから導火線に着火され、GGG《スリージー》整備部特製の勇者ロボサイズキャンドルに火が灯る。屋内の会場だったら、天井まで焦がしそうな巨大な炎が噴き上がるが、この特設会場なら問題はない。

「もっと盛大にしましょうか。風を送り込みます」

「いいねえ、んじゃ俺は爆竹でも……」

そう言って、風龍《ふうりゅう》が攪転槽《ジャオダンジイ》を、雷龍《らいりゅう》が電磁荷台《デンジャンホー》をかまえる。

「兄上方、そこまでですわ！」

「ヤー、それ以上の狼藉は私たちが許しません」

日龍《にちりゅう》がブロウクン・ブレイカーを、月龍《げつりゅう》がプロテクト・プロテクターをかまえる。

「そうよ！　おめでたい席が台無しになっちゃうんだから！」

「中国式のお祝いとは思いますが、今日は控えてください！」

光竜《こうりゅう》がメーザー砲を、闇竜《あんりゅう》がミサイルコンテナを兄たちの方へ向けている。

「すまない！」

「ちょっと派手すぎたか？」

武装強化型の妹たちに四方から包囲され、風龍と雷龍はあっさりと両手を上げた。

「安心しろ。いざという時は消火の専門家がここにいる」

「レスキューなら任せてくれ」

氷竜《ひょうりゅう》と炎竜《えんりゅう》がとりなし、妹たちも武装を下ろした。その様子を見て、凱《がい》と命《みこと》も吹きだしそうになる。

「……平和っていいね、凱」

「ああ、そうだな……」

バイオネットが壊滅し、トリプルゼロの脅威も一段落した世界で、自然災害や事故による救助復興活動が勇者ロボたちの主な仕事となった。彼らの能力も、こうしてまだまだ必要とされているのだ。


「よし、みんな、カップは持ってるかね？」

ポルコートがあたりを見回すと、ピギーちゃんが全員にロボジュースが行き渡ったか確認している。

「今日は貴女も参列者ですよ。一緒に楽しみましょう」

ボルフォッグがそう言うと、片膝をつきながら、余ったロボジュースをメイドロボの方へ差し出す。表情は変わらないが、受け取ったピギーちゃんの頬が、大きなリボンと同じく、真っ赤に染まっているようだ。

その様子をにこやかに確認したポルコートが告げる。

「それじゃ……我らの機動隊長たちと奥方たちの幸せを祈って……乾杯！」

巨大なロボジュースのカップが次々と打ち鳴らされ、賑やかな歓声があがった。

5

「いやー、姉御にまたお会いできるなんて、わしゃ嬉しいっすわ！」

　さっきから何十回目かわからないほど、同じ言葉を繰り返しつつ、山《やま》じいがあふれる涙をぐじぐじと袖口でぬぐう。かたわらの阿嘉松《あかまつ》も呆れ顔で見苦しそうだ。

「おい、りっちゃん！　いつまでも相手してやる必要ねえぞ！」

　姉御こと、りっちゃんこと、府中律子《ふちゅうりつこ》は山じいの頭をなでてやりつつ、阿嘉松の方へ笑顔を向けた。

「んー、酔っ払った山じいの無限リピート聞かされるのも懐かしくて、なんか嬉しいんだよね」

　りっちゃんがそう言うのも、無理はない。阿嘉松や山じいとは、有限会社アカマツ工業創立以来のつきあいだったのだが、インビジブル・バーストの直後にＧＧＧ《スリージー》を退官、今日が久しぶりの再会だったのだから。

「いいではないか、せっかくの吉日だ」

「ソーソー、個人的にはようやく厄年も後厄も明けて、これからは順風満帆ダヨ！」

　阿嘉松の両隣に座っているのは、ＧＧＧブルーで長官を支えたスーパーバイザーと参謀だ。楊《ヤン》もプリックルもガッツィ・グローバル・ガード創設時のスタッフであり、りっちゃんとの再会を喜びあったところだ。特にプリックルは先年にアルジャーノンを発症し、ようやく退院できたばかりでもあり、同僚たちから快気祝いの言葉をかけられていた。

「あー、そういえばアタシ、参謀さんに言っとかなきゃなんないことあるんだよねー」

泣き上戸の山《やま》じいにしがみつかれながら、りっちゃんがプリックルに向かって、語りかける。

「姉御がボクに？」

「昔、山じいとカクタスとよく三人で飲みに行ってさぁ。日本文化を兄にも伝えたいっていうアイツに、こっちも酔っぱらってたから、厄年とかなんとか超テキトーに教えちゃったんだよねー」

プリックルの弟、今は亡きカクタスは、アカマツ工業に出向していた時期がある。当時、りっちゃんや山じいが親しくしていたという話は、プリックルも耳にしていた。まさかと思ったプリックルは、慌ててGGG《スリージー》スマホで検索をはじめた。

「ナッシング！　カクタスに聞いた知識で、厄年計算してたけど……」

言葉の途中で、画面をタップするプリックルの手が止まった。額に脂汗が浮かんでくる。

「うっぷす！　ボクの厄年、終わってなかったヨ！　それどころか、ホントは今年が前厄だったよぉぉぉ！」

脱力し、打ちひしがれるプリックルのかたわらで、りっちゃんはゲラゲラと笑い続けていた。

阿嘉松《あかまつ》たちのテーブルには、GGGブルーだけでなく、GGGグリーンのスーパーバイザーである獅子王雷牙《ししおうらいが》も着席していた。彼がなぜこちらの席についているかといえば、甲斐甲斐しく最愛の孫娘の面倒を見るためであった。

「ほいほい、僕ちゃんが開発した新型マニージマシンはいい具合のようだのう！」

「……うん。ありがとう、おじいちゃん」

紗孔羅《さくら》が嬉しそうに微笑んだ。彼女の健康状態を安定させるためのマニージマシンは、大型で日常生活に溶け込むのは難しい加療器機だった。それを気の毒に思った雷牙は、あっという間に小型軽量化して、紗孔羅が自分で行動できる範囲を拡げてあげたのである。身軽になった紗孔羅は、愛らしいワンピースに身を包んでいた。

「マニージマシンだけでなく、私の手足も改良していただいて……感謝しています」

そう言って頭を下げたのはドクトル・アーこと、アンジェリカ・アネモネ・阿嘉松である。かつて事故により両手両脚を失った彼女は、義肢開発機関の世話になり、工学研究に専念するため……そして、家族の負担にならぬよう、阿嘉松や紗孔羅と離れて暮らす道を選んだ。そんなアンジェリカの義手義足を高性能化するべく、手を加えたのも雷牙なのだ。

「うん、やっぱり紗孔羅ちゃんの側には、君にいてほしいからなぁ。それに、もともと設計が良かったから、僕ちゃんのしたことなんて、大したことないからのぉ、うん」

自信家の雷牙がそう謙遜するのも、無理はない。アンジェリカの義肢を開発したのは、彼女の旧師でもある獅子王麗雄《れお》だった。かつては衝突してばかりだった雷牙だが、ケンカ相手がこの世を去ってからは、素直にその業績を讃えるようになった。

(麗雄と絆《きずな》くんのような形で、永遠に一緒にいられるようになるのは素晴らしい。けど、生きてる者は生きてるうちにしか手に入らない幸せを、つかんでこそだからなぁ……)

そんなことを思いつつ、雷牙は目を細めて、息子夫婦と孫娘を見つめた。そんな雷牙の視界に、もうひとりの家族の姿が映った。

「……こりゃルネ！　お前はこんな日に遅刻してくるなんて！」

「しょうがないだろ！　こいつの準備に時間かかっちまったんだから！」

会場の入口からやってきたルネは、どうやら誰かの手を引いているようだ。

「ほら、もう覚悟決めたはずだろ！」

そう言うと、ルネは背後にいたサイボーグ戦士を叱咤した。ルネの背後から、しぶしぶと現れたソルダートＪの姿に、場内の視線が集まる。

「Ｊ……その姿は……」

立ち上がって出迎えようとした戒道《かいどう》が、信じられないものを見たという表情で、目を見開いた。

「Ｊ、お前……」

近くのテーブルにやってきていた凱《がい》も、あまりの衝撃に手にしていたキャンドルトーチを落としそうになり、命《みこと》があわてて支える。戒道や凱の反応も、無理はない。常に戦闘用アーマーを装備していた戦士が、ダークカラーのスーツにシルバーネクタイを纏っていたのだから。

「凱……私はお前に敗北した身だ。そのお前の勝利の宴に出席するならば、地球の文化にあわせた礼を尽くすべきであろう……と、そう考えたのだ」

「いや、別に勝利の宴ってわけじゃ……」

「ルネから、そう聞かされたぞ……？」

相変わらず、頭部だけは巨大なヘルメットに覆われていて、表情は見えないのだが、困惑する様子が伝わってくる。その様子を見て、笑いをこらえていたルネが、ついに耐えきれなくなった。

「あー、ごめん、Ｊ。まさか本気にすると思わなかったからさ……」

我慢しきれずに笑い出したルネにつられて、会場内の参列者たちにも笑顔の輪が広がっていく。

凱は目を背けているが、肩が小刻みに震えている。

「おのれルネ！　戦士をたばかったかぁっ！」

　ソルダートJがラディアントリッパーを抜刀しようとする。だが、地球の正装にそのような武器は装備されていないのだった。

6

「それでは、ケーキ入刀の時間です。みなさん、写真撮影の準備はよろしいですかな」

　牧師役から司会進行役に身を転じた八木沼《やぎぬま》の声で、GGG《スリージー》スマホをかまえた人々が横一列になった。

　巨大なウェディングケーキの前に立った凱と命、護《まもる》と華《はな》。彼らの手には、見覚えのあるツールを模したケーキナイフが握られている。

「行くぞ、みんな！」

　凱の言葉を合図に、四人は二本のケーキナイフを頭上に掲げた。そして、声をあわせる。

「ディバイディングドライバーッ！」

　一斉にシャッター音が響き、フラッシュが焚かれる。振り下ろされたドライバーの先端は、大地を割るかのように、ケーキを切り分けた。

　そんな光景を、丘の上に立つ木の影から見つめている者たちがいた。言葉は発していない。だが、穏やかな意思を交感している。

『……あれが、ヒトとヒトが結ばれる儀式なんだね』

『マネしたいか、シャーラ？』

『そうね……ガジュマルが望むのなら……』

彼らはこの地球に、いまや二体しか存在しない最後のソムニウム。ふたりで世界を旅して回っているうちに、この地を訪れることになったのだ。

『あんたたち、楽しそうだね』

ガジュマルとシャーラの交感に、割り込んでくる意思があった。二体が頭上を見上げると、太い枝の上に三人の人影があった。小柄で細身のふたりと、それを追ってきたらしい肥満体型がひとり。

「あわわ、チャンディーもケイも、なんでこんなところから、覗き見してるんだ？　ちゃんとご祝儀包んでるし、正面受付から入るって教えたろ……！」

『……』

音声言語でもリミピッドチャンネルでも、相変わらずケイは無口なままだ。

ウッシー三号の言い分は常識的なものだったが、旅の仲間であるチャンディーとケイも、二体のソムニウムも、人界の常識など理解できないようだ。

チャンディーたちの姿を確認したガジュマルとシャーラは、すでにその場から消え失せている。ふたりはまた新たな旅に出たようだ。ヒトよりも遥かに長い寿命がつきるその日まで、彼らの旅は続くのだろう――

「さあ、皆様。ブーケトスの時間がやってきました。我こそはと思う方は、ぜひ前に出てきてください」

壇上に命《みこと》と華《はな》が並びたち、八木沼《やぎぬま》の言葉を合図に、争奪戦に参加しようとする女性陣が前に進み出る。

「負けませんよみなさんどうしても欲しいわけではありませんが競うからには勝たせてもらいます勝利するのです負けたくありません」

屈伸運動などしている同僚の姿を見て、着席したままの火乃紀《ひのき》はハラハラせずにはいられなかった。

（ああ、タマラ、あなた病み上がりなんだから、無理しないで……）

一方、別の意味でハラハラしている者もいる。ロゼ・アプロヴァール先代事務総長と同じテーブルについている、ハート・クローバー国連事務総長である。

（チェリー、そんな競争に加わるなんて、君は結婚願望があるのかい……まさか、意中の人でもいるのか……まさか、ああ、チェリー……）

クローバーが見つめているのは、自分の秘書である磯貝桜《いそがいさくら》だ。単に他の女性陣につられて、壇の前に進み出てしまっただけなのだが、クローバーに熱い視線で見つめられていることには、まったく気づいていない。

「お花、綺麗……」

そうつぶやいたのは、紗孔羅《さくら》である。ブーケトスの意味を知っているのかいないのか、その表情からはうかがいしれない。

（初野《はつの》先輩……ちゃんと狙ってくださいね）

アルエットは勝利を確信した微笑みで、華《はな》を見る。

（あわわわ、アルエットちゃんが見てる。えっと……頑張ってそっちに投げるからね！）

華がパチパチと両眼同時のウインクで、アイコンタクトを成立させる。だが、そんな小細工など無にするかのような、意外な展開が待ち受けていた。

「えええええ、あなたたちも参加するの!?」

命《みこと》が思わず声をあげてしまったのも、無理はない。女性たちの列の中に、巨体が混ざっていたのだから。

「絶対勝っちゃうよー！」

「おーほほほ、最新型ビークルロボの誇りにかけて、負けられませんわ！」

光竜《こうりゅう》と日龍《にちりゅう》が胸をはる。闇竜《あんりゅう》は恥ずかしそうにおずおずと、月龍《げつりゅう》は過酷な任務に臨む直前の兵士のように、それぞれ緊張した様子で身構えていた。

「華ちゃん……こうなったら、プログラムドライブで鍛えた腕力で、思いっきりぶん投げるわよ！」

「は、はい、命さん！」

命と華がうなずきあい、女性陣に背中を向けて身をかがめた。

「せ～～の！　プログラムドリャーイブッ！」

命がブーケを剛腕で頭上にぶん投げる。驚くべきことに、十数メートルはある勇者ロボたちよりも高高度への打ち上げに成功した。それでこそセミエヴォリュダーだ！

一方、華が両手を使って横投げしたブーケは、弾丸ライナーのようにアルエットの手元に飛び込んだ。誰かと争うまでもなく、アルエットがズドンとしっかり受け止める。

「やったぁ！　メルシー、初野先輩！」

一方の勝者が決まった時点で、他女性陣の全視線は頭上に集まった。しかし、どうあがいても、勇者ロボたちに勝てるはずはない。全員、戦う前から諦めていた。たったひとりを除いては――

「はああああっ！」

裂帛の気合いとともに、ルネのサイボーグ・ボディが宙を舞う。

「ああっ、ルネ姉ちゃんに負けちゃう！」

光竜があわてて、メーザー砲をマウントしてあるパワーアームを伸ばす。日龍もまた、有線接続されたブロウクン・ブレイカーを、頭上に放った。だが、Ｇストーンサイボーグの身体は、それらを踏み台にして、さらに高みへと駆け上った。

「とったぁっ！」

緑に輝く右手が、深紅のブーケをつかみとる。

「くっ、私としたことが――！」

悔しそうに叫ぶ日龍の肩を経由して、ルネは地上に降り立った。そして、そこに立つひとりの少女に、ブーケを差し出した。

「……ほら、欲しかったんだろ」

「お花……綺麗なお花……」

鮮やかなブーケを受け取って、紗孔羅《さくら》は満面の笑みを浮かべた。

「ありがとう……ルネおばさま」

見た目は少女だが、実は今のルネより年上の紗孔羅《さくら》の言葉を聞いて、場内に緊張が走る。

「いけない、落ち着くんだルネ！」

勇者ロボ参列席から、ポルコートが身を乗り出す。獅子の女王《リオン・レーヌ》の性格をもっともよく知る者として、次の瞬間に訪れるであろう惨劇を予測したのだ。だが、その未来予測は現実とはならなかった。

実の叔母であるルネは腰をかがめて、姪っ子に視線の高さをあわせると、優しく微笑んだ。

「よかったな、紗孔羅。幸せになりなよ……あんたも」

言葉の後半はささやくような声音で、近くにいる者にしか聞こえなかった。だが、雷牙《らいが》にははっきりと聞こえていた。

（〝あんたも〟……と、そう言ったんだな、ルネ……）

奔放な生涯の限りを尽くしてきた老人の目に、光るものが浮かんだ。

沸き立つ女性陣の様子を、Ｊと戒道《かいどう》は立ち並び、自分らは蚊帳の外と思い込んだまま見つめている。

「……不思議なものだな、地球の文化というものは」

「悪くないだろう？　戦う以外の時間も」

「否定はしない。だが、私は……」

そういって、Ｊは青空を見上げた。宇宙《そら》こそが、我の生きる場所であり、地上《ここ》ではないと、告げているようだ。だが、戒道は微笑んだ。

「わかってるよ、Ｊ。でも、船には戻るべき港も必要なはずだ。僕や地球が……Ｊとトモロの帰る場所になるよ」

言葉は返ってこない。だが、Ｊが小さくうなずいたところを、戒道は目の端にとらえていた。

「おめでとう！」
「地球の平和をありがとう！」
「これからは自分のための戦いだぞ！」

――そんな声が、周囲からかけられる。結婚式も終わりが近づき、新郎新婦たちの退席の時間がやってきたのだ。

会場の出口に並んで向かう凱《がい》と命《みこと》の頭上に、人々が投げかけた花びらが舞う。

「このまま、一緒に行こうな……命」
「もちろんだよ、凱！　だって私たち夫婦《めおと》飛行士だもんね！」

そう、歩んでいくのは〈勇者とその恋人〉ではない。すべての戦いを乗り越えて、あるべき姿を取り戻した、ただの〈地球人の夫婦〉。ともに歩むと決めた一本道を、彼らはともに進んでいくのだ――宇宙の果てまでも。

そして、その夫婦の背を見つめる、もう一組の夫婦の姿もある。違う星に生まれて、めぐりあい、同じ星でともに生きていくと誓ったふたり。護《まもる》は小さく深呼吸して、語りかけた。

「僕たちも行こうか……華《はな》」

「！……うん、護」

長い長い時間をかけて、やっと呼び方を変えることができたふたり[※39]も、寄り添い合うように歩み始めた。

海辺の陽光の下、すべての者たちを祝福するウェディングベルの音色《ねいろ》は、遥か星の海の彼方まで届くかのように、美しく気高く高らかに鳴り響き、我々の記憶に残り続けるのであった。

いつまでも…

いつまでも…

いつまでも……

number.EX　結－CEREMONY－　了

6500万年前	超竜神、巨大隕石とともに地球に落下。氷河期が始まる。	
1980年代	防衛庁内部に特殊任務部隊 ID5 結成。	
1990年	無人木星探査船ジュピロス・ワン、打ち上げ。	
1994年	ジュピロス・ワン、帰還。	
1995年	ジュピターX奪回作戦。ID5 解散。猿頭寺耕市とカースケ、死亡。	
1997年	赤の星と緑の星、機界31原種の侵攻により壊滅。	
	ギャレオリア彗星、発見される。	
	天海護とギャレオン、戒道幾巳とジェイアーク、地球に飛来。	◀TV「勇者王ガオガイガー」number.01 冒頭シーン
1998年	有人木星探査船ジュピロス・ファイヴ、打ち上げ。	
1999年	ダイブインスペクション、行われる。	
	アルジャーノン、勃発。	
2000年	ジュピロス･ファイヴ、木星圏へ到達後、通信途絶。	
2002年	天海一家、北海道からGアイランドシティへ転居。	
	獅子王凱、史上最年少の宇宙飛行士となる。	
	ルネ、バイオネットに拉致される。母フレール、死亡。	◀「獅子の女王」第四章
2003年	獅子王凱搭乗のスピリッツ号、衛星軌道上でEI-01と接触。	◀スペシャルドラマ1「サイボーグ誕生」
	EI-01、首都圏に落下、卯都木命に機界新種の種子を植え付ける。	
	ギャレオン、獅子王凱とともに宇宙開発公団に収容される。	
	日本政府、GGGを発足させる。	
2004年	GGGベイタワー基地、建設。	
春	ルネ、バイオネットから救出され、シャッセールに加わる。	
2005年4月	EI-02 出現。	
	ギャレオン覚醒。ガオガイガー初戦闘。	◀TV「勇者王ガオガイガー」number.01
	テンプスの実で時間遡行してきたソムニウムたち、ギャレオンを未来へ連れて行く。	◀「覇界王～ガオガイガー対ベターマン～」number.??
	ベターマン・ライ、ギャレオンを戻し、歴史干渉の痕跡を消す。	◀「覇界王～ガオガイガー対ベターマン～」FINAL of ALL
8月	対EI-01戦。弾丸X、使用。	
9月	ZX-01～03、襲来。GGGベイタワー基地、壊滅。	
	ジェイアーク、復活。	
	地球防衛会議の緊急決議により、新生GGG、発足。	
	対ZX-04戦。	◀「獅子の女王」第一章
	最強勇者ロボ軍団、ジュピロス・ファイヴを調査。	◀スペシャルドラマ2「ロボット暗酷冒険記」
10月	対ZX-05戦	
	獅子王凱とルネ、再会。ルネ、天海護を目撃。	
	エリック・フォーラー、死亡。	◀「獅子の女王」第二章

	対 ZX-06 戦。	
	光竜強奪事件発生。ポルコート、起動。	◀「獅子の女王」第三章
	対 G ギガテスク戦。	◀「獅子の女王」第五章〜第六章
11 月	御殿山科学センターにて、最強勇者美女軍団の活躍。	◀スペシャルドラマ 3「最強勇者美女軍団」
	ヴェロケニア共和国領海内の島にて、ジュピターX 事件。	◀スペシャルドラマ 4「ID5 は永遠に…」
	対 EI-72 〜 73 戦。G プレッシャー、投入。	◀ゲーム「金の爪、銀の牙」
	ジェイアーク対ジェイバトラー戦。ソルダートJ-019、死亡。	◀コミック「超弩級戦艦ジェイアーク 光と闇の翼」
12 月	ルネとポルコート、再会。	◀「獅子の女王」第六章ラストシーン
	GGG、木星へ出発。対 Z マスター戦。	
	ソルダート J とアルマ、ジェイアークとともに行方不明。	
2006 年 3 月	GGG、地球へ帰還。	
	対機界新種戦。獅子王凱、エヴォリュダーとなる。	◀ TV「勇者王ガオガイガー」final.
	ドルトムントにて、ギガテスク・ドゥ出現。	◀「勇者王ガオガイガー preFINAL」第一章〜第二章
	天海護、ギャレオンとともに宇宙へ旅立つ。	◀ TV「勇者王ガオガイガー」final. ラストシーン
	三重連太陽系で、ソール 11 遊星主と戦う護。	◀「勇者王ガオガイガー preFINAL」第三章
5 月	ボトム・ザ・ワールド事件。カクタス死亡。	◀ TV「ベターマン」一夜
	ケータ、ヘッドダイバーとなる。	
6 月	獅子王雷牙、ホワイト兄妹、マイク 13 世、アメリカ GGG へ転属。	
	高之橋両輔、GGG へ参加。	
	パピヨン・ノワール、フランス GGG からオービットベースへ転属。	
	ガオファイガー・プロジェクト、スタート。	
	バイオネット、フランスにてエスパー誘拐事件を引き起こす。	◀「獅子の女王」余章
	ヤナギとカエデ、日本へ帰国。	
	世界中に四個の Q パーツが落下、全地球規模での異常気象始まる。	
	戒道幾巳、オーストラリアにて、ユカ・コアーラと出会う。	◀「勇者王ガオガイガー preFINAL」第三・五章
	釧路・BPL にて、梅崎博士、死亡。	
	アルエット、バイオネットから救出される。	
	アルエット、ガオファイガー・プロジェクトに参加。	
8 月	ガオファー、起動。バイオネットの陰謀を次々と粉砕。	
12 月	卯都木命と新ガオーマシン、バイオネットに強奪される。	
	命とガオーマシン探索にルネが協力。	◀「勇者王ガオガイガー preFINAL」第四章
	パピヨン、アサミに NEO によるモーディワープ抹殺を伝える。	

勇者王ガオガイガー＆ベターマン年表　覇界王 ver.

	モーディワープ本部にて最終決戦。	◀ TV「ベターマン」最終夜
2007 年 1 月	香港にて獅子王凱とシュウの対決。ガオファイガー、起動。	◀「勇者王ガオガイガー preFINAL」第五章
2 月	パピヨン、アカマツ工業を訪れる。	◀ベターマン CD 夜話 2「欲 -nozomi-」
	疑似ゾンダーによる、オービットベース襲撃事件。	◀「勇者王ガオガイガー preFINAL」第六章
3 月	パピヨン、ケータ及び火乃紀と出会う。	◀ベターマン CD 夜話 2「欲 -nozomi-」
	G アイランドシティにて、ギガテスク・トロワ出現。	◀「勇者王ガオガイガー preFINAL」第七章
春	アルエット、普通の少女となる。	
6 月	戒道幾巳、オーストラリアにて機界新種を浄解する。	◀「勇者王ガオガイガー preFINAL」第三・五章
7 月	ギムレット、パリでテロ事件を引き起こす。	◀「勇者王ガオガイガー FINALplus」第一章
	GGG、叛乱分子として宇宙に追放される。	
	天海護と戒道幾巳、地球に帰還。	◀「勇者王ガオガイガー FINALplus」第八章
	GGG、ギャレオリア・ロードにて地球への帰還を目指す。	◀「覇界王～ガオガイガー対ベターマン～」number.00：A
	GGG、オレンジサイトにてトリプルゼロのバーストを防ぐ。	◀「覇界王～ガオガイガー対ベターマン～」number.00：C
2008 年夏	G アイランドシティの海辺に、GGG の無事を祈る石碑が建てられる。	◀「勇者王ガオガイガー FINALplus」終章
2009 年	GGG 再生計画始動。新たな勇者ロボたちが開発される。	
	横浜にデルニエ・ギガテスク出現。覚醒人 Z 号、起動。	
	国連がプロジェクト Z の始動を採決する。	◀「勇者王ガオガイガー FINALplus」新章
2010 年	ディビジョンⅥ・無限連結輸槽艦ミズハと覚醒人凱号が、プロジェクト Z に投入される。	
	インビジブル・バースト発生。プロジェクト Z が凍結される。ガオガイゴー、起動。	◀「覇界王～ガオガイガー対ベターマン～」number.00：B
2012 年	GGG、ガッツィ・グローバル・ガードとして再編成される。	
2016 年	グローバルウォール計画、発動。	
	バイオネット壊滅する。	◀「覇界王～ガオガイガー対ベターマン～」number.02
	プロジェクト Z、再始動。	◀「覇界王～ガオガイガー対ベターマン～」number.03
2017 年	獅子王凱、地球に帰還。ガッツィ・ギャラクシー・ガード長官代理に就任。	◀「覇界王～ガオガイガー対ベターマン～」number.04
	覇界の眷族と GGG グリーン＆ブルーの戦いが始まる。	
	覇界の眷族、オーストラリアに出現。	
	覇界の眷族による波状攻撃。	◀「覇界王～ガオガイガー対ベターマン～」number.05 ～ 06
	覇界の眷族への反攻作戦＜オペレーション・デイブレイク＞発動。	◀「覇界王～ガオガイガー対ベターマン～」number.07
	GGG オービットベース、覇界王キングジェイダーに襲撃される。	◀「覇界王～ガオガイガー対ベターマン～」number.08

	南極における覇界王ジェネシックとＧＧＧブルー＆グリーンの決戦。	◀「覇界王～ガオガイガー対ベターマン～」number.09
	月面におけるファイナル・ガオガイガーとベターマン・カタフラクトの最終決戦。	◀「覇界王～ガオガイガー対ベターマン～」FINAL of ALL
2018年	蒼斧蛍汰と彩火乃紀、神前式にて挙式。	
	獅子王凱と卯都木命、天海護と初野華、特設会場にて合同結婚式。	◀「覇界王～ガオガイガー対ベターマン～」number.EX
	超弩級戦艦ジェイアーク、深宇宙探査任務に出港。	◀「覇界王～ガオガイガー対ベターマン～」EPILOGUE

覇界王～ガオガイガー対ベターマン～　注釈

※2　P44

アメリカGGGやロシアGGGの諜報ロボ、その他各国で開発されたGSライド搭載機

二〇〇三年のガッツィ・ジオイド・ガード発足時、世界各国から日本に対して、異星文明のテクノロジーを独占するのではないかという疑惑の目が向けられていた。このような事態に際して、当時の日本政府は決断した。Gストーンとそれにまつわる技術情報を広く世界に提供して、地球全体での防衛体制を確立しようというのだ。これにより、各国にGGG協力機関が設立され、アメリカでマイク・サウンダース・シリーズ、中国で風龍と雷龍、フランスで光竜と闇竜、ドイツで日龍と月龍が開発されることになる。その他にも、GSライド搭載型ロボが数体完成したことが確認されているが、その情報はいまだ開示されていない。

number.07――――――――――

※1　P35

ワームホールの時間差

かつて、二〇〇六年にGGGが旅立った次元ゲート（地球人類からはギャレオリア彗星と呼称されていた）は、百五十億年の過去（に存在する三重連太陽系）に接続されていた。本来ならば、彼らはギャレオリア・ロードというツールを用いて、同じ二〇〇六年に帰還するつもりであった。しかし、ギャレオリア・ロードを完全に解析して使いこなしたわけではなかったため、彼らは現宇宙が誕生する直前の宇宙の卵＝オレンジサイトへと到達してしまう。そこに満ちていた超エネルギー〈トリプルゼロ〉に浸食されたGGG隊員たちは、トリプルゼロがワームホールによって通常宇宙へ噴出する現象に巻きこまれて、太陽系に帰還することになる。この際、ワームホールの接続先が、二〇一六年の太陽系であったため、結果として彼らは、旅立ちから約十年後の地球に帰還することになったのだ。

※3　P59

GGGの装備のほとんど半分は、彼の発明だと言っても過言ではない（残りの大半も、亡き弟である獅子王麗雄博士の手によるものだ）

EI－01の出現からわずか二年でGGGが防衛体制を構築しえたのは、世界十大頭脳と呼ばれる天才科学者たちの異才があってのことだ。中でも獅子王雷牙と麗雄の兄弟は、アメリカ航空宇宙局と日本防衛省整備計画局の要職にあり、時には知識と情報を共有し、時には互いを出し抜こうと切磋琢磨することで、有史以来最大とも呼べるほどの技術発展を成し遂げた。その成果こそが、GGGの装備の数々であり、彼ら兄弟による発明と言えるのだ。

※4　P65

新装開店した〈おーぴっと亭〉

二〇一六年に、調理責任者のアルジャーノン発症という悲劇により、閉店を余儀なくされたオービットベース隊員食堂が、〈オービット亭〉である。しかし、GGG隊員の士気は、全人類存亡に関わる重大問題である。国連地球防衛会議はそれをよく理解しており、新たな腕利きの調理責任者を迅速に選抜することで、わずか一週間後には新装開店を成し遂げたのである。

※5　P70

ドクトル・アー

GGGドイツ科研に所属する技術者。“アー”とは本名ではなく、その頭文字を意味している。謎めいたその正体は、いずれ明らかになるだろう。

※6　P71

カクタス・プリックル

アーチン・プリックルGGGブルー参謀の実弟で、国連の下部組織であるモーディワープに所属していたデュアルカインド（デュアルインパルスを発生させる能力者）。二〇〇六年、アカマツ工業に出向してアルジャーノンの調査に当たっていたが、カクタス自身がアルジャーノンを発症して、死亡する。

※7　P74

ゴルディーダブルマーグ

形式番号・GMX-GDH111。ガオファイガーの新たなる力・ゴルディオンダブルハンマーと、その衝撃吸収ユニットであるマーグハンドがコネクトしたマルチロボ。もともと、二〇〇七年にレプリジン・ガオガイガーによってゴルディオンハンマーが撃破された際、マーグハンドは無傷に近い状態で残されていた。そこで、新たに開発されたゴルディオンダブルハンマー（簡易AI搭載型）をコネクトさせることで、ダブルマーグというマルチロボが誕生した。だが、簡易AIでは重力衝撃波の精密な制御が行えず、覇界の眷族から取り戻したゴルディーマーグの超AIを移植することで、完全な状態へと進化したのが、このゴルディーダブルマーグである。

※8　P79

デウス

同族たちの間でも、“伝説の存在”とされている謎多きソムニウム。見た目は少年のようだが、遥か太古からその存在は確認されており、ソムニウムの常識すら越える不老不死なのではないかと噂されている。

※9　P100

こんな時でも着地失敗

合体ビークルロボ〈竜神〉の左半身を司る弟・妹たちの超AIには深刻なバグが存在する。それは姿勢制御に難があり、空中からの着地時に頭部から突っ込んでしまうというものだ。この不具合が最初に発生したのは炎竜だが、雷龍、闇竜、日龍にも受け継がれてしまっている。ちなみに、このバグをデリートしようと幾度も試行されたのだが、蓄積された経験値が失われる怖れもあることから、見送られている。

※10　P131
夢装新龍神
月龍と闇竜が奇蹟のシンメトリカルドッキングを果たすことで誕生した合体ビークルロボ〈新龍神〉。その新たなる勇者が、夢人《ソムニウム》たちの変身体を装った姿が、夢装新龍神である。羅漢のペクトフォレースによって実現した夢装形態は、様々な勇者に対応することができる。この後も、状況に応じてベターな夢装勇者が降臨することだろう。

number.08――――――――――
※11　P210
覇界シルバリオンクラッシャー
原種大戦時の教訓をもとに、Zマスター級の敵に対抗するため開発された空前絶後のハイパーツール、それが〈ゴルディオンクラッシャー〉である。全長一キロメートルを超える巨体から、二〇キロメートルものエネルギーフィールドを発生させ、恒星サイズもの敵を光に変換することができる。Gストーンで稼働するこのツールに、Jジュエルを共振させたことで銀色の輝きを放ち、大幅に出力が強化された存在が〈シルバリオンクラッシャー〉だ。三重連太陽系の技術と地球人類の叡知、そこに数奇なる運命の悪戯が加わったことで誕生した、最大最凶の脅威である。

※12　P223
翔超竜神
GGGにおいて歴代最古参の勇者である〈超竜神〉には、原種大戦時に強化プランが存在していた。GBR-4〈ボルフォッグ〉と、GBR-6〈風龍〉の間で開発認可されていたGBR-5とトリニティドッキングすることで、飛行能力を付加しようというものだ。だが、ガオガイガーの必殺技ヘル・アンド・ヘブンが、獅子王凱のサイボーグ・ボディに深刻な負担をかけることが判明。そのため、GBR-5に投入されるはずであった開発リソースはすべて、GMX-GH101〈ゴルディーマーグ〉に回されることになり、GBR-5開発は凍結されてしまったのである。その後、GGGが三重連太陽系から帰還しなかった時期に、〈GGG再建計画〉が発動。その一環として、GBR-5は〈翔竜〉として誕生することになる。覇界の眷族から復帰した超竜神は十年以上の時を経て、翔竜という翼を獲得、大空へ羽ばたくことになる。

※13　P236
ベターマン・カタフラクト
複数のソムニウム変身体が、羅漢のペクトフォレース・サンクトゥスにより、合体した姿。木星圏で目撃された際は〈合体ベターマン〉〈ベターメン〉などと呼称されていたが、ソムニウム自らは、その形態を〈カタフラクト〉と自称している。そのことが判明して以来、GGGに認定された正式名称も、〈ベターマン・カタフラクト〉となった。なお、姿としては一体であっても、その全身が統一された意識で制御されているわけではない。カタフラクト各部にあたる変身体は、それぞれの意思で活動しており、リミピッドチャンネルで意思疎通を図りつつ、連携しているにすぎない。

※14　P239
パキラ老やボタイジュ、そしてセーメ
覇界の眷族出現より十年前、カンケルと呼ばれる地球生命群の危機に立ち向かった、ソムニウムたち。パキラ老はヒイラギと同じくポンドゥスの実に、ボダイジュはガジュマルと同じくトゥルバの実に、セーメはユーヤと同じくルーメの実に耐性を持ち、その能力を行使することができた。だが、カンケルという脅威の前に彼らはみな滅せられ、ラミアのみが生き残り、次なる戦いに備えた眠りにつくことになった。

※15　P246

まだ五歳だったアルエットと、命はしばらく行動をともにしたことがある

胎児の段階で、バイオネットによる遺伝子調整を受けたアルエットは、超天才児として誕生することになった。そのため、二〇〇六年にはわずか五歳にして、〈ガオファイガー・プロジェクト〉に参加することになる。同年、バイオネットにガオーマシンが強奪され、卯都木命が掠われる事件が発生。それらを取り戻すため、アルエットは獅子王凱とともに、機動要塞〈シャポー・ド・ソルシエール〉に潜入、取り戻した命とふたりで脱出したのだ。

――コミック『勇者王ガオガイガーFINAL the COMIC エヴォリュダーGUY』より。

※16　P255

プロテクトリフレクサー

ディビジョンⅥ・無限連結輸槽艦〈ミズハ〉、ディビジョンⅩ・機動完遂要塞艦〈ワダツミ〉、ディビジョンⅪ・諜報鏡面遊撃艦〈ヤマツミ〉の三艦が、フォーメーションPによりドッキングすることで完成する、超大型カウンターツール。GGGの装備は強大な力を有しているが故に、それが暴走もしくは悪用された際に備えて、カウンターツールが用意される例が多い。プロテクトリフレクサーはその最たるもので、長半径リフレクションフィールドを展開することで空間を歪曲させ、あらゆる攻撃を反転、送り返すことができる。

※17　P272

テンプスの大河

テンプスと呼ばれる、特殊なアニムスの実を摂取することで、ソムニウムは余剰次元が展開された空間へ突入することができる。そこは超弦理論において、カラビ・ヤウ多様体として定義された高次元空間であり、時間方向への移動が可能となっている。ただし、時間には常に過去から未来への四元ベクトルが働いているため、それが“川の流れ”のように知覚される。その感覚から、ソムニウムたちは過去への時間移動を、“テンプスの大河を遡る”と表現するようになったのである。

※18　P284

夢装ガオガイガー

新龍神に続いて、ガオガイガーにソムニウム変身体が装着された姿。脚部に装われたポンドゥスによって重力・慣性制御が可能となったことにより、機動性が飛躍的に向上。フォルテやオウグの力で、攻撃力も増加した。ある意味でこれこそ、勇者王ガオガイガーとベターマン・カタフラクトによる“グレート合体”とも呼べるだろう。

※19　P284

覇界ピギーちゃん

GGGにおいて、勇者ロボたちのお世話をするために開発されたメイドロボ〈ピギーちゃん〉がトリプルゼロの浸食により、覇界の眷族と化した姿。もともと、ニッケル水素電池駆動であり、GSライドが搭載されていない彼女はトリプルゼロへの耐性が低かった。そのため、救出作戦は困難を極めたはずだが、単身でそれをなしとげたのは、ボルフォッグの熱い想いがあったればこそと思われる。

第一章より。

※24　P338
急ぎルネ用に改修された
勇者王ガオファイガーは、ギャレオンが護とともに旅立った後、その不在を埋めるために開発されたファイティングメカノイドである。その機能を完全に発揮できるのは、エヴォリュダーたる獅子王凱ただひとり。だが、覇界王ジェネシックの再来という事態に備えるため、少しでも戦力をそろえなければならない GGG は、ルネ・カーディフ・獅子王がフュージョンできるよう、ガオファイガーを調整することにした。エヴォリュアル・ウルテクパワーなど、一部の機能はデチューンすることになったが、最小限の範囲に留めている。獅子王雷牙とアルエット・ポミエという、ハードとソフト両面でのガオファイガーの生みの親がそろっていたが故である。

※25　P358
遠い昔に交わされた約束
二〇〇七年七月、独自の判断で三重連太陽系を目指すことにした GGG は、正規のルートに頼らずに補給物資を調達した。その一環で、ルネはアカマツ工業を訪れることになり、異母兄である阿嘉松と初対面を果たすことになる。その際、意識不明で入院してる紗孔羅に会いに行くことを、ルネは阿嘉松に約束したのだった。
――『勇者王ガオガイガー FINALplus』第三章より。

※26　P391
夢装ガオガイゴー
新龍神、ガオガイガーに続いて、ガオガイゴーがソムニウム変身体を装いし姿。覚醒人とベターマンが一体となった姿でもあり、ヒトとソムニウムの双力を結集した、究極の形とも言える。

number.09――――

※20　P293
アンジェリカ・アネモネ・阿嘉松
ドクトル・アーと名乗っていた人物のフルネーム。姓からもわかるように、阿嘉松滋 GGG ブルー長官の夫人であるが、すでに別居生活が長い。阿嘉松と出逢ったのは、一九七〇年代のことであり、大学で獅子王麗雄の研究室に通ううち、麗雄の甥である滋少年と巡り会った。

※21　P299
昔の凱に比べたら生身の部分が多い
原種大戦当時の獅子王凱は、脳を除いた全身がほぼサイボーグ・ボディであった。それに比べると、ルネは半分近く生身の部位を残しており、ハーフ・サイボーグと呼ばれる所以である。

※22　P304
命の勤務風景はかつて、テレビ番組で密着取材されたこともある
二〇〇六年に日本のテレビ局が企画した『社会の一線で働く女性を 24 時間密着レポートするドキュメント番組・それゆけ！グレートウーマン!!』のこと。かつて EI－22 の素体となった女性レポーターがオービットベースを訪れ、密着取材が行われた。
――CD ドラマ『勇者王ガオガイガー FINAL 最強キャラクターセット Vol.2「命編」』より。

※23　P311
海辺で食べた牛丼
二〇〇六年三月、機界新種との戦いが終わり、護が宇宙に旅立つ直前の出来事。凱と護にとって、多くの思い出が戦いの最中であるのだが、ふたりで牛丼を食べたこの記憶は、とても懐かしく、大切なものであっただろう。
――『勇者王ガオガイガー preFINAL』

したのが、メカノイド〈ファイナル・ガイガー〉である。

※31　P493

ゴルディオンアーマー

覇界王ジェネシックに対抗するため、ガオファイガー及びガオガイゴー用として開発された汎用ツール。ステルスガオーⅡのウルテクエンジンパーツを発展させた（常時ゴルディオン状態での高出力稼働が可能となる）Gブロック六基を機体各部にコネクトすることで、ジェイダーのそれを参考にしたプラズマウイングを形成する。“Gアーマー”という開発コードで、覇界王ジェネシック戦に備えて準備されていたが、そこには間に合わず、青の星の覇界王との決戦に投入された。なお、ファイナル・ガオガイガーはこれに七機目のGブロックを併用したが、こちらは〈マーグアーム〉という独立したツールであり、ゴルディオンアーマーには含まれない。

※32　P505

ゴルディオンフィンガー

ファイナル・ガオガイガーがベターマン・カタフラクトとの決戦で使用した必殺技。〈マーグアーム〉という決戦ツールを右腕にコネクトして、五連グラビティショックウェーブ・ジェネレーティングツールにより、いかなる敵をも光に変換する。もともとは獅子王雷牙が、三重連太陽系でジェネシック・ガオガイガーのゴルディオンネイルに着想を得て、開発したものである。

※33　P505

究極超生王ベターマン・カタフラクトテラ

ベターマン・カタフラクトが、ソキウステラの実を食んだシャーラ変身体と合体した姿。巨大な右腕はSTバイパス（超

※27　P411

少年・ケイ

年齢不詳の（日本人と思われる）十一歳ほどの少年。その両親はかつて、阿嘉松滋や蒼斧蛍汰、彩火乃紀たちと行動をともにしていたと思われる。

FINAL of ALL――――――――――

※28　P446

過去にアカマツ工業の会議室で結婚を発表したカップルの顛末

二〇〇六年の年末、有限会社アカマツ工業でクリスマスパーティーが行われた。そこでニューロノイド〈ティラン〉のヘッドダイバーである八七木翔と紅楓は懐妊を発表して、その場で簡単な結婚式を挙げることになった。だが、その直後に楓がアルジャーノンを発症、ふたりは悲劇的な結末を迎えることになる。

※29　P446

都古麻御の遺志

致死率100％という恐るべき奇病アルジャーノン。かつて、生体医工学者である都古麻御は、その原因や治療法を知るための研究に取り組んでいた。だが、彼女が死の直前にたどりついた真相は、アルジャーノンとは人類という種を存続させるためのメカニズムであり、それを引き起こしているのが自分自身であるという、残酷な事実であった。現在の火乃紀もいまだ真実を知らぬまま、麻御から引き継いだアルジャーノンとの対決を続けているのである。

※30　P485

ファイナル・ガイガー

トリプルゼロに長期間浸食されていたことにより、深刻なダメージを受けたギャレオン。傷ついた制御中枢を補うため、天海護がフュージョンし、さらに獅子王凱がダブルフュージョンすることで完成

に強いこだわりがあるようで、マーグアームと呼ばれる度、「俺様はゴルディオンフィンガーだ！」と言い返している。それを知っていて、“フンガー” と呼ぶのは、マイクの優しさ……なのかもしれない。

※38　P572
よーぜふ
初野家で飼われている雌のセント・バーナード。若い頃は毎日のように、華に散歩させてもらっていたが、彼女がオービットベース勤務となる頃には、日がな一日中、キッチンHANAの一角で寝て過ごすようになっていた。実は多産で、Gアイランドシティの各所で、よーぜふの子供や孫の姿を見ることができる。

※39　P587
長い長い時間をかけて、やっと呼び方を変えることができたふたり
二〇一三年、高校生だった天海護と初野華は互いを呼び捨てにしようと試みたのだが、どうしても恥ずかしくてできなかった……という過去がある。
――CDドラマ『覇界王～ガオガイガー対ベターマン～ number.EX 再－SAIKAI－』より。

空間径路）を発生させることができ、必殺技サイコフィナーレで、あらゆる対象物を彼方の次元へ呑み込むことができる。

※34　P530
兄・真理緒
火乃紀の実兄である彩真理緒のこと。考古学者である父の助手を勤めており、インドのアジャンター石窟で消息を絶った。彩一族の血筋は、その死に際してウィウェレと呼ばれる特殊なアニムスの実を発生させる。かつて、ベターマン・ラミアは彩真理緒の魂からなるウィウェレの実を摂取したことがあり、通常のソムニウムを大きく上回る能力を得たが、同時に彩一族の特徴的な髪質も受け継ぐことになった。そのため、かつての火乃紀はラミアの姿に、兄の面影を見ることが多かった。

※35　P554
翼
天海護と華の第一子。緑の星と青の星の間に生まれた子供だが、護のような特殊能力は確認されていない。

number.EX――――――――――
※36　P560
緑豊かな丘の上に設営された特設の会場
かつて獅子王凱と卯都木命が通っていた高校の、すぐ近くにある一本の大木が目立つ丘。この大木の木陰で、かつて凱は自分の夢を、いつも命に語り聞かせていた。

※37　P569
ゴルディー本人も〈ゴルディオンフィンガー〉と名乗っていたが
実は“ゴルディオンフィンガー”とは、ファイナル・ガオガイガーの技名であり、決戦ツールとしての正式名称は“マーグアーム”となる。もっとも、ゴルディオンという言葉には、超AIとしてのゴルディー

『覇界王～ガオガイガー対ベターマン～』下巻　解説

米たにヨシトモ

君達に最深情報を公開しよう！

〈公式同人小説〉。そんな認識で始まったジュブナイルは、五年の歳月を費やし、ようやくこの最終巻の刊行に至った。見ての通りの大ボリューム。連載も終盤は、初稿から決定稿に至るまでに、文字数が二倍近くになることもあった。更に、書き下ろし新作も当たり前のように、サービス満点てんこ盛りの頁数である。書籍価格も連動してしまい申し訳ない。

監修作業は、事象を如何に〈情動が掻き立てられる映像〉として想像させるか、文章を脚色演出していく仕事でもある。だが、その作業も連載中盤においては不十分だったため、この機会に改めて監修させてもらった。同時期に熾烈なアニメ監督業と重なったことと、五十肩や坐骨神経痛で身体が思うように動かなかったことが要因だが、ほぼボランティアである身ゆえ、お許しいただきたい。下巻においては設定的な補足や台詞等、微妙な違いはあるものの、連載時にはなかった細かなエピソードも追加したので、楽しんでもらえたら幸いである。ただ、基本的な物語の大筋は変わっていないのでご安心を。

他にも、疑問に感じるかもしれない箇所について、釈明しておきたいことが幾つか。小説全編において、ウッシー三号と関わるケイやチャンディーの行動は不可解なままだが、元々は外伝として描かれる予定だったため、本流と大きく逸れてしまうこともあり、小説内での説明は割愛させてもらった。CDドラマ用のエピソードとして構成した、鷺の宮隆の顛末も、同じ理由により短縮割愛。現時点では、裏設定的なものと思っていただいて構わない。他にも、文章で説明を増やすと話がなかなか先に進まないため、削った設定解説も多い。あまりに難解な箇所は、竹田氏に注釈への誘導を促してもらった。画像を見せられないため、誤魔化すような形にしたままの設定もある。おそらくまた、コミカライズの監修時において自分の首を絞めることになるはずだが、そんな矢先にゲーム〈スーパーロボット大戦30〉参戦が決まり、映像再現作業で早速首が絞まる羽目に…。「すみません、ボランティアなんで…」などという言い訳はもう通用しない。部分的ではあるが、絵コンテや映像チェック、プレスコ監修…仕事量が増える増える。小説は終わっても〈覇界王〉はまだまだ終わらないのだ。

　この本の挿絵やカラーページも、完成に至るまでに何回もテイクを重ね、関係者に多大なる苦労を強いた。作品観として、装備や形式、ルールが複雑極まりないため、パーツ一つ、色の違いにも細心の注意を払わなければならない。本業で多忙な状況であるにも関わらず、本気モードで協力してくれた絵師たちにもひたすら感謝である。同人企画としてはやりすぎかもしれないが、おそらくファンの多くは、そういったこだわりや個性もひっくるめて愛してくれていると信じてやまない。’97年から始まった『勇者王ガオガイガー』『ベターマン』の御伽噺《ジュブナイル》はこれにて完結である。ここまで作品を追い続けてくれた方々に対して、もう見苦しい言い訳は必要ないだろう。読了いただき、多謝の極みである。不明な点、足りない点、後は読者諸君の自由な想像に委ねたい。

　最後に、様々なトンデモ逆境や、絶対越えられない壁をぶっ壊してでも突き進み、執筆完遂を果たしてくれた竹田裕一郎氏に最大の称賛を送りたい。ベストよりもベターを選択し、壊れ失った物もあるが、収穫も大きい。我々の勇気の結晶、俺たちのユメノカケラは、多くの人たちの共有財産となり、未来においても輝き続けることを確信している。

イツマデモ…ホシノウミデ……

これを読んでいる君こそが、勝利の鍵だ！

あとがき

竹田裕一郎

　ようやく、ここまで辿りつきました。本当に長い長い旅でした。高橋良輔プロデューサーからお電話をいただいて、初めてロボットアニメの脚本を書けると喜んだ日から、二十五年。『覇界王』の連載開始から数えても、すでに五年が経過しています。思い出話やお伝えしたいことをすべて書いていったら、単行本がもう一冊増えてしまいそうなので、ごく一部だけになってしまいますが、おつきあいください。

　とりあえず完結して、まず頭に浮かぶのは「やりきったぁ！」という思いです。取捨選択の結果として、あえて描かなかった要素はありますが、書こうか迷っていたこと、できるかどうかわからなかったこと、それらはすべて盛り込むことができました。結果として、連載回数が予定を大幅に超過した上、下巻はこんな分厚さになってしまいました……。

　これまで『ガオガイガー』『ベターマン』のシリーズは、幾度も最終話を迎えてきました。ですが、それぞれのテレビシリーズを終わらせた時は、すでに『ＦＩＮＡＬ』の準備にとりかかっていましたし、『ＦＩＮＡＬ』が終わった時は、遠くないうちに『覇界王』のアニメ制作が始まるだろうと、思っていたのです。そういう意味では、これまでのものは真の意味で、最終話と呼べるものではなかったのかもしれません。

　ですが、今回の『覇界王』は違います。これが本当に、シリーズの結末であり、この先の物語が描かれることはない……というつもりで書きました。北海道のあの場所でラストシーンを……と思いついたのは連載開始当初でしたが、なんとかそこに辿りつくことができました。

そういえば、ラストシーン用にずっと温めていたのは、天海夫妻が〝北極ライオン〟ではなく、〝ギャレオン〟と呼んで、お礼を言う場面です。実は原型となるセリフは、テレビシリーズ45話のアバンタイトルで脚本初稿に書いていたのです。ところが、米たに監督から「このシーンは、あえてセリフ無しでいきましょう」と言われて、実際に放映されたバージョンになりました。とても素敵なシーンにしていただいたと思うのですが、一方で天海夫妻のセリフが削られてしまったのが、残念ではありました。いつか必ず、別の機会に書いてやる……と思っていたのですが、まさかこんなに時間かかるとは……！（笑）二十四年温めていたセリフを、実際に使えるというのも、滅多にない経験だと思います。

そうそう、あの場面に出てきた翼ちゃんの性別について聞かれることが多いのですが、実は……決めてません！　というよりも、あえて男の子とも女の子ともとれる名前を選びました。あの子がこれからどんな生き方をするのか……それは、みなさん一人一人のご想像にお任せしたいと思っています。

また、書き下ろし外伝の『number.EX　結－CEREMONY－』では、ご期待いただいてたのではないかと思う一大イベントを書いてみました！　オールスターキャストによるカーテンコールというコンセプトだったのですが、残念ながら出番を用意できなかったキャラクターも……ごめんなさい。

そして、もうご存じの方も多いと思いますが、この単行本の一か月後に発売される、スーパーロボット大戦シリーズ30周年記念タイトル『スーパーロボット大戦30』に、『覇界王』の参戦が決まりました！

未映像化タイトルである『覇界王』が参戦するにあたっては、様々なハードルがあったのですが、たくさんの方々のお力で乗り越えることができました。もちろん、我々『ガオガイガー』『ベターマン』スタッフ陣も、開発にご協力させていただいています。特にストーリー面では、連載に先行して終盤までのプロットを執筆、開発現場にご提供させていただきました。小説連載は、むしろそのプロットを追いかけるように執筆することになり、どちらが原作なのか、自分でも不思議な気分になったものです（笑）。

さて、ずいぶん長々と書いてしまいましたが、最後はお世話になった皆さんに、お礼を言わせてください。細部までこだわって監修してくださった米たにヨシトモ監督、他のお仕事に影響出るほどに色々お願いしてしまって、すみません！　今回も素晴らしいイラストを描いてくださった木村貴宏さんと中谷誠一さん、たくさんのキャラやメカをデザインしてくださった皆さん、ありがとうございました！　延々と伸びていく連載、分厚くなる単行本を許してくださったサンライズと新紀元社の担当の方々、お世話になりました！　そして、二十四年間おつきあいくださったファンの皆さん、お待たせして申し訳ありません。でも、皆さんのおかげで、この旅を完走できたのです。本当にありがとうございました！